Mario Vargas Llosa
Das grüne Haus

Roman

Deutsch von
Wolfgang A. Luchting

W0339471

Suhrkamp

Übertragen nach der bei Editorial Seix Barral S. A.,
Barcelona, unter dem Titel *La casa verde*
erschienenen Originalausgabe

suhrkamp taschenbuch 342
Erste Auflage 1976
La casa verde © Editorial Seix Barral S. A.,
Barcelona, 1965
© der deutschen Ausgabe Rowohlt Verlag GmbH,
Reinbek bei Hamburg, 1968
Alle Rechte beim Suhrkamp Verlag
Suhrkamp Taschenbuch Verlag
Druck: Ebner, Ulm · Printed in Germany
Umschlag nach Entwürfen von
Willy Fleckhaus und Rolf Staudt

Das grüne Haus

Eins

Der Sargento wirft einen Blick auf Madre Patrocinio und die fette Schmeißfliege sitzt immer noch da. Das Motorboot hopst auf den trüben Wellen dahin, zwischen zwei Mauern aus Bäumen, die einen stickigen, heißen Dunst ausatmen. Unter dem Sonnendach zusammengerollt, vom Gürtel aufwärts nackt, schlafen die Guardias, gewärmt von der grünlich-gelblichen Mittagssonne: Der Kopf des Knirpses liegt auf dem Bauch des Fetten, der Blonde ist in Schweiß gebadet, der Dunkle schnarcht mit offnem Mund. Ein Schirm aus Insekten begleitet das Boot, zwischen den Körpern kreisen Schmetterlinge, Wespen und dicke Fliegen. Der Motor rattert gleichmäßig vor sich hin, stottert, rattert wieder und der Lotse Nieves führt das Steuer mit der linken Hand, mit der rechten raucht er und sein tief gebräuntes Gesicht unter dem Strohhut bleibt unverändert. Diese Leute aus dem Urwald waren nicht normal, warum schwitzten sie nicht wie Christenmenschen? Achtern sitzt steif, mit geschlossenen Augen, Madre Angélica, mindestens tausend Falten im Gesicht, mitunter steckt sie die Zungenspitze heraus und leckt den Schweiß vom Schnurrbart und spuckt aus. Die arme Alte, solche Ausflüge waren nichts für sie. Die fette Schmeißfliege schlägt die kleinen blauen Flügel, löst sich mit sanftem Auftrieb von der rosigen Stirn Madre Patrocinios, fliegt in Kreisen davon ins weiße Licht und der Lotse würde gleich den Motor abstellen, Sargento, sie waren nämlich gleich da, nach dieser Einbuchtung kam Chicais. Aber etwas sagte dem Sargento, es wird niemand dasein. Das Motorengeräusch bricht ab, die Madres und die Guardias öffnen die Augen, heben den Kopf, blicken sich um. Der Lotse Nieves ist aufgestanden, drückt die Stake nach rechts, nach links, das Boot nähert sich geräuschlos dem Ufer, die Guardias stehen auf, ziehen die Hemden an, setzen die Képis auf, schnallen die Ledergamaschen um. Der Pflanzenvorhang rechts reißt ab, sobald die Flußkrümmung passiert ist, und man sieht ein Hochufer, einen schmalen Einschub rötlicher Erde, der bis zu einem winzigen Winkel voller Morast, Steinbrocken, Röhricht und Farnbüschel herunterläuft. Unten ist kein Kanu, oben am Uferrand keine menschliche Gestalt zu sehen. Das Boot läuft auf, Nieves und die Soldaten springen hinaus, waten durch den bleifarbenen Brei. Ein Friedhof, Ahnungen konnte man vertrauen, die Mangaches hatten recht. Der Sargento steht über den Bug gebeugt, der Lotse und die Guardias zerren das Boot aufs Trockene. Sie sollten den Madrecitas behilflich sein, sollten mit den Händen einen Tragstuhl machen, damit sie nicht naß würden. Madre Angélica bleibt ernst zwischen den Armen des Dunklen und des Fetten. Madre Patrocinio zögert, als der Knirps und der Blonde einander bei den Handgelenken packen und ihr den Sitz hinhalten und errötet wie ein Krebs, als sie sich darauf plumpsen läßt. Die Guardias überqueren schwankend den Uferstreifen, setzen die Nonnen da ab, wo der Schlamm endet. Der Sargento springt, erreicht den Fuß des Uferabhangs und Madre Angélica klettert schon sehr beherzt das Gefälle hoch, hinter ihr her Madre Patrocinio, beide auf allen vieren, eingehüllt von rötlichen Staubwolken. Die Erde des Abhangs ist locker, gibt unter jedem Schritt nach, der Sargento und die Guardias kommen nur langsam voran, stecken gekrümmt, erstickt, bis zu den Knien im Staub, das Taschentuch vor dem Mund, der Fette niest und spuckt. Oben angekommen klopfen sie einander den Staub von den Uniformen und der Sargento schaut sich um: eine kreisförmige Lichtung, eine Handvoll Hütten mit kegelförmigen Dächern, kleine Felder Maniok und Bananen und, ringsherum, dichter Dschungel. Zwischen den Hütten kleine Bäume, von deren Zweigen eiförmige Säcke pendeln: Nester der Paucares. Er hatte es ihr ja gesagt, Madre Angélica, er wollte das doch betonen, keine Seele, sie sahen selbst. Aber die Madre geht von einer Seite zur andern, tritt in eine Hütte, kommt wieder heraus und steckt den Kopf in die nächste, verjagt mit Händeklatschen die Fliegen, bleibt auch nicht einen Moment stehen und so ist sie, von fern, ihre Umrisse im Staub undeutlich, nicht eine Greisin, sondern ein wandelndes Ordenskleid, aufrecht, ein sehr energischer Schatten. Madre Patrocinio dagegen steht unbeweglich, die Hände im Habit verborgen und ihre Augen gleiten immer wieder über die leere Siedlung hin. Einige Zweige bewegen sich und man hört gellende Schreie, ein Geschwader grüner Flügel, schwarzer Schnäbel und blauer Brustlätze flattert lärmend über die verlassenen Hütten von Chicais hin, die Guardias und die Nonnen sehen ihnen nach, bis das Gestrüpp sie verschluckt, das Geschrei dauert noch eine Weile. Es gab kleine Papageien, gut, das zu wissen, falls es an Nahrung fehlte. Aber man kriegte die Ruhr davon, Madre, das heißt, der Magen ging einem durch. Am Abhang taucht ein Strohhut auf, das braungebrannte Gesicht des Lotsen Nieves: Die Aguarunas hatten es also mit der Angst zu tun bekommen, Madrecitas. Reine Sturheit, wer hatte sie geheißen, nicht auf ihn zu hören. Madre Angélica tritt hinzu, schaut mit den umfältelten Äugchen hierhin und dorthin und ihre knotigen, steifen Hände mit den kastanienbraunen Muttermalen fuchteln dem Sargento vor dem Gesicht herum: Waren ganz in der Nähe, hatten ihre Sachen nicht mitgenommen, man mußte warten, bis sie wiederkamen. Die Guardias sehen einander an, der Sargento steckt sich eine Zigarette an, zwei Paucares fliegen herbei und wieder weg, ihr schwarz und goldfarbenes Gefieder schillert feucht. Auch Vögel, alles gab es in Chicais. Nur keine Aguarunas und der Fette lacht. Warum nicht hinterrücks über sie herfallen? Madre Angélica schnauft, sie kannte sie doch, Madrecita, oder? das Büschelchen weißer Haare an ihrem Kinn zittert sanft, die hatten Angst vor Christenmenschen und versteckten sich, gar nicht dran zu denken, daß die zurückkamen, solange sie hier waren, würde man keine Spur von ihnen zu sehen bekommen. Madre Patrocinio, klein, rundlich, ist hinzugekommen, steht zwischen dem Blonden und dem Dunklen. Aber voriges Jahr hatten sie sich doch nicht versteckt, waren ihnen entgegengekommen und hatten ihnen sogar eine ganz frische Gamitana geschenkt, erinnerte sich der Sargento nicht mehr? Aber damals wußten sie es noch nicht, Madre Patrocinio, jetzt schon, das mußte sie doch einsehen. Die Guardias und der Lotse setzten sich auf die Erde, ziehen die Schuhe aus, der Dunkle öffnet seine Feldflasche, trinkt und seufzt. Madre Angélica hebt den Kopf: sollen die Zelte aufschlagen, Sargento, ein zerknittertes Gesicht, und die Moskitonetze spannen, ein wäßriger Blick, sie würden warten, bis sie zurückkamen, eine altersschwache Stimme, und er sollte kein solches Gesicht ziehen, sie hatte Erfahrung. Der Sargento wirft die Zigarette weg, stampft sie in die Erde, ihm war es ja egal, los, Jungens, sollten schon machen. Und da klingt ein Gackern auf und ein Gebüsch spuckt eine Henne aus, der Blonde und der Knirps stoßen einen Jubelschrei aus, eine schwarze, jagen hinter ihr her, mit weißen Flecken, fangen sie und die Augen Madre Angélicas sprühen, Spitzbuben, was machten sie denn da, ihre Faust droht, gehörte sie etwa ihnen? sollten sie loslassen, und der Sargento, sollten sie loslassen, aber, Madres, wenn sie blieben, brauchten sie was zu essen, sie waren nicht gekommen, um Kohldampf zu schieben. Madre Angélica würde keinen Unfug gestatten, wie sollten die ihnen vertrauen, wenn sie ihnen die Tierchen stahlen? Und Madre Patrocinio nickt, Sargento, Diebstahl war eine Beleidigung Gottes, das Gesicht rund und gesund, kannte er die Gebote nicht? Die Henne landet auf der Erde, gackert, pickt sich unter den Flügeln, flieht wackelnd und der Sargento zuckt mit den Achseln: warum machten sie sich Illusionen, wo sie sie doch so gut oder besser kannten als er. Die Guardias gehen zum Abhang, in den Bäumen kreischen erneut die Papageien und die Paucares, Insekten brummen, eine leichte Brise bewegt die Yarinablätter auf den Dächern von Chicais. Der Sargento lockert seine Gamaschen, brummt vor sich hin, verzieht den Mund und der Lotse gibt ihm einen Klaps auf die Schulter, Sargento: er sollte sich nicht ärgern und immer mit der Ruhe. Und der Sargento zeigt heimlich auf die Madres, Don Adrián, solche Ausflüge fuchsten ihn fürchterlich. Madre Angélica hatte großen Durst und am Ende gar ein bißchen Fieber, der Geist war immer noch willig, aber der Leib litt halt an Gebrechen, Madre Patrocinio, und die, nein, nein, sie sollte so etwas nicht sagen, Madre Angélica, sobald jetzt die Guardias heraufkämen, würde sie eine Limonade trinken und sich gleich besser fühlen, würde schon sehen. Flüsterten sie über ihn? der Sargento betrachtet zerstreut die Umgebung, hielten sie ihn für ein Arschloch? er fächelt sich mit dem Képi Luft zu, diese zwei alten Hennen! und unvermittelt wendet er sich dem Lotsen Nieves zu: Flüstern in Gegenwart dritter war schlechtes Benehmen, und der, er sollte schauen, Sargento, die Guardias kamen zurückgerannt. Ein Kanu? und der Dunkle ja, mit Aguarunas? und der Blonde, ja, *mi sargento*, und der Knirps, ja, und der Fette und die Madres, ja, ja, kommen und fragen und gehen alle durcheinander, und der Sargento, der Blonde sollte an den Rand des Hanges zurückgehen und es ihm melden, sobald sie heraufkamen, die andern sollten sich verstecken und der Lotse liest die Gamaschen vom Boden auf, die Gewehre. Die Guardias und der Sargento treten in eine Hütte, die Madres bleiben draußen, Madrecitas, sie sollten sich verbergen, Madre Patrocinio, schnell, Madre Angélica. Die sehen einander an, tuscheln, hopsen hin und her, gehen in die Hütte gegenüber und hinter den Büschen, die ihn verbergen, deutet der Blonde zum Fluß hinunter, sie stiegen schon aus, *mi sargento*, machten das Kanu fest, kamen jetzt herauf, *mi sargento*, und der, Trottel, sollte herkommen und sich verstecken, Mensch, nicht so langsam. Auf dem Bauch liegend, spähen der Fette und der Knirps durch das Chontarindengeflecht der Hüttenwand hinaus; der Dunkle und der Lotse Nieves stehen im Hintergrund der Hütte und der Blonde kommt angerannt, geht neben dem Sargento in die Hokke. Da kamen sie, Madre Angélica, da waren sie schon, und Madre Angélica war vielleicht alt, aber ihren Augen fehlte nichts, Madre Patrocinio, sie sah sie schon, sechs waren es. Die Alte, langhaarig, trägt ein weißliches Pflanzenblatt und zwei Schläuche weichen und dunklen Fleisches hängen ihr bis zur Mitte herab. Hinter ihr zwei Männer unbestimmten Alters, klein, mit vorstehenden Bäuchen, spindeldürren Beinen, das Glied mit okkerfarbenen Stoffetzen verdeckt, die mit Lianen befestigt sind, das Gesäß bloß, das Haar im Bubikopf bis zu den Augenbrauen. Sie schleppen Bananenstauden. Dann noch zwei kleine Mädchen mit Diademen aus Binsen, eine trägt einen Ring in der Nase, die andere Reife aus Fell um die Fußknöchel. Sie sind nackt, genau wie der Knabe, der ihnen folgt, er wirkt jünger und ist schlanker. Sie blicken auf die verlassene Lichtung, die Frau macht den Mund auf, die Männer bewegen die Köpfe. Würden sie mit ihnen reden, Madre Angélica? und der Sargento, ja, da kamen die Nonnen schon heraus, aufgepaßt, Jungens. Die sechs Köpfe drehen sich gleichzeitig, bleiben starr. Die Madres gehen im Gleichschritt auf die Gruppe zu und lächeln und zur selben Zeit, fast unmerklich, rücken die Aguarunas zusammen, bilden gleich darauf einen einzigen erdigen und kompakten Klumpen. Die sechs Augenpaare lassen nicht ab von den zwei Gestalten aus dunklen Falten, die auf sie zugleiten, und wenn die davonliefen hieß es schnell machen, Jungens, nur ja keine Schießerei, bloß nichts von wegen Einschüchtern. Sie ließen sie herankommen, *mi sargento*, der Blonde hatte geglaubt, sie würden ausreißen, sobald sie sie sahen. Und wie zart die Mädchen waren, so jung noch, nicht wahr, *mi sargento*? diesem Fetten war nicht mehr zu helfen. Die Madres bleiben stehen, und im selben Augenblick treten die Mädchen zurück, strecken die Hände aus, umfassen die Beine der Alten, die angefangen hat, sich mit den Handflächen gegen die Schultern zu schlagen, jeder Schlag bringt die überlangen Brüste zum Zittern, zum Schaukeln: mochte der Herr mit ihnen sein. Und Madre Angélica stößt ein Grunzen aus, spuckt, ein Guß knirschender, grober, zischender Geräusche sprudelt aus ihrem Mund, sie hält inne, um auszuspucken, und fährt ostentativ, eindrucksvoll fort zu grunzen, ihre Hände fuchteln, machen gewichtige Gesten vor den unbeweglichen, fahlen, gleichmütigen Gesichtern der Aguarunas. Sie beschwatzte sie auf heidnisch, Jungens, und spuckte aufs Haar so wie die Chunchas, die Madrecita. Das mußte ihnen doch gefallen, *mi sargento,* daß eine Christin mit ihnen in ihrer Sprache redete, aber sie sollten nicht soviel Krach machen, Jungens, wenn die sie hörten, kriegen sie's mit der Angst. Das Grunzen Madre Angélicas ist sehr deutlich, kräftig, unschön bis in die Hütte hinein zu vernehmen und auch der Dunkle und der Lotse Nieves spähen jetzt hinaus auf die Lichtung, die Gesichter dicht an das Geflecht gedrängt. Sie hatte sie rumgekriegt, Jungens, so was von raffiniert dieses Nönnchen, und die Madres und die zwei Aguarunamänner lächeln einander zu, machen sich Reverenzen. Und sooo gebildet, wußte der Sargento, daß sie in der Mission die Zeit mit Studieren verbrachten? Doch wohl eher mit Beten, Knirps, für die Sünden der Welt. Madre Patrocinio lächelt der Alten zu, die weicht ihrem Blick aus und verharrt ernst, die Hände um die Schultern der Kleinen. Was die sich da wohl erzählen mochten, *mi sargento*, so wie die sich miteinander unterhielten. Madre Angélica und die beiden Männer schneiden einander Gesichter, gestikulieren, unterbrechen sich und, mit einemmal, lassen die drei Kinder die Alte los, tummeln sich, lachen laut auf. Der Bengel blickte immer hierher, Jungens, ließ kein Auge von ihnen. Wie mager er war, hatte der Sargento das gemerkt, ein Riesenkopf und so wenig Körper, sah aus wie eine Spinne. Unter dem Haargestrüpp hervor starren die großen Augen des Kleinen unablässig auf die Hütte. Er ist braungebrannt wie eine Ameise, hat schwächliche O-Beine. Plötzlich hebt er die Hand, ruft, Jungens, die Mißgeburt, *mi sargento*, und hinter dem Geflecht entsteht heftige Bewegung, Flüche ertönen, Körper prallen gegeneinander und in der Lichtung klingt gutturales Geschrei auf, als die Guardias rennend und einander stoßend in sie einfallen. Augenblicklich die Gewehre senken, Hornochsen, Madre Angélica droht ihnen wütend mit den Fäusten, ah, sie würden ja sehen, was der

Teniente sagte. Die beiden Mädchen vergraben die Köpfe an der Brust der Alten, pressen sich gegen ihre weichen Brüste und der Knabe steht mit weitaufgerissenen Augen da, auf halbem Weg zwischen den Guardias und den Madres. Einer der Aguarunas läßt das Bündel Bananen fallen, irgendwo gackert das Huhn. Der Lotse Nieves steht auf der Schwelle der Hütte, den Strohhut im Nacken, eine Zigarette zwischen den Lippen. Was glaubte der Sargento denn, und Madre Angélica stampft mit beiden Füßen auf, warum mischte er sich ein, wenn niemand ihn rief? Aber wenn sie die Gewehre senkten, würden sie doch verduften, Madre, sie droht ihm mit der sommersprossigen Faust, und er, sollten die Mauser senken, Jungens. Besänftigend, stetig spricht Madre Angélica auf die Aguarunas ein, langsam zeichnen ihre steifen Finger überzeugende Formen, die Männer lösen sich allmählich aus ihrer Erstarrung, jetzt antworten sie einsilbig und sie, vergnügt, unbeirrbar, grunzt weiter. Der Kleine nähert sich den Guardias, schnuppert an den Gewehren, betastet sie, der Fette gibt ihm einen leichten Klaps vor die Stirn, er duckt sich und kreischt, war mißtrauisch das Arschloch und das Lachen bringt die schwabbelige Wampe des Fetten zum Beben, sein Doppelkinn, seine Bäckchen. Madre Patrocinio verliert die Ruhe, Schamloser, was sagte er da? weswegen war er so respektlos, du Flegel, und der Fette, vielmals um Entschuldigung, er wackelt mit seinem ungekämmten Ochsenkopf, es war ihm nur so rausgerutscht, Madre, über die Zunge gestolpert. Die kleinen Mädchen und der Knabe gehen um die Guardias herum, betrachten sie eingehend, berühren sie mit den Fingerspitzen. Madre Angélica und die beiden Männer schnalzen einander freundschaftlich zu und die Sonne leuchtet noch in der Ferne, aber rundherum ist der Himmel bedeckt und über dem Wald ragt noch ein Wald auf, aus weißen und bauschigen Wolken: es würde regnen. Madre Angélica hatte sie vorhin auch beleidigt, Madre, und hatten sie sich da etwa beschwert? Madre Patrocinio lächelt, Dummkopf, Hornochse war keine Beleidigung, sondern ein Tier, mit einem Kopf genau wie sein Kopf und Madre Angélica wendet sich an den Sargento: man würde mit ihnen essen, die Geschenke und die Limonade sollten heraufgeholt werden. Er nickt, gibt dem Knirps und dem Blonden Anweisungen und deutet den Abhang hinunter, grüne Bananen und rohen Fisch, Jungens, ein tolles Bankett, verfluchte Scheiße. Die Kinder treiben sich im Kreis um den Fetten, den Dunklen und den Lotsen Nieves herum, und Madre Angélica, die Männer und die Alte breiten Bananenblätter auf der Erde aus, treten in die Hütten, bringen Tongefäße, Maniok heraus, entfachen ein kleines Feuer, wickeln Bagres und Bocachicas in die Blätter, binden Lianen darum und halten sie an die Flammen. Wollte man auf die andern warten, Sargento? Das würde lange dauern und der Lotse Nieves wirft seine Zigarette weg, die andern würden nicht kommen, wenn sie weggelaufen waren, dann weil sie keine Besucher wollten und die hier würden auch bei der ersten Unachtsamkeit abhauen. Ja, der Sargento wußte das, nur eben, es war umsonst, mit den Madrecitas streiten zu wollen. Der Knirps und der Blonde kommen mit den Tüten und den Thermosflaschen zurück, die Nonnen, die Aguarunas und die Guardias sitzen jetzt im Kreis um die Bananenblätter und die Alte verscheucht händeklatschend die Insekten. Madre Angélica verteilt die Geschenke und die Aguarunas nehmen sie entgegen, ohne Begeisterung zu zeigen, aber dann, als die Madres und die Guardias anfangen, kleine Brocken Fisch zu essen, die sie mit der Hand abreißen, öffnen die beiden Männer, ohne sich anzublicken, die Tüten, streicheln die Taschenspiegel und die Halsketten, teilen die farbigen Glasperlen untereinander und die Augen der Alten flackern plötzlich habsüchtig auf. Die Mädchen streiten um eine Flasche, der Knabe kaut wütend und der Sargento würde sich den Magen verderben, verflucht, Durchfall würde er kriegen, aufgebläht würde er wie ein Ballon, Beulen würden sich am Körper bilden, die brächen auf und Eiter ränne heraus. Er hält das Stück Fisch vor die Lippen, seine Augenlider flattern und der Dunkle, der Knirps und der Blonde verziehen auch die Gesichter, Madre Patrocinio schließt die Augen, würgt, ihr Gesicht verzerrt sich und nur der Lotse Nieves und Madre Angélica strecken immer wieder die Hand nach den Bananenblättern aus und zerstückeln mit einer Art hastigem Genuß das weiße Fleisch, entfernen die Gräten, stecken die Bissen in den Mund. Die Leute aus dem Urwald waren alle ein wenig wie die Chunchas, selbst die Madres, wie die das herunterbrachten. Der Sargento rülpst, alle starren ihn an und er hüstelt. Die Aguarunas haben die Halsketten umgelegt, zeigen sie einander. Die Glaskugeln sind granatfarben und stechen ab von den Tätowierungen, die die Brust des einen zieren, der sechs Armbänder aus kleinen Perlen am einen Arm, drei am andern trägt. Wann würden sie aufbrechen, Madre Angélica? Die Guardias beobachten den Sargento, die Aguarunas hören zu kauen auf. Die Mädchen strecken die

Hände aus, berühren scheu die glitzernden Halsketten, die Armbänder. Sie mußten auf die andern warten, Sargento. Der tätowierte Aguaruna grunzt und Madre Angélica, ja, Sargento, da hatte er's, er sollte essen, er beleidigte sie mit dem Widerwillen, den er zeigte. Er hatte keinen Appetit, aber er wollte ihr etwas sagen, Madrecita, sie könnten nicht länger in Chicais bleiben. Madre Angélica hat den Mund voll, der Sargento war gekommen, um zu helfen, ihre dürre und steinartige Hand umklammert eine Thermosflasche mit Limonade, nicht um Befehle zu erteilen. Der Knirps hatte den Teniente gehört, und was hatte der gesagt? und er, sie sollten innerhalb von acht Tagen zurück sein, Madre. Fünf waren schon vorbei und wie lange dauerte es zurück, Don Adrián? drei Tage, vorausgesetzt, daß es nicht regnete, na bitte, so lauteten die Befehle, Madre, sie sollte ihm nicht böse sein. Neben dem Geräusch des Gesprächs zwischen dem Sargento und Madre Angélica ist noch eines zu vernehmen, ein rauhes Stimmengewirr, die Aguarunas unterhalten sich lärmend, halten ihre Arme aneinander, vergleichen die Armbänder. Madre Patrocinio schluckt und öffnet die Augen, und wenn die andern nicht zurückkamen? und wenn sie erst in einem Monat zurückkamen? freilich, das war nur eine Vermutung, sie schließt die Augen, vielleicht eine irrige, und schluckt. Madre Angélica runzelt die Stirn, neue Falten entstehen in ihrem Gesicht, ihre Hand liebkost das Büschelchen weißer Haare am Kinn. Der Sargento trinkt einen Schluck aus der Feldflasche: schlimmer als ein Abführmittel, in dieser Gegend wurde alles heiß, das war nicht die Hitze seiner Heimat, hier verfaulte alles. Der Fette und der Blonde haben sich zurücksinken lassen, die Képis über dem Gesicht, und der Knirps wollte wissen, ob das jemand bestimmt wußte, Don Adrián, und der Dunkle, ja wirklich, er sollte weiterreden, sollte erzählen, Don Adrián. Sie waren halb Fisch und halb Weib, hielten sich am Grund auf und warteten auf die Ertrunkenen, und sobald ein Kanu umschlug, kamen sie und packten die Christenmenschen und schleppten sie in ihre Paläste da unten. Dann legten sie sie in Hängematten, aber nicht in welche aus Jute, sondern aus Schlangen und dort trieben sie's mit ihnen, und Madre Patrocinio, was redeten sie da Abergläubisches? und sie, nein, nein und sie wollten Christen sein? keineswegs, Madrecita, sie sprachen nur darüber, ob's regnen würde. Madre Angélica beugt sich zu den Aguarunas hinüber und grunzt sanft, lächelt hartnäckig, hält die Finger ineinander verflochten und die Männer richten sich ganz allmählich auf, ohne sich von der Stelle zu bewegen, strecken die Hälse vor wie Reiher, wenn sie sich am Flußufer sonnen und ein kleiner Dampfer vorbeifährt, und irgend etwas erschreckt sie, weitet ihre Augen und die Brust des einen schwillt, seine Tätowierung tritt deutlich hervor, wird undeutlich, deutlich und langsam neigen sie sich Madre Angélica zu, sehr aufmerksam, ernst, stumm, und die langhaarige Alte öffnet die Hände, packt die Mädchen. Der Kleine ißt weiter, Jungens, jetzt kam der schwierige Teil, aufpassen. Der Lotse, der Knirps und der Dunkle verstummen. Der Blonde richtet sich mit geröteten Augen auf und schüttelt den Fetten, ein Aguaruna blickt von der Seite den Sargento an, dann zum Himmel auf, und jetzt umarmt die Alte die Mädchen, preßt sie gegen die großen und fleckigen Brüste und die Augen des Knaben wandern im Kreis von Madre Angélica zu den Männern, von denen zur Alten, von der zu den Guardias und wieder zu Madre Angélica. Der tätowierte Aguaruna beginnt zu sprechen, der andere fällt ein, jetzt die Alte, ein Gewitter von Lauten übertönt Madre Angélicas Stimme, die nun verneinend den Kopf schüttelt und mit den Händen abstreitet und auf einmal, ohne ihr Schnalzen und Spucken zu unterbrechen, langsam, zeremoniös, legen die beiden Männer die Halsketten, die Armreife ab, es regnet Glasperlen auf die Bananenblätter. Die Aguarunas strecken die Hände nach den Fischresten aus, zwischen denen sich ein dünner Strom dunkelbrauner Ameisen windet. Waren schon nicht mehr so zahm, Jungens, aber sie waren bereit, *mi sargento*, sobald er befahl. Die Aguarunas reinigen die übriggebliebenen weißen und blauen Fischbrocken, picken mit den Fingernägeln die Ameisen heraus, zerquetschen sie und wickeln sehr behutsam die Reste in die geäderten Blätter. Der Knirps und der Blonde sollten die Mädchen übernehmen, der Sargento legte sie ihnen ans Herz, und der Fette, hatten die Schwein. Madre Patrocinio ist ganz blaß geworden, bewegt die Lippen, ihre Finger pressen die schwarzen Perlen eines Rosenkranzes und bitte, Sargento, sollten ja nicht vergessen, daß es Kinder waren, wußte er schon, wußte er schon, und der Fette und der Dunkle sollten die Nacktärsche überwachen und die Madre brauchte sich keine Sorgen zu machen, und Madre Patrocinio, wehe, wenn sie Grausamkeiten begingen, und der Lotse würde sich um die Klamotten kümmern, Jungens, keine Grobheiten: Heilige Maria, Mutter Gottes. Alle starren auf die blutleeren Lippen Madre Patrocinios, und die, bitt für uns, zerdrückt mit den Fingern die kleinen schwarzen Perlen, und Madre Angélica, beruhigen Sie sich, Madre, und der Sargento, jetzt war's soweit. Sie stehen ohne Eile auf. Der Fette und der Dunkle klopfen den Staub von den Hosen, bücken sich, packen die Gewehre und es beginnt ein Gerenne, Gekreische, und in der Stunde, Getrampel, der Knabe hält die Hände vors Gesicht, unsres Todes, und die beiden Aguarunas stehen erstarrt, Amen, ihre Zähne klappern und ihre Augen schauen perplex auf die Gewehre, die auf sie gerichtet sind. Aber die Alte ist aufgesprungen und rauft mit dem Knirps und die Mädchen winden sich wie Aale in den Armen des Blonden. Madre Angélica hält ein Taschentuch vor den Mund, die Staubwolke wächst und wird dicht, der Fette niest, und der Sargento, fertig, sie konnten zum Rand des Abhangs gehen, Jungens, Madre Angélica. Und dem Blonden, wer half dem, Sargento, sah er nicht, daß die ihm entwischten? Der Knirps und die Alte wälzen sich aneinandergeklammert auf dem Boden, der Dunkle sollte hin und ihm helfen, der Sargento würde für ihn den Nacktarsch bewachen. Die Madres gehen Arm in Arm auf den Abhang zu, der Blonde schleift zwei ineinander verschlungene und strampelnde Körper hinter sich her und der Dunkle zerrt wütend an der Mähne der Alten, bis der Knirps sich befreit hat und aufsteht. Aber die Alte springt mit einem Satz hinter ihnen her, erreicht sie, kratzt sie, und der Sargento, los, Fetter, jetzt hauten sie ab. Die Gewehre immer noch auf die beiden Männer gerichtet, setzen sie sich rückwärts gehend ab, und gleichzeitig stehen die Aguarunas auf und folgen ihnen, gebannt von den Gewehren. Die Alte springt wie ein Affe, schlägt hin und umfaßt zwei Paar Beine, der Knirps und der Dunkle stolpern, Mutter Gottes, fallen auch hin, und Madre Patrocinio, sollte nicht diese Schreie ausstoßen. Vom Fluß her weht eine straffe Brise, bläst den Abhang herauf und wirbelt bewegte, einhüllende, orangefarbene Wolken und grobe Sandkörner auf, die herumschwirren wie Schmeißfliegen. Angesichts der Gewehre verharren die beiden Aguarunas fügsam und der Steilhang ist schon nahe. Wenn sie über ihn herfielen, sollte der Fette dann schießen? und Madre Angélica, brutaler Kerl, und wenn er sie dabei tötete? Der Blonde hält die Kleine mit dem Nasenring am Arm fest, warum ging's denn nicht runter, Sargento? die andere beim Genick, die entwischten ihm ja, jetzt gleich entwischten sie ihm und sie schreien nicht, sondern versuchen seinem Griff zu entkommen und ihre Köpfe, Schultern, Füße und Beine zucken, stoßen und schlagen aus und der Lotse Nieves kommt mit Thermosflaschen beladen vorbei: er sollte sich beeilen, Don Adrián, hatte er alles? Ja, alles, wenn der Sargento wollte. Der Knirps und der Dunkle halten die Alte bei den Schultern und den Haaren fest und sie sitzt, schreit, hin und wieder schlägt sie kraftlos nach den Beinen der beiden und gebenedeit war die Frucht, Madre, Madre, ihres Leibes und der Blonde konnte sie nicht länger festhalten, Jesus. Der Tätowierte blickt auf das Gewehr des Fetten, die Alte heult auf und schluchzt, zwei feuchte Linien graben fadendünne Furchen in die Staubschicht ihres Gesichts und der Fette sollte nicht den Idioten spielen. Aber wenn der ihm an den Kragen wollte, Sargento, würde er ihm den Schädel einschlagen, und wenn's mit dem Kolben wäre, Sargento, da kannte er keine Scherze. Madre Angélica nimmt das Taschentuch vom Mund: brutaler Kerl, warum sagte er so schlechte Dinge? warum erlaubte ihm der Sargento das? und der Blonde, konnte er schon runter? diese Biester rissen ihm noch die Haut in Fetzen. Die Hände der Kleinen erreichen das Gesicht des Blonden nicht, nur den Hals, der schon über und über rote Schrammen aufweist, und sie haben sein Hemd zerfetzt und die Knöpfe abgerissen. Mitunter scheinen sie mutlos zu werden, ihre Körper erschlaffen und sie schluchzen und dann greifen sie wieder an, ihre nackten Füße treten gegen die Stiefelschäfte des Blonden, der flucht und schüttelt sie, sie kämpfen stumm weiter, und die Madre sollte hinuntergehen worauf wartete sie denn, und der Blonde auch, und Madre Angélica, warum tat er ihnen weh, es waren doch Kinder? ihres Leibes, Jesus, Madre, Madre. Wenn der Knirps und der Dunkle die Alte losließen, würde sie über sie herfallen, Sargento, was sollten sie denn tun? und der Blonde, sollte doch sie selbst die mal festhalten, mal sehen, Madre, sah sie nicht, wie die ihn kratzten? Der Sargento droht mit dem Gewehr, die Aguarunas zucken zusammen, weichen einen Schritt zurück und der Knirps und der Dunkle lassen die Alte los, halten die Hände bereit, um sich zu verteidigen, aber sie bewegt sich nicht, reibt sich nur die Augen und plötzlich ist der Knabe bei ihr, wie von den Staubwirbeln ausgeschieden: er geht in die Hocke und birgt das Gesicht zwischen den baumelnden Brüsten. Der Knirps und der Dunkle gehen bergabwärts, eine rosenrote Staubwand verschluckt sie fast und Scheiße! wie sollte der Blonde sie ganz allein runterbringen, was war mit denen los, Sargento, warum hauten die denn ab, und Madre Angélica geht entschlossen mit den Armen fuchtelnd auf ihn zu: sie half ihm. Sie streckt die Hand nach dem Mädchen mit dem Nasenring aus, berührt sie aber nicht und krümmt sich und die kleine Faust schlägt noch einmal zu und das Ordenskleid dellt sich und Madre Angélica stößt einen Schmerzensschrei aus und zuckt zusammen: was hatte er ihr gesagt, der Blonde schüttelt die Kleine wie ein Staubtuch, Madre, war das nicht eine Bestie? Blaß und gekrümmt probiert Madre Angélica es noch einmal, fängt mit beiden Händen den Arm ein, Heilige Maria, und jetzt heulen sie auf, Mutter Gottes, strampeln, Heilige Maria, kratzen, alle husten, Mutter Gottes, und statt soviel zu beten, sollten sie lieber machen, daß sie runterkämen, Madre Patrocinio, warum Sakrament war sie so aufgeregt und bis wann denn noch, und wie lange denn noch, sie sollten machen, daß sie runterkämen, denn den Sargento packte jetzt die Wut, Scheiße. Madre Patrocinio fährt herum, springt auf die Böschung hinaus und ist nicht mehr zu sehen, der Fette droht mit dem Gewehr und der mit der Tätowierung weicht zurück. Mit welchem Haß er sie anblickte, Sargento, nachtragender Kerl, Hurensohn, und stolz: so mußten die Augen des Chulla-Chaqui sein, Sargento. Die Staubschwaden, die die Hinabkletternden einhüllen, entfernen sich, die Alte weint, wirft sich hin und her und die beiden Aguarunas stieren auf den Lauf, den Schaft, die runden Mündungen der Gewehre: der Fette sollte den Mut nicht verlieren. Er verlor den Mut nicht, Sargento, aber was für eine Art der hatte, einen anzusehen, Himmel, Arsch und, das ging doch nicht. Der Blonde, Madre Angélica und die Mädchen werden auch von den Staubwolken verschluckt und die Alte ist bis zum Rand des Abhangs vorgekrochen, blickt zum Fluß hinunter, ihre Brustwarzen berühren die Erde und der Knabe stößt seltsame Laute aus, jault wie ein Trauervogel und dem Fetten behagte es nicht, die Nacktärsche so nahe stehen zu haben, Sargento, wie kamen sie jetzt hinunter, wo sie allein waren. Und da springt der Motor des Bootes an: die Alte verstummt und hebt das Gesicht, schaut zum Himmel, der Knabe ahmt sie nach, die beiden Aguarunas ahmen sie nach und die Rindviecher suchten ein Flugzeug. Fetter, die schauten nicht her, jetzt war's soweit. Sie ziehen die Gewehre zurück und stoßen sie plötzlich vor, die beiden Männer machen einen Satz zurück und gestikulieren und da bewegen sich der Sargento und der Fette rückwärts den Abhang hinunter, die Gewehre immerzu im Anschlag, versinken bis zu den Knien und der Motor rattert immer lauter, vergiftet die Luft mit Spucken, Knattern, Gurgeln,

Vibrationen und Erschütterungen und auf dem Abhang ist es nicht wie oben auf der Lichtung, keine Brise, nur stickiger Dunst und rötlicher und irritierender Staub, der niesen macht. Undeutlich wahrnehmbar durchforschen dort oben am Abhang einige strubbelige Köpfe den Himmel, bewegen sich pendelartig hin und her und suchen zwischen den Wolken, und der Motor war doch dort und die flennenden Mädchen, Fetter, und der, was, *mi sargento*? er konnte nicht mehr. Sie überqueren den Moraststreifen in vollem Lauf und als sie beim Boot ankommen, keuchen sie und lassen die Zunge heraushängen. Höchste Zeit, warum hatten sie so lange gebraucht? Wie sollte der Fette da noch einsteigen, hatten es sich ja recht bequem gemacht, unverschämte Kerle, sie sollten ihm Platz machen. Aber er mußte sich dünn machen, sie würden schon sehen, der Fette stieg ein und das Boot soff ab und jetzt war keine Zeit für Witze, sollten endlich abfahren, Sargento. Taten sie ja schon, Madre Angélica, unseres Todes Amen.

I

Eine Tür wurde zugeknallt, die Oberin sah vom Schreibtisch auf, Madre Angélica platzte ins Büro wie eine Sturmwelle, ihre bleichen Hände fielen auf die Lehne eines Stuhls.

«Was ist los, Madre Angélica? Sie sind ja ganz aufgeregt.»

«Sie sind entflohen, Madre!» stammelte Madre Angélica. «Keine einzige ist mehr da, mein Gott.»

«Was sagen Sie, Madre Angélica!» Die Oberin war aufgesprungen und eilte zur Tür. «Die Mündel?»

«Mein Gott, mein Gott!» Madre Angélica nickte bestätigend, machte kleine, sehr hastige Bewegungen mit dem Kopf, immer dieselben, wie ein Huhn, das Körner pickt.

Santa María de Nieva erhebt sich da, wo der Nieva in den Alto Marañón mündet, zwei Flüsse, die die Stadt umarmen und ihre Grenzen sind. Ihr gegenüber ragen aus dem Marañón zwei Inseln empor, die den Bewohnern zum Messen des Wasserstandes dienen. Vom Ort aus sieht man, wenn kein Nebel herrscht, im Hintergrund von Vegetation überzogene Hügel und im Vordergrund, den breiten Fluß abwärts, die schwarzen Massen der Kordillere, die der Marañón zum Pongo de Manseriche spaltet: zehn Kilometer wilde Strudel, Felsen und Schnellen, die bei einer Militärgarnison, der des Teniente Pinglo, beginnen und bei einer andern, der von Borja, enden.

«Hier hinaus», sagte Madre Patrocinio. «Schauen Sie, die Tür steht offen, hier sind sie durch.»

Die Oberin hob die Laterne hoch und beugte sich hinaus: das Gestrüpp war ein einheitlicher Schatten, wie überschwemmt von Insekten. Sie wandte sich den Nonnen zu. Die Ordenstrachten waren in der Dunkelheit unsichtbar, aber die weißen Schleier leuchteten wie das Gefieder von Reihern.

«Suchen Sie Bonifacia, Madre Angélica», murmelte die Oberin. «Bringen Sie sie in mein Büro.»

«Ja, Madre, sofort.» Die Laterne beleuchtete eine Sekunde lang das zitternde Kinn Madre Angélicas, ihre Äugchen, die zuckenden Wimpern.

«Unterrichten Sie Don Fabio, Madre Griselda», sagte die Oberin. «Und Sie den Teniente, Madre Patrocinio. Sie sollen auf der Stelle zur Suche aufbrechen. Beeilen Sie sich, Madres.»

Zwei weiße Kreise verließen die Gruppe in Richtung auf den Patio der Mission. Die Oberin, gefolgt von den Nonnen, ging auf das Wohnhaus zu, dicht an der Mauer des Obstgartens entlang, wo in launischen Intervallen ein Krächzen das Flattern der Fledermäuse und das Zirpen der Grillen übertönte. Zwischen den Obstbäumen zwinkerte es und blitzte es auf – Leuchtkäfer? Eulenaugen? Die Oberin blieb vor der Kapelle stehen.

«Gehen Sie hinein, Madres», sagte sie sanft. «Bitten Sie die Jungfrau, sie möge ein Unglück verhüten. Ich komme nachher.»

Santa María de Nieva ist wie eine unregelmäßige Pyramide, und ihre Basis sind die Flüsse. Der Landeplatz befindet sich am Nieva, und rings um die schwimmende Mole schaukeln die Kanus der Aguarunas, die Ruder- und Motorboote der Weißen. Weiter oben liegt, ein Quadrat aus ockerfarbener Erde, die Plaza, in deren Mitte zwei Capironastämme aufragen, kahl und klobig. An dem einen hissen die Guardias am Nationalfeiertag die Fahne. Und um die Plaza gruppiert sind die Comisaría, das Haus des Gobernadors, einige Wohnhäuser von Christen und die Cantina von Paredes, der außerdem noch Kaufmann und Tischler ist und Pusangas herzustellen versteht: Liebestränke. Und noch weiter oben, auf zwei Hügeln, die Gebäude der Mission: Dächer aus Wellblech, Säulen aus Lehm und Ponaholz, kalkverputzte Wände, Drahtgeflecht an den Fenstern, Holztüren.

«Wir wollen keine Zeit verlieren, Bonifacia», sagte die Oberin. «Sag mir gleich die ganze Wahrheit.»

«Sie war in der Kapelle», sagte Madre Angélica. «Die Madres haben sie entdeckt.»

«Ich habe dich etwas gefragt, Bonifacia», sagte die Oberin. «Worauf wartest du?»

Sie trug eine blaue Tunika, ein Futteral, das ihren Körper von den Schultern bis zu den Knöcheln versteckte, und ihre bloßen Füße, kupferfarben wie die Bretter des Bodens, ruhten nebeneinander: zwei flache, vielköpfige Tiere.

«Hast du nicht gehört?» fragte Madre Angélica. «Rede doch!»

Der schwarze Schleier, der ihr Gesicht umrahmte, und das Halbdunkel in dem Büro akzentuierten das Zweideutige ihres Gesichtsausdrucks, halb menschenscheu, halb teilnahmslos, und ihre großen Augen blickten starr auf den Schreibtisch; mitunter ließ die Flamme des Lampendochts, wenn die vom Obstgarten hereinwehende Brise sie bewegte, das Grün dieser Augen erkennen, ein mattes Funkeln.

«Haben sie dir die Schlüssel gestohlen?» fragte die Oberin.

«Du wirst dich nie ändern, fahrlässiges Geschöpf!» Die Hand Madre Angélicas flatterte über Bonifacias Kopf. «Siehst du jetzt, wozu deine Achtlosigkeit geführt hat?»

«Überlassen Sie das mir, Madre», sagte die Oberin. «Laß mich nicht noch mehr Zeit verlieren, Bonifacia.»

Ihre Arme hingen an beiden Seiten herunter, den Kopf hielt sie gesenkt, die Tunika verriet nur knapp die Bewegung ihrer Brust. Ihre geraden, vollen Lippen waren zu einer mürrischen Grimasse zusammengelötet, und die Nase dehnte sich und runzelte sich leicht in sehr gleichmäßigem Rhythmus.

«Mach mich nicht ärgerlich, Bonifacia, ich rede ernsthaft mit dir, und du tust, als hörtest du's regnen», sagte die Oberin. «Wann hast du sie alleingelassen? Hast du den Schlafsaal nicht abgeschlossen?»

«Nun red endlich, Teufelsbraten!» Madre Angélica packte Bonifacias Tunika. «Gott wird dich für diesen Hochmut bestrafen.»

«Du kannst den ganzen Tag über in die Kapelle gehen, aber nachts ist es deine Pflicht, auf die Mündel aufzupassen», sagte die Oberin. «Warum bist du ohne Erlaubnis aus dem Zimmer gegangen?»

Zwei schwache Klopfzeichen erklangen an der Tür des Büros, die Nonnen drehten sich um. Bonifacia hob die Lider ein wenig, und einen Augenblick lang waren ihre Augen größer, grün und gespannt.

Von den Hügeln des Dorfes aus sieht man, hundert Meter jenseits, am rechten Ufer des Nieva, die Cabaña des Adrián Nieves, sein Stückchen Land und dahinter nur eine Flut von Lianen, Gestrüpp, Bäume mit tentakelartigen Zweigen und hoch aufragenden Wipfeln. Nicht weit von der Plaza liegt die Siedlung der Eingeborenen, eine Anhäufung von Hütten, die auf Bäumen errichtet sind, deren Kronen abgehackt wurden. Schlamm verschlingt dort das wilde Kraut und umgibt stinkende Wasserpfützen, in denen es von Kaulquappen und Würmern brodelt. Da und dort sieht man winzige Rechtecke, auf denen Maniok und Mais wachsen, ein paar Obstbäume stehen. Von der Mission führt ein steiler Pfad hinunter zur Plaza. Und hinter der Mission bietet eine Mauer aus Lehm dem Vordringen des Urwalds Widerstand, der unbarmherzigen Attacke des Dschungels. In dieser Mauer befindet sich eine verschlossene Tür.

«Der Gobernador, Madre», sagte Madre Patrocinio. «Gestatten Sie?»

«Ja, führen Sie ihn bitte herein, Madre Patrocinio», antwortete die Oberin.

Madre Angélica hob die Lampe hoch und erlöste zwei verschwommene Gestalten aus dem Dunkel der Schwelle. In einen Überwurf gehüllt, in der Hand eine Taschenlampe, trat Don Fabio unter Verneigungen ein.

«Ich war schon im Bett und hab mich schnell angezogen, Madre, entschuldigen Sie meinen Aufzug.» Er gab der Oberin und Madre Angélica die Hand. «Wie hat das nur passieren können, ich schwör Ihnen, ich konnte es einfach nicht glauben. Ich kann mir vorstellen, wie Ihnen allen zumute ist, Madre.»

Sein kahler Schädel schien feucht zu sein, sein schmales Gesicht lächelte den Nonnen zu.

«Nehmen Sie Platz, Don Fabio», sagte die Oberin. «Ich danke Ihnen, daß Sie gekommen sind. Bieten Sie dem Gobernador einen Stuhl an, Madre Angélica.»

Don Fabio nahm Platz, und die Taschenlampe, die in seiner Hand hing, ging an: ein goldener Kreis auf dem Teppich aus Chambirastreifen.

«Sie sind schon unterwegs, um sie zu suchen, Madre», sagte der Gobernador. «Der Teniente auch. Machen Sie sich keine Sorgen, sie werden sie bestimmt noch heute nacht finden.»

«Die Ärmsten, da draußen, mutterseelenallein, Don Fabio, stellen Sie sich vor», seufzte die Oberin. «Glücklicherweise regnet es nicht. Sie haben keine Ahnung, wie wir erschrocken sind.»

«Aber wie ist das denn zugegangen, Madre?» sagte Don Fabio. «Ich kann's immer noch nicht glauben.»

«Die da hat nicht aufgepaßt», sagte Madre Angélica und deutete auf Bonifacia. «Sie hat sie alleingelassen und ist in die Kapelle gegangen. Wird vergessen haben, die Tür abzuschließen.»

Der Gobernador blickte Bonifacia an, und sein Gesicht bekam einen strengen und schmerzlichen Ausdruck. Aber gleich darauf lächelte er und machte eine kleine Verbeugung vor der Oberin.

«Die Mädchen sind ahnungslos, Don Fabio», sagte die Oberin. «Sie wissen nichts von den Gefahren. Das macht uns am meisten Sorgen. Ein Unfall, ein Tier.»

«Ach, diese Mädchen!» sagte der Gobernador. «Siehst du, Bonifacia, du mußt besser aufpassen.»

«Bitte Gott, daß ihnen nichts zustößt», sagte die Oberin. «Denk nur, was für Vorwürfe du dir dein ganzes Leben lang machen müßtest, Bonifacia.»

«Haben Sie sie nicht ausreißen hören, Madre?» fragte Don Fabio. «Durch den Ort sind sie nicht gekommen. Werden in den Wald gegangen sein.»

«Sie sind durch die Tür im Obstgarten hinaus, deswegen haben wir sie nicht gehört», sagte Madre Angélica. «Haben diesem Dummkopf da die Schlüssel gestohlen.»

«Nenn mich nicht Dummkopf, Mamita», sagte Bonifacia, die Augen weit offen. «Sie haben sie mir nicht gestohlen.»

«Dummkopf, Riesendummkopf», sagte Madre Angélica. «Du wagst es auch noch? Und nenn mich nicht Mamita.»

«Ich hab ihnen die Tür aufgemacht.» Bonifacia öffnete kaum die Lippen. «Ich habe sie fliehen lassen, siehst du jetzt, daß ich kein Dummkopf bin?»

Don Fabio und die Oberin streckten den Kopf vor und starrten Bonifacia an, Madre Angélica machte den Mund zu, auf, räusperte sich, ehe sie Worte fand.

«Was hast du gesagt?» Sie räusperte sich noch einmal. «Du hast sie hinausgelassen?»

«Ja, Mamita», antwortete Bonifacia. «Ich war's.»

«Jetzt wirst du schon wieder traurig, Fushía», sagte Aquilino. «Sei doch nicht so, Mensch. Komm, red ein bißchen, dann bist du nicht mehr traurig. Erzähl mir jetzt, wie du ausgebrochen bist.»

«Wo sind wir denn, Alter?» sagte Fushía. «Ist's noch weit bis zum Marañón?»

«Wir sind schon längst auf dem Marañón», sagte Aquilino. «Du hast's gar nicht gemerkt, hast geschnarcht wie ein Baby.»

«Während der Nacht?» sagte Fushía. «Wieso hab ich dann die Schnellen nicht gespürt, Aquilino?»

«Es war so hell, daß man hätte meinen können, es sei Morgen, Fushía», sagte Aquilino. «Der Himmel nichts als Sterne, und das Wetter war so schön wie noch nie, nichts, gar nichts hat sich gerührt. Tagsüber trifft man Fischer, manchmal ein Motorboot der Garnison, nachts ist's sicherer. Und wie hättest du auch die Schnellen spüren sollen, wo ich sie doch auswendig kenne. Aber setz nicht so ein Gesicht auf, Fushía. Kannst aufstehen, wenn du willst, dir muß doch heiß sein unter den Decken. Niemand sieht dich, wir sind ganz allein auf dem Fluß.»

«Ich bleib lieber hier», sagte Fushía. «Mir ist kalt, ich zittre am ganzen Körper.»

«Klar, Mensch, wie's dir lieber ist», sagte Aquilino. «Komm, erzähl mir jetzt, wie du ausgebrochen bist. Warum hatten sie dich eigentlich eingesperrt? Wie alt warst du damals?»

Er hatte die Schule besucht, und deswegen hatte ihn der Türke ein wenig in seinem Laden arbeiten lassen. Er führte ihm die Bücher, Aquilino, so Riesenbücher, die Soll und Haben heißen. Und wenn er auch damals noch ehrlich gewesen war, geträumt hatte er doch davon, reich zu werden. Sparen? Wovon denn, Alter? wo's doch nur für eine Mahlzeit am Tag reichte, für Zigaretten nicht, für Schnaps nicht. Er wollte ein kleines Kapitälchen zum Geschäftemachen. Und so geht's im Leben, der Türke setzte es sich in den Kopf, daß er ihn bestohlen hatte, pure Lüge, und ließ ihn einsperren. Niemand wollte glauben, daß er ehrlich war, und sie steckten ihn in eine Zelle mit zwei Gaunern. War das nicht die größte Ungerechtigkeit, Alter?

«Aber das hast du mir ja schon erzählt, wie wir die Insel verlassen haben, Fushía», sagte Aquilino. «Ich möchte, daß du mir erzählst, wie du ausgebrochen bist.»

«Mit diesem Nachschlüssel», sagte Chango. «Iricuo hat ihn aus dem Pritschendraht gemacht. Wir haben ihn schon ausprobiert, die Tür geht auf, ohne daß man was hört. Willst du's sehen, Japanerchen?»

Chango war der Älteste, wegen Rauschgift im Gefängnis, und Fushía behandelte er mit Zuneigung. Iricuo dagegen machte sich immer über ihn lustig. Ein Kerl, der viele Leute betrogen hatte, mit dem Erbschaftstrick, Alter. Der Plan stammte von ihm.

«Und hat's dann auch so geklappt, Fushía?» sagte Aquilino.

«So klappt's», sagte Iricuo. «Versteht ihr denn nicht? An

Neujahr hauen immer alle ab. Nur im Wachlokal ist einer, dem müssen wir die Schlüssel wegnehmen, bevor er sie übers Gitter wirft. Davon hängt alles ab, Jungens.»

«Nun schließ schon auf, Chango», sagte Fushía. «Ich halt's nicht mehr aus hier, Chango, mach doch auf!»

«Du solltest eigentlich hierbleiben, Japanerchen», sagte Chango. «Ein Jahr ist schnell vorbei. Wir haben nichts zu verlieren, aber du bist ruiniert, wenn's schiefgeht; dann kriegst du zwei Jahre mehr aufgebrummt.»

Aber er gab nicht nach und sie verließen die Zelle und das Wachlokal war leer. Den Wachsoldaten fanden sie am Gitter, er schlief, in der Hand eine Flasche.

«Ich hab ihm mit dem Pritschenfuß auf den Kopf gehauen, und er ist zusammengesackt», sagte Fushía. «Ich glaub, ich hab ihn umgebracht, Chango.»

«Hau ab, Idiot, ich hab die Schlüssel schon», sagte Iricuo. «Wir müssen den Patio im Galopp überqueren. Hast du ihm die Pistole abgenommen?»

«Laß mich zuerst gehen», sagte Chango. «Die vom Hauptgebäude sind bestimmt genauso besoffen wie der hier.»

«Aber sie waren nüchtern, Alter», sagte Fushía. «Es waren zwei, haben gewürfelt. Wie die geglotzt haben, als wir hereingekommen sind!»

Iricuo richtete die Pistole auf sie: entweder sie öffneten das Tor oder es knallte, Saukerle. Und beim ersten Mucks hatten sie ein Loch im Bauch, Saukerle, und entweder sie beeilten sich oder er durchlöcherte sie, Saukerle, wie ein Sieb.

«Feßle sie, Japanerchen», sagte Chango. «Mit ihren Gürteln. Und stopf ihnen die Krawatten ins Maul. Schnell, Japanerchen, schnell.»

«Sie passen nicht, Chango», sagte Iricuo. «Der vom Tor ist nicht dabei. Jetzt sitzen wir in der Scheiße, bevor wir gepinkelt haben, Jungens.»

«Einer von denen muß es doch sein, probier weiter», sagte Chango. «Was machst du denn da, Junge, warum bearbeitest du die mit den Füßen?»

«Und warum hast du sie mit den Füßen bearbeitet, Fushía?» sagte Aquilino. «Das verstehe ich nicht, in so einem Moment denkt man doch ans Ausreißen und sonst nichts.»

«Ich hatte eine fürchterliche Wut auf all diese Schweinehunde», sagte Fushía. «Wie die uns behandelt haben, Alter. Weißt du, daß sie ins Krankenhaus mußten? In den Zeitungen hat gestanden: japanische Grausamkeit, Aquilino, orientalische Rachsucht. Ich hab lachen müssen, ich war noch nie aus Campo Grande hinausgekommen und war brasilianischer als jeder andre.»

«Jetzt bist du Peruaner, Fushía», sagte Aquilino. «Wie ich dich in Moyobamba kennengelernt hab, da konnte man dich noch für einen Brasilianer halten, du hast ein bißchen komisch gesprochen. Aber jetzt redest du wie die Leute von hier.»

«Weder Brasilianer noch Peruaner», sagte Fushía. «Ein armseliger Scheißdreck, Alter, Abfall, das bin ich jetzt.»

«Warum bist du so brutal?» sagte Iricuo. «Warum hast du sie geschlagen? Wenn sie uns erwischen, schlagen sie uns mit ihren Prügeln tot.»

«Alles klappt, keine Zeit jetzt zum Streiten», sagte Chango. «Wir verstecken uns, Iricuo, und du beeil dich, Japanerchen, du holst das Auto und bist wie der Blitz wieder da.»

«Auf dem Friedhof?» sagte Aquilino. «Das tun Christen aber nicht.»

«Das waren keine Christen, sondern Gauner», sagte Fushía. «In den Zeitungen hat's geheißen, sie seien auf den Friedhof gegangen, um die Gräber aufzureißen. So sind die Leute, Alter.»

«Und du hast das Auto von dem Türken gestohlen?» sagte Aquilino. «Wieso haben sie aber die andern erwischt und dich nicht?»

«Die sind die ganze Nacht auf dem Friedhof geblieben und haben auf mich gewartet», sagte Fushía. «Im Morgengrauen ist die Polizei über sie hergefallen. Ich hatte Campo Grande längst hinter mir gelassen.»

«Das heißt, du hast sie verraten, Fushía», sagte Aquilino.

«Hab ich vielleicht nicht alle Welt verraten?» sagte Fushía. «Was hab ich denn mit Pantacha und den Huambisas gemacht? Was hab ich mit Jum gemacht, Alter?»

«Aber damals warst du noch kein schlechter Mensch», sagte Aquilino. «Du selber hast mir gesagt, du seist ehrlich gewesen.»

«Bevor ich ins Gefängnis gekommen bin», sagte Fushía. «Dort hab ich aufgehört, es zu sein.»

«Und wie bist du nach Peru gekommen?» sagte Aquilino. «Campo Grande muß doch sehr weit weg sein.»

«Im Matto Grosso, Alter», sagte Fushía. «Die Zeitungen haben geschrieben, der Japaner sei auf dem Weg nach Bolivien. Aber so dumm war ich nicht, ich hab mich überall herumgetrieben, die meiste Zeit auf der Flucht, Aquilino. Und schließlich bin ich nach Manaos gekommen. Von da aus war's leicht, nach Iquitos hinüberzukommen.»

«Und dort hast du dann den Señor Julio Reátegui kennengelernt, Fushía?» sagte Aquilino.

«Ihn selber hab ich damals noch nicht kennengelernt», sagte Fushía. «Aber ich hab von ihm erzählen hören.»

«Was du für ein Leben geführt hast, Fushía!» sagte Aquilino. «Du hast soviel gesehen, bist soviel gereist. Ich hör dir gern zu, du weißt nicht, wie unterhaltsam das ist. Erzählst du mir das alles nicht gern? Findest du nicht, daß die Zeit so schneller vergeht?»

«Nein, Alter», sagte Fushía. «Ich finde nur, daß ich friere.»

Wenn der Wind von der Kordillere herunterkommt und über die Sandwüsten hinbläst, wird er heiß und hart: gerüstet mit Sand folgt er dem Lauf des Flusses, und wenn er die Stadt erreicht, sieht man zwischen Himmel und Erde etwas wie einen gleißenden Panzer. Dann entlädt er seine Eingeweide: alle Tage, das ganze Jahr über, mit Beginn der Dämmerung, fällt ein trockener, ein Regen fein wie Sägemehl, der erst bei Tagesanbruch nachläßt, auf die Plätze, die Ziegeldächer, die Kirchendächer, die Glockentürme, die Balkone und die Bäume, und bedeckt die Straßen Piuras mit Weiß. Die Fremden irren sich, wenn sie behaupten *«die Häuser der Stadt stehen kurz vor dem Einsturz»*: das nächtliche Knirschen rührt nicht von den Bauten her, die zwar alt sind, aber robust, sondern von den unsichtbaren, unzähligen winzigen Sandgeschossen, die gegen die Türen und Fenster prallen. Sie irren sich auch, wenn sie denken: *«Piura ist eine menschenscheue, traurige Stadt.»* Die Leute flüchten sich in ihre Häuser, wenn der Abend hereinbricht, um dem erstickenden Wind und dem Angriff des Sandes zu entkommen, der der Haut weh tut wie Nadelstiche und sie rötet und verwundet, aber in den Slums von Castilla, den Hütten aus Lehm und Rohr in der Mangachería, in den Garküchen und Chicha-Schenken in der Gallinacera, in den Villen der Principales entlang dem Damm und an der Plaza de Armas, vergnügen sie sich, wie die Leute überall woanders auch, indem sie trinken, Musik hören, sich unterhalten. Der Eindruck einer verlassenen und melancholischen Stadt wird auf der Schwelle zu ihren Häusern aufgehoben, selbst in den ärmlichsten Unterkünften, die eine hinter der andern an den Flußufern entlang, jenseits des Schlachthofs, stehen.

Die Nacht von Piura ist voller Geschichten. Die Landleute sprechen von Gespenstern; in ihren Winkeln erzählen sich die Frauen beim Kochen Klatschgeschichten und Mißgeschicke. Die Männer trinken helle Chicha aus Stamperln, rachenputzende Gläser Zuckerrohrschnaps. Der kommt aus der Sierra und ist sehr stark: den Fremden tränen die Augen, wenn sie ihn das erste Mal probieren. Auf der Erde wälzen sich die Kinder herum, raufen, verstopfen die Gänge der Würmer, basteln Fallen für die Leguane oder lauschen unbeweglich, mit aufgerissenen Augen, den Geschichten der Erwachsenen: von Bandoleros, die in den Schluchten von Canchaque, Huancabamba und Ayabaca den Reisenden auflauern, um sie zu berauben und ihnen, manchmal, die Gurgel durchzuschneiden; von Herrenhäusern, wo Geister umgehen; von Wunderheilungen der Hexenmeister; von vergrabenen Silber- oder Goldschätzen, die durch Kettengerassel und Ächzen verraten, wo sie verborgen sind; von Montonera-Banden, die die Hazienda-Besitzer der Region in zwei Gruppen spalten und die Sandwüsten in allen Richtungen durchziehen, einander aufspüren und inmitten riesiger Staubwolken übereinander herfallen, die Gehöfte und Distrikte besetzen, das Vieh konfiszieren, die Männer mit dem Lasso fangen und alles mit Papierfetzen bezahlen, die sie Gutscheine des Vaterlands nennen, Montoneras, die noch die jungen Leute wie einen Reitersturm in Piura haben einziehen, ihre Zelte aufschlagen und in ihren roten und blauen Uniformen sich über die Stadt ergießen sehen; Geschichten von Herausforderungen, Ehebrüchen und Katastrophen, von Frauen, die die Jungfrau in der Kathedrale haben weinen, die Hand zum Kruzifix heben und das Jesuskind verstohlen haben lächeln sehen.

An Sonnabenden werden, im allgemeinen, Fiestas veranstaltet. Ausgelassenheit spült dann wie eine elektrisierende Welle über die Mangachería, über Castilla, die Gallinacera, über die Hütten am Flußufer hin. In ganz Piura klingen Lieder und Pasillos auf, langsame Walzer, die Huaynos, die die *serranos* tanzen, indem sie mit bloßen Füßen auf den Boden stampfen, flinke Marineras oder traurige mit Fugen wie Tonderos. Wenn die Trunkenheit sich ausbreitet und das Singen aufhört, keine Hände mehr über die Saiten der Gitarre streichen, das Dröhnen der Kisten und das Schluchzen der Arpas [1*] verstummt, dann tauchen aus den elenden Hüttensiedlungen, die Piura wie eine Mauer umgeben, unvermittelt Schatten auf, die dem Wind und dem Sand trotzen: junge, gegen die gute Sitte verstoßende Paare, die zu dem spärlichen Algarrobawäldchen hinausschleichen, das die Sandkuhlen verdunkelt, zu den versteckten Uferflächen am Fluß, den Grotten, die nach Catacaos schauen, die Wagemutigsten sogar bis dahin, wo die Wüste beginnt. Dort lieben sie sich.

Im Herzen der Stadt, auf den Grundstücken, die die Plaza de Armas säumen, in den alten Häusern mit vom Kalk weißen Wänden und Balkonen mit Gitterläden, wohnen die Hazienda-Besitzer, die Kaufleute, die Advokaten, die Amtspersonen – die Principales. Nachts kommen sie in den Gärten zusammen, unter den Palmen, und sprechen über die Plagen, die dieses Jahr die Baumwollfelder und die Zuckerrohrpflanzungen bedrohen, mutmaßen, ob der Fluß rechtzeitig kommen und reichhaltig Wasser führen wird, sprechen vom Feuer, das einige Felder des Chápiro Seminario verheert hat, vom Hahnenkampf am Sonntag, von der Pachamanca [2], die organisiert wird, um den neuen Ortsarzt, Pedro Zevallos, zu begrüßen. Während sie Rocambur, Domino oder Tresillo spielen, beten in den düsteren, mit Teppichen ausgelegten Salons, zwischen ovalen Ölgemälden, großen Spiegeln und mit Damast bespannten Möbeln, die Señoras den Rosenkranz, verhandeln über zukünftige Verlobungen, planen die Empfänge und die Wohlfahrtsbälle, losen die Pflichten aus, die sie bei der Prozession übernehmen oder beim Schmücken der Altäre, bereiten die Karitas-Kirmessen vor und besprechen den Gesellschaftsklatsch in der Lokalzeitung, einem bunt gedruckten Blatt, das ‹*Ecos y Noticias*› heißt.

Fremde kennen das Innenleben der Stadt nicht. Was verabscheuen sie an Piura? Die Isoliertheit, die ausgedehnten Sandstriche, die die Stadt vom übrigen Land trennen, das Fehlen von Landstraßen, die endlosen Reisen zu Pferd in der sengenden Sonne und die Hinterhalte der Bandoleros. Sie kommen am Hotel ‹La Estrella del Norte› an, an der Plaza de Armas, einem alten, blassen Herrenhaus, so hoch wie der laubenartige Pavillon, wo an Sonntagen die Blaskapelle spielt und in dessen Schatten sich die Bettler und die Schuhputzjungen niederlassen; und dann müssen sie ab fünf Uhr nachmittags in ihrem Zimmer eingesperrt blei-

* Die hochgestellten Ziffern verweisen auf die Anmerkungen S. 426 f.

ben und durch die Gardinen hinaus- und zusehen, wie der Sand von der einsamen Stadt Besitz ergreift. In der Bar des Hotels ‹La Estrella del Norte› trinken sie dann, bis sie besoffen umfallen. *«Hier ist's nicht wie in Lima»*, sagen sie, *«man kann sich nirgends amüsieren; die Piuraner sind nicht schlecht, aber sooo nüchtern, überhaupt kein Nachtleben.»* Sie wünschen sich Spielhöllen, in denen das satanische Feuer die ganze Nacht nicht ausgeht, sie wollen verschwenden, was sie verdient haben. Deswegen pflegen sie, wenn sie die Stadt verlassen, schlecht von ihr zu sprechen, das geht bis zur Verleumdung. Gibt es aber vielleicht gastfreundlichere und herzlichere Leute als die Piuraner? Sie empfangen die Fremden im Triumphzug, reißen sich um sie, wenn das Hotel belegt ist. Die Principales unterhalten die Viehhändler, die Baumwollmakler, jeden Staatsbeamten, der eintrifft, so gut sie nur können: veranstalten ihnen zu Ehren in den Sierras von Chulucanas Rotwildjagden, reiten mit ihnen auf den Haziendas spazieren, richten Pachamancas für sie ein. In Castilla und in der Mangachería stehen die Türen den Indios offen, die aus der Sierra auswandern und hungrig und scheu in der Stadt auftauchen, den Hexenmeistern, die draußen in den Dörfern von den Geistlichen davongejagt worden sind, den Trödlern, die kommen, um in Piura ihr Glück zu versuchen. Chicha-Verkäuferinnen, Wasserträger, Bewässerungsknechte nehmen sie auf, als gehörten sie zur Familie, teilen ihr Brot und ihre Hütten mit ihnen. Wenn sie dann abreisen, nehmen die Fremden immer Geschenke mit. Aber mit nichts sind sie zufrieden, sie hungern nach Frauen und ertragen die piuranische Nacht nicht, wo nur der Sand rege ist, der vom Himmel fällt.

So sehr haben diese Undankbaren sich nach Weibern und nach nächtlichen Vergnügungen gesehnt, daß schließlich der Himmel (*«der Teufel, der verfluchte Gehörnte»*, sagt der Padre García) Einsehen mit ihnen hatte. Und so kam es zum lauten, frivolen, nächtlichen Grünen Haus.

Der Cabo Roberto Delgado treibt sich eine gute Weile vor dem Büro des Capitán Artemio Quiroga herum, kommt aber zu keinem Entschluß. Zwischen dem aschgrauen Himmel und der Garnison Borja ziehen langsam schwärzliche Wolken dahin, und auf der benachbarten Esplanade exerzieren die Sargentos mit den Rekruten: Stillgestanden Scheiße, Rühren Scheiße. Die Luft ist schwer von feuchtem Dunst. Na wennschon, schlimmstenfalls ein Anschiß und der Cabo stößt die Tür auf, macht die Ehrenbezeigung vor dem Capitán, der am Schreibtisch sitzt und sich mit einer Hand Luft zufächelt: was gab's? was wollte er? und der Cabo, Urlaub, um nach Bagua zu reisen, war das möglich? Was war denn mit dem Cabo los? der Capitán fächelt jetzt wütend mit beiden Händen, was für ein Insekt hatte denn ihn gestochen? Aber den Cabo Roberto Delgado stachen keine Insekten, weil er im Urwald zu Haus war, *mi capitán*, aus Bagua: er wollte Urlaub, um seine Familie zu besuchen. Und da ging's schon wieder los, der verdammte Regen. Der Capitán steht auf, schließt das Fenster, kehrt zu seinem Sessel zurück, Hände und Gesicht naß. So, ihm taten die Viecher also nichts, doch nicht etwa, weil er schlechtes Blut hatte? sie wollten sich eben nicht vergiften, darum stachen sie ihn nicht, und der Cabo nickt: schon möglich, *mi capitán*. Der Offizier lächelt mechanisch und der Regen hat den Raum mit Geräuschen gefüllt: dicke Tropfen prasseln wie Kieselsteine auf das Wellblechdach, der Wind pfeift durch die Ritzen der Wand. Wann hatte der Cabo seinen letzten Urlaub gehabt? voriges Jahr? Ah, dann, das war was andres und das Gesicht des Capitáns legt sich in Falten. Dann standen ihm drei Wochen Urlaub zu und seine Hand zuckt hoch, nach Bagua wollte er also? dann sollte er Besorgungen für ihn erledigen, und klatscht gegen die Backe und die wird rot. Der Cabo zeigt einen sehr ernsten Gesichtsausdruck. Warum lachte er nicht? war's etwa nicht zum Lachen, daß der Capitán sich selbst ohrfeigte? und der Cabo, nein, aber ich bitte Sie, *mi capitán*, wie sollte es denn. Ein joviales Funkeln entsteht in den Augen des Offiziers, besänftigt seinen säuerlich verzogenen Mund, Bürschchen: entweder er lachte schallend oder es gab keinen Urlaub. Der Cabo Roberto Delgado blickt verwirrt nach der Tür, zum Fenster. Schließlich öffnet er den Mund und lacht, zuerst unlustig und gekünstelt, danach natürlich und endlich fröhlich. Die Schnake, die den Capitán gebissen hatte, war ein Weibchen, und der Cabo schüttelt sich vor Lachen, nur die Weibchen stachen, wußte er das? die Männchen waren Vegetarier, und der Capitán, hau lieber gleich ab, der Cabo verstummt: Vorsicht, damit die Viecher ihn nicht unterwegs nach Bagua auffraßen, weil er so ein Witzvogel war. Aber das war kein Witz, sondern wissenschaftlich, nur die Weibchen saugten

Blut: der Teniente de la Flor hatte ihm das erklärt, *mi capitán*, und der Capitán, Arschloch, Männchen oder Weibchen, brennen tat's doch und wer hatte ihn überhaupt gefragt, wollte er den Besserwisser spielen? Aber der Cabo wollte sich nicht über ihn lustig machen, *mi capitán*, und schauen Sie, es gab ein Mittel, das nicht fehlte, eine Salbe, die die Urakusas benutzten, er würde ihm einen Krug von dem Zeug bringen, *mi capitán*, und der Capitán meinte, er sollte auf christlich mit ihm reden, wer waren diese Urakusas? Das schon, aber wie anders konnte der Cabo auf christlich mit ihm reden, wenn doch die Aguarunas, die in Urakusa lebten, so hießen und hatte der Capitán vielleicht je einen Chuncha gesehen, den die Viecher gestochen hätten? Sie hatten ihre Geheimmittel, machten ihre Salben aus den Harzen der Bäume und beschmierten sich damit, eine Schnake, die sich heranwagte, ging drauf und er würde sie ihm mitbringen, *mi capitán*, einen Krug voll, sein Wort drauf, daß er sie ihm brachte. Wie lustig der Cabo heute morgen war, mal sehen, was für ein Gesicht er aufsetzte, wenn die Heiden ihm den Kürbis schrumpften, und der Cabo, sehr gut, sehr gut, *mi capitán*: er sah seinen Kopf schon, so klein. Und wozu wollte der Cabo nach Urakusa gehen? lediglich um ihm die Salbe zu holen? und der Cabo, na klar, klar, und außerdem weil er so den Weg abkürzte, *mi capitán*. Sonst verbrachte er den Urlaub mit Reisen und würde nicht mehr bei der Familie und den Freunden sein können. Waren alle Leute von Bagua wie der Cabo? und er, noch schlimmer, so unverschämt? viel schlimmer, *mi capitán*, er war harmlos dagegen und der Capitán lacht ihm ins Gesicht und der Cabo ahmt ihn nach, beobachtet ihn, schätzt ihn mit halbgeschlossenen Augen ab und plötzlich, sollte er einen Flußlotsen mitnehmen, *mi capitán*? einen Träger? ging das? und Capitán Artemio Quiroga, was? der Cabo hielt sich wohl für besonders raffiniert, oder? brachte ihn mit Albereien in gute Laune, der Capitán lachte, und er wollte ihn um den Finger wickeln, oder? Aber allein würde er sich ja fürchterlich verspäten, *mi capitán*, wo's doch keine Straßen gab, wie konnte er in so kurzer Zeit ohne Lotsen nach Bagua und zurück kommen, und alle Offiziere würde ihm Einkäufe auftragen, da brauchte man jemanden, der die Pakete schleppen half, er sollte ihn doch einen Lotsen und einen Träger mitnehmen lassen, Ehrenwort, daß er ihm dieses Salbenzeug gegen die Viecher mitbrachte, *mi capitán*. Jetzt wollte er ihm also ins Gewissen reden: war wohl mit allen Wassern gewaschen, und der Cabo, Sie sind 'ne Wucht, *mi capitán.* Unter den Rekruten, die vorige Woche angekommen waren, war ein Lotse, er sollte sich den mitnehmen und einen Träger, der aus der Gegend stammte. Eins noch, drei Wochen, nicht einen Tag länger, und der Cabo, nicht einen Tag länger, *mi capitán*, das schwor er. Er knallt die Hacken zusammen, grüßt und in der Tür bleibt er stehen. Verzeihung, *mi capitán*, wie hieß der Lotse? und der Capitán, Adrián Nieves und ob der Cabo nun endlich verschwand, denn er hatte noch andres zu tun. Der Cabo Roberto Delgado öffnet die Tür, tritt hinaus, ein feuchter und glühender Wind dringt ins Zimmer, fährt dem Capitán leicht ins Haar.

Es klopfte, Josefino Rojas ging an die Tür und machte auf und sah niemanden auf der Straße. Es wurde schon dunkel, die Straßenlichter im Jirón Tacna waren noch nicht eingeschaltet, eine Brise kreiste lauwarm durch die Stadt. Josefino ging einige Schritte in Richtung Avenida Sánchez Cerro und sah die Leóns auf einer Bank der Plazuela sitzen, neben der Statue des Malers Merino. José hatte eine Zigarette im Mund, der Affe reinigte sich mit einem Streichholz die Fingernägel.

«Wer ist denn gestorben?» sagte Josefino. «Warum die Leichenbittermienen?»

«Halt dich fest, sonst fällst du in Ohnmacht, Unbezwingbarer», sagte der Affe. «Lituma ist wieder da.»

Josefino machte den Mund auf, sagte aber nichts; die Augenlider flatterten einige Sekunden, ein perplexes und apathisches Lächeln entstellte sein ganzes Gesicht. Er begann sich sachte die Hände zu reiben.

«Vor zwei Stunden ist er angekommen, mit dem Roggero-Autobus», sagte José.

Die Fenster der San-Miguel-Schule waren erleuchtet, und vom Tor aus trieb ein Inspektor die Schüler der Abendkurse an, indem er in die Hände klatschte. Jungens in Schuluniformen kamen sich unterhaltend unter den raschelnden Algarrobabäumen die Libertadstraße entlang. Josefino hatte die Hände in die Taschen gesteckt.

«Es wär gut, wenn du mitkämst», sagte der Affe. «Er erwartet uns.»

Josefino ging zurück über die Avenida, schloß die Haustür, kehrte zur Plazuela zurück, und die drei machten sich schweigend auf den Weg. Einige Meter hinter dem Jirón Arequipa begegneten sie Padre García, der, in seinen grauen Schal gemummt, vornübergebeugt daherkam, schlurfend und schnaufend. Er fuchtelte mit der Faust in der Luft herum und rief ihnen zu «Gottlose!» – «Brandstifter!» erwiderte der Affe, und José «Brandstifter! Brandstifter!» Sie gingen auf dem rechten Bürgersteig, Josefino in der Mitte.

«Aber die Roggero-Busse kommen doch früh am Morgen oder abends, nie um diese Zeit», sagte Josefino.

«Sie sind auf der Anhöhe von Olmos steckengeblieben», sagte der Affe. «Ein Reifen ist geplatzt. Sie haben ihn gewechselt, und danach sind noch zwei geplatzt. Glück muß man haben.»

«Uns ist's kalt über den Buckel gelaufen, wie wir ihn gesehen haben», sagte José.

«Er wollte auf der Stelle losziehen und feiern», sagte der Affe. «Wie wir weggegangen sind, um dich zu holen, hat er sich gerade umgezogen.»

«Das kommt mir unerwartet, verdammt noch mal», sagte Josefino.

«Was machen wir jetzt?» sagte José.

«Was du für richtig hältst, Vetter», sagte der Affe.

«Dann bringt doch den Genossen mit», sagte Lituma. «Wir wollen ein paar mit ihm heben. Holt ihn, sagt ihm, daß der Unbezwingbare Nummer Vier heimgekehrt ist. Mal sehen, was er für ein Gesicht zieht.»

«Meinst du das ernst, Vetter?» sagte José.

«Und ob!» sagte Lituma. «Ich hab da ein paar Flaschen Sol de Ica mitgebracht, eine davon saufen wir mit ihm. Ich möchte ihn so gern wiedersehen, Ehrenwort. Los, ich zieh mich inzwischen um.»

«Wenn er von dir redet, sagt er immer der Genosse, der Unbezwingbare», sagte der Affe. «Er mag dich genauso gern wie uns.»

«Ich stell mir vor, daß er euch allerhand gefragt hat», sagte Josefino. «Was habt ihr ihm denn weisgemacht?»

«Da irrst du dich, kein Wort ist davon gesprochen worden», sagte der Affe. «Er hat sie nicht einmal erwähnt. Vielleicht hat er sie vergessen.»

«Jetzt, wenn wir hinkommen, wird er uns aber zu Tode fragen», sagte Josefino. «Das muß heute noch geklärt werden, ehe die andern es ihm stecken.»

«Das übernimmst du», sagte der Affe. «Ich traue mich nicht. Wie willst du's ihm sagen?»

«Weiß nicht», sagte Josefino. «Hängt von der Situation ab. Wenn er wenigstens geschrieben hätte, daß er kommt. Aber so plötzlich aufkreuzen. Herrgott, das hab ich nicht erwartet.»

«Nun hör schon auf, dir immerzu die Hände zu reiben», sagte José. «Du steckst mich an mit deiner Nervosität, Josefino.»

«Er hat sich sehr verändert», sagte der Affe. «Man merkt, daß er älter geworden ist, Josefino. Und so dick wie vorher ist er auch nicht mehr.»

Die Laternen der Avenida Sánchez Cerro waren eben eingeschaltet worden, und die Häuser waren noch groß, prächtig, mit hellen Wänden, Balkonen aus handgeschnitztem Holz und Türklopfern aus Bronze; aber im Hintergrund, im blauen Rachen der Abenddämmerung, tauchte schon, bucklig und undeutlich, die Silhouette der Mangachería auf. Eine Lastwagenkarawane zog auf der Fahrbahn in Richtung auf die Neue Brücke vorbei, und auf den Bürgersteigen drängten sich Liebespaare gegen die Haustüren, trieben sich Gruppen von Halbwüchsigen herum, schlichen Greise mit Krückstöcken daher.

«Die Bleichgesichter sind mutig geworden», sagte Lituma. «Jetzt spazieren sie durch die Mangachería wie durchs eigene Haus.»

«Die Avenida ist schuld daran», sagte der Affe. «Es war ein regelrechter Mord an den Mangaches. Sie haben noch daran gebaut, da hat der Arpista schon gesagt, jetzt hat's uns erwischt, aus ist's mit der Unabhängigkeit, jetzt wird alle Welt kommen und die Nase ins Viertel stecken. Und genauso war's, Vetter.»

«Es gibt kein Bleichgesicht mehr, das seine Fiestas heute nicht in den Chicherías beschließt», sagte José. «Hast du schon gesehen, wie groß Piura geworden ist, Vetter? Überall sind neue Gebäude. Dir wird's freilich nicht so auffallen, kommst ja aus Lima.»

«Ich will euch was sagen», sagte Lituma. «Das ständige Umherziehen hört jetzt auf. Die ganze Zeit über hab ich nachgedacht und hab eingesehen, daß ich nur Pech hatte, weil ich nicht in meiner Heimat geblieben bin, so wie ihr. Das hab ich zumindest gelernt, daß ich hier sterben will.»

«Kann sein, daß er seine Meinung ändert, wenn er erfährt,

was los ist», sagte Josefino. «Es wird ihm peinlich sein, wenn die Leute auf der Straße mit dem Finger auf ihn zeigen. Und dann geht er doch.»

Josefino blieb stehen und holte eine Zigarette heraus. Die Leóns legten schirmend die Hände darum, damit der Wind die Flamme nicht ausblies. Dann wanderten sie langsam weiter.

«Und wenn er nicht geht?» sagte der Affe. «Piura wird zu klein sein für euch beide, Josefino.»

«Ich glaub kaum, daß Lituma geht; er ist als eingefleischter Piuraner zurückgekehrt», sagte José. «Nicht wie damals, als er aus dem Urwald zurückgekehrt ist, da ist ihm alles hier auf die Nerven gefallen. In Lima ist ihm die Liebe zur Heimat aufgegangen.»

«Chinesische Restaurants kommen nicht in Frage!» sagte Lituma. «Ich möchte piuranische Gerichte. Ein gutes Geschmortes, einen Piqueo und Unmengen Chicha.»

«Dann gehen wir halt zu Angélica Mercedes, Vetter», sagte der Affe. «Sie ist nach wie vor die Königin unter den Köchinnen. Du kannst dich doch noch an sie erinnern, oder?»

«Lieber nach Catacaos, Vetter», sagte José. «Zum ‹Carro Hundido›, da gibt's den besten Clarito, den ich kenne.»

«Wie glücklich ihr seid, daß Lituma gekommen ist», sagte Josefino. «Macht den Eindruck, als wärt ihr in Fiesta-Stimmung, ihr zwei.»

«Er ist schließlich unser Vetter, Unbezwingbarer», sagte der Affe. «Es freut einen doch, wenn man jemand von der Familie wiedersieht.»

«Irgendwo müssen wir hingehen mit ihm», sagte Josefino. «Ihn ein wenig in Stimmung bringen, bevor wir mit ihm reden.»

«Zu Doña Angélica gehen wir morgen», sagte Lituma. «Oder nach Catacaos, wenn ihr das vorzieht. Aber heute weiß ich schon, wo wir meine Rückkehr feiern, den Gefallen müßt ihr mir tun.»

«Scheiße: Wohin will er denn?» fragte Josefino. «In die ‹Reina›, die ‹Tres Estrellas›?»

«Zur Chunga chunguita», sagte Lituma.

«So was!» sagte der Affe. «Zum Grünen Haus, ausgerechnet! Hast du Worte, Unbezwingbarer?»

II

«Du bist der Teufel in Person!» sagte Madre Angélica und beugte sich über Bonifacia, die auf dem Boden lag wie ein kompaktes, dunkles kleines Raubtier. «Eine undankbare Schurkin.»

«Undankbarkeit ist das schlimmste, Bonifacia», sagte die Oberin langsam. «Sogar Tiere sind dankbar. Hast du nie die Äffchen gesehen, wenn man ihnen ein paar Bananen hinwirft?»

Die Gesichter, die Hände, die Schleier der Nonnen schienen im Halbschatten der Vorratskammer zu phosphoreszieren; Bonifacia rührte sich nicht.

«Eines Tages wirst du einsehen, was du angestellt hast, und wirst es bereuen», sagte Madre Angélica. «Und wenn du nicht bereust, kommst du in die Hölle, widernatürliches Geschöpf.»

Die Mündel schlafen in einem langen, engen Raum, tief wie ein Brunnen; in den kahlen Wänden sind drei Fenster, die auf den Nieva blicken, die einzige Tür führt auf den weiten Patio der Mission. Auf dem Boden, gegen die Wand gelehnt, stehen die kleinen Faltbetten mit Segeltuchbezug; beim Aufstehen klappen die Mädchen sie zusammen, für die Nacht klappen sie sie auseinander und stellen sie auf. Bonifacia schläft auf einer Holzpritsche jenseits der Tür, in einem Zimmerchen, das wie ein Sperrblock zwischen dem Schlafsaal der Mündel und dem Patio eingelassen ist. Über dem Bett hängt ein Kruzifix, und daneben steht ein großer Koffer. Die Zellen der Nonnen sind am andern Ende des Patios, im Wohnhaus: ein weißes Gebäude mit Giebeldach, vielen symmetrischen Fenstern und einem massiven Umlaufbalkon aus Holz. Neben dem Wohnhaus sind das Refektorium und der Arbeitssaal, wo die Mädchen wie Christenmenschen sprechen, buchstabieren, addieren, nähen und sticken lernen. Der Religions- und Moralunterricht wird in der Kapelle gegeben. In einer Ecke des Patios befindet sich ein hangarähnlicher Schuppen, der an den Obstgarten der Mission grenzt; sein hoher rötlicher Kamin hebt sich von den vordringenden Zweigen des Urwalds ab: es ist die Küche.

«So klein warst du noch, aber man hat schon erraten können, wie du einmal sein würdest.» Die Hand der Oberin schwebte einen halben Meter über dem Boden. «Du weißt doch, wovon ich rede, nicht wahr?»

Bonifacia wandte sich zur Seite, hob den Kopf, ihre Augen betrachteten interessiert die Hand der Oberin. Selbst bis in diesen Winkel der Vorratskammer drang das Geschwätz der Papageien im Obstgarten. Durch das Fenster sah man das Geäst der Bäume bereits dunkel, ununterscheidbar. Bonifacia stützte die Ellbogen auf den Boden: sie wußte es nicht, Madre.

«Und was wir alles für dich getan haben, weißt du das etwa auch nicht?» brach Madre Angélica los, die mit geballten Fäusten hin und her ging. «Und wie du warst, als wir dich aufgelesen haben, das weißt du auch nicht, hm?»

«Wie soll ich das wissen?» murmelte Bonifacia. «Ich war doch noch klein, Mamita, ich erinnere mich nicht.»

«Hören Sie nur den Ton an, in dem die spricht, Madre, wie brav sie tut!» kreischte Madre Angélica. «Meinst du, du kannst mir etwas vormachen? Als kennte ich dich nicht. Und wer hat dir erlaubt, immer noch Mamita zu mir zu sagen?»

Nach den Abendgebeten treten die Nonnen ins Refektorium, und die Mündel, ihnen voran Bonifacia, begeben sich in den Schlafsaal. Sie stellen ihre Betten auf, und sobald sie drin liegen, löscht Bonifacia die Harzlämpchen, schließt die Tür ab, kniet vor dem Kreuz nieder, betet und legt sich dann schlafen.

«In den Obstgarten bist du hinausgerannt, hast in der Erde gescharrt, und kaum hast du einen Wurm erwischt oder eine Raupe, da hast du sie dir schon in den Mund gestopft», sagte die Oberin. «Darum warst du immer krank. Und wer hat dich geheilt und gepflegt? Kannst du dich daran auch nicht mehr erinnern?»

«Und nackt warst du!» rief Madre Angélica. «Und die Kleider habe ich dir vergeblich gemacht, vom Leib gerissen hast du sie dir und allen deine Scham gezeigt, und dabei warst du mindestens schon zehn Jahre alt. Du warst damals schon schlecht, Teufelin, auf alles Schmutzige warst du versessen.»

Die Regenzeit war schon zu Ende, und es wurde schnell Nacht:

hinter dem Wirrwarr aus Ästen und Blättern im Fenster war der Himmel eine Konstellation aus düsteren Umrissen und Funken. Die Oberin saß auf einem Sack, sehr aufrecht, und Madre Angélica ging hin und her, fuchtelte mit der Faust, schob manchmal einen Ärmel ihres Habits zurück und streckte den Arm vor, eine kleine weiße Viper.

«Ich hätte nie geglaubt, daß du zu so etwas fähig wärst», sagte die Oberin. «Wie ist es denn zugegangen, Bonifacia? Warum hast du das getan?»

«Hast du nicht daran gedacht, daß sie verhungern oder im Fluß ertrinken können?» sagte Madre Angélica. «Daß sie Fieber kriegen können? Wo hast du denn deinen Kopf gehabt, Banditin?»

Bonifacia schluchzte auf. Die Vorratskammer hatte sich mit jenem Geruch nach säuerlicher Erde und feuchten Pflanzen angefüllt, der mit der Dunkelheit aufkam und immer stärker wurde. Ein starker, beißender, nächtlicher Geruch, der zusammen mit dem schon sehr deutlichen Zirpen der Grillen und Zikaden durch das Fenster hereindrang.

«Wie ein kleines Tier warst du, und wir haben dir hier ein Heim, eine Familie und einen Namen gegeben», sagte die Oberin. «Und einen Gott haben wir dir auch gegeben. Bedeutet dir das gar nichts?»

«Zu essen hattest du nichts, auch nichts zum Anziehen», knurrte Madre Angélica. «Und wir haben dich aufgepäppelt, gekleidet, erzogen. Warum hast du das mit den Mädchen gemacht, Elende?»

Dann und wann durchlief ein Zucken Bonifacias Körper von den Hüften zu den Schultern. Der Schleier hatte sich gelöst, und die glatten Haare fielen ihr in die Stirn.

«Hör auf zu weinen, Bonifacia», sagte die Oberin. «Red endlich!»

Die Mission wacht bei Morgengrauen auf, wenn dem Summen der Insekten das Zwitschern der Vögel folgt. Bonifacia betritt den Schlafsaal und läutet mit einem Glöckchen: die Mündel springen aus den Betten, beten Ave Marias, schlüpfen in ihre Kittel. Dann verteilen sie sich in Gruppen in der Mission, je nach ihren Pflichten: die Jüngeren fegen den Patio, im Wohnhaus, das Refektorium; die Älteren die Kapelle und den Arbeitssaal. Fünf Mädchen schleifen die Abfalleimer in den Patio hinaus und warten auf Bonifacia. Geführt von ihr, gehen sie den Pfad hinunter, überqueren die Plaza von Santa María de Nieva, wandern durch die Felder und verschwinden, ehe sie die Hütte des Lotsen Nieves erreichen, in einem Hohlweg, der sich zwischen Capanabuas, Chontas und Chambiras dahinwindet und in einer kleinen Schlucht mündet, der Müllgrube des Dorfes. Einmal wöchentlich machen die Dienstboten des Bürgermeisters Manuel Aguila ein großes Feuer und verbrennen die Abfälle. Die Aguarunas in der Umgebung machen sich jeden Nachmittag dort zu schaffen, die einen stochern im Müll herum auf der Suche nach Eßbarem und Haushaltsgegenständen, während andere mit Geschrei und Stockhieben die Aasgeier verjagen, die gierig über der Schlucht kreisen.

«Ist es dir gleichgültig, daß diese Mädchen jetzt wieder in Schande und Sünde leben?» sagte die Oberin. «Daß sie alles vergessen, was sie hier gelernt haben?»

«Deine Seele ist immer noch heidnisch, auch wenn du christlich sprichst und nicht mehr nackt herumläufst», sagte Madre Angélica. «Es ist ihr nicht nur gleichgültig, Madre, sie hat sie entfliehen lassen, weil sie wollte, daß sie wieder Wilde würden.»

«Sie wollten weg», sagte Bonifacia, «sie sind in den Patio gekommen und bis zur Tür, und ich habe in ihren Gesichtern gesehen, daß sie auch weg wollten, zusammen mit den beiden, die gestern gekommen sind.»

«Und du hast sie gehen lassen!» schrie Madre Angélica. «Weil du wütend auf sie warst! Weil sie dir Arbeit gemacht haben, und du haßt die Arbeit, Faulpelz! Teufelin!»

«Beruhigen Sie sich, Madre Angélica.» Die Oberin stand auf.

Madre Angélica legte eine Hand aufs Herz, strich sich über die Stirn: Lügen brachten sie in Harnisch, Madre, es tat ihr leid.

«Es war wegen der zwei, die du gestern gebracht hast, Mamita», sagte Bonifacia. «Ich wollte nicht, daß die andern auch weggingen, nur die zwei, weil sie mir leid getan haben. Schrei nicht so, Mamita, danach wirst du krank, wenn du dich aufregst, wirst du immer krank.»

Wenn Bonifacia und die Mündel, die den Müll fortschaffen, zur Mission zurückkehren, haben Madre Griselda und ihre Gehilfinnen den Morgenimbiß zubereitet: Obst, Kaffee und ein Brötchen, das im Backofen der Mission gebacken wird. Nach dem Imbiß gehen die Mädchen in die Kapelle, erhalten Unterricht in Katechismus und biblischer Geschichte und lernen die Gebete auswendig. Mittags kehren sie in die Küche zurück und bereiten unter der Aufsicht Madre Griseldas – rotbäckig, immer in Bewegung und redselig – das leichte Mittagessen: Gemüsesuppe, Fisch, Maniok, zwei Brötchen, Obst und gefiltertes Wasser. Anschließend können die Mündel eine Stunde lang im Patio und im Obstgarten spielen oder sich in den Schatten der Obstbäume setzen. Dann geht es hinauf in den Arbeitssaal. Den Neulingen bringt Madre Angélica Spanisch bei, das Alphabet und die Zahlen. Die Oberin gibt den Geschichts- und Erdkundeunterricht, Madre Angela Zeichnen und Haushaltskunde und Madre Patrocinio Rechnen. Gegen Abend beten die Nonnen und die Mündel in der Kapelle den Rosenkranz, und anschließend verteilen sich die Mädchen wieder in Arbeitsgruppen: in der Küche, im Obstgarten, im Vorratsraum, im Refektorium. Der Abendimbiß ist noch karger als der vom Morgen.

«Sie haben mir von ihrem Dorf erzählt, um mich zu überreden, Madre», sagte Bonifacia. «Alles haben sie mir angeboten, und sie haben mir leid getan.»

«Nicht einmal lügen kannst du, Bonifacia», sagte die Oberin und löste die Hände, die weiß im blauen Dunkel flatterten und sich dann erneut zu einer runden Form zusammenfügten. «Die Mädchen, die Madre Angélica aus Chicais gebracht hat, sprachen gar nicht christlich. Siehst du, wie du vergeblich lügst?»

«Ich kann heidnisch, Madre, du weißt es nur nicht.» Bonifacia hob den Kopf, zwei grüne Flämmchen blitzten eine Sekunde lang unter den dichten Haaren hervor. «Ich hab's gelernt, weil ich den Heidenmädchen so oft zugehört hab, ich hab es dir nie gesagt.»

«Du lügst, Teufelin!» schrie Madre Angélica, und ihre runde Gestalt plusterte sich auf und flatterte leicht. «Hören Sie nur, was sie jetzt wieder erfindet, Madre. Banditin!»

Aber Grunzlaute unterbrachen sie, die aufgesprudelt waren, so als wäre in der Vorratskammer ein Tier versteckt, das, plötzlich wütend geworden, sich nun durch Jaulen, Knurren, Schnurren verriet, indem es aus der Dunkelheit spitze und knirschende Geräusche hervorstieß, in einer Art wilder Herausforderung.

«Siehst du, Mamita?» sagte Bonifacia. «Gelt, du hast mein Heidnisch verstanden?»

Jeden Tag wird Messe gelesen, vor dem Morgenimbiß. Geleitet wird sie von den Jesuiten einer benachbarten Mission, gewöhnlich von Padre Venancio. An Sonntagen werden auch die Seiteneingänge der Kirche geöffnet, damit die Einwohner von

Santa María de Nieva dem Amt beiwohnen können. Die Behördenvertreter fehlen nie, und manchmal kommen Landwirte, *caucheros* [3] aus der Umgegend und viele Aguarunas, die sich halbnackt und schüchtern in den Türen drängen. Am Nachmittag führen Madre Angélica und Bonifacia die Mädchen an den Fluß, lassen sie herumplätschern, fischen und auf die Bäume klettern. An Sonntagen ist der Morgenimbiß reichhaltiger, und meistens gibt es auch ein wenig Fleisch. Es sind etwa zwanzig Mädchen im Alter von sechs bis fünfzehn Jahren, alle Aguarunas. Manchmal ist ein Huambisamädchen, ja sogar ein Shapramädchen unter ihnen. Aber das ist nicht häufig.

«Ich mag's nicht, wenn ich mich nutzlos fühl, Aquilino», sagte Fushía. «Ich wünscht, es wäre wie früher. Wir würden uns abwechseln, weißt du noch?»

«Und ob ich mich erinnere, Mensch», sagte Aquilino. «Durch dich bin ich doch geworden, was ich jetzt bin.»

«Ja, stimmt, du würdest heute noch von Haus zu Haus gehen und Wasser verkaufen, wenn ich nicht nach Moyobamba gekommen wär», sagte Fushía. «Wie du Angst gehabt hast vorm Fluß, Alter!»

«Nur vorm Mayo, denn da wär ich einmal beinahe ertrunken, als Junge», sagte Aquilino. «Im Rumiyacu dagegen hab ich immer gebadet.»

«Im Rumiyacu?» sagte Fushía. «Fließt der an Moyobamba vorbei?»

«Der zahme Fluß, Fushía», sagte Aquilino, «der durch die Ruinen fließt, da in der Nähe, wo die Lamistas hausen. Es gibt viele Orangenpflanzungen dort. Kannst du dich an die süßesten Orangen der Welt auch nicht mehr erinnern?»

«Ich schäm mich, wenn ich dich den ganzen Tag schuften seh, und ich lieg hier wie eine Leiche», sagte Fushía.

«Aber es gibt doch gar nichts zu rudern, Mann», sagte Aquilino. «Ich brauche bloß den Kurs einzuhalten. Jetzt, wo wir durch die Schnellen sind, macht der Marañón die Arbeit ganz allein. Was mir nicht gefällt, ist, daß du so still bist und daß du immerzu den Himmel anstarrst, als sähst du dort den Chulla-Chaqui.»

«Ich hab ihn nie gesehen», sagte Fushía. «Hier in der Selva haben ihn alle irgendwann mal gesehen, nur ich nicht. Auch darin hab ich Pech.»

«Sag lieber Glück», sagte Aquilino. «Hast du gewußt, daß er dem Señor Julio Reátegui einmal erschienen ist? In einer Schlucht des Nieva, heißt es. Aber er hat gemerkt, daß er stark hinkte, und dabei hat er den Pferdefuß entdeckt und ihn mit Kugeln davongejagt. Übrigens, Fushía, warum hast du dich eigentlich mit Señor Reátegui verkracht? Hast ihm einen von deinen Streichen gespielt, stimmt's?»

Er hatte ihm viele gespielt, und den ersten, ehe er ihn überhaupt kennenlernte, gerade erst in Iquitos angekommen, Alter. Viel später hatte er es ihm dann erzählt, und Reátegui hatte gelacht, du warst es also, der den armen Don Fabio beschissen hat? und Aquilino, den Don Fabio, den Gobernador von Santa María de Nieva?

«Zu Ihren Diensten, Señor», sagte Don Fabio. «Was kann ich für Sie tun? Bleiben Sie lange in Iquitos?»

Er würde eine ganze Weile bleiben, vielleicht für immer. Geschäfte mit Holz, verstand er? wollte in der Nähe von Nauta eine Sägemühle einrichten und erwartete hier einige Ingenieure. Er hatte noch viel zu tun und würde mehr bezahlen, wollte dafür aber ein großes, bequemes Zimmer, und Don Fabio, aber gewiß, Señor, dazu war er ja da, den Gästen zu dienen, Alter: er hat's geglaubt.

«Hat mir das beste im Hotel gegeben», sagte Fushía. «Mit Fenstern auf einen Garten, wo Zwergpalmen wuchsen. Hat mich eingeladen, mit ihm zu Mittag zu essen, und mir unentwegt von seinem Chef erzählt. Ich hab ihn kaum verstanden, mein Spanisch war damals noch sehr schlecht.»

«War Señor Reátegui denn nicht in Iquitos?» sagte Aquilino. «War er damals schon reich?»

«Nein, richtig reich ist er erst danach geworden, durch den Schmuggel», sagte Fushía. «Aber das kleine Hotel hat er schon gehabt, und damals hat er angefangen, mit den Eingeborenenstämmen zu handeln, deswegen ist er nach Santa María de Nieva gegangen. Hat Kautschuk und Häute gekauft und in Iquitos wieder verkauft. Dadurch bin ich auf die Idee gekommen, Aquilino. Aber es ist immer dasselbe, man braucht ein kleines Kapital, und ich hab keinen Centavo gehabt.»

«Hast du viel Geld mitgehen lassen, Fushía?» sagte Aquilino.

«Fünftausend Sol, Don Julio», sagte Don Fabio. «Und meinen Paß und ein paar Bestecke aus Silber. Ich bin sehr verbittert, Señor Reátegui, ich kann mir vorstellen, was Sie von mir denken. Aber ich werd Ihnen alles ersetzen, das schwör ich, im Schweiß meines Angesichts, Don Julio, bis auf den letzten Centavo.»

«Hast du nie Gewissensbisse gehabt, Fushía?» sagte Aquilino. «Das hab ich dich schon seit Jahren fragen wollen.»

«Weil ich dem Hund Reátegui was gestohlen hab?» sagte Fushía. «Der ist reich, weil er mehr gestohlen hat als ich, Alter. Aber er hatte wenigstens etwas, wie er angefangen hat; ich nicht. Das ist immer mein Pech gewesen, mit Nichts anfangen müssen.»

«Und wozu haben Sie eigentlich Ihren Kopf?» sagte Julio Reátegui. «Wieso haben Sie nicht einmal daran gedacht, seine Papiere zu prüfen, Don Fabio?»

Aber er hatte sie doch verlangt, und sein Paß sah noch ganz neu aus, wie konnte er ahnen, daß er gefälscht war, Don Julio? Und außerdem kam er so gut gekleidet und redete auf so überzeugende Weise. Er hatte sich sogar gedacht, jetzt, sobald der Señor Reátegui von Santa María de Nieva zurückkommt, werd ich ihn ihm vorstellen und sie werden zusammen großartige Geschäfte machen. So unvorsichtig war man, Don Julio.

«Und was hattest du in dem Koffer drin, Fushía?» sagte Aquilino.

«Karten vom Amazonasgebiet, Señor Reátegui», sagte Don Fabio. «Riesengroße, so wie die in der Kaserne. Er hat sie in seinem Zimmer aufgehängt und gesagt, das ist, damit wir wissen, wo wir das Holz herholen. Hatte Pfeile und Anmerkungen auf brasilianisch eingetragen, seltsam, nicht?»

«Warum seltsam, Don Fabio?» sagte Fushía. «Außer dem Holz interessiert mich auch der Handel. Und manchmal ist's nützlich, Verbindungen zu den Eingeborenen zu haben. Darum hab ich alle Stämme eingezeichnet.»

«Sogar die vom Marañón und die von Ucayali, Don Julio», sagte Don Fabio, «und ich hab mir gedacht, das ist aber ein Geschäftsmann, der und Señor Reátegui werden gut zusammenpassen.»

«Weißt du noch, wie wir deine Landkarten verbrannt haben?» sagte Aquilino. «Purer Mist, die Landkartenmacher haben keine Ahnung, daß das Amazonasgebiet wie eine geile Frau ist, hält nie still. Hier ist alles in Bewegung, die Flüsse, die Tiere, die Bäume. Verrückte Gegend, die uns da zuteil geworden ist, was, Fushía?»

«Er kennt sich auch in der Selva sehr gut aus», sagte Don Fabio. «Sobald er wieder vom Alto Marañón kommt, werd ich ihn Ihnen vorstellen, und Sie werden gute Freunde werden, Señor.»

«Hier in Iquitos erzählen mir alle die tollsten Dinge von ihm», sagte Fushía. «Ich möcht ihn sehr gern kennenlernen. Wissen Sie nicht, wann er von Santa María de Nieva kommt?»

«Er betreibt Geschäfte dort, und außerdem nimmt ihm die Gobernación viel Zeit weg, aber er kommt immer wieder auf einen Sprung herüber», sagte Don Fabio. «Einen eisernen Willen hat er, Señor. Den hat er vom Vater geerbt, das war auch ein großer Mann. War einer der Großen während der Kautschukzeit, damals, wie Iquitos noch geblüht hat. Bei der Pleite hat er sich eine Kugel in den Kopf gejagt. Das Hemd auf dem Leib haben die verloren. Aber Don Julio hat sich wieder hochgearbeitet, ganz allein. Einen eisernen Willen hat der, sag ich Ihnen.»

«Einmal, in Santa María, hat man ihm zu Ehren ein Essen gegeben, und da hab ich ihn eine Rede halten hören», sagte Aquilino. «Hat von seinem Vater geredet, war sehr stolz auf ihn, Fushía.»

«Sein Vater, von dem hat er immer geredet», sagte Fushía. «Mir hat er ihn auch immer als Beispiel vorgehalten, bei jeder Gelegenheit, wo wir noch zusammengearbeitet haben. Ah, dieser Hund Reátegui hat immer Schwein gehabt. Ich hab ihn immer beneidet, Alter.»

«So hübsch weiß, so anhänglich», sagte Don Fabio. «Und wenn man denkt, daß er ihn immer umschmust hat, die Füße hat er ihm abgeleckt, kaum ist er ins Hotel gekommen, da hat Jesucristo schon das Schwänzchen hochgestellt, überglücklich. Was für ein elender Kerl, Don Julio.»

«In Campo Grande hast du auf den Guardias herumgetrampelt, und in Iquitos hast du einem Kater den Garaus gemacht», sagte Aquilino. «Eine Art hast du, dich zu verabschieden, Fushía!»

«Ehrlich gesagt, Don Fabio, das kann ich nicht so schlimm finden», sagte Julio Reátegui. «Was mich ärgert, ist, daß er mit meinem Geld davon ist.»

Aber ihm tat es sehr weh, Don Julio, mit einem Bettuch am Moskitonetz aufgehängt, und ins Zimmer kommen und ihn auf einmal sehen, wie er im Wind hin und her pendelte, steif, mit herausgequollenen Äuglein. Schlechtigkeit um der Schlechtigkeit willen, das war etwas, was er nicht verstand, Señor Reátegui.

«Der Mensch tut, was er kann, um zu leben, und deine Diebstähle versteh ich», sagte Aquilino. «Aber warum dem Kater so was antun? War's aus Wut, weil du das kleine Kapital zum Anfangen nicht gehabt hast?»

«Das auch», sagte Fushía. «Und außerdem hat das Tier gestunken und hat immer wieder in mein Bett gepißt.»

Aber so waren die Asiaten nun einmal, Don Julio, hatten die widerwärtigsten Gewohnheiten, man konnte sich das gar nicht vorstellen und er hatte sich einmal erkundigt und die Chinesen in Iquitos zum Beispiel, die hielten sich Katzen in Käfigen, fütterten sie mit Milch, bis sie fett waren, und dann steckten sie sie in den Kochtopf und aßen sie, Señor Reátegui. Aber er wollte jetzt über die Einkäufe sprechen, Don Fabio, deswegen war er aus Santa María de Nieva gekommen, sie sollten die traurigen Dinge jetzt beiseite lassen, hatte er eingekauft?

«Alles, was Sie bestellt haben, Don Julio», sagte Don Fabio. «Die Taschenspiegel, die Messer, die Stoffe, den Vogelschrot, und mit gutem Rabatt. Wann gehen Sie wieder zum Alto Marañón zurück?»

«Ich hab nicht gut allein in den Urwald losziehen und Geschäfte machen können, hab einen Sozius gebraucht», sagte Fushía. «Und nach diesem Ärger hab ich ihn weit entfernt von Iquitos suchen müssen.»

«Deswegen bist du bis nach Moyobamba gekommen», sagte Aquilino. «Und hast dich mit mir angefreundet, damit ich dich zu den Stämmen begleitete. Reátegui hast du also schon nachgeahmt, bevor du ihn überhaupt gesehen hast, ehe du sein Angestellter warst. Wie du von Geld geredet hast, Fushía! Komm mit mir, Aquilino, in einem Jahr bist du reich, verrückt gemacht hast du mich mit dem Lied.»

«Jetzt siehst du's, alles umsonst», sagte Fushía. «Ich hab mich mehr aufgeopfert als alle andern, keiner hat so viel aufs Spiel gesetzt wie ich, Alter. Ist es gerecht, daß es so endet, Aquilino?»

«Gott ist nun mal so, Fushía», sagte Aquilino. «Uns steht's nicht zu, darüber zu urteilen.»

Eines heißen Tages, früh am Morgen, im Dezember, kam ein Mann in Piura an. Auf einem Maultier, das sich mühselig dahinschleppte, erschien er unvermutet zwischen den Dünen im Süden: eine Silhouette mit breitrandigem Hut, in einen leichten Poncho gehüllt. An dem rötlichen Licht des Tagesanbruchs, wenn die Zunge der Sonne über die Wüste hinzulecken beginnt, dürfte der Fremde hocherfreut das Auftauchen der ersten Kaktusgestrüppe, die ausgedörrten Algarrobabäume, die weißen Hütten Castillas entdeckt haben, die zum Fluß hin immer enger und zahlreicher nebeneinanderstehen. Durch die schwere Luft bewegte er sich auf die Stadt zu, die er am andern Ufer schon wie ein Spiegelbild flimmern sah. Er überquerte die einzige, noch menschenleere Straße Castillas, und an der Alten Brücke angekommen, stieg er ab. Einige Sekunden stand er da und betrachtete die Bauten am andern Ufer, die gepflasterten Straßen, die Häuser mit den Balkonen, die Luft, von Sandkörnern geronnen, die sanft herabrieselten, den massiven Turm der Kathedrale mit seiner runden rußfarbenen Glocke und, im Norden, die grünen Streifen der Felder, die den Fluß in Richtung Catacaos begleiten. Er nahm die Zügel seines Maultiers, schritt über die Alte Brücke und wanderte, indem er sich mit der Reitpeitsche gelegentlich gegen die Beine schlug, die Hauptstraße der Stadt entlang, jene, die gerade und elegant vom Fluß zur Plaza de Armas führt. Dort blieb er stehen, band das Tier an einen Tamarindenbaum, setzte sich auf die Erde, schlug die Krempe seines Hutes herunter, um sich gegen den Sand zu schützen, der schonungslos in seine Augen blies. Er mußte eine lange Reise hinter sich haben: seine Bewegungen waren langsam, müde. Als der Sandregen nachließ und die ersten Einheimischen auf der jetzt ganz von der Sonne beleuchteten Plaza erschienen, schlief der Fremde. Neben ihm lag das Maultier, die Schnauze von grünlichem Schaum bedeckt, die Augen weiß. Niemand getraute sich, ihn zu wecken. Die Nachricht verbreitete sich, und bald war die Plaza de Armas voll von Neugierigen, die einander mit den Ellbogen stießen, murmelnd Vermutungen über den Fremden austauschten, sich vordrängten, um ihn aus der Nähe zu betrachten. Einige kletterten in den Pavillon, andere auf die Palmen und blickten von dort auf ihn hinunter. Er war ein athletischer junger Mann, mit breiten Schultern, ein krauses Bärtchen umschloß sein Gesicht und das Hemd ohne Knöpfe ließ eine muskulöse und behaarte Brust sehen. Er schlief mit offenem Mund, schnarchte leicht; zwischen den spröden Lippen blitzten seine Zähne wie die eines Schäferhundes: gelblich, groß, grausam. Seine Hose, die Stiefel, der verwaschene Poncho waren zerschlissen, sehr schmutzig, desgleichen sein Hut. Er trug keine Waffen.

Als er erwachte, richtete er sich ruckhaft auf, nahm eine abwehrbereite Haltung ein: unter den geschwollenen Lidern prüften seine Augen unruhig die vielen Gesichter. Von allen Seiten lächelte man ihn an, streckte ihm spontan die Hand hin, ein Greis arbeitete sich mit den Ellbogen zu ihm durch und reichte ihm eine Kalebasse mit kühlem Wasser. Da lächelte der Unbekannte. Langsam trank er, kaute das Wasser mit Genuß, seine Augen blickten erleichtert. Das Murmeln wurde lauter, alle waren darauf aus, sich mit dem Neuangekommenen zu unterhalten, fragten ihn nach seiner Reise, bemitleideten ihn wegen des Todes seines Maultiers. Er lachte jetzt behaglich, schüttelte viele Hände. Dann riß er mit einem Zug die Quersäcke von der Montur des Tieres und erkundigte sich nach einem Hotel. Umringt von hilfsbereiten Einwohnern überquerte er die Plaza de Armas und betrat die ‹Estrella del Norte›: es war kein Zimmer frei. Die Leute beruhigten ihn, viele Stimmen boten ihm Gastfreundschaft an. Er quartierte sich bei Melchor Espinoza ein, einem Alten, der allein wohnte, am Malecón, nahe bei der Alten Brücke. Er besaß ein kleines Stück Land, ziemlich weit entfernt, am Chira, wo er monatlich zweimal nach dem Rechten sah. In jenem Jahr schlug Melchor Espinoza den Rekord: er nahm fünf Fremde bei sich auf. Gewöhnlich hielten sie sich nicht länger in Piura auf, als sie brauchten, um eine Baumwollernte zu kaufen, einiges Vieh zu verkaufen, irgendwelche Produkte an den Mann zu bringen; das heißt, ein paar Tage, höchstens ein paar Wochen.

Der Fremde dagegen blieb da. Die Einheimischen brachten wenig über ihn in Erfahrung, fast nur, was er nicht war: er war kein Viehhändler, kein Steuereintreiber, kein Handlungsreisender. Er nannte sich Anselmo und behauptete, Peruaner zu sein, aber niemand vermochte aus seinem Akzent auf seine Herkunft zu schließen: er hatte nicht die zögernde und weibische Sprache der Limeños, auch nicht den singenden Tonfall eines Chiclayano; er sprach die Wörter nicht mit der Perfektionssucht der Leute von Trujillo aus, noch konnte er *serrano* sein, denn er schnalzte beim R und S nicht mit der Zunge. Seine Aussprache war anders, sehr melodisch und ein wenig lässig, ungewöhnlich die Wendungen und Ausdrücke, die er benutzte, und wenn er debattierte, ließ die Heftigkeit seiner Stimme an einen Anführer der Montoneras denken. Die Quersäcke, sein gesamtes Gepäck, mußten voller Geld sein: Wie hatte er nur die Sandwüste durchqueren können, ohne von den Bandoleros überfallen zu werden? Es gelang den Piruanern nicht, herauszufinden, woher er kam, noch warum er Piura zu seinem Ziel gewählt hatte.

Am Tag nach seiner Ankunft tauchte er rasiert auf der Plaza de Armas auf, und die Jugendlichkeit seines Gesichts überraschte alle Welt. Im Laden des Spaniers Eusebio Romero erstand er eine neue Hose und Stiefel; er bezahlte bar. Zwei Tage später bestellte er bei Saturnina, der berühmten Hutflechterin aus Catacaos, einen weißen Panamahut, einen von denen, die man in die Tasche stecken kann und die hinterher doch nicht eine einzige Falte aufweisen. Jeden Vormittag erschien er auf der Plaza de Armas und lud, sobald er es sich auf der Terrasse der ‹Estrella del Norte› bequem gemacht hatte, die Passanten zum Trinken ein. So gewann er sich Freunde. Er war gesprächig und scherzte gern und eroberte die Nachbarn, indem er den Charme der Stadt lobte: wie sympathisch die Leute waren, wie schön die Frauen, wie herrlich die Abenddämmerung. Bald machte er sich die lokalen Sprachformeln und den sinnlichen, trägen Tonfall zu eigen: schon nach wenigen Wochen sagte er *guá*, um Erstaunen auszudrücken, nannte die Kinder *churres*, die Esel *piajenos*, bildete Superlative von Superlativen, wußte den Clarito von der öligen Chicha und die Vielfalt von Picantes zu unterscheiden, war mit den Namen der Personen und der Straßen vertraut und tanzte den Tondero wie die Mangaches.

Seine Wißbegier hatte keine Grenzen. Er legte ein heißhungriges Interesse für die Sitten und Bräuche der Stadt an den Tag, ließ sich mit wahrer Lust am Detail vom Leben und Sterben ihrer Einwohner berichten. Er wollte alles wissen: wer die Reichsten waren und warum und seit wann; ob der Präfekt, der Alcalde und der Bischof rechtschaffen und beliebt waren und womit sich die Leute vergnügten, welche Ehebrüche, welche Skandale die Betschwestern und die Geistlichen in Aufruhr versetzten, wie die Piuraner es mit der Religion und der Moral hielten, welche Formen in der Stadt die Liebe annahm.

Jeden Sonntag ging er ins Coliseo und geriet in Begeisterung über die Hahnenkämpfe wie ein alter *aficionado*, nachts war er der letzte, der die Bar der ‹Estrella del Norte› verließ, spielte mit Eleganz Karten, machte hohe Einsätze und verstand zu gewinnen und zu verlieren, ohne in Aufregung zu geraten. So gewann er sich die Freundschaft der Kaufleute und Hacendados und machte sich beliebt. Die Principales luden ihn zu einer Jagd in Chulucanas ein, und er verblüffte sie alle mit seiner Schießkunst. Wenn sie ihm auf der Straße begegneten, nannten ihn die Leute vom Land vertraulich beim Vornamen, und er klopfte ihnen kräftig und herzlich auf die Schultern. Die Leute schätzten seine joviale Art, die Unbefangenheit seines Auftretens, seine Freigebigkeit. Aber alle plagte die Neugierde, alle wollten wissen, woher er sein Geld, was er früher gemacht hatte. Kleine Mythen begannen über ihn zu entstehen: Wenn sie ihm zu Ohren kamen, genoß er sie laut lachend, dementierte sie nicht und bestätigte sie nicht. Mitunter klapperte er mit Freunden die Chicha-Schenken der Mangachería ab und landete dann stets bei Angélica Mercedes, denn dort gab es eine Arpa, und er war ein vollendeter, unnachahmlicher Arpista. Während die übrigen sich mit dem Zapateo[4] vergnügten oder einander zutranken, liebkoste er in einer Ecke stundenlang die weißen Saiten, die ihm fügsam gehorchten und wie er wollte murmelten, lachten, schluchzten.

Die Piuraner bedauerten nur eines: daß Anselmo unfein war und die Frauen dreist anblickte, wenn er betrunken war. Den Dienstmädchen, die barfuß die Plaza de Armas in Richtung Markt überquerten, den Weibern, die mit Krügen oder Lehmschüsseln auf dem Kopf kamen und gingen und Lúcuma- und Mangosaft feilboten und kleine, frische Käschen aus der Sierra, den Damen, die mit Handschuhen, Schleier und Rosenkranz auf dem Weg zur Kirche vorbeidefilierten, allen machte er mit lauter Stimme Anträge und trug ihnen improvisierte Verse von recht gewagtem Inhalt vor. «*Vorsicht, Anselmo*», warnten ihn seine Freunde, «*die Piuraner sind eifersüchtig. Ein beleidigter Gatte, ein humorloser Vater wird Sie, wenn Sie sich's am wenigsten erwarten, zum Duell fordern, mehr Respekt vor den Frauen.*» Aber Anselmo reagierte mit lautem Gelächter, hob das Glas und brachte einen Trinkspruch auf Piura aus.

Im ersten Monat seines Aufenthalts in der Stadt geschah noch nichts.

Kein Grund zur Aufregung und überdies läßt sich alles in dieser Welt zurechtbiegen, die Sonne funkelt in den Augen Julio Reáteguis, und die Flaschen stehen in einem Tonbehälter voll Wasser. Er selbst füllt die Gläser; der weiße Schaum perlt, dehnt sich und zerfällt zu Kratern: sie sollten sich nicht sorgen und, vor allem, noch ein Bierchen. Manuel Aguila, Pedro Escabino und Arévalo Benzas trinken, wischen sich mit den Händen über die Lippen. Durch die Drahtgitter vor den Fenstern sieht man die Plaza von Santa María de Nieva, eine Gruppe Aguarunas mahlt Maniok in bauchigen Gefäßen, Kinder jagen um die Capironastämme. Oben, auf den Hügeln, ist das Wohnhaus der Nonnen, ein glühendes Rechteck, und in erster Linie handelte es sich um ein Projekt auf lange Sicht und hier gediehen Projekte nicht, Julio Reátegui glaubte, daß sie sich umsonst solche Sorgen machten. Aber Manuel Aguila, nein, keineswegs, Gobernador, er steht auf, sie hatten Beweise, Don Julio, ein kleines und kahles Männchen mit vorquellenden Augen, diese zwei Kerle hatten sie verdorben. Und Arévalo Benzas, steht Don Julio auch auf, wollte festhalten, daß er es ja gesagt hatte, hinter den Fahnen und den Schreibheften steckte etwas anderes und er war dagegen gewesen, daß die Lehrer kamen, Don Julio, und Pedro Escabino klopft mit seinem Glas auf den Tisch, Don Julio: die Genossenschaft war eine Tatsache, die Aguarunas würden selbst nach Iquitos gehen und dort verkaufen, die Caciques waren in Chicais zusammengekommen, um darüber zu sprechen, und so war die Lage in Wirklichkeit und alles andere Blindheit. Nur eben kannte Julio Reátegui keinen einzigen Aguaruna, der wüßte, was Iquitos oder eine Genossenschaft ist, wer hatte Pedro Escabino denn diesen Bären aufgebunden? und er bat sie, einer nach dem andern zu sprechen, Señores. Das Glas schlägt wieder hart und dumpf auf die Tischplatte, Don Julio, er verbrachte viel Zeit in Iquitos, ging vielen Geschäften nach und merkte nicht, daß das Gebiet in Aufruhr war, seit diese zwei Kerle gekommen waren. Julio Reáteguis Stimme ist immer noch ruhig, Don Pedro, die Gobernación hatte ihn viel Zeit und Geld gekostet, aber seine Augen sind hart geworden, und er hatte sie nicht annehmen wollen und Pedro Escabino war einer derjenigen, die ihn am meisten gedrängt hatten, mochte er ihm den Gefallen tun, sich vorsichtig auszudrücken. Pedro Escabino wußte, wieviel sie ihm verdankten und wollte ihn nicht beleidigen: nur, er war gerade erst in Urakusa gewesen und zum erstenmal seit zehn Jahren,

Don Julio, zweimal hart und dumpf auf den Tisch, wollten die Aguarunas ihm auch nicht ein Kügelchen Gummi verkaufen, trotz der Vorschüsse, und Arévalo Benzas: sie hatten ihm sogar die Genossenschaft gezeigt, Don Julio, er sollte nicht lachen, hatten eine besondere Hütte gemacht und die war bis obenhin voll von Gummi und Häuten und an Escabino wollten sie nicht verkaufen und hatten ihm gesagt, sie würden nach Iquitos gehen und selbst verkaufen. Und Manuel Aguila, klein und kahl hinter seinen Glotzaugen: verstand der Gobernador jetzt? Diese Kerle hätten die Stämme nie besuchen dürfen, Arévalo hatte recht, wollten sie nur verderben. Aber sie würden gar nicht wiederkommen, Señores, und Julio Reátegui füllt die Gläser. Er ging nach Iquitos nicht nur in eigenen Angelegenheiten, auch in den ihren und das Ministerium hatte den Plan zur kulturellen Integration der Urwaldstämme fallenlassen, und mit den Lehrerbrigaden war es aus. Doch Pedro Escabino zum drittenmal hart und dumpf: sie waren aber schon da gewesen und das Unglück war angerichtet, Don Julio. So, die wüßten nicht einmal, wie sie mit den Nacktärschen reden sollten? Er sah ja, daß sie das durchaus gewußt hatten und sie hatten ihm den Dolmetscher mitgebracht, den die zwei Kerle nach Urakusa mitgenommen hatten und der würde es ihm selbst erzählen, Don Julio, dann würde er ja sehen. Der kupferfarbene und barfüßige Mann, der neben der Tür hockt, richtet sich auf, geht verwirrt auf den Gobernador von Santa María de Nieva zu, und Bonino Pérez, für wieviel kauften sie ihm das Kilo Gummi ab, das sollte er ihn fragen. Der Dolmetscher beginnt zu fauchen, fuchtelt viel mit den Händen herum, spuckt und Jum hört schweigend zu, die Arme über der nackten Brust verschränkt. Zwei kleine rötliche Kreuze schmücken seine grünlichen Backenknochen und auf seiner breiten Nase sind horizontal drei Linien tätowiert, schlank wie Würmer, sein Ausdruck ist ernst, seine Haltung feierlich: die Urakusas stehen reglos in der Lichtung zusammengedrängt und die Sonne jagt Lanzen durch die Bäume, die Hütten von Urakusa. Der Dolmetscher verstummt und Jum und ein winziger Alter gestikulieren grunzend und murmelnd, und der Dolmetscher, die gute Qualität für zwei, die geringere für einen Sol das Kilo, Patrón, sagen, und Teófilo Cañas blinzelt ungläubig, daß kosten, ein Hund bellt in der Ferne. Bonino Pérez hatte es sich ja gedacht, Mensch, diese Mistkerle, die miserablen Scheißbescheißer, und zum Dolmetscher: schlechte Peruaner, sie verkauften ihn zu zwanzig das Kilo, die Patrones beschissen sie, sie sollten es nicht zulassen, Mann, sollten den Kautschuk und die Häute nach Iquitos bringen, keinen Handel mehr mit diesen Patrones: übersetz ihm das. Und der Dolmetscher, ihnen das sagen? und Bonino, ja, Patrones betrügen sie? ihnen das sagen? und Teófilo, ja, schlechte Peruaner, ihnen das sagen? und beide, ja, ja, Herrgott noch mal, ja: Teufel, Diebe, schlechte Peruaner, sollten es sich nicht gefallen lassen, ja Sakrament, ohne Angst, ihnen das übersetzen. Der Dolmetscher grunzt, faucht, aus seinem Mund sprüht es und Jum grunzt, faucht, aus seinem Mund sprüht es und der Alte schlägt sich auf die Brust, seine Haut hat rauhe Fältchen, und der Dolmetscher, Iquitos nie kommen, Patrón Escabino kommen, bringen Messer, Macheten, Stoffe, und Teófilo Cañas, es ist umsonst, Mensch, die meinen, Iquitos ist ein Mann, da ist nichts zu machen, Bonino, und der Dolmetscher, sagen, tauschen für Gummi. Aber Bonino Pérez nähert sich Jum, deutet auf das Messer, das der am Gürtel trägt, mal sehen, wie viele Kilo Kautschuk hat ihn das gekostet: frag ihn. Jum zieht das Messer heraus, hebt es hoch, die Sonne flammt auf der blanken Klinge, löst deren Konturen auf und Jum lächelt voll Stolz und die Urakusas hinter ihm lächeln und viele ziehen ihre Messer, heben sie hoch und die Sonne läßt sie aufblitzen und verschwimmen und der Dolmetscher: zwanzig Kugeln Gummi das von Jum, sagen, die andern zehn, fünfzehn Kugeln, kosten, und Teófilo Cañas wollte zurück nach Lima, Mensch. Hatte Fieber, Bonino, und diese Ungerechtigkeiten und die hier, die nicht begriffen, besser nicht daran denken und Bonino Pérez addiert und subtrahiert mit den Fingern, Teófilo, mit Zahlen konnte er nie umgehen, das machte rund vierzig Sol für das Messer von Jum, oder? und der Dolmetscher, sagen? übersetzen? und Teófilo, nein, und Bonino, lieber dies: Patrón Teufel, dieses Messer kostete nicht einmal eine Kugel, konnte man im Abfall finden, Iquitos war nicht Patrón, sondern Stadt, flußabwärts, marañónabwärts, dahin sollten sie mit ihrem Kautschuk gehen, würden ihn hundertmal besser verkaufen, so viele Messer kaufen, wie sie nur wollten, oder sonst was, und der Dolmetscher, Señor? verstand nicht, wiederholen langsam und Bonino hatte recht: man muß ihnen alles erklären, Mensch, von Anfang an, gib bloß nicht auf, Teófilo, und vielleicht hatten sie recht, aber Julio Reátegui bestand darauf: man durfte den Kopf nicht verlieren. Waren die Kerle nicht abgezogen? Würden nie wiederkommen und es waren nur die Aguarunas, die aufbegehrten, er hatte mit den Shapras Geschäfte gemacht wie immer und überdies gab's für alles in der Welt ein Heilmittel. Nur, er hatte eben gehofft, seine Amtszeit als Gobernador in Ruhe zu Ende zu führen, Señores, und nun sahen sie es selbst, und Arévalo Benzas: das war noch nicht alles, Don Julio. Wußte er noch nicht, was in Urakusa mit einem Cabo, einem Lotsen und einem Träger von der Garnison von Borja passiert war? Vorige Woche erst, gerade, Don Julio, und der, was? was war denn passiert?

«Freut euch, wir sind in der Mangachería», sagte José.

«Der Sand kratzt, er kitzelt mich. Ich werd die Schuhe ausziehen», sagte der Affe.

Mit der Avenida Sánchez Cerro hörten auch der Asphalt, die weißen Häuserfronten, die massiven Haustüren und die elektrische Straßenbeleuchtung auf, und es begannen die Wände aus Binsen, die Dächer aus Stroh, Blech oder Pappe, der Staub, die Fliegen, die kreuz und quer führenden Pfade. In den quadratischen Fensterchen ohne Vorhänge der Hütten leuchteten die Talglichter und die Ölfunzeln der Mangaches, ganze Familien saßen mitten auf der Straße und genossen die kühle Nachtluft. Alle Augenblicke hoben die Leóns die Hand, um Freunde zu grüßen.

«Warum sind sie so stolz darauf? Warum wird sie so gelobt?» sagte Josefino. «Es stinkt, und die Leute leben wie Tiere. Mindestens fünfzehn in jedem Loch.»

«Zwanzig, wenn man die Hunde und das Foto von Sánchez Cerro mitzählt», sagte der Affe. «Das ist auch gut an der Mangachería: es gibt keine Unterschiede. Menschen, Hunde, Ziegen, alle sind gleich, alle sind Mangaches.»

«Und stolz sind wir, weil wir hier geboren sind», sagte José. «Gelobt wird sie, weil sie unsere Heimat ist. Im Grunde stirbst du ja nur vor Neid, Josefino.»

«Ganz Piura ist um diese Zeit wie ausgestorben», sagte der Affe. «Und hier, hörst du's? hier beginnt das Leben jetzt.»

«Hier sind wir alle Freunde oder Verwandte, und man wird akzeptiert als das, was man ist», sagte José. «In Piura sieht man nur auf das, was du besitzt, und wenn du kein Weißer bist, dann bist du einer, der den Weißen schmeichelt.»

«Ich scheiß auf die Mangachería», sagte Josefino. «Wenn damit aufgeräumt wird wie mit der Gallinacera, dann besauf ich mich vor Freude.»

«Du hast bloß Angst und weißt nicht, mit wem du dich anlegen sollst», sagte der Affe. «Aber wenn du über die Mangachería schimpfen willst, dann sprich lieber leise, sonst machen die Manganches Kleinholz aus dir.»

«Wir benehmen uns wie Kinder», sagte Josefino. «Als wenn jetzt der Moment wäre zu streiten.»

«Wir wollen uns lieber vertragen, singen wir die Hymne», sagte José.

Die im Sand sitzenden Leute waren still, der Lärm – Singen, Trinksprüche, Gitarrenmusik, Händeklatschen – drang ausschließlich aus den Chicherías, Hütten, die größer waren als die andern, besser beleuchtet, rote oder weiße Wimpel[6] flatterten davor, an der Fassade oder an einem Zuckerrohr befestigt. Es brodelte von lauwarmen und kontrastreichen Düften in der Luft, und je mehr die Straßen im Sand verliefen, desto mehr Hunde, Hennen und Schweine gab es, die sich dunkel und grunzend auf der Erde wälzten, an Pflöcke gebundene Ziegen mit riesigen Augen, und um so dichter und klangvoller wurde die Fauna, die über ihren Köpfen die Luft erfüllte. Die Unbezwingbaren gingen ohne Eile auf den gewundenen Pfaden des Mangache-Dschungels weiter, wichen alten Leuten aus, die ihre Matten ins Freie hinausgezerrt hatten, machten einen Bogen um Hütten, die unvermutet mitten auf dem Weg auftauchten wie Wale im Meer. Am Himmel brannten die Sterne, die einen groß und hoffärtig leuchtend, andere wie aufflammende Streichhölzer.

«Die Mannweiber sind schon da», sagte der Affe und deutete auf die drei fernen, glitzernden, parallelen Punkte des Jakobsstabs. «Und wie sie uns zuzwinkern. Domitila Yara hat immer gesagt, wenn die Mannweiber so deutlich zu sehen sind, darf man sich was von ihnen wünschen. Nutz die Gelegenheit aus, Josefino.»

«Domitila Yara!» sagte José. «Die arme Alte. Ich hab immer ein bißchen Angst vor ihr gehabt, aber seit sie gestorben ist, denk ich gern an sie. Ob sie uns wohl den Ärger bei ihrer Totenwache verziehen hat?»

Josefino ging stumm, die Hände in den Taschen, das Kinn auf der Brust. Die Léons murmelten ununterbrochen im Chor «Guten Abend, Don», «'n Abend, Doña», und vom Boden her erwiderten körperlose und schlafmüde Stimmen den Gruß und nannten sie bei ihren Vornamen. Vor einer Hütte blieben sie stehen, und der Affe stieß die Tür auf: Lituma stand mit dem Rücken zu ihnen, hatte einen lúcumafarbenen Anzug an, die Jacke trug um die Hüften etwas auf, und seine Haare waren feucht und glänzten. Über seinem Kopf tanzte, an einer Nadel aufgehängt, ein Zeitungsausschnitt hin und her.

«Hier ist der Unbezwingbare Nummer Drei, Vetter», sagte der Affe.

Lituma schnellte herum wie ein Kreisel, kam hastig und fröhlich, die Arme ausgebreitet, durch den Raum, und Josefino ging ihm entgegen. Sie umarmten sich kräftig und klopften einander eine gute Weile auf die Schultern, so lange nicht mehr, Mensch, so lange nicht mehr, Lituma, und wie schön, daß du wieder da bist, und gingen umeinander herum wie zwei Hunde.

«Und die Kluft, die der Herr da anhaben, Vetter», sagte der Affe.

Lituma trat etwas zurück, damit die Unbezwingbaren ihn bequem in seiner funkelnagelneuen und vielfarbenen Pracht bewundern sollten: weißes Hemd mit gestärktem Kragen, rosa Krawatte mit grünen Pünktchen, grüne Socken, spitze, spiegelblanke Schuhe.

«Gefällt er euch? Hab ihn zum erstenmal angezogen, zu Ehren meiner Heimat. Vor drei Tagen erst gekauft, in Lima. Und die Krawatte und die Schuhe auch.»

«Siehst wie ein Prinz aus», sagte José. «Steht dir bestestens, Vetter.»

«Bloß das Gewand», sagte Lituma und zupfte an den Rockaufschlägen. «Im Kleiderständer ist schon der Wurm drin. Aber die eine oder andere Eroberung bring ich noch fertig. Jetzt, wo ich wieder Junggeselle bin, ist die Reihe an mir.»

«Ich hab dich beinahe nicht wiedererkannt», unterbrach ihn Josefino. «So lange habe ich dich nicht mehr in Zivil gesehen, Kollege.»

«Sag lieber, so lange hast du mich nicht gesehen», sagte Lituma, und sein Gesicht wurde ernst, lächelte wieder.

«Wir hatten auch vergessen, wie du in Zivil warst, Vetter», sagte José.

«So siehst du besser aus, nicht mehr als Polyp verkleidet», sagte der Affe. «Jetzt bist du wieder ein echter Unbezwingbarer.»

«Auf was warten wir noch?» sagte José. «Unsere Hymne!»

«Ihr seid wie meine Brüder», lachte Lituma. «Wer hat euch beigebracht, von der Alten Brücke ins Wasser zu hopsen?»

«Und das Saufen und in den Puff gehen», sagte José. «Du hast uns verdorben, Schwager.»

Lituma hielt die Leóns umarmt und drückte sie liebevoll an sich. Josefino rieb die Hände gegeneinander, und obwohl sein Mund grinste, glitzerte in seinen unbewegten Augen etwas Heimliches, Nervöses, seine Haltung, die Schultern zurückgeworfen, die Brust herausgestreckt, die Beine leicht geknickt, war gleichzeitig gezwungen, unruhig und wachsam.

«Jetzt müssen wir diesen Sol de Ica kosten», sagte der Affe. «Der Herr haben's versprochen, und was versprochen ist, muß gehalten werden.»

Sie setzten sich auf zwei Matten unter eine Petroleumlampe, die von der Decke hing und, wenn sie schwankte, in den im Dunkeln versteckten Adobewänden flüchtig Risse, Kritzeleien und eine brüchige Mauernische erkennen ließ, in der, zu Füßen der gipsernen Jungfrau mit dem Kind in den Armen, ein Leuchter stand. José zündete die Kerze an, und in ihrem Schein zeigte der Zeitungsausschnitt die vergilbte Silhouette eines Generals, eines Degens, vieler Orden. Lituma hatte einen Koffer herbeigebracht. Er öffnete ihn, nahm eine Flasche heraus, entkorkte sie mit den Zähnen, und der Affe half ihm, vier Schnapsgläser bis zum Rand zu füllen.

«Ich kann's noch nicht glauben, daß ich wieder bei euch bin, Josefino», sagte Lituma. «Ihr habt mir sehr gefehlt, ihr drei. Und meine Heimat. Auf die Freude darüber, daß wir wieder beisammen sind.»

Sie stießen an und tranken die Gläser gleichzeitig aus.

«Rrrrr, brennt wie Feuer!» brüllte der Affe mit tränenden Augen. «Bist du sicher, daß es nicht vierzigprozentiger Alkohol ist?»

«Aber er ist doch so mild», sagte Lituma. «Pisco ist für Limeños, für Weiber und Kinder, er ist nicht wie der Cañazo. Weißt du nicht mehr, wie wir Cañazo getrunken haben, als wär's Himbeersaft?»

«Der Affe hat noch nie richtig saufen können», sagte Josefino. «Zwei Schnäpse und schon liegt er auf der Schnauze.»

«Ich bin vielleicht schneller besoffen, aber aushalten tu ich mehr als jeder andere», sagte der Affe. «Ich kann tagelang weitermachen.»

«Du bist immer als erster umgekippt, Bruderherz», sagte José. «Weißt du noch, Lituma, wie wir ihn zum Fluß geschleift und ihn durch Untertauchen wieder zu sich gebracht haben?»

«Und manchmal ganz einfach mit Ohrfeigen», sagte der Affe. «Deswegen hab ich wohl keinen Bart, von all den Ohrfeigen, die ihr mir gegeben habt, damit ich wieder nüchtern werd.»

«Ich möchte einen Trinkspruch ausbringen», sagte Lituma.

«Erst einschenken, Vetter.»

Der Affe packte die Pisco-Flasche, begann einzuschenken, und Litumas Gesicht wurde immer trauriger, zwei Falten verzerrten die Augenwinkel, sein Blick schien sich zu entfernen.

«So, was ist jetzt mit dem Trinkspruch, Unbezwingbarer?» sagte Josefino.

«Auf Bonifacia», sagte Lituma. Und er hob das Glas, langsam.

III

«Hör auf, dich wie ein Kind anzustellen», sagte die Oberin. «Du hast die ganze Nacht Zeit gehabt, nach Herzenslust zu flennen.»

Bonifacia ergriff den Trachtensaum der Oberin und küßte ihn: «Sag mir, daß Madre Angélica nicht kommt. Sag mir's, du bist immer gut.»

«Madre Angélica schilt dich zu Recht», sagte die Oberin. «Du hast dich gegen Gott vergangen und hast das Vertrauen getäuscht, das wir in dich gesetzt haben.»

«Nur damit sie nicht wieder wütend wird», sagte Bonifacia. «Du weißt doch, wenn sie sich ärgert, wird sie immer krank, oder? Mir macht's nichts aus, wenn sie mit mir zankt.»

Bonifacia klatscht in die Hände, und das Geflüster der Mündel läßt nach, hört aber nicht auf, noch einmal, lauter, und sie verstummen: jetzt nur das Schleifen der Sandalen auf den Steinen des Patio. Sie öffnet den Schlafsaal, und sobald das letzte Mädchen die Schwelle überschritten hat, schließt sie ab und legt das Ohr an die Tür: es ist nicht der Lärm, der sonst herrscht, neben den häuslichen Geräuschen ist dieses dumpfe Murmeln zu hören, heimlich und aufgeregt, dasselbe, das entstand, als sie sie am Mittag zwischen Madre Angélica und Madre Patrocinio hatten kommen sehen, dasselbe, das die Oberin während des Rosenkranzes geärgert hatte. Bonifacia horcht noch einen Moment und geht dann zurück in die Küche. Sie steckt eine Lampe an, nimmt einen Blechteller voll gebratener Bananen, schiebt den Riegel der Vorratskammer zurück, tritt ein, und im Hintergrund, im Dunkeln, hört sie etwas wie davonrennende Ratten. Sie hält die Lampe hoch und blickt suchend in den Raum. Sie sind hinter den Maissäcken: ein zarter Fußknöchel, drum rum ein aus Häuten geflochtener Reif, zwei nackte Füße, die gegeneinander reiben und sich krümmen – als wollte einer den andern verstecken. Der Platz zwischen den Säcken und der Wand ist sehr eng, sie stehen sicherlich eng aneinandergepreßt, man hört sie nicht weinen.

«Schon möglich, daß mich der Teufel versucht hat, Madre», sagte Bonifacia. «Aber ich hab's nicht gemerkt. Ich hab nur Mitleid gefühlt, glaub mir.»

«Mitleid womit?» sagte die Oberin. «Und was hat das mit dem zu tun, was du getan hast, Bonifacia? Stell dich doch nicht dumm.»

«Mit den beiden Heidenmädchen aus Chicais, Madre», sagte Bonifacia. «Ich sprech die Wahrheit. Hast du sie nicht weinen sehen? Hast du nicht gesehen, wie sie sich aneinander festgehalten haben? Und gegessen haben sie auch nichts, wie Madre Griselda sie in die Küche mitgenommen hat, hast du das nicht gesehen?»

«Es ist nicht ihre Schuld, daß sie sich so benehmen», sagte die Oberin. «Sie haben nicht wissen können, daß man sie zu ihrem Besten hierhergebracht hat, sie haben gemeint, wir würden ihnen etwas antun. Ist es nicht immer so, bis sie sich eingewöhnen? Sie haben es nicht gewußt, aber du hast gewußt, daß es zu ihrem Besten ist, Bonifacia.»

«Mir haben sie aber trotzdem leid getan», sagte Bonifacia. «Was hätt ich denn tun sollen, Madre?»

Bonifacia kniet nieder, hält die Lampe an die Säcke, und da sind sie: wie zwei Aale ineinander verschlungen. Eine hat den Kopf an der Brust der andern begraben, und die, mit dem Rükken gegen die Wand, kann das Gesicht nicht verbergen, als das Licht in ihr Versteck eindringt, schließt nur die Augen und stöhnt. Noch haben sie weder die Schere Madre Griseldas noch das rötliche, brennende Desinfektionsmittel zu spüren bekommen. Voll, dunkel, über und über von Staub bedeckt, von Strohhälmchen, zweifellos wimmelnd von Nissen, fluten die Haare über die nackten Rücken und Oberschenkel, gleichen Miniaturmisthaufen. Zwischen den schmutzigen und verklebten Strähnen sieht man die schwächlichen Glieder, Streifen matter Haut, die Rippen.

«Es war wie zufällig, Madre, nicht beabsichtigt», sagte Bonifacia. «Ich hab nicht die Absicht gehabt, hatte überhaupt nicht daran gedacht, wirklich.»

«Beabsichtigt hast du es nicht, daran gedacht hast du auch nicht, aber du hast sie ausreißen lassen», sagte die Oberin. «Und nicht nur diese beiden, sondern auch die andern. Du hast alles schon seit langem mit ihnen abgesprochen gehabt, nicht wahr?»

«Nein, Madre, ich schwör's dir», sagte Bonifacia. «Es war vorgestern abend, das Essen hab ich ihnen gebracht, hierher, in die Vorratskammer. Wenn ich mich daran erinnere, erschreck ich, ich war eine andere, und ich hab geglaubt, es war Mitleid, aber wer weiß? vielleicht hat mich doch der Teufel verführt, wie du sagst, Madre.»

«Das ist keine Entschuldigung», sagte die Oberin. «Versteck dich nicht immer hinter dem Teufel. Wenn er dich versucht hat, dann weil du dich hast versuchen lassen. Was soll das heißen, daß du eine andere warst?»

Unter dem Haargestrüpp haben die beiden ineinander verschlungenen Leiber zu zittern angefangen, das Beben der einen steckt die andere an, und das Zähneklappern gleicht dem von kleinen verschreckten Äffchen, wenn man sie in einen Käfig steckt. Bonifacia blickt zur Tür der Vorratskammer, beugt sich vor und beginnt langsam, in unreinen Tönen, beschwichtigend, zu grunzen.

Etwas verändert sich, so als sei ein Hauch frischer Luft in die Dunkelheit der Vorratskammer gedrungen. Unter dem verdreckten Gestrüpp hören die Körper auf zu zittern, zwei Köpfchen beginnen eine vorsichtige, kaum merkliche Bewegung, und Bonifacia krächzt weiter, schnalzt begütigend.

«Sie sind unruhig geworden, von dem Moment an, wo sie sie gesehen haben», sagte Bonifacia. «Sie haben miteinander getuschelt, und wenn ich dazugekommen bin, haben sie schnell von was anderem gesprochen. Sie haben sich verstellt, Madre, aber ich weiß, daß sie von den Heidenmädchen geredet haben. Weißt du nicht mehr, wie sie sich in der Kapelle benommen haben?»

«Aber was gab's denn, um unruhig zu werden?» sagte die Oberin. «Es war doch nicht das erste Mal, daß sie zwei Mädchen in die Mission haben kommen sehen.»

«Ich weiß nicht, Madre», sagte Bonifacia. «Ich erzähl dir nur, was los war, warum es so war, weiß ich nicht. Sie werden halt an die Zeit gedacht haben, wo sie selber gekommen sind, ja, das wird's gewesen sein.»

«Was war nun in der Vorratskammer mit den beiden Kleinen?» sagte die Oberin.

«Versprich mir zuerst, daß du mich nicht fortschicken wirst, Madre», sagte Bonifacia. «Ich hab die ganze Nacht gebetet, daß du mich nicht fortschickst. Was soll ich denn allein tun, Madre? Ich werd mich bessern, wenn du mir's versprichst. Und dann sag ich dir alles.»

«Bedingungen willst du mir stellen, um deine Missetaten zu bereuen?» sagte die Oberin. «Das hat noch gefehlt. Und ich begreife nicht, warum du noch in der Mission bleiben willst. Hast du die Mädchen nicht ausreißen lassen, gerade weil es dir leid getan hat, daß sie hier waren? Dann müßtest du doch glücklich sein, wenn du hier wegkannst.»

Bonifacia hält ihnen den Blechteller hin, und sie zittern nicht, sind reglos, und beim Atmen heben sich ihre Brüste in einem gleichmäßigen und langsamen Rhythmus. Bonifacia stellt den Teller in die Reichweite des sitzenden Mädchens. Sie hat nicht aufgehört zu grunzen, halblaut, vertraulich, und auf einmal hebt sich das Köpfchen, hinter der Haarkaskade leuchten kurz zwei Lichter auf, zwei Fischlein, die zuerst die Augen Bonifacias anblicken, dann den Blechteller. Ein Arm kommt zum Vorschein und streckt sich mit unendlicher Vorsicht aus, eine furchtsame Hand zeichnet sich im Licht der Lampe ab, zwei schmutzige Finger packen eine Banane, begraben sie im Wald.

«Aber ich bin nicht wie sie, Madre», sagte Bonifacia. «Madre Angélica und du, ihr sagt mir doch immer, du bist der Finsternis jetzt entronnen, du bist schon zivilisiert. Wohin soll ich denn gehen, Madre? Ich will nicht wieder Heidin werden. Die Jungfrau war gut, nicht wahr? hat alles vergeben, nicht wahr? Hab Mitleid mit mir, Madre, sei gut, für mich warst du immer wie die Jungfrau Maria.»

«Bei mir haben Schmeicheleien keinen Zweck, ich bin nicht wie Madre Angélica», sagte die Oberin. «Wenn du glaubst, du seist zivilisiert und eine Christin, warum hast du dann die Mädchen ausreißen lassen? Warum war's dir egal, daß sie wieder Heidinnen würden?»

«Aber man wird sie ja finden, Madre», sagte Bonifacia. «Du wirst schon sehen, daß die Guardias sie wieder zurückbringen. Ich kann nichts dafür, daß sie auf den Patio herausgekommen sind und weg wollten, ich hab nicht einmal richtig gemerkt, was los war, Madre, glaub mir, ich bin eine andere gewesen.»

«Verrückt bist du gewesen», sagte die Oberin. «Oder eine Idiotin, wenn du nicht einmal gemerkt hast, daß sie dir unter der Nase ausgerissen sind.»

«Viel schlimmer, Madre, eine Heidin war ich wieder, aufs

Haar genau wie die von Chicais», sagte Bonifacia. «Wenn ich dran denk, krieg ich Angst, du mußt für mich beten, ich möcht bereuen, Madre.»

Die Kleine kaut, ohne die Hand vom Mund zu nehmen, und stopft jedesmal, wenn sie hinunterschluckt, ein weiteres Stückchen gebratene Banane hinein. Sie hat die Haare aus dem Gesicht geschoben, sie umrahmen es jetzt wie zwei Bänder, und beim Kauen baumelt der Ring in ihrer Nase kaum merklich. Ihre Augen spähen nach Bonifacia, und plötzlich greift die andere Hand in das Haar der Kleinen, die an ihrer Brust kauert. Die freie Hand kommt auf den Blechteller zu, grapscht eine Banane, und der verborgene Kopf, gezwungen von der Hand, die an den Haaren zieht, dreht sich: sie hat keine durchbohrte Nase, die Lider sind zwei kleine entzündete Wülste. Die Hand senkt sich, berührt mit der Banane die zusammengepreßten Lippen, die sich noch stärker runzeln, mißtrauisch, hartnäckig.

«Und warum bist du nicht zu mir gekommen und hast's mir gesagt?» sagte die Oberin. «In der Kapelle hast du dich versteckt, weil du gewußt hast, daß du etwas Schlimmes angestellt hattest.»

«Ich hab Angst gehabt, aber nicht vor dir, Madre, sondern vor mir», sagte Bonifacia. «Es ist mir wie ein Albdrücken vorgekommen, wie sie nicht mehr zu sehen waren, und deswegen bin ich in die Kapelle gegangen. Ich hab mir eingeredet, es ist nicht wahr, sie sind nicht fort, es ist überhaupt nichts geschehen, ich hab nur geträumt. Sag, daß du mich nicht hinauswirfst, Madre.»

«Du hast dich selbst hinausgeworfen», sagte die Oberin. «Mit dir haben wir gemacht, was wir noch mit keiner gemacht haben, Bonifacia. Du hättest dein ganzes Leben hier in der Mission bleiben können. Aber jetzt, sobald die Mädchen zurückkommen, dürfen sie dich nicht mehr hier sehen. Mir tut's selber leid, obwohl du dich so schlecht betragen hast. Und ich weiß, daß Madre Angélica sehr traurig sein wird. Aber im Interesse der Mission ist es notwendig, daß du gehst.»

«Als Dienstmädchen, Madre, sonst nichts», sagte Bonifacia. «Ich will gar nicht mehr auf die Mündel aufpassen. Ich werd fegen und die Abfälle wegbringen und Madre Griselda in der Küche helfen. Bitte, Madre, bitte!»

Die Kleine leistet Widerstand: angespannt, die Augen zugekniffen, beißt sie sich auf die Lippen, aber die Finger der andern bohren unnachgiebig, kämpfen mit diesem hartnäckigen Mund. Beide schwitzen von der Anstrengung, kleine Haarbüschel kleben an der schimmernden Haut. Und plötzlich öffnen sie sich: blitzschnell stecken die Finger den fast zerquetschten Bananenrest in den offenen Mund, und die Kleine fängt an zu kauen. Mit der Banane sind ihr einige Haarspitzen in den Mund geraten. Bonifacia weist die mit dem Nasenring darauf hin, und die hebt wieder die Hand, ihre Finger ergreifen die gefangenen Haare und ziehen sie vorsichtig heraus. Die Kleine schluckt jetzt, ein Kügelchen gleitet an ihrer Gurgel auf und ab. Einige Sekunden später öffnet sie den Mund erneut und wartet so, mit immer noch geschlossenen Augen. Bonifacia und die mit dem Ring sehen sich in der öligen Helle der Lampe an. Im gleichen Augenblick lächeln sie sich zu.

«Magst du nichts mehr?» sagte Aquilino. «Aber du mußt was essen, Mann, du kannst doch nicht von der Luft leben.»

«Ich muß immerzu an diese Nutte denken», sagte Fushía. «Du bist schuld daran, Aquilino, seit zwei Nächten seh ich sie ständig vor mir und hör sie. Aber so wie sie als Mädchen war, wie ich sie kennengelernt hab.»

«Wie hast du sie eigentlich kennengelernt, Fushía?» sagte Aquilino. «War das lange nachdem wir uns getrennt hatten?»

«Vor einem Jahr, Doktor Portillo, ungefähr», sagte die Frau. «Damals haben wir in Belén gelebt, und bei Hochwasser ist der Fluß bis ins Haus gekommen.»

«Freilich, Señora», sagte Doktor Portillo. «Aber erzählen Sie mir von dem Japaner, Señora, ja?»

Ebendrum, der Fluß war über das Ufer getreten, das Belén-Viertel sah aus wie ein Meer und der Japaner kam jeden Sonnabend am Haus vorbei, Doktor Portillo. Und sie, wer ist das wohl, und wie eigenartig, wo er sich doch so gut kleidet, daß er da seine Waren selbst auflädt und keinen Menschen hat, der das für ihn erledigt. Das war die beste Zeit gewesen, Alter. Hatte Geld zu verdienen begonnen in Iquitos, für diesen Hund von Reátegui gearbeitet, und eines Tages konnte ein Mädchen wegen des Wassers die Straße nicht überqueren, und er bezahlte einen Ladearbeiter, damit er sie rüberbrächte, und die Mutter kam raus, um ihm zu danken: das war eine schreckliche Kupplerin, Aquilino.

«Und immer ist er stehengeblieben, um sich mit uns zu unterhalten, Doktor Portillo», sagte die Frau. «Bevor er zum Ladeplatz gegangen ist, oder hinterher, und immer liebenswürdig.»

«Haben Sie da schon gewußt, in was für Geschäfte er verwickelt war?» sagte Doktor Portillo.

«Sehr anständig und elegant hat er immer gewirkt, trotz seiner Rasse», sagte die Frau. «Hat uns kleine Geschenke mitgebracht, Herr Doktor. Kleider, Schuhe und einmal sogar einen Kanarienvogel.»

«Für Ihre Tochter, Señora, die immer barfuß rumläuft», sagte Fushía. «Damit er sie morgens mit seinem Gesang weckt.»

Sie verstanden sich prächtig, ohne es natürlich zuzugeben, Alter; die Kupplerin wußte, was er wollte, und er wußte, daß die Kupplerin Geld wollte, und Aquilino, und Lalita? was hat die zu alldem gesagt?

«Ihre Haare waren schon ganz lang», sagte Fushía. «Und damals war ihr Gesicht noch rein, kein einziger Pickel. Wie hübsch sie da war, Aquilino.»

«Mit einem Sonnenschirm ist er gekommen, in weißen Anzügen, und die Schuhe auch in Weiß», sagte die Frau. «Hat uns ausgeführt, zum Spazierengehen, ins Kino, einmal hat er Lalita in den brasilianischen Zirkus mitgenommen, der damals kam, erinnern Sie sich noch?»

«Hat er Ihnen viel Geld gegeben, Señora?» sagte Doktor Portillo.

«Sehr wenig, fast gar nichts, Herr Doktor», sagte die Frau. «Und ganz selten. Kleine Geschenke hat er uns mitgebracht, sonst nichts.»

Und Lalita war doch schon zu groß, um in die Schule zu gehen: er würde ihr Arbeit in seinem Büro geben und das Gehalt wäre doch eine große Hilfe für beide, Lalita war das doch recht, oder? Sie hatte eben an die Zukunft ihrer Tochter gedacht, und an die Not, Herr Doktor, und daran, wie schlecht es ihnen ging: kurzum, Lalita hatte angefangen, bei dem Japaner zu arbeiten.

«Mit ihm zusammen zu leben, Señora», sagte Doktor Portillo. «Sie brauchen sich nicht zu genieren, ein Rechtsanwalt ist wie ein Beichtvater für seine Mandanten.»

«Ich schwör Ihnen, daß Lalita immer zu Hause geschlafen hat», sagte die Frau. «Fragen Sie nur die Nachbarinnen, wenn Sie mir nicht glauben, Herr Doktor.»

«Und was für Arbeiten hat er Ihrer Tochter denn zu erledigen gegeben, Señora?» sagte Doktor Portillo.

Blödsinnige Dinge, Alter, reich für immer wär er geworden, wenn es noch ein paar Jährchen länger gedauert hätte. Aber irgend jemand hat die Sache verraten, und Reátegui ging schuldfrei und unbescholten daraus hervor, und er mußte dafür büßen, ausreißen, und dann kam die schlimmste Zeit seines Lebens. Die blödeste Arbeit, die man sich vorstellen konnte, Alter: den Kautschuk entgegennehmen, ihn mit viel Talk pudern und lagern, damit er den Geruch verliert, ihn wie Tabak verpacken und expedieren.

«Warst du damals in Lalita verliebt?» sagte Aquilino.

«Ich hab sie als Jungfrau gekriegt», sagte Fushía, «nichts, aber auch gar nichts hat sie vom Leben gewußt. Sie hat immer gleich geheult, und wenn ich schlechter Laune war, hab ich ihr eine Ohrfeige gegeben, und wenn ich gut aufgelegt war, hab ich ihr Karamellen gekauft. Es war, als hätte man gleichzeitig eine Frau und eine Tochter, Aquilino.»

«Und warum schiebst du Lalita die Schuld auch daran in die Schuhe?» sagte Aquilino. «Ich bin sicher, daß sie euch nicht verraten hat. Wahrscheinlich eher die Mutter.»

Aber sie erfuhr es doch erst aus den Zeitungen, Herr Doktor, das schwor sie ihm bei allem, was ihr heilig war. Sie war wohl sehr arm, aber so ehrlich wie nur sehr wenige, und im Depot war sie höchstens einmal gewesen, und sie, was ist denn da drin, Señor, und der Japaner, Tabak und sie war so naiv, es zu glauben.

«Von wegen Tabak, Señora!» sagte Doktor Portillo. «Das hat vielleicht außen auf den Kisten gestanden, aber Sie wissen, daß Kautschuk drin war.»

«Die Kupplerin hat nie was gemerkt», sagte Fushía. «Es war einer von den Schweinehunden, die mir mit dem Talk und beim Packen geholfen haben. In den Zeitungen hat gestanden, sie sei ein weiteres Opfer von mir geworden, weil ich ihr die Tochter entführt hab.»

«Schade, daß du die Zeitungen nicht aufgehoben hast, auch die von Campo Grande», sagte Aquilino. «Es wär lustig, sie jetzt zu lesen und zu sehen, wie berühmt du einmal warst, Fushía.»

«Hast du lesen gelernt?» sagte Fushía. «Wie wir noch zusammengearbeitet haben, hast du's noch nicht gekonnt, Alter.»

«Dann hättest du sie mir eben vorgelesen», sagte Aquilino. «Aber wieso haben sie eigentlich dem Señor Julio Reátegui nichts getan? Warum hast du abhauen müssen und er hat bleiben können?»

«Ungerechtigkeiten des Lebens», sagte Fushía. «Er hat das Kapital geliefert, und ich hab den Kopf hingehalten. Das Gummi ist unter meinem Namen gelaufen, dabei hab ich bloß Überbleibsel gekriegt. Ich wär aber trotzdem reich geworden, Aquilino, es war ein tolles Geschäft.»

Lalita erzählte ihr nichts, sie quälte sie mit Fragen, und das Mädchen, ich weiß nicht, ich weiß nicht, das war die reine Wahrheit, Doktor Portillo, warum hätte sie argwöhnen sollen? Der Japaner ging zwar immer auf Reisen, aber so viele Leute gingen auf Reisen und wie hätte sie außerdem wissen sollen, daß Kautschuk verschiffen Schmuggel war und Tabak nicht.

«Tabak ist kein kriegswichtiges Material, Señora», sagte Doktor Portillo. «Kautschuk schon. Wir dürfen ihn nur an unsere Alliierten verkaufen, die im Krieg stehen mit den Deutschen. Wissen Sie nicht, daß Peru auch im Krieg ist?»

«Hättest den Kautschuk eben an die Gringos verkaufen müssen, Fushía», sagte Aquilino. «Dann hättest du keinen Ärger gehabt, und die hätten dich obendrein in Dollar bezahlt.»

«Unsere Alliierten kaufen uns den Kautschuk zu kriegsbedingten Preisen ab, Señora», sagte Doktor Portillo. «Der Japaner hat ihn heimlich verkauft und hat viermal soviel dafür bekommen. Haben Sie das auch nicht gewußt?»

«Das erste, was ich höre, Herr Doktor», sagte die Frau. «Ich bin arm, die Politik interessiert mich nicht, ich hätte nie zugelassen, daß meine Tochter mit einem Schmuggler ausgeht. Ist's wahr, daß er auch ein Spion war, Herr Doktor?»

«Wenn sie aber doch noch so jung war, ist's ihr da nicht schwergefallen, ihre Mutter zu verlassen?» sagte Aquilino. «Wie hast du Lalita eigentlich dazu überredet, Fushía?»

Lalita mochte ihre Mutter zwar sehr gern haben, aber bei ihm kriegte sie was zu essen und hatte Schuhe an, in Belén wäre sie Waschfrau geworden, Hure oder Dienstmädchen, Alter, und Aquilino, ach was, Fushía: er mußte in sie verliebt gewesen sein, sonst hätte er sie nicht mitgenommen. Es war viel leichter, allein auszureißen als mit einer Frau im Schlepp, hätte er sie nicht geliebt, hätte er sie nicht entführt.

«In der Selva war Lalita Gold wert», sagte Fushía. «Ich hab dir ja schon gesagt, wie hübsch sie damals war. Da war jeder scharf auf sie.»

«Gold wert», sagte Aquilino. «Als wenn du sie hättest verschachern wollen.»

«Sie war ein gutes Geschäft», sagte Fushía. «Hat dir die Nutte das nie erzählt? Der Hund von Reátegui hat's mir bestimmt nie verziehen. Das war meine Rache an ihm.»

«Und eines Abends ist sie nicht heimgekommen, am nächsten Tag auch nicht, und später ist ein Brief von ihr gekommen», sagte die Frau. «Sie gehe mit dem Japaner ins Ausland, und sie würden heiraten. Ich hab ihn mitgebracht, Herr Doktor.»

«Ich werd ihn aufbewahren, geben Sie ihn mir», sagte Doktor Portillo. «Und warum haben Sie nicht Anzeige bei der Polizei erstattet, daß Ihre Tochter davongelaufen war, Señora?»

«Ich hab geglaubt, es sei aus Liebe, Herr Doktor», sagte die Frau. «Daß er vielleicht verheiratet wär und daß er darum mit meiner Tochter auf und davon ist. Erst ein paar Tage später hat in der Zeitung gestanden, daß der Japaner ein Gauner war.»

«Wieviel Geld hat Ihnen Lalita in dem Brief geschickt?» sagte der Anwalt.

«Viel mehr, als die beiden Mistweiber zusammen wert waren», sagte Fushía. «Tausend Sol.»

«Zweihundert Sol, lieber Herr Doktor, denken Sie nur, so ein Knauser», sagte die Frau. «Aber ich hab schon alles ausgegeben, Schulden abgezahlt.»

Er kannte die Alte nur zu gut: geiziger als der Türke, der ihn ins Gefängnis gebracht hatte, Aquilino, und Doktor Portillo wollte wissen, ob das, was sie der Polizei gesagt hatte, dasselbe war, was sie jetzt ihm erzählt hatte, Señora, um kein Haar anders?

«Bis auf das mit den zweihundert Sol, Herr Doktor», sagte die Frau. «Die hätten sie mir abgenommen, Sie wissen ja, wie die auf der Wache sind.»

«Lassen Sie mich jetzt die Angelegenheit in Ruhe studieren», sagte Doktor Portillo. «Ich lasse Sie holen, sobald es was Neues gibt. Wenn Sie aufs Gericht oder zur Polizei vorgeladen werden, begleite ich Sie. Geben Sie keinerlei Erklärung ab, wenn ich nicht dabei bin, Señora. Niemandem, verstehen Sie mich?»

«Wie Sie befehlen, Herr Doktor», sagte die Frau. «Aber – und der Schaden und die Wiedergutmachung? Alle sagen, ich hab Anspruch darauf. Er hat mich hintergangen und mir die Tochter weggenommen, Herr Doktor.»

«Sobald er erwischt wird, werden wir auf Schmerzensgeld klagen», sagte Doktor Portillo. «Darum kümmere ich mich schon, machen Sie sich keine Sorgen. Aber wenn Sie keine Komplikationen wollen, dann, Sie wissen ja: kein Wort, wenn Ihr Anwalt nicht anwesend ist.»

«Du hast den Señor Julio Reátegui also doch noch einmal gesehen», sagte Aquilino. «Ich hab geglaubt, du seist von Iquitos aus direkt zur Insel gegangen.»

Und wie hätte er das bewerkstelligen sollen: schwimmend? indem er zu Fuß die ganze Selva durchquerte, Alter? Er hatte doch nichts außer ein paar Sol und wußte, daß der Hund von Reátegui sich die Hände in Unschuld waschen würde, denn dessen Name erschien ja nirgends. Ein Glück, daß er Lalita mitgenommen hatte, daß die Leute ihre Schwächen haben, und Julio Reátegui war dagewesen, hatte alles gehört, aber ob's wohl wahr war, daß die Alte nichts wußte? Hatte eine Visage, der man nicht trauen konnte, Junge. Und außerdem machte ihm Sorgen, daß Fushía ein Weib mitgeschleppt hatte, Verliebte machen Dummheiten.

«Das muß er dann selbst ausbaden, wenn er Dummheiten macht», sagte Doktor Portillo. «Dir kann er nichts anhaben, selbst wenn er wollte. Alles ist gut ausgedacht.»

«Kein Wort hat er mir von dieser Lalita da erzählt», sagte Julio Reátegui. «Hast du gewußt, daß er mit dem Mädchen zusammen gelebt hat?»

«Kein Wort», sagte Doktor Portillo. «Wird eifersüchtig sein, hält sie vermutlich hinter Schloß und Riegel. Das Entscheidende ist, daß die komische Alte keinen blassen Schimmer hat. Ich glaub nicht, daß Gefahr besteht, das Brautpaar ist sicher schon in Brasilien. Essen wir heute abend zusammen?»

«Kann nicht», sagte Julio Reátegui. «Man braucht mich dringend in Uchamala. Ein Peón ist gekommen, keine Ahnung, was los ist. Ich werd versuchen, am Sonnabend wieder zurück zu sein. Ich nehm an, daß Don Fabio inzwischen schon in Santa María de Nieva eingetroffen ist, man muß ihn wissen lassen, daß er fürs erste kein Gummi mehr kaufen soll. Bis Gras über die Sache wächst.»

«Und wo hast du dich mit Lalita versteckt?» sagte Aquilino.

«In Uchamala», sagte Fushía. «Ein Besitz von diesem Hund von Reátegui, am Marañón. Wir kommen da ganz nahe vorbei, Alter.»

Das Vieh verläßt die Haziendas kurz nach Mittag und erreicht die Wüste mit den ersten Abendschatten. Eingemummt in Ponchos, mit weitkrempigen Hüten, um sich gegen die Angriffe des Windes und des Sandes zu schützen, treiben die Peones die ganze Nacht über die schwerfälligen, langsamen Tiere auf den Fluß zu. Im Morgengrauen steigt Piura vor ihnen auf: eine graue Fata Morgana am jenseitigen Flußufer, ein regloser Steinhaufen. Sie ziehen nicht über die Alte Brücke in die Stadt ein, denn die ist baufällig. Wenn das Flußbett trocken liegt, durchqueren sie es inmitten einer riesigen Staubwolke. In den Monaten, in denen die Fluten sich dahinwälzen, machen sie am Ufer halt. Das Vieh beschnüffelt mit seinen breiten Schnauzen die Erde, reißt mit seinen Hörnern die zarten Algarrobabäume um, bricht in melancholisches Brüllen aus. Die Männer unterhalten sich bedächtig beim Frühstück aus kaltem Fleisch und kleinen Schlucken Rohrschnaps oder dösen in ihre Ponchos gehüllt vor sich hin. Sie brauchen nicht lange zu warten, manchmal kommt Carlos Rojas schon vor dem Vieh am Ladeplatz an. Er ist den Fluß heruntergekommen, vom andern Ende der Stadt her, wo er seine Hütte hat. Der Fährmann zählt die Tiere, schätzt ihr Gewicht, entscheidet, wie oft er hin- und herfahren muß, um sie überzusetzen. Am jenseitigen Ufer legen die Männer vom Schlachthof Seile, Sägen und Messer bereit und das Faß, worin jene zähe Ochsenkopfbrühe brodeln wird, die nur die vom Schlachthaus schlürfen können, ohne in Ohnmacht zu fallen. Wenn seine Arbeit beendet ist, macht Carlos Rojas die Fähre an einem der Pfähle der Alten Brücke fest und begibt sich zu einer der Cantinas in der Gallinacera, wo die Frühaufsteher zusammenzukommen pflegen. An diesem Morgen war schon eine stattliche Anzahl Wasserträger, Straßenkehrer und Marktfrauen dort versammelt, alle aus der Gallinacera. Sie haben ihm eine Kalebasse mit Ziegenmilch vorgesetzt, ihn gefragt, warum er so ein Gesicht machte. Der Frau ging's gut? Und der Junge? Ja, es ging ihnen gut, und Josefino konnte schon laufen und sagte Papa, aber er mußte ihnen etwas erzählen. Und sein großer Mund stand immer noch offen, und die Augen drückten Unglauben aus, so als hätte er eben den Leibhaftigen gesehen. Seit zehn Jahren arbeitete er jetzt als Fährmann und noch nie hatte er so früh jemand auf der Straße getroffen, außer den Leuten vom Schlachthof. Die Sonne geht noch nicht auf, alles ist schwarz, es ist die Stunde, da der Sand am dichtesten rieselt, wem fällt es also schon ein, um diese Zeit spazierenzugehen? Und die von der Gallinacera, recht hast du, Mann, keinem fällt so etwas ein. Er sprach aufgeregt, seine Worte schossen hervor, und er unterstrich sie mit energischen Gesten; in den Pausen blieb der große Mund offen und starrten die Augen ungläubig, immer noch. Drum hatte er sich ja erschreckt, verdammt noch mal, so ungewöhnlich war es. Was denn? Und er hörte wieder, ganz deutlich, das Getrappel eines Pferdes. Er schnappte nicht über, ja, er hatte in alle Richtungen geblickt, sie sollten doch abwarten, sollten ihn erzählen lassen: über die Alte Brücke hatte er es hereinkommen sehen, auf der Stelle hatte er es erkannt. Das Pferd von Don Melchor Espinoza? Jawohl, mein Herr, ebendrum, eben weil es weiß war, leuchtete es so in der Dämmerung und sah wie ein Gespenst aus. Und die aus der Gallinacera, enttäuscht, losgerissen wird es sich haben, das kommt vor, oder Don Melchor wurde schwachköpfig und reiste jetzt nachts? Das hat er auch gedacht, jetzt weiß ich's, das Tier ist ihm davon, muß es einfangen. Er sprang von der Fähre und rannte mit großen Sätzen die Böschung hoch, Gott sei Dank ging das Pferdchen langsam, er näherte sich ihm allmählich, damit es nicht scheute, jetzt würde er sich ihm in den Weg stellen, die Mähne packen und schnalzen, tschß, tschß, tschß, ruhig, Wildfang, er würde aufsitzen, auch ohne Sattel, und es seinem Eigentümer zurückgeben. Es kam im Schritt, schon ganz nahe, und er sah es kaum wegen des dichten Sandes, zusammen bogen sie nach Castilla ein, und er schnitt ihm den Weg ab und peng! Das Interesse ist wieder wach, die von der Gallinacera, und was dann, Carlos? sag doch. Jawohl, meine Herren, Don Anselmo, der hat ihn vom Sattel aus angestarrt, Ehrenwort. Hatte ein Tuch vorm Gesicht und, im ersten Moment, die Haare sind ihm zu Berge gestanden: Verzeihung, Don Anselmo, ich dachte, das Tier sei ausgerissen. Und die aus der Gallinacera, was hat er denn da gemacht? wohin hat er denn gewollt? hat er Piura heimlich den Rücken kehren wollen, wie ein Dieb? Verdammt, sie sollten ihn doch fertig erzählen lassen. Gelacht hat er, rundheraus, ihn angesehen und fast in die Hosen gemacht vor Lachen, und das Pferdchen, den Schädel hat es weggebogen. Wußten sie, was der gesagt hat? Machen Sie doch kein so angstvolles Gesicht, Rojas, ich habe nicht schlafen können, und da bin ich ein wenig spazierengeritten. Hatten sie das gehört? Genau wie er es erzählte. Der Wind war das reinste Feuer, peitschte härtestens, schlimmer noch und er hatte Lust, ihm zu antworten, für wie blöde er ihn eigentlich hielt, glaubte er etwa, er würde ihm das glauben? Und einer aus der Gallinacera, aber das würdest du ihm doch nicht sagen, Carlos, man kann die Leute doch nicht Lügner nennen und außerdem kann es dir doch egal sein. Aber das war noch nicht alles. Eine Weile später sah er ihn wieder, in der Ferne, im Hohlweg nach Catacaos. Und eine aus der Gallinacera: in der Sandwüste? der Arme, sein Gesicht würde ja wie ein Reibeisen aussehen, und die Augen und die Hände. Wo es doch an dem Tag so geweht hatte. Wenn sie ihn nicht reden ließen, sagte er überhaupt nichts mehr und ging. Ja, immer noch zu Pferd und dahin und dorthin ist er herumgeritten und immer noch einmal, den Fluß hat er angeschaut, die Alte Brücke, die Stadt. Und dann saß er ab und spielte mit dem Umhang. Wie ein kleiner Bub, hüpfte und tollte herum wie der kleine Josefino. Und die aus der Gallinacera, Don Anselmo wird doch nicht verrückt geworden sein? wäre schade, wo er doch ein so guter Mensch ist, vielleicht war er nur besoffen? Und Carlos Rojas, nein, ihm war er weder verrückt noch besoffen vorgekommen, hatte ihm zum Abschied die Hand gegeben, sich nach der Familie erkundigt und ihm Grüße aufgetragen. Aber jetzt sahen sie selbst, hatte er nicht Grund, durcheinander zu sein?

An jenem Morgen erschien Don Anselmo zur üblichen Stunde auf der Plaza de Armas, lächelnd und redselig. Er wirkte sehr fröhlich, allen Passanten, die an der Terrasse vorbeikamen, trank er zu. Ein unbezähmbarer Drang, Witze zu reißen, beherrschte ihn; in einem fort sprudelten aus seinem Mund zweideutige Geschichten hervor, bei denen Jacinto, der Kellner der ‹Estrella del Norte›, sich vor Lachen biegen mußte. Die Nachricht von seiner nächtlichen Exkursion hatte schon überall die Runde gemacht, und die Piuraner bedrängten ihn mit Fragen: er antwortete mit Spott und zweideutigen Sentenzen.

Carlos Rojas' Erzählung faszinierte die Stadt und war tagelang Gesprächsthema. Einige Neugierige machten sich an Don Melchor Espinoza heran auf der Suche nach Informationen. Der alte Landwirt wußte nichts. Außerdem würde er seinem Pensionär keine Fragen stellen, weil er nicht unverschämt und klatschhaft war. Er hatte sein Pferd sauber und abgesattelt vorgefunden. Mehr wollte er nicht wissen, sie sollten verschwinden und ihn in Ruhe lassen.

Als die Leute schon aufhörten, über jene Exkursion zu klatschen, wurden sie von einer noch seltsameren Neuigkeit überrascht. Don Anselmo hatte der Stadtverwaltung ein auf der andern Seite der Alten Brücke gelegenes Grundstück abgekauft, jenseits der letzten Hütten von Castilla, mitten in der Sandwüste, dort, wo der Fährmann ihn an dem Morgen hatte herumtollen sehen. Nun war es zwar nicht verwunderlich, daß der Fremde, hatte er beschlossen, sich in Piura niederzulassen, ein Haus bauen wollte. Aber – in der Wüste! Der Sand würde jenes Haus in kurzer Zeit auffressen, würde es verschlucken wie die alten, modrigen Bäume oder die verreckten Aasgeier. Der Sand ist unsicher, gibt nach. Die Dünen befinden sich jede Nacht woanders, der Wind schafft sie, trägt sie ab und siedelt sie neu an, je nach Laune, läßt sie schwinden und wachsen. Sie schwellen drohend an und sind überall, umfassen Piura wie eine Mauer, weiß in der Frühe, rot, wenn es dämmert, braun während der Nächte, und am Tag darauf sind sie geflohen, und man sieht sie, verstreut, entfernt, wie einen spärlichen Hautausschlag der Wüste. Abends würde Don Anselmo völlig isoliert sein und dem Staub ausgeliefert. Inständig versuchten zahlreiche Einheimische, dieses wahnsinnige Unternehmen zu verhindern, überschütteten ihn mit Argumenten, um ihn davon abzubringen. Er sollte doch ein Grundstück in der Stadt kaufen, nicht starrköpfig sein. Aber Don Anselmo verwarf all ihre Ratschläge und widersprach mit Worten, die rätselhaft waren.

Das Motorboot mit den Soldaten taucht so um Mittag herum auf, will mit dem Bug anlegen und nicht seitwärts, wie es die Vernunft verlangt, das Wasser schwemmt es heran und hinaus, warten Sie, die Herren: Adrián Nieves würde ihnen helfen. Er stürzt sich ins Wasser, packt die Stange, macht das Boot am Ufer fest und die Soldaten, ohne zu danken oder zu sagen warum, fangen ihn mit dem Lasso, lassen ihn gefesselt zurück und rennen ins Dorf. Zu spät, die Herren, fast alle Christen haben Zeit gehabt, in den Urwald zu fliehen, sie werden nur eines halben Dutzends habhaft und als sie in der Garnison Borja eintreffen, ist Capitán Quiroga sehr verärgert, wie konnten sie einen Krüppel mitbringen? und zu Vilano, hau ab, Klumpfuß, du taugst nicht fürs Heer. Die Ausbildung beginnt am folgenden Morgen: schrecklich früh müssen sie raus, werden geschoren, kriegen Hosen verpaßt und Khakihemden und riesige Latschen, in denen die

Füße weh tun. Danach spricht Capitán Quiroga vom Vaterland und teilt sie in Gruppen ein. Ihn und elf andere nimmt ein Cabo mit und schleift sie: Stillstehen, Grüßen, Marschieren, Hinlegen, Auf marsch, marsch, Stillgestanden Arschloch, Rühren Arschloch. Und so geht's jeden Tag und keine Aussicht auf Flucht, die Überwachung ist streng, von allen Seiten hagelt's Fußtritte, und Capitán Quiroga, es gibt keinen Deserteur, den er nicht fängt, und dann gibt's doppelte Dienstzeit. Und eines Morgens kommt der Cabo Roberto Delgado, einen Schritt vor dem Rekrut, der Lotse war, und Adrián Nieves, zu Befehl, *mi cabo*, er war's. Kannte er die Gegend gut, flußabwärts? Und er, wie meine Hand, *mi cabo*, flußaufwärts und auch flußabwärts, und dann sollte er sich fertig machen, sie fuhren nach Bagua. Und er, jetzt war's soweit, Adrián Nieves, jetzt oder nie. Am folgenden Morgen brechen sie auf, sie, das kleine Boot und ein Aguarunaträger von der Garnison. Der Fluß ist geschwollen und sie kommen nur langsam voran, Sandbänken ausweichend, Treibgut, Baumstämmen wie Rammböcke, die auf sie zuschießen. Der Cabo Roberto Delgado reist frohgelaunt, redet und redet, da kam ein Teniente von der Küste, der wollte den Pongo kennenlernen, sie, das ist gefährlich, *mi teniente*, hat sehr stark geregnet, aber er wollte trotzdem, und zog los und das Boot schlug um und alle sind ersoffen und der Cabo Roberto Delgado hatte sich gedrückt, denn er erfand ein Wechselfieber, damit er nicht mitzufahren brauchte, redet und redet. Der Träger öffnete den Mund nicht, *mi cabo*, war der Capitán Quiroga aus dem Urwald? Adrián Nieves allein unterhielt sich mit ihm. Ach woher denn, vor zwei Monaten war er auf eine Mission beordert worden am Santiago und dem Capitán hatten die Schnaken die Beine zum Schwellen gebracht. Rot waren sie, voller Pusteln, er ließ sie ins Wasser hängen, und der Cabo machte ihm Angst: Vorsicht mit den Yacu-Mamas, sonst bissen sie ihm ein Bein ab, *mi capitán*, diese Schlangen kommen, ohne daß man es merkt, strecken den Rüssel heraus und verdrükken ein Bein auf einen Rutsch. Und der Capitán, sollten doch kommen und sie ihm abbeißen. Der Brand hatte ihm jede Freude am Leben genommen, bloß im Wasser ließ er nach, Scheißescheißescheiße, und das ausgerechnet ihm. Und der Cabo, die Beine bluteten, *mi capitán*, das Blut lockt die Pirañas an, und wenn sie ihm nun ein paar Fleischbrocken rausrissen? Aber der Capitán Quiroga wurde fuchsteufelswild, Himmelherrgottsakrament, hör auf, mir Angst zu machen, und den Cabo widerte der Anblick an: dick angeschwollen, voller Schorf, jedesmal, wenn ein Zweig drankam, rissen sie auf und quoll ein weißer Brei heraus. Und Adrián Nieves, deswegen sind die Pirañas nicht gekommen, *mi cabo*, die haben gewußt, wenn sie die Beine anknabberten, würden sie an Vergiftung sterben. Der Träger fungiert stumm als Lotse, mißt mit der Stange die Tiefe und nach zwei Tagen kommen sie in Urakusa an: kein einziger Aguaruna, alle haben sich im Dschungel versteckt. Sogar die Hunde hatten sie mitgenommen, die Schlauberger. Der Cabo Roberto Delgado steht in der Mitte der Lichtung, den Mund weit aufgerissen, Urakusas! Urakusas! sein Gebiß ist kräftig, blitzt weiß, wie das eines Pferdes, sind die nicht als Schläger berühmt? die Abendsonne zerglitzert es in blaue Kreise, kommt her, ihr Angsthasen, kommt zurück! Aber für den Träger sind die nicht Schläger, *mi cabo*, vor Christen Angst haben, und der Cabo, sie sollten die Hütten durchsuchen, ihm ein Paketchen machen aus allem, was eßbar, anziehbar und zu verhökern war, und zwar auf der Stelle und sie sollten sich sputen! Adrián Nieves riet ab, *mi cabo*, die beobachteten sie doch sicherlich, wenn sie sie ausplünderten, würden die über sie herfallen und sie waren nur drei. Aber der Cabo wollte keine Ratschläge, von niemand, Scheiße, hatte man ihn etwa gefragt? und wennschon, sollten doch über sie herfallen, mit den Urakusas wurde er sogar ohne Revolver fertig, mit Ohrfeigen, sonst nichts und setzt sich auf den Boden, kreuzt die Beine, steckt sich eine Zigarette an. Sie gehen auf die Hütten zu, kommen zurück und der Cabo Roberto Delgado schläft friedlich, der Zigarettenstummel verqualmt auf der Erde, von neugierigen Ameisen umringt. Adrián Nieves und der Träger essen Maniok, Bagres, rauchen und als der Cabo aufwacht, kriecht er auf sie zu und trinkt aus der Feldflasche. Dann untersucht er das Bündel: eine kleine Eidechsenhaut, Mist, Halsketten aus Vogelschrot und Muscheln, war das alles? Tonschalen, Armbänder, und das Zeug, das er dem Capitán versprochen hatte? Fußkettchen, Diademe, gar nichts von dem Harz gegen die Insekten? ein Korb aus Chambiragerten und eine Kalebasse voller Masato, lauter Mist. Er wühlt mit dem Fuß in dem Bündel herum und wollte wissen, ob sie irgend jemand gesehen hatten, während er schlief? Nein, *mi cabo*, niemand. Der da meinte, sie trieben sich in der Nähe herum und der Träger deutet mit dem Finger auf den Urwald, aber den Cabo läßt es kalt: sie würden in Urakusa übernachten und morgen früh weiterfahren. Er brummt noch, was sollte das denn heißen, sich vor ihnen verstecken wie vor Stinktieren? steht auf, pißt, schnallt die Stiefelschäfte ab und geht auf eine Hütte zu, sie folgen ihm. Es ist nicht heiß, die Nacht ist feucht und lärmend, eine leichte Brise trägt in die Lichtung den Geruch von verfaulten Pflanzen und der Träger, gehen lieber, *mi cabo,* sauer hier, sagen, nicht bleiben, nicht gefallen und Adrián Nieves zuckt mit den Achseln: wem gefiel es schon, aber er sollte sich die Mühe sparen, der Cabo hörte ihn nicht, er schlief schon.

«Wie ist's dir dort gegangen?» sagte Josefino. «Erzähl, Lituma.»

«Wie wird's mir gegangen sein, lieber Herr Kollege», sagte Lituma, und seine kleinen Augen blicken überrascht. «Sehr schlecht.»

«Hat man dich verprügelt, Vetter?» sagte José. «Wasser und Brot?»

«Ach was, gut haben sie mich behandelt. Der Cabo Cárdenas hat mir mehr Essen geben lassen als allen andern. In der Selva war er mein Untergebener, ein anständiger Zambo[7], wir haben ihn immer den Dunklen genannt. Aber traurig war's trotzdem.»

Der Affe hielt eine Zigarette in den Händen und streckte ihr plötzlich die Zunge heraus und zwinkerte ihr zu. Er lächelte, unbekümmert um die andern, und probierte Grimassen aus, die Grübchen in seinen Wangen und Runzeln auf seiner Stirn entstehen ließen. Mitunter applaudierte er sich selbst.

«Sie haben mich ein wenig bewundert», sagte Lituma. «Sagten immer, du hast Eier wie ein Bock, Cholo.»

«Recht haben sie gehabt, Vetter, und ob, wer will das schon bezweifeln.»

«Ganz Piura hat von dir geredet, Kollege», sagte Josefino. «Die Kinder, die Erwachsenen. Du warst schon längst abgehauen, da haben sie immer noch über dich diskutiert.»

«Abgehauen?» sagte Lituma. «Ich bin nicht fort, weil's mir Spaß gemacht hat.»

«Wir haben die Zeitungen noch», sagte José. «Wirst schon sehen, Vetter. In ‹*El Tiempo*› haben sie dich sehr beschimpft, Missetäter haben sie dich genannt, aber in ‹*Ecos y Noticias*› und in ‹*La Industria*› haben sie dir wenigstens Mut zugestanden.»

«Warst ein ganzer Kerl, Kollege», sagte Josefino. «Die Mangaches waren stolz auf dich.»

«Und was hat's mir genutzt?» Lituma zuckte die Achseln, spuckte aus und zerrieb den Speichel mit der Schuhsohle. «Außerdem war's im Suff. Nüchtern hätt ich mich nicht getraut.»

«Hier in der Mangachería sind wir alle Urristas», sagte der Affe und sprang mit einem Satz auf. «Fanatische Anhänger des Generals Sánchez Cerro, aus allertiefstem Herzen.»

Er stellte sich vor dem Zeitungsausschnitt auf, salutierte militärisch und kehrte zur Matte zurück, wobei er schallend lachte.

«Der Affe ist schon blau», sagte Lituma. «Kommt, wir wollen zur Chunga gehen, bevor er einschläft.»

«Wir müssen dir was erzählen, Kollege», sagte Josefino.

«Voriges Jahr hat sich ein Aprista hier niedergelassen, Lituma», sagte der Affe. «Einer von denen, die den General umgebracht haben. Eine Wut krieg ich da!»

«In Lima hab ich viele Apristen gekannt», sagte Lituma. «Die waren auch eingesperrt. Sie haben nach Herzenslust auf den General geschimpft, gesagt, er war ein Tyrann. Mir was erzählen, Kollege?»

«Und du hast zugelassen, daß sie in deiner Gegenwart schlecht von dem großen Mangache gesprochen haben?» sagte José.

«Piuraner, aber kein Mangache», sagte Josefino. «Das ist auch so eine von euren Erfindungen. Sánchez Cerro hat bestimmt nie seine Nase in das Viertel hier gesteckt.»

«Was mußt du mir erzählen?» sagte Lituma. «Nun red schon, Mensch, du hast mich neugierig gemacht.»

«Es war nicht nur einer, sondern eine ganze Familie, Vetter», sagte der Affe. «Haben sich ein Haus gebaut, in der Nähe von da, wo Patrocinio Naya gewohnt hat, und eine Apristenfahne an die Tür genagelt. Was sagst du zu so einer Frechheit?»

«Von Bonifacia, Lituma», sagte Josefino. «Man erkennt's an deinem Gesicht, daß du's wissen willst. Warum hast du uns eigentlich noch nicht nach ihr gefragt, Unbezwingbarer? Hast du dich geniert? Wir sind doch wie Brüder, Lituma.»

«Aber denen haben wir's gezeigt», sagte der Affe. «Wir haben ihnen das Leben unerträglich gemacht. Sie haben abdampfen müssen, geplatzt sind sie vor Wut.»

«Ist nie zu spät, nach ihr zu fragen», sagte Lituma; er richtete sich ein wenig auf, stützte die Hände auf den Boden und verharrte reglos. Er sprach sehr ruhig: «Nicht einen einzigen Brief hat sie mir geschrieben. Was ist aus ihr geworden?»

«Es heißt, der Jüngling Alejandro sei als Kind Aprista gewesen», sagte José hastig. «Einmal, wie Haya de la Torre gekommen war, ist er mit einem Plakat an ihm vorbeimarschiert, da hat draufgestanden, Meister, die Jugend jubelt dir zu.»

«Lügen, der Alejandro ist ein großartiger Kerl, eine der größten Gestalten der Mangachería», sagte der Affe matt.

«Seid still, seht ihr nicht, daß wir miteinander reden?» Lituma schlug mit der flachen Hand auf den Boden, und ein Staubwölkchen stieg auf. Der Affe hörte zu lächeln auf, José hatte den Kopf gesenkt, und Josefino saß krampfhaft angespannt da, die Arme verschränkt, und blinzelte unaufhörlich.

«Was ist, Kollege?» sagte Lituma sanft, fast liebevoll. «Ich hab nicht gefragt, du hast mich dazu gebracht. Jetzt red aber auch, stell dich nicht stumm.»

«Es gibt Dinge, die tun mehr weh als der Schnaps, Lituma», sagte Josefino halblaut.

Lituma unterbrach ihn mit einer Handbewegung:

«Dann mach ich noch eine Flasche auf.» Weder seine Stimme noch seine Gesten verrieten die geringste Erregung, aber seine Haut hatte zu schwitzen angefangen, und er atmete tief. «Mit Alkohol kann man schlechte Nachrichten besser ertragen, nicht wahr?»

Er entkorkte die Flasche mit einem Biß und füllte die Gläser. Seines trank er geschwind, mit einem Zug leer, seine Augen röteten sich und wurden feucht, und der Affe, der in kleinen Schlückchen trank, die Augen geschlossen, das ganze Gesicht zu einer Grimasse verzerrt, verschluckte sich plötzlich. Er begann zu husten und sich mit der flachen Hand auf die Brust zu schlagen.

«Dieser Affe, immer mies», murmelte Lituma. «Also, Kollege, ich warte.»

«Pisco ist der einzige Schnaps, der durch die Augen wieder auf die Welt kommt», trällerte der Affe. «Die andern im Urin.»

«Nutte ist sie geworden, Bruderherz», sagte Josefino. «Im Grünen Haus.»

Der Affe bekam einen zweiten Hustenanfall, sein Glas rollte auf den Boden, und auf der Erde schrumpfte ein kleines, feuchtes Fleckchen zusammen, verschwand.

IV

«Die Zähne haben ihnen geklappert, Madre», sagte Bonifacia. «Ich hab auf heidnisch mit ihnen geredet, damit sie sich nicht fürchten. Hättest du nur gesehen, wie sie ausgesehen haben!»

«Warum hast du uns nie gesagt, daß du Aguaruna sprichst, Bonifacia?» sagte die Oberin.

«Du siehst ja, wie alle Madres sagen, jetzt kommt wieder die Wilde zum Vorschein», sagte Bonifacia. «Siehst ja, wie sie sagen, ißt du schon wieder mit den Pfoten, Heidin. Ich hab mich geniert, Madre.»

An der Hand führt sie sie aus der Vorratskammer, und auf der Schwelle ihres engen Zimmers bedeutet sie ihnen zu warten. Sie drängen sich dicht aneinander, stehen wie ein Knäuel an der Wand. Bonifacia tritt ein, zündet die Lampe an, öffnet den Koffer, sucht darin herum, holt das alte Schlüsselbund heraus und verläßt das Zimmer. Sie nimmt die Mädchen wieder bei der Hand.

«Ist es wahr, daß sie den Heiden an den Capironabaum gebunden haben?» sagte Bonifacia. «Daß sie ihm die Haare abgeschnitten haben und daß er ratzekahl war?»

«Bist du übergeschnappt?» sagte Madre Angélica. «Plötzlich kommst du mit den verrücktesten Dingen an.»

Aber sie wußte es, Mamita: die Soldaten hatten ihn in einem Boot gebracht, ihn an den Fahnenmast gebunden, die Mündel stiegen aufs Dach des Wohnhauses, um zuzuschauen, und Madre Angélica versohlte sie dafür. Kamen die Gaunerinnen immer noch mit diesen Geschichten an? Wann hatten sie Bonifacia das erzählt?

«Ein gelbes Vögelchen hat mir das erzählt, das hereingeflogen gekommen ist», sagte Bonifacia. «Haben sie ihm wirklich die Haare abgeschnitten? So wie Madre Griselda den Heidenmädchen?»

«Die Soldaten haben sie ihm abgeschnitten, Dummkopf», sagte Madre Angélica. «Das ist doch nicht das gleiche. Madre Griselda schneidet sie den Kleinen ab, damit sie sich nicht mehr zu kratzen brauchen. Bei ihm war es zur Strafe.»

«Was hat er denn angestellt, der Heide, Mamita?» sagte Bonifacia.

«Schlechtigkeiten, häßliche Dinge», sagte Madre Angélica. «Er hat gesündigt.»

Bonifacia und die zwei Kleinen schleichen auf Zehenspitzen hinaus. Der Patio besteht aus zwei Teilen: der Mond beleuchtet die dreieckige Fassade der Kapelle und den Kamin der Küche; der andere Teil der Mission ist eine Anhäufung von feuchten Schatten. Die Ziegelmauer wirkt kürzer, undeutlich unter den dunklen Arkaden aus Lianen und Zweigen. Das Wohnhaus der Nonnen ist in der Nacht versunken.

«Du hast eine sehr ungerechte Art, die Dinge zu sehen», sagte die Oberin. «Den Madres liegt an deiner Seele, nicht an der Farbe deiner Haut oder an der Sprache, die du sprichst. Du bist undankbar, Bonifacia. Madre Angélica hat nichts anderes getan, seit du in die Mission gekommen bist, als dich verwöhnen.»

«Ich weiß, Madre, deswegen bitte ich dich, für mich zu beten», sagte Bonifacia. «In der Nacht bin ich eben wieder eine Wilde geworden, wirst schon sehen, wie sehr.»

«Hör endlich zu heulen auf», sagte die Oberin. «Ich weiß jetzt schon, daß du wieder eine Wilde geworden bist. Ich möchte wissen, was du getan hast.»

Sie läßt sie los, heißt sie mit einer Handbewegung schweigen und fängt an zu laufen, immer noch auf Zehenspitzen. Zuerst ist sie ihnen um einiges voraus, aber in der Mitte des Patio laufen die zwei Mädchen schon neben ihr. Zusammen kommen sie bei der verschlossenen Tür an. Bonifacia beugt sich vor, probiert die groben, verrosteten Schlüssel des Bundes eines nach dem andern aus. Das Schloß quietscht, das Holz ist feucht und klingt hohl, als sie mit der flachen Hand dagegenschlagen, aber die Tür geht nicht auf. Alle drei keuchen.

«Ich war damals noch ganz klein, nicht?» sagte Bonifacia. «Wie klein war ich, Mamita? Zeig mir's.»

«So, so groß», sagte Madre Angélica. «Aber du warst schon damals eine Teufelin.»

«Und wie lange war ich schon in der Mission?» sagte Bonifacia.

«Nicht lange», sagte Madre Angélica. «Ein paar Monate.»

Na bitte, schon steckte der Teufel in ihr, Mamita. Was sagte sie da, die Irre? Mal sehen, was sie jetzt vorbrachte, und Bonifacia war doch mit diesem Heiden nach Santa María de Nieva gebracht worden. Die Mündel hatten es ihr erzählt, jetzt mußte Madre Angélica die Lüge beichten gehen. Wenn nicht, kam sie in die Hölle, Mamita.

«Und warum fragst du mich dann, Hinterlistige?» sagte Madre Angélica. «Das ist ein Mangel an Respekt, und obendrein eine Sünde.»

«Das war nur ein Scherz, Mamita», sagte Bonifacia. «Ich weiß schon, daß du in den Himmel kommst.»

Der dritte Schlüssel dreht sich, die Tür gibt nach. Aber draußen müssen wohl Stengel, Gestrüpp und Schlingpflanzen, Nester, Spinnweben, Schwämme und Lianengeflechte hartnäckig Widerstand leisten und der Tür im Wege sein. Bonifacia wuchtet ihren Körper gegen das Holz und stößt – man hört winzige, vielfältige Reißgeräusche, es knackst und bricht etwas –, bis die Öffnung weit genug ist. Sie stemmt sich gegen die einen Spalt breit offene Tür, spürt, wie Fasern sanft ihr Gesicht berühren, hört das Murmeln des unsichtbaren Blätterwerks und, auf einmal, hinter sich ein anderes Murmeln.

«Ich bin geworden wie sie, Madre», sagte Bonifacia. «Die mit dem Nasenring hat gegessen und hat mit Gewalt die andere Heidin zum Essen gezwungen. Mit den Fingern hat sie ihr die Banane in den Mund gestopft, Madre.»

«Und was hat das mit dem Teufel zu tun?» sagte die Oberin.

«Die eine hat die Hand der andern gepackt und ihr die Finger abgeschleckt», sagte Bonifacia, «und dann hat die andere dasselbe getan. Verstehst du jetzt, wie hungrig sie waren, Madre?»

Natürlich waren sie das! Die armen Dinger hatten seit Chicais nichts mehr zu sich genommen, Bonifacia, aber die Oberin wußte schon, daß sie ihr leid taten. Und Bonifacia verstand sie kaum, Madre, denn sie sprachen seltsam. Hier würden sie jeden Tag essen können, und sie, wir wollen weg, hier würden sie glücklich sein, und sie, wir wollen weg und sie fing an, ihnen die Geschichten vom Jesuskind zu erzählen, die den Heidenmädchen so gut gefielen, Madre.

«Das verstehst du am besten», sagte die Oberin. «Geschichten erzählen. Und was noch, Bonifacia?»

Und sie hat Augen wie zwei Glühwürmchen, verschwindet, grün und verängstigt, zurück in den Schlafsaal, sie macht einen Schritt auf die Mündel zu, wer hat euch erlaubt, rauszukommen? und die Tür schließt sich lautlos unter dem Druck der Pflanzen. Die Mündel beobachten sie stumm, zwei Dutzend Leuchtkäfer und eine einzige, sehr breite und formlose Silhouette, die Dunkelheit verbirgt Gesichter, Kittel. Bonifacia blickt hinüber zum Wohnhaus: nirgends ist ein Licht aufgeflammt. Wieder befiehlt sie ihnen, in den Schlafsaal zurückzugehen, aber sie bewegen sich nicht, antworten nicht.

«War der Heide damals mein Vater, Mamita?» sagte Bonifacia.

«Er war nicht dein Vater», sagte Madre Angélica. «Du bist vielleicht in Urakusa geboren, aber du warst die Tochter eines andern, nicht von diesem Bösewicht.»

Log sie sie nicht an, Mamita? Aber Madre Angélica log doch nie, Närrin, warum sollte sie sie denn anlügen? Damit sie nicht plötzlich Mitleid bekäme, Mamita? Damit sie sich nicht schämte vielleicht? Und glaubte sie nicht, daß ihr Vater auch ein Bösewicht gewesen war?

«Aber warum denn?» sagte Madre Angélica. «Er kann ein gutes Herz gehabt haben, viele Heiden haben eines. Warum kümmert dich das überhaupt? Hast du jetzt nicht etwa einen viel größeren und viel besseren Vater?»

Auch diesmal gehorchten sie ihr nicht, geht, zurück in den Schlafsaal, und die beiden Kleinen kauern zitternd zu ihren Füßen, klammern sich an die Tracht. Mit einemmal wendet sich Bonifacia halb um, rennt zur Tür, drückt dagegen, stößt sie auf, deutet hinaus in die Dunkelheit des Dschungels. Die beiden Mädchen sind an ihrer Seite, können sich aber nicht entschließen, die Schwelle zu überqueren, ihre Köpfe drehen sich immer wieder von Bonifacia zu der düsteren Öffnung, und jetzt kommen die Glühwürmchen näher, ihre dunklen Schatten zeichnen sich vor Bonifacia ab, sie haben angefangen, ihr zuzumurmeln, einige berühren sie.

«Eine hat die andere abgesucht, Madre», sagte Bonifacia, «und sie haben sie herausgepickt und mit den Zähnen getötet. Nicht aus Schlechtigkeit, sondern im Spiel, Madre, und bevor sie draufbissen, haben sie sie einander gezeigt und gesagt, schau, was ich bei dir gefangen habe. Im Spiel, Madre, und auch aus Zuneigung.»

«Wenn sie schon Vertrauen zu dir gehabt haben, hättest du sie davon abhalten können», sagte die Oberin. «Ihnen sagen, sie sollten nicht so ekelhafte Dinge tun.»

Aber sie dachte doch nur an den nächsten Tag, Madre: wollte, morgen käme nie, daß Madre Griselda ihnen nicht die Haare abschnitte, sie darf sie ihnen nicht abschneiden, darf ihnen nicht das Desinfektionsmittel auf den Kopf tun, und die Oberin, was für Dummheiten waren das nun wieder?

«Du siehst ja nicht, wie schlimm das für sie ist, ich muß sie festhalten und seh es», sagte Bonifacia. «Und auch wenn sie gebadet werden und Seife in die Augen kriegen.»

Tat es ihr etwa leid, daß Madre Griselda sie von dem Ungeziefer befreien würde, das ihnen den Kopf zerfraß? Dieses Ungeziefer, das sie hinunterschlucken und das sie krank macht und ihnen den Magen auftreibt? Vielleicht, weil sie heute noch von der Schere Madre Griseldas träumte. Weil es ihr so sehr weh getan hatte, Madre, das war wohl der Grund.

«Sei doch vernünftig, Bonifacia», sagte die Oberin. «Du hättest lieber Mitleid fühlen sollen, wie du diese Geschöpfe in zwei kleine Tiere verwandelt gesehen hast, als sie sich wie die Affen benommen haben.»

«Du wirst noch ärgerlicher werden, Madre», sagte Bonifacia. «Du wirst mich hassen.»

Was wollten sie denn? warum hörten sie nicht auf sie? und einige Sekunden darauf, lauter, auch weggehen? wieder Heidinnen werden? und die Mündel haben die beiden Kleinen verdeckt, vor Bonifacia steht nur eine dichte Masse aus Kitteln und gierigen Augen. Was ging es sie dann noch an, Gott würde es wissen, sie würden es wissen, mochten sie in den Schlafsaal zurückgehen oder fliehen oder sterben, und sie schaut zum Wohnhaus hinüber: immer noch kein Licht.

«Sie haben ihm die Haare abgeschnitten, um ihm den Teufel auszutreiben», sagte Madre Angélica. «Und jetzt Schluß damit, denk nicht mehr an den Heiden.»

Es ist halt, daß sie immer daran denken mußte, Mamita, wie es wohl war, als sie sie ihm abschnitten und war der Teufel wie die kleinen Läuse? Was sagte die Wahnsinnige da? Ihm, um ihm den Teufel auszutreiben, den Heidenmädchen, um die Läuse zu vertreiben. Das bedeutete, daß beide sich im Haar breitmachten,

Mamita, und Madre Angélica, wie dumm sie doch war, Bonifacia, was für ein dummes Kind.

Sie gehen eine nach der andern hinaus, ordentlich, wie an Sonntagen, wenn sie zum Fluß ziehen, und als sie an Bonifacia vorbeigehen, strecken einige die Hand aus und streicheln liebevoll ihr Habit, ihren bloßen Arm, und sie, schnell, mochte Gott ihnen beistehen, sie würde für sie beten. Er würde sie behüten und sie stemmt sich mit der Schulter gegen die Tür. Jedes Mädchen, das auf der Schwelle stehenbleibt und den Kopf zurückwendet zum dunklen Wohnhaus, schiebt sie hinaus, zwingt es, in dem Pflanzenschlund zu versinken, auf die morastige Erde zu treten und sich in der Finsternis zu verlieren.

«Und plötzlich hat die andere sich losgerissen und ist auf mich zugekommen», sagte Bonifacia. «Die Kleinere, Madre, und ich hab gedacht, sie wollte mich umarmen, aber sie hat auch angefangen mit ihren Fingerchen herumzusuchen und deswegen war's, Madre.»

«Warum hast du denn die Mädchen nicht in den Schlafsaal geführt?» sagte die Oberin.

«Aus Dankbarkeit, verstehst du, weil ich ihnen zu essen gegeben hab», sagte Bonifacia. «Ihr Gesicht ist traurig geworden, weil sie keine gefunden hat, und ich, hätt ich nur welche, hätt sie nur eine einzige, kleine gefunden, die Arme.»

«Und dann protestierst du, wenn die Madres dich eine Wilde nennen», sagte die Oberin. «Redest du jetzt vielleicht wie eine Christin?»

Und sie suchte auch in ihren Haaren und es ekelte sie nicht, Madre, und jedes, das sie fand, tötete sie mit den Zähnen. Widerwärtig? ja, wahrscheinlich, und die Oberin, du redest, als wärst du stolz auf so eine Schweinerei, und Bonifacia, das war sie, das war das Schlimme, Madre, und die kleine Heidin tat, als fände sie welche und zeigte ihr die Hand und steckte sie hastig in den Mund, wie um sie zu zerbeißen. Und die andere hatte auch damit angefangen, Madre, und sie bei ihr auch.

«Hör auf, so mit mir zu reden», sagte die Oberin. «Und außerdem reicht's mir jetzt, ich will nichts mehr hören, Bonifacia.»

Und sie, wären da doch die Madres reingekommen, die Madre Angélica und du auch, Madre, und sie hätte sie sogar beleidigt, so wütend war sie, so voller Haß, Madre, und die beiden Kleinen sind schon nicht mehr da: müssen unter den ersten gewesen, hastig davongeschlichen sein. Bonifacia überquert den Patio, kommt an der Kapelle vorbei und bleibt stehen. Sie tritt ein, setzt sich auf einen Stuhl. Das Mondlicht fällt schräg bis auf den Altar, wird kraftlos beim Gitter, das während der Sonntagsmesse die Mündel von den Gläubigen des Dorfes Santa María de Nieva trennt.

«Und außerdem warst du eine kleine Bestie», sagte Madre Angélica. «In der ganzen Mission hat man hinter dir herlaufen müssen. Mich hast du einmal in die Hand gebissen, Banditin.»

«Ich hab ja nicht gewußt, was ich tat», sagte Bonifacia, «ich war doch noch eine Heidin, verstehst du? Wenn ich die Stelle küß, wo ich dich gebissen hab, verzeihst du mir dann, Mamita?»

«Du sagst das alles, als wolltest du dich über mich lustig machen, und schaust mich so spitzbübisch an, daß ich dich am liebsten versohlen würde», sagte Madre Angélica. «Soll ich dir noch eine Geschichte erzählen?»

«Nein, Madre», sagte Bonifacia. «Ich bin schon lange hier und bete.»

«Warum bist du nicht im Schlafsaal?» sagte Madre Angela. «Wer hat dir erlaubt, um diese Zeit in die Kapelle zu kommen?»

«Die Mündel sind ausgerissen», sagte Madre Leonor, «Madre Angélica sucht dich. Los, schnell, die Oberin möchte mit dir sprechen, Bonifacia.»

«Muß hübsch gewesen sein als junges Mädchen», sagte Aquilino. «Mir sind ihre langen, langen Haare aufgefallen, damals, als ich sie kennengelernt hab. Schade, daß sie so viele Pickel bekommen hat.»

«Und der Hund von Reátegui, los hau ab, die Polizei kann kommen, du kompromittierst mich», sagte Fushía. «Und die Schlampe ist ihm immerzu vor der Nase herumgetanzt und dann war's soweit.»

«Aber du hast's ihr doch befohlen, Mensch», sagte Aquilino. «Da war sie doch keine Schlampe, sondern gehorsam. Warum schimpfst du auf sie?»

«Weil du hübsch bist», sagte Julio Reátegui. «Ich werd dir ein Kleid im besten Laden von Iquitos kaufen. Würd dir das gefallen? Aber geh von dem Baum weg; komm, komm her zu mir, brauchst keine Angst vor mir zu haben.»

Sie hat helle und offene Haare, ist barfuß, ihre Figur wirkt klein vor dem ungeheuren Stamm, unter einer dichten Laubkrone, die Blätter speit wie Feuerzungen. Der untere Teil des Stammes ist ein Stumpf mit borkigen Finnen, undurchdringlich, aschfarben, und sein Inneres birgt für die Christen kompaktes Holz, für die Heiden bösartige Kobolde.

«Haben Sie auch Angst vor der Lupuna, Patrón?» sagte Lalita. «Das hätt ich nicht von Ihnen geglaubt.»

Sie sieht ihn mit spöttischen Augen an und wirft lachend den Kopf zurück: die langen Haare fegen über ihre gebräunten Schultern, und ihre Füße, dunkler als die Schultern, mit kräftigen Fesseln, glänzen zwischen den feuchten Farnen.

«Und Schuhe und Strümpfe auch, Kleine», sagte Julio Reátegui. «Und eine Handtasche. Was du willst.»

«Und was hast du unterdessen getan?» sagte Aquilino. «Ihr habt schließlich zusammen gelebt. Warst du nicht eifersüchtig?»

«Ich hab nur an die Polizei gedacht», sagte Fushía. «Sie hat ihn verrückt gemacht, Alter, die Stimme hat ihm gezittert, wenn er mit ihr geredet hat.»

«Der Señor Reátegui und hinter einer Christin hersabbern!» sagte Aquilino. «Und ausgerechnet Lalita! Ich kann's immer noch nicht glauben, Fushía. Das hat sie mir nie erzählt, und dabei war ich ihr Beichtvater und ihre Klagemauer.»

«Raffiniert sind diese alten Boraweiber», sagte Julio Reátegui, «ist unmöglich, dahinterzukommen, wie sie die Farben zubereiten. Schau nur, wie das Rot und das Schwarz leuchtet. Und sind schon zwanzig Jahre alt, vielleicht älter. Los, Mädchen, zieh sie dir über, laß sehen, wie sie dir steht.»

«Und wozu wollte er, daß Lalita die Manta anzieht?» sagte Aquilino. «Einfälle haben die Leute, Fushía. Aber was ich nicht begreife, ist, warum du dich so ruhig verhalten hast. Jeder andere zieht das Messer.»

«Der Hund hat in seiner Hängematte gelegen, und sie war am Fenster», sagte Fushía. «Ich hab all sein Geschmachte mit angehört und bin umgekommen vor Lachen.»

«Und warum lachst du jetzt nicht auch?» sagte Aquilino. «Warum all dieser Haß auf Lalita?»

«Ist nicht dasselbe», sagte Fushía. «Diesmal war's ohne meine Erlaubnis, hinterrücks, häßlich.»

«Machen Sie sich keine Hoffnungen, Patrón», sagte Lalita. «Auch wenn Sie mich drum bitten und weinen.»

Aber sie zieht sie über, und der Holzventilator, der durch das Schaukeln der Hängematte in Bewegung gesetzt wird, ächzt ein paarmal, eine Art nervöses Stottern, und in die schwarz-rote Manta gehüllt, steht Lalita unbeweglich da. Hinter dem Drahtgeflecht im Fenster zeigen sich grüne Wölkchen, malvenfarbige, gelbe, und in der Ferne, zwischen dem Haus und dem Urwald, sieht man die zarten, sicherlich duftenden Kaffeepflänzchen.

«Siehst aus wie ein Seidenwurm in seinem Kokon», sagte Julio Reátegui. «Wie einer von den kleinen Schmetterlingen am Fenster. Was kann's dir denn ausmachen, Lalita, tu mir den Gefallen, zieh sie aus.»

«Verrückt», sagte Aquilino. «Zuerst soll sie sie anziehen und dann soll sie sie ausziehen. Was diesem Geldsack nicht alles einfällt.»

«Bist du noch nie geil gewesen, Aquilino?» sagte Fushía.

«Ich geb dir, was du willst», sagte Julio Reátegui. «Brauchst's nur zu verlangen, Lalita, ganz gleich was, komm, komm zu mir.»

Die Manta, jetzt auf dem Boden, ist eine runde Victoria regia, und aus ihr blüht, wie die Blüte einer Wasserpflanze, der zarte Leib des Mädchens, stattliche Brüste mit braunen Kronen und Warzen wie Pfeile. Durch das Hemd leuchten ein glatter Bauch, feste Schenkel.

«Ich bin hineingegangen und hab getan, als säh ich nichts», sagte Fushía, «lachend, damit der Hund sich nicht genierte. Mit einem Satz ist er aus der Hängematte gesprungen, und Lalita hat die Manta übergezogen.»

«Tausend Sol für ein Mädchen ist unter vernünftigen Christenmenschen nicht üblich», sagte Aquilino. «Soviel kostet ein Motor, Fushía.»

«Sie ist zehntausend wert», sagte Fushía. «Nur, ich hab's eilig, Sie wissen gut genug warum, Don Julio, und ich kann mich nicht mit Weibern abplacken. Ich möcht heut noch aufbrechen.»

Aber so leicht knöpfte man ihm keine tausend Sol ab, noch dazu, wo er ihn versteckt hatte. Und überdies sah Fushía ja, daß das Gummigeschäft futsch war, und bei dem Hochwasser war es unmöglich, dieses Jahr Holz herauszuholen, und Fushía, diese Loretanerinnen, Don Julio, er kannte das ja: regelrechte Vulkane, die glühten durch und durch. Ihm tat's leid, sie zurücklassen zu müssen, sie war nämlich nicht nur hübsch: sie konnte auch kochen und hatte ein gutes Herz. Entschied er sich nun, Don Julio?

«Hat's dir wirklich leid getan, daß Lalita bei Señor Reátegui in Uchamala bleiben würde?» sagte Aquilino. «Oder hast du das nur gesagt?»

«Ach was! leid getan, von wegen!» sagte Fushía. «Ich hab sie nie geliebt, diese Hure.»

«Bleib noch drin», sagte Julio Reátegui. «Ich werd mit dir im Weiher baden. Du hast doch was an? Und wenn jetzt die Caneros kommen? Zieh was an, Lalita, nein, warte, noch nicht.»

Lalita kauert im Weiher und das Wasser bedeckt sie, um sie herum entstehen Wellen, konzentrische Kreise. Ein Lianenregen strömt auf das Wasser herab, und Julio Reátegui, er spürte sie, Lalita, zieh was an: sie waren ganz klein, hatten Stachel, schlüpften in die Löcherchen, Mädchen, und drinnen kratzten, infizierten sie alles und, sie würde die Boramittel trinken müssen und eine Woche lang Durchfall haben.

«Das sind keine Caneros, Patrón», sagte Lalita. «Sehen Sie nicht, daß es kleine Fische sind? Und die Pflanzen am Boden, die sind's, was man da spürt. Schön warm, tut wohl, nicht wahr?»

«Sich mit einem Weib im Wasser herumtreiben, beide pudelnackt», sagte Aquilino. «Daran hab ich nie gedacht, wie ich noch jung war, und jetzt bereu ich's. Muß aufregend sein, Fushía.»

«Ich werd auf dem Santiago nach Ecuador kommen», sagte Fushía. «Schwierige Reise, Don Julio, wir werden uns nicht mehr wiedersehen. Haben Sie es sich überlegt? Denn ich hau noch heute abend ab. Sie ist erst fünfzehn, und ich war der erste, der sie berührt hat.»

«Manchmal frag ich mich, warum ich nicht geheiratet hab», sagte Aquilino. «Aber bei dem Leben, das ich geführt hab, wie hätt ich da heiraten sollen. Immer unterwegs, auf dem Fluß war keine Frau zu finden. Du kannst dich da nicht beklagen, Fushía. Du hast immer welche gehabt.»

«Wir sind uns einig», sagte Fushía. «Ihr Motorboot und die Konserven. Wir machen beide ein gutes Geschäft, Don Julio.»

«Der Santiago ist schrecklich weit weg, du kommst nie hin, ohne daß man dich sieht», sagte Julio Reátegui. «Und außerdem gegen den Strom und in dieser Jahreszeit, da brauchst du einen Monat, wenn nicht länger. Warum nicht lieber nach Brasilien?»

«Da warten sie nur auf mich», sagte Fushía. «Diesseits und jenseits der Grenze, wegen einer Sache in Campo Grande. So dumm bin ich nicht, Don Julio.»

«Du wirst nie nach Ecuador kommen», sagte Julio Reátegui.

«Bist auch nicht hingekommen», sagte Aquilino. «Bist in Peru geblieben, sonst nichts.»

«So ist's mir immer gegangen, Aquilino», sagte Fushía. «Alles, was ich mir vorgenommen habe, ist schiefgegangen.»

«Und wenn sie nicht will?» sagte Julio Reátegui. «Du selber mußt sie überzeugen, bevor ich dir das Boot geb.»

«Sie weiß, daß mein Leben ein ständiges Davonlaufen sein wird», sagte Fushía, «daß mir alles mögliche zustoßen kann. Keine Frau läuft gern hinter einem Pechvogel her. Sie wird mit größter Begeisterung hierbleiben, Don Julio.»

«Und doch, siehst du?» sagte Aquilino. «Sie ist dir gefolgt und hat dir in allem geholfen. Ein Landstreicherleben hat sie geführt, genau wie du und ohne zu klagen. Sag, was du willst, Lalita war eine gute Frau, Fushía.»

Und so entstand das Grüne Haus. Es wurde viele Wochen daran gebaut: die Bohlen, die Balken und die Ziegel mußten vom andern Ende der Stadt herbeigeschleppt werden, und die Maultiere, die Don Anselmo mietete, boten einen bedauernswerten Anblick, wenn sie sich durch den Sand kämpften. Die Arbeiten begannen am Morgen, wenn der trockene Regen nachließ, und endeten, wenn der Wind stärker wurde. Abends, nachts, verschlang die Wüste die Grundmauern und begrub die Wände, die Leguane nagten am Holz, die Aasgeier bauten ihre Nester in die frische Baustelle, und jeden Morgen mußte das Begonnene neu gemacht, Beschädigtes ersetzt, mußten die Pläne korrigiert werden, ein stummer Kampf, der die Stadt immer mehr in Atem hielt. *«Wann wird der Fremde sich wohl geschlagen geben?»* fragten sich die Einwohner. Aber die Tage zogen vorüber, und ohne sich von den Mißgeschicken kleinkriegen oder sich vom Pessimismus der Bekannten und Freunde anstecken zu lassen, entfaltete Don Anselmo unermüdlich eine erstaunliche Geschäftigkeit. Halbnackt dirigierte er die Arbeiten, das Haargestrüpp auf seiner Brust war feucht von Schweiß, sein Mund voller Begeisterung. Er verteilte Schnaps und Chicha an die Arbeiter und karrte eigenhändig Ziegel heran, nagelte Bretter fest, kam und ging die Maultiere antreibend durch die Stadt. Und eines Tages gestanden sich die Piuraner ein, daß Don Anselmo siegen würde, als sie nämlich jenseits des Flusses, der Stadt gegenüber, wie von ihr ausgesandt an die Schwelle der Wüste, ein solides, siegreiches Holzskelett stehen sahen. Von da an gingen die Arbeiten rasch voran. Die Leute aus Castilla und den Slums um den Schlachthof kamen jeden Morgen, um sich die Arbeiten anzusehen, erteilten Ratschläge und gingen sogar, hin und wieder, spontan den Arbeitern zur Hand. Don Anselmo bot allen zu trinken an. Während der letzten Tage herrschte Jahrmarktsstimmung rings um den Bauplatz: Chicha-Verkäuferinnen, Obstfrauen, Verkäuferinnen von Käse, Süßigkeiten und Erfrischungen eilten herbei, um ihre Waren Arbeitern und Gaffern anzubieten. Die Hazienda-Besitzer machten halt, wenn sie vorbeikamen, und richteten vom Sattel aus anspornende Worte an Don Anselmo. Eines Tages spendierte Chápiro Seminario, der mächtige Gutsbesitzer, einen Ochsen und ein Dutzend Krüge Chicha. Die Arbeiter veranstalteten eine Pachamanca.

Als das Haus fertig war, bestimmte Don Anselmo, es solle von oben bis unten grün gestrichen werden. Sogar die Kinder lachten lauthals, als sie sahen, wie die Mauern sich mit einer Smaragdhaut überzogen, an der die Sonne zerschellte und schuppige Reflexe zurückzuckten. Alt und jung, reich und arm, Männer und Frauen scherzten fröhlich über Don Anselmos Laune, seine Wohnstätte so zu verunzieren. Sie tauften sie auf der Stelle *«Das Grüne Haus»*. Doch nicht nur die Farbe belustigte sie, auch seine extravagante Anatomie. Es bestand aus zwei Etagen, aber die untere verdiente kaum so genannt zu werden: ein geräumiger Salon, von Balken unterteilt, ebenfalls grün, die die Decke trugen; ein unüberdachter Patio, gepflastert mit vom Fluß blankgewaschenen Steinchen, und eine kreisförmige Mauer, so hoch wie ein Mann. Das obere Stockwerk enthielt sechs winzige Zimmerchen, eins neben dem andern, entlang einem Balustradengang aus Holz, der sich über dem Salon des unteren Stockwerks hinzog. Außer dem Haupteingang hatte das Grüne Haus zwei rückwärtige Türen, einen Pferdestall und eine große Vorratskammer.

Im Laden des Spaniers Eusebio Romero kaufte Don Anselmo Fußmatten, Öllampen, Vorhänge in auffälligen Farben, viele Stühle. Und eines Morgens verkündeten zwei Tischler aus der Gallinacera: *«Don Anselmo hat bei uns eine Büroausstattung in Auftrag gegeben, eine Theke aufs Haar so wie die in der ‹Estrella del Norte› und – ein halbes Dutzend Betten!»* Daraufhin gestand

Don Eusebio Romero: *«Und mir sechs Waschbecken, sechs Spiegel, sechs Nachttöpfe.»* Eine Art wilder Erregung bemächtigte sich aller Stadtviertel, eine geräuschvolle und lebhafte Neugierde.

Gerüchte blühten auf. In einem Haus nach dem andern, einem Wohnzimmer nach dem andern, tuschelten die Betschwestern, blickten die Frauen mißtrauisch ihre Männer an, lächelten die Piuraner einander verschmitzt zu, und eines Sonntags, während der Zwölf-Uhr-Messe, behauptete Padre García von der Kanzel herab: *«Ein Angriff gegen die Moral bereitet sich in dieser Stadt vor.»* Die Piuraner fielen auf der Straße über Don Anselmo her, verlangten Erklärungen. Aber umsonst: *«Ist ein Geheimnis»*, antwortete er, vergnügt wie ein Schuljunge, *«noch ein bißchen Geduld, bald ist es soweit.»* Gleichgültig gegenüber der Aufregung in den verschiedenen Stadtteilen, kam er wie eh und je vormittags in die ‹Estrella del Norte› und trank und scherzte und brachte Trinksprüche aus und Komplimente auf die Frauen, die über die Plaza gingen. Nachmittags schloß er sich im Grünen Haus ein, wohin er umgezogen war, nachdem er Don Melchor Espinoza eine Kiste Pisco und ein Sattelzeug aus gepunztem Leder geschenkt hatte.

Bald darauf verreiste Don Anselmo. Auf einem schwarzen Pferd, das er gerade erst gekauft hatte, verließ er die Stadt so, wie er gekommen war, eines Morgens bei Tagesanbruch, ohne daß jemand ihn sah, mit unbekanntem Ziel.

So viel ist in Piura über das ursprüngliche Grüne Haus gesprochen worden, jene Modellstätte, daß längst niemand mehr mit Sicherheit weiß, wie es wirklich war, noch die authentischen Einzelheiten seiner Geschichte kennt. Die Überlebenden jener Zeit, sehr wenige, widersprechen einander und sich selbst, haben schließlich, was sie gehört und gesehen, mit ihren eigenen Flunkereien durcheinandergebracht. Und die Akteure sind schon so altersschwach und ihr Stillschweigen so hartnäckig, daß es wenig nützte, wollte man sie befragen. Wie dem auch sei, das ursprüngliche Grüne Haus existiert nicht mehr. Bis vor einigen Jahren fand man dort, wo es erbaut wurde – jene Sandfläche, deren Grenzen Castilla und Catacaos bilden –, noch Holzreste und verkohlte Haushaltsgeräte, aber die Wüste und die Autostraße, die seitdem gebaut worden ist, und die Felder, die rundherum entstanden sind, haben schließlich all diese Spuren verwischt, und heute gibt es keinen Piuraner mehr, der einem genau sagen könnte, wo in dem gelblichen Sandmeer es aufragte mit seinen

Lichtern, seiner Musik, seinem Lachen und seinen bei Tage so prächtigen Mauern, die es aus der Ferne und des Nachts in ein viereckiges, phosphoreszierendes Reptil verwandelten. Die Mangachegeschichten wissen zu berichten, daß es sich in der Nähe der andern Seite der Alten Brücke befand, daß es sehr groß war, der größte aller Bauten in jener Zeit, und daß in seinen Fenstern so viele bunte Lichter hingen, daß der Glanz den Augen weh tat, den Sand ringsum erleuchtete, ja sogar noch die Brücke erhellte. Aber seine größte Attraktion war die Musik, die pünktlich in seinem Innern aufklang, sobald der Abend sich herabsenkte, die ganze Nacht über dauerte und doch wahrhaftig in der Kathedrale noch zu hören war. Don Anselmo, heißt es weiter, besuchte unermüdlich die Chicha-Schenken der einzelnen Viertel, ja auch die der umliegenden Dörfer, auf der Suche nach Musikanten, und von überallher brachte er Gitarristen mit, Kistentrommler, Quijadameister, Flötenspieler, Pauker und Hornisten. Jedoch niemals Arpistas, denn die Arpa spielte er selbst, und sein Instrument beherrschte unverwechselbar die Musik im Grünen Haus.

«Es war, als erfüllte giftiger Odem die Luft», sagten die alten Weiber vom Malecón. *«Die Musik drang überall ein, auch wenn wir Türen und Fenster schlossen, wir haben sie beim Essen gehört, beim Beten und beim Schlafen.»*

«Und die Gesichter der Männer mußte man sehen, wenn sie sie hörten», sagten die in Schleiern erstickenden Betschwestern. *«Und man mußte sehen, wie es sie von zu Haus fortzog, auf die Straße hinausriß und auf der Alten Brücke zutrieb.»*

«Und alles Beten war umsonst», sagten die Mütter, die Ehefrauen, die Bräute, *«unser Weinen, unser Bitten, auch die Predigten der Padres, auch die Novenen, ja sogar die Trishagien: alles umsonst.»*

«Wir haben die Hölle vor den Toren», donnerte Padre García, *«jeder kann das sehen, aber ihr seid blind. Piura ist zu Sodom und Gomorrha geworden.»*

«Vielleicht ist es wahr, daß das Grüne Haus Unheil brachte», sagten die Alten und leckten sich die Lippen. *«Aber wie herrlich es in der verdammten Bude war!»*

Wenige Wochen nachdem Don Anselmo mit der Karawane Freudenmädchen nach Piura zurückgekehrt war, hatte das Grüne Haus sich durchgesetzt. Anfangs schlichen sich seine Besucher heimlich aus der Stadt, warteten die Dunkelheit ab, überquerten unauffällig die Alte Brücke und verschwanden zwischen den Dünen. Allmählich nahmen die Ausflüge dann zu, und den jungen Männern, immer unvorsichtiger, war es bald gleichgültig, ob sie von den Señoras erkannt wurden, die sich den Malecón entlang hinter den Jalousien postiert hatten. In Hütten und Salons, auf den Haziendas wurde von nichts anderem mehr gesprochen. Auf den Kanzeln mehrten sich die Warnungen und Ermahnungen, Padre García prangerte die Zügellosigkeit mit Bibelzitaten an. Ein Ausschuß zur Förderung Frommer Werke und zur Erhaltung der Guten Sitten wurde gegründet, und die Damen, aus denen er sich zusammensetzte, statteten dem Präfekten und dem Alkalden Besuche ab. Die Beamten pflichteten ihnen mit gesenktem Kopf bei: durchaus, sie hatten recht, das Grüne Haus war ein Affront für Piura, aber – was tun? Die in jener verkommenen Hauptstadt, in jenem Lima diktierten Gesetze beschützten Don Anselmo, die Existenz des Grünen Hauses verstieß weder gegen die Verfassung noch gegen das Bürgerliche Gesetzbuch. Die Damen entzogen den Beamten ihren Gruß, verweigerten ihnen den Zutritt zu ihren Salons. Unterdessen eilten die Halbwüchsigen, die Männer, ja sogar die friedlichen Tattergreise in Rudeln zu der lärmenden und strahlenden Stätte.

Die solidesten Piuraner kamen zu Fall, die arbeitsamsten und korrektesten. In der einst so stillen Stadt machten sich gleich Albträumen Lärm und nächtliches Treiben breit. Bei Tagesanbruch, wenn die Arpa und die Gitarren des Grünen Hauses endlich verstummten, stieg ein undisziplinierter und vielfältiger Rhythmus von der Stadt zum Himmel auf: die Heimkehrer, allein oder in Gruppen, zogen mit lautem Gelächter und singend durch die Straßen. Die Männer wiesen stolz ihre übernächtigten, von Sand gegeißelten Gesichter vor, und in der ‹Estrella del Norte› erzählten sie die ausgefallensten Geschichten, die von Mund zu Mund gingen, bis auch die Jugendlichen sie einander berichteten.

«Seht ihr, seht ihr!» rief Padre García mit bebender Stimme. *«Fehlt nur noch, daß es Feuer auf Piura regnet, alles Böse dieser Welt sucht uns heim.»*

Und es ist wahr, daß all dies begleitet war von Unheil. Im ersten Jahr schwoll der Piura an und schwoll immer weiter, durchbrach die Dämme der Felder, viele Äcker im Tal wurden überflutet, einige Tiere ertranken, und die Feuchtigkeit färbte weite Flächen der Sechurawüste grün, die Männer fluchten, die

Kinder bauten Burgen im verunreinigten Sand. Im zweiten Jahr, wie aus Rache für die Beleidigungen, mit denen es die Eigentümer der überschwemmten Felder bedacht hatten, blieb das Wasser aus. Das Bett des Piura überzog sich mit Unkraut und Disteln, die bald nach der Geburt wieder starben, und zurück blieb nur eine schwärende, langgedehnte Wunde: die Zuckerrohrfelder verdorrten, die Baumwolle blühte zu früh. Im dritten Jahr verheerten Seuchen die Ernten.

«Das sind die schlimmen Folgen der Sündhaftigkeit», brüllte Padre García. *«Noch ist Zeit, der böse Feind steckt euch im Blut, treibt ihn aus, indem ihr betet.»*

Die Hexenmeister aus den Slums besprengten die Saaten mit dem Blut junger Ziegen, wälzten sich in den Furchen, ergingen sich in Beschwörungen, um das Wasser anzulocken und die Insekten in die Flucht zu schlagen.

«Mein Gott, mein Gott!» klagte Padre García. *«Hunger herrscht und Elend herrscht, und doch wollen sie nicht in sich gehen, sie sündigen und sündigen.»*

Denn nicht die Überschwemmung, nicht die Dürre, nicht die Seuchen boten dem wachsenden Ruhm des Grünen Hauses Schach.

Das Gesicht der Stadt veränderte sich. Die stillen Provinzstraßen bevölkerten sich mit Fremden, die an den Wochenenden von Sullana, Paita, Huancabamba, ja noch aus Tumbes und Chiclayo angereist kamen, verführt von der Legende des Grünen Hauses, die sich über die Wüste hin verbreitet hatte. Die Nacht verbrachten sie im Grünen Haus, und wenn sie die Stadt betraten, benahmen sie sich vulgär und grob, brüsteten sich auf den Straßen ihrer Trunkenheit wie einer Heldentat. Die Piuraner haßten sie, und mitunter kam es zu Schlägereien, beileibe nicht des Nachts und am traditionellen Austragungsort für Ehrenhändel, dem kleinen Fleck unter der Brücke, sondern am hellichten Tag und auf der Plaza de Armas, in der Avenida Grau, überall. Gruppenraufereien brachen aus. Die Straßen wurden gefährlich.

Wenn sich trotz des Verbots der Behörden irgendeine der Insassinnen in die Stadt wagte, zerrten die Señoras ihre Töchter ins Haus und zogen die Vorhänge vor. Völlig außer sich trat Padre García der Vorwitzigen entgegen; die Passanten mußten ihn festhalten, damit es zu keiner Körperverletzung kam.

Im ersten Jahr beherbergte das Haus nur vier Insassinnen, aber im darauffolgenden Jahr, als diese abzogen, verreiste Don Anselmo und kehrte mit acht zurück, und es heißt, in seiner besten Zeit hätten bis zu zwanzig im Grünen Haus gearbeitet. Sie begaben sich direkt zum Haus, ohne die Stadt zu betreten. Von der Alten Brücke aus sah man sie ankommen, hörte man ihr Kreischen und ihre Dreistigkeiten. Ihre bunten Kleider, die Kopftücher und der Putz funkelten wie Krustentiere in der trockenen Landschaft.

Don Anselmo dagegen ließ sich durchaus in der Stadt blicken. Er ritt durch die Straßen auf seinem schwarzen Pferd, dem er kokette Kunststückchen beigebracht hatte: es wedelte fröhlich mit dem Schweif, wenn eine Frau vorbeikam, hob zum Gruß einen abgewinkelten Vorderfuß, machte Tanzschritte, wenn es Musik hörte. Don Anselmo war dicker geworden und kleidete sich übertrieben auffallend: weicher Panamahut, Halstuch aus Seide, Leinenhemd, Gürtel mit Beschlägen, enganliegende Hosen, Stiefel mit hohen Absätzen und Sporen. Seine Hände strotzten von Ringen. Gelegentlich stieg er ab, um in der ‹Estrella del Norte› ein paar Schnäpse zu trinken, und viele Principales zögerten nicht, sich an seinen Tisch zu setzen, sich mit ihm zu unterhalten und ihn anschließend vor die Stadt zu begleiten.

Don Anselmos Wohlstand fand seinen Ausdruck in An- und Ausbauten des Grünen Hauses. Wie ein lebendiger Organismus wuchs und reifte es. Die erste Neuerung war eine Steinmauer. Gespickt mit Disteln, Scherben, Stacheln und Dornen, um Diebe zu entmutigen, umgab sie das Erdgeschoß und entzog es dem Blick. Aus dem zwischen der Mauer und dem Haus eingeschlossenen Raum wurde zuerst ein kleiner, gepflasterter Patio, dann ein ebener Vorplatz mit Kaktustöpfen, danach eine Art kreisförmiger Salon mit Binsenläufern am Boden und einem Strohdach, und schließlich ersetzte Holz das Stroh, der Salon wurde mit Steinen ausgelegt und das Dach mit Ziegelplatten gedeckt. Über dem Obergeschoß wuchs ein weiteres empor, klein und zylindrisch wie ein Festungsturm. Jeder neue Stein, jeder Ziegel und jedes Stück Holz wurde automatisch grün gestrichen. Die von Don Anselmo erkorene Farbe gab schließlich der Landschaft einen erfrischenden, an Pflanzen, fast an Wasser erinnernden Akzent. Schon von weitem erblickten die Reisenden das Gebäude mit seinen grünen Mauern, die im lebendigen gelben Licht des Sandes halb verschwammen, und hatten den Eindruck, als näherten sie sich einer Oase von einladenden Palmen, Kokosbäumen, kristallklaren Quellen, und es war, als verspräche diese Erscheinung in der Ferne dem ermüdeten Leib alle Arten von Erquikkungen, spendete dem von der Hitze der Wüste niedergeschlagenen Geist endlos neue Kräfte.

Don Anselmo, heißt es, habe im obersten Geschoß gewohnt, in jenem gedrungenen Turm, und niemand, nicht einmal seine besten Kunden – Chápiro Seminario, der Präfekt, Don Eusebio Romero, Doktor Pedro Zevallos –, hatte Zutritt zu diesem Raum. Von dort aus wird Don Anselmo zweifellos das Defilee der Besucher über die Sandfläche beobachtet, wird ihre Silhouetten von den Sandwirbeln umspült gesehen haben, jenen hungrigen Bestien, die von Sonnenuntergang an um die Stadt marodieren.

Außer den Insassinnen beherbergte das Grüne Haus in seinen besten Zeiten auch Angélica Mercedes, eine junge Mangache, die von ihrer Mutter die Weisheit, die Kunst der Picante-Zubereitung geerbt hatte. Mit ihr ging Don Anselmo auf den Markt, in die Läden, um Lebensmittel und Getränke einzukaufen: Kaufleute und Marktfrauen verneigten sich bei seinem Nahen wie Zuckerrohr im Wind. Die Zicklein, Spanferkel, Schweine und Lämmer, die Angélica Mercedes mit geheimnisvollen Kräutern und Spezereien schmorte, wurden zu einer der Verlockungen des Grünen Hauses, und es gab alte Männer, die schworen: *«Wir gehen nur dorthin, um das köstliche Essen zu genießen.»*

Die Umfriedungen des Grünen Hauses waren ständig belebt von einer Vielzahl von Bettlern, Hausierern, Obstverkäuferinnen, die über die kommenden oder gehenden Gäste herfielen. Die Kinder der Stadt entwischten des Nachts von daheim und spionierten, hinter den Gebüschen versteckt, den Gästen nach und lauschten der Musik, dem Gelächter. Einige erklommen die Mauer, zerschrammten sich Hände und Beine und spähten sehnsüchtig ins Innere. Eines Tages (es war ein gebotener Feiertag) stellte sich Padre García wenige Meter vor dem Grünen Haus im Sand auf und stürzte sich auf einen Besucher nach dem andern und ermahnte sie, in die Stadt zurückzukehren und zu bereuen. Aber sie erfanden Entschuldigungen: eine geschäftliche Verabredung, einen Kummer, der betäubt werden muß, sonst vergiftet er die Seele, eine Wette, bei der es um die Ehre geht. Einige verspotteten den Padre und luden ihn ein, sich ihnen anzuschließen, einer fühlte sich sogar beleidigt und zog die Pistole.

Neue Mythen entstanden in Piura über Don Anselmo. Einige behaupteten, er mache heimliche Reisen nach Lima, wo er das angehäufte Geld verwahre und Grundstücke erwerbe. Andere, er sei nichts weiter als der Strohmann eines Unternehmens, das zu seinen Mitgliedern den Präfekten, den Alkalden und die Hazienda-Besitzer zähle. In der Phantasie der Leute wurde auch sein Vorleben ausgeschmückt, täglich wurde es um edle oder blutrünstige Taten bereichert. Alte Mangaches versicherten, in ihm einen Jüngling wiederzuerkennen, der vor Jahren im Viertel Raubüberfälle begangen hatte, und andere behaupteten: *«Er ist ein entflohener Zuchthäusler, ein ehemaliger Montonero, ein in Ungnade gefallener Politiker.»* Nur Padre García getraute sich zu sagen: *«Sein Leib riecht nach Schwefel.»*

Bei Tagesanbruch stehen sie auf, um weiterzufahren, klettern den Abhang hinunter und das Boot ist weg. Sie suchen es, Adrián Nieves in der einen, der Cabo Roberto Delgado und der Träger in der andern Richtung und, auf einmal, Schreie, Steine, nackte Körper und mittendrin der Cabo, umringt von Aguarunas, Stockschläge hageln auf ihn nieder, auch auf den Träger und jetzt haben sie auch ihn gesehen und die Nacktärsche rennen auf ihn zu, du liebe Scheiße, Adrián Nieves, deine Stunde ist gekommen, und er wirft sich ins Wasser: kalt, reißend, dunkel, nur ja den Kopf nicht hinausstrecken, mehr zur Mitte, damit die Strömung ihn erwischt, Pfeile? ihn flußabwärts mitreißt, Kugeln? Steine? ach du große Scheiße, die Lungen wollen Luft, im Kopf dreht es sich wie ein Kreisel, aufpassen auf Krämpfe. Er taucht auf und kann Urakusa noch sehen und, oben am Abhang, die grüne Uniform des Cabo, die Nacktärsche verdreschen ihn, war selber Schuld, er hatte ihn gewarnt und der Träger, ob der davonkam? ob sie ihn umbrachten? Er läßt sich flußabwärts treiben, hält sich an einem Baumstamm fest, und als er ans rechte Flußufer klettert, tut ihm der ganze Körper weh. Er schläft auf der Stelle ein, dicht am Wasser, wacht auf, hat noch immer nicht genügend Kraft und ein Skorpion sticht fröhlich auf ihn ein. Er muß ein Feuer machen und die Hand darüber halten, damit sie ein wenig schwitzt, wenn es auch noch so weh tut, er saugt an der Wunde, spuckt aus, spül dir den Mund aus, bei Stichwunden weiß man nie, verdammtes Arschloch von einem Skorpion. Dann geht's weiter, durch den Urwald, nirgends sind Nacktärsche zu sehen, aber besser in Richtung Santiago entwischen, und wenn ihn eine Patrouille aufgreift und zur Garnison in Borja zurückbringt? Zum Dorf zurückkehren geht auch nicht, da würden ihn die Soldaten morgen oder übermorgen entdecken und jetzt muß erst einmal ein Floß gebaut werden. Es dauert lang, ah, wenn du doch eine Machete hättest, Adrián Nieves, die Hände sind müde und haben nicht die Kraft, dicke Stämme umzuwerfen. Er sucht drei abgestorbene, bleiche und von Würmern zerfressene Bäume aus, die beim ersten Stoß umfallen, bindet sie mit Lianen zusammen und verfertigt zwei Staken, eine als Ersatz. Und jetzt nicht auf den offenen Fluß hinaus, er sucht Altwasser und Pflanzentunnel am Flußrand, um weiterzukommen, und es ist nicht schwer, das ganze Flußgebiet ist voller Uferabbrüche. Nur, wie sich orientieren? diese Hochlandgegend ist ihm fremd, der Fluß ist sehr gestiegen, wird er bis zum Santiago kommen? eine kurze Woche noch, Adrián Nieves, du warst immer ein guter Lotse, die Nase in den Wind, der Geruch trügt nicht, das ist schon die Richtung, in die's geht, und Mut, Mensch, viel Mut. Aber was ist jetzt los, das hier scheint im Kreis herumzuführen, er navigiert fast im Dunkeln, das Blätterdach ist undurchdringlich, kaum daß Sonne und Luft hereinkommen, es riecht nach verfaultem Holz, nach Schlamm, und die vielen Fledermäuse, die Arme tun ihm weh, seine Kehle ist heiser vom Schreien, um sie zu verscheuchen, noch eine kurze Woche. Weder vorwärts noch rückwärts, keine Möglichkeit, zum Marañón zurückzukehren, auch keine, zum Santiago zu gelangen, die Strömung reißt ihn mit, wie es ihr beliebt, der Körper kann nicht mehr vor Erschöpfung, noch dazu regnet es, regnet Tag und Nacht. Aber endlich endet der Flußarm, eine kleine Lagune taucht auf, ein winziger Weiher mit vor Stacheln unnahbaren Chambirabäumen ringsum, der Himmel bezieht sich. Er schläft auf einer Insel, wacht auf, kaut ein paar bittere Kräuter, fährt weiter und erst zwei Tage später schlägt er mit einem Prügel eine magere Sachavaca tot, ißt das Fleisch halbroh, die Muskeln schaffen es nicht mehr, die Stake hochzuheben, die Moskitos haben ihn nach Herzenslust zerstochen, die Haut brennt, seine Beine sind wie die des Capitán Quiroga, von dem der Cabo erzählt hatte, wie stand's wohl mit dem? ob die Urakusa ihn laufenließen? die tobten, vielleicht bringen sie ihn um? Vielleicht wär's besser gewesen, einfach zur Garnison in Borja zurückzukehren, lieber Soldat sein als Kadaver, traurig, im Urwald an Hunger oder Fieber zu sterben, Adrián Nieves. Er liegt bäuchlings auf dem Floß und so geht's noch tagelang und als er schließlich aus dem Pflanzentunnel auf eine riesige Lagune hinaustreibt, was? so groß, daß es wie der See aussieht, so was! der Rimachesee? so weit kann er doch nicht gekommen sein, unmöglich, und in der Mitte ist die Insel und oben am Uferabhang ragt eine Wand von Lupunabäumen auf. Er stakt mit der Stange, ohne aufzustehen und, endlich, zwischen den Bäumen voller Buckel, nackte Gestalten, du liebe Scheiße, werden doch keine Aguarunas sein, helft mir, ob die umgänglich sind? er grüßt sie mit den beiden Händen und sie geraten in Bewegung, kreischen, helft mir, sie hüpfen herum, deuten auf ihn und beim Anlegen sieht er den Christen, die Christin, sie warten auf ihn und ihm dreht sich der Kopf, Patrón, er hatte keine Ahnung, wie schön, einen Christen zu sehen. Er hatte ihm das Leben gerettet, Patrón, glaubte schon, es sei aus und er lacht und sie geben ihm noch einen Schnaps, der süße, rauhe Geschmack des Anisschnapses und hinter dem Patrón steht eine junge Christin, hübsches Gesicht, hübsch ihre langen Haare, und es war, als träumte er, Patrona, Sie haben es mir auch gerettet: im Namen des Himmels dankte er ihnen. Als er aufwacht, da sind sie immer noch, neben ihm, und der Patrón, aber, aber, war aber auch Zeit, Mensch, hatte einen ganzen Tag lang geschlafen, endlich machte er die Augen auf, wie fühlte er sich denn? Und Adrián Nieves, ja, sehr gut, Patrón, aber, gab's hier keine Soldaten? Nein, es gab keine, warum fragte er, was hatte er denn ausgefressen, und Adrián Nieves, nichts Schlimmes, Patrón, hab niemanden umgebracht, nur eben, er war vom Militär ausgerissen, konnte nicht in einer Kaserne eingesperrt leben, für ihn gab's nur eines: freie Luft, er hieß Nieves und bevor ihn die Soldaten gefesselt hatten, war er Lotse gewesen. Lotse? Dann kannte er sicherlich die Gegend hier gut, konnte ein Motorboot überall hinlenken und ganz gleich in welcher Jahreszeit, und er, natürlich konnte er das, Patrón, er war Lotse seit seiner Geburt. Jetzt hatte er sich verirrt, weil er sich am Flußrand im Altwasser, noch dazu bei Hochwasser, versteckt hatte, wollte nicht, daß die Soldaten ihn sähen, konnte er nicht vielleicht, Patrón? Und der Patrón doch, er konnte hierbleiben, auf der Insel, er würde ihm Arbeit geben. Hier würde er sicher sein, weder Soldaten noch Guardias kämen je hierher: das war seine Frau, Lalita, und er hieß Fushía.

«Was ist, Kollege?» sagte Josefino. «Nur keine Angst!»

«Ich geh zur Chunga», brüllte Lituma. «Kommt ihr mit? Nein? Ich brauch euch auch gar nicht, ich geh allein.»

Aber die León-Brüder hielten ihn an den Armen, und Lituma kam nicht von der Stelle, seine kleinen Augen, verklebt, verschwitzt, irrten verzweifelt durch den Raum.

«Wozu, Bruderherz?» sagte Josefino. «Hier ist's doch auch schön. Beruhig dich.»

«Nur um den Arpista mit den Silberfingern zu hören», stöhnte Lituma. «Wegen sonst nichts, Unbezwingbarer. Wir saufen einen, und dann kommen wir zurück, ich schwör's.»

«Du warst immer ein ganzer Kerl, Kollege. Laß dich doch jetzt nicht unterkriegen.»

«Ich bin ein ganzer Kerl, mehr als jeder andere», stammelte Lituma. «Aber mir drückt's das Herz ab.»

«Versuch zu weinen», sagte der Affe zärtlich. «Das hilft, Vetter, brauchst dich nicht zu schämen.»

Lituma starrte ins Leere, und sein lúcumafarbener Anzug war voll verkrusteter Erde und Speichel. Sie saßen eine gute Weile stumm da, jeder trank für sich, ohne den andern zuzutrinken, und von draußen drangen Echos von Tonderos und Walzern herein, und um sie her war die Luft von dem Geruch von Chicha und Gebratenem gesättigt. Das Hin und Her der Hängelampe ließ die vier auf die Matten projizierten Schatten in einem gleichmäßigen Rhythmus größer werden und wieder schrumpfen, und von der schon winzigen Kerze in der Nische stiegen Rauchkräusel auf, die die Gipsjungfrau einhüllten wie langes Haar. Lituma stand mit großer Mühe auf, klopfte seine Kleider sauber, blickte verloren um sich und steckte, ganz unerwartet, einen Finger in den Mund. Er schürte damit im Schlund herum, während die übrigen ihm aufmerksam zusahen, ihn blaß werden sahen, und erbrach sich endlich, lärmend und mit Würgen, das seinen ganzen Körper erschütterte. Dann nahm er wieder Platz, wischte sich mit einem Taschentuch den Mund ab und steckte erschöpft, blaue Ringe um die Augen, mit zitternden Händen eine Zigarette an.

«Jetzt geht's mir schon besser, Kollege. Erzähl ruhig weiter.»

«Wir wissen sehr wenig, Lituma. Das heißt, wie's dazu gekommen ist. Wie sie dich damals eingesperrt haben, sind wir untergetaucht. Wir waren Zeugen, und sie hätten uns hineinziehen können, du weißt, daß die Seminarios reiche Leute sind und viele Beziehungen haben. Ich bin nach Sullana gegangen und deine Vettern nach Chulucanas. Wie wir zurückgekommen sind, hatte sie das Häuschen in Castilla aufgegeben, und niemand hat gewußt, wo sie war.»

«War also ganz allein, die Arme», murmelte Lituma. «Ohne einen Pfennig und obendrein schwanger.»

«Mach dir deswegen keine Sorgen, Bruderherz», sagte Josefino. «Sie hat nicht entbunden. Wir haben bald danach erfahren, daß sie sich in den Chicha-Schenken herumgetrieben hat, und eines Nachts haben wir sie in der ‹Rio Bar› getroffen, mit einem Kerl, und sie war schon nicht mehr schwanger.»

«Und was hat sie getan, wie sie euch gesehen hat?»

«Nichts, Kollege. Hat uns recht frech begrüßt. Und später sind wir ihr da und dort begegnet, und immer mit einem Kerl. Bis wir sie eines Tages im Grünen Haus gesehen haben.»

Lituma fuhr sich mit dem Taschentuch über das Gesicht, zog heftig an der Zigarette und stieß eine dicke Rauchwolke aus.

«Warum habt ihr mir nicht geschrieben?» Seine Stimme wurde immer heiserer.

«Du hast genug Sorgen gehabt, eingesperrt und so weit weg von deiner Heimat. Wozu hätten wir dir da das Leben noch mehr verbittern sollen, Kollege? Einem, dem's schlecht geht, teilt man keine solchen Nachrichten mit.»

«Hör auf, Vetter, man könnte meinen, es gefällt dir, dich zu quälen», sagte José. «Wechselt das Thema.»

Von Litumas Lippen rann bis zum Hals ein glitzernder Speichelfaden. Sein Kopf schwankte langsam, schwerfällig, mechanisch von einer Seite zur andern, folgte genau dem Hin und Her der Schatten auf den Matten. Josefino füllte die Gläser. Sie tranken weiter, ohne zu reden, bis die Kerze in der Mauernische ausging.

«Jetzt sind wir schon zwei Stunden hier», sagte José und deutete auf die Kerze. «So lange dauert die Funzel.»

«Ich freu mich, daß du wieder da bist, Vetter», sagte der Affe. «Mach nicht so ein Gesicht. Lach doch, alle Mangaches werden begeistert sein, wenn sie dich wiedersehen. Lach doch, Vetterchen.»

Er ließ sich gegen Lituma fallen, umarmte ihn und sah ihn mit seinen großen, lebhaften und brennenden Augen an, bis Lituma ihm einen Klaps auf den Kopf gab und lächelte.

«So mag ich's, Vetter», sagte José. «Es lebe die Mangachería, los: singen wir die Hymne!»

Und auf einmal fingen die drei zu reden an, waren drei Bengel und kletterten über die Adobemauern der Staatsschule, um im Fluß baden zu gehen, oder ritten auf einem fremden Esel über sandige Pfade, zwischen Äckern und Baumwollfeldern dahin, auf die Huacas von Natihualá zu, und dann das Getöse des Karnevals, die Eierschalen und die mit Wasser gefüllten Ballone platzten auf die wütenden Passanten herab, und sie durchnäßten auch die Polypen, die sich nicht getrauten, sie aus ihren Verstekken auf Altanen und Bäumen herunterzuholen, und jetzt, an heißen Vormittagen, spielten sie auf dem unendlich ausgedehnten Spielplatz der Wüste ungestüme Partien Fußball mit einem Ball aus Lumpen. Josefino hörte ihnen stumm zu, die Augen voller Neid, die Mangaches machten Lituma Vorwürfe, hast du dich wirklich zur Guardia Civil gemeldet? du Renegat du, du Feigling du, und die Leóns und Lituma lachten. Sie machten noch eine Flasche auf. Die ganze Zeit stumm, blies Josefino Rauchringe, José pfiff, der Affe behielt den Pisco im Mund, tat, als kaute er ihn, gurgelte damit, schnitt Grimassen, mir ist nicht schlecht, es brennt auch nicht, bloß dieses Hitzchen spür ich, das es nur einmal gibt.

«Ruhig, Unbezwingbarer», sagte Josefino. «Wo willst du denn hin, haltet ihn fest.»

Die Leóns erwischten ihn auf der Schwelle, José packte ihn bei den Schultern, und der Affe legte ihm die Arme um den Bauch, zerrte ihn wütend zurück, aber seine Stimme war erstickt und weinerlich: «Wozu denn, Vetter? Geh nicht hin, das Herz wird dir bluten. Hör doch auf mich, Lituma, Vetterherz.»

Lituma streichelte ungeschickt das Gesicht des Affen, fuhr ihm durch das krause Haar, schob ihn sanft von sich und ging taumelnd hinaus. Sie folgten ihm. Draußen, neben ihren Hütten aus wildem Rohr, schliefen die Mangaches unter den Sternen, bildeten stille Menschentrauben auf dem Sand. Der Lärm aus den Chicherías war stärker geworden, der Affe summte die Melodien nach, und wenn er eine Arpa hörte, öffnete er die Arme: aber niemand kann's wie Don Anselmo! Er und Lituma gingen Arm in Arm voran, im Zickzack, manchmal erhob sich im Dunkel ein Protest, «Paßt auf, wo ihr hintretet!», und sie, im Chor, «Verzeiht Don», Entschuldigen Sie vielmals, Doña».

«Die Geschichte, die du ihm da erzählst hast, war wie aus einem Film», sagte José.

«Aber er hat sie geglaubt», sagte Josefino. «Mir ist nichts

anderes eingefallen. Und ihr habt mir nicht geholfen, nicht einmal den Mund habt ihr aufgemacht.»

«Schade, daß wir jetzt nicht in Paita sind, Vetter», sagte der Affe. «Ich würde mit allem, was ich anhab, ins Wasser gehen. Schön wär das!»

«In Yacila gibt's Wellen, das ist wirkliches Meer», sagte Lituma. «Das in Paita ist ein Weiher dagegen, da ist der Marañón wilder. Am Sonntag gehen wir nach Yacila, Vetter.»

«Wir schleppen ihn zu Felipe», sagte Josefino. «Ich hab Geld. Wir können nicht zulassen, daß er hingeht, José.»

Die Avenida Sánchez Cerro war menschenleer, im öligen Lichtbausch jeder Laterne schwirrten die Insekten. Der Affe hatte sich auf die Erde gesetzt, um sich die Schnürsenkel zuzubinden. Josefino näherte sich Lituma: «Schau, Kollege, bei Felipe ist noch offen. Was haben wir in der Cantina nicht alles erlebt. Komm, laß mich dich zu einem Schnaps einladen.»

Lituma schüttelte Josefinos Arme ab, sprach, ohne ihn anzusehen: «Nachher, Bruderherz, auf dem Rückweg. Jetzt geht's zum Grünen Haus. Da haben wir auch viel erlebt, mehr als irgend woanders. Stimmt's, Unbezwingbarer?»

Später, als sie an den ‹Tres Estrellas› vorbeikamen, versuchte Josefino es noch einmal. Er stürzte auf die strahlende Tür der Bar zu und schrie: «Endlich ein Ort, wo man den Durst stillen kann! Los, Kollegen, ich zahl.»

Aber Lituma wanderte unbeirrt weiter.

«Was machen wir jetzt, José?»

«Was werden wir schon machen, Bruderherz. Zur Chunga chunguita gehen wir.»

Zwei

Ein Motorboot hält ratternd neben dem Landeplatz und Julio Reátegui springt an Land. Er geht bis zur Plaza von Santa María de Nieva hinauf – ein Guardia Civil wirft ein Stück Holz in die Luft, ein Hund fängt es im Flug und apportiert es –, und als er die Capironastämme erreicht, tritt eine Gruppe von Leuten aus der Cabaña der Gobernación. Er hebt die Hand und grüßt: sie beobachten ihn, Bewegung kommt in die Gruppe, sie eilen auf ihn zu, welche Freude, so eine Überraschung, Julio Reátegui schüttelt die Hände von Don Fabio Cuesta, warum hatte er sein Kommen nicht angekündigt? von Manuel Aguila, das verziehen sie ihm nicht, von Pedro Escabino, sie würden Vorkehrungen zu seinem Empfang getroffen haben, die von Arévalo Benzas, wie lange würde er denn diesmal bleiben, Don Julio? Gar nicht, es war ein Blitzbesuch, jetzt gleich ging's wieder weiter, sie wußten ja, was für ein Leben er führte. Sie betreten die Gobernación, Don Fabio öffnet einige Flaschen Bier, sie prosten einander zu, stand's gut in Nieva? in Iquitos? Schwierigkeiten mit den Heiden? Vor den Türen und Fenstern der Cabaña stehen Aguarunas mit breiten Mündern, kalten Augen und vorstehenden Backenknochen. Später gehen Julio Reátegui und Fabio Cuesta hinaus, auf der Plaza spielt der Guardia immer noch mit dem Hund, sie steigen den Hang zur Mission hinauf, von allen Häusern aus beobachtet, ah, Don Fabio, diese Weiber, wegen dieser Sache einen Tag verlieren, er würde erst nachts im Camp ankommen, und Don Fabio, wozu sind die Freunde da, Don Julio? Hätte er ihm doch ein paar Zeilen geschrieben und er erledigte alles, aber klar, Don Fabio, der Brief hätte einen Monat gebraucht, und wer konnte so lange die Señora Reátegui ausstehen? Kaum klopfen sie, da öffnet sich schon die Tür des Wohnhauses, wie geht's Ihnen, eine schmierige Schürze, Madre Griselda, eine Ordenstracht, schauen Sie, wer da gekommen ist, ein gerötetes Gesicht, kannte sie ihn nicht mehr? aber das war doch der Señor Reátegui, ein kleiner Aufschrei, herein, eine fröhliche Hand, herein, Don Julio, so eine Freude, und ihn überraschte es nicht, daß sie ihn nicht erkennten, bei dem Aufzug, in dem er sich befand, Madre. Hinkend, unablässig redend führt Madre Griselda sie durch einen düsteren Gang, öffnet ihnen eine Tür, deutet auf zwei Segeltuchstühle, was für eine Freude für die Madre Oberin und selbst wenn er's noch so eilig hätte, er mußte die Kapelle besuchen, Don Julio, er würde ja sehen, wie viele Änderungen, sie kam gleich wieder zurück. Auf dem Schreibtisch ein Kruzifix und eine Dochtlampe, auf dem Boden ein Teppich aus Chambirafasern und an der Wand ein Bild der Jungfrau; durch das Fenster dringen prunkvoll, auffällig Sonnenzungen herein, die die Dachbalken belecken. Jedesmal wenn er in einer Kirche oder in einem Konvent war, kamen Julio Reátegui seltsame Empfindungen an, Don Fabio, die Seele, der Tod, die Gedanken, die einen als Jungen nicht schlafen lassen, und dem Gobernador ging's ganz, aber ganz genauso, Don Julio, er besuchte die Nonnen und verließ sie mit dem Kopf voller profunder Dinge: und wenn nun beide im Grunde so etwas wie Mystiker wären? Genau dasselbe hatte er eben auch gedacht, Don Fabio liebkost seinen kahlen Kopf, wie komisch, so etwas wie Mystiker. Señora Reátegui würde lachen, wenn sie sie hören könnte, sie, die immer sagte, du kommst in die Hölle, Julio, du Ketzer und apropos, voriges Jahr hatte er ihr endlich nachgegeben, im Oktober waren sie nach Lima, zur Prozession? ja, des Señor de los Milagros. Don Fabio hatte Fotos gesehen, aber dort sein war sicherlich viel besser, stimmte es, daß alle Neger sich in Dunkelviolett kleideten? und auch die Zambos und die Cholos und die Weißen, halb Lima in Dunkelviolett, schrecklich, Don Fabio, drei Tage in dem Gedränge, wie unbequem und was für Gerüche, Señora Reátegui wollte, daß er auch die Tracht anlegte, aber so weit ging seine Liebe nicht. Stimmen, Lachen, Getrippel klingen im Zimmer auf und sie schauen zu den Fenstern: Stimmen, Lachen, Getrippel. Hatten sicherlich Pause, waren viele da? dem Lärm nach mußten es hundert sein, und Don Fabio, etwa zwanzig. Am Sonntag war ein Festumzug und sie hatten die Nationalhymne gesungen, sehr hübsch, Don Julio, in einem Spanisch, allen Respekt. Kein Zweifel, Don Fabio war glücklich in Santa María de Nieva, mit welchem Stolz er von den hiesigen Dingen berichtete, war das besser, als ein Hotel führen? wenn er dort geblieben wäre, in Iquitos, würde er jetzt eine gute Position haben, Don Fabio, das heißt: wirtschaftlich. Aber der Gobernador war schon alt und, auch wenn der Señor Reátegui es nicht glauben wollte, er war nicht ehrgeizig. Er würde es also keinen Monat in Santa María de Nieva aushalten, Don Julio, hm? jetzt sah er, daß er doch ausgehalten hatte und wenn Gott wollte, würde er nie mehr hier weggehen. Warum hatte er sich so auf die Ernennung versteift? Don Julio verstand das immer noch nicht, warum hatte er ihn ablösen wollen, Don Fabio? was erhoffte er sich denn? und Don Fabio, um, er sollte nicht lachen, respektiert zu werden, seine letzten Jahre in Iquitos waren so traurig gewesen, Don Julio, niemand konnte sich das Elend, die Demütigungen vorstellen, als er ihn ins Hotel holte, lebte er von Almosen. Aber er sollte doch nicht traurig werden, hier in Nieva mochten ihn doch alle gern, Don Fabio, hatte er sich das nicht gewünscht? Doch, man respektierte ihn, das Gehalt war freilich nichts Besonderes, aber mit dem, was Señor Reátegui ihm gab für seine Hilfe, reichte es für ein ruhiges Leben, auch das dankte er ihm, Don Julio, ah, ihm fehlten die Worte. In das Lachen, die Stimmen, das Getrippel im Obstgarten mischen sich Gebell, das Geschnatter der Papageien. Julio Reátegui schließt die Augen, Don Fabio wird nachdenklich, seine Hand streicht langsam, liebevoll über den kahlen Kopf: ach richtig, wußte Don Julio, daß Madre Asunción gestorben war? hatte er den Brief bekommen? Er hatte ihn bekommen und Señora Reátegui hatte den Nonnen geschrieben und ihnen ihr Beileid ausgedrückt, er hatte einige Zeilen daruntergesetzt, ein guter Mensch, diese kleine Nonne, und Don Fabio hatte etwas getan, was nicht ganz gesetzlich war, die Fahne der Gobernación auf Halbmast gesetzt, Don Julio, um wenigstens so an der Trauer teilzunehmen, und Madre Angélica ging's gut? immer noch kräftig wie ein Felsen, das alte Weiblein? Man hört Schritte und sie stehen auf, gehen der Oberin entgegen, Don Julio, Madre, eine weiße Hand, eine Ehre für dieses Haus, Señor Reátegui wieder hier zu begrüßen, wie sie sich freute, ihn wiederzusehen, aber bitte, sie sollten doch Platz nehmen, und sie, gerade hatten sie der armen Madre Asunción gedacht, Madre. Arm? nichts da, wo sie doch im Himmel war, und Señora Reátegui? wann würden sie die Patin der Kapelle wiedersehen? Señora Reátegui träumte von einem Besuch, aber von Iquitos bis hierher, das war so kompliziert, Santa

María de Nieva war am Ende der Welt, und außerdem, war's nicht schrecklich, im Urwald zu reisen? Nicht für Don Julio, die Oberin lächelt, der kam und ging im Amazonasgebiet, als wäre es sein Haus, aber Julio Reátegui tat's nicht zum Vergnügen, wenn man nicht alles selbst machte, Madre, dann ging alles zum Teufel, wenn sie ihm diesen Ausdruck verzeihen wollte. Er hatte nichts Unrechtes gesagt, Don Julio, hier auch, wenn man nicht aufpaßte, schon schlug einem der Satan ein Schnippchen und jetzt singen die Mündel im Chor. Jemand dirigiert, in jeder Pause applaudiert Don Fabio mit den Fingerspitzen, lächelt, heißt gut: Hatte die Oberin die Botschaft von Señora Reátegui erhalten? Ja, im vorigen Monat, aber sie hatte nicht gedacht, daß Don Julio sie schon so bald abholen würde. Im allgemeinen zog sie es vor, wenn sie die Mission zum Jahresende verließen, nicht mitten im Kurs, aber da er sich nun einmal die Mühe gemacht hatte, persönlich herzukommen, würde man eine Ausnahme machen, ihm zuliebe, aber klar. Und er, offen gestanden, so waren's zwei auf einen Streich, Madre, er mußte nämlich auf einen Sprung ins Lager am Nieva, die Materos hatten scheinbar Rosenholz entdeckt, da hatte er die Gelegenheit benutzt, um schnell mal hier vorbeizuschauen, und die Oberin nickt: sie würden ihr also die Kinder anvertrauen? Señora Reátegui hatte so etwas gesagt. Ah, die Mädchen, Madre, wenn sie die sehen könnte, sie waren süß, Don Fabio konnte sich das vorstellen, und die Oberin kannte sie, Señora Reátegui hatte ihr Bilder der Kleinen geschickt, die Ältere wie gemalt und die Kleine, was für Augen! War ja auch zu erwarten, die Señora Reátegui war so hübsch und Don Fabio sagte das mit allem Respekt, Don Julio. Das Kindermädchen hatte schon vor langer Zeit geheiratet, Madre, und sie hatte keine Ahnung, wie überängstlich Señora Reátegui war, an allen Bewerberinnen hatte sie etwas auszusetzen, daß sie nicht reinlich waren, daß sie sie anstecken würden, immer nur die schlimmsten Dinge, und das hatte sie jetzt davon, seit zwei Monaten spielte sie selber Kindermädchen. Was das anlangte, Don Fabio beugt sich in seinem Sessel vor, konnte Señora Reátegui beruhigt sein, gibt ihm einen Klaps, niemand ging hier krank oder unsauber weg, er lächelt, nicht wahr, Madre? er macht eine Verbeugung, war ein Vergnügen zu sehen, wie reinlich man sie hier hielt, und Reátegui, und ob, Madre, die Frau des Doktor Portillo. Auch Schwierigkeiten mit den Dienstboten? Ja, Don Fabio, es wurde immer schwieriger, in Iquitos vernünftige Leute zu finden, wäre es vielleicht möglich, auch ihm eines der jungen Mädchen mitzubringen, Madre? Möglich war es schon, die Oberin verzieht leicht den Mund, aber er sollte nicht so mit ihr sprechen, ihre Stimme wird dünn, die Mission war keine Agentur für Hausangestellte und Reátegui sitzt jetzt unbeweglich, ernst da, eine Hand klatscht verwirrt auf die Armlehne des Sessels, sie hatte seine Worte doch nicht falsch ausgelegt, oder? er meinte, die Oberin betrachtet das Kruzifix, Don Fabio reibt seine Glatze, wackelt im Sessel hin und her, blinzelt, Madre, sie hatte die Worte Don Julios doch nicht falsch ausgelegt, oder? Er wußte, woher diese Mädchen kamen, wie sie gelebt hatten, ehe sie in die Mission kamen, Julio Reátegui versicherte ihr, Madre, es war ein Mißverständnis gewesen, sie hatte ihn nicht richtig verstanden, und nach ihrem Aufenthalt hier hatten die Mädchen niemand, wohin sie gehen konnten, die Eingeborenen hatten keine feste Bleibe, aber selbst wenn man die Angehörigen der Mündel ausfindig machte, die Mündel würden sich nicht mehr zurechtfinden, wie sollten sie auch wieder nackt herumlaufen? die Oberin macht eine begütigende Geste, und Schlangen anbeten? aber ihr Lächeln ist eisig, und Läuse essen? Es war seine eigene Schuld, Madre, er hatte sich falsch ausgedrückt und sie hatte seine Worte in einem andern Sinn ausgelegt, aber in der Mission konnten die Mündel auch nicht bleiben, Don Julio, das wäre nicht gerecht, nicht wahr? sie mußten den andern Platz machen. Darum ging es ja gerade: daß sie den Nonnen helfen sollten, diese Geschöpfe in die zivilisierte Welt einzugliedern, Don Julio, ihnen den Schritt in die Gesellschaft zu erleichtern. Genau in diesem Sinn war es ja, daß Señor Reátegui, Madre, kannte sie ihn etwa nicht? und in der Mission nahmen sie diese Geschöpfe auf und erzogen sie, um Gott ein paar Seelen zu gewinnen, nicht um den Haushalten Dienstmädchen zu verschaffen, Don Julio, er sollte ihr die offenen Worte vergeben. Das wußte er längst, Madre, deswegen arbeiteten er und seine Frau ja auch immer mit der Mission zusammen, wenn etwas dagegensprach, war es auch nicht schlimm, Madre, er wollte nichts gesagt haben, sie sollte sich bitte keine Sorgen machen. Die Oberin machte sich ihretwegen keine Sorgen, Don Julio, wußte, daß Señora Reátegui sehr gottesfürchtig war und daß die Mädchen sich in guten Händen befinden würden. Doktor Portillo war der beste Rechtsanwalt in Iquitos, Madre, ehemaliger Abgeordneter, wenn es sich nicht um eine ehrbare, bekannte Familie handelte, würde Julio Reátegui es dann gewagt haben, diesen Auftrag zu übernehmen? Aber er sagte ihr noch einmal, sie sollte nicht mehr daran denken, Madre, und die Oberin lächelt wieder: war er jetzt böse auf sie? Das machte nichts, jeder verdiente von Zeit zu Zeit eine Predigt und Julio Reátegui setzt sich in seinem Sessel zurecht, sie hatte ihm die Löffel langgezogen, Madre, er war sich vorgekommen, als hätte er etwas ausgefressen, und wenn er für diesen Herrn einstand, Don Julio, glaubte sie ihm, machte es ihm etwas aus, wenn sie ihm einige Fragen stellte? So viele die Madre wollte, und er verstand diese Vorsichtsmaßnahmen, logisch, aber sie mußte ihm glauben, Doktor Portillo und seine Frau gehörten zu den Besten und das Mädchen würde gut behandelt, Kleidung, Essen, sogar Lohn, und die Oberin bezweifelte das nicht, Don Julio. Ihre feinen Lippen verziehen sich erneut unmerklich: und sonst? Würden sie dafür sorgen, daß das Mädchen nicht vergäße, was es hier erworben hatte? Würden sie nicht aus Nachlässigkeit zerstören, was man ihr in der Mission hatte angedeihen lassen? Das hatte sie gemeint, Don Julio, und es stimmte freilich, daß die Madre die Portillos nicht kannte, Angelita organisierte jedes Jahr das Weihnachtsfest für die Armen, ging selbst von Laden zu Laden, um kleine Gaben zu erbitten und verteilte sie in den Slums, Madre: sie durfte gewiß sein, daß Angelita das Mädchen zu allen Prozessionen mitnehmen würde, die es in Iquitos gab. Die Oberin wollte ihm nicht länger lästig fallen, aber da war noch eines, würde er die Verantwortung für die beiden übernehmen? Für den Fall irgendeiner Beschwerde oder sonst etwas, Madre, aber selbstverständlich, er würde sie übernehmen und was immer nötig wäre unterschreiben, mit dem größten Vergnügen, im eigenen Namen und in dem Doktor Portillos. Dann waren sie also einig, Don Julio, und die Oberin würde sie holen; außerdem hatte ihnen Madre Griselda bestimmt einen Imbiß zubereitet, der würde ihnen guttun, nicht wahr? bei der Hitze, die herrschte, und Don Fabio hebt erfreut die Hände hoch: immer waren sie so liebenswürdig, immer. Die Oberin verläßt den Raum, die Streifen Sonnenlicht, die die Balken umarmen, haben ihren Glanz verloren, im nahe liegenden Obstgarten singen die Mündel immer noch, Mensch, was hatte das denn nun bedeutet? Wirklich! die Nonne hatte ihn aber schön schwitzen lassen, Don Fabio, und der, Don Julio, reine Formsache, die Nonnen hatten diese Waisenkinder sehr gern, sie litten, wenn sie sie weggehen sahen, das war alles, aber stellten sie den Offizieren von Borja die gleichen Fragen? und den Ingenieuren, die hier durchkamen, kamen sie denen mit den gleichen Ratschlägen? er sollte selbst sagen, Don Fabio. Das Gesicht des Gobernadors ist bekümmert, die Oberin werde aus irgendeinem Grund schlecht gelaunt gewesen sein, man mußte nicht darauf achten, Don Julio, und man sollte Reátegui doch nicht weismachen, daß die Offiziere sie besser behandelten als sie, die würden sie wie Tiere schuften lassen, und ob, und keinen Pfennig bezahlen, ganz bestimmt, wußte Don Fabio, was für Hungerlöhne die beim Militär verdienten? Und schließlich kannten sie ihn doch hinlänglich, wenn er ihnen Portillo empfahl, dann hatte das seinen Grund, Don Fabio, wirklich! wo gab's denn so was. Der Chor im Obstgarten verstummt mit einem Schlag, und der Gobernador verstand das nicht, die Oberin war sonst immer so liebenswürdig, so gebildet, es war ja überstanden, Don Julio, er sollte sich nicht mehr ärgern, und er ärgerte sich keineswegs, doch Ungerechtigkeiten brachten ihn nun mal auf, wie jeden andern auch: die Pause dürfte wohl zu Ende sein, die Knöchel Don Fabios trommeln auf den Sessel, ihn hatte die Madre auch verlegen gemacht, Don Julio, wie im Beichtstuhl, sie wenden sich um und die Tür geht auf. Die Oberin trägt eine Schale, eine Pyramide von Keksen mit rauhen Kanten, und Madre Griselda ein Tablett aus Ton, Gläser, einen Krug voll schaumiger Flüssigkeit, die beiden Mündel bleiben an der Tür stehen, verschreckt, scheu, in ihren kremfarbenen Kitteln: Papayasaft, bravo! Diese Madre Griselda, immer verwöhnte sie sie, Don Fabio ist aufgestanden und Madre Griselda lacht und hält die Hand vor den Mund, sie und die Oberin verteilen die Gläser, füllen sie. Von der Tür aus, gegeneinander gedrängt, schielen die Mündel verstohlen herein, eines hat den Mund halb geöffnet und zeigt die winzigen, spitz zugeschliffenen Zähne. Julio Reátegui hebt das Glas, Madre, er dankte ihr aufrichtig, er starb vor Durst, aber sie mußten die Kekschen probieren, wetten, daß er es nicht erriet, na? und? na, Don Fabio? Keine Ahnung, Madre, wie sehr, aber sehr köstlich, aus Mais? wie Butter, aus Camote? und Madre Griselda lacht hell auf: aus Maniok! Sie selbst hatte sie erfunden, sobald er Señora Reátegui mitbrächte, würde sie ihr das Rezept geben und Don Fabio trinkt ein Schlückchen und verdreht die Augen: Madre Griselda hatte Engelshände, allein dafür verdiente sie, in den Himmel zu kommen, und sie, still, still, Don Fabio, sie sollten sich mehr Saft einschenken. Sie trinken, holen ihre Taschentücher hervor, wischen sich die dünnen orangefarbenen Ränder um den

Mund ab, Reátegui stehen kleine Schweißtropfen auf der Stirn, die Glatze des Gobernadors glitzert. Endlich nimmt Madre Griselda das Tablett, den Krug und die Gläser, lächelt ihnen von der Tür her spitzbübisch zu, verschwindet, Reátegui und der Gobernador starren auf die reglosen Mündel, die senken gleichzeitig den Kopf: Guten Abend, ihr Mädchen. Die Oberin macht einen Schritt auf sie zu, na, kommt doch her, warum blieben sie da stehen? Die mit den spitz zugefeilten Zähnen schleift die Füße und bleibt stehen, ohne den Kopf zu heben, die andere bleibt bei der Tür und Julio Reátegui, du auch, Kind, brauchte doch keine Angst vor ihm zu haben, er war nicht der Teufel. Das Mädchen antwortet nicht und die Oberin hat unvermittelt einen rätselhaften, spöttischen Gesichtsausdruck. Sie blickt Reátegui an, dessen Augen fasziniert aufleuchten, der Gobernador bedeutet der Kleinen mit der Hand, sie solle herkommen, und die Oberin, Don Julio, erkannte er sie nicht? Sie deutet auf die, welche an der Tür steht, und ihr Lächeln wird deutlicher, ein Zeichen der Bestätigung und Julio Reátegui wendet sich der Kleinen zu, zwinkert, betrachtet sie, bewegt die Lippen, schnalzt mit den Fingern, ah, Madre, die war's? ja. So was! daran hätte er nicht im Traum gedacht, hatte sie sich sehr verändert, Don Julio? und wie. Madre, wenn sie mit ihm ging, würde Señora Reátegui begeistert sein. Aber sie waren doch alte Freunde, Kind, erinnerte sie sich etwa nicht mehr? Die mit den zugeschliffenen Zähnen und der Gobernador blicken die andern neugierig an, die an der Tür hebt den Kopf ein wenig, ihre grünen Augen kontrastieren mit ihrem dunklen Teint, die Oberin seufzt, Bonifacia: man redete mit ihr, was für Manieren! Julio Reátegui betrachtet sie immer noch, Madre, *caramba!* es war ja schon vier Jahre her, wie die Zeit verging, Kind, was bist du groß geworden, damals war sie noch ein winziges Weibchen, und jetzt, schau, schau! Die Oberin nickt, komm, Bonifacia, los, sag guten Abend zu Señor Reátegui, sie seufzt noch einmal, sie mußte ihn sehr respektieren und die Frau auch, sie würden sie gut behandeln. Und Reátegui, sie sollte nicht so verschämt sein, Kind, sich ein bißchen unterhalten, sie sprach doch schon sehr gut Spanisch, oder? Und der Gobernador zuckt in seinem Sessel hoch, die von Urakusa! greift sich an die Stirn, klar, wie dumm, jetzt fiel's ihm wieder ein. Und die Oberin, nun stell dich nicht so dumm, Don Julio mußte ja glauben, sie hätten Bonifacia die Zunge herausgeschnitten. Aber Kind, sie weinte ja, was denn, Kind, warum die Tränen und Bonifacia hält den Kopf hoch, die Tränen nässen ihre Wangen, die dicken Lippen sind hartnäckig geschlossen, und Don Fabio, bah, bah, Dummchen, vorgebeugt und mitleidig, sie sollte sich freuen, würde ein Heim haben und die kleinen Mädchen von Señor Reátegui waren doch so nett. Die Oberin ist blaß geworden, so ein Kind! ihr Gesicht ist jetzt so weiß wie ihre Hände, so ein Dummkopf! weswegen weinte sie nur? Bonifacia öffnet die grünen, feuchten, trotzigen Augen, läuft über den Teppich, aber Kind, fällt vor der Oberin auf die Knie, Dummchen, hascht nach einer ihrer Hände, legt sie an ihr Gesicht, die mit den zugeschliffenen Zähnen lacht kurz und die Oberin stottert, schaut Reátegui an, Bonifacia, ruhig: sie hatte es ihr doch versprochen, und die Madre Angélica auch. Ihre Hand versucht sich von dem Gesicht zu befreien, das sich daran reibt. Reátegui und Don Fabio lächeln verwirrt und wohlwollend, die dicken Lippen küssen wild die blassen und zerbrechlichen Finger und die mit den zugespitzten Zähnen lacht schon unverhohlen: sah sie denn nicht ein, daß es zu ihrem Vorteil war? wo würde man sie besser behandeln? hatte sie es ihr nicht noch vor kaum einer halben Stunde versprochen? und die Madre Angélica, hielt sie ihr Versprechen so? Don Fabio steht auf, reibt sich die Hände, so waren die Mädchen nun mal, empfindlich, weinten immer gleich, Mädchen, sie sollte sich zusammennehmen, würde ja sehen, wie hübsch es in Iquitos war, wie gut, wie fromm Señora Reátegui war, und die Oberin, Don Julio, sie bat ihn, sie bedauerte es. Diese Kleine war noch nie schwierig gewesen, sie erkannte sie nicht wieder. Bonifacia, beruhig dich doch, und Julio Reàtegui, aber, aber, Madre. Sie hatte die Mission eben liebgewonnen, das war doch nicht seltsam, und es war besser, wenn sie nicht gegen ihren Willen käme, besser, wenn sie bei den Madres bliebe. Er würde eben die andere mitnehmen und Portillo sollte sich ein Kindermädchen in Iquitos suchen, vor allem aber sollte sie sich keine Sorgen machen, Madre.

I

«Schaut», sagte der Fette. «Der Regen hört auf.»

Langgezogen, blau, spalteten einige Strahlen den Himmel, zwischen den grauen Wolkenbergen hallte immer noch wütend das Gewitter, und es hatte zu regnen aufgehört. Aber rund um den Sargento, die Guardias und Nieves troff der Urwald nach wie vor: heiße, dicke Tropfen rollten von den Bäumen, von den Rändern des Zeltes, quollen von den sprossenden Wurzeln aus dem kiesigen Strand zu, der sich in einen Sumpf verwandelt hatte, und der Schlamm sog sie auf und öffnete sich zu winzigen Kratern, schien zu brodeln. Das Motorboot wippte am Ufer.

«Warten wir lieber, bis das Wasser sich verläuft, Sargento», sagte der Lotse Nieves. «Bei dem Regen sind die Schnellen sicher wie verrückt.»

«Selbstverständlich, Don Adrián, aber ich seh nicht ein, warum wir weiter wie Sardinen schlafen müssen», sagte der Sargento. «Wir wollen das andere Zelt aufschlagen, Jungens. Wir können hier schlafen.»

Die Unterhemden und die Hosen waren durchnäßt, die Stiefelschäfte waren überkrustet mit Lehm, die Haut glänzte. Sie rieben sich die Körper ab, wrangen die Kleider aus. Der Lotse Nieves planschte den Strand entlang, und als er das Boot erreichte, sah er aus wie eine in Teer getauchte Gestalt.

«Lieber nackt», sagte der Blonde. «Denn wir werden uns mit Dreck beschmieren.»

Der Fette war ohne Unterhosen, und sie lachten über seine dicken Hinterbacken. Sie verließen das Zelt, der Knirps stolperte, plumpste auf das Gesäß, erhob sich fluchend. Hand in Hand durchwateten sie den Sumpf. Nieves reichte ihnen nacheinander die Moskitonetze, die Dosen, die Thermosflaschen, sie trugen die

Bündel auf den Schultern bis zum Zelt, kamen zurück und wurden plötzlich übermütig: rannten hin und her, indem sie laut juchzten, tauchten im Schlamm unter, bewarfen einander mit Schlammbällen, *mi sargento,* von den Zwiebäcken wird keiner mehr trocken sein, da! fang den! vielleicht ist auch der Anis futsch, und dem Knirps reichte es jetzt aber mit der Selva, Dunkler, jetzt hing sie ihm zum Hals raus. Sie wuschen im Fluß die Schlammspritzer ab, schichteten die Bündel unter einem Baum auf und trieben gleich daneben die Zeltstangen in die Erde, spannten die Planen darüber und machten die Spannstricke an den Wurzeln fest, die braun und verrenkt aus dem Boden quollen. Manchmal entdeckten sie unter einem Stein sich windende, rosafarbene Larven. Der Lotse Nieves bereitete ein Lagerfeuer vor.

«Jetzt habt ihr das Zelt ausgerechnet unter dem Baum aufgeschlagen», sagte der Sargento. «Da wird's die ganze Nacht über Spinnen regnen.»

Der Brennholzstapel ächzte, fing an zu schwelen, und gleich darauf leckte ein kleines blaues, ein rotes Flämmchen auf, zuckten Flammen hoch. Sie setzten sich um das Feuer. Die Zwiebäcke waren feucht, der Anis warm.

«Das ersparen wir uns bestimmt nicht, *mi sargento*», sagte der Dunkle. «In Nieva werden wir uns jetzt schön anschnauzen lassen müssen.»

«War ja auch verrückt, so loszuziehen», sagte der Blonde. «Der Teniente hätte das wissen müssen.»

«Er hat gewußt, daß es umsonst war.» Der Sargento zuckte mit den Schultern. «Aber – na, ihr habt ja gesehen, wie sich die Madres und Don Fabio aufgeführt haben. Er hat uns losgeschickt, nur um ihnen gefällig zu sein, das ist alles.»

«Ich bin nicht Guardia Civil geworden, um Kindermädchen zu spielen», sagte der Knirps. «Kriegen Sie da keine Wut bei solchen Sachen, *mi sargento*?»

Aber der Sargento war schon seit zehn Jahren dabei; er war abgehärtet, Knirps, ihn ärgerte schon längst nichts mehr. Er hatte eine Zigarette herausgeholt und hielt sie ans Feuer, um sie zu trocknen, indem er sie zwischen den Fingern hin- und herrollte.

«Und warum bist eigentlich du zur Guardia Civil gegangen?» sagte der Fette. «Du kennst das noch nicht, bist noch feucht hinter den Ohren. Für uns sind diese Schindereien längst nichts Neues mehr. Du wirst's auch noch lernen.»

Das meinte er nicht, der Knirps war ein Jahr in Juliaca gewesen, und die Puna war viel schlimmer als der Dschungel, Fetter. Die Viecher und die Regengüsse brachten ihn nicht so auf wie das, daß man sie in den Urwald schickte, um Kindern nachzujagen. Geschah ihnen ganz recht, daß sie sie nicht gefunden hatten.

«Wer weiß, vielleicht sind sie von selbst zurückgekommen, diese Rotznasen», sagte der Dunkle. «Wer weiß, am Ende begegnen wir ihnen in Santa María de Nieva.»

«Diese Gaunerinnen», sagte der Blonde. «Imstand dazu wären sie. Ich würd ihnen eine Portion Prügel verabreichen.»

Der Fette dagegen würde sie lieber streicheln, und er lachte, *mi sargento*: stimmte es etwa nicht, daß die älteren schon soweit waren? Hatten sie sie nicht gesehen, sonntags, wenn sie im Fluß badeten?

«Du denkst immer nur an eines, Fetter», sagte der Sargento. «Von morgens bis abends, immer hast du's mit den Weibern.»

«Aber so ist's doch, *mi sargento.* Hier im Urwald entwickeln sie sich so schnell, mit elf Jahren sind sie schon so weit, daß man alles mit ihnen anstellen kann. Sie werden mir doch nicht sagen wollen, daß Sie sie nicht streicheln würden, wenn Sie die Gelegenheit hätten.»

«Hör auf, sonst krieg ich Gelüste, Fetter», gähnte der Dunkle. «Wo ich jetzt doch mit dem Knirps schlafen muß.»

Der Lotse Nieves warf kleine Zweige aufs Feuer. Es wurde bereits dunkel. In der Ferne lag die Sonne in den letzten Strahlen, flatterte zwischen den Bäumen wie ein rötlicher Vogel, und der Fluß war wie eine starre Metallplatte. Im Röhricht am Ufer quakten die Frösche, und die Luft war gesättigt von Dampf, Feuchtigkeit, elektrischen Vibrationen. Mitunter schluckten die Flammen des Lagerfeuers ein Insekt, verschlangen es mit einem trockenen Zischen. Der Urwald schickte mit seinen Schatten die Dünste nächtlichen Keimens und die Musik der Grillen zu den Zelten.

«Mir paßt das nicht, in Chicais bin ich beinahe krank geworden», wiederholte der Knirps und verzog das Gesicht vor Ekel. «Erinnert ihr euch noch an die Alte mit den Zitzen? Es war nicht richtig, ihr so die Kinder wegzunehmen. Ich hab schon zweimal von ihnen geträumt.»

«Und dabei haben sie dich nicht gekratzt wie mich», sagte der Blonde und lachte; aber er wurde wieder ernst und fügte hinzu: «Es war zu ihrem Guten, Knirps. Damit sie sich anziehen, lernen und lesen und reden wie Christenmenschen.»

«Oder möchtest du lieber, daß sie Nacktärsche bleiben?» sagte der Dunkle.

«Und außerdem geben sie ihnen was zu essen, impfen sie, und sie schlafen in Betten», sagte der Fette. «In Nieva geht's ihnen besser als je zuvor.»

«Aber sie haben nicht ihre Leute», sagte der Knirps. «Tät's euch etwa nicht weh, eure Familie nicht mehr zu sehen?»

Das war nicht dasselbe, Knirps, und der Fette schüttelte mitleidig den Kopf: sie selber waren doch zivilisiert, die Heidenmädchen dagegen wußten nicht einmal, was das überhaupt hieß, Familie. Der Sargento führte die Zigarette an den Mund, steckte sie an, indem er sich über das Feuer beugte.

«Außerdem tut's ihnen sicher nur zu Anfang weh», sagte der Blonde. «Und dafür sind die Nonnen da, die sind herzensgut.»

«Wer weiß, was in der Mission alles passiert», grunzte der Knirps. «Vielleicht sind das ganz Schlimme.»

Halt, Knirps: er sollte sich den Mund auswaschen, ehe er über die Madres redete. Der Fette sah alles nach, aber eines bat er sich aus: mehr Respekt vor dem Glauben. Der Knirps erhob auch die Stimme: klar, er war Katholik, aber er redete schlecht, von wem es ihm Spaß machte, und überhaupt.

«Und wenn ich ärgerlich werd?» sagte der Fette. «Und wenn ich dir eine lange?»

«Keine Raufereien», der Sargento stieß eine Rauchwolke aus. «Hör auf, den Schläger zu spielen, Fetter.»

«Ich reagier auf Vernunft, nicht auf Drohungen, *mi sargento*», sagte der Knirps. «Hab ich vielleicht nicht das Recht, zu sagen, was ich denke?»

«Hast du», sagte der Sargento. «Und zum Teil stimm ich mit dir überein.»

Der Knirps blickte die Guardias spöttisch an: na also, und dicht vor dem Gesicht des Fetten: wer hatte jetzt recht?

«Läßt sich drüber streiten», sagte der Sargento. «Ich glaub, wenn die Kleinen aus der Mission davongelaufen sind, dann weil sie sich nicht eingewöhnen können.»

«Aber *mi sargento*, was hat das denn damit zu tun?» protestierte der Fette. «Haben Sie als Kind keine Streiche geliefert?»

«Wär's Ihnen auch lieber, wenn sie weiterhin Heidinnen blieben, *mi sargento*?» sagte der Dunkle.

«Sehr gut, daß man sie zivilisiert», sagte der Sargento. «Nur: warum mit Gewalt?»

«Was sollen die armen Nonnen denn sonst tun, *mi sargento*?» sagte der Blonde. «Sie wissen, wie die Nacktärsche sind. Die sagen, ja, ja, aber wenn's so weit ist, daß sie ihre Töchter in die Mission schicken sollen, von wegen! und verschwunden sind sie.»

«Und wenn sie sich nicht zivilisieren lassen wollen, was geht das uns an?» sagte der Knirps. «Jeder hat seine Gewohnheiten, und dich geht's einen Scheißdreck an.»

«Du hast Mitleid mit den Kleinen, weil du nicht weißt, wie sie in ihren Dörfern behandelt werden», sagte der Dunkle. «Den Neugeborenen bohren sie Löcher in die Nase und in den Mund.»

«Und wenn die Nacktärsche besoffen sind, vernaschen sie sie vor allen Leuten», sagte der Blonde. «Ist ihnen ganz gleich, wie alt sie sind, und die erste, die ihnen über den Weg läuft, ihre Töchter, die Schwestern.»

«Und die alten Weiber entjungfern die kleinen Mädchen mit der Hand», sagte der Dunkle. «Und danach fressen sie die Häutchen, damit es ihnen Glück bringt. Stimmt's, Fetter?»

«Ja, mit der Hand», sagte der Fette. «Und ich kenn mich da aus. Bis jetzt ist mir noch kein einziges Jüngferchen untergekommen. Und ich hab auch Heidenweiber ausprobiert.»

Der Sargento winkte ab: sie fielen alle auf einmal über den Knirps her, und das galt nicht.

«Nur weil Sie auf seiner Seite sind, *mi sargento*», sagte der Blonde.

«Die Mädchen tun mir eben leid», bekannte der Sargento. «Alle: die in der Mission, weil sie sicher Heimweh nach ihren Leuten haben. Und die andern, weil sie in ihren Dörfern so elend leben müssen.»

«Man merkt, daß Sie Piuraner sind, *mi sargento*», sagte der Dunkle. «Da wo Sie herkommen, sind alle Leute sentimental.»

«Gereicht uns zur Ehre», sagte der Sargento. «Und wehe dem, der auf Piura schimpft.»

«Sentimental und eingebildet auf ihre Heimat», sagte der Dunkle. «Aber darin übertreffen die Arequipeños die Piuraner noch, *mi sargento*.»

Es war schon Nacht, und das Feuer sprühte Funken, der Lotse Nieves warf noch immer Zweige und trockene Blätter darauf. Die Thermosflasche mit dem Anisschnaps ging von Hand zu Hand, und die Guardias hatten Zigaretten angesteckt. Alle schwitzten, und in ihren Augen spiegelten sich winzig klein, tanzend die Flammen des Feuers.

«Aber sie sind das Reinlichste, was es gibt», sagte der Knirps. «Und die Nonnen dagegen: habt ihr die auf der Reise nach Chicais etwa einmal baden sehen?»

Der Fette verschluckte sich: wieder mit den Nonnen? begann heftig zu husten, *carajo!* fing er schon wieder von den Madres an?

«Beschimpfen tust du mich, aber antworten kannst du nicht», sagte der Knirps. «Stimmt's, was ich sage, oder stimmt's nicht?»

«Wie blöd du bist», sagte der Blonde. «Hätten sich die Nönnchen vielleicht vor unsern Augen baden sollen?»

«Vielleicht haben sie heimlich gebadet?» sagte der Dunkle.

«Ich hab sie nie gesehen», sagte der Knirps. «Und ihr auch nicht.»

«Du hast sie auch ihre Notdurft nicht verrichten sehen», sagte der Blonde. «Das heißt aber nicht, daß sie die ganze Reise über nicht geschissen und nicht gepinkelt haben.»

Einen Moment, der Fette hatte sie gesehen: als alle schliefen, waren sie geräuschlos aufgestanden und wie kleine Gespenster an den Fluß gegangen. Die Guardias lachten, und der Sargento, dieser Fettwanst, hatte er ihnen nachspioniert? sie nackt sehen wollen?

«Aber *mi sargento*», sagte der Fette verwirrt. «Sagen Sie doch so was nicht, wie kommen Sie nur darauf? Ich schlaf eben schlecht, deswegen hab ich sie gesehen.»

«Reden wir von was anderem», sagte der Dunkle. «Über die Nonnen darf man keine Witze reißen. Und außerdem werden wir den da ja doch nicht überzeugen. Du bist stur wie ein Maultier, Knirps.»

«Und ein Arschloch», sagte der Fette. «Die Nacktärsche mit den Nonnen vergleichen, du tust mir leid, wirklich.»

«Jetzt ist aber Schluß», sagte der Sargento und hinderte den Knirps, der eben etwas sagen wollte, am Reden. «Jetzt wird geschlafen, damit wir morgen frühzeitig aufbrechen können.»

Sie schwiegen und starrten in die Flammen. Die Thermosflasche mit dem Anisschnaps machte noch einmal die Runde. Dann erhoben sie sich, krochen in die Zelte, aber einen Augenblick darauf kehrte der Sargento, im Mund eine Zigarette, zum Feuer zurück. Der Lotse Nieves reichte ihm einen glimmenden Strohhalm.

«Immer so schweigsam, Don Adrián», sagte der Sargento. «Warum haben Sie nicht auch was gesagt?»

«Ich hab zugehört», sagte Nieves. «Ich mag Streitereien nicht, Sargento. Und außerdem möchte ich mich lieber nicht mit denen anlegen.»

«Mit den Jungens?» sagte der Sargento. «Haben sie Ihnen was getan? Warum haben Sie's mir nicht gesagt, Don Adrián?»

«Sie sind überheblich, verachten die Leute, die hier geboren sind», sagte der Lotse leise. «Haben Sie nicht gesehen, wie sie mich behandeln?»

«Sie sind eingebildet wie alle Limeños», sagte der Sargento. «Aber man darf sich nichts draus machen, Don Adrián. Und wenn sie Ihnen gegenüber frech werden, sagen Sie's mir, und ich stauch sie zusammen.»

«Sie dagegen sind ein anständiger Kerl, Sargento», sagte Nieves. «Das hab ich Ihnen schon lange sagen wollen. Der einzige, der mich höflich behandelt.»

«Weil ich Sie sehr schätze, Don Adrián», sagte der Sargento. «Ich hab Ihnen ja schon oft gesagt, daß ich gern Ihr Freund wäre. Aber Sie schließen sich nie jemandem an, Sie sind ein Einzelgänger.»

«Von jetzt an sind Sie mein Freund», lächelte Nieves. «Demnächst kommen Sie einmal zu mir zum Essen, und dann stell ich Ihnen Lalita vor. Und die andere, die die Mädchen hat ausreißen lassen.»

«Was? Diese Bonifacia wohnt bei Ihnen?» sagte der Sargento. «Ich hab gedacht, die sei aus dem Dorf weggegangen.»

«Wo hätt sie denn hingehen sollen? Wir haben sie aufgenommen», sagte Nieves. «Aber erzählen Sie's niemand, sie will nicht, daß man weiß, wo sie ist, sie ist nämlich immer noch eine halbe Nonne, stirbt vor Angst vor den Männern.»

«Hast du die Tage gezählt, Alter?» sagte Fushía. «Ich hab das Gefühl für Zeit verloren.»

«Was kann dir die Zeit ausmachen, wozu denn?» sagte Aquilino.

«Es ist, als wären tausend Jahre vergangen, seit wir die Insel verlassen haben», sagte Fushía. «Außerdem, ich bin sicher, daß es umsonst ist, Aquilino, du kennst die Menschen nicht. Wirst schon sehen, in San Pablo holen sie die Polizei, und das Geld stecken sie selber ein.»

«Wirst du jetzt schon wieder traurig?» sagte Aquilino. «Ich weiß ja, daß die Reise lang ist, aber was willst du, wir müssen vorsichtig sein. Und mach dir keine Sorgen wegen San Pablo, Fushía, ich sag dir doch, ich kenn jemanden von dort.»

«Ich bin halt müde, Mensch. Ist kein Spaß, so herumzurennen, mit mir hast du das große Los gezogen», sagte Doktor Portillo. «Schau nur, wie erschöpft der arme Don Fabio aussieht. Aber jetzt sind wir wenigstens in der Lage, dir Genaueres zu sagen. Nun setz dich aber erst einmal hin, sonst haut's dich um, wenn du die Neuigkeiten hörst.»

«Auf den Plantagen geht's gut, sind sehr hübsch, Señor Reátegui», sagte Fabio Cuesta. «Der Ingenieur ist sehr liebenswürdig. Planiert und gesät hat er bereits. Alle sagen, das Gebiet sei ideal für Kaffee.»

«Was das anlangt, läuft alles normal», sagte Doktor Portillo. «Was nicht mehr klappt, ist das Gummi- und das Ledergeschäft. Überall Banditen, Freundchen.»

«Portillo? Kenn ich nicht, Fushía», sagte Aquilino. «Ist das ein Arzt in Iquitos?»

«Ein Rechtsanwalt», sagte Fushía. «Der, der dem Reátegui all die Prozesse gewonnen hat. Ein eingebildeter Kerl, Aquilino, überheblich.»

«Es ist nicht Schuld der Patrones, Señor Reátegui, ich schwör's Ihnen», sagte Fabio Cuesta. «Die sind am allerwütendsten. Schauen Sie, die sind doch die am meisten Benachteiligten. Die Banditen existieren scheint's wirklich.»

Doktor Portillo hatte ursprünglich auch geglaubt, die Patrones treiben heimlich Handel, Julio, hätten das mit den Banditen nur erfunden, um das Gummi nicht an ihn zu verkaufen. Aber so war's nicht, Tatsache ist, daß sie sich jeden Tag mehr anstrengen müssen, um Ware aufzutreiben, Freundchen, er und Don Fabio hatten überall herumgefragt, nachgeforscht, es sind wirklich Banditen, und Don Fabio hatte sich wie ein Ehrenmann benommen, war vor lauter Reisen krank geworden und hatte ihn trotzdem begleitet, Julio, und es war natürlich nützlich, mit einer Amtsperson im Schlepp aufzutreten, der Gobernador von Santa María de Nieva flößte dort Respekt ein.

«Wenn es sich um Señor Reátegui handelt, ist mir keine

Mühe zu groß», sagte Fabio Cuesta. «Aber auch keine, das wissen Sie, Don Julio. Was mir am meisten leid tut, ist das mit den Banditen, wo's doch so schwierig war, die Patrones zu überzeugen, daß sie an Sie verkaufen sollten, statt an die Bank.»

«Das muß man gesehen haben, wie der mich behandelt hat», sagte Fushía. «Wie hochnäsig. Meinst du, der hätte mich in Iquitos auch nur ein einziges Mal zu sich eingeladen. Du kannst dir nicht vorstellen, wie ich diesen Rechtsverdreher gehaßt hab, Aquilino.»

«Immer nur Haß, Fushía», sagte Aquilino. «Da geht irgendwas nicht so, wie du willst, und schon hast du Haß auf jemand. Dafür wird dich Gott auch strafen.»

«Noch mehr?» sagte Fushía. «Der hat mich schon gestraft, ehe ich überhaupt etwas angestellt hatte, Alter.»

«In der Garnison von Borja haben sie uns sehr geholfen», sagte Doktor Portillo. «Haben uns Führer, Lotsen mitgegeben. Mußt dich beim Coronel bedanken, Julio, schreib ihm ein paar Zeilen.»

«Ein reizender Mensch, dieser Coronel, Señor Reátegui», sagte Fabio Cuesta. «Sehr entgegenkommend, sehr dynamisch.»

Sie konnten gegen die Banditen vorgehen, sobald sie aus Lima den Befehl dazu erhielten, Freund, das beste wäre, wenn Reátegui einen Sprung in die Hauptstadt machte und alles veranlaßte, damit die Soldaten eingriffen, dann käme alles in Ordnung. Und ob, Mensch, freilich war das der Mühe wert.

«Wir haben es nicht glauben wollen, Señor Reátegui», sagte Fabio Cuesta. «Aber alle Patrones haben uns dasselbe gesagt und Stein und Bein darauf geschworen. Das haben sie doch nicht vorher absprechen können.»

Die Sache war einfach so: wenn die Patrones bei den Stämmen auftauchten, war nichts da, kein Gummi und keine Häute, bloß Nacktärsche, die heulten und schimpften, man hat uns bestohlen, man hat uns bestohlen, Banditen, Teufel und so weiter.

«Mit Don Fabio, das war der Gobernador von Santa María de Nieva, und mit Soldaten aus Borja ist er den Santiago hinaufgefahren», sagte Fushía. «Vorher waren sie noch bei den Aguarunas, bei den Achuales auch, um sich zu erkundigen.»

«Aber ich bin ihnen doch auf dem Marañón begegnet», sagte Aquilino. «Hab ich dir das nicht erzählt? Zwei Tage lang bin ich mit ihnen gefahren. Auf meiner zweiten oder dritten Reise zur Insel. Und Don Fabio und der andere, wie heißt er? Portillo?

haben mir ein Loch in den Bauch gefragt, und ich hab schon gesagt, jetzt ist's aus, Aquilino. Angst hab ich gehabt!»

«Schade, daß sie nicht gekommen sind», sagte Fushía. «Was der Rechtsverdreher wohl für ein Gesicht gemacht haben würde, wenn er mich gesehen hätt, und was er diesem Hund von Reátegui alles erzählt hätte! Und Don Fabio, Alter, was macht der? Lebt er noch?»

«Ja, ist immer noch Gobernador in Santa María de Nieva», sagte Aquilino.

«So dumm bin ich nicht», sagte Doktor Portillo. «Als erstes hab ich gedacht, wenn's nicht die Patrones sind, sind's die Nacktärsche, machen dieselben Scherze wie die in Urakusa, das mit der Genossenschaft. Darum sind wir ja zu den Stämmen gefahren. Aber die Nacktärsche waren's auch nicht.»

«Die Weiber haben uns heulend empfangen, Señor Reátegui», sagte Fabio Cuesta. «Denn die Banditen haben nicht nur den Kautschuk, die Lechecaspi [8] und die Häute mitgenommen, sondern auch die jungen Mädchen, versteht sich.»

Der Gedanke war nicht schlecht, Freundchen: Reátegui schoß den Patrones Geld vor, die Patrones schossen es den Nacktärschen vor, und sobald die Nacktärsche mit dem Gummi und den Häuten aus dem Urwald zurückkamen, fielen diese Saukerle über sie her und klauten ihnen alles. Ohne einen Centavo investiert zu haben, Freund, war das etwa kein Geschäft? er sollte eben nach Lima fahren und etwas in die Wege leiten, Julio, und je früher, desto besser.

«Warum hast du dich immer auf schmutzige und gefährliche Geschäfte eingelassen?» sagte Aquilino. «Das ist schon fast eine Manie von dir, Fushía.»

«Alle Geschäfte sind schmutzig, Alter», sagte Fushía. «Was mir gefehlt hat, war eben ein kleines Anfangskapital, wenn du Geld hast, kannst du ohne Gefahr die übelsten Geschäfte machen.»

«Wenn ich dir nicht geholfen hätt, wär dir nichts anderes übriggeblieben, als nach Ecuador zu gehen», sagte Aquilino. «Weiß nicht, warum ich dir geholfen hab. Mit dir hab ich schreckliche Jahre verlebt. Immer in Angst, Fushía, immer das Herz in der Hose.»

«Du hast mir geholfen, weil du ein anständiger Kerl bist», sagte Fushía. «Der Beste, den ich je kennengelernt hab. Wenn ich reich wär, würd ich dir all mein Geld hinterlassen, Alter.»

«Aber du bist's nicht und wirst's auch nie», sagte Aquilino. «Und was würd mir dein Geld jetzt nützen, wo ich jeden Moment sterben kann. Darin sind wir uns ein wenig ähnlich, Fushía, wir kratzen so arm ab, wie wir auf die Welt gekommen sind.»

«Es gibt schon eine ganze Legende über die Banditen», sagte Doktor Portillo. «Sogar in den Missionen hat man uns davon erzählt. Aber die Mönche und die Nonnen wissen auch nicht viel.»

«In einem Aguarunadorf vom Cenepa hat uns eine Frau erzählt, sie hätte sie gesehen», sagte Fabio Cuesta. «Und daß Huambisas darunter gewesen seien. Aber ihre Aussagen haben uns nicht viel genützt. Sie wissen ja, Señor Reátegui, die Nacktärsche.»

«Daß Huambisas darunter sind, ist Tatsache», sagte Doktor Portillo. «Das bestätigen alle, sie haben sie an der Sprache und an der Aufmachung erkannt. Aber die Huambisas machen nur aus Rauflust mit, du weißt ja, wie gern die Krieg führen. Nur ist auf keine Weise herauszubekommen, wer die Weißen sind, die sie anführen. Es heißt, es seien zwei oder drei.»

«Einer davon ist *serrano*, Don Julio», sagte Fabio Cuesta. «Das haben uns die Achuales verraten, die radebrechen ein bißchen Quechua.»

«Aber auch wenn du's nicht zugeben willst, Fushía, du hast Glück gehabt», sagte Aquilino. «Sie haben dich nie erwischt. Ohne diese Mißgeschicke hättest du dein ganzes Leben auf der Insel zubringen können.»

«Das verdank ich den Huambisas», sagte Fushía. «Nach dir waren sie es, die mir am meisten geholfen haben, Alter. Und jetzt siehst du ja, wie ich's ihnen vergolten hab.»

«Aber dafür gibt's doch mehr als genug Gründe, es war weder in ihrem noch in deinem Interesse, daß du noch länger auf der Insel bliebst», sagte Aquilino. «Du bist seltsam, Fushía. Da machst du dir Vorwürfe, weil du Pantacha und die Huambisas im Stich gelassen hast; die schlimmen Dinge dagegen, die du angestellt hast, kommen dir nicht schlimm vor.»

Das war ebenfalls eindeutig nachgewiesen, Freund: die Gummiankäufe in der Gegend hatten nicht nachgelassen, in Bagua hatten sie sogar zugenommen, obwohl sie selbst nicht einmal mehr halb so viel wie vorher verkauften. Denn die Banditen waren sehr schlau, Señor Reátegui, wußte er was sie machten?

Sie verkauften weit entfernt von den Überfallstellen, sicherlich über Mittelsmänner. Was konnte es ihnen auch ausmachen, das Gummi spottbillig zu verscheuern, wo sie es doch gratis kriegten. Nein, nein, Freund, die Verwalter der Hypothekenbank hatten keine neuen Gesichter gesehen, die Lieferanten waren die üblichen. Das stellten sie klug an, die Gauner, ließen sich auf kein Risiko ein. Hatten wahrscheinlich ein paar Patrones gefunden, die ihnen die geraubten Waren zu niedrigen Preisen abnahmen, und die verkauften sie dann an die Bank, und da man sie dort kannte, war keine Kontrolle möglich.

«War das der Mühe wert, sich solchen Gefahren auszusetzen wegen solch geringem Gewinn?» sagte Aquilino. «Ehrlich gesagt, Fushía: ich glaub nicht.»

«Aber daran war nicht ich schuld», sagte Fushía. «Ich hab nicht so arbeiten können wie die andern, hinter denen war nicht die Polizei her, ich hab jedes Geschäft annehmen müssen, das mir unter die Finger gekommen ist.»

«Jedesmal wenn sie von dir geredet haben, ist mir der kalte Schweiß ausgebrochen», sagte Aquilino. «Was die nicht alles mit dir gemacht hätten, wenn dich die von den Stämmen erwischt hätten. Aber vielleicht wär's schlimmer gewesen, wenn dich die Patrones geschnappt hätten. Ich weiß nicht, wer mehr Wut auf dich gehabt hat.»

«Eines noch, Alter, von Mann zu Mann», sagte Fushía. «Jetzt kannst du's mir ruhig sagen: Hast du dir nie dein Teil davon einbehalten?»

«Nicht einen einzigen Centavo», sagte Aquilino. «Ich geb dir mein Wort darauf.»

«Nicht zu glauben, Alter», sagte Fushía. «Ich weiß schon, daß du mich nicht anlügst, aber es will mir einfach nicht in den Kopf, Ehrenwort. Ich hätt das für dich nicht getan, weißt du.»

«Weiß ich doch», sagte Aquilino. «Du hättest mir noch die Seele gestohlen.»

«Wir haben bei allen Polizeistationen des Gebiets Anzeige erstattet», sagte Doktor Portillo. «Aber das nützt so viel wie gar nichts. Du mußt nach Lima fliegen, Julio, damit die Truppen eingreifen. Das wird ihnen einen großen Schrecken einjagen.»

«Der Coronel meinte, er würde nur zu gern helfen, Señor Reátegui», sagte Fabio Cuesta. «Er erwartete nur die Befehle. Und ich werde in Santa María de Nieva auch helfen, wo's nur geht. Übrigens denken alle gern an Sie zurück, Don Julio.»

«Warum geht's nicht mehr weiter?» sagte Fushía. «Es ist doch noch nicht Nacht.»

«Weil ich müde bin», sagte Aquilino. «An der Uferlichtung dort wollen wir uns schlafen legen. Außerdem, schau den Himmel an: gleich fängt's zu regnen an.»

Im äußersten Norden der Stadt gibt es eine kleine Plaza. Sie ist sehr alt, und einst waren ihre Bänke aus poliertem Holz mit glänzenden Beschlägen. Der Schatten einiger schlanker Algarrobabäume fiel darüber, und in seinem Schutz erwarteten die alten Leute aus der Umgebung die Hitze des Vormittags, schauten den Kindern zu, die sich rund um den Springbrunnen tummelten: eine Schale aus Stein und in der Mitte, auf Zehenspitzen, die Hände hochgehoben, als wollte sie wegfliegen, eine in Schleier gehüllte Frau, aus derem Haar das Wasser sprudelte. Jetzt sind die Bänke rissig, ist das Becken leer, das Antlitz der schönen Frau von einer Narbe gespalten, und die Algarrobas hängen sterbend an sich selbst herab.

Auf dieser kleinen Plaza pflegte Antonia zu spielen, wenn die Quirogas in die Stadt kamen. Sie lebten auf der Hazienda ‹La Huaca›, einer der größten in der Provinz Piura, ein Meer am Fuß der Anden. Zweimal im Jahr, zu Weihnachten und zur Juni-Prozession, reisten die Quirogas in die Stadt und schlugen ihren Wohnsitz in der großen Backsteinvilla an der Ecke dieser Plaza auf, die heute nach ihnen benannt ist. Don Roberto liebte es, buschige Schnurrbärte zu tragen, kaute beim Sprechen bedächtig daran und hatte aristokratische Manieren. Die aggressive Sonne in jenem Landstrich hatte die Züge Doña Lucías, einer blassen, zerbrechlichen, sehr gläubigen Frau, verschont: sie selbst wand die Blumenkränze, die sie auf das Traggestell der Jungfrau legte, wenn die Prozession vor der Haustür haltmachte. In der Weihnachtsnacht veranstalteten die Quirogas ein Fest, an dem viele Principales teilnahmen. Da gab es Geschenke für alle Geladenen, und um Mitternacht ergoß sich ein Regen von Münzen aus den Fenstern auf die Bettler und Landstreicher, die auf der Straße zusammenströmten. In Schwarz gekleidet, geleiteten die

Quirogas die Prozession, all die vier zähen Stunden lang, durch die Stadtteile und Vororte. Antonia führten sie an der Hand, ermahnten sie diskret, wenn sie die Litaneien vernachlässigte. Während ihres Aufenthalts in der Stadt pflegte Antonia schon früh auf der kleinen Plaza zu erscheinen und spielte mit den Kindern aus der Nachbarschaft Räuber und Gendarm, Pfänderspiele, kletterte an den Algarrobabäumen hoch, warf Erdbrocken auf die Frau aus Stein oder badete nackt wie ein Fisch im Springbrunnen.

Wer war dieses Kind, warum protegierten es die Quirogas? Eines Tages brachten sie es im Juni von ‹La Huaca› mit, noch ehe es sprach, und Don Roberto erzählte eine Geschichte, die nicht jeden überzeugte. Die Hunde der Hazienda hätten angeblich eines Nachts gebellt, und als er beunruhigt auf den Vorplatz hinaustrat, habe er das Mädchen in Tücher gehüllt auf dem Boden entdeckt. Die Quirogas hatten keine Kinder, und die habsüchtigen Verwandten rieten, die Kleine ins Waisenhaus zu schicken, einige erboten sich, sie als Pflegekind aufzuziehen. Aber Doña Lucía und Don Roberto folgten den Ratschlägen nicht, schlugen auch die Angebote aus. Selbst das Getuschel schien ihnen nichts auszumachen. Eines Morgens, mitten bei einer Partie Rocambor im Centro Piurano, erklärte Don Roberto zerstreut, sie hätten beschlossen, Antonia zu adoptieren.

Es kam aber nicht dazu, denn an jenem Jahresende kamen die Quirogas nicht nach Piura. Das war noch nie passiert: die Leute wurden unruhig. Besorgt, es könne ihnen etwas zugestoßen sein, brach am fünfundzwanzigsten Dezember ein Trupp Reiter gen Norden auf.

Zehn Kilometer von der Stadt entfernt fanden sie sie, dort, wo der Sand die Spuren verwischt und jede Markierung auslöscht und nichts als Trostlosigkeit und Bruthitze herrschen. Die Bandoleros hatten die Quirogas brutal niedergemacht und ihnen die Kleider vom Leib gerissen, die Garderobe, die Pferde, das Gepäck geraubt, auch die beiden Diener lagen tot da, in ihren stinkenden Wunden wimmelte es von Würmern. Die Sonne fraß immer noch an den nackten Kadavern, und die Reiter mußten mit Gewehrfeuer die Aasgeier vertreiben, die an der Kleinen herumhackten. Da entdeckten sie, daß sie noch lebte.

«Warum ist sie nicht gestorben?» sagten die Piuraner. *«Wie ist sie nur am Leben geblieben, wo sie ihr doch die Zunge und die Augen ausgerissen haben?»*

«Schwer zu sagen», antwortete Doktor Pedro Zevallos und

schüttelte verwundert den Kopf. *«Vielleicht haben die Sonne und der Sand die Wunden vernarben lassen und verhindert, daß sie verblutete.»*

«Die Vorsehung», behauptete Padre García. *«Der unerforschliche Ratschluß Gottes.»*

«Ein Leguan wird daran geleckt haben», sagten die Hexenmeister der Ranchos. *«Sein grüner Speichel verhindert nicht nur Frühgeburten, er trocknet auch Wunden.»*

Die Bandoleros wurden nicht entdeckt. Die besten Reiter suchten die Wüste ab, die fähigsten Fährtensucher durchkämmten die Wälder, die Höhlen, gelangten bis zu den Bergen von Ayabaca, ohne sie aufzustöbern. Immer wieder rüsteten der Präfekt, die Guardia Civil, die Armee Expeditionen aus, die entlegensten Dörfer und Weiler durchsuchten. Alles umsonst.

Aus allen Richtungen strömten die Menschen herbei und schlossen sich dem Trauerzug hinter den Särgen der Quirogas an. An den Balkonen der Principales hing schwarzer Flor, und der Bischof und die Behördenvertreter waren bei der Beerdigung zugegen. Das tragische Ende der Quirogas war in aller Mund, erhielt sich in den Erzählungen und Legenden der Mangaches und der Leute aus der Gallinacera.

‹La Huaca› wurde in viele Parzellen aufgeteilt, und jeder stand ein Verwandter Don Robertos oder Doña Lucías vor. Als Antonia das Hospital verlassen durfte, wurde sie von einer Wäscherin aus der Gallinacera abgeholt, Juana Baura, die den Quirogas gedient hatte. Wenn die Kleine auf der Plaza de Armas auftauchte, ein Stöckchen in der Hand, um nicht über Hindernisse zu stolpern, liebkosten die Frauen sie, schenkten ihr Süßigkeiten, die Männer hoben sie aufs Pferd und ritten mit ihr am Fluß spazieren. Einmal erkrankte sie, und Chápiro Seminario und andere Hacendados, die in der ‹Estrella del Norte› beim Schnaps saßen, zwangen die Stadtkapelle, sich mit ihnen zur Gallinacera zu begeben und vor der Hütte der Juana Baura den Zapfenstreich zu spielen. Am Tag der Prozession ging Antonia unmittelbar hinter der Monstranz, und zwei oder drei Freiwillige bildeten einen Ring um sie, um sie vor dem Gedränge zu schützen. Das Mädchen hatte etwas Fügsames, Scheues an sich, das die Leute rührte.

Sie hatten sie schon gesehen, *mi capitán*, der Cabo Roberto Delgado deutet hinauf zum Rand des Abhangs, waren schon gegangen, die andern zu warnen: die Motorboote laufen eines nach dem andern auf, die elf Männer springen ans Ufer, zwei Soldaten machen die Barkassen an einigen Felsblöcken fest, Julio Reátegui trinkt einen Schluck aus seiner Feldflasche, Capitán Artemio Quiroga zieht das Hemd aus, der Schweiß rinnt ihm von den Schultern, über den Rücken, und er wringt es aus, Don Julio, in dieser verfluchten Hitze würde ihnen noch das Hirn eintrocknen. Moskitoschwärme fallen über die Gruppe her und oben hört man Hundegebell: da kamen sie, *mi capitán*, er sollte hinaufschauen. Alle heben den Blick: Staubwolken und viele Köpfe sind am Rand des Abhangs aufgetaucht. Einige Gestalten mit blassen Oberkörpern gleiten bereits den sandigen Steilhang herab und, zwischen den Beinen der Urakusas, hüpfen lärmende Hunde hin und her, die Schwänze hochgestellt. Julio Reátegui wendet sich den Soldaten zu, los, sie sollten ihnen zuwinken und Sie, Cabo, senken Sie den Kopf, stellen Sie sich in den Hintergrund, damit man ihn nicht erkannte, und der Cabo Roberto Delgado, ja Señor Gobernador, er hatte ihn schon gesehen, der da drüben war Jum, *mi capitán*. Die elf Männer winken und einige lächeln. Immer mehr Urakusas kommen den Hang herunter; sie gleiten fast in der Hocke herab, gestikulieren, kreischen, die Frauen machen am meisten Lärm, und der Capitán, sollten sie sich ihnen entgegenwerfen, Don Julio? er traute dem Ganzen nämlich gar nicht. Nein, kommt nicht in Frage, Capitán, sah er nicht, wie fröhlich sie angerutscht kamen? Julio Reátegui kannte sie, sie sollten ihn nur machen lassen, das Wichtige war, ihnen den Schneid abzukaufen. Cabo, welcher war Jum? Der ganz vorne, Señor, der, der die Hand erhoben hielt, und Julio Reátegui, Achtung: die würden wie junge Böcke ausreißen, Capitán, daß ihnen ja nicht alle entwischten, und ganz besonders Jum im Auge behalten. Am Knick des Abhangs zusammengeballt, auf einem schmalen Streifen ebener Erde, halb nackt, genauso aufgeregt wie die Hunde, die umhertollen, mit den Schwänzen wedeln und bellen, blicken die Urakusas die Expeditionäre an, deuten auf sie, flüstern. In die Ausdünstungen des Flusses, der Erde und der Bäume mischt sich jetzt ein Geruch nach Menschen, nach mit Achiote tätowierter Haut. Die Urakusas schlagen sich rhythmisch auf die Arme, die Brust und plötzlich überquert einer den staubigen Streifen, der war es, *mi capitán*, der da, und kommt stämmig und energisch auf den Uferrand zu. Die übrigen folgen, und Julio Reátegui, er war der Gobernador von Santa María de Nieva, Dolmetscher, und war gekommen, um mit ihm zu sprechen. Ein Soldat tritt vor, grunzt und gestikuliert unbefangen, die Urakusas bleiben stehen. Der Stämmige nickt, beschreibt mit der Hand langsam eine kreisförmige Linie, bedeutet den Expeditionären, näher zu kommen, die folgen der Aufforderung, und Julio Reátegui: Jum von Urakusa? Der Stämmige breitet die Arme aus, Jum! holt Atem: sind Piruaner! Der Capitán und die Soldaten sehen einander an, Julio Reátegui nickt, macht noch einen Schritt auf Jum zu, beide stehen einen Meter voneinander entfernt. Ohne Hast, die Augen ruhig auf dem Urakusa, macht Julio Reátegui die Taschenlampe los, die an seinem Gürtel hängt, umspannt sie fest mit der Hand, hebt sie langsam hoch, Jum streckt die Hand aus, um sie entgegenzunehmen, Reátegui schlägt zu: Schreie, Rennen, Staub, der alles einhüllt, die Stentorstimme des Capitán. Inmitten des Geheuls und der Staubwolken rennen ockerfarbene und grüne Leiber, fallen hin, stehen auf, und wie ein versilberter Vogel schlägt die Stablampe zu, ein-, zwei-, dreimal. Dann klärt der Wind den Strand, vertreibt die Staubwolke, trägt die Schreie davon. Die Soldaten haben sie umringt, die Gewehre auf einen Tausendfüßler aus aneinandergedrängten, sich aneinander klammernden, miteinander verflochtenen Urakusas gerichtet. Ein kleines Mädchen umklammert schluchzend die Beine Jums, und der bedeckt das Gesicht mit den Händen, zwischen den Fingern hindurch spähen seine Augen nach den Soldaten, nach Reátegui, nach dem Capitán, und die Wunde an seiner Stirn hat zu bluten begonnen. Capitán Quiroga läßt seinen Revolver um einen Finger kreisen, Gobernador, hatte er gehört, was der geschrien hatte? Piruaner sollte Peruaner heißen, nicht? Und Julio Reátegui konnte sich vorstellen, wo der Bursche das Wörtchen aufgegabelt hatte, Capitán: am besten wär's, sie nach oben zu treiben, im Dorf wären sie besser dran als hier, und der Capitán ja, da gäb's weniger Schnaken: haben Sie gehört, Dolmetscher, befehlen Sie es ihnen, sie sollen hinaufklettern. Der Soldat schnalzt und gestikuliert, der Kreis öffnet sich, der Tausendfüßler setzt sich schwerfällig und kompakt in Bewegung, wieder steigen Staubwölkchen auf. Der Cabo Roberto Delgado fängt an zu lachen: er hatte ihn schon erkannt, *mi capitán*, am liebsten würde er ihn mit Blicken durchbohren. Und der Capitán, dieser Jum auch nach oben, Cabo, worauf wartet der denn? Der Cabo gibt Jum einen Stoß und der setzt sich sehr steif in Bewegung, die Hände immer noch vor dem Gesicht. Die Kleine hat seine Beine nicht losgelassen, behindert seine Schritte und der Cabo packt sie bei den Haaren, hau ab, versucht, laß los, sie vom Kaziken zu trennen, und sie widersetzt sich, kratzt, quietscht wie ein Äffchen, Scheiße, der Cabo schlägt sie mit der offenen Hand, und Julio Reátegui, was ist denn, *carajo*: wie konnte er ein Kind so behandeln, *carajo*? mit welchem Recht, *carajo*? Der Cabo läßt sie los, Señor, er wollte sie nicht schlagen, nur machen, daß sie Jum losließe, er sollte nicht wütend werden, Señor, und außerdem hatte sie ihn gekratzt.

«Man hört schon die Arpa», sagte Lituma. «Oder träum ich, ihr Unbezwingbaren?»

«Wir alle hören sie, Vetter», sagte José. «Oder wir alle träumen.»

Der Affe lauschte, den Kopf schräg, die Augen weit geöffnet und voller Bewunderung.

«Ein Künstler! Oder will jemand behaupten, er sei nicht der Größte?»

«Nur schade, daß er schon so alt ist», sagte José. «Seine Augen wollen nicht mehr, Vetter. Er geht nirgends mehr allein hin, der Jüngling und der Bulle müssen ihn am Arm führen.»

Das Haus der Chunga befindet sich hinter dem Stadion, kurz bevor man zu dem freien Feld kommt, das die Stadt von der Grau-Kaserne trennt, nicht weit vom Gelände des Stoßverkehrs. Dort, inmitten von verdorrtem Gras und weicher Erde, unter den knotigen Zweigen der Algarrobabäume, legen sich im Morgengrauen und bei Sonnenuntergang die betrunkenen Soldaten auf die Lauer. Zu mehreren überfallen sie dann die Wäscherinnen, die vom Fluß zurückkommen, die Dienstmädchen aus dem Buenos Aires-Viertel, die zum Markt gehen, werfen sie in den Sand, stülpen ihnen die Röcke über den Kopf, zerren die Beine auseinander, ficken sie einer nach dem andern und fliehen. Die Piuraner sagen, das Opfer sei überfahren worden, den Vorgang nennen sie Stoßverkehr, und den daraus resultierenden Sprößling nennen sie Verkehrsunfall, Verkehrsöpferchen, Siebensamen.

«Verdammt sei der Tag, wo ich mich in den Urwald gemeldet

hab», sagte Lituma. «Wenn ich hiergeblieben wäre, hätt ich die Lira geheiratet und wär ein glücklicher Mensch.»

«So glücklich auch wieder nicht, Vetter», sagte José. «Wenn du sähst, wie die Lira jetzt aussieht.»

«Eine Milchkuh», sagte der Affe. «Einen Wanst wie eine große Trommel.»

«Und wirft wie ein Kaninchen», sagte José. «Hat mindestens schon zehn Bamsen.»

«Hure die eine, die andere eine Milchkuh», sagte Lituma. «Was für ein Glück mit den Weibern, Unbezwingbarer.»

«Schwager, du hast's versprochen, und jetzt hältst du dich nicht dran», sagte Josefino. «Die Sache ist begraben. Wenn nicht, gehen wir nicht mit dir zur Chunga. Du wirst doch keine Geschichten machen, oder?»

«Still wie ein Eunuch werd ich sein, Ehrenwort», sagte Lituma. «Ich hab nur gescherzt, nichts weiter.»

«Du weißt doch, daß du bei der geringsten Kleinigkeit erledigt bist, Bruderherz», sagte Josefino. «Wo du doch vorbestraft bist, Lituma. Die sperren dich gleich wieder ein, und wer weiß, wie lange diesmal.»

«Was für Sorgen du dir um mich machst, Josefino», sagte Lituma.

Zwischen dem Stadion und dem freien Feld, einen halben Kilometer von der Autostraße entfernt, die von Piura wegführt und sich dann in zwei schnurgerade schwarze, die Wüste durchquerende Bänder gabelt, eines in Richtung Paita, das andere in Richtung Sullana, befindet sich eine Ansammlung von Hütten aus Adobe, Dosenblech und Pappe, eine Vorstadtsiedlung, die weder so viele Jahre wie die Mangachería noch deren Umfang aufweist, ärmer als die ist, unbeständiger, und dort erhebt sich, einzigartig und zentral wie eine Kathedrale, das Haus der Chunga, auch das Grüne Haus genannt. Hoch, solid steht es da, seine Ziegelmauern und sein Wellblechdach sind vom Stadion aus zu sehen. Samstag abends, während der Boxkämpfe, können die Zuschauer die Tschinellen des Bullen, die Arpa Don Anselmos, die Gitarre des Jünglings Alejandro hören.

«Ich schwör dir, daß ich sie gehört hab, Affe», sagte Lituma. «Ganz deutlich, das Herz hat's einem zerrissen. So deutlich wie ich sie jetzt hör, Vetter.»

«Da haben sie dir wohl das Leben sauer gemacht, Vetter, was?» sagte der Affe.

«Ich mein nicht Lima, sondern Santa María de Nieva», sagte Lituma. «Nächte wie der Tod, Vetter, wenn ich Wache hatte. Keiner, mit dem man hätte reden können. Die Jungens haben geschnarcht, und mit einemmal hab ich weder die Kröten noch die Grillen mehr gehört, nur noch die Arpa. In Lima hab ich sie nie gehört.»

Die Nacht war frisch und hell, im Sand zeichneten sich hier und da die verrenkten Silhouetten der Algarrobabäume ab. Sie schritten in einer Linie dahin, Josefino rieb sich die Hände, die Leóns pfiffen, und Lituma, der mit gesenktem Kopf ging, die Hände in den Taschen, hob mitunter den Kopf und prüfte mit einer Art Raserei den Himmel.

«Um die Wette, wie damals, als wir noch Buben waren», sagte der Affe. «Eins, zwei, drei.»

Wie aus der Pistole geschossen sauste er davon, seine kleine, affenartige Gestalt verschwand im Dunkeln. José ging unsichtbaren Hindernissen aus dem Weg, raste plötzlich los, preschte davon und kam wieder zurück, baute sich vor Lituma und Josefino auf: «Rohrschnaps ist nobel und Pisco Betrug», brüllte er. «Und wann singen wir die Hymne?»

Schon nahe beim Slumviertel stießen sie auf den Affen, der auf dem Rücken lag und keuchte wie ein Ochse. Sie halfen ihm auf.

«Gleich zerplatzt mir das Herz, Scheiße, nicht zu glauben.»

«Man wird älter, Vetter», sagte Lituma.

«Aber hoch lebe die Mangachería», sagte José.

Das Haus der Chunga ist ein Würfel und hat zwei Türen. Die große führt in den quadratischen, geräumigen Tanzsaal, dessen Wände über und über bekritzelt sind mit Namenszügen und Emblemen: Herzen, Pfeile, Brüste, weibliche Geschlechtsorgane wie Halbmonde, Glieder, die sie durchstoßen. Auch Fotos von Künstlern, Boxern und Modellen, ein Wandkalender, eine panoramische Ansicht der Stadt. Die andere, ein kleines und schmales Türchen, führt zur Bar, vom Tanzboden durch eine Theke aus Holzbrettern getrennt, hinter der sich die Chunga, ein Schaukelstuhl mit Strohgeflecht und ein Tisch voller Flaschen, Gläser und Tonkrüge befinden. Und der Bar gegenüber, in einer Ecke, sitzen die Musikanten. Don Anselmo, auf einem Hocker, benutzt die Wand als Rückenlehne und hält die Arpa zwischen die Beine geklemmt. Er hat eine Brille auf, die Haare hängen ihm in die Stirn, zwischen den Knöpfen seines Hemdes, am Kragen und aus den Ohren lugen graue Haarbüschel hervor. Der, der die Gitarre spielt und dessen Stimme so prächtig klingt, ist der Scheue, der Lakonische, der Jüngling Alejandro, der nicht nur Musikant, sondern auch Komponist ist. Der, der auf dem Stuhl mit Rohrsitz hockt und eine Trommel und Tschinellen bearbeitet, am wenigsten Künstler ist, der muskulöseste der drei, der ist der Bulle, ein ehemaliger Lastwagenfahrer.

«Umarmt mich nicht so, keine Angst», sagte Lituma. «Ich tu doch gar nichts, ihr seht doch. Schau mich nur nach ihr um. Was ist schon dabei, wenn ich sie mir ansehen will. Laßt mich los.»

«Sie wird schon gegangen sein, Vetterchen», sagte der Affe. «Kann dir doch egal sein. Denk an was anderes. Komm, wir wollen feiern, deine Rückkehr feiern.»

«Ich tu doch nichts», wiederholte Lituma. «Mir fällt nur alles wieder ein. Warum haltet ihr mich so fest, Unbezwingbare?»

Sie standen auf der Schwelle zum Tanzboden, unter dem zähen Licht, das aus drei in blaues, grünes und violettes Zellophan gehüllten Lämpchen quoll, vor einer dichtgedrängten Menge von Paaren. Undeutliche Gruppen ballten sich in den Ecken, aus denen Stimmen, Gelächter, das Anstoßen von Gläsern herüberdrang. Eine unbewegliche, transparente Rauchschwade schwebte zwischen der Decke und den Köpfen der Tanzenden, und es roch nach Bier, Schweiß und schwarzem Tabak. Lituma stand schwankend da. Josefino hielt ihn immer noch am Arm, die Leóns dagegen hatten ihn losgelassen.

«Welcher Tisch war's denn, Josefino? Der da?»

«Genau der, Bruderherz. Aber das ist längst vorbei, jetzt fängst du ein neues Leben an, denk nicht mehr dran.»

«Geh und begrüß Don Anselmo, Vetter», sagte der Affe. «Und den Jüngling und den Bullen, sie denken oft mit Freude an dich.»

«Aber ich seh sie nicht», sagte Lituma. «Warum versteckt sie sich vor mir, ich will ihr doch nichts tun, sie nur anschauen.»

«Laß mich machen, Lituma», sagte Josefino. «Mein Wort, ich bring sie dir. Aber du mußt dein Versprechen halten: die Sache ist begraben. Geh und begrüß den Alten. Ich such sie inzwischen.»

Das Orchester hatte zu spielen aufgehört, die Paare auf der Tanzfläche bildeten jetzt eine kompakte, reglose und zischende Masse. An der Bar schimpfte jemand laut schreiend. Lituma kämpfte sich zu den Musikanten durch, Don Anselmo meines Herzens, die Arme ausgebreitet, Alter, Freund, begleitet von den Leóns, erinnern Sie sich nicht mehr an mich?

«Er sieht dich doch nicht, Vetter», sagte José. «Sag ihm, wer du bist. Raten Sie, Don Anselmo.»

«Was!» Die Chunga stand blitzschnell auf, und der Schaukelstuhl wackelte weiter. «Der Sargento? Hast du den mitgebracht?»

«War nichts zu machen, Chunga», sagte Josefino. «Er ist heut angekommen und hat stur darauf bestanden, wir haben ihn nicht gut anbinden können. Aber er weiß es schon, und es ist ihm scheißegal.»

Lituma lag in den Armen Don Anselmos, der Jüngling und der Bulle gaben ihm Klapse auf den Rücken, alle drei redeten gleichzeitig, und man konnte sie von der Bar aus hören, aufgeregt, überrascht, gerührt. Der Affe hatte sich hinter die Tschinellen gesetzt und brachte sie zum Klingen, und José betrachtete die Arpa.

«Sonst ruf ich die Polizei», sagte die Chunga. «Bring ihn augenblicklich raus!»

«Aber er ist doch völlig besoffen, Chunga, kann sich nur mit Müh und Not aufrecht halten, siehst du das nicht?» sagte Josefino. «Wir kümmern uns schon um ihn. Es gibt keinen Ärger, Ehrenwort.»

«Ihr seid mein Unglück», sagte die Chunga. «Vor allem du, Josefino. Aber das vom letztenmal wird sich nicht wiederholen, ich schwör, ich ruf die Polizei.»

«Es passiert nichts, Chunguita», sagte Josefino. «Ehrenwort. Ist die Selvática oben?»

«Wo soll sie sonst sein?» sagte die Chunga. «Aber wenn's Ärger gibt, mach ich dich zur Sau, das schwör ich dir.»

II

«Hier fühl ich mich wohl, Don Adrián», sagte der Sargento. «So sind die Nächte in meiner Heimat. Lau und ganz hell.»

«Es gibt eben nichts Schöneres als die Montaña», sagte Nieves. «Paredes war voriges Jahr in der Sierra und ist zurückgekommen und hat gesagt, es sei traurig dort, kein einziger Baum, nur Steine und Wolken.»

Der Mond stand sehr hoch und beleuchtete die Terrasse, und am Himmel und auf dem Fluß glitzerten viele Sterne; hinter dem Urwald, einem Damm aus Schatten, waren die Vorgebirge der Kordillere veilchenblaue Massen. Zwischen den Binsen und Farnen am Fuß der Cabaña plätscherten die Frösche, und aus dem Innern war die Stimme Lalitas zu hören, das Knistern aus dem Herd. Von den Äckern her drang das wütende Bellen der Hunde: sie rauften um die Ratten, Sargento, wenn er sehen könnte, wie sie die jagten. Legten sich unter die Bananenstauden und taten, als schliefen sie, und sobald sich ihnen eine näherte, bum, ging's ihr an den Kragen. Der Lotse hatte es ihnen beigebracht.

«In Cajamarca essen die Leute Cuyes», sagte der Sargento. «Setzen sie einem mitsamt den Klauen, Äuglein und dem Schnurrbart vor. Sie sind ganz genau wie die Ratten.»

«Einmal haben Lalita und ich eine sehr lange Reise durch den Urwald gemacht», sagte Nieves. «Da haben wir Ratten essen müssen. Das Fleisch riecht schlecht, aber es ist ganz weich und weiß wie das von einem Fisch. Aquilino hat eine Magenvergiftung bekommen, wär uns beinahe gestorben.»

«Mit Aquilino meinen Sie den Ältesten?» sagte der Sargento. «Den mit den Augen wie ein Chinese?»

«Genau den, Sargento», sagte Nieves. «Und gibt's in Ihrer Heimat viele typische Gerichte?»

Der Sargento legte den Kopf zurück, ah, Don Adrián, einige Sekunden verharrte er verzückt, wenn er in so eine Garküche der Mangaches gehen und ein Seco de chabelo kosten könnte. Er würde vergehen vor Entzücken, Ehrenwort, auf der ganzen Welt gab's nichts, was so gut schmeckte und der Lotse Nieves nickte: es gab nichts Schöneres als die Heimat. Hatte der Sargento nicht mitunter Lust, nach Piura zurückzukehren? Doch, jeden Tag, aber wenn man arm war, konnte man eben nicht tun, wozu man Lust hatte, Don Adrián: und er war hier geboren, in Santa María de Nieva?

«Weiter unten», sagte der Lotse. «Der Marañón ist dort sehr breit, und bei Nebel kann man das andere Ufer nicht sehen. Aber jetzt hab ich mich längst in Nieva eingewöhnt.»

«Das Essen ist fertig», sagte Lalita vom Fenster her. Ihre losen Haare fielen wie ein Wasserfall auf die Fensterbank und ihre robusten Arme schienen feucht zu sein. «Wollen Sie da draußen essen, Sargento?»

«Wenn's keine Mühe ist», sagte der Sargento. «Hier bei Ihnen fühl ich mich so wohl wie in meiner Heimat, Señora. Nur daß unser Fluß viel kleiner ist und nicht einmal das ganze Jahr über Wasser führt. Und an Stelle von Bäumen gibt's Sandhaufen.»

«Dann sieht's da aber gar nicht wie hier aus», lachte Lalita. «Aber in Piura ist's bestimmt auch so hübsch wie hier.»

«Er meint, daß es dort auch so schön warm ist und dieselben Geräusche gibt», sagte Nieves. «Den Frauen bedeutet die Heimat nichts, Sargento.»

«Ich hab nur Spaß gemacht», sagte Lalita. «Sie haben's mir doch nicht übelgenommen, Sargento, oder?»

Aber wie kam sie nur darauf, er hatte Späße gern, die flößten einem Vertrauen ein und apropos, die Señora war aus Iquitos, nicht wahr? Lalita blickte Nieves an, aus Iquitos? und, einen Augenblick lang, zeigte sie ihr Gesicht: Haut wie aus Metall, Schweiß, Pickel. Dem Sargento war's so vorgekommen, wegen der Art, wie sie sprach, Señora.

«Sie ist schon vor vielen Jahren dort weggegangen», sagte Nieves. «Komisch, daß man den Singsang immer noch hört.»

«Das ist, weil ich ein Gehör so fein wie Seide hab, wie alle Mangaches», sagte der Sargento. «Als Junge hab ich sehr hübsch gesungen, Señora.»

Lalita hatte gehört, daß die Leute aus dem Norden gut Gitarre spielten und ein gutes Herz hatten, stimmte das? und der Sargento, klar: keine Frau konnte den Liedern seiner Heimat widerstehen, Señora. Wenn in Piura ein Mann sich verliebte, holte er die Freunde zusammen, alle nahmen ihre Gitarren und das Mädchen wurde mit Serenaden erobert. Es gab große Musikanten, Señora, er selbst hatte viele gekannt, einen Alten, der die Arpa spielte, ein Meister, einen Walzerkomponisten, und Adrián Nieves deutete ins Innere der Cabaña: Lalita, kam die da denn nicht raus? Lalita zuckte mit den Achseln.

«Sie geniert sich, will nicht rauskommen», sagte sie. «Sie hört nicht auf mich. Bonifacia ist wie ein Rehkitz, Sargento, bei allem stellt sie die Ohren auf und kriegt's mit der Angst zu tun.»

«Sie soll wenigstens rauskommen und guten Abend sagen zum Sargento», sagte Nieves.

«Lassen Sie sie nur», sagte der Sargento. «Soll sie drinnen bleiben, wenn sie nicht mag.»

«Es ist nicht so leicht, sich an ein neues Leben zu gewöhnen», sagte Lalita. «War immer nur unter Frauen, und jetzt hat die Arme Angst vor den Männern. Sie sagt, sie seien wie Vipern, das hat sie bestimmt von den Nönnchen gelernt. Jetzt hat sie sich draußen im Feld versteckt.»

«Sie haben nur so lange Angst vor den Männern, bis sie einen haben», sagte Nieves. «Danach ändern sie sich, verschlingen sie mit Haut und Haaren.»

Lalita verschwand im Innern, und einen Augenblick später klang ihre Stimme heraus, ihr ging das nicht so, leicht verärgert, ihr hatten die Männer noch nie Angst eingejagt, und sie verschlang auch keine, an wen hatte er denn dabei gedacht, Adrián? Der Lotse lachte laut auf und neigte sich dem Sargento zu: war eine brave Frau, die Lalita, aber eines war gewiß: sie hatte ihre Eigenarten. Aquilino, klein, sehr schlank, mit heller Haut und schrägen und lebhaften Augen, kam auf die Terrasse heraus, guten Abend, er brachte die Lampe, weil es dunkel war, und stellte sie auf das Geländer. Ihm folgten noch zwei kleine Jungen – kurze Hosen, glattes Haar, barfuß –, sie trugen ein Tischchen. Der Sargento rief sie zu sich, und während er sie kitzelte und mit ihnen lachte, brachten Lalita und Nieves Früchte, geräucherte Fische, Maniok, wie lecker das alles aussah, Señora, einige Flaschen Anisschnaps. Der Lotse teilte den drei Kleinen ihre Portion zu, und sie gingen ab in Richtung auf das Treppchen zum Acker: Ihre Churres sind sehr nett, Don Adrián, so nannte man in Piura die Kinder, Señora, und der Sargento hatte Churres gern, im allgemeinen.

«Prost, Sargento», sagte Nieves. «Ihr Besuch ist uns ein Vergnügen.»

«Bonifacia hat vor allem Angst, aber sie versteht zu arbeiten», sagte Lalita. «Sie hilft mir auf dem Feld und kann kochen. Und näht sehr nett. Haben Sie die Höschen von den Kleinen gesehen? Die hat sie gemacht, Sargento.»

«Aber du mußt ihr zureden», sagte der Lotse. «So, wie sie jetzt ist, so scheu, findet sie nie einen Mann. Sie haben keine Ahnung, Sargento, wie still sie ist, macht den Mund nur auf, wenn man sie fragt.»

«Find ich ganz richtig», sagte der Sargento. «Ich mag Papageien nicht.»

«Dann wird Ihnen Bonifacia sehr gut gefallen», sagte Lalita. «Die bringt's fertig, ein ganzes Leben lang keinen Ton zu sagen.»

«Ich verrat Ihnen ein Geheimnis, Sargento», sagte Nieves. «Lalita möchte Sie mit Bonifacia verheiraten. Sie redet die ganze Zeit davon, deswegen hat sie auch gewollt, daß ich Sie einlad. Passen Sie bloß auf, noch ist Zeit.»

Der Sargento machte ein halb heiteres, halb wehmütiges Gesicht, Señora, er war schon einmal nahe daran gewesen zu heiraten. Das war, als er gerade in die Guardia Civil eingetreten war und eine Frau kennengelernt hatte, die ihn liebte und er sie auch, so ein bißchen. Wie hat sie geheißen? Lira, und was ist passiert? Nichts, Señora, man hatte ihn aus Piura versetzt und Lira wollte nicht mitgehen und auf diese Weise hatte die Liebschaft geendet.

«Bonifacia würde mit ihrem *compañero*[9] überall hingehen», sagte Lalita. «Hier in der Montaña sind wir Frauen so, wir stellen keine Bedingungen. Sie müssen eine von hier heiraten, Sargento.»

«Na, sehen Sie, wenn Lalita sich was in den Kopf setzt, dann läßt sie nicht locker, bis sie's erreicht hat», sagte Nieves. «Die Loretanerinnen sind Gaunerinnen, Sargento.»

«Ach, Sie sind so sympathisch», sagte der Sargento. «In Santa María de Nieva heißt's, die Nieves seien menschenscheu, verkehren mit niemandem. Und doch, während der ganzen Zeit, die ich jetzt hier bin, sind Sie die ersten, die mich zu sich eingeladen haben.»

«Das ist, weil niemand die Guardias mag, Sargento», sagte Lalita. «Schauen Sie, sie sind doch immer so unverschämt. Verderben die jungen Mädchen, liebeln herum, machen sie schwanger und verschwinden.»

«Aber wieso willst du dann Bonifacia mit dem Sargento verheiraten?» sagte Nieves. «Das paßt doch nicht zusammen.»

«Hast du etwa nicht gesagt, daß der Sargento anders ist?» sagte Lalita. «Aber wer weiß, ob das stimmt.»

«Es stimmt, Señora», sagte der Sargento. «Ich bin ein aufrichtiger Mensch, ein Christenmensch, wie man hier sagt. Und ein Freund, wie's keinen zweiten gibt, Sie werden schon sehen. Ich bin Ihnen beiden sehr dankbar, Don Adrián, wirklich, denn ich fühl mich sehr wohl bei Ihnen.»

«Sie können wiederkommen, wann Sie Lust haben», sagte Nieves. «Statten Sie Bonifacia einen Besuch ab. Aber lassen Sie die Finger von Lalita, ich bin sehr eifersüchtig.»

«Und mit Recht, Don Adrián», sagte der Sargento. «Sie sieht so gut aus, die Señora, daß ich auch eifersüchtig wär.»

«Sehr nett von Ihnen, was Sie da sagen, Sargento», sagte Lalita. «Aber ich weiß schon, daß Sie das nur so sagen, ich seh längst nicht mehr gut aus. Früher ja, als junges Mädchen.»

«Aber Sie sind doch immer noch ein junges Mädchen», protestierte der Sargento.

«Jetzt trau ich Ihnen aber nicht mehr», sagte Nieves. «Es ist besser, Sie kommen nicht, wenn ich nicht da bin, Sargento.»

Die Hunde bellten immer noch auf dem Feld, und gelegentlich hörte man die Stimmen der Knaben. Die Insekten schwärmten um die Harzlampe, die beiden Nieves und der Sargento tranken, unterhielten sich, scherzten, Lotse Nieves! die drei wandten sich um nach dem Laubwerk des Flußufers: die Nacht verbarg den Pfad, der nach Santa María de Nieva hinaufführte. Lotse Nieves! Und der Sargento: das war der Fette, wie lästig, was wollte der denn, warum mußte er ihn ausgerechnet jetzt belästigen, Don Adrián? Die drei Jungens stürmten auf die Terrasse. Aquilino ging auf den Lotsen zu und flüsterte ihm etwas ins Ohr: er sollte raufkommen.

«Es scheint, ich muß auf Reisen gehen, Sargento», sagte der Lotse Nieves.

«Er ist bestimmt besoffen», sagte der Sargento. «Den Fetten darf man nicht ernst nehmen, wenn er trinkt, kommt er auf die tollsten Dinge.»

Das Treppchen knarrte, hinter Aquilino tauchten die fülligen Umrisse des Fetten auf, na endlich, Sargento, endlich fand er ihn, der Teniente und die Jungens suchten ihn überall, und er wünschte recht guten Abend.

«Ich hab Ausgang», fauchte der Sargento. «Was wollt ihr von mir?»

«Die Mündel sind gefunden worden», sagte der Fette. «Von einem Trupp Materos, in der Nähe eines Camps, flußaufwärts. Vor ein paar Stunden ist ein Eilbote in der Mission eingetroffen. Eins der Mädchen ist krank, scheint's.»

Der Fette war in Hemdsärmeln, mit dem Képi fächelte er sich Luft zu, und Lalita überfiel ihn jetzt mit Fragen. Der Lotse und der Sargento waren aufgestanden, ja, Señora, widerwärtig, man mußte ausrücken und sie holen, jetzt gleich. Sie würden lieber erst morgen früh aufbrechen, aber die Nonnen hatten Don Fabio und den Teniente überredet, und der Sargento, würden sie noch nachts losziehen? Ja, *mi sargento,* die Nonnen fürchteten, daß die Materos sich die älteren Mädchen vornehmen könnten.

«Die Nönnchen haben recht», sagte Lalita. «Die Armen, so viele Tage im Urwald. Beeil dich, Adrián, los.»

«Was bleibt mir schon anderes übrig?» sagte der Lotse. «Trinken Sie einen Schnaps mit dem Sargento, während ich Benzin in den Bootstank gieße.»

«Das wird mir guttun, danke», sagte der Fette. «Was für ein Leben, nicht wahr, Sargento? Tut mir leid, daß ich Sie alle mitten beim Essen gestört hab.»

«Haben sie alle gefunden?» fragte eine Stimme von der Wand der Cabaña her. Sie sahen hin: eine kurze Mähne, ein undeutliches Profil, der Oberkörper einer Frau am Fenster. Das Licht der Lampe reichte nur spärlich bis dorthin.

«Bis auf zwei», sagte der Fette und neigte sich vor zum Fenster. «Bis auf die aus Chicais.»

«Warum haben sie sie nicht gleich selber zurückgebracht, statt einen Boten zu schicken?» sagte Lalita. «Aber wenigstens haben sie sie gefunden, Gott sei Dank, daß sie sie gefunden haben.»

Aber womit hätten sie sie denn bringen sollen, Señora? und der Fette und der Sargento reckten die Hälse nach dem Fenster, aber der Schatten hatte sich versteckt und man nahm nur noch einen Teil des Gesichts wahr, etwas wie Haare. Auf der andern Seite des Geländers gab Adrián Nieves Anweisungen und man hörte die Jungens im Wasser planschen und hantieren, das Hin und Her in den Binsen. Lalita servierte ihnen Anisschnaps und sie tranken, auf Ihr Wohl, *mi sargento,* und der Sargento, doch wohl lieber auf das der Señora, du Kriecher.

«Kann ich mir vorstellen, daß der Teniente diesen Ausflug auf mich abgeschoben hat», sagte der Sargento. «Ich nehm an, daß nicht ich allein losziehen soll, oder? die Mädchen zu suchen. Wer begleitet mich?»

«Der Knirps und ich», sagte der Fette. «Und eine Nonne geht auch mit.»

«Madre Angélica?» sagte die Stimme von der Hütte her, und sie reckten wieder die Hälse vor.

«Sicherlich, denn Madre Angélica versteht was von Medizin», sagte der Fette. «Damit sie sich um die Kranke kümmern kann.»

«Gebt ihr Chinin», sagte Lalita. «Aber eine Reise reicht nicht, es werden nicht alle ins Boot passen, ihr werdet zwei oder drei machen müssen.»

«Zum Glück scheint der Mond», sagte der Lotse Nieves vom Treppchen her. «In einer halben Stunde bin ich soweit.»

«Geh und sag dem Teniente, daß wir gleich kommen, Fetter», sagte der Sargento.

Der Fette nickte, wünschte gute Nacht und überquerte die Terrasse. Als er am Fenster vorbeikam, zuckte der vage Schatten zurück, verschwand und erschien erst wieder, als der Fette schon pfeifend das Treppchen hinunterging.

«Komm, Bonifacia», sagte Lalita. «Ich werd dich dem Sargento vorstellen.»

Lalita nahm den Sargento beim Arm, führte ihn bis zur Tür, und einige Sekunden später erschienen die Umrisse einer Frau in dem Türrahmen. Der Sargento stand mit ausgestreckter Hand da und betrachtete verwirrt zwei funkelnde Pünktchen, bis ein kleines dunkles Etwas durch den Halbschatten huschte, ein paar Finger die seinen streiften, freut mich, und entwischten: ganz meinerseits, Señorita. Lalita kicherte.

«Ich hab geglaubt, er wär wie du», sagte Fushía. «Jetzt siehst du, Alter, wie schrecklich ich mich geirrt hab.»

«Ich bin auch ein bißchen auf ihn reingefallen», sagte Aquilino. «Das hätt ich nicht von Adrían Nieves gedacht. Hat immer so unbeteiligt ausgesehen. Hat denn keiner gemerkt, wie's angefangen hat?»

«Niemand», sagte Fushía. «Weder Pantacha noch Jum; nicht einmal die Huambisas. Ich verfluch die Stunde, da die beiden geboren worden sind.»

«Schon wieder dieser Haß, Fushía», sagte Aquilino.

Und da sah Nieves ihn, zwischen dem Tonkrug und der Hüttenwand verkrochen: groß, haarig, tiefschwarz. Er richtete sich sehr langsam von der Pritsche auf, tastete umher, Kleider, Gummischlappen, ein Seil, Krüge, ein Korb aus Chambirarinde, nichts, was sich geeignet hätte. Er saß immer noch in der Ecke, geduckt, ohne Zweifel spähte er nach ihm unter seinen dünnen und braunschwarzen Beinen hervor, die sich wie eine Schlingpflanze im rötlichen Bauch des Kruges spiegelten. Er machte einen Schritt, nahm die Machete vom Haken, und er war immer noch nicht geflohen, lauerte immer noch, sicherlich verfolgte er mit seinen perversen Äuglein jede seiner Bewegungen, sein roter Wanst pochte vermutlich. Auf Zehenspitzen schlich er sich heran, er prallte in plötzlicher Todesangst zurück, Nieves schlug zu und es klang wie das Rascheln dürren Laubes. Danach wies der Teppich einen Riß und schwarze und rote Spritzer auf; die Beine waren unversehrt, der Flaum schwarz, lang, seidig. Nieves hängte die Machete auf und blieb, statt zur Pritsche zurückzukehren, beim Fenster stehen und rauchte. Der Odem und das Flüstern des Dschungels berührten sein Gesicht, mit der Glut der Zigarette versuchte er, die Flügel der Fledermäuse zu versengen, die am Drahtgeflecht herumkrabbelten.

«Sind sie nie allein auf der Insel geblieben?» sagte Aquilino.

«Einmal, weil er krank geworden ist, der Hund der», sagte Fushía. «Aber während der ersten Zeit nicht. Damals hat die Sache nicht anfangen können, sie hätten's nicht gewagt, haben Angst vor mir gehabt.»

«Gibt's was, das mehr Angst einjagt als die Hölle?» sagte Aquilino. «Und die Leute sündigen trotzdem. Angst hält die Leute nicht von allem zurück, Fushía.»

«Die Hölle hat noch niemand gesehen», sagte Fushía. «Mich haben die zwei aber die ganze Zeit gesehen.»

«Wenn ein Mann und eine Frau aufeinander aus sind, hält sie niemand zurück», sagte Aquilino. «Da wird ihnen heiß, so als ob sie Feuer im Leib hätten. Ist's dir vielleicht noch nie so gegangen?»

«Das hab ich noch bei keiner Frau gespürt», sagte Fushía. «Aber jetzt spür ich's, Alter, jetzt. Als hätt ich glühende Kohlen unter der Haut, Alter.»

Auf der rechten Seite erblickte Nieves zwischen den Bäumen die Lagerfeuer, huschende Huambisagestalten; links dagegen, wo Jum seine Cabaña aufgerichtet hatte, war alles dunkel. In der Höhe, gegen einen indigofarbenen Himmel, wiegten sich die buschigen Wipfel der Lupunas und der Mond ließ weiß den Pfad aufleuchten, der zuerst einen Abhang mit Büschen und Binsen hinabführte, dann das Charapabecken umkreiste und an der kleinen Uferlichtung endete; die Lagune war bestimmt blau, still und einsam. War das Wasser im Becken weitergesunken? Waren die Staketen, das Netz schon trocken? Bald würden die auf den Sand geschwemmten Charapas zu sehen sein, die runzligen Hälse zum Himmel gereckt, die triefenden Augen voller Grauen, und man würde ihre Schilde mit der Machetenschneide absprengen müssen, das weiße Fleisch zerschneiden und mit Salz bestreuen, ehe Sonne und Feuchtigkeit sie verwesten. Nieves warf die Zigarette weg und wollte gerade die Lampe ausblasen, als es an die Tür klopfte. Er hob den Sperrbalken hoch und Lalita trat ein, in eine Huambisaitípak gehüllt, die Haare bis zur Taille, barfuß.

«Wenn ich wählen müßte zwischen den beiden, um mich zu rächen, wär's sie, Aquilino», sagte Fushía, «die Nutte. Denn angefangen hat bestimmt sie, wie sie gesehen hat, daß ich krank war.»

«Du hast sie schlecht behandelt, hast sie geschlagen, und außerdem haben die Frauen ihren Stolz, Fushía», sagte Aquilino. «Welche Frau hätt's mit dir ausgehalten. Von jeder Reise hast du dir eine andere mitgebracht und vor ihren Augen.»

«Du meinst, sie sei wütend gewesen wegen der Chunchaweiber?» sagte Fushía. «Wie blöd, Alter. Aufgegeilt war sie, die Nutte, weil ich bei ihr nicht mehr gekonnt hab.»

«Red lieber nicht davon», sagte Aquilino. «Das macht dich nur traurig.»

«Aber damit hat's doch angefangen, damit, daß ich bei Lalita nicht mehr gekonnt hab», sagte Fushía. «Aber vielleicht verstehst du nicht, wie schlimm das war, Aquilino, wie entsetzlich.»

«Hab Sie doch nicht aufgeweckt, oder?» sagte Lalita mit schläfriger Stimme.

«Nein, Sie haben mich nicht aufgeweckt», sagte Nieves. «Guten Abend. Reden Sie ruhig.»

Er ließ den Balken herunter, rückte seine Hose zurecht und verschränkte die Arme vor dem nackten Oberkörper, löste sie aber sofort wieder und stand unentschlossen da. Schließlich deutete er auf den Tonkrug: Einer der Haarigen war eingedrungen und gerade hatte er ihn getötet. Dabei hatte er noch vor einer Woche die Löcher zugestopft, Lalita setzte sich auf die Pritsche, aber jeden Tag rissen sie neue auf, die Haarigen.

«Sie haben eben Hunger», sagte Lalita, «so ist's um diese Jahreszeit. Einmal bin ich aufgewacht und hab das Bein nicht bewegen können, ich sag Ihnen. Bloß ein kleiner Fleck, und hinterher ist's angeschwollen. Die Huambisas haben mir das Bein über ein Kohlenbecken gehalten, damit es schwitzt. Die Narbe hab ich heute noch.»

Ihre Hände glitten hinunter zum Saum der Itípak, hoben sie hoch, ihre Schenkel wurden sichtbar, glatt, matefarben, stramm, und eine Narbe wie ein kleiner Wurm.

«Wovor erschrecken Sie denn?» sagte Lalita. «Warum schauen Sie weg, sagen Sie?»

«Ich bin nicht erschrocken», sagte Nieves. «Nur, Sie sind nackt, und ich bin ein Mann.»

Lalita lachte und ließ die Itípak los; ihr rechter Fuß spielte mit einem Krug, liebkoste ihn zerstreut mit dem Fußrücken, den kleinen Zehen, der Ferse.

«Luder, Nutte, noch Schlimmeres von mir aus», sagte Aquilino. «Aber ich hab sie gern, die Lalita, ganz gleich, was du sagst. Als wär sie meine Tochter.»

«Eine, die so was macht, weil sie ihren Kerl sterben sieht, ist schlimmer als eine Sau, schlimmer als eine Hure», sagte Fushía. «Dafür gibt's überhaupt kein Wort, was so eine ist.»

«Sterben sieht? In San Pablo sterben die meisten an Altersschwäche, nicht weil sie krank sind, Fushía», sagte Aquilino.

«Das sagst du nicht, um mich zu trösten, sondern weil's dich ärgert, daß ich auf die Lalita schimpf», sagte Fushía.

«Vor mir hat er das zu Ihnen gesagt», flüsterte Nieves. «Wenn du noch mal nichts unter der Itípak anhast, laß ich dich von den Taranganas[10] fressen, wissen Sie das nicht mehr?»

«Manchmal sagt er, ich schenk dich den Huambisas, ich reiß dir die Augen aus», sagte Lalita. «Zu Pantacha die ganze Zeit: ich bring dich um, du spionierst ihr nach. Wenn er droht, tut er nichts, die Wut verraucht mit dem Reden. Tut's Ihnen leid, wenn er mich schlägt, sagen Sie?»

«Und Wut krieg ich auch», Nieves fummelte ungeschickt am Sperrbalken der Tür herum: «Besonders, wenn er Sie beleidigt.»

Wenn sie allein waren, war es noch schlimmer, äach, die Zähne fallen dir aus, äach, das ganze Gesicht hast du voll Pickel, äach, deine Figur ist nicht mehr, was sie früher war, äach, sie wabbeln ja, bald wirst du aussehen wie die alten Huambisas, äach, und so, wie's ihm gerade einfiel, hatte sie ihm leid getan? und Nieves, seien Sie still.

«Aber sie hat an dich geglaubt, und das, obwohl sie dich gekannt hat», sagte Aquilino. «Ich bin bei der Insel angekommen, und die Lalita, bald bringt er mich hier weg, wenn's dieses Jahr viel Gummi gibt, gehen wir nach Ecuador und heiraten. Seien Sie lieb, Don Aquilino, hm? verkaufen Sie die Waren gut. Arme Lalita.»

«Sie ist nicht vorher auf und davon, weil sie gehofft hat, daß ich reich würd», sagte Fushía. «So was von blöd, Alter. Ich hab sie nicht geheiratet, wie sie noch schön stramm und ohne Pickel war, und sie hat geglaubt, ich würd sie heiraten, als sie schon keinen mehr hat warm machen können.»

«Den Adrián Nieves hat sie warm gemacht», sagte Aquilino. «Sonst hätt er sie nicht mitgenommen.»

«Und die andern, wird die der Patrón auch nach Ecuador mitnehmen?» sagte Nieves. «Wird er die auch heiraten?»

«Seine Frau bin nur ich», sagte Lalita. «Die andern sind Dienstboten.»

«Sie können sagen, was Sie wollen, ich weiß, daß Ihnen das weh tut», sagte Nieves. «Sie hätten ja kein Herz, wenn's Ihnen nichts ausmachte, daß er Ihnen andere Weiber in Ihr Haus bringt.»

«Er bringt sie nicht in mein Haus», sagte Lalita. «Sie schlafen im Korral beim Vieh.»

«Aber drüber sie hermachen tut er sich vor Ihren Augen», sagte Nieves. «Stellen Sie sich nicht so, als verstünden Sie mich nicht.»

Er blickte sie wieder an und Lalita war auf die Pritschenkante gerückt, die Knie aneinander, die Augen gesenkt und Nieves wollte sie nicht verletzen, er stotterte und sah wieder zum Fenster hinaus, es hatte ihn geärgert, als sie sagte, sie würde mit dem Patrón nach Ecuador gehen, der Himmel indigofarben, die Feuer, die sprühenden Leuchtkäfer im Farn: er bat sie um Verzeihung, hatte sie nicht verletzen wollen, und Lalita hob den Kopf:

«Überläßt er sie vielleicht nicht dir und Pantacha, wenn er sie nicht mehr mag?» sagte sie. «Du machst das gleiche wie er.»

«Ich bin ledig», stammelte Nieves. «Ein Christenmensch muß Frauen haben, warum vergleichen Sie mich mit Pantacha, übrigens mag ich's, wenn Sie mich duzen.»

«Nur am Anfang, wenn ich unterwegs war», sagte Fushía. «Hat sie mit den Fingernägeln bearbeitet, eine der Achuales hat sie blutig gekratzt. Aber später hat sie sich dran gewöhnt, sind fast ihre Freundinnen geworden. Sie hat ihnen Spanisch beigebracht, mit ihnen gespielt. So wie du meinst, war's nicht, Alter.»

«Und da beklagst du dich noch», sagte Aquilino. «Alle Männer träumen von dem, was du da gehabt hast. Wie viele kennst du denn, die so die Frau haben wechseln können, Fushía?»

«Aber das waren doch Chunchas», sagte Fushía, «Chunchas, Aquilino, Aguarunas, Achuales, Shapras, reiner Abfall, Mann!»

«Übrigens sind sie wie junge Tiere», sagte Lalita, «sie freunden sich mit mir an. Sie tun mir eher leid wegen der Angst, die sie vor den Huambisas haben. Wenn du der Patrón wärst, wärst du genauso wie er, würdest mich sogar beleidigen.»

«So gut kennen Sie mich also, daß Sie gleich über mich urteilen», sagte Nieves. «Ich tät meiner *compañera* so etwas nicht an. Schon gar nicht, wenn Sie's wären.»

«Hier im Dschungel wird ihr Leib sehr schnell schlaff», sagte Fushía. «Ist's vielleicht meine Schuld, daß die Lalita alt geworden ist? Und außerdem wär's dumm gewesen, die Gelegenheit nicht auszunutzen.»

«Darum hast du dir immer so junge mitgenommen», sagte Aquilino. «Damit sie noch recht stramm sind, nicht?»

«Nicht bloß deswegen», sagte Fushía. «Mir gefallen junge Mädchen, wie jedem andern Mann auch. Nur lassen diese Hundsheiden sie nicht heil aufwachsen, sogar denen, die fast noch Kinder sind, haben sie's schon zerrissen, die Shapra war die einzige heile, die ich gefunden hab.»

«Das einzige, was mir weh tut, ist, wenn ich mich daran erinnere, wie ich mal war, in Iquitos», sagte Lalita. «Die Zähne ganz weiß, gleichmäßig, und im Gesicht aber auch nicht einen Fleck.»

«Das gefällt Ihnen so, sich Sachen ausdenken, die Ihnen weh tun», sagte Nieves. «Warum will der Patrón denn nicht, daß die Huambisas auf diese Seite herüberkommen? Weil's ihnen allen die Augen raustreibt, wenn sie Sie vorbeigehen sehen.»

«Pantacha und dir auch», sagte Lalita. «Aber nicht, weil ich so hübsch bin, sondern weil ich die einzige Weiße bin.»

«Ich hab mich Ihnen gegenüber immer korrekt benommen», sagte Nieves. «Warum vergleichen Sie mich mit Pantacha?»

«Du bist besser als Pantacha», sagte Lalita. «Darum bin ich dich besuchen gekommen. Hast du noch Fieber?»

«Weißt du nicht mehr, daß ich nicht an den Anlegeplatz gekommen bin, dich zu begrüßen?» sagte Fushía. «Daß du raufgekommen bist und mich in der Cabaña, wo das Gummi war, gefunden hast. An dem Tag war's, Alter.»

«Ja, ich erinnere mich», sagte Aquilino. «Ausgesehen hast du, als tätst du mit offenen Augen schlafen. Ich hab geglaubt, Pantacha hätte dir was von dem Gesöff gegeben.»

«Weißt du noch, daß ich mich mit dem Anisschnaps besoffen hab, den du mitgebracht hast?» sagte Fushía.

«Weiß ich auch noch», sagte Aquilino. «Die Cabañas der Huambisas hast du niederbrennen wollen. Du warst wie wahnsinnig, wir haben dich anbinden müssen.»

«Das war, weil ich's ungefähr zehn Tage lang versucht hab und es nicht gegangen ist mit dieser Sau», sagte Fushía, «weder mit der Lalita noch mit den Chunchas, Alter, zum Verrücktwerden, Alter. Geheult hab ich, allein, Alter, umbringen wollt ich mich, irgendwas, zehn Tage hintereinander, und es ist nicht gegangen, Aquilino.»

«Wein nicht, Fushía», sagte Aquilino. «Warum hast du mir denn nicht gesagt, was los war? Vielleicht hätt ich dich kurieren können, damals. Wir wären nach Bagua gegangen, der Arzt hätte dir Spritzen gegeben.»

«Und die Beine sind mir eingeschlafen, Alter», sagte Fushía, «ich hab darauf herumgeschlagen, nichts, Zündhölzer hab ich drangehalten, wie tot, Alter.»

«Jetzt werd nicht wieder bitter wegen dieser traurigen Angelegenheit», sagte Aquilino. «Schau, rück an den Rand, da, sieh nur, wie viele fliegende Fischchen, das sind die, die elektrisch geladen sind. Schau, wie sie uns folgen, wie hübsch die Funken in der Luft und unter Wasser aussehen.»

«Und dann Beulen, Alter», sagte Fushía, «und da hab ich mich nicht mehr ausziehen können vor der Sau der. Den ganzen Tag heucheln müssen, die ganze Nacht, und niemand haben, mit dem man drüber reden kann, Aquilino, das ganze Elend hinunterschlucken müssen, ganz allein.»

Und da kratzte jemand an der Hüttenwand und Lalita stand auf. Sie ging zum Fenster und begann, das Gesicht an das Drahtgeflecht gepreßt, zu grunzen. Draußen grunzte auch jemand, leise.

«Aquilino ist krank», sagte Lalita, «erbricht alles, was er ißt, der arme Kleine. Ich seh mal nach. Wenn er morgen noch nicht zurückgekommen ist, komm ich und mach dir das Abendessen.»

«Hoffentlich kommen sie nicht», sagte Nieves. «Sie brauchen aber nicht für mich zu kochen, mir genügt's, wenn Sie mich besuchen kommen.»

«Wenn ich dich duze, kannst du mich auch duzen», sagte Lalita. «Wenigstens, wenn niemand in der Nähe ist.»

«Wenn ich ein Netz hätte, könnt ich sie haufenweise fangen, Fushía», sagte Aquilino. «Soll ich dir helfen, dich aufsetzen, damit du sie sehen kannst?»

«Und dann die Füße», sagte Fushía. «Hinken müssen, Alter, und noch dazu mich häuten wie die Schlangen, aber die haben drunter eine neue Haut, ich nicht, Alter, eine einzige Wunde, Aquilino, das ist nicht gerecht, es ist nicht gerecht.»

«Ich weiß schon, daß es nicht gerecht ist», sagte Aquilino. «Aber komm, Mensch, schau, wie hübsch die sind, diese elektrischen Fischchen.»

Alle Tage verließen Juana Baura und Antonia die Gallinacera zur gleichen Stunde, legten immer denselben Weg zurück. Zwei staubige Straßen geradeaus, und da war der Markt: Die Marktfrauen waren dabei, ihre Tücher unter den Algarrobabäumen auszubreiten, ihre Waren darauf anzuordnen. Beim Laden ‹Las Maravillas› – Kämme, Parfums, Blusen, Röcke, Bänder und Ohrringe – bogen sie links ein, und zweihundert Meter vor ihnen tauchte die Plaza de Armas auf, ein dicht von Palmen und Tamarinden gesäumter Platz. Sie betraten ihn von der Straßeneinmündung her, die der ‹Estrella del Norte› gegenüberlag. Unterwegs winkte eine von Juana Bauras Händen grüßend den Bekannten zu, die andere hielt Antonia am Arm. Sobald sie auf der Plaza ankamen, überflog sie die aus Latten zusammengefügten Bänke und wählte für das Mädchen die aus, die am meisten Schatten hatte. Wenn das Kind gleichmütig blieb, kehrte die

Wäscherin leicht trottend nach Haus zurück, band ihren Esel los, suchte die zu waschende Wäsche zusammen und machte sich auf den Weg zum Fluß. Wenn dagegen Antonias Hände sich ängstlich an die ihren klammerten, nahm Juana an ihrer Seite Platz und beruhigte und streichelte sie. Dieses stumme Befragen wiederholte sie, bis das Mädchen sie gehen ließ. Mittags holte sie sie ab, die Wäsche war bereits gespült, und mitunter durfte Antonia auf dem Rücken des Esels in die Gallinacera zurückkehren. Es war nicht ungewöhnlich, daß Juana Baura die Kleine mit einer liebevollen Piuranerin um den Pavillon spazierend antraf, es war nicht ungewöhnlich, daß ein Schuhputzjunge, ein Bettler oder Jacinto ihr mitteilte: Der Dingsda hat sie mit zu sich genommen, in die Kirche, an den Malecón. Dann kehrte Juana Baura allein in die Gallinacera zurück, und Antonia erschien bei Sonnenuntergang an der Hand eines Dienstmädchens, eines mildtätigen Principals.

An jenem Tag gingen sie früher von zu Haus fort, Juana Baura mußte eine Paradeuniform in die Grau-Kaserne bringen. Der Markt lag noch einsam da, auf dem Dach von ‹Las Maravillas› dösten einige Aasgeier. Die Straßenkehrer waren noch nicht dagewesen, und die Abfälle und Pfützen verbreiteten einen üblen Geruch. Auf der verlassenen Plaza de Armas wehte eine schüchterne Brise, und die Sonne stieg an einem wolkenlosen Himmel auf. Es rieselte kein Sand mehr. Juana Baura rieb mit ihrem Rock die Bank ab, stellte fest, daß die Hände des Mädchens ruhig waren, gab ihr einen Klaps auf die Backe und ging. Auf dem Rückweg traf sie die Frau von Hermógenes Leandro, dem vom Schlachthaus, und zusammen gingen sie weiter, während die Sonne am Himmel wuchs, schon nach den höheren Dächern der Stadt stach. Juana ging vornübergebeugt und rieb sich von Zeit zu Zeit die Leisten, und ihre Freundin, bist du krank, und sie, ich hab schon seit langem Krämpfe, besonders morgens. Sie unterhielten sich über Krankheiten und Arzneien, über das Alter, darüber, wie man doch im Leben schuften muß. Dann verabschiedete sich Juana, betrat ihre Hütte, kam den mit schmutziger Wäsche beladenen Esel hinter sich her zerrend wieder heraus, unter dem Arm die in alte Nummern der *‹Ecos y Noticias›* eingewickelte Uniform. Sich am Rand der Sandfläche haltend, ging sie zur Grau-Kaserne, und der Boden war heiß, flinke Leguane flitzten unvermittelt zwischen ihren Füßen davon. Ein Soldat kam ihr entgegen, der Teniente würde ärgerlich sein, warum hatte sie die Uniform nicht früher gebracht. Er riß ihr das Paket aus der Hand, gab ihr das Geld, und sie machte sich nun auf den Weg zum Fluß. Nicht zur Alten Brücke, wo sie zu waschen pflegte, sondern zu einem kleinen, runden Uferfleck, noch etwas oberhalb des Schlachthauses, und dort traf sie zwei weitere Wäscherinnen. Zu dritt knieten sie den ganzen Vormittag über im Wasser, wuschen und unterhielten sich. Juana war als erste fertig, brach auf, und jetzt waren die Straßen, die unter einer senkrecht stehenden Sonne flimmerten, vollgepfropft mit Piuranern und Fremden. Sie war nicht auf der Plaza, weder die Bettler noch Jacinto hatten sie gesehen und Juana Baura kehrte in die Gallinacera zurück: ihre Hände trieben abwechselnd das Tier an und rieben die Lenden. Sie begann die Wäsche zum Trocknen aufzuhängen, ging, als sie erst halb fertig war, sich auf ihre Strohmatratze legen. Als sie die Augen wieder öffnete, fiel schon der Sand. Brummend watschelte sie auf den Vorplatz hinaus: einige Wäschestücke waren bereits verschmutzt. Sie spannte die Plane über die Wäscheleinen, hängte den Rest der Wäsche auf, kehrte in ihre Bude zurück und suchte unter der Matratze, bis sie die Medizin fand. Sie tränkte einen Lumpen mit der Flüssigkeit, hob den Rock hoch und rieb sich energisch die Hüften und den Bauch ein. Die Medizin roch nach Pisse und Kotze, Juana hielt sich die Nase zu und wartete darauf, daß die Haut trockne. Sie bereitete sich eine Gemüsesuppe zu und als sie gerade aß, klopfte es an der Tür. Es war nicht Antonia, sondern ein Dienstmädchen mit einem Korb Wäsche. In der Tür stehend, unterhielten sie sich. Es rieselte ganz sanft, die Sandkörnchen waren nicht zu erkennen, man fühlte sie im Gesicht und auf den Armen wie Spinnenbeinchen. Juana redete von Krämpfen, von den schlechten Arzneien und das Dienstmädchen protestiert, er soll dir eine andere geben oder das Geld rausrücken. Dann ging sie, dicht an den Hauswänden entlang, unter den Dachvorsprüngen. Allein, auf der Matratze hockend, redete Juana noch weiter, am Sonntag geh ich hin zu dir, meinst du, weil ich alt bin, kannst du mich anschmieren? von deiner Medizin zucken mir die Lenden, Dieb. Dann streckte sie sich aus, und als sie aufwachte, war es dunkel geworden. Sie zündete eine Kerze an, Antonia war immer noch nicht gekommen. Sie trat auf den Vorplatz hinaus, der Esel stellte die Ohren auf, iahte. Juana packte ein Tuch und warf es sich, schon auf der Straße, über die Schultern: es war schwarze Nacht, durch die Fenster der Gallinacera sah man Kerzenständer, Lampen,

Herdfeuer. Sie schritt rasch aus, die Haare waren wirr und beim Markt, von einer Haustür aus, sagte jemand, ein Gespenst. Sie trottete dahin, du gibst mir eine andere Arznei gegen die Schläfrigkeit, die mich alle fünf Minuten überfällt, oder gibst mir mein Geld zurück. Wenige Menschen waren auf der Plaza. Sie erkundigte sich bei allen, und niemand wußte etwas. Der Sand rieselte jetzt dicht, sichtbar, und Juana hielt sich das Tuch vor Mund und Nase. Sie lief durch viele Straßen, klopfte an viele Türen, wiederholte zwanzigmal dieselbe Frage und als sie wieder auf der Plaza de Armas war, kam sie nur mehr mühsam voran, stützte sich an den Mauern. Zwei Männer mit Strohhüten unterhielten sich auf einer Bank. Sie fragte, wo ist Antonia, und der Doktor Pedro Zevallos, guten Abend, Doña Juana, was machen Sie denn zu dieser Stunde auf der Straße? Und der andere, mit der Stimme eines Fremden, der Sand fällt so scharf, daß er uns noch den Schädel aufreißt. Doktor Zevallos nahm seinen Hut ab, reichte ihn Juana und sie setzte ihn auf; er war zu groß, fiel ihr über die Ohren. Der Doktor sagte, sie kann vor Müdigkeit nicht reden, setzen Sie sich einen Augenblick, Doña Juana, erzählen Sie, und sie, wo ist Antonia? Die beiden Männer sahen sich an, und der andere sagte, man sollte sie nach Haus bringen, und der Doktor, ja, ich weiß wohin, in die Gallinacera. Sie nahmen sie bei den Armen und trugen sie fast und Juana Baura keuchte unter dem Hut hervor, die Blinde, haben Sie sie gesehen? und Doktor Zevallos, beruhigen Sie sich, Doña Juana, sobald wir da sind, erzählen Sie's uns, und der andere, was stinkt denn da so, und Doktor Zevallos, das Mittel des Kurpfuschers, arme Alte.

Julio Reátegui wischt sich die Stirn ab, schaut den Dolmetscher an, er hatte sich gegen die Obrigkeit vergangen, das war schlimm und kam teuer zu stehen: übersetz ihm das. Die Lichtung des Urakusadorfs ist klein und dreieckig, der Urwald umfängt sie eng, Zweige und Lianen wiegen sich über den Cabañas, die auf Ponapfählen ruhen und oben in verbeulten Rundungen wie Entenhintern enden: der Dolmetscher röchelt und gestikuliert, Jum hört aufmerksam zu. Etwa zwanzig gleich aussehende Hütten sind da: Dächer aus Yarina, Wände aus Chontastreifen, von Binsen zusammengehalten, grob in Baumstämme gehauene Stufen geben Treppen ab. Zwei Soldaten unterhalten sich vor der mit gefangenen Urakusas vollgepfropften Cabaña, andere schlagen in der Nähe des Uferabhangs die Zelte auf, Capitán Quiroga schlägt sich mit den Schnaken herum und das kleine Mädchen steht nach wie vor still neben dem Cabo Roberto Delgado, sieht mitunter Jum an, hat helle Augen und an ihrem jungenhaften Oberkörper zeichnen sich bereits zwei kleine, dunkle Blumenkronen ab. Jetzt spricht Jum, seine violetten Lippen stoßen rauhe Laute und Speichel aus, Julio Reátegui weicht mit den Beinen dem Speichelregen aus, und der Dolmetscher, Cabo rauben, das heißt wollen, solche Prügel *carajo*, und dann gehen, raus, nie mehr wieder, daß ihm Kanu geben, sein eigenes Kanu, von Jum, und daß der Lotse abhauen, nicht sehen, daß er ins Wasser gesprungen ist, sagen, Señor. Und der Cabo macht einen Schritt auf Jum zu: Lüge. Capitán Quiroga hält ihn mit einer Handbewegung zurück: Lüge, Señor, wo er doch auf dem Weg zu seiner Familie in Bagua war, würde er da seine Zeit damit verlieren, denen hier was wegzunehmen? und was hätte er ihnen schon rauben können, selbst wenn er gewollt hätte, *mi capitán*, sah er nicht, wie armselig Urakusa war? Und der Capitán: dann war's also nicht wahr, daß sie den Rekruten umgebracht hatten. Stimmte es oder nicht, daß er in den Marañón gesprungen war? *Carajo*, denn wenn er nicht tot war, war er ein Deserteur und der Cabo kreuzt die Finger und küßt sie: sie haben ihn umgebracht, *mi capitán*, und das vom Diebstahl war eine einzige Lüge. Sie hatten nur die Hütten ein bißchen durchsucht, aber um diese Medizin gegen die Schnaken zu suchen, von der er ihm erzählt hatte, und die da hatten ihn gebunden und ihn verprügelt, ihn, den Träger, und den Lotsen werden sie halt umgebracht und eingebuddelt haben, damit ihn niemand findet, *mi capitán*. Julio Reátegui lächelt der Kleinen zu und die sieht ihn von der Seite her an, erschreckt? neugierig? Sie trägt das Lendenschürzchen der Aguarunas und ihr volles und verschmutztes Haar pendelt leicht hin und her, wenn sie den Kopf bewegt: weder im Gesicht noch an den Armen trägt sie Schmuck, nur an den Fußknöcheln: zwei Zwergkürbisse. Und Julio Reátegui: warum hatte er mit Pedro Escabino keinen Handel treiben wollen? warum hat er ihm dieses Jahr das Gummi nicht wie sonst auch verkauft? Das sollte er ihm übersetzen, und der Dolmetscher grunzt und gestikuliert, Jum, die Arme verschränkt, hört zu und der Gobernador bedeutet der Kleinen, zu ihm zu kommen, sie wendet ihm den Rücken, und der Dolmetscher, Señor, nie mehr wieder, sagen: Escabino Teufel, soll gehen, raus, weder Urakusa, sagen, noch Chicais, kein Aguarunadorf mehr, Patrón bescheißt, Señor, und Julio Reátegui, was würden die Urakusas mit dem Gummi machen, das sie dem Patrón Escabino nicht verkaufen wollten? sanft, dabei immer die Kleine ansehend, und mit den Häuten? Übersetz ihm das. Der Dolmetscher und Jum grunzen, spucken aus, gestikulieren und jetzt beobachtet Reátegui die beiden, ein wenig dem Urakusa zugeneigt, und die Kleine macht einen Schritt, schaut die Stirn Jums an: die Wunde ist aufgeschwollen, blutet aber nicht mehr, das rechte Auge des Kaziken ist stark entzündet, und Julio Reátegui, Genossenschaft? Das Wort existierte nicht in Aguaruna, mein Lieber, hatte er Genossenschaft gesagt? und der Dolmetscher: er hatte es auf spanisch gesagt, Señor, und Capitán Quiroga, ja, er hatte es gehört. Was war das denn für ein Unfug, Señor Reátegui? Warum wollten sie mit Escabino keinen Handel mehr treiben? Woher hatten sie denn das, von wegen nach Iquitos gehen und das Gummi dort verkaufen, wenn die Kerle doch gar nicht wußten, was Iquitos war? Julio Reátegui wirkt zerstreut, nimmt den Helm ab, glättet die Haare, schaut den Capitán an: seit zehn Jahren brachte Pedro Escabino ihnen Stoffe, Flinten, Messer, Capitán, alles, was sie benötigten, um in den Urwald einzudringen und Kautschuk zu holen. Später kam Escabino dann zurück, sie übergaben ihm das eingesammelte Gummi, und er galt den zweiten Teil ab, mit Stoffen, Lebensmitteln, was ihnen eben fehlte, und dieses Jahr hatten sie auch einen Vorschuß bekommen, wollten ihm aber nichts verkaufen: so war die Geschichte, Capitán. Die Soldaten, die die Zelte aufgeschlagen haben, sind herangekommen, einer streckt die Hand aus und berührt die Kleine, die einen Sprung macht, die Kürbisse hopsen, klappern, und der Capitán: Aha, ein Vertrauensbruch, davon hatte er nichts gewußt, sie verprügelten einen Soldaten, betrogen einen Zivilisten, es sollte ihn nicht wundern, wenn sie wirklich den Rekruten kaltgemacht hatten, und der Gobernador, haltet sie fest, sonst reißt sie aus. Drei Soldaten rennen hinter der Kleinen her, die flink ist, ihnen immer wieder entwischt. In der Mitte der Lichtung fangen sie sie ein, bringen sie zum Gobernador, der streicht ihr mit der Hand übers Gesicht: sie blickte aufgeweckt drein, hatte etwas Anmutiges in ihrer Art, nicht wahr, Capitán? schade, daß das arme Geschöpf hier aufwuchs, und der Offizier: sehr richtig, Don Julio, und die Äuglein sind grün. War sie seine

Tochter? das sollte er ihn fragen, und der Capitán: sie hatte auch das Bäuchlein nicht aufgebläht, das war nämlich schrecklich bei diesen Kindern, die Unmenge Parasiten, die sie fraßen, und der Cabo Roberto Delgado: klein und gut gebaut, gut geeignet als Maskottchen für die Kompanie, *mi capitán*, und die Soldaten lachen. War sie seine Tochter? und der Dolmetscher, nicht seine, Señor, auch nicht Urakusa, aber Aguaruna schon, in Pato Huachana auf Welt kommen, Señor, sagen, und Julio Reátegui ruft zwei Soldaten: sie sollten sie zu den Zelten bringen und sich keine dummen Spielchen einfallen lassen mit ihr, hm! Ein Soldat nimmt die Kleine am Arm und sie läßt sich ohne Widerstand wegführen. Julio Reátegui wendet sich dem Capitán zu, der schon wieder mit unsichtbaren, vielleicht eingebildeten Feinden aus der Luft kämpft: hier sind welche gewesen, die sich Lehrer genannt haben, Capitán. Haben Zutritt zu den Stämmen erlangt mit dem Märchen, den Heiden Spanisch beibringen zu wollen und jetzt sah man, wozu das führte, verabreichten einem Cabo eine Tracht Prügel, ruinierten das Geschäft des Pedro Escabino. Konnte sich der Capitán ausmalen, was passieren würde, wenn alle Heiden beschlössen, die Patrones zu hintergehen, die ihnen Vorschüsse gegeben hatten? Der Capitán kratzt sich ernst am Kinn: eine wirtschaftliche Katastrophe? Der Gobernador nickt: die von draußen kamen, verursachten den Ärger, Capitán. Das letzte Mal waren es ein paar Ausländer gewesen, ein paar Engländer, mit dem Märchen von der Botanik, waren in den Dschungel gegangen und hatten Samen vom Kautschukbaum mitgenommen und eines Tages war die Welt voll gewesen von Gummi, der aus den englischen Kolonien kam, billiger als der peruanische und der brasilianische, das war der Ruin des Amazonasgebiets gewesen, Capitán, und der: stimmte es, Señor Reátegui, daß Operngesellschaften nach Iquitos gekommen waren und daß die Kautschuksammler ihre Zigarren mit Geldscheinen angesteckt hatten? Julio Reátegui lächelt, sein Vater hatte einen Koch für seine Hunde gehabt, stellen Sie sich vor, und der Capitán lacht, die Soldaten lachen, aber Jum bleibt ernst, die Arme verschränkt, mitunter späht er zu der mit gefangenen Urakusas vollgestopften Cabaña hinüber, und Julio Reátegui seufzt: damals hat man wenig gearbeitet und viel verdient, heute mußte man Blut schwitzen, um ein paar elende Kröten zu verdienen, und noch dazu sich mit diesen Leuten rumschlagen, so alberne Probleme lösen. Der Capitán ist ernst geworden, Don Julio, das glaubte er gern, das Leben war hart für die Menschen im Amazonasgebiet, und Reátegui, mit plötzlich strenger Stimme, zum Dolmetscher: der Aguaruna konnte nicht nach Iquitos verkaufen, hatte seinen Verpflichtungen nachzukommen, die, die da gekommen waren, hatten sie beschwindelt, nichts von Genossenschaften, sollten den Quatsch lassen. Patrón Escabino würde wiederkommen und sie hatten mit ihm zu handeln wie sonst auch, das übersetzen, aber der Dolmetscher, zu schnell, Señor, wiederholen, ja? besser, und der Capitán, er hat's dir langsam gesagt, Schluß mit Witzen. Julio Reátegui war nicht in Eile, Capitán, er würde ihm den Gefallen tun. Der Dolmetscher grunzt und gestikuliert, Jum hört zu, eine leichte Brise weht über Urakusa hin und das Laub des Urwalds raschelt schwach, man hört ein Lachen: die Kleine und der Soldat spielen vor den Zelten. Der Capitán verliert die Geduld, wie lang denn noch? packt Jum bei der Schulter, hatte er immer noch nicht verstanden? hielt er sie zum Narren? Jum hebt den Kopf, sein unversehrtes Auge betrachtet prüfend den Gobernador, er deutet mit der Hand, sein Mund grunzt, und Julio Reátegui, was hat er gesagt? und der Dolmetscher: beleidigen, Señor, du Teufel sein, sagen, Señor.

Auf dem Gang war niemand, nur der Krach aus dem Salon, die von der Decke hängende Lampe war in blaues Zellophan eingehüllt, und Licht wie früh am Morgen badete die Tapeten und die Reihe der Türen. Josefino näherte sich der ersten und horchte, der zweiten, hinter der dritten keuchte jemand, ächzte leicht ein Bett, Josefino klopfte mit den Fingerknöcheln, und die Stimme der Selvática, was ist los? und eine unbekannte männliche Stimme, was ist los? Er lief schnell bis zum Ende des Ganges und dort war es nicht mehr Morgengrauen, sondern Dämmerung. Still blieb er stehen, im diskreten Halbdunkel verborgen und dann knarrte ein Schloß, eine Flut schwarzer Haare ergoß sich in das blaue Licht, eine Hand schob sie zur Seite wie eine Gardine, grüne Augen funkelten. Josefino zeigte sich, machte ein Zeichen. Einige Minuten später kam ein Mann in Hemdsärmeln heraus, verschwand trällernd die Treppe hinunter. Josefino ging den Korridor zurück und betrat das Zimmer: die Selvática knöpfte gerade eine gelbe Bluse zu.

«Lituma ist heute nachmittag angekommen», sagte Josefino so, als erteilte er einen Befehl. «Er ist unten, mit den León-Brüdern.»

Eine plötzliche Erschütterung ging durch den Körper der Selvática, ihre Finger, zwischen den Knopflöchern steckend, hielten inne. Aber sie drehte sich nicht um und sagte auch nichts.

«Hab keine Angst», sagte Josefino. «Er tut dir nichts. Er weiß es schon, und es ist ihm ganz egal. Komm, wir gehen zusammen runter.»

Sie sagte immer noch nichts und fuhr fort, die Bluse zuzuknöpfen, aber jetzt überaus langsam, indem sie ungeschickt an jedem Knopf drehte, ehe sie ihn ins Loch schob, so als hätte sie vor Kälte klamme Finger. Und doch, ihr ganzes Gesicht schwitzte und feuchte Flecken färbten die Bluse im Rücken und unter den Achseln. Das Zimmer war winzig, ohne Fenster, von einer einzelnen rötlichen Glühbirne beleuchtet, und die Wellen des Blechdachs streiften Josefinos Kopf. Die Selvática schlüpfte in einen kremfarbenen Rock, zerrte zuerst am Reißverschluß, ehe der ihr gehorchte. Josefino bückte sich, nahm vom Boden ein Paar weiße Schuhe mit hohen Absätzen auf, reichte sie der Selvática.

«Du schwitzt vor Angst», sagte er. «Wisch dir das Gesicht ab. Brauchst keine Angst zu haben.»

Er drehte sich um, schloß die Tür, und als er sich ihr wieder zuwandte, sah ihm die Selvática in die Augen, ohne die Wimpern zu bewegen, die Lippen halb geöffnet, die Nasenflügel flatterten hastig, als bereitete es ihr Mühe zu atmen oder als stiegen ihr unerwartet übelriechende Dünste in die Nase.

«Ist er betrunken?» sagte sie dann mit furchtsamer und zögernder Stimme, während sie sich mit einem Waschlappen wie wütend den Mund abrieb.

«Ein wenig», sagte Josefino. «Wir haben bei den Leóns seine Rückkehr gefeiert. Guten Pisco hat er aus Lima mitgebracht.»

Sie traten hinaus, und auf dem Gang ging die Selvática vorsichtig, stützte sich mit einer Hand an der Wand.

«Man möcht's nicht glauben, du hast dich noch immer nicht an die hohen Absätze gewöhnt», sagte Josefino. «Oder ist's wegen der Aufregung, Selvática?»

Sie antwortete nicht. Im fahlen blauen Licht glichen ihre geraden und schwellenden Lippen einer geballten Faust, und ihre Gesichtszüge waren hart und metallisch. Sie gingen die Treppe hinunter und Schwaden lauwarmen Rauches und Alkoholdunst kamen ihnen entgegen, das Licht wurde schwächer, und als vor ihren Füßen der Tanzboden auftauchte, düster, lärmend und überfüllt, blieb die Selvática stehen, hing fast über dem Geländer und ihre Augen waren aufgerissen und irrten mit einem wilden Glanz über die undeutlichen Gestalten hin.

Josefino deutete auf die Bar: «Bei der Theke, die, die sich zuprosten. Du erkennst ihn nicht, er hat sehr abgenommen. Zwischen Don Anselmo und den Leóns, der im glänzenden Anzug.»

Steif, sich ans Geländer klammernd, stand die Selvática, das Gesicht halb vom Haar verdeckt, und ängstliches und pfeifendes Atmen bewegte ihre Brust. Josefino nahm sie beim Arm, sie verschwanden zwischen den sich umfaßt haltenden Paaren, und es war, als tauchten sie in schlammiges Wasser und müßten durch eine den Atem verschlagende Woge schwitzenden Fleisches, Gestanks und nicht bestimmbarer Geräusche waten. Die Trommel und die Tschinellen des Bullen spielten eine Corrido und mitunter mischte sich die Gitarre des Jünglings Alejandro ein und die Musik wurde lebhafter, aber sobald die Saiten schwiegen, wurde sie wieder unharmonisch und nahm etwas traurig Martialisches an. Vor der Bar lösten sie sich aus der tanzenden Menge. Josefino ließ die Selvática los, die Chunga richtete sich in ihrem Schaukelstuhl auf, vier Köpfe drehten sich um und blickten die beiden an, und die blieben stehen. Die Leóns wirkten sehr heiter und Don Anselmos Haar war durcheinandergeraten, seine Brille hing schief, und Litumas Mund, voller Schaum, verzog sich, seine Hand suchte nach der Theke, um das Glas abzustellen, seine kleinen Augen ließen die Selvática nicht los, seine andere Hand hatte begonnen, durch seine Haare zu fahren, sie zu glätten, hastig und mechanisch. Plötzlich hatte er die Theke gefunden, die freie Hand schob den Affen beiseite, sein ganzer Körper beugte sich vor, er machte aber nur einen Schritt und blieb wankend stehen wie ein Kreisel ohne Schwung, auf derselben Stelle, die kleinen Augen verwirrt, die Leóns fingen ihn auf, als er schon am Hinschlagen war. Sein Gesicht veränderte den Ausdruck nicht, er sah immerzu die Selvática an, atmete tief aus und erst als er auf die beiden zuging, ganz langsam, Schaum und Speichel vorm Mund, von den beiden Leóns gestützt, zog jäh etwas Gezwungenes, Schmerzliches, etwas wie ein Lächeln über seine Lippen und sein Kinn zitterte. Freut mich, dich zu sehen, Schatz, und die Grimasse breitete sich über sein Gesicht aus, seine kleinen Augen zeigten jetzt eine unerträgliche Trostlosigkeit, freut mich, dich zu sehen, Lituma, sagte die Selvática, und er, freut mich, dich zu sehen, Schatz, taumelnd. Die Leóns und Josefino umringten ihn, unvermittelt blitzte es in den kleinen Augen auf, eine Art Befreiung, und Lituma wandte sich zur Seite, hielt sich an Josefino fest, grüß dich, lieber Kollege, fiel in dessen Arme, welche Freude, dich zu sehen, Bruderherz. Er hielt seine Arme um Josefino geschlungen und stieß unverständliche Worte aus und dann und wann ein dumpfes Muhen, aber als er sich losmachte, schien er ruhiger, hatte das nervöse Flackern in seinen kleinen Augen aufgehört und auch die Grimasse und er lächelte echt. Die Selvática stand still da, die Hände vor dem Rock ineinander, das Gesicht verborgen hinter den schwarzen und glänzenden Haarsträhnen.

«Schatz, wir haben uns wiedergetroffen», sagte Lituma, kaum mehr stotternd, das Lächeln immer breiter. «Komm her, wir wollen drauf trinken, müssen meine Rückkehr feiern, ich bin der Unbezwingbare Nummer Vier.»

Die Selvática machte einen Schritt auf ihn zu, ihr Kopf bewegte sich, ihre Haare schwangen zur Seite, zwei grüne Flämmchen leuchteten sanft in ihren Augen auf. Lituma streckte eine Hand aus, nahm die Selvática an der Schulter, führte sie so bis zur Theke und da waren die passiven und unverschämten Augen der Chunga. Don Anselmo hatte die Brille zurechtgerückt, seine Hände suchten in der Luft, als sie Lituma und die Selvática fanden, tätschelte er sie liebevoll, so mag ich's, Kinder.

«Die Nacht der Wiederbegegnungen, lieber Alter», sagte Lituma. «Sehen Sie jetzt, wie gut ich mich betragen hab? Gieß ein, Chunga chunguita, dir selbst auch ein Glas.»

Er schüttete sein Glas mit einem Schluck hinunter, so daß er keuchte, das Gesicht feucht von Bier und Speichel, der bis auf den schmutzigen Revers des Rockes tropfte.

«So was von Herz, Vetter», sagte der Affe. «Wie die Sonne, so groß!»

«Seele, Herz und Leben», sagte Lituma. «Den Walzer möcht ich hören, Don Anselmo. Seien Sie nett, tun Sie mir den Gefallen.»

«Ja, vergeßt das Spielen nicht», sagte die Chunga. «Dort hinten protestieren sie schon, wollen Sie hören.»

«Laß ihn noch ein bißchen bei uns, Chunguita», sagte die Stimme Josés aufdringlich, süßlich, schmelzend. «Er soll noch ein paar Gläser mit uns trinken, dieser große Künstler.»

Aber Don Anselmo hatte eine halbe Wendung gemacht und

kehrte gefügig in die Ecke zu den Musikern zurück, sich an der Wand entlangtastend, die Füße schleifend, und Lituma, immer noch den Arm um die Selvática, trank weiter, ohne sie anzublikken.

«Wir wollen die Hymne singen», sagte der Affe. «Ein Herz wie eine Sonne, Vetter!»

Die Chunga trank jetzt auch. Ihre lässigen, trüben, halbtoten Augen beobachteten die einen und die andern, die Unbezwingbaren und die Selvática, die dunkle Masse der Männer und der Insassinnen, die auf der Tanzfläche inmitten von Gemurmel und Gelächter hin und her wogte, die Paare, die die Treppe hinauf verschwanden, und die undeutlichen Gruppen in den Ekken. Josefino, die Ellbogen auf die Theke gestützt, trank nicht, beobachtete verstohlen die Leóns, die ihre Gläser aneinanderstießen. Und dann erklangen die Arpa, die Gitarre, die Trommel, die Tschinellen, eine Bewegung durchlief die Menge auf dem Tanzboden. Die kleinen Augen Litumas strahlten begeistert.

«Seele, Herz und Leben. Ah, diese Walzer bringen Erinnerungen. Komm, tanzen wir, Schatz.»

Er zerrte die Selvática hinter sich her, ohne sie anzusehen. Beide verloren sich zwischen den gedrängten Leibern und den Schatten, und die Leóns klatschten im Takt mit den Händen und sangen. Ausdruckslos und unangenehm verharrte der Blick der Chunga jetzt auf Josefino, so als wollte sie ihn mit ihrer unendlichen Trägheit anstecken.

«Was für ein Wunder, Chunguita», sagte Josefino. «Du trinkst ja.»

«Angst hast du», sagte die Chunga, und einen Augenblick lang glitzerte es höhnisch in ihren Augen. «Wie du dich fürchtest, Unbezwingbarer.»

«Wüßte nicht weswegen», sagte Josefino. «Siehst ja, wie ich Wort gehalten hab, es hat keinen Krach gegeben.»

«Die Hose hast du so voll, daß nichts mehr reinpaßt», lachte die Chunga lustlos. «Die Stimme zittert dir, Josefino.»

III

Die nackten Beine des Sargento baumelten vom Treppchen des Verschlags und ringsum wogte alles, die bewaldeten Hügel, die Capironas auf der Plaza von Santa María de Nieva, sogar die Cabañas schwankten, wenn der laue und pfeifende Wind darüber hinblies. Das Dorf war reine Finsternis und die Guardias, nackt unter den Moskitonetzen, schnarchten. Der Sargento hatte sich eine Zigarette angesteckt und machte gerade die letzten Züge, als unerwartet hinter dem Binsengestrüpp, lautlos von den Wellen des Nieva herangetragen, das Motorboot auftauchte, achtern die kegelförmige Hütte, auf dem Deck einige Gestalten, die sich hin und her bewegten. Es herrschte kein Nebel und vom Posten aus war der Landeplatz im Mondlicht deutlich zu erkennen. Eine kleine Gestalt sprang vom Boot, rannte, den Pflökken ausweichend, über den Uferstreifen, verschwand im Dunkel der Plaza und tauchte, einen Augenblick danach und dem Verschlag schon sehr nahe, wieder auf und jetzt konnte der Sargento das Gesicht Lalitas erkennen, ihren entschlossenen Gang, ihr langes Haar, ihre kräftigen Arme, die in der Höhe ihrer stämmigen Hüften ruderten. Er richtete sich halb auf und wartete, bis sie am Fuß des Treppchens war.

«Guten Abend, Sargento», sagte Lalita. «Hab Glück, daß ich Sie wach antreffe.»

«Ich hab Wache, Señora. Guten Abend. Entschuldigen Sie.»

«Weil Sie in Unterhosen sind?» lachte Lalita. «Macht mir nichts aus, laufen die Chunchas vielleicht nicht schlimmer rum?»

«Bei dieser Hitze haben sie recht, wenn sie splitternackt rumlaufen.» Der Sargento, fast im Profil, nahm hinter dem Geländer Deckung. «Aber die Viecher halten ihr Festessen an einem, mir brennt schon der ganze Körper.»

Lalita hatte den Kopf zurückgeworfen und der Schein von dem Lämpchen im Verschlag beleuchtete ihr mit zahllosen und trokkenen kleinen Pickeln übersätes Gesicht und ihre losen Haare, die auch wogten, auf dem Rücken, wie ein Yaguagewebe aus allerfeinsten Fasern.

«Wir sind auf dem Weg nach Pato Huachana», sagte Lalita. «Da hat jemand Geburtstag, und das Feiern geht früh am Morgen los. Wir haben nicht früher weggekonnt.»

«Ist auch nicht nötig, Señora», sagte der Sargento. «Trinkt ein paar Gläschen auf mein Wohl.»

«Die Kinder nehmen wir auch mit», sagte Lalita. «Aber Bonifacia wollte nicht mitkommen. Sie wird ihre Angst vor den Leuten nicht los, Sargento.»

«Dummes Ding», sagte der Sargento. «Sich so eine Gelegenheit entgehen lassen, wo hier die Feste so selten sind.»

«Wir bleiben bis Mittwoch fort», sagte Lalita. «Wenn die Arme was braucht, würden Sie ihr helfen?»

«Mit Vergnügen, Señora», sagte der Sargento. «Nur, Sie haben's ja gesehen, die dreimal, die ich bei Ihnen war, ist sie nicht einmal an die Tür gekommen.»

«Frauen haben ihre Eigenheiten», sagte Lalita. «Haben Sie das noch nicht gemerkt? Jetzt, wo sie allein ist, bleibt ihr nichts anderes übrig, als herauszukommen. Schauen Sie doch mal vorbei, morgen.»

«Auf alle Fälle, Señora», sagte der Sargento. «Wissen Sie, wie das Boot aufgetaucht ist, hab ich geglaubt, es sei das Geisterschiff. Das mit den Skeletten, das die Nachtschwärmer holt. Ich war früher nicht abergläubisch, aber ihr habt mich angesteckt.»

Lalita bekreuzigte sich und bedeutete ihm mit der Hand zu schweigen, Sargento, er sah doch, daß sie des Nachts reisten, wie konnte er da von solchen Dingen reden? Bis Mittwoch also, hm, und Adrián ließ ihn grüßen. Sie entfernte sich, wie sie gekommen war, laufend, und ehe er in das Kontrollhaus trat, um sich anzuziehen, wartete der Sargento, bis die kleine Gestalt sich erneut zwischen den Pflöcken abzeichnete und auf das Boot sprang: Kamerad, man hat dir das Bett gemacht. Er schlüpfte ins Hemd, zog die Hose und die Schuhe an, langsam, umgeben vom ruhigen Atmen der Guardias und das Boot entfernte sich bestimmt schon zwischen den Kanus und Barkassen in Richtung auf den Marañón, und achtern senkte und hob wohl Adrián Nieves die Stake. Diese Leute aus der Selva, reisten mit ihrem Haus und allem, wie dieser Alte, dieser Aquilino, arbeitete der wirklich schon zwanzig Jahre auf den Flüssen? was für Sitten. Man hörte den Motor anspringen, ein mächtiges Gebrüll, das das Flattern und das Rumoren, das Zirpen der Grillen übertönte und dann schwächer wurde, sich entfernte und die Geräusche des Urwalds lebten eines nach dem andern wieder auf, eroberten wieder die Nacht: jetzt herrschte erneut nur das Gemurmel der Pflanzen und Tiere. Eine Zigarette zwischen den Lippen, die Hemdsärmel bis zu den Ellbogen hochgekrempelt, ging der Sargento nach allen Seiten spähend das Treppchen hinunter und bis zur Cabaña des Teniente: ein ersticktes, fast zitterndes Atmen drang durch das Metallgitter heraus. Er ging hastig den Pfad entlang, inmitten ununterscheidbaren Krächzens, der phosphoreszierenden Pupillen von Uhus und Eulen und der sich ständig wiederholenden, gereizten Melodie der Grillen, spürte, wie immer wieder etwas leicht seine Haut streifte, Stiche wie von Nadeln, trat zarte Pflanzenbüschel nieder, die ächzten, trockenes Laub, das flüsterte, während es unter seinen Tritten zerfiel. Als er vor der Cabaña des Lotsen Nieves angekommen war, wandte er sich um: weißliche Schwaden verschleierten das Dorf, aber auf der Höhe der Hügel schimmerte deutlich das Wohnhaus der Nonnen mit den weißen Mauern, den glänzenden Wellblechflächen, auch der Giebel der Kapelle war zu sehen und ihr schlanker grauer Turm, der in das riesige, hohle Blau hineinragte. Der ringsum aufstrebende Wall des Urwalds, immer von einer sanften Bewegung durchlaufen, stieß unablässig ein eintöniges Gemurmel aus, eine Art nimmer endendes, gutturales Gähnen, und auf dem Acker, in dem die Füße des Sargento versanken, streiften warme und schleimige Egel flüchtig seine Knöchel. Er bückte sich, befeuchtete sich die Stirn und kletterte die kleine Treppe hoch. Das Innere der Cabaña war dunkel und ein stechender Geruch, verschieden von dem des Urwalds, stieg von den Pfählen auf, so als lägen dort Essensreste oder irgendein verwestes Tier und dann schlug auf dem Feld ein Hund an. Jemand mochte den Sargento von dem Spalt aus beobachten, der die Hüttenwand vom Dach trennte, zwei von diesen unruhigen Lichtern mochten die Augen einer Frau sein, keine Leuchtkäfer: War er nun ein Mangache oder nicht? wo war sein Ungestüm denn geblieben? Auf Zehenspitzen schlich er über die Terrasse, blickte nach links und rechts, der Hund jaulte in der Ferne weiter. Der Vorhang war zugezogen und die schwarze Türöffnung der Cabaña atmete dichte Gerüche aus.

«Ich bin's, Don Adrián, der Sargento», rief er. «Entschuldigen Sie, daß ich Sie aufwecke.»

Etwas Wirres, ein plötzliches Hasten oder ein Wimmern, und dann wieder Stille. Der Sargento pirschte sich bis an die Türschwelle heran, hob die Taschenlampe und knipste sie an: ein kleiner gelber und runder Mond huschte nervös über Tonkrüge, Maiskolben, Töpfe, über einen Eimer Wasser hin, Don Adrián: Sind Sie da? Ich muß Ihnen etwas sagen, Don Adrián, und während der Sargento stammelte, glitt der Mond an der Hüttenwand hoch, schwerelos und bleich, ließ Stellagen voller Dosen sehen, kroch über die Bretter und schoß gierig von einem erloschenen Kohlenbecken zu ein paar Rudern, von einigen Umhängetüchern zu einer Rolle Riemen und, da! ein Kopf, der sich duckte, Knie, zwei Arme, die sich abwinkelten: Guten Abend, war Don Adrián nicht da? Der Mond war auf der Gestalt zur Ruhe gekommen, auf der zusammengekauerten Frau, das ranzige Licht bebte auf zwei reglosen Hüften. Warum tat sie, als schliefe sie? Der Sargento redete doch mit ihr und sie antwortete ihm nicht, warum denn, er tat zwei Schritte und der Kopf duckte sich tiefer unter die Arme, warum denn, Señorita: die Haut war so hell wie die Scheibe, die darüber hinglitt, eine rohgefärbte Itípak bedeckte ihren Körper von den Knien zu den Schultern. Der Sargento verstand mit Leuten umzugehen, warum hatte sie Angst vor ihm, kam er etwa als Dieb? Der Sargento fuhr sich mit der Hand über die Stirn und der Mond vibrierte, jagte umher, die Frau war verschwunden und die gelbe Aureole suchte sie jetzt, rettete Füße, Knöchel. Blieb haften, aber jetzt verriet der ausgestreckte Körper ein Frösteln, ein Erbeben, das sich wie unter sekundenlangen Windstößen wiederholte. Er war kein Dieb, Sargento war gar nicht wenig, er hatte seinen Sold, Wohnung und Verpflegung, brauchte niemandem etwas wegzunehmen, und krank war er auch nicht. Warum war sie so, Señorita? Sie sollte aufstehen, er wollte nur, daß sie sich einen Augenblick unterhielten, um sich besser kennenzulernen, hm? Er machte noch zwei Schritte und ging in die Hocke. Sie zitterte nicht mehr und war jetzt eine starre Gestalt, man hörte sie nicht atmen, warum hatte sie denn Angst vor ihm, na? und der Sargento streckte befangen eine Hand, na? nach den Haaren aus, brauchte doch keine Angst vor ihm zu haben, Schätzchen, das Gefühl rauher Fasern an den Fingerkuppen und dann, wie ein Aufbegehren im Dunkeln, fuhr etwas Hartes hoch, schlug zu und der Sargento fiel aufs Gesäß, fuchtelte mit den Händen um sich. Der Mond zeichnete eine Sekunde lang einen Schatten, der durch die Türöffnung huschte, auf der Terrasse knarrten die Bohlen unter hastigen Füßen, die flohen. Der Sargento rannte hinaus und sie stand am andern Ende, über das Geländer gebeugt, schüttelte den Kopf wie eine Irre, Schätzchen, wirst doch nicht in den Fluß springen. Der Sargento rutschte aus, Scheiße, und rannte weiter, was glaubst du eigentlich, sie sollte doch herkommen, Schätzchen, und sie hüpfte hin und her, prallte immer wieder gegen das Geländer, verschreckt wie ein Insekt, das in die Glasröhre einer Öllampe geraten ist. Sie sprang nicht in den Fluß, antwortete dem Sargento auch nicht, aber als der sie bei den Schultern packte, wirbelte sie herum und wehrte sich wie ein Jaguarjunges, Schätzchen, warum kratzte sie ihn denn? die Hüttenwand und das Geländer ächzten, warum biß sie ihn? und dämpften das dumpfe Ringen der zwei ringenden Körper, aber warum kratzte sie ihn denn, Schätzchen? und das verängstigte Stöhnen der Frau. Die Haut, das Hemd und die Hose des Sargento waren schweißnaß, der Atem des Dschungels war eine Glutwelle, die über ihn hinspülte, ihn triefend zurückließ, Schätzchen. Er hatte bereits ihre Hände umspannt, drängte sie mit dem ganzen Körper gegen die Hüttenwand und auf einmal trat er sie, brachte sie zu Fall und fiel mit ihr, hatte sich doch nicht weh getan, Dummchen? Auf dem Boden verteidigte sie sich kaum, stöhnte aber lauter, und der Sargento schien entbrannt, Schätzchen, Schätzchen, fluchte, biß die Zähne zusammen, siehst du? und kam immer mehr auf ihr zu liegen, Mamita. Er hatte sich nur unterhalten wollen, und sie war's gewesen, Gaunerin, sie hatte ihn in diesen Zustand gebracht, Schätzchen, und unter dem Körper des Sargento erwies sich ihrer als feucht, aber resigniert. Er bewegte sich leicht, als die Hand des Sargento an der Itípak zerrte und sie herunterriß, und verharrte dann still, während er ihre schwitzenden Schultern streichelte, die Brüste, die Lenden, Schätzchen: sie hatte ihn verrückt gemacht, er träumte seit dem ersten Tag von ihr, warum war sie davongelaufen? Dummchen, war sie nicht auch schon ganz heiß? Sie stieß mitunter ein Schluchzen aus, kämpfte aber nicht mehr und verharrte steif und träg, oder schlaff und träg, preßte jedoch hartnäckig die Schenkel gegeneinander, Dummchen, Schätzchen, warum tat sie das, na? sie sollte ihn doch ein bißchen umarmen, und der Mund des Sargento machte verzweifelte Versuche, diese zusammengeschweißten Lippen zu trennen und sein ganzer Körper hatte zu stoßen, gegen den andern zu klatschen begonnen, Schätzchen, wie unartig, was machte sie da, warum wollte sie nicht und öffnete ihr Mäulchen nicht, die Beine, Mamita: seit dem ersten Tag träumte er von ihr. Dann wurde der Sargento ruhig und sein Mund ließ ab von den geschlossenen Lippen, sein Leib fiel zur Seite, blieb auf dem Rücken auf den Brettern ausgestreckt liegen und atmete mühsam. Als er die Augen öffnete, stand sie aufrecht, blickte ihn an, und ihre Augen phosphoreszierten im Halbdunkel, ohne Feindseligkeit, mit einer Art von stillem Staunen. Der Sargento richtete sich ans Geländer gestützt auf, streckte eine Hand aus und sie ließ sich das Haar berühren, das Gesicht, Schätzchen, wie hatte sie ihm das antun können, was für ein Dummchen sie war, zum Leerlauf hatte sie ihn gezwungen, und er umarmte sie heftig und küßte sie. Sie leistete keinen Widerstand und, nach einem Augenblick, legten sich ihre Hände furchtsam auf die Schultern des Sargento, ohne Druck, als ruhten sie aus, Schätzchen: hatte sie bis jetzt noch keinen Mann gekannt, sag? Sie beugte sich ein wenig vor, reckte sich, drängte ihren Mund ans Ohr des Sargento: bis jetzt nicht, Patroncito, nein.

«Wir waren auf dem Apaga, und die Huambisas hatten Spuren entdeckt», sagte Fushía. «Und ich hab mich von den Hundskerlen anführen lassen. Man muß ihnen nachgehen, Patrón, die haben bestimmt viel Gummi bei sich, gehen das abliefern, was sie das Jahr über eingesammelt haben. Ich hab mich rumkriegen lassen, und wir sind den Spuren nachgegangen, aber die Hundskerle waren nicht auf Gummi aus, sondern auf den Überfall.»

«Sind eben Huambisas», sagte Aquilino. «Hättest sie eigentlich kennen sollen, Fushía. Und so seid ihr also auf die Shapras gestoßen?»

«Ja, am Pushaga», sagte Fushía. «Sie hatten natürlich kein Kügelchen Gummi und haben uns einen Huambisa umgelegt, bevor wir gelandet sind. Die andern sind wild geworden, wir haben sie nicht halten können. Du kannst's dir nicht vorstellen, Aquilino.»

«Kann ich mir durchaus vorstellen, ein schreckliches Gemetzel wird's gewesen sein», sagte Aquilino. «Sie sind die rachsüchtigsten von allen Eingeborenen. Haben sie viele umgebracht?»

«Nein, fast alle Shapras hatten noch Zeit, sich im Dschungel zu verstecken», sagte Fushía. «Nur zwei Frauen waren noch da, wie wir ins Dorf gekommen sind. Einer haben sie den Kopf abgeschnitten, und die andere ist die, die du kennst. Aber es war nicht leicht, sie zur Insel mitzunehmen. Mit dem Revolver hab ich ihnen drohen müssen, sie wollten sie nämlich auch umbringen. So hat das mit der Shapra angefangen, Alter.»

Zwei Huambisas waren gekommen? Lalita rannte ins Dorf, Aquilino klammerte sich an ihren Rock, und einige Frauen heulten und kreischten: am Pushaga hatten sie einen umgebracht, Patrona, die Shapras hatten ihn mit einem vergifteten Bolzen umgebracht. Und der Patrón und die andern? Es war ihnen nichts zugestoßen, sie würden später kommen, fuhren langsam, brachten viel Beute mit, die sie in einer Aguarunasiedlung am Apaga gemacht hatten. Lalita ging nicht zur Cabaña zurück, blieb bei den Lupunas stehen und blickte über die Lagune, zur Mündung des Pflanzentunnels, und wartete darauf, daß sie auftauchten. Aber sie wurde des Wartens müde und vertrieb sich die Zeit, indem sie auf der Insel umherwanderte, Aquilino immer noch an ihren Rock geklammert: das Bassin der Charapas, die drei Cabañas der Weißen. Die Huambisas hatten ihre Angst vor den Lupunas längst verloren, hatten ihre Hütten darunter aufgestellt, berührten sie, und die Angehörigen des Toten weinten immer noch, wälzten sich auf der Erde. Aquilino lief auf ein paar alte Weiber zu, die Ungurabiblätter zu Matten verflochten. Die Dächer müssen ausgewechselt werden, sagten sie, sonst kommt der Regen, dringt ein und macht uns naß.

«Wie alt war denn die Shapra, als du sie auf die Insel gebracht hast?» sagte Aquilino.

«War noch ein Mädchen, vielleicht zwölf Jahre», sagte Fushía. «Und war noch frisch, Aquilino, hatte noch niemand etwas mit ihr zu tun gehabt. Und hat sich nicht wie ein Vieh benommen, Alter, Liebkosungen hat sie erwidert, war zärtlich wie ein Junges.»

«Die arme Lalita», sagte Aquilino. «Die wird ein Gesicht gemacht haben, wie sie dich mit der hat ankommen sehen, Fushía.»

«Mit der Sau brauchst du kein Mitleid zu haben», sagte Fushía. «Heute tut's mir leid, daß ich diese undankbare Nutte nicht richtig hab leiden lassen.»

Waren sie wild, streitsüchtig? Vielleicht, aber zu Aquilino waren sie gut. Haben ihm beigebracht, wie man Pfeile macht, Harpunen, haben ihn mit den Staken spielen lassen, wenn sie sie zuspitzten, um ihre Blasrohre zu machen, und für bestimmte Dinge taugten sie vielleicht nicht viel, aber – hatten nicht sie die Cabañas und die kleinen Saatflächen und die Umhängetücher gemacht? hatten nicht sie etwas zum Essen gebracht, als die Konserven Don Aquilinos zu Ende gingen? Und Fushía, zum Glück sind's Wilde und geben sich mit Schlägereien und Racheakten zufrieden, wenn wir die Beute mit ihnen teilen müßten, würden wir arm bleiben, und Lalita, wenn sie mal reich würden, Fushía, eines Tages, dann würden sie's den Huambisas verdanken.

«Als Junge, in Moyobamba, da sind wir zu vielen losgezogen, um den Frauen der Lamistas aufzulauern», sagte Aquilino. «Manchmal hat sich eine von den andern entfernt, und wir haben uns über sie hergemacht, ohne darauf zu achten, ob sie alt oder jung, hübsch oder häßlich war. Aber mit einer Chuncha kann's nie so sein wie mit einer Christin.»

«Mit der ist's mir eben anders gegangen, Alter», sagte Fushía. «Ich hab nicht nur gern mit ihr gevögelt, bin auch gern mit ihr in der Hängematte liegen geblieben und hab sie zum Lachen gebracht. Ich hab immer gesagt, schade, daß ich nicht Shapra kann, damit wir hätten miteinander reden können.»

«*Caramba*, Fushía, du grinst ja!» sagte Aquilino. «Du erinnerst dich an die und kriegst gute Laune. Was hättest du ihr denn gern gesagt?»

«Irgendwas», sagte Fushía. «Wie heißt du, leg dich auf den Rücken, lach noch mal. Oder sie hätt mich ausfragen können, über mein Leben, und ich hätte ihr erzählt.»

«Mensch!» sagte Aquilino. «Da hast du dich in die kleine Chuncha verliebt.»

Zu Anfang war es, als sähen sie sie nicht oder als existierte sie nicht. Lalita kam vorbei, und sie klopften weiter auf die Chambirarinden, lösten die Fasern heraus und hoben den Kopf nicht. Danach begannen die Frauen sich umzudrehen, über sie zu lachen, aber sie antworteten nicht, und sie, vielleicht verstanden sie sie nicht? vielleicht hatte Fushía ihnen verboten, mit ihr zu sprechen? Aber mit Aquilino haben sie gespielt, und einmal ist eine Huambisa angerannt gekommen, hat sie eingeholt und dem Aquilino eine Halskette aus Saatkörnern und Muscheln umgehängt, diese Huambisa, die dann weggegangen ist, ohne sich zu verabschieden, und nie wieder zurückgekommen ist. Und Fushía, das war das Schlimmste am Ganzen, sie kamen, wann sie wollten, gingen, wann's ihnen Spaß machte, tauchten nach so und so vielen Monaten wieder auf, wie wenn nichts gewesen wäre: eine verfluchte Sache, sich mit Wilden herumzuschlagen, Lalita.

«Die Arme hatte panische Angst vor ihnen, ein Huambisa hat bloß heranzukommen brauchen, und sie hat sich mir zu Füßen geworfen, mich umarmt und gezittert», sagte Fushía. «Hat mehr Angst vor den Huambisas gehabt als vorm Teufel, Alter.»

«Wer weiß, vielleicht war die Frau, die sie am Pushaga umgebracht haben, ihre Mutter», sagte Aquilino. «Außerdem: hassen nicht alle Heiden die Huambisas? Denn die sind stolz, verachten alle und sind bösartiger als jeder andere Stamm.»

«Ich zieh sie den andern vor», sagte Fushía. «Nicht nur, weil sie mir geholfen haben. Mir gefällt ihre Art. Hast du je einen Huambisa als Dienstboten oder als Peón gesehen? Sie lassen sich nicht ausbeuten von den Christen. Bloß Jagen und Kriegführen gefällt ihnen.»

«Drum wird man auch alle ausrotten, keiner wird übrigbleiben, nicht einmal als Warenprobe», sagte Aquilino. «Aber du hast sie nach Strich und Faden ausgenutzt, Fushía. Das ganze Unheil, das sie am Morona, am Pastaza und am Santiago angerichtet haben, war, damit du Geld verdienst.»

«Ich war derjenige, der ihnen Flinten verschafft und sie zu ihren Feinden geführt hat», sagte Fushía. «Sie haben mich nicht als Patrón gesehen, sondern als Bundesgenossen. Was machen sie wohl jetzt mit der Shapra? Werden sie dem Pantacha weggenommen haben, bestimmt.»

Die Angehörigen des Toten heulten immer noch und stachen sich mit Dornen, bis Blut floß, Patrona, um Ruhe zu haben, mit dem bösen Blut verschwinden auch der Schmerz und das Leiden, und Lalita, wer weiß? vielleicht war's wahr, wenn sie wieder mal Schmerzen hatte, würde sie sich auch Dornen in die Haut rammen, dann würde man ja sehen. Und auf einmal standen Männer und Frauen auf und rannten zum Uferabhang. Sie kletterten die Lupunas hoch, deuteten auf die Lagune, kamen sie? Ja, aus der Tunnelmündung kam ein Kanu heraus, ein Puntero [11], Fushía, viele Lasten, noch ein Kanu, Pantacha, Jum, noch mehr Lasten, Huambisas und der Lotse Nieves. Und Lalita, schau nur, Aquilino, soviel Gummi, soviel hatte sie noch nie gesehen, Gott half ihnen, bald würden sie reich sein und nach Ecuador gehen, und Aquilino quietschte, ob er es verstand? aber der arme Huambisa, den sie umgebracht hatten.

«Jetzt ist er wohl ohne Frau und ohne Patrón», sagte Fushía. «Er sucht mich bestimmt überall, der Arme, hat bestimmt geheult und geschrien vor Kummer.»

«Du kannst kein Mitleid mit Pantacha haben», sagte Aquilino. «Ein Christenmensch, dem nicht mehr zu helfen ist, das Gesöff hat ihn verrückt gemacht. Der hat bestimmt nicht einmal gemerkt, daß du nicht mehr da bist. Wie ich zur Insel gekommen bin, dieses letzte Mal, hat er mich nicht einmal erkannt.»

«Wer glaubst du hat mir zu essen gegeben, nachdem die verfluchten Schufte abgehauen waren?» sagte Fushía. «Er hat gekocht für mich, ist auf die Jagd und zum Fischen gegangen für mich. Ich hab nicht mehr aufstehen können, Alter, und er den ganzen Tag neben meinem Bett, wie ein Hund. Er hat bestimmt geweint, Alter, glaub's mir.»

«Ich hab das Zeug auch manchmal getrunken. Aber bei Pantacha ist ein Laster draus geworden, er wird bald sterben.»

Die Huambisas luden die schwarzen Ballen aus, die Häute, planschten zwischen den Kanus herum. Lalita winkte ihnen vom Abhang aus zu, und dann tauchte sie auf: war keine Huambisa, auch keine Aguaruna, und war wie für ein Fest gekleidet: grüne, gelbe, rote Halsketten, ein Diadem aus Federn, Plättchen in den Ohren, und eine große Itípak mit schwarzen Mustern. Die Huambisafrauen am Abhang starren sie auch an, Shapra? Shapra, murmelten sie, und Lalita packte Aquilino, lief zur Cabaña und setzte sich auf das Treppchen. Es dauerte eine Weile, in der Ferne sah man die Huambisas vorbeiziehen, das Gummi auf den Schultern, und Pantacha, der die Häute in der Sonne ausbreiten ließ. Endlich kam der Lotse Nieves, den Strohhut in der Hand: sie waren weit weg gewesen, Patrona, und hatten viele Schnellen umfahren müssen, deswegen hatte die Reise so lange gedauert, und sie, über einen Monat. Am Pushaga war ein Huambisa getötet worden, und sie wußte es schon, die heute morgen gekommen waren, hatten es ihr erzählt. Der Lotse setzte seinen Hut auf und verschwand in seiner Cabaña. Später kam Fushía, und sie folgte ihm. Auch ihr Gesicht war festlich, stark geschminkt, und beim Gehen klickten die Plättchen, die Halsketten, Lalita: er hatte ihr dieses Dienstmädchen mitgebracht, eine Shapra vom Pushaga. Sie hatte Angst vor den Huambisas, verstand kein Wort, sie würde ihr ein bißchen Spanisch beibringen müssen.

«Immer sprichst du schlecht von Pantacha», sagte Fushía. «Du hast ein gutes Herz für alle, außer für ihn.»

«Ich hab ihn aufgelesen und hab ihn zur Insel gebracht», sagte Aquilino. «Wenn ich nicht gewesen wäre, wär er schon längst tot. Aber er widert mich an. Er wird wie ein Vieh, Fushía. Schlimmer noch: schaut ohne zu sehen, lauscht ohne zu hören.»

«Mich widert er nicht an, denn ich kenn seine Geschichte», sagte Fushía. «Pantacha hat keinen Charakter, und wenn er träumt, fühlt er sich stark, dann vergißt er die schlimmen Dinge, die ihm zugestoßen sind, und einen Freund, der ihm am Ucayali gestorben ist. Wo hast du ihn eigentlich gefunden, Alter? Ungefähr hier, nicht?»

«Weiter unten, an einer kleinen Uferlichtung», sagte Aquilino. «Phantasiert hat er, war halb nackt und ist fast gestorben vor Hunger. Hab gleich gemerkt, daß er auf der Flucht war. Hab ihm was zu essen gegeben, und er hat mir die Hände geleckt, grad wie ein Hund, wie du vorhin gesagt hast.»

«Gib mir einen Schluck Schnaps», sagte Fushía. «Und jetzt werd ich vierundzwanzig Stunden lang schlafen. Die Reise war fürchterlich, das Kanu von Pantacha ist gekentert, ehe wir durch den Tunnel gefahren sind. Und am Pushaga haben wir einen Zusammenstoß mit den Shapras gehabt.»

«Gib sie Pantacha oder dem Lotsen», sagte Lalita. «Ich hab schon Dienstmädchen, brauch die da nicht. Wozu hast du dir die mitgebracht?»

«Damit sie dir hilft», sagte Fushía. «Und weil die Hundskerle sie haben umbringen wollen.»

Aber Lalita hatte zu wimmern angefangen, war sie etwa keine gute Frau gewesen? war sie nicht immer mit ihm gegangen? hielt er sie für blöde? hatte sie nicht stets getan, was er wollte? und Fushía zog sich gelassen aus und ließ die Kleidungsstücke durch die Luft segeln, wer bestimmte hier? seit wann widersprach sie ihm? Und zuletzt, verfluchte Scheiße noch mal: ein Mann war nicht wie eine Frau, der mußte ein wenig Abwechslung haben, das Gewimmer konnte er nicht leiden, und überhaupt, worüber beklagte sie sich denn, wo die Shapra ihr doch nichts wegnehmen würde, hatte es ihr ja schon gesagt, sie würde Dienstmädchen sein.

«Bis sie ohnmächtig war, blutig hast du sie geschlagen», sagte Aquilino. «Ich bin einen Monat später angekommen, und die Lalita hat immer noch am ganzen Leib blaue Flecke gehabt.»

«Sie hat dir erzählt, daß ich sie verprügelt hab, aber nicht, daß sie die Shapra hat umbringen wollen», sagte Fushía. «Ich war grad am Einschlafen, da hab ich sie den Revolver packen sehen, und da ist mir die Wut gekommen. Außerdem hat's mir die Schlampe mehr als zurückgezahlt, daß ich sie ein paarmal versohlt hab.»

«Die Lalita hat ein Herz aus Gold», sagte Aquilino. «Wenn sie mit Nieves durchgebrannt ist, dann nicht, um sich an dir zu rächen, sondern aus Liebe. Und wenn sie die Shapra hat töten wollen, dann vermutlich aus Eifersucht, nicht aus Haß. Hat sie sich mit der auch angefreundet, später?»

«Mehr als mit den Achuales», sagte Fushía. «Hast du das denn nicht gemerkt? Sie wollte nicht, daß ich sie an Nieves abgab, und hat gesagt, sie sollte lieber bei mir bleiben, das tät mir gut. Und wie Nieves sie dann an Pantacha weitergegeben hat, haben sie und die Shapra zusammen geflennt. Hat ihr Spanisch und alles beigebracht.»

«Frauen sind eigenartig, manchmal ist's schwer, sie zu begreifen», sagte Aquilino. «Aber jetzt wollen wir was essen. Nur – die Streichhölzer sind naß geworden, weiß nicht, wie ich den Kocher zum Brennen bringen soll.»

Sie war schon alt damals, lebte allein und ihr einziger Gesellschafter war der Esel, das Lasttier mit dem gelblichen Fell und der gemächlichen und umständlichen Gangart, auf das sie jeden Morgen die Körbe mit der am Abend vorher in den Häusern der Principales abgeholten Wäsche lud. Sobald der Sandregen nachließ, tauchte Juana Baura aus der Gallinacera auf, in der Hand eine Gerte von einem Algarrobabaum, mit der sie von Zeit zu Zeit das Tier antrieb. Da, wo das Geländer am Malecón unterbrochen ist, bog sie ein, bewegte sich mit kleinen Rutschern einen staubigen Abhang hinab, ging unter den Metallträgern der Alten Brücke hindurch und ließ sich da nieder, wo der Piura ein Loch ins Flußufer gebissen hat und ein kleines Stauwasser bildet. Auf einem großen Stein im Fluß sitzend, das Wasser bis zu den Knien, fing sie an zu waschen, und der Esel ließ sich unterdessen, so wie ein Faulenzer oder ein sehr müder Mensch das tun würde, in den lockeren Sand fallen, schlief oder sonnte sich. Manchmal waren noch andere Wäscherinnen da, mit denen sie sich unterhalten konnte. Wenn sie allein war, wrang sie ein Umhängetuch aus, trällerte, spülte, Quacksalber, Halsabschneider, bringst mich fast um, seifte ein Bettuch ein, morgen ist erster Freitag, Padre García, ich bereue meine Sünden. Der Fluß hatte ihre Fußknöchel und Hände gebleicht, erhielt sie geschmeidig, frisch und jung, aber die Zeit runzelte den übrigen Körper immer mehr, ließ ihn dunkler werden. Beim Hineinwaten in den Fluß waren ihre Füße daran gewöhnt, in ein nachgiebiges Sandbett zu sinken; mitunter spürten sie statt des schwachen Widerstands etwas Festes oder etwas Zähes, Glitschiges wie einen im Schlamm gefangenen Fisch: diese unmerklichen Unterschiede waren das einzige, was die immer gleiche Morgenroutine änderte. Aber an jenem Sonnabend hörte sie plötzlich hinter sich ein Schluchzen, ganz nah und herzzerreißend: sie verlor das Gleichgewicht und kam im Wasser zu sitzen, der Korb, den sie auf dem Kopf trug, fiel um, die Wäschestücke trieben davon. Knurrend und grapschend erwischte sie den Korb, die Hemden, die Unterhosen und Kleider und dann erblickte sie Don Anselmo: er hielt den Kopf kraftlos zwischen den Händen und das Wasser am Ufer umspülte seine Stiefel. Der Korb fiel erneut in den Fluß, und ehe die Strömung ihn überwältigte und versenkte, war Juana am Ufer und über den Mann gebeugt. Verwirrt stammelte sie einige Worte der Überraschung und des Trostes und Don Anselmo weinte weiter, ohne den Kopf zu heben. Weinen Sie doch nicht, sagte Juana, und der Fluß bemächtigte sich der Wäschestücke, zerrte sie lautlos immer weiter weg. Um Gottes willen, beruhigen Sie sich, Don Anselmo, was ist denn passiert? sind Sie krank? Doktor Zevallos wohnt gegenüber, soll ich ihn rufen? wie Sie mich erschreckt haben! Der Esel hatte die Augen aufgeschlagen, betrachtete die beiden von der Seite her. Don Anselmo mußte schon eine ganze Weile dagesessen haben, seine Hose, sein Hemd und seine Haare waren voller Sandspritzer, und der neben seine Füße gefallene Hut war mit Erde bedeckt. Um alles, was Ihnen lieb ist, Don Anselmo, sagte Juana, was haben Sie denn? muß ja etwas sehr Trauriges sein, wenn Sie weinen wie ein Weib. Und Juana bekreuzigte sich, als er den Kopf hob: die Lider geschwollen, tiefe Ringe unter den Augen, lange und verschmutzte Bartstoppeln. Und Juana, Don Anselmo, Don Anselmo, sagen Sie doch, kann ich Ihnen helfen? und er, Señora, ich hab auf Sie gewartet, und seine Stimme brach. Auf mich, Don Anselmo? sagte Juana, die Augen weit aufgerissen. Und er nickte, ließ den Kopf wieder auf die Arme sinken, schluchzte, und sie, aber Don Anselmo, und er jaulte auf, die Toñita ist gestorben, Doña Juana, und sie, was sagen Sie? mein Gott, was sagen Sie, und er, wir haben zusammen gelebt, seien Sie mir nicht böse, und die Stimme versagte ihm. Dann streckte er mit großer Anstrengung einen seiner Arme aus und deutete auf die Sandwüste: der grüne Bau blitzte unter dem blauen Himmel. Aber Juana Baura sah ihn nicht. Stolpernd hatte sie den Malecón erreicht, rannte weg und kreischte entsetzt, wo sie vorbeikam, gingen Fenster auf und verwunderte Gesichter zeigten sich.

Julio Reátegui hebt die Hand: es reichte schon, er sollte verschwinden. Der Cabo Roberto Delgado richtet sich auf, läßt den Riemen los, wischt sich über das verschwitzte Gesicht, in das das Blut geschossen ist, und der Capitán Quiroga, bist zu weit gegangen, war er taub oder verstand er die Befehle nicht? Er nähert sich dem daliegenden Urakusa, bewegt ihn mit dem Fuß, der Mann winselt schwach. Der tat nur so, *mi capitán*, spielte den Schlauberger, er würde ja sehen. Der Cabo flucht, reibt sich die Hände, holt mit dem Fuß aus, tritt und beim zweiten Fußtritt springt der Aguaruna wie eine Katze auf, *caramba*, der Cabo hatte recht, hält was aus, der Kerl, und hetzt davon, kupferfarben, geduckt, der Capitán hatte geglaubt, sie wären zu weit gegangen. Es blieb nur noch einer, Señor Reátegui, und dann noch Jum, den auch? Nein, den Dickkopf nahmen sie mit nach Santa María de Nieva, Capitán. Julio Reátegui nimmt einen Schluck aus seiner Feldflasche und spuckt aus: sie sollten den andern bringen und endlich ein Ende machen, Capitán, war er nicht müde? wollte er ein Schlückchen? Der Cabo Roberto Delgado und zwei Soldaten gehen auf die Hütte der Gefangenen zu, über die Mitte der Lichtung. Ein Aufschluchzen zuckt durch die Stille der Siedlung und alle blicken hinüber zu den Zelten: die Kleine und ein Soldat balgen sich nahe am Abhang, beide sind undeutlich zu sehen vor einem dunkelnden Himmel. Julio Reátegui steht auf, macht einen Trichter mit seinen Händen: Was hatte er ihm gesagt, Kerl? Sie sollte es nicht sehen, warum steckte er sie nicht ins Zelt, und der Capitán, Arschloch! die Faust in der Luft: er sollte mit ihr spielen, sie ablenken. Ein feiner Regen fällt auf die Hütten von Urakusa und vom Abhang steigen winzige Dampfwölkchen herauf, der Urwald bläst Schwaden heißer Luft über die Lichtung, der Himmel ist bereits voller Sterne. Der Soldat und die Kleine verschwinden in einem Zelt und der Cabo Roberto Delgado und zwei Soldaten kommen und schleppen einen Urakusa an, der sich vor dem Capitán aufstellt und etwas knurrt. Julio Reátegui gibt dem Dolmetscher ein Zeichen: Strafe wegen Mißachtung der Behörden, nie wieder einen Soldaten anrühren, nie wieder Patrón Escabino betrügen, sonst würden sie zurückkommen und die Strafe würde schlimmer sein. Der Dolmetscher grunzt und gestikuliert und währenddessen schöpft der Cabo Luft, reibt sich die Hände, nimmt den Riemen, Señor. Übersetzen? ja, verstehen? ja und der Urakusa, klein, dickbäuchig, weicht nach links und rechts aus, hüpft hoch wie eine Grille, schielt, versucht aus dem Kreis auszubrechen und die Soldaten wirbeln herum, sind wie ein Strudel, zerren ihn, stoßen ihn. Endlich hält der Mann still, legt die Hände schützend vors Gesicht, duckt sich. Ohne zu wanken hält er es eine gute Weile aus, brüllt bei jedem Riemenstreich auf, dann stürzt er zu Boden und der Gobernador hebt die Hand: er sollte verschwinden, waren die Moskitonetze fertig? Ja, Don Julio, alles war bereit, aber Moskitonetze oder nicht, dem Capitán hatten sie während der ganzen Reise das Gesicht zerstochen, es brannte, und der Gobernador, schön aufpassen auf Jum, Capitán, ja nicht allein lassen. Der Cabo Delgado lacht: der würde nicht entwischen, Señor, selbst wenn er zaubern könnte, war gefesselt und außerdem würde die ganze Nacht durch jemand Wache stehen. Auf dem Boden sitzend, blickt der Urakusa die einen und andern mißtrauisch an. Es regnet nicht mehr, die Soldaten bringen trocknes Brennholz, entfachen ein Lagerfeuer, Flammen züngeln neben dem Aguaruna hoch, der vorsichtig den Brustkorb und die Schultern abtastet. Auf was wartete der, mehr Hiebe? Gelächter unter den Soldaten und der Gobernador und der Capitán sehen zu ihnen hin. Sie sitzen in der Hocke vor dem Feuer, die sprühenden Funken röten und entstellen ihre Gesichter. Was gab's zu kichern? He, du da, und der Dolmetscher kommt heran: Mann bleiben. *Mi capitán.* Der Offizier verstand nicht, er sollte deutlicher reden und Julio Reátegui grinst: es war der Mann einer der Frauen in der Cabaña, und der Capitán, ah, darum verzog sich der Gauner nicht, jetzt verstand er. Ja richtig, Julio Reátegui hatte die Damen auch ganz vergessen, Capitán. Geräuschlos, gleichzeitig erheben sich die Soldaten und nähern sich aneinandergedrängt dem Gobernador: die Augen starr, die Münder verkniffen, die Blicke fiebernd. Aber der Gobernador war die Amtsperson, Don Julio, ihm standen die Entscheidungen zu, der Capitán führte nur Befehle aus. Julio Reátegui betrachtet die wie Kletten aneinandergeballten Soldaten, über den ununterscheidbaren Körpern sind die Köpfe ihm zugereckt, der Schein des Lagerfeuers zuckt auf den Wangen und Stirnen. Sie lächeln nicht, senken auch den Blick nicht, warten reglos, die Münder leicht geöffnet: bah, der Gobernador zuckt die Achseln, wenn sie unbedingt wollten. Undeutlich, anonym zittert ein Murmeln über den Köpfen, die Runde der Soldaten löst sich in Gestalten auf, Schatten, die die Lichtung überqueren, das Geräusch von Schritten, der Capitán hustet und Julio Reátegui zieht eine entmutigte Grimasse: und die waren nun schon halb zivilisiert, Capitán, und wie stellten sie sich an wegen ein paar verlauster Vogelscheuchen, er würde die Menschen nie verstehen. Der Capitán hat einen Hustenanfall, aber machte man in der Selva nicht auch sehr viele Entbehrungen durch, Don Julio? und fuchtelt wie wild vor seinem Gesicht herum, es gab eben keine Weiber in der Selva, man packte, was einem unter die Finger kam, er klatscht sich gegen die Stirn, und schließlich lacht er nervös: die jungen Mädchen hatten Negerzitzen. Julio Reátegui sieht auf, sucht die Augen des Capitáns, der macht ein ernstes Gesicht: natürlich, Capitán, da hatte er auch wieder recht, wer weiß, vielleicht wurde er nur alt, wer weiß, wenn er jünger wäre, würde er vielleicht auch mit den Soldaten zu diesen Damen gegangen sein. Der Capitán schlägt sich jetzt ins Gesicht, auf die Arme, Don Julio, er ging jetzt schlafen, die Biester fraßen ihn bei lebendigem Leib, er glaubte sogar, eines verschluckt zu haben, manchmal hatte er Albträume, Don Julio, da überfielen ihn ganze Moskitoschwärme. Julio Reátegui gibt ihm einen Klaps auf den Arm: in Nieva würde er ihm irgendein Mittel besorgen, hier draußen war's schlimmer, des Nachts gab's so viele, er sollte gut schlafen. Der Capitán Quiroga entfernt sich mit langen Schritten zu den Zelten, sein Husten verliert sich in dem schallenden Gelächter, den *carajos* und dem Weinen, die durch die Nacht von Urakusa gellen wie Echos von einem fernen Männerfest. Julio Reátegui steckt sich eine Zigarette an: der Urakusa kauert immer noch ihm gegenüber und beobachtet ihn verstohlen. Reátegui stößt den Rauch nach oben aus, viele Sterne leuchten am Himmel, der wie ein Meer aus Tinte ist, der Rauch steigt hoch, zerflattert und löst sich auf, und das Feuer zu seinen Füßen verendet schon wie ein alter Hund. Jetzt rührt sich der Urakusa, entfernt sich kriechend, sich mit den Füßen vorwärtsschiebend, sieht aus, als schwämme er unter Wasser. Etwas später, das Feuer ist schon ausgegangen, ist ein Schreien zu hören, von der Cabaña her? ganz kurz, nein, von den Zelten her, und Julio Reátegui fängt an zu laufen, eine Hand hält den Helm fest, wirft den Zigarettenstummel weg, ohne stehenzubleiben, dringt er in das Zelt ein und das Schreien hört auf, ein Feldbett knarrt und in der Finsternis schnauft jemand entsetzt: wer war da? Sie, Capitán? Die Kleine hatte Angst, Don Julio, und er war gekommen, um nachzusehen, scheinbar hatte der Soldat sie erschreckt, aber der Capitán hatte ihm schon den Kopf gewaschen. Sie treten aus dem Zelt, der Capitán bietet dem Gobernador eine Zigarette an und der lehnt ab: er würde sich um sie kümmern, Capitán, brauchte sich nicht zu sorgen, sollte ruhig schlafen gehen. Der Capitán tritt ins Nachbarzelt und Julio Reátegui geht tappend an das Feldbett zurück, setzt sich auf den Rand, seine Hand berührt sacht einen kleinen, angespannten Körper, gleitet über eine bloße Schulter, strohtrockenes Haar: schon gut, schon gut, brauchte keine Angst mehr vor dem Rohling zu haben, der Rohling war schon weg, gut, daß sie geschrien hatte, in Santa María de Nieva würde sie sehr glücklich sein, würde schon sehen, die Nönnchen würden sehr lieb sein, würden schön auf sie aufpassen, auch die Señora Reátegui würde schön auf sie aufpassen. Seine Hand streichelt die Haare, die Schulter, bis der Körper der Kleinen sich lockert und ihr Atem ruhiger wird. Draußen auf der Lichtung sind immer noch die Schreie, die *carajos* zu hören, erhitzter jetzt und komisch, und man hört Gerenne und dann wieder urplötzliche Stille: schon gut, schon gut, armes Geschöpf, sie sollte jetzt schlafen, er würde wachen.

Die Musik hatte aufgehört, die Leóns applaudierten, Lituma und die Selvática kehrten zurück an die Theke, die Chunga schenkte ein, Josefino trank weiterhin allein. Unter dem harmlosen Schimmern der blauen, grünen und violetten Lichter drehten sich zum Takt des Gemurmels und der Gespräche um sie herum noch vereinzelte Paare mechanisch und lethargisch auf der Tanzfläche. An den Tischen in den Ecken waren nun auch weniger Leute; die Mehrzahl der Männer und die Insassinnen und die Euphorie der Nacht hatten sich um die Bar konzentriert. Dicht gedrängt und lärmend standen sie davor und tranken Bier, die Lachsalven der Mulattin Sandra klangen wie Geheul, und ein Dicker mit Schnurrbart und Brille hißte sein gelbes Glas wie eine Fahne, er war als gemeiner Soldat bei dem Feldzug in Ecuador dabeigewesen, jawoll, mein Herr, und den Hunger, die Läuse, den Heldenmut der Cholos, das vergaß er nicht, auch die Sandflöhe nicht, die unter die Nägel drangen und nicht einmal mit Kanonen darunter hervorzuholen waren, jawoll, mein Herr, und der Affe, urplötzlich und lauthals: *Viva el Ecuador!* Die Männer und die Insassinnen verstummten, die lustigen großen Augen des Affen zwinkerten spitzbübisch nach links und rechts, und nach einigen Sekunden der Unschlüssigkeit und der Verblüffung schob der Dicke José beiseite und packte den Affen bei den Rockaufschlägen, schüttelte ihn wie einen Putzlumpen, was wollte er denn von ihm? er sollte das wiederholen, wenn er Hosen anhatte, zeigen, daß er ein Kerl war, und der Affe, mit einem Riesenlächeln: *Viva el Perú!* Da lachten alle, Sandra wie ein Panther, der Dicke knabberte an seinem Schnurrbart, Josefino und José hatten sich unter die Gruppe gemischt und der Affe zog seine Jacke zurecht.

«Scherze über den Patriotismus dulde ich nicht, Freund», der Dicke klopfte dem Affen auf die Schulter, nicht mehr grollend. «Sie haben mich zum Narren gehalten, gestatten Sie, daß ich Sie zu einem Bier einlade.»

«Ach, wie schön das Leben ist!» sagte José. «Jetzt wollen wir die Hymne singen.»

Alle stellten sich in einer Reihe dicht gedrängt an der Theke auf und schrien nach mehr Bier. So, jubelnd und eng aneinander, mit schwimmenden Augen, kreischender Stimme, schweißgebadet, tranken, rauchten, stritten sie, und ein schielender junger Mann, dessen steifes Haar wie eine Bürste abstand, umarmte die Mulattin Sandra, ich stell Ihnen meine Zukünftige vor, Genosse, und sie riß den Mund auf, zeigte ihr rotes und gefräßiges Zahnfleisch, ihre Goldzähne und bog sich vor Lachen. Auf einmal fiel sie wie eine große Katze über den Jungen her, küßte ihn gierig auf den Mund und er zappelte in ihren schwarzen Armen, wie eine Fliege in einem Spinnennetz, protestierte. Die Unbezwingbaren tauschten verschwörerische, spöttische Blicke, packten den Schielenden, er konnte sich nicht rühren, da hast du ihn, Sandra, wir schenken ihn dir, verschluck ihn roh, sie küßte ihn, biß ihn und eine Art hektischer Übermut bemächtigte sich der Gruppe, neue Paare drängten sich hinzu und sogar die Musikanten kamen aus ihrem Winkel hervor. Von fern lächelte müde der Jüngling Alejandro, und Don Anselmo, gefolgt vom Bullen, ging hin und her, aufgeregt, dem Krach nachschnuppernd, was ist denn, was ist los, sagen Sie doch. Sandra ließ ihr Opfer los, als er sich mit dem Taschentuch über das Gesicht wischte, verschmierte er das Rouge und sah aus wie ein Clown, man reichte ihm ein Glas Bier, er schüttete es sich ins Gesicht, man klatschte Beifall und mit einemmal fing Josefino an, sich in dem Tumult suchend umzublicken. Er stellte sich auf die Zehen, bückte sich, trat schließlich aus dem Ring heraus und suchte das ganze Lokal ab, warf Stühle um, verschwand und tauchte wieder auf in der schlechten und verräucherten Luft. Er rannte zur Theke zurück.

«Ich hab recht gehabt, Unbezwingbarer», sagte der lippenlose Mund der Chunga. «Dir schlottern die Beine.»

«Wo sind sie denn, Chunguita? Nach oben?»

«Kann dir doch egal sein.» Die starren Augen der Chunga musterten ihn, als wäre er ein Insekt. «Bist du eifersüchtig?»

«Er bringt sie um», sagte José, der wie aus dem Boden gestampft dastand und Josefino am Arm zerrte. «Komm, schnell!»

Sie kämpften sich durch die Gruppe, der Affe stand in der Tür und deutete hinaus in die Dunkelheit, in die Richtung der Grau-Kaserne. Mit offenem Mund rasten sie zwischen den Hütten des Viertels hindurch, die verlassen wirkten, und dann erreichten sie die Sandwüste und Josefino stolperte, schlug hin, raffte sich auf, raste weiter, und die Füße versanken jetzt im Boden, sie hatten Gegenwind und dunkle Sandwirbel tanzten auf sie zu, sie mußten mit geschlossenen Augen laufen, den Atem anhalten, damit die Lungen nicht platzten. «Ihr habt schuld, Scheißkerle», keuchte Josefino, «ihr habt nicht aufgepaßt», und einen Augenblick später, mit abgerissener Stimme, «aber wie weit denn noch, *carajo*», als vor ihnen schon zwischen dem Sand und den Sternen eine Gestalt auftauchte, ein stämmiger und rachsüchtiger Schatten:

«Keinen Schritt weiter, du Lump, Hund, schlechter Freund.»

«Affe!» schrie Josefino. «José!»

Aber die Leóns hatten sich auch auf ihn geworfen, und genau wie Lituma schlugen sie mit Fäusten und Füßen auf ihn ein und rammten ihm die Köpfe in den Leib. Er lag auf den Knien und um ihn her war alles blind und wild und als er aufstehen und vor dem unablässigen Hagel der Hiebe fliehen wollte, riß ihn ein neuer Fußtritt zu Boden, unter einem Faustschlag rollte er sich zusammen, eine Hand zerrte an seinen Haaren und er mußte das Gesicht heben und den Schlägen und den Nadelstichen des Sandes preisgeben, der wie ein Wasserschwall in seine Nase und seinen Mund zu schwemmen schien. Danach war es, als umkreiste eine knurrende und erschöpfte Meute ein besiegtes, noch warmes Tier, beschnüffelte es, ließe vorübergehend davon ab, bisse nur noch lustlos.

«Er rührt sich», sagte Lituma. «Sei ein Mann, Josefino, ich möcht dich sehen, steh auf!»

«Jetzt sieht er die Mannweiber sicher aus der Nähe, Vetter», sagte der Affe.

«Laß ihn, Lituma», sagte José. «Deinen Spaß hast du gehabt. Schlimmer kannst du dich nicht rächen. Der kann uns ja draufgehen.»

«Dann kämst du wieder ins Gefängnis, Vetter», sagte der Affe. «Schluß jetzt, sei nicht stur.»

«Hau ihn, hau ihn!» Die Selvática war herangekommen, ihre Stimme war nicht laut, sondern dumpf. «Hau ihn, Lituma.»

Aber statt darauf einzugehen, wandte Lituma sich ihr zu, schleuderte sie mit einem Stoß in den Sand und bearbeitete sie mit Fußtritten, Hure, Miststück, Siebensamen, und beleidigte sie, bis ihm die Stimme und die Kräfte versagten. Dann ließ er sich in den Sand fallen und fing zu schluchzen an wie ein Kind.

«Vetter, um alles, was dir lieb ist, beruhig dich doch.»

«Ihr habt auch schuld», wimmerte Lituma. «Alle haben mich verraten, Lumpen, Verräter, sterben müßtet ihr vor Reue.»

«Haben wir ihn dir etwa nicht aus dem Grünen Haus geholt, Lituma? Haben wir dir vielleicht nicht geholfen, ihn zu verprügeln? Allein hättst du's nicht geschafft.»

«Wir haben dich gerächt, Vetterchen. Und sogar die Selvática, schau nur, wie sie ihn kratzt.»

«Ich meine vorher», sagte Lituma zwischen Schluckauf und Schluchzern. «Alle habt ihr unter einer Decke gesteckt, und ich dort unten, ahnungslos, wie ein Rindvieh.»

«Vetter, ein Mann weint nicht. Sei nicht so. Wir haben dich immer gern gehabt.»

«Was vorbei ist, ist vorbei, Bruderherz. Sei ein Mann, sei ein Mangache, wein nicht.»

Die Selvática hatte von Josefino abgelassen, der gekrümmt auf dem Boden lag und leise klagte, und sie und die Leóns trösteten Lituma, er sollte sich zusammenreißen, Männer werden hart im Unglück, umarmten ihn, klopften ihm die Kleider sauber, alles vorbei? neuer Anfang? Bruderherz, Vetter, Lituma. Er stotterte, halb getröstet, mitunter wurde er wieder wütend und trat den am Boden Liegenden, dann lächelte er, wurde traurig.

«Komm, Lituma, wir wollen gehen», sagte José. «Vielleicht hat man uns gesehen. Wenn sie die Polente rufen, gibt's Ärger.»

«Gehen wir in die Mangachería, Vetterchen», sagte der Affe. «Da trinken wir den Pisco aus, den du mitgebracht hast, das hebt deine Stimmung.»

«Nein», sagte Lituma. «Wir gehen zur Chunga zurück.»

Mit langen, entschlossenen Schritten wanderte er durch den Sand davon. Als die Selvática und die Leóns ihn zwischen den Hütten einholten, pfiff Lituma wütend vor sich hin, und in der Ferne war Josefino zu sehen, hinkend, jammernd und zeternd.

«Geht ja toll zu!» Der Affe hielt den andern die Tür auf. «Nur wir fehlen noch.»

Der Dicke mit Schnurrbart und Brille kam ihnen entgegen: «Prost, Pröstchen, Genossen. Warum seid ihr denn so mir nichts, dir nichts verschwunden? Kommt, jetzt wird's erst lustig.»

«Musik, Don Anselmo», schrie Lituma. «Walzer, Tonderos, Marineras.»

Mit den Ellbogen kämpfte er sich durch zur Kapelle, warf sich dem Bullen und dem Jüngling Alejandro in die Arme, während der Dicke und der schielende Junge die Leóns zur Bar schleppten und ihnen Bier einschenkten. Sandra brachte die Frisur der Selvática in Ordnung, Rita und Maribel überschütteten sie mit Fragen und alle vier tuschelten wie Wespen. Die Kapelle begann zu spielen, die Theke vereinsamte, ein halbes Dutzend Paare tanzte auf der Tanzfläche inmitten der schimmernden blauen, grünen und violetten Lichter. Lituma kam halb tot vor Lachen an die Theke: «Chunga, Chunguita, Rache ist süß. Hörst du, wie er brüllt? Er traut sich nicht rein. Wir haben ihn halb totgeschlagen.»

«Mich gehen die Angelegenheiten anderer Leute nichts an», sagte die Chunga. «Aber ihr bringt mir Unglück. Deinetwegen hab ich das letzte Mal eine Geldstrafe zahlen müssen. Gott sei Dank, daß es diesmal nicht hier passiert ist. Was soll's sein? Wer hier nicht konsumiert, der verduftet.»

«Was für grobe Antworten du gibst, Chunguita», sagte Lituma. «Aber ich bin glücklich, gib mir, was du willst. Schenk dir selber auch ein, ich lad dich ein.»

Und jetzt wollte der Dicke die Selvática auf den Tanzboden zerren, und sie wehrte ab, fletschte die Zähne.

«Was ist denn mit der los, Chunga?» sagte der Dicke pustend.

«Was ist denn mit dir los?» sagte die Chunga. «Man fordert dich zum Tanzen auf, sei nicht unhöflich, warum gehst du nicht mit dem Herrn?»

Aber die Selvática wehrte sich immer noch: «Lituma, sag ihm, er soll mich loslassen.»

«Lassen Sie sie nicht los, Genosse», sagte Lituma. «Und Sie, tun Sie Ihre Arbeit, Nutte.»

Drei

Der Teniente hört auf zu winken, als das Schiff nur noch ein weißes Lichtchen auf dem Fluß ist. Die Guardias hieven die Koffer auf die Schultern, gehen den Landesteg entlang, auf der Plaza von Santa María de Nieva bleiben sie stehen und der Sargento deutet auf die Hügel: zwischen den waldigen Kuppen leuchten weiße Mauern, ein paar Wellblechdächer, das war die Mission, *mi teniente*, auf dem steinigen kurzen Abhang war niemand, das da nannten sie das Wohnhaus, da wohnten die Nönnchen, *mi teniente*, und links die Kapelle. Im Ort wandern Eingeborene umher, die Dächer der Cabañas sind aus Geflecht und sehen aus wie Kapuzen. Einige Frauen mit schlammfarbenen Körpern und teilnahmslosen Augen mahlen etwas am Fuß zweier geschälter Stämme. Es geht weiter und der Offizier wendet sich an den Sargento: er hatte kaum Gelegenheit gehabt, mit Teniente Cipriano zu sprechen, warum war der nicht wenigstens geblieben, bis er ihn aufs laufende gebracht hatte? Aber das war doch, weil er, wenn er dieses Boot nicht erwischte, noch einen Monat hätte bleiben müssen, *mi teniente*, und er hatte es nicht mehr erwarten können abzureisen, der Teniente Cipriano. Er brauchte sich aber keine Sorgen zu machen, der Sargento würde ihn im Handumdrehen ins Bild setzen und der Blonde stellt eine Aktentasche auf den Boden und deutet auf die Cabaña: das war sie, *mi teniente*, die armseligste Comisaría von ganz Peru, und der Fette, in der Cabaña gegenüber würde er wohnen, *mi teniente*, und der Knirps, später würden sie ihm ein paar Aguarunadienstmädchen besorgen, und der Dunkle, Dienstboten war das einzige, was es in diesem gottverlassenen Dorf im Überfluß gab. Beim Eintreten klopft der Teniente an das Schild, das an einem Balken hängt und ein metallisches Geräusch klingt auf. Das Treppchen der Cabaña hat kein Geländer, die Bretter des Fußbodens und der Wände sind grob, uneben, und im ersten Raum stehen Stühle aus Strohgeflecht, ein Schreibtisch und ein verwaschener Feldwimpel. Eine offene Tür zeigt den hinteren Raum: vier Hängematten, einige Gewehre, ein Öfchen, ein Abfalleimer, so was von armselig. Ein Bierchen, der Teniente? Es wär schön kalt, sie hatten die Flaschen seit dem Morgen in einem Eimer Wasser stehen. Der Offizier nickt und der Knirps und der Dunkle verlassen die Cabaña – Fabio Cuesta hieß der Gobernador? ja, ein sympathisches altes Kerlchen, aber er sollte ihn später begrüßen gehen, *mi teniente*, um diese Zeit hielt er seine Siesta – und kommen mit Gläsern und Flaschen zurück. Sie trinken, der Sargento trinkt aufs Wohl des Teniente, die Guardias fragen nach Lima, der Offizier will wissen, wie die Leute in Santa María de Nieva sind, wer wer ist, kann man mit den Nönnchen der Mission auskommen? und ob die Nacktärsche Schwierigkeiten machen. Schön, sie würden am Abend weiterreden, jetzt wollte der Teniente sich ein wenig ausruhen. Sie hatten bei Paredes ein kleines besonderes Essen bestellt, *mi teniente*, um seine Ankunft zu feiern, und der Blonde, das war der Eigentümer der Cantina, *mi teniente*, bei dem aßen alle, und der Dunkle, auch der Schreiner, und der Fette, und obendrein noch halber Hexenmeister, sie würden ihn ihm schon vorstellen, brauchbarer Kerl, dieser Paredes. Die Guardias bringen die Koffer in die gegenüberliegende Cabaña, der Offizier folgt ihnen gähnend, tritt ein und wirft sich auf das elende Bett in der Mitte des Raumes. Mit schläfriger Stimme entläßt er den Sargento. Ohne aufzustehen nimmt er das Képi ab, zieht die Schuhe aus. Es riecht nach Staub und schwarzem Tabak. Wenige Möbel stehen da: eine Kommode, zwei Hocker, ein Tisch, eine Petroleumlampe, die von der Decke hängt. Vor dem Fenster hängen Metallgitterchen: die Frauen auf der Plaza mahlen immer noch. Der Teniente steht auf, das andere Zimmer ist leer und hat eine kleine Tür. Er macht sie auf: zwei Meter unter ihm der Erdboden, von Pflanzenbüscheln bedeckt, und einige Schritte von der Cabaña entfernt schließt sich schon dicht der Urwald. Er knöpft den Hosenschlitz auf, uriniert und als er ins erste Zimmer zurückkommt, ist der Sargento wieder da: schon wieder dieser Trottel, *mi teniente*, ein Aguaruna, der Jum heißt. Und der Dolmetscher: Teufel sagen, Aguaruna, Soldat lügen, und Abecelima und Limaregierung. Señor. Arévalo Benzas schaut hinauf und schützt die Augen mit den Händen, er war doch kein

Idiot, Don Julio, der Heide wollte sie glauben machen, daß er verrückt war, aber Julio Reátegui schüttelt den Kopf: das war's nicht, Arévalo, die ganze Zeit wiederholt er dasselbe Lied und er kannte es schon auswendig. Hatte sich irgend etwas mit irgendwelchen Abecefibeln in den Kopf gesetzt, aber wer verstand ihn schon? Die rötliche und brennende Sonne umfängt Santa María de Nieva und die Soldaten, Eingeborenen und Patrones, die um die Capironas gedrängt stehen, blinzeln, schwitzen und murmeln. Manuel Aguila fächelt sich mit einem Strohfächer Luft zu: war er sehr müde, Don Julio? Hatten sie ihm sehr zu schaffen gemacht in Urakusa? Ein wenig ja, er würde es ihnen schon erzählen, in Ruhe, jetzt mußte Reátegui einen Augenblick zur Mission hinauf, er kam gleich zurück, und sie nicken: würden in der Gobernación auf ihn warten, Capitán Quiroga und Escabino waren schon da. Und der Dolmetscher: kommen und gehen, Lotse fliehen, Urakusavaterland, Scheiße, Fahnenregierung. Manuel Aguila hält den Fächer wie eine Blende gegen die Sonne, aber auch so tränen ihm die Augen noch: sollte sich nicht anstrengen, es war umsonst, wer nicht hören wollte, mußte fühlen, Dolmetscher, ihm das übersetzen. Der Teniente knöpft in aller Ruhe die Hose zu, und der Sargento wandert im Zimmer auf und ab, die Hände in den Taschen: von wegen das erste Mal, daß er kam, *mi teniente.* Dutzende von Malen schon, bis es dem Teniente Cipriano eines Tages zu dumm geworden war, hat ihm einen Mordsschreck eingejagt und von da an war der Heide nicht mehr gekommen. Aber so was von schlau, hatte sicherlich erfahren, daß der Teniente Cipriano aus Santa María de Nieva wegging, und schon kam er angesaust, um zu sehen, ob's mit dem neuen Teniente besser ging. Der Offizier bindet sich die Schnürsenkel zu, steht auf. War er wenigstens umgänglich? Der Sargento macht eine vage Geste: frech wurde er nicht, aber dafür war er die Sturheit selbst, ein Maultier, niemand brachte ihn ab von dem, was er sich in den Kürbis gesetzt hatte. Wann war das denn gewesen? Als der Señor Reátegui noch Gobernador war, bevor's in Nieva eine Comisaría gegeben hat, und der Teniente schließt zornig die Tür der Cabaña, das war die Höhe, noch keine zwei Stunden, seit er angekommen war und schon mußte er arbeiten, der Nacktarsch hätte wirklich bis morgen warten können, oder? Und der Dolmetscher: Caboelgado Teufel! Teufel Capitanartemio! *Mi cabo.* Aber der Cabo Roberto Delgado ärgert sich nicht, lacht genau wie die Soldaten und einige Eingeborene lachen auch: sollte ruhig weiter so frech daherreden, sie beleidigen, ihn und den Capitán, nur so weiter, würde ja sehen, wer zuletzt lachte. Und der Dolmetscher: Hunger, *mi cabo,* schwindlig, Scheiße, Bauch knurren, *mi cabo,* Durst sagen, gab man ihm Wasser? Nein, zuerst mochte er dem Cabo seinen lecken und er erhebt die Stimme: wenn ihm jemand Wasser oder etwas zu essen gab, kriegte er es mit ihm zu tun, das sollte er all den Heiden von Santa María de Nieva übersetzen, denn sie mochten sich dumm stellen und grinsen, aber im Grunde hatten sie sicher eine Sauwut. Und der Dolmetscher: Nedrecksauvonermutter, *mi cabo,* Escabinoteufel, schimpfen. Jetzt lächeln die Soldaten nur und blicken verstohlen den Cabo an, und der, nur zu, sollte ihm die Mutter noch mal zur Sau machen, würde ja sehen, sobald sie ihn runterholten. Ein magerer und bronzefarbener Mann kommt ihnen entgegen, nimmt den Strohhut ab und der Sargento stellt vor: Adrián Nieves, *mi teniente.* Er konnte Aguaruna und fungierte manchmal als Dolmetscher, war der beste Lotse der Region und arbeitete seit zwei Monaten für die Comisaría. Der Teniente und Nieves geben sich die Hand und der Dunkle, der Knirps, der Fette und der Blonde treten vom Schreibtisch zurück, da war er, *mi teniente,* das war der Heide – so nannte man hier die Chunchas – und der Offizier lacht: er hatte geglaubt, die ließen sich die Mähne bis zu den Füßen wachsen, hatte nicht erwartet, einen Glatzkopf zu sehen. Ein dünner Flaum bedeckt den Schädel Jums und eine gerade und rosige Narbe zieht sich mitten durch seine niedrige Stirn. Er ist von mittlerer Statur, untersetzt, trägt eine zerschlissene Itípak, die von den Hüften bis zu den Knien fällt. Auf seiner haarlosen Brust umfaßt ein maulbeerfarbenes Dreieck drei symmetrische Kreise, drei parallele Linien zieren seine Backenknochen. Auch auf beiden Seiten des Mundes trägt er Tätowierungen: zwei winzige schwarze Kreuze. Sein Gesichtsausdruck ist ruhig, aber in seinen gelben Augen vibriert es aufrührerisch, halb fanatisch. Seit man ihn damals geschoren hatte, schor er sich immer wieder von allein, *mi teniente,* und das war höchst eigenartig, denn nichts tat denen da weher, als wenn man ihre Haare berührte. Der Lotse Nieves konnte ihm das erklären, *mi teniente:* es war eine Frage des Stolzes, genau davon hatten sie gesprochen, während sie auf ihn gewartet hatten. Und der Sargento, mal sehen, ob sie sich durch Don Adrián besser verstanden mit dem Heiden, denn das letzte Mal hatte der Hexer Paredes den Dolmetscher gemacht und kein Mensch hatte etwas begriffen, und der Fette, das war, weil der Cantinawirt nur so tat, als verstünde er Aguaruna, war aber nicht wahr, radebrechte es nur ein ganz klein wenig. Nieves und Jum knurren und gestikulieren, Teniente, er konnte nicht nach Urakusa zurückkehren, bevor man ihm nicht alles wiedergab, was man ihm abgenommen hatte, aber immer wieder war er versucht zurückzukehren und deswegen schnitt er sich die Haare ab, damit er nicht zurück konnte, selbst wenn er wollte, und der Blonde, war das nicht verrückt? Ja, und jetzt sollte er ein für allemal erklären, was er zurückhaben wollte. Der Lotse Adrián Nieves tritt zu dem Aguaruna, grunzt ihm zu, indem er auf den Offizier deutet, gestikuliert und Jum, der reglos zuhört, nickt plötzlich und spuckt aus: Was denn! das hier war doch kein Schweinestall, Schluß mit der Spuckerei. Adrián Nieves setzt den Hut wieder auf, das war, damit der Teniente sähe, daß er die Wahrheit sagte, und der Sargento, ein Brauch bei den Chunchas, wer beim Reden nicht ausspuckte, der log, und der Offizier, und sonst noch was! da würden sie ja im Speichel davonschwimmen. Sie glaubten ihm schon, Nieves, brauchte nicht mehr zu spucken. Jum verschränkt die Arme und die Ringe auf der Brust verformen sich, das Dreieck wird faltig. Dann fängt er an zu sprechen, rauh, fast pausenlos und spuckt weiter um sich. Er läßt den Teniente nicht aus den Augen, der mit den Hacken auf und nieder wippt und mit Abscheu die Flugbahn jedes Speichels verfolgt. Jum fuchtelt mit den Händen, seine Stimme ist sehr energisch. Und der Dolmetscher: rauben, Scheiße, Urakusagummi, Mädchen, Soldatmireátegui, *mi cabo.* Kopf heiß! Um die Augen vor der Sonne zu schützen, hat der Cabo Roberto Delgado das Schiffchen abgenommen und hält es vor die Stirn gespannt: er sollte nur weiter den Gaudiburschen spielen, sollte nur kreischen, er platzte schon vor Lachen. Und er sollte ihn fragen, woher er all die Kraftausdrücke kannte. Und der Dolmetscher: Vertragistvertrag, verstanden, Patrón Escabino, versteht, verstanden, runter, *mi cabo.* Die Soldaten sind dabei, sich auszukleiden und einige rennen schon zum Fluß hinunter, aber der Cabo Delgado bleibt immer noch unter den Capironas stehen: runterlassen? Kein Drandenken, er blieb da oben und sollte froh sein, daß der Capitán Artemio Quiroga ein anständiger Kerl war, denn wenn's nach ihm ginge, würde er sein Leben lang dran denken. Warum machte er ihm denn nicht noch mal die Mutter zur Sau, na? Er sollte es doch wagen, sollte sich doch aufspielen vor seinen Landsleuten, die ihn beobachteten, und der

Dolmetscher: Schön, Drecksauvonermutter. *Mi cabo.* Noch einmal, das sollte er noch einmal sagen, deswegen war der Cabo ja hiergeblieben und der Teniente kreuzt die Beine und wirft den Kopf zurück: absurde Geschichte, ohne Hand und Fuß, von was für Abeces redete denn dieser Armleuchter? Das sind Fibeln mit Zeichnungen, *mi teniente,* um den Wilden Vaterlandsliebe beizubringen: in der Gobernación waren noch welche, ziemlich zerfleddert, Don Fabio konnte sie ihm zeigen. Der Teniente sieht unentschlossen die Guardias an, und unterdessen knurren der Aguaruna und Adrián Nieves sich weiter halblaut zu. Der Offizier wendet sich an den Sargento, war das mit dem Mädchen wahr? und Jum, Mädchen! in größter Wut, Scheißdreck! und der Fette, psst, jetzt redete der Teniente, und der Sargento, psch, wer weiß, hier wurden tagtäglich Mädchen entführt, konnte schon wahr sein, hieß es nicht, daß diese Banditen vom Santiago sich einen Harem angelegt hatten? Aber der Heide brachte alles durcheinander, und man wußte nicht, was die Fibeln mit dem Gummi zu tun hatten, das er zurückverlangte, und mit diesem Mädchen, unser Freund hier hatte eben ein wüstes Durcheinander im Kürbis. Und der Knirps, wenn's die Soldaten gewesen sind, hatten sie hier nichts damit zu tun, warum ging er nicht und beschwerte sich in der Garnison von Borja? Grunzen und Gestikulieren, und der Lotse Nieves: er war schon zweimal gegangen, aber niemand hatte ihn angehört, Teniente. Und der Blonde, man mußte schon nachtragend sein, wenn man nach so langer Zeit immer noch mit dieser Sache daherkam, *mi teniente,* das konnte er nun wirklich aufgegeben haben. Sie knurren und gestikulieren, und Nieves: in seinem Dorf geben sie ihm die Schuld und er wollte nicht ohne das Gummi, die Häute, die Fibeln und das Mädchen nach Urakusa zurückkehren, damit sie sähen, daß Jum recht hatte. Jum spricht wieder, jetzt langsam, ohne die Hände zu bewegen. Die beiden Kreuze bewegen sich mit seinen Lippen, so wie zwei Propeller, die nicht richtig anspringen können, sich zu drehen beginnen, dann langsam werden und noch mal anspringen und wieder langsamer werden. Wovon redete er denn jetzt, Don Adrián? und der Lotse: er erinnerte sich und außerdem schimpfte er auf die, die ihn aufgehängt haben und der Teniente hört auf, mit den Hacken zu wippen: aufgehängt haben sie ihn? Der Knirps deutet vage auf die Plaza von Santa María de Nieva: an den Capironas dort, *mi teniente.* Paredes konnte es ihm erzählen, der war dabei, wie ein Paiche[12] hat er ausgesehen, sagt er, so hängten sie die Paiches auf, damit sie trockneten. Jum stößt einen Schwall Grunzer hervor, diesmal spuckt er nicht aus, macht aber frenetische Gebärden: weil er es ihnen ins Gesicht gesagt hatte, haben sie ihn an den Capironas aufgehängt, Teniente, und der Sargento, immer und immer wieder dieselbe Geschichte, und der Offizier: was ins Gesicht gesagt? und der Dolmetscher: Piruaner! Piruaner, Scheiße! *Mi cabo.* Aber der Cabo Delgado verstand auch so, das brauchte man ihm nicht zu übersetzen, zwar sprach er kein Heidnisch, aber Ohren hatte er, hielt er ihn für einen armseligen Irren? Ah, Gott, der Teniente schlägt auf den Schreibtisch, ach, was denn noch alles, so würde das nie ein Ende finden. Piruaner sollte Peruaner heißen, nicht? das hatte er ihnen also ins Gesicht gesagt? Und der Dolmetscher: schlimma wie bluten, schlimma wie sterben, *mi cabo.* Und Boniopérez und Teofilocañas, versteht nicht. *Mi cabo.* Aber der Cabo Delgado verstand durchaus: so hießen diese Aufwiegler. Es war ganz umsonst, daß er die rief, die waren weit weg, und wenn sie kämen, würde man sie auch aufhängen. Der Dunkle sitzt auf der Kante des Schreibtischs, die andern Guardias stehen, *mi teniente,* es war ein Exempel gewesen, hatten sie gesagt. Und alle Patrones und die Soldaten waren wütend gewesen und wollten sie kaltmachen, aber das hatte der Gobernador von damals nicht zugelassen, der Señor Julio Reátegui. Und wer waren diese Kerle? Waren sie nicht wiedergekommen? Aufwiegler, schien es, die sich als Lehrer ausgegeben hatten, *mi teniente,* und in Urakusa hatte man auf sie gehört, die Heiden waren stur geworden und hatten den Patrón hintergangen, der ihnen das Gummi abkaufte, und der Fette, ein gewisser Escabino, und Jum, Escabino! er brüllt, Scheißkerl! und der Offizier, Schnauze! Nieves, er sollte das Maul halten. Wo war dieser Kerl denn? Konnte man mit ihm sprechen? Das ist schwierig, *mi teniente,* Escabino war schon gestorben, aber Don Fabio hatte ihn gekannt und das beste war, wenn er mit dem redete: der würde ihm die Einzelheiten mitteilen und außerdem war der Gobernador ein Freund von Don Julio Reátegui. Nieves war auch nicht hier gewesen, als das passierte? Er auch nicht, Teniente, er war erst seit zwei Monaten in Santa María de Nieva, hatte vorher ganz woanders gelebt, am Ucayali, und der Dunkle: sie hatten nicht nur ihren Patrón betrogen, da war auch noch die Sache mit dem Cabo, dem von Borja, die beiden Sachen waren zusammengekommen. Und der Dolmetscher: Caboelgado Teufel! Scheiße! Der Cabo Delgado hält alle Finger seiner Hände hoch und zeigt sie: zehnmal die Mutter beschimpft, er hatte es genau gezählt. Er konnte weitermachen, wenn's ihn freute, er blieb hier, damit er sie ihm weiter zur Sau machte. Ja, ein Cabo, der Urlaub hatte und auf dem Weg nach Bagua war, und bei ihm befanden sich ein Lotse und ein Träger und in Urakusa überfielen die Aguarunas sie, verprügelten den Cabo und den Träger, der Lotse verschwand, und die einen behaupteten, sie hätten ihn umgebracht, und andere, er wäre desertiert, *mi teniente*, hätte die Gelegenheit benutzt. Und deswegen war eine Expedition zusammengestellt worden, Soldaten von Borja und der Gobernador von hier, und deswegen hatten sie den hier mitgebracht und hatten ihn als abschreckendes Beispiel an den Capironas aufgehängt. War's nicht so gewesen, Don Adrián, mehr oder weniger? Der Lotse nickt, so hatte er's auch gehört, Sargento, aber da er ja damals nicht hier gewesen war, wer weiß. Aha, aha! der Teniente sieht Jum an und Jum sieht den Lotsen an, dann war der also gar nicht der Heilige, für den er sich ausgab. Nieves grunzt und der Urakusa antwortet, rauh und gestikulierend, spuckend und mit den Füßen stampfend: was der hier erzählte, hörte sich ganz anders an, Teniente, und der Teniente, logisch, welches war denn die Version unseres Freundes? Daß der Cabo geplündert hatte und daß sie ihn zwangen, die Sachen zurückzugeben, der Lotse flüchtete, indem er davonschwamm, und daß der Patrón sie mit dem Gummi hereingelegt hatte und daß sie ihm deshalb nichts hatten verkaufen wollen. Aber der Teniente scheint nicht zuzuhören und seine Augen gleiten von Kopf bis Fuß über den Aguaruna hin, neugierig, mit einer gewissen Verblüffung: wie lange hatte man ihn denn hängen lassen, Sargento? Einen Tag lang, und danach hatten sie ihn noch ein wenig ausgepeitscht, dem Hexer Paredes nach zu urteilen, und der Dunkle, derselbe Cabo von Borja hat ihn ausgepeitscht, und der Blonde, wahrscheinlich als Vergeltung für die Prügel, die er von den Heiden von Urakusa gekriegt hat, *mi teniente*. Jum tritt einen Schritt vor, stellt sich vor dem Offizier auf, spuckt aus. Sein Gesichtsausdruck ist jetzt fast heiter und seine gelben Augen tanzen boshaft, eine verspielte Grimasse zuckt um seine Lippen. Er berührt die Narbe auf der Stirn und macht langsam, zeremoniös wie ein Zauberkünstler eine Kehrtwendung, zeigt seinen Rücken: von den Schultern bis zur Taille ziehen sich mehrere zinnoberrot geschminkte, gradlinige, parallele und glänzende Furchen. Das war auch so eine von seinen Verrücktheiten, *mi teniente*, jedesmal wenn er hierher kam, bemalte er sich so, und der Knirps, das hat er selbst erfunden, denn die Aguarunas pflegen den Rücken nicht zu bemalen, und der Blonde, die Boras schon, *mi teniente*, den Rücken, den Bauch, die Füße, den Hintern, den ganzen Leib bemalten sich die, und der Lotse Nieves, um die Peitschenhiebe nicht zu vergessen, die er bekommen hat, das war die Erklärung, die er dafür gab, und Arévalo Benzas trocknet sich die Augen: dem war da oben das Hirn eingetrocknet, was schrie er? Piruaner, Arévalo, Julio Reátegui steht mit dem Rükken an die Capirona gelehnt, die ganze Reise hatte er damit zugebracht, Piruaner zu schreien. Und der Cabo Roberto Delgado nickt, Señor, er hörte nicht auf, jeden und alle zu beleidigen, den Capitán, den Gobernador, ihn selbst, der war um nichts kleinzukriegen. Julio Reátegui wirft einen hastigen Blick nach oben, er würde schon klein werden, und als er den Kopf senkt, tränen ihm die Augen, ein wenig Geduld, Cabo, diese Sonne! man wurde blind davon. Und der Dolmetscher: seine Haare sagen, Abece, Mädchen, Señor. Bescheißen sagt er, und Manuel Aguila: als ob er besoffen wär, so delirierten die, wenn sie voller Masato waren, aber sie sollten lieber endlich gehen, man erwartete sie, wollte er, daß er ihn zu den Madres begleitete? Nein, die Madres hatten sich hier nicht einzumischen, *mi teniente*, schließlich sind's Ausländerinnen, nicht wahr? Aber der Hexer Paredes sagte, daß Madre Angélica – die allerälteste der Mission, *mi teniente*, jetzt, da Madre Asunción gestorben war – des Nachts auf die Plaza gekommen war und verlangt hatte, daß man ihn runterholte, daß sie sogar mit den Soldaten gestritten hatte. Sie wird Mitleid gehabt haben, die arme Alte, war die, die von allen immer am meisten meckerte, nichts als Falten, und der Dunkle: und zum Schluß haben sie ihm mit heißen Eiern die Achseln verbrannt, dieser Cabo, er wird bis zum Himmel gesprungen sein, und Jum, Scheiße! Piruaner! Der Teniente wippt wieder ungeduldig mit den Hacken, war ja auch keine Art, *caramba*, und trommelt mit den Fingerknöcheln auf den Schreibtisch, das waren Exzesse gewesen, nur: was sollten jetzt sie tun, all das war ja längst vorbei. Was sagte er jetzt? Daß man ihm zurückgeben sollte, was man ihm weggenommen hatte, Teniente, und daß er dann nach Urakusa gehen würde, und der Sargento, na, hatte er nicht gesagt, daß der stur war? Das Gummi ist bestimmt längst zu Schuhsohlen verarbeitet, und die Häute sind sicher längst Handtaschen, Koffer, und wer weiß, wo sich das Mädchen rumtrieb: das hatten sie ihm schon hundertmal erklärt, *mi teniente.* Der Offizier überlegt, das Kinn auf der Faust: er konnte sich ja nach Lima wenden, im Ministerium reklamieren, wer weiß, vielleicht entschädigte ihn die Direktion für Eingeborenenangelegenheiten, mal sehen, Nieves sollte ihm das vorschlagen. Sie grunzen einander an und auf einmal nickt Jum heftig, Limaregierung! die Guardias lächeln, lediglich der Lotse und der Teniente bleiben ernst: Abecelima! Der Sargento läßt die verschränkten Arme sinken: sah er nicht, daß das ein Wilder war, *mi teniente*? Wie konnten sie ihm da derartige Dinge in den Kopf setzen, was hieß für den schon Lima, oder Ministerium, und doch grunzen Adrián Nieves und Jum sich lebhaft zu, spuckt zuerst der eine, dann der andere aus, gestikulieren, der Aguaruna verstummt mitunter und schließt die Augen, als überlegte er, dann spricht er pfiffig ein paar Sätze aus und deutet auf den Offizier: er sollte ihn begleiten? Mensch, und ob's ihm Spaß machen würde, einen kleinen Ausflug nach Lima zu machen, aber es war nicht möglich und jetzt deutet Jum auf den Sargento. Nein, nein, weder der Teniente noch der Sargento, auch die Guardias nicht, Nieves, sie konnten nichts tun, er sollte diesen Reátegui suchen, noch mal nach Borja gehen oder sonst irgend etwas, die Comisaría konnte nicht gut die Toten ausgraben, oder? nur um alte Streitfragen zu schlichten, oder? Er war sterbensmüde, hatte nicht geschlafen, Sargento, Schluß jetzt damit. Außerdem, wenn die, die ihn versohlt hatten, Soldaten von der Garnison und Beamte von hier waren, wer würde ihm da recht geben? Adrián Nieves blickt fragend den Sargento an, was sollte er ihm nun sagen? und den Teniente: all das? Der Offizier gähnt, öffnet faul einen mißmutigen Mund und der Sargento neigt sich ihm zu: am besten war's, einfach ja zu sagen, *mi teniente.* Er würde das Gummi zurückkriegen, die Häute, die Abeces, das Mädchen, alles, was er wollte, und der Fette, aber, *mi sargento,* wie denn? wer sollte es ihm zurückgeben, wo Escabino doch längst tot war, und der Knirps, doch nicht etwas von ihrem Sold, was? und der Sargento, und um ganz sicherzugehen, würden sie ihm einen unterschriebenen Fetzen Papier geben. Das hatten sie schon einmal gemacht, beim Teniente Cipriano, das wirkte. Würden ihm eine Steuermarke für fünf Centavo aufs Papier kleben und fertig war die Laube: jetzt geh damit los und such den Señor Reátegui und den Escabinoteufel, damit sie dir alles zurückgeben. Und der Dunkle, ein regelrechter Beschiß, *mi sargento*? Aber den Teniente überzeugten solche Dinge nicht, er konnte über eine so alte Angelegenheit kein Papier unterzeichnen, und außerdem, aber der Sargento, Zeitungspapier, sonst nichts, ein Unterschriftchen, irgendeins, und dann würde der da zufrieden abhauen. Die waren zwar stur, aber glaubten, was man ihnen sagte, er würde Monate, Jahre damit verbringen, den Escabino und den Señor Reátegui zu suchen. Schön, und jetzt sollte man ihm etwas zu essen geben, dann sollte er verduften, ohne daß ihm jemand noch ein Haar krümmte, Capitán, bitte, er sollte ihm das selbst auch noch einmal sagen. Und der Capitán, mit dem größten Vergnügen, Don Julio, ruft den Cabo: Verstanden? Schluß jetzt mit der Strafe, kein Haar gekrümmt, und Julio Reátegui: das Wichtigste war, daß er nach Urakusa zurückkehrte. Nie mehr wieder Soldaten verprügeln, nie mehr wieder Patrón betrügen, wenn die Urakusas sich anständig benahmen, benahmen sich auch die Christen anständig, wenn die Urakusas schlecht, die Christen schlecht: das sollte er ihm übersetzen, und der Sargento lacht laut auf, sein ganzes rundes Gesicht leuchtet auf: na, was hatte er gesagt, *mi teniente?* Ja, losgeworden waren sie ihn zwar, aber dem Offizier gefiel's nicht, war an solche Methoden nicht gewöhnt, und der Fette, der Urwald ist nicht Lima, *mi teniente*, hier mußte man sich mit Nacktärschen rumschlagen. Der Teniente steht auf, Sargento, der Kopf schwindelte ihm von all dem Durcheinander, man sollte ihn nicht wecken und wenn die Welt einfiele. Wollte er nicht noch ein Bierchen, ehe er sich hinlegte? nein, sollten sie ihm noch einen Krug Wasser holen? später. Der Teniente macht eine grüßende Handbewegung in Richtung der Guardias und geht hinaus. Die Plaza von Santa María de Nieva ist voller Eingeborener, die Frauen, die auf dem Boden sitzen und mahlen, bilden einen weiten Kreis, einige säugen Kinder an der Brust. Der Teniente bleibt mitten auf dem Weg stehen und betrachtet, indem er mit der Hand die Sonne abblendet, einen Augenblick die Capironas: robuste, hohe, männliche Stämme. Ein dürrer Köter trottet an ihm vorbei und der Offizier blickt ihm nach und da sieht er den Lotsen Adrián Nieves. Der kommt auf ihn zu und zeigt ihm in der Handfläche die kleinen schwarz-weißen Schnitzel aus Zeitungspapier, Teniente: so ein Rindvieh, wie der Sargento glaubte, war der doch nicht, hatte das Papier in kleine Fetzen zerrissen und auf der Plaza weggeworfen, er hatte es gerade gefunden.

I

«Ein Geheimnis, auf das Sie nie gekommen wären, *mi sargento*», sagte der Fette und senkte die Stimme. «Aber daß die andern nichts davon hören.»

Der Dunkle, der Knirps und der Blonde unterhielten sich an der Theke mit Paredes, der ihnen ein paar Gläser Anisschnaps hinstellte. Ein kleiner Junge kam mit drei Lehmtöpfen aus der Cantina, überquerte die verlassene Plaza von Santa María de Nieva und verlor sich in Richtung Comisaría. Eine grelle Sonne vergoldete die Capironas, die Dächer und Wände der Cabañas, drang aber nicht zum Erdboden durch, denn weißliche Nebelschwaden, die vom Nieva zu kommen schienen, hielten sie über dem Boden fest und verschluckten sie.

«Sie hören nichts», sagte der Sargento. «Was ist das Geheimnis?»

«Ich weiß jetzt, wer die ist, die bei den Nieves wohnt», der Fette spuckte einige schwarze Papayakerne aus und wischte sich mit dem Taschentuch über das verschwitzte Gesicht, «die, die uns neulich abends so neugierig gemacht hat.»

«Ach, ja?» sagte der Sargento. «Und wer ist's?»

«Die bei den Madres immer die Abfälle rausgetragen hat», flüsterte der Fette und blickte verstohlen zur Theke, «die hinausgeworfen worden ist, weil sie den Mündeln bei der Flucht geholfen hat.»

Der Sargento durchsuchte seine Taschen, aber die Zigaretten lagen auf dem Tisch. Er steckte sich eine an und inhalierte tief, stieß einen Mundvoll Qualm aus: eine Fliege irrte verängstigt in der Wolke umher und schoß brummend daraus hervor.

«Und wie hast du das rausgefunden?» sagte der Sargento. «Haben die Nieves sie dir vorgestellt?»

Indem er sich dumm stellte, *mi sargento,* der Fette machte seine kleinen Spaziergänge bei der Cabaña des Lotsen, und am Morgen hatte er sie gesehen, sie hatte mit der Frau von Nieves auf dem Feld gearbeitet: Bonifacia, so hieß sie. Hatte sich der Fette da nicht geirrt? Weswegen sollte die bei den Nieves wohnen, war doch eine halbe Nonne? Nein, seit man sie hinausgeworfen hatte nicht mehr, trug die Tracht nicht mehr und der Fette hatte sie auf der Stelle erkannt. Ein bißchen klein und breit, *mi sargento,* aber gute Formen. Und mußte noch sehr jung sein, aber, vor allem, daß er ja den andern nichts davon sagte.

«Meinst du, ich kann mein Maul nicht halten?» sagte der Sargento. «Hör auf mit so dummen Ratschlägen.»

Paredes brachte zwei Gläser Anisschnaps und blieb am Tisch stehen, während der Sargento und der Fette tranken. Dann rieb er die Platte mit einem Tuch ab und kehrte zurück zur Theke. Der Dunkle, der Blonde und der Knirps verließen die Cantina, und in der Tür ließ ein rosiger Widerschein des Sonnenlichts ihre Gesichter, ihre Hälse aufleuchten. Die Nebelschwaden waren gestiegen, und von ferne sahen die Guardias jetzt aus, als wären sie Versehrte oder wie Christenmenschen, die durch einen Strom von Schaum wateten.

«Mach bloß den Nieves keinen Ärger, das sind meine Freunde», sagte der Sargento.

Und wer wollte was von denen? Aber er wär doch verrückt, die Gelegenheit nicht auszunutzen, *mi sargento.* Sie waren die einzigen, die's wußten, so daß sie also wie gute Kameraden, nicht? der Fette nahm ihm die Arbeit ab, halbe-halbe, hm? und gab sie dann an ihn weiter, einverstanden? Aber der Sargento fing zu husten an, solche Gemeinschaftssachen gefielen ihm nicht, er stieß Rauch aus Nase und Mund, so eine Unverschämtheit, warum sollte er kriegen, was übrigblieb.

«Hab ich sie vielleicht nicht zuerst gesehen, *mi sargento*?» sagte der Fette. «Und ausgekundschaftet, wer sie ist und alles. Aber schauen Sie nur, was tut denn der Teniente hier?»

Er deutete hinaus auf die Plaza, und da kam der Teniente an, die obere Hälfte des Körpers ragte aus dem brodelnden Dampf, er blinzelte in der Sonne, hatte ein sauberes Hemd an. Als er aus den Schwaden auftauchte, waren die untere Hälfte seiner Hose und die Stiefel feucht vom Nebel.

«Kommen Sie mit, Sargento», befahl er vom Treppchen aus. «Don Fabio will uns sehen.»

«Vergessen Sie nicht, was ich Ihnen gesagt hab, *mi sargento*», murmelte der Fette.

Der Teniente und der Sargento tauchten bis zum Gürtel in die Nebelschwaden ein. Der Anlegeplatz und die tiefliegenden Cabañas der Umgebung waren bereits von den dampfenden Schwaden verschlungen worden, die sich jetzt über die Dächer und Geländer wälzten. Ein durchsichtiges Licht umfing dagegen die Hügel, die Gebäude der Mission standen in strahlendem Glanz, und die Bäume, deren Stämme im Nebel verschwammen, zeigten ihre blanken Wipfel, und ihr Laub, die Zweige und die versilberten Spinnweben glitzerten.

«Ist er zu den Nönnchen hinauf, *mi teniente*?» sagte der Sargento. «Die werden den Kleinen wohl eine Tracht Prügel verabreicht haben, nicht?»

«Haben ihnen schon verziehen», sagte der Teniente. «Heute morgen haben sie sie an den Fluß geführt. Die Oberin hat mir erzählt, daß es der Kranken schon besser geht.»

Auf dem Treppchen zur Cabaña des Gobernadors schlugen sie die Tropfen von den Hosen und streiften die mit Lehm verklebten Stiefelsohlen an den Stufen ab. Das Drahtgeflecht, das die Tür schützte, war so engmaschig, daß es das Innere verdunkelte. Eine alte barfüßige Aguaruna machte ihnen auf, sie traten ein, und drinnen war es kühl und roch nach Grünzeug. Die Fenster waren geschlossen, der Raum lag im Halbdunkel, und man konnte undeutlich Truhen, Fotografien, an den Wänden aufgehängte Blasrohre und Bündel von Pfeilen ausmachen. Mit geblümtem Stoff bezogene Schaukelstühle standen um den Chambirateppich und Don Fabio war auf der Schwelle des nächsten Raumes erschienen, Teniente, Sargento, heiter und mager unter der leuchtenden Glatze, die Hand ausgestreckt, endlich war der Befehl gekommen, stellen Sie sich vor! Er klopfte dem Offizier auf die Schulter, wie ging's ihnen denn? machte leutselige Gesten, was sagten sie zu der Nachricht? aber vorher, eine Erfrischung, Bierchen? war doch kaum glaubhaft, nicht? Er gab der Aguaruna einen Befehl und die Alte brachte zwei Flaschen Bier. Der Sargento goß sein Glas in einem Zug hinunter, der Teniente ließ seines von einer Hand in die andere wandern, seine Augen schweiften besorgt umher, Don Fabio trank wie ein Vögelchen, mit winzig kleinen Schlückchen.

«Ist der Befehl den Madres per Radio übermittelt worden?» sagte der Teniente.

Ja, heute morgen, und Don Fabio hatten sie augenblicklich unterrichtet. Don Julio hatte immer gesagt, dieser Minister torpediert die ganze Sache, ist mein schlimmster Feind, bleibt ewig im Amt. Und das war die reine Wahrheit gewesen, das sah man jetzt ja, ein neuer Minister und schon kam der Befehl angesaust.

«Nach so langer Zeit», sagte der Sargento. «Ich hatte die Banditen schon ganz vergessen, Gobernador.»

Don Fabio lächelte immer noch: sie mußten so bald wie möglich aufbrechen, damit sie bestimmt vor der Regenzeit zurückkamen, das Hochwasser des Santiago empfahl er ihnen nicht, die treibenden Stämme und die Stromschnellen des Santiago, wie viele Christenmenschen mochte das Hochwasser schon verschluckt haben?

«Der Posten hat nur vier Mann, und das reicht nicht», sagte der Teniente. «Denn außerdem muß ein Guardia hierbleiben, um die Comisaría zu bewachen.»

Don Fabio zwinkerte spitzbübisch mit einem Auge: aber der neue Minister war doch ein Freund von Don Julio, Freund. Er hatte alles Notwendige zur Verfügung gestellt, und sie würden nicht allein losziehen, sondern mit Soldaten von der Garnison von Borja. Und die hatten bereits den Befehl erhalten, Teniente. Der Offizier trank einen Schluck, ah, und nickte ohne Begeisterung: ja dann, das war was anderes. Aber er verstand das nicht, und er schüttelte wieder ratlos den Kopf, das war ja jetzt wie die Auferstehung des Lazarus, Don Fabio. So waren die Sachen in unserem Vaterland nun einmal, Teniente, was wollte er, dieser Minister hatte es eben aufgeschoben und aufgeschoben, geglaubt, damit nur Don Julio eines auszuwischen, ohne sich klarzuwerden darüber, was für einen schrecklichen Schaden er allen andern zufügte. Immerhin, lieber spät als gar nicht, oder?

«Aber es liegen doch gar keine Anzeigen gegen diese Diebe mehr vor, Don Fabio», sagte der Teniente. «Die letzte ist kurze Zeit nach meiner Ankunft in Santa María de Nieva gekommen, denken Sie nur, so lang ist das schon her.»

Na und? das war doch nicht wichtig, Teniente. Vielleicht lagen hier keine Anzeigen vor, woanders aber doch, und außerdem mußten diese Strolche ihrer Strafe zugeführt werden, noch ein Bierchen? Der Sargento akzeptierte und schüttete sein Glas wieder in einem Zug hinunter: deswegen war's nicht, Gobernador, sondern weil sie unter Umständen die Reise umsonst machten, die Gauner waren doch bestimmt längst nicht mehr da. Und wenn die Regenzeit früher begann, wie lange würden sie dann möglicherweise im Dschungel eingeschlossen sein. Nichts da, nichts da, Sargento, innerhalb von vier Tagen hatten sie in der Garnison von Borja zu sein, und noch etwas, was der Teniente wissen mußte: es handelte sich hierbei um eine Angelegenheit, die Don Julio sehr am Herzen lag. Die Strolche hatten ihn Zeit und Geduld gekostet, das war etwas, was er ihnen nicht vergab. Sagte der Teniente nicht immer, er träumte davon, hier wegzukommen? Don Julio würde ihm dabei behilflich sein, wenn alles gut ging, die Freundschaft dieses Mannes war Gold wert, Teniente, Don Fabio wußte das aus Erfahrung.

«Ah, Don Fabio», lächelte der Offizier. «Wie gut Sie mich kennen. Genau da liegt der Hund begraben.»

«Und auch der Sargento wird etwas davon haben», erwiderte der Gobernador und klatschte fröhlich in die Hände. «Und ob! Hab euch doch gesagt, daß Don Julio und der Minister Freunde sind.»

Also gut, Don Fabio, sie würden tun, was sie konnten. Aber jetzt sollte er doch noch ein Gläschen rausrücken, damit sie sich erholen konnten, die Neuigkeit hatte sie halb erschlagen. Sie tranken, was an Bier da war, und unterhielten sich und scherzten im kühlen und duftenden Halbdunkel, dann begleitete der Gobernador sie bis zum Treppchen und winkte ihnen von dort aus nach. Der Nebel deckte jetzt alles zu, inmitten seiner Schwaden und Schleier schwebten sanft die Cabañas und die Bäume, wurden dunkel und wieder hell, und auf der Plaza huschten flüchtige Schemen umher. Eine dünne und tieftraurige Stimme trällerte in der Ferne.

«Erst hinter den Mädchen herhetzen, und jetzt das», sagte der Sargento. «Ich kann nicht sagen, daß es mir Spaß macht, in dieser Jahreszeit auf dem Santiago herumzugondeln, das wird eine wüste Schufterei werden, *mi teniente*. Wen werden Sie in der Comisaría zurücklassen?»

«Den Fetten, der macht immer gleich schlapp», sagte der Teniente. «Hätte dir wohl gefallen, hierzubleiben, oder?»

«Aber der Fette ist schon seit vielen Jahren in der Montaña», sagte der Sargento. «Da sammelt man Erfahrungen, *mi teniente*. Warum nicht den Knirps, der ist doch so klapprig»?

«Den Fetten, hab ich gesagt», sagte der Teniente. «Und mach nicht so ein Gesicht. Mir behagt dieser Quatsch auch nicht, aber du hast ja den Gobernador gehört, wer weiß, ob sich nach diesem kleinen Ausflug unser Glück nicht wendet und wir von hier wegkommen. Geh und hol Nieves und schick die andern zu mir, damit wir den Reiseplan ausarbeiten können.»

Der Sargento blieb einen Augenblick reglos im Nebel stehen, die Hände in den Taschen. Dann überquerte er mit hängendem Kopf die Plaza, ging am Anlegeplatz vorbei, der in einer dichten Nebelschicht versunken lag, betrat den Hohlpfad und wanderte durch das dunstige und glitschige, von Elektrizität und Krächzen gesättigte Gelände. Als er vor der Cabaña des Lotsen anlangte, redete er vor sich hin, seine Hände streiften die Nässe vom Képi und den Schäften, seine Hose und das Hemd waren mit Schlamm bespritzt.

«Ja, so was! Um diese Zeit, Sargento», Lalita strich sich die Tropfen aus dem Haar, stand über das Geländer gelehnt; ihr Gesicht und ihr Kleid troffen. «Aber kommen Sie doch herauf, Sargento.»

Unschlüssig, nachdenklich, immer noch lautlos die Lippen bewegend, erklomm der Sargento das Treppchen, auf der Terrasse gab er Lalita die Hand, und als er sich umdrehte, stand Bonifacia neben ihm, ebenfalls durchnäßt. Das farblose Kleid klebte an ihrem Leib, das feuchte Haar schmiegte sich an ihr Gesicht wie eine Haube, und ihre grünen Augen blickten den Sargento glücklich, ohne Verlegenheit an. Lalita wrang den Saum ihres Rockes aus, war er gekommen, um ihre Kostgängerin zu besuchen, Sargento? und durchsichtige Tröpfchen rannen über ihre Füße: da war sie. Sie waren beim Fischen gewesen und waren auf den Fluß hinaus, bei diesem Nebel, denken Sie nur, gesehen hatten sie nichts, aber das Wasser war lauwarm, angenehm, und Bonifacia trat vor: sollte sie was zum Essen bringen? Anisschnaps? Statt zu antworten, stieß Lalita ein Lachen aus und trat in die Hütte.

«Du hast dich heute morgen vom Fetten sehen lassen», sagte der Sargento. «Warum hast du dich sehen lassen? hab ich dir nicht gesagt, daß ich das nicht will?»

«Sie überwachen sie ja, Sargento», sagte Lalita vom Fenster her und lachte. «Was kümmert's Sie, ob man sie sieht. Sie werden doch nicht wollen, daß die Ärmste sich den ganzen Tag versteckt hält, oder?»

Bonifacia forschte, sehr ernst, im Gesicht des Sargento, und in ihrer Haltung war etwas Besorgtes und Ratloses. Er machte einen Schritt auf sie zu, und Bonifacias Augen wurden unruhig, aber sie wich nicht zurück, und der Sargento hob den Arm, packte sie bei der Schulter, Schatz, er wünschte nicht, daß sie mit dem Fetten sprach, auch mit sonst niemand, Señora Lalita.

«Verbieten kann ich's ihr nicht», sagte Lalita und Aquilino, der am Fenster aufgetaucht war, lachte. «Sie auch nicht, Sargento. Sind Sie vielleicht ihr Bruder? Nur, wenn Sie ihr Ehemann wären, könnten Sie's.»

«Ich hab ihn nicht gesehen», stammelte Bonifacia. «Lüge wird's sein, wird mich nicht gesehen haben, wird's nur so sagen.»

«Demütige dich doch nicht, sei nicht dumm», sagte Lalita. «Mach ihn lieber eifersüchtig, Bonifacia.»

Der Sargento riß Bonifacia an sich, daß er sie besser nie mit dem Fetten sähe, und mit zwei Fingern hob er ihr Kinn hoch, daß er sie mit überhaupt keinem Mann sähe, Señora, und Lalita lachte wieder hell auf und neben dem Gesicht Aquilinos waren zwei weitere aufgetaucht. Die drei Jungens starrten den Sargento mit höchster Neugierde an und mit keinem wollte er sie sehen, Bonifacia packte das Hemd des Sargento und ihre Lippen zitterten: das versprach sie ihm.

«Du bist dumm», sagte Lalita. «Man merkt eben doch, daß du die Christenmenschen nicht kennst, ganz besonders nicht die in Uniform.»

«Ich muß verreisen», sagte der Sargento und umarmte Bonifacia. «Wir kommen erst in drei, vier Wochen zurück.»

«Ich auch?» Adrián Nieves, in der Unterhose, stand auf dem Treppchen und streifte mit der Hand die Feuchtigkeit von seinem gebräunten und knochigen Körper. «Sagen Sie bloß nicht, daß die Mündel wieder ausgerissen sind.»

Und sobald er zurückkam, würden sie heiraten, Schatz, und die Stimme brach ihm und er fing wie ein Idiot zu lachen an, während Lalita kreischend auf die Terasse herausgestürzt kam, strahlend die Arme ausgebreitet, und Bonifacia ihr entgegenlief und sie sich umarmten. Der Lotse Nieves drückte dem Sargento die Hand, dem beim Sprechen immer wieder die Stimme umkippte, Don Adrián, weil er eben ganz gerührt war: er wollten, daß sie die Brautführer machten, klar. Sehen Sie, Señora Lalita, jetzt war er ihr doch in die Falle gegangen, und Lalita hatte immer schon gewußt, daß der Sargento ein korrekter Christenmensch war, er sollte sich umarmen lassen. Sie würden eine große Fiesta veranstalten, er würde schon sehen, wie sie das feiern würden. Bonifacia, betäubt, umarmte den Sargento, Lalita, küßte dem Lotsen die Hand, schwenkte die Jungens durch die Luft, und sie, mit größtem Vergnügen machten sie die Brautführer, Sargento, er sollte heute abend zum Essen bleiben. Die grünen Augen funkelten, und Lalita, sie würden sich ihr Häuschen gleich hier nebenan aufstellen, wurden traurig, sie würden ihnen dabei helfen, freuten sich, und der Sargento, sie mußte gut auf sie aufpassen, Señora, er wünschte nicht, daß sie während seiner Abwesenheit mit jemandem zusammenkäme, und Lalita, natürlich, nicht einmal an die Tür würde sie sie gehen lassen, festbinden würden sie sie.

«Und wo geht's diesmal hin?» sagte der Lotse. «Wieder mit den Nönnchen?»

«Wenn's nur so wäre», sagte der Sargento. «Die Lunge wird uns raushängen, Don Adrián. Denken Sie, der Befehl ist gekommen. Zum Santiago geht's, um die Strolche aufzustöbern.»

«Zum Santiago?» sagte Lalita. Sie hatte sich verfärbt, stand starr und mit offenem Mund da und der Lotse Nieves, auf das Geländer gestützt, betrachtete den Fluß, den Nebel, die Bäume. Die Kleinen tanzten weiter im Kreis um Bonifacia.

«Mit Leuten von der Garnison von Borja», sagte der Sargento. «Aber was haben Sie beide denn plötzlich? Es ist nicht gefährlich, wir sind viele. Und wer weiß, ob die Gauner nicht längst an Altersschwäche gestorben sind.»

«Pintado wohnt da unten», sagte Adrián Nieves und deutete auf den vom Nebel verdüsterten Fluß hinunter. «Er kennt die Gegend gut und ist einer der besten Lotsen. Muß aber schnell benachrichtigt werden, manchmal fährt er um diese Stunde zum Fischen hinaus.»

«Aber wieso denn?» sagte der Sargento. «Sie wollen nicht mit uns kommen, Don Adrián? Es sind mehr als drei Wochen, Sie werden einen hübschen Batzen Geld verdienen.»

«Es ist, weil ich krank bin, hab Malaria», sagte der Lotse. «Ich muß alles erbrechen, und der Kopf dreht sich mir.»

«Aber Don Adrián», sagte der Sargento. «Machen Sie mir doch nichts weis, Sie sind doch nicht krank.»

«Er hat Fieber, legt sich jetzt sofort ins Bett», sagte Lalita. «Gehen Sie schnell zu Pintado, Sargento, bevor er zum Fischen ausfährt.»

Und als es dunkel wurde, entwischte sie, wie er es ihr gesagt hatte, kam den Steilhang herunter, und Fushía, warum hast du so lang gebraucht, schnell, ins Boot. Sie entfernten sich von Uchamala mit abgestelltem Motor, fast schon im Finstern, und er die ganze Zeit, sie haben dich doch nicht gesehen, Lalita? weh dir, wenn du gesehen worden bist, ich setz meinen Kragen aufs Spiel, weiß nicht, warum ich's tu, und sie, am Bug mit der Stake, Vorsicht, eine Schnelle und links Felsen. Schließlich fanden sie Unterschlupf auf einer kleinen Uferlichtung, versteckten das Motorboot, ließen sich auf den Sand fallen. Und er, das macht mich eifersüchtig, fang jetzt nicht mit dem Hund Reátegui an, aber ich hab ein Motorboot gebraucht und Essen, jetzt erwarten uns zehn bittere Tage, aber du wirst schon sehen, ich werd vorankommen, und sie, du wirst vorankommen, ich werd dir helfen, Fushía. Und er redete von der Grenze, alle werden rumlaufen und sagen, er ist nach Brasilien, werden's aufgeben, mich zu suchen, Lalita, wer wird schon draufkommen, daß ich hier herüber bin, wenn wir nach Ecuador kommen, geht alles glatt. Und plötzlich, zieh dich aus, Lalita, und sie, da beißen mich aber die Ameisen, Fushía, und er, na wennschon. Danach regnete es die ganze Nacht und der Wind riß den Mantel weg, der sie schützte und sie wechselten sich dabei ab, die Mücken und die Fledermäuse zu verscheuchen. Im Morgengrauen brachen sie auf, und bis die Fälle kamen, ging die Reise gut: ein kleines Schiff und sie versteckten sich, ein Dorf, ein Militärposten, ein Flugzeug und sie versteckten sich. Eine Woche verging ohne Regen; sie waren von Sonnenaufgang bis Sonnenuntergang unterwegs, und um Konserven zu sparen, fischten sie kleine Anchovis Bagres. Abends suchten sie eine Insel, eine Sandbank, eine Uferlichtung und schliefen im Schutz eines Feuers. An Dörfern fuhren sie des Nachts vorbei, ohne den Motor anzulassen, und er, feste, fester, Lalita, und sie, die Arme können nicht mehr, die Strömung ist zu stark, und er, fest, *carajo*, es dauert nicht mehr lange. In der Nähe von Barranca begegneten sie einem Fischer und aßen zusammen, und sie, wir sind auf der Flucht, und er, kann ich helfen? und Fushía, wir wollen Benzin kaufen, es ist bald zu Ende, und er, geben Sie mir das Geld, ich geh ins Dorf und bring's Ihnen. Zwei Wochen brauchten sie, um die Schnellen hinter sich zu bringen, dann drangen sie in Pflanzentunnel, Lagunen und Altwasser ein, verirrten sich, zweimal schlug das Boot um, das Benzin ging ihnen aus und eines Morgens, Lalita, wein nicht, wir sind ja schon da, schau, das sind

Huambisas. Sie erinnerten sich noch an ihn, glaubten, er käme, wie früher, um ihnen Kautschuk abzukaufen. Sie stellten ihnen eine Hütte zur Verfügung, etwas zu Essen, zwei Pritschen und so vergingen viele Tage. Und er, siehst du, das hast du davon, daß du dich an mich gehängt hast, hättest in Iquitos bei deiner Mutter bleiben sollen, und sie, und wenn sie dich eines Tages umbringen, Fushía? und er, dann wirst du eine Huambisafrau, läufst mit nackten Zitzen rum und malst dich mit Indigo, Rupiña und Scharlachrot an, Maniok wirst du kauen müssen, um Masato zu machen, schau nur, was dich alles erwartet. Sie weinte, die Huambisas lachten, und er, Dummkopf, das war ein Scherz, vielleicht bist du die erste Christin, die die gesehen haben, es ist schon eine Menge Zeit her, da bin ich mit einem von Moyobamba hier angekommen und sie haben uns den Kopf eines Christen gezeigt, der auf den Santiago gekommen ist, um Gold zu suchen, hast du Angst? und sie, ja, Fushía. Die Huambisas brachten ihnen Chosca- und Majazschnitten, Bagres, Maniok, einmal grüne Würmer und sie erbrachen sich, mitunter Wildbret, eine Gamitana oder einen Zúngaro. Er unterhielt sich mit ihnen von morgens bis abends und sie, erzähl doch, was fragst du sie, was sagen sie, und er, allerlei, mach dir keine Sorgen, das erste Mal, als Aquilino und ich hiergewesen sind, haben wir sie mit Schnaps erobert und sechs Monate hier gelebt, haben ihnen Messer, Stoffe, Flinten, Anisschnaps mitgebracht und sie haben uns Gummi, Häute gegeben und bis heute kann ich mich nicht beklagen, waren meine Kunden, sind meine Freunde, ohne sie wär ich längst tot, und sie, ja aber gehen wir doch, Fushía, ist die Grenze nicht ganz in der Nähe? Und er, besser als die Kautschuksammler, Lalita, angefangen bei dem Hund Reátegui oder nicht? schau nur, wie er sich mir gegenüber betragen hat, hab ihm zu soviel Geld verholfen und hat mir nicht helfen wollen, ist das zweite Mal, daß die Huambisas mich retten. Und sie, wann kommen wir nach Ecuador, Fushía, die Regenzeit hat schon beinahe angefangen und dann geht's nicht mehr. Und er sprach nicht mehr von der Grenze und verbrachte die Nächte schlaflos, saß auf der Hängematte, wanderte auf und ab, sprach vor sich hin, und sie, was hast du denn, Fushía, sag's mir, ich bin doch deine Frau, und er, still, ich denk nach. Und eines Morgens stand er auf, sprang mit großen Sätzen den Steilhang hinunter, und sie von oben, tu das nicht, ich fleh dich an beim Christus von Bagazán, bei allen Heiligen, Heiligen, und er zerhackte weiter mit der Machete das Boot, bis er den Boden ausgeschlagen hatte und es abgesackt war und als er den Hang wieder heraufkam, blickten seine Augen zufrieden drein. Ohne Kleider, ohne Geld und ohne Papiere nach Ecuador gehen? Wahnsinn, Lalita, die Polizisten geben die Nachricht von einem Land zum andern weiter, wir bleiben ja auch nur noch ganz kurze Zeit, hier kann ich reich werden, alles hängt von denen hier ab und davon, daß ich Aquilino auftreib, das ist der Mann, der uns fehlt, komm, ich erklär's dir, und sie, was hast du jetzt getan, Fushía, du lieber Gott. Und er, hierher kommt niemand und wenn wir hier abhauen, hat man mich längst vergessen und außerdem werden wir Geld haben, um jeden zum Schweigen zu verpflichten. Und sie, Fushía, Fushía, und er, ich muß Aquilino finden, und sie, warum hast du das Boot kaputtgemacht, ich will nicht hier im Urwald sterben, und er, blödes Weib, die Spuren mußten gelöscht werden. Und eines Tages brachen sie in einem Kanu auf, mit zwei Huambisaruderern, in Richtung auf den Santiago. Insekten begleiteten sie, Schwärme von Mücken, das heisere Lied der Trompetenaffen und des Nachts, trotz des Feuers und der Decken, segelten die Fledermäuse über ihre Körper hin und bissen die weichen Stellen: die Zehen, die Nase, den Nacken. Und er, nein, nicht an den Fluß ran, hier in der Gegend sind Soldaten. Sie fuhren durch enge, dunkle Pflanzentunnel, unter Gewölben aus struppigem Laub, stinkende Kotlachen, von Kröten wimmelnde Lagunen, und durchquerten Pfade, die die Huambisas mit den Macheten aus dem Dschungel hieben, das Kanu trugen sie auf den Schultern. Sie aßen, was sie fanden, Wurzeln, Pflanzenstengel voller säuerlichem Saft, Kräutergebräu, und eines Tages erlegten sie eine Sachavaca, Fleisch für eine Woche. Und sie, ich mach's nicht, Fushía, ich fühl die Beine schon nicht mehr, das Gesicht hab ich mir wundgekratzt, und er, bald ist's soweit. Bis der Santiago auftauchte und da aßen sie Chitaris, die sie unter den Steinen im Fluß fingen und über dem Feuer räucherten, und ein Gürteltier, das die Huambisas gejagt hatten, und er, siehst du, wir sind schon da, Lalita, hier ist gute Erde, hier gibt's was zu essen und alles geht gut, und sie, mir brennt das Gesicht, Fushía, ich schwör dir, ich kann nicht mehr. Einen Tag lang schlugen sie ein Lager auf und dann ging's wieder weiter, den Santiago aufwärts, zum Übernachten und Essen machten sie halt in Huambisasiedlungen von zwei, drei Familien. Und eine Woche später verließen sie den Fluß und navigierten stundenlang durch einen engen Pflanzentunnel, in den die Sonne nicht eindrang und der so niedrig war, daß ihre Köpfe gegen die Zweige stießen. Sie kamen daraus hervor, und er, Lalita, die Insel, schau doch, der beste Fleck, den's gibt, zwischen dem Urwald und den Sümpfen, und ehe sie anlegten, veranlaßte er die Huambisas, die ganze Umgebung abzusuchen, und sie, hier wollen wir leben? und er, es liegt versteckt, ringsum ist hoher Urwald, die Landzunge da eignet sich gut als Anlegeplatz. Sie legten an und die Huambisas verdrehten die Augen, schüttelten die Fäuste, knurrten, und Lalita, was haben sie denn, Fushía, weswegen sind sie so wütend, und er, Angst haben sie, die Saukerle, wollen umkehren, die Lupunas haben sie erschreckt. Denn oben am Abhang und die ganze Insel entlang standen, wie ein kompaktes und hochragendes Pfahlwerk, Lupunas mit rauhen Stämmen, aus denen Buckel herausschwollen und große, runzlige Wedel, auf denen sie ruhten wie Rucksäcke. Und sie, schrei sie doch nicht so an, Fushía, da werden sie ärgerlich. Sie stritten, grunzten einander an und gestikulierten und endlich überredete er sie und sie drangen hinter ihnen her in das Gestrüpp vor, das die Insel überzog, Und er, hörst du's Lalita? alles ist voller Vögel, es gibt Guacamayos, hörst du's nicht? und als sie ein Huancahuí entdeckten, das gerade eine kleine schwarze Schlange hinunterwürgte, kreischten die Huambisas, und er, verdammte Angsthasen, und sie, du bist verrückt, hier ist ja alles Urwald, Fushía, wie sollen wir hier leben können, und er, meinst du, ich hab nicht an alles gedacht? hier hab ich mit Aquilino gelebt und hier werd ich wieder leben und hier werd ich reich werden, wirst schon sehen, daß ich recht hab. Sie kehrten zum Uferabhang zurück, sie kletterte zum Kanu hinunter und er und die Huambisas drangen erneut ins Innere vor und auf einmal stieg hinter den Lupunas eine bleifarbene Rauchsäule empor und es begann nach Feuer zu riechen. Er und die Huambisas kamen zurückgerannt, sprangen ins Kanu, überquerten die Lagune und schlugen auf dem gegenüberliegenden Ufer ihr Lager auf, neben der Tunnelmündung. Und er, wenn der Brand zu Ende ist, bleibt eine Lichtung zurück, Lalita, wenn's nur nicht regnet, und sie, wenn nur kein Wind aufkommt, Fushía, wenn nur der Brand nicht bis hierher kommt und überspringt. Es regnete nicht und das Feuer brannte fast zwei Tage und sie verharrten auf demselben Fleck, dem dichten stinkenden Rauch der Lupunas und Catahuas ausgesetzt, den Aschewolken, die in der Luft hin und her zogen, sahen den blauen, züngelnden Flammen zu, den Funken, die zischend auf die Lagune klatschten, hörten, wie die Insel knisterte.

Und er, na also, die Teufel sind verbrannt, und sie, fordere sie nicht heraus, sie glauben nun einmal dran, und er, sie verstehen nicht, was ich sag und außerdem lachen sie jetzt, ich hab sie auf immer von der Angst vor den Lupunas geheilt. Der Brand reinigte und entvölkerte die Insel: zwischen den Rauchschwaden schossen Vogelschwärme hervor, und an den Ufern tauchten Affen auf: Maguisapas, Frailecillos, Shimbillos, Pelejos sprangen quietschend auf die treibenden Stämme und Äste; die Huambisas wateten ins Wasser, fingen sie haufenweise, schlugen ihnen mit den Macheten die Köpfe ein, und er, das wird aber ein Bankett für sie werden, Lalita, der Zorn ist schon verraucht, und sie, ich möchte auch etwas essen, und wenn's Affenfleisch ist, ich hab Hunger. Und als sie zur Insel zurückkehrten, fanden sie mehrere Lichtungen, aber die Lupunas entlang dem Uferabhang standen noch und an vielen Stellen hatten Gruppen dichter Urwaldstämme überlebt. Sie begannen die Rodung, den ganzen Tag lang warfen sie verdorrte Stämme, verkohlte Vögel, Schlangen in die Lagune, und er, sag mir, daß du zufrieden bist, und sie, ich bin's, Fushía, und er, glaubst du jetzt an mich? und sie, ja. Hinterher lag eine Fläche ebener Erde da und die Huambisas spalteten Bäume und verbanden die Holzlängen mit Lianen und er, schau nur, Lalita, das ist wie ein Haus und sie, das ja gerade nicht, aber besser ist's, als im Urwald schlafen. Und am nächsten Morgen, als sie aufwachten, hatte ein Paucar sein Nest vor der Cabaña gebaut, sein schwarzes und gelbes Gefieder flammte inmitten des gefallenen Laubes, und er, das bringt Glück, Lalita, der Vogel da ist gesellig, wenn der gekommen ist, dann weil er weiß, daß wir hierbleiben.

Und noch am selben Sonnabend holten einige Nachbarn die Leiche ab und brachten sie, in ein Bettuch gehüllt, zur Hütte der Wäscherin. Die Totenwache vereinigte viele Männer und Frauen aus der Gallinacera bei Juana Baura auf dem Vorplatz, und die weinte die ganze Nacht, küßte ein ums andere Mal die Hände, die Augen, die Füße der Toten. Im Morgengrauen führten ein paar Frauen Juana aus dem Zimmer, und Padre García half die sterbliche Hülle in den Sarg legen, der mit dem Ertrag einer Geldsammlung gekauft worden war. An jenem Sonntag zelebrierte Padre García die Messe in der Kapelle am Markt und führte den Trauerzug an, und vom Friedhof kehrte er an der Seite Juana Bauras in die Gallinacera zurück: die Leute sahen ihn die Plaza de Armas überqueren, umgeben von Frauen, bleich, mit sprühenden Augen, die Fäuste geballt. Bettler, Schuhputzjungen, Vagabunden schlossen sich dem Trauerzug an, und als der am Markt ankam, nahm er die ganze Breite der Straße ein. Dort, auf einer Bank stehend, begann der Priester zu zetern, und im Umkreis gingen die Türen auf, die Marktweiber verließen ihre Stände, um ihm zuzuhören, und zwei Stadtpolizisten, die versuchten, die Menge zu zerstreuen, wurden beschimpft und mit Steinen beworfen. Die Schreie Padre Garcías waren bis ins Schlachthaus zu vernehmen, und in der ‹Estrella del Norte› verstummten die Fremden überrascht: Woher kam denn dieser Lärm? wohin gingen all die Frauen? Heimlich, weibisch, hartnäckig ging die Kunde durch die Stadt, während unter einem Himmel voller schmutziger Aasgeier Padre García weitersprach. Wenn er pausierte, hörte man das Schreien der Juana Baura, die zu seinen Füßen kniete. Da fingen die Frauen an, sich dumpf zu erzürnen, zu murren. Und als die Guardias mit den Knüppeln des Gesetzes auftauchten, brandete ihnen ein wildgewordenes Meer entgegen, voran Padre García, lodernd vor Zorn, ein Kruzifix in der Rechten, und als sie den Frauen den Weg verwehren wollten, regnete es Steine, Drohungen: die Guardias wichen zurück, flüchteten in die Häuser, andere stürzten, und das Meer schäumte über sie her, über sie hinweg, ließ sie zurück. So spülten die zürnenden Wogen über die Plaza de Armas hin, tosend, schäumend, strotzend von Prügeln und Steinen, und wenn sie vortobten, knallten die Sperrbalken der Türen herab, schnappten die Pförtchen ins Schloß, die Principales hasteten zur Kathedrale, und die Fremden, im Schutz der Säulengänge, waren sprachlos Zeuge, wie der reißende Strom einherrollte. Hatte Padre García mit den Guardias gerungen? Hatten sie ihn angegriffen? Seine zerfetzte Soutane ließ eine schmächtige und käsige Brust erkennen, lange, knochige Arme. Er hielt immer noch das Kruzifix hoch und stieß heisere Schreie aus. Und dann wälzte sich der Strom an der ‹Estrella del Norte› vorüber, eine Steingischt spritzte auf und zerschlug die Fenster der Bar zu tausend Scherben, und als die Weiber die Alte Brücke betraten, knarrte das bejahrte Skelett, schwankte wie betrunken, und als sie die ‹Rio Bar› hinter sich ließen und Castilla betraten, hielten viele von ihnen bereits Fackeln in der Hand, rannten, und aus den Chicherías quollen die Kunden hervor, das Gebrüll wurde stärker, die Fackeln mehr. Sie erreichten die Sandfläche, und eine Staubwolke bäumte sich auf, ein gigantischer, schwereloser Kreisel, vergoldet, und im Herzen der Spirale blitzten Frauengesichter, Fäuste, Flammen auf.

Geduckt unter der wie ein Gletscher blendenden Mittagsglast, die Türen und Fenster verrammelt, sah das Grüne Haus aus wie ein verlassener Landsitz. Die pflanzenfarbenen Mauern glitzerten sanft im Sonnenlicht, zerrannen an den Ecken in einer Art Schüchternheit, und wie bei einem verwundeten Reh hatte die Stille des Etablissements etwas Schutzloses, etwas Gefügiges, Verängstigtes angesichts der Menge, die heranzog. Padre García und die Weiber gelangten an die Türen, das Geschrei verstummte und plötzlich erstarrte alles. Doch dann vernahm man ein Zetern, und gleich Ameisen, die aus ihren Labyrinthen flüchten, wenn der Fluß sie überschwemmt, tauchten geschminkt, dürftig bekleidet, einander stoßend und jaulend die Insassinnen auf, und die Stimme Padre Garcías erhob sich, donnerte über dem Meer, und aus den Wogen und Stürzen schossen unzählige Fangarme hervor, haschten nach den Insassinnen, warfen sie zu Boden und schlugen auf sie ein. Und dann überschwemmten Padre García und die Weiber das Grüne Haus, füllten es in wenigen Sekunden zum Bersten, und aus dem Innern drang ein Getöse der Zerstörung: Gläser, Flaschen zerschellten, Tische zersplitterten, Bettücher zerfetzten, Vorhänge. Vom ersten Stockwerk, vom zweiten und vom Turm prasselte ein gründlicher häuslicher Platzregen. Durch die glühende Luft flogen Blumentöpfe, Nachttöpfe, angeschlagene Waschbecken und Schüsseln, Teller, aufgeschlitzte Matratzen, Kosmetika, und eine Salve von Hurras begrüßte jedes Geschoß, das eine Parabel beschrieb und im Sand steckenblieb. Schon stritten sich viele Neugierige, darunter auch Frauen, um die Gegenstände und Kleidungsstücke, und es kam zu Rempeleien, Disputen, hitzigen Auseinandersetzungen. Inmitten des Chaos, bös zugerichtet, mit versagender Stimme, noch zitternd, rappelten sich die Insassinnen auf, sanken einander in die Arme, schluchzten und sprachen sich Trost zu. Das Grüne Haus brannte: purpurn, spitz, zuckend sah man im aschgrauen Rauch die Flammen in trägen Wirbeln zum Himmel über Piura auflodern. Die Menge begann zurückzuweichen, die Schreie wurden weniger; durch die Türen des Grünen Hauses verließen die Eindringlinge und Padre García Hals über Kopf das Lokal, hustend, die Augen tränend vom Rauch.

Vom Geländer der Alten Brücke, vom Malecón, von den Türmen der Kirchen, den Dächern und Balkonen aus sahen Menschentrauben dem Feuer zu: eine Hydra mit hochroten und blaßblauen Köpfen unter einem schwärzlichen Dach. Erst als der schlanke Turm zusammensackte und schon eine ganze Weile, von einer sanften Brise hergeweht, glühende Brocken, Späne und Ascheflocken auf den Fluß niedergegangen waren, erschienen die Guardias und Stadtpolizisten. Machtlos und säumig mischten sie sich unter die Frauen, verwirrt und fasziniert wie alle übrigen vom Spektakel des Feuers. Und mit einemmal stieß man sich an, geriet in Bewegung, Frauen und Bettler tuschelten, sagten *«jetzt kommt er, dort kommt er»*.

Er kam über die Alte Brücke: die Frauen aus der Gallinacera und die Neugierigen drehten sich um und starrten ihn an, machten ihm Platz, niemand hielt ihn zurück, und er schritt dahin, steif, die Haare zerzaust, das Gesicht schmutzig, die Augen unglaublich entsetzt, mit bebendem Mund. Man hatte ihn am Vorabend noch gesehen, in einem Chicha-Ausschank der Mangachería hatte er getrunken, wo er bei Einbruch der Dunkelheit aufgetaucht war, die Arpa unterm Arm, weinerlich und fahl. Und dort hatte er die Nacht verbracht, trällernd und mit Schluckauf. Die Mangaches hatten ihn umringt: *«Wie ist's wirklich gewesen, Don Anselmo? was ist geschehen? stimmt's, daß Sie mit der Antonia zusammen gelebt haben? daß Sie sie im Grünen Haus hatten? stimmt's, daß sie gestorben ist?»* Er hatte geseufzt, geklagt und schließlich betrunken am Boden gelegen. Er war eingeschlafen und verlangte beim Aufwachen wieder etwas zu trinken, trank weiter, zupfte die Saiten der Arpa, und in diesem Zustand befand er sich, als ein Junge in die Chichería kam: «Das Grüne Haus, Don Anselmo! Sie brennen es Ihnen nieder! Die von der Gallinacera und Padre García, Don Anselmo!»

Auf dem Malecón traten ihm einige Männer und Frauen in den Weg, «du hast die Antonia geraubt, du hast sie umgebracht», und sie zerrissen ihm die Kleider und warfen Steine nach ihm, als er floh. Erst auf der Alten Brücke fing er an zu schreien, zu flehen, und die Leute, das sind Geschichten, Angst hat er, daß man ihn lyncht, aber er protestierte stürmisch weiter, und die verschreckten Insassinnen mit dem Kopf, ja, es war wahr, am Ende war es noch drin. Er hatte sich in den Sand gekniet, beschwor, rief den Himmel zum Zeugen, und da bemächtigte sich eine Art Unruhe der Leute, die Guardias und die Stadtpolizisten befragten die aus der Gallinacera, einander widersprechende Stimmen wurden laut, und wenn's wahr war? sie sollten doch nachsehen, sollten doch machen, sollten den Doktor Zevallos rufen. In mit Wasser getränkte Säcke gehüllt, drangen ein paar Mangaches in den Rauch und tauchten einige Augenblicke später erstickt, erfolglos wieder auf, es ging nicht, das war die Hölle da drinnen. Männer, Frauen: alle quälten Padre García, und wenn's wahr war? Padre, Padre, Gott würde ihn strafen. Er blickte in Gedanken versunken erst die einen, dann die andern an, Don Anselmo wand sich zwischen den Guardias, sie sollten ihm einen Sack geben, er würde hineingehen, sie sollten sich erbarmen. Und als Angélica Mercedes erschien und alle sich überzeugen konnten, daß es wahr war, daß es da war, unversehrt, in den Armen der Köchin, und sahen, wie Don Anselmo erleichtert aufatmete, dem Himmel dankte und Angélica Mercedes die Hände küßte, wurden viele Frauen gerührt. Laut bemitleideten sie das Geschöpf, trösteten Don Anselmo oder wandten sich wütend gegen Padre García und machten ihm Vorwürfe. Bestürzt, erleichtert, bewegt umringte die Menge Don Anselmo, und niemand, nicht die Insassinnen, nicht die aus der Gallinacera, nicht die Mangaches, blickte mehr auf das Grüne Haus, auf den Scheiterhaufen, zu dem er zerfiel und den jetzt der pünktliche Sandregen zu löschen begann, der Wüste zurückgab, wo es, vorübergehend, existiert hatte.

Die Unbezwingbaren traten wie immer ein: die Tür mit einem Fußtritt öffnend und unter Absingen der Hymne: sie waren die Unbezwingbaren, vom Arbeiten keine Ahnung, immer nur saufen, immer nur spielen, sie waren die Unbezwingbaren, und jetzt ging's ans Vögeln.

«Ich kann dir nur erzählen, was man an dem Abend gehört hat, Mädchen», sagte der Arpista. «Wirst ja bemerkt haben, daß ich kaum mehr seh. Deswegen hat mich die Polizei in Ruhe gelassen, ich bin ungerupft davongekommen.»

«Die Milch ist schon heiß», sagte die Chunga von der Theke her. «Hilf mir, Selvática.»

Die Selvática erhob sich vom Tisch der Musikanten, ging zur Bar, und sie und die Chunga brachten eine Kanne Milch, Brot, Kaffeepulver und Zucker. Die Lichter des Salons waren noch an, aber durch die Fenster trat heiß, hell schon der Tag herein.

«Das Mädchen weiß nicht, wie's war, Chunga», sagte der Arpista, der mit kleinen Schlückchen seine Milch schlürfte. «Josefino hat's ihr nicht erzählt.»

«Wenn ich ihn frag, wechselt er das Thema», sagte die Selvática. «Warum interessiert dich das so, sagt er, hör auf damit, sonst werd ich eifersüchtig.»

«Außer schamlos auch noch heuchlerisch und zynisch», sagte die Chunga.

«Es waren nur zwei Kunden da, wie sie reingekommen sind», sagte der Bulle. «An dem Tisch da. Und einer davon war Seminario.»

Die Leóns und Josefino hatten sich an der Bar eingerichtet und schrien und prosteten sich zu, recht übermütig: «Wir lieben dich, Chunga chunguita, du bist unsere Königin, unsere Mamita, Chunga chunguita.»

«Hört auf mit dem Mist und verzehrt, oder haut ab», sagte die Chunga. Sie wandte sich der Kapelle zu: «Warum spielt ihr nicht?»

«Wir konnten nicht», sagte der Bulle. «Die Unbezwingbaren haben einen wüsten Krach gemacht. Man hat gemerkt, daß sie guter Laune waren.»

«Das war, weil sie an dem Abend in Geld geschwommen sind», sagte die Chunga.

«Schau, schau», der Affe zeigte ihr einen Fächer Zehn-Sol-Scheine und fuhr sich mit der Zunge über die Lippen. «Was meinst du, wie viele sind's?»

«Wie geldgierig du bist, Chunga, dir treibt's ja die Augen raus», sagte Josefino.

«Wahrscheinlich gestohlen», entgegnete die Chunga. «Was wollt ihr?»

«Werden angeheitert gewesen sein», sagte die Selvática. «Da reißen sie immer Witze und singen.»

Vom Lärm angelockt, tauchten drei Insassinnen an der Treppe auf: Sandra, Rita, Maribel. Aber als sie die Unbezwingbaren sahen, schienen sie enttäuscht, ließen ihre koketten Bewegungen sein, und man hörte das brüllende Gelächter Sandras, die waren's, so ein Reinfall, aber der Affe breitete die Arme aus, sie sollten nur kommen, sollten bestellen, was sie wollten, und zeigte ihnen die Geldscheine.

«Servier den Musikanten auch was, Chunga», sagte Josefino.

«Liebenswürdige Jungens», lächelte der Arpista. «Halten uns immer frei. Ich habe noch den Vater von Josefino gekannt, Mädchen, war Fährmann und hat immer das Schlachtvieh rübergeholt, das aus Catacaos kam. Carlos Rojas, übrigens ein sehr sympathischer Kerl.»

Die Selvática goß dem Arpista wieder die Tasse voll und löffelte Zucker hinein. Die Unbezwingbaren setzten sich mit Sandra, Rita und Maribel an einen Tisch und schwelgten in Erinnerungen an eine Partie Poker, die sie eben in der ‹Reina› ausgetragen hatten. Der Jüngling Alejandro trank träge seinen Kaffee: sie waren die Unbezwingbaren, vom Arbeiten keine Ahnung, immer nur saufen, immer nur spielen, sie waren die Unbezwingbaren, und jetzt ging's ans Vögeln.

«Das Hemd haben wir ihnen ausgezogen, Sandra, ich schwör's. Das Glück war auf unserer Seite.»

«Dreimal hintereinander Royal Flush, so was ist noch nicht dagewesen.»

«Den Mädchen haben sie den Text beigebracht», sagte der Arpista mit vergnügter und wohlwollender Stimme. «Und dann sind sie zu uns gekommen, damit wir ihre Hymne spielten. Von mir aus ja, aber fragt erst die Chunga um Erlaubnis.»

«Und du hast uns zugewinkt, wir sollten sie spielen, Chunga», sagte der Bulle.

«Sie haben auch verzehrt wie nie», erläuterte die Chunga der Selvática. «Warum hätt ich ihnen da den Gefallen nicht tun sollen?»

«Damit fängt oft das Unglück an», sagte der Jüngling mit einer melancholischen Geste. «Mit einem Lied.»

«Singt, damit wir's richtig hinkriegen», sagte der Arpista. «Mal sehen, Jüngling, Bulle, sperrt die Löffel auf.»

Während die Unbezwingbaren im Chor die Hymne sangen, wiegte sich die Chunga in ihrem Schaukelstuhl wie eine friedliche Hausfrau, und die Musikanten schlugen den Takt mit den Füßen und wiederholten vor sich hin murmelnd den Text. Danach sangen alle lauthals, begleitet von der Gitarre, der Arpa und den Tschinellen.

«Schluß jetzt», sagte Seminario. «Jetzt reicht's mit Liedchen und Schweinigeleien.»

«Bis dahin hatte er nicht auf den Krach geachtet, war recht friedlich gewesen, hat sich mit seinem Freund unterhalten», sagte der Bulle.

«Ich hab gesehen, wie er aufgestanden ist», sagte der Jüngling. «Wie eine Furie, ich hab geglaubt, er fällt gleich über uns her.»

«Der Stimme nach war er nicht besoffen», sagte der Arpista. «Wir haben sofort aufgehört, sind still gewesen, aber er hat sich nicht beruhigt. Wie lange war er denn schon hier, Chunga?»

«Seit früh. Ist direkt von seiner Hazienda gekommen, mit Stiefeln, Reithose und Pistole.»

«Ein Stier von einem Mann, dieser Seminario», sagte der Jüngling. «Und einen bösartigen Blick. Je stärker einer ist, um so schlechter ist er.»

«Danke schön, Bruderherz», sagte der Bulle.

«Du bist die Ausnahme, Bulle», sagte der Jüngling. «Gebaut wie ein Boxer und ein Seelchen wie ein Schaf, wie der Maestro immer sagt.»

«Seien Sie doch nicht so, Señor Seminario», sagte der Affe. «Wir haben ja nur unsere Hymne gesungen. Dürfen wir Sie zu einem Bier einladen?»

«Aber er war schlechter Laune», sagte der Bulle. «Ihm war irgendeine Laus über die Leber gelaufen, und jetzt hat er Streit gesucht.»

«So, ihr seid also die Bürschchen, die auf Straßen und Plätzen randalieren?» sagte Seminario. «Wetten, daß ihr euch mit mir nicht anlegt?»

Rita, Sandra und Maribel entfernten sich auf Zehenspitzen, gingen an die Bar, und der Jüngling und der Bulle stellten sich schützend vor den Arpista, der, auf seinem Hocker sitzend, mit ruhigem Gesichtsausdruck begonnen hatte, die Wirbel seiner Arpa nachzuziehen. Und Seminario fuhr fort, er selber war auch ein Lustmolch, er bewegte den Unterleib, und verstand sich zu vergnügen, er schlug sich auf die Brust, aber er arbeitete, schuftete auf seinem Land, Vagabunden konnte er nicht ausstehen, korpulent und gesprächig unter der violetten Glühbirne, Hungerleider, solche, die verrückt spielen.

«Wir sind jung, Señor. Wir tun nichts Schlechtes.»

«Wir wissen schon, daß Sie sehr stark sind, aber das ist kein Grund, uns zu beleidigen.»

«Ist's wahr, daß Sie einmal einen aus Catacaos bei lebendigem Leib hochgehoben und auf ein Dach geworfen haben? Ist das wahr, Señor Seminario?»

«So sehr haben sie sich vor ihm erniedrigt?» fragte die Selvática. «Das hätt ich nicht von ihnen geglaubt.»

«Ihr habt ja Angst vor mir», lachte Seminario besänftigt. «Wie ihr mir schmeichelt.»

«Wenn's drauf ankommt, geben die Männer immer klein bei», sagte die Chunga.

«Nicht alle, Chunga», protestierte der Bulle. «Wenn er sich mit mir angelegt hätte, hätt ich ihm rausgegeben.»

«Er war bewaffnet, die Unbezwingbaren haben recht gehabt, sich zu fürchten», entschied der Jüngling sanft. «Angst ist wie die Liebe, Chunga, was Menschliches.»

«Du hältst dich für einen Weisen», sagte die Chunga. «Aber bei mir kommen deine Philosophien nicht an, wenn du's noch nicht wissen solltest.»

«Das Unglück war nur, daß die Jungens da nicht aufgebrochen sind», sagte der Arpista.

Seminario war an seinen Tisch zurückgekehrt, auch die Unbezwingbaren, ohne eine Spur der Fröhlichkeit von vorhin: er sollte erst mal was trinken, dann würde er schon sehen, aber nein, der rannte mit der Pistole rum, lieber abwarten, ein andermal, und warum ihm nicht den Lieferwagen anzünden? stand ganz in der Nähe, beim ‹Club Grau›.

«Noch besser: wir gehen raus und sperren ihn hier ein und stecken das ganze Grüne Haus an», sagte Josefino. «Zwei Kanister Benzin und ein Streichhölzchen reichen. Wie Padre García.»

«Würde brennen wie Stroh», sagte José. «Die Barriada hier auch und sogar das Stadion.»

«Verbrennen wir lieber gleich ganz Piura», sagte der Affe. «Ein Riesenriesenriesenfeuerchen, so daß man's von Chiclayo aus sehen kann. Der ganze Sand würde feuerrot werden.»

«Und die Asche würde bis nach Lima fallen», sagte José. «Alles, bis auf eines: die Mangachería müßten wir retten.»

«Klar, wär ja noch schöner», sagte der Affe. «Das müßte sich machen lassen.»

«Ich war damals bei dem Brand ungefähr fünf Jahre alt», sagte Josefino. «Erinnert ihr euch noch an was?»

«An den Anfang nicht», sagte der Affe. «Wir sind am nächsten Tag hin, zusammen mit ein paar Bengels aus dem Barrio, aber die Polypen haben uns davongejagt. Die, die zuerst hingekommen waren, haben scheinbar viele Sachen davongeschleppt.»

«Ich kann mich nur noch an den Brandgeruch erinnern», sagte Josefino. «Und daß man Rauch gesehen hat und daß viele Algarrobos in Kohle verwandelt waren.»

«Bitten wir doch den Alten, er soll's uns erzählen», sagte der Affe. «Wir laden ihn einfach zu ein paar Bierchen ein.»

«Vielleicht war's doch kein Schwindel», sagte die Selvática. «Oder haben die ein anderes Feuer gemeint?»

«Typisch für Piura, Mädchen», sagte der Arpista. «Glaub nur nie den Piuranern, wenn sie davon erzählen. Reine Erfindung.»

«Sind Sie nicht müde, Maestro?» sagte der Jüngling. «Es ist gleich sieben Uhr, wir könnten gehen.»

«Hab noch keinen Schlaf», sagte Don Anselmo. «Muß dem Frühstück Zeit zum Verdauen geben.»

Die Ellbogen auf die Theke gestützt, versuchten die Unbezwingbaren die Chunga zu bewegen: sollte ihn doch ein wenig lassen, es kostete sie doch nichts, damit sie ein bißchen mit ihm reden konnten, die Chunga sollte doch nicht so hartherzig sein.

«Alle Leute mögen Sie gern, Don Anselmo», sagte die Selvática. «Ich auch, Sie erinnern mich an einen netten Alten in meiner Heimat, Aquilino hat er geheißen.»

«So großzügig, so sympathisch», sagte der Arpista. «Haben mich an ihren Tisch geladen und mir ein Bierchen angeboten.»

Er schwitzte. Josefino gab ihm ein Glas in die Hand, er trank es in einem Zug aus und schmatzte. Dann fuhr er sich mit seinem bunten Taschentuch über die Stirn, die dichten Augenbrauen und putzte sich die Nase.

«Ein Gefallen unter Freunden, Alter», sagte der Affe. «Erzählen Sie uns das vom Feuer.»

Die Hand des Arpista tastete nach dem Glas und umspannte, statt des eigenen, das des Affen; er goß es in einem Zug hinunter. Wovon redeten sie denn, von welchem Feuer, und er schneuzte sich noch einmal.

«Ich war damals noch ein Knirps, hab die Flammen vom Malecón aus gesehen. Und die Leute, die mit Säcken und Eimern Wasser herumgerannt sind», sagte Josefino. «Warum erzählen Sie uns nicht davon, Arpista? Nach so langer Zeit kann's Ihnen doch nichts mehr ausmachen.»

«Es hat nie ein Feuer gegeben, kein Grünes Haus», behauptete der Arpista. «Erfindung der Leute, Jungens.»

«Warum halten Sie uns zum Narren?» sagte der Affe. «Nur Mut, Arpista, erzählen Sie uns wenigstens ein bißchen davon.»

Don Anselmo legte zwei Finger an den Mund und tat, als rauchte er. Der Jüngling reichte ihm eine Zigarette, und der Bulle gab ihm Feuer. Die Chunga hatte die Lichter des Saals ausgemacht, und die Sonne flutete in Strömen durch die Fenster und die Ritzen in das Lokal. Auf dem Boden und an den Wänden entstanden gelbe Narben, das Wellblechdach strahlte Hitze aus. Die Unbezwingbaren gaben nicht nach, stimmte es, daß dabei einige Insassinnen verbrutzelt sind? waren es wirklich die Weiber aus der Gallinacera, die es angesteckt hatten? war er drinnen gewesen? hatte Padre García das aus reiner Bösartigkeit getan oder wegen der Religion und so? war's wahr, daß Doña Angélica die Chunga davor gerettet hatte, im Feuer zu sterben?

«Nichts als Fabeln», versicherte der Arpista. «Dummes Gerede der Leute, um Padre García in Wut zu bringen. Sollten ihn in Ruhe lassen, den armen Alten. Und jetzt muß ich arbeiten, Jungens, entschuldigt.»

Er stand auf und ging mit kurzen Schrittchen, die Hände vor sich hin haltend, zurück in die Ecke, wo die Kapelle ihren Platz hatte.

«Seht ihr? Stellt sich blöd, wie immer», sagte Josefino. «Ich hab ja gewußt, daß es umsonst ist.»

«In dem Alter wird das Gehirn weich», sagte der Affe, «wer weiß, am Ende hat er alles vergessen. Den Padre García müßte man fragen. Aber wer traut sich.»

Und da ging die Tür auf, und die Streife kam herein.

«Diese Schmarotzer», murmelte die Chunga. «Wollten bei mir einen Drink abstoßen.»

«Die Streife, das heißt Lituma und noch zwei von der Polente, Selvática», sagte der Bulle. «Die sind jede Nacht hier aufgetaucht.»

II

Unter dem runden Schatten der Platanen richtete Bonifacia sich auf und blickte zum Dorf hinüber: Männer und Frauen stürzten über die Plaza von Santa María de Nieva, fuchtelten höchst aufgeregt mit den Händen und deuteten in Richtung Anlegeplatz. Sie duckte sich wieder über die geradlinigen Furchen, aber gleich danach richtete sie sich schon wieder auf: die Leute strömten unaufhörlich herbei, in größter Erwartung. Sie spähte nach der Cabaña der Nieves; Lalita trällerte nach wie vor im Innern, Rauch schlängelte sich grau durch das Zuckerrohrgeflecht der Außenwand, noch tauchte das Boot des Lotsen nicht am Horizont auf. Bonifacia schlich um die Cabaña, drang in das Röhricht des Ufers vor und watete bis zu den Fußknöcheln im Wasser aufs Dorf zu. Die Wipfel der Bäume verschwanden in den Wolken, die Stämme in den ockerfarbenen Zungen des Strandes. Das Hochwasser hatte begonnen, der Fluß spülte schmarotzende Strömungen mit sich, Wasser, das heller oder dunkler war, auch Büsche, abgerissene Blumen, Flechten und Gebilde, die Lehmbrokken, Kot oder tote Nagetiere sein mochten. Langsam, behutsam wie ein Fährtensucher sah sie sich um, huschte sie über ein Binsenfeld und erblickte, als sie um eine Ecke bog, den Anlegeplatz: die Leute standen reglos zwischen den Pfählen und den Kanus und einige Meter vom Molenponton entfernt hatte ein Floß festgemacht. Die Dämmerung färbte die Itípaks und die Gesichter der Aguarunafrauen blau, auch Männer waren da, die Hosen bis zu den Knien hochgekrempelt, die Oberkörper nackt. Sie konnte das Seil sehen, das schlaff wurde oder sich spannte, je nach dem Hin und Her des eben angekommenen Floßes, den Rammpfahl am Bug und, ganz deutlich, den Aufbau am Heck. Ein Schwarm Reiher flog über die Binsen und Bonifacia vernahm, ganz nahe, das Schlagen der Flügel, blickte hoch und sah die zarten weißen Hälse, die rosigen Leiber sich entfernen. Dann drang sie weiter vor, aber tief geduckt und nicht mehr am Strand entlang, sondern verborgen im Dickicht der Böschung, riß sich die Arme, das Gesicht und die Beine auf an den Blatträndern, den Dornen und den fasrigen Lianen, inmitten des Gesummes, spürte die klebrigen Liebkosungen an den Füßen. Wo das Binsengestrüpp schon fast endete, nicht weit von den dicht gedrängt stehenden Leuten, machte sie halt und hockte sich hin: die Vegetation schlug über ihr zusammen und jetzt konnte sie ihn durch eine komplizierte grüne Geometrie aus Rhomben, Kuben und unwahrscheinlichen Winkeln hindurch beobachten. Der Alte ließ sich Zeit; in größter Ruhe ging er auf dem Floß hin und her, rückte mit äußerster Sorgfalt Kisten und Warenhäufchen hierhin und dorthin, das alles vor den Zuschauern, die tuschelten und ungeduldige Bewegungen machten. Der Alte trat in den Aufbau und kehrte mit einem Stück Stoff, mit Schuhen, einer Schnur von Chaquiraperlen zurück und legte alles ernsthaft, sorgfältig, manisch orgentlich auf die Kisten. Er war sehr mager, wenn der Wind sein Hemd aufplusterte, wirkte er wie ein Buckliger, aber dann plötzlich klatschten Vorder- und Rückenteil gegen seinen Leib, berührten sich fast und enthüllten seine wirkliche Gestalt, zart, äußerst dünn. Er hatte eine kurze Hose an und Bonifacia konnte seine Beine sehen, so dünn wie seine Arme, die verbrannte, fast schwarze Haut seines Gesichts und die phantastische, seidige weiße Mähne, die bis zu seinen Schultern herunterwallte. Der Alte verbrachte noch eine ganze Weile damit, Haushaltsgeräte und Zierat in vielen Farben herauszutragen und zeremoniös die bedruckten Stoffe aufzuschichten. Das Tuscheln schwoll jedesmal an, wenn der Alte etwas aus der Bughütte brachte und Bonifacia konnte die Verzückung der Heidinnen und der Christinnen beobachten, ihre faszinierten, begehrlichen Blicke auf die Vogelschrotperlen, Einsteckkämme, Taschenspiegel, Armreife und Puderdöschen, und die Augen der Männer, die auf die am Rand des Floßes neben Konservendosen, breiten Gürteln und Macheten aufgestellten Flaschen starrten. Der Alte betrachtete sein Werk einen Augenblick, wandte sich den Leuten zu und die kamen tumultartig angerannt, spritzten durch das Wasser und drängten sich um das Floß. Aber der Alte schüttelte seine weiße Mähne und stieß die Leute mit den Händen zurück. Er fuchtelte mit der Stake wie mit einer Lanze, zwang die Drängenden zurückzuweichen, ordentlich auf das Floß zu klettern. Die erste war die Frau von Paredes. Dick und ungeschickt, gelang es ihr nicht, hinaufzuklettern, der Alte mußte ihr helfen und sie faßte alles an, roch an den Fläschchen, betastete nervös die Stoffe und Seifen, und die Leute murrten und protestierten, bis sie zum Anlegeplatz zurückkam, im Wasser bis zur Taille, ein geblümtes Kleid, eine Halskette, weiße Schuhe hochhaltend. So kletterten, eine nach der andern, die Frauen auf das Floß. Die einen nahmen sich Zeit und wählten mißtrauisch aus, andere trotzten endlos wegen des Preises, und es gab welche, die forderten weinerlich oder mit Drohungen einen Nachlaß. Aber alle kamen mit etwas in der Hand vom Floß zurück, einige Christen mit Säcken vollgestopft mit Vorräten und einige Heidinnen mit knapp einem Tütchen voll Perlen zum Auffädeln. Als der Anlegeplatz endlich leer war, dunkelte es bereits: Bonifacia richtete sich auf. Der Nieva war in vollem Steigen, gekräuselte und silbrige kleine Wellen liefen unter dem Strauchwerk dahin und verebbten an ihren Knien. Ihr Körper war von Erde verschmiert, Gräser hafteten in ihrem Haar und am Kleid. Der Alte verstaute die Waren, methodisch und genau verteilte er die Kisten am Bug, und über Santa María de Nieva war der Himmel eine Konstellation aus Teer und Uhuaugen, aber auf der anderen Seite des Marañón, über der düsteren Zitadelle am Horizont, widerstand noch ein blauer Streifen der Nacht und der Mond kam hinter den Gebäuden der Mission zum Vorschein. Die Gestalt des Alten war jetzt ein schwacher Fleck, im Halbdunkel blitzte sein Haar silbrig wie ein Fisch. Bonifacia blickte zum Ort hinüber: in der Gobernación, bei Paredes war Licht, und einige Petroleumlampen flackerten an den Hügeln, in den Fenstern des Hauses, wo die Nonnen wohnten. Die Dunkelheit verschluckte in langsamen Bissen die Cabañas der Plaza, die Capironas, den abschüssigen Pfad. Bonifacia verließ ihr Versteck und rannte geduckt zum Anlegeplatz. Der Schlamm am Ufer war weich und heiß, das Stauwasser schien still und sie fühlte es an ihrem Körper hochsteigen, und nur wenige Meter vom Ufer entfernt begann die Strömung, eine laue, hartnäckige Kraft, die sie zwang, mit den Armen dagegen anzupaddeln, um nicht abgetrieben zu werden. Das Wasser reichte ihr bis ans Kinn, als sie sich am Floß festhielt und die weiße Hose des Alten sah, den Kranz seiner Mähne: es war schon spät, sie sollte morgen wiederkommen. Bonifacia zog sich ein wenig über den Floßrand hoch, stützte die

Ellbogen darauf und der Alte, über den Fluß gebückt, sah sie prüfend an: sprach sie christlich? verstand sie?

«Ja, Don Aquilino», sagte Bonifacia. «Guten Abend wünsch ich Ihnen.»

«Es ist Zeit zu schlafen», sagte der Alte. «Der Laden ist schon zu, komm morgen wieder.»

«Seien Sie lieb», sagte Bonifacia. «Lassen Sie mich nur ganz kurz raufkommen?»

«Hast deinem Mann das Geld wohl heimlich weggenommen, deswegen kommst du jetzt erst an», sagte der Alte. «Und wenn er's morgen von mir zurückverlangt?»

Er spuckte ins Wasser und lachte. Er saß in der Hocke vor ihr, seine Haare fielen locker und wie Schaum um sein Gesicht und Bonifacia sah seine dunkle Stirn, frei von Falten, seine Augen wie zwei glühende Tierchen.

«Na wennschon», sagte der Alte. «Ich kümmere mich nur um mein Geschäft. Also, komm rauf.»

Er streckte eine Hand aus, aber Bonifacia war schon geschmeidig hinaufgeklettert und wrang, auf dem Floß stehend, ihr Kleid aus und streifte das Wasser von den Armen. Halsketten? Schuhe? Wieviel Geld hatte sie? Bonifacia begann scheu zu lächeln, brauchte er nicht ein bißchen Hilfe, Don Aquilino? und ihre Augen beobachteten ängstlich den Mund des Alten, daß ihm jemand das Essen machte, solange er in Santa María de Nieva blieb? daß ihm jemand Obst holte? daß jemand das Floß reinigte, brauchte er nicht? Der Alte kam näher, woher kannte er sie? und sah sie von oben bis unten an: er hatte sie doch schon einmal gesehen, nicht wahr?

«Ich möcht ein Stückchen Stoff», sagte Bonifacia und biß sich auf die Lippen. Sie deutete auf den Aufbau, und einen Augenblick lang leuchteten ihre Augen auf. «Den gelben, den Sie zuletzt weggepackt haben. Ich arbeit ihn ab, Sie sagen mir, was ich tun soll, und ich tu's.»

«Brauch keine Hilfe», sagte der Alte. «Hast du kein Geld?»

«Für ein Kleid», flüsterte Bonifacia sanft und hartnäckig. «Soll ich Ihnen Obst bringen? Oder soll ich Ihnen lieber den Fisch einsalzen? Ich werd beten, daß Ihnen auf Ihren Reisen nichts zustößt, Don Aquilino.»

«Ich brauch keine Gebete», sagte der Alte; er sah sie ganz aus der Nähe an und schnalzte auf einmal mit den Fingern. «Ah, jetzt erkenn ich dich wieder.»

«Ich werd heiraten, seien Sie lieb», sagte Bonifacia. «Mit dem Stückchen Stoff mach ich mir ein Kleid, ich kann nähen.»

«Warum hast du keine Nonnentracht an?»

«Ich bin nicht mehr bei den Madres», sagte Bonifacia. «Sie haben mich aus der Mission hinausgeworfen, und jetzt werd ich heiraten. Geben Sie mir das Stückchen Stoff und ich helf Ihnen jetzt, und wenn Sie das nächste Mal kommen, bezahl ich in Soles dafür, Don Aquilino.»

Der Alte legte eine Hand auf Bonifacias Schulter und ließ sie zurücktreten, damit der Mondschein auf ihr Gesicht fiel, betrachtete ruhig die grünen, sehnsüchtigen Augen, den kleinen tropfenden Körper: war schon eine richtige Frau. Hatten die Nönnchen sie hinausgeworfen, weil sie sich mit einem Christen eingelassen hatte? mit dem, den sie heiraten würde? Nein, Don Aquilino, mit dem hatte sie sich hinterher eingelassen und niemand im Dorf wußte, wo sie war, und wo war sie? die Nieves hatten sie aufgenommen, sollte sie nun etwas für ihn arbeiten?

«Wohnst du bei Adrián und Lalita?» sagte Don Aquilino.

«Sie haben mich dem vorgestellt, der mein Mann wird», sagte Bonifacia. «Sind sehr gut zu mir gewesen, wie Eltern.»

«Ich fahr jetzt zu den Nieves», sagte der Alte. «Komm mit.»

«Und der Stoff?» sagte Bonifacia. «Lassen Sie mich nicht so betteln, Don Aquilino.»

Der Alte sprang geräuschlos ins Wasser, Bonifacia sah das Haar auf den Landesteg zutreiben, sah es zurückkommen. Don Aquilino erklomm das Floß mit dem Seil über der Schulter, rollte es auf und stieß mit der Stake das Floß flußaufwärts, dicht am Ufer entlang. Bonifacia hob die andere Stake hoch und ahmte, an der gegenüberliegenden Kante stehend, den Alten nach, der das Holz geschickt, ohne Anstrengung ins Wasser stach und wieder herauszog. Auf der Höhe des Binsendickichts war die Strömung kräftiger und Don Aquilino mußte manövrieren, damit das Floß sich nicht vom Ufer entfernte.

«Don Adrián ist früh zum Fischen ausgefahren, aber jetzt ist er sicherlich schon zurück», sagte Bonifacia. «Ich lad Sie zur Hochzeit ein, Don Aquilino, aber Sie geben mir doch das Stückchen Stoff, oder? Ich werd den Sargento heiraten, kennen Sie ihn?»

«Einen Polypen heiratest du? Dann geb ich ihn dir nicht», sagte der Alte.

«So dürfen Sie nicht reden, er ist ein Christ mit einem guten

Herzen», sagte Bonifacia. «Fragen Sie die Nieves, die sind befreundet mit dem Sargento.»

Einige Dochtlampen flackerten in der Hütte des Lotsen und am Geländer waren Schatten zu erkennen. Das Floß legte vor dem Treppchen an, Begrüßungen wurden laut, und Adrián Nieves kam ins Wasser, um das Seil zu packen und an einem Pfahl festzumachen. Dann kletterte er auf das Floß und er und Don Aquilino umarmten sich und danach kam der Alte auf die Terrasse und Bonifacia sah ihn Lalita den Arm um den Leib legen und ihr das Gesicht hinhalten und sah, daß sie ihn viele Male auf die Stirn, angenehme Reise gehabt? auf die Backen küßte, und die drei kleinen Jungens hatten sich dem Alten an die Beine gehängt, quietschten, und er streichelte ihre Köpfe: ein paar kleine Regengüsse, ja, sie waren dieses Jahr früher gekommen.

«Da warst du also», sagte Lalita. «Wir haben dich überall gesucht, Bonifacia. Das sag ich dem Sargento, daß du ins Dorf gegangen bist und Männer gesehen hast.»

«Niemand hat mich gesehen, nur Don Aquilino.»

«Macht nichts, wir sagen's ihm trotzdem, damit er eifersüchtig wird», lachte Lalita.

«Hat meine Waren angeguckt», sagte der Alte; er hatte den kleinsten der Jungens auf den Arm genommen, und sie machten sich gegenseitig das Haar wirr. «Müde bin ich, hab den ganzen Tag arbeiten müssen.»

«Ich werd Ihnen ein Schnäpschen einschenken, bis das Essen fertig ist», sagte der Lotse.

Lalita brachte einen Stuhl für Don Aquilino auf die Terrasse, verschwand wieder im Innern, man hörte das Knistern im Herd und es begann nach Gebratenem zu riechen. Die Jungens kletterten dem Alten auf die Knie und der kitzelte sie, während er mit Adrián Nieves anstieß. Sie hatten die Flasche ausgetrunken, als Lalita herauskam und sich die Hände am Rock abtrocknete.

«So schönes Haar», sagte sie und streichelte über Don Aquilinos Kopf. «Jedesmal ist's weißer, weicher.»

«Willst du deinen Mann auch eifersüchtig machen?»

Das Essen war gleich soweit, Don Aquilino, sie hatte ihm Sachen gekocht, die er gern mochte und der Alte bewegte den Kopf, um sich von Lalitas Händen zu befreien: wenn sie ihn nicht in Ruhe ließ, würde er sich die Haare abschneiden. Die Kleinen hatten sich vor ihm aufgestellt, beobachteten ihn jetzt stumm und mit erwartungsvollen Augen.

«Ich weiß schon, worauf ihr wartet», sagte der Alte. «Ich hab's nicht vergessen, für alle gibt's Geschenke. Für dich einen Anzug, Aquilino, wie für einen Erwachsenen.»

Die Schlitzaugen des Ältesten leuchteten auf und Bonifacia hatte sich ans Geländer gelehnt. Von dort aus sah sie den Alten aufstehen, das Treppchen hinuntersteigen, mit Paketen auf die Terrasse zurückkommen, wo die Jungens sie ihm aus den Händen rissen, und sah ihn dann zu Adrián Nieves hingehen. Sie fingen an, leise miteinander zu sprechen und von Zeit zu Zeit blickte Don Aquilino verstohlen zu ihr hin.

«Du hast recht gehabt», sagte der Alte. «Adrián sagt, der Sargento ist ein anständiger Kerl. Geh und hol dir den Stoff, ich schenk ihn dir zur Hochzeit.»

Bonifacia wollte ihm die Hand küssen, aber Don Aquilino zog sie mit einer Geste des Unwillens zurück. Und während sie wieder zum Floß hinunterlief, zwischen den Kisten herumsuchte und den Stoff fand, hörte sie den Alten und den Lotsen geheimnisvoll tuscheln und sah sie, die Gesichter nahe beieinander, reden und reden. Sie kletterte wieder zur Terrasse hinauf, und sie verstummten. Jetzt roch die Nacht nach gebratenem Fisch und eine frische Brise ließ den Urwald erzittern.

«Morgen regnet's», sagte der Alte und schnupperte in der Luft. «Schlecht fürs Geschäft.»

«Jetzt dürften sie schon auf der Insel sein», sagte Lalita später, als sie aßen. «Sind vor mehr als zehn Tagen aufgebrochen. Hat Adrián Ihnen erzählt?»

«Don Aquilino ist ihnen unterwegs begegnet», sagte der Lotse Nieves. «Außer den Guardias waren auch ein paar Soldaten von Borja dabei. Es hat gestimmt, was der Sargento gesagt hat.»

Bonifacia bemerkte, daß der Alte sie heimlich von der Seite her ansah, ohne mit Kauen aufzuhören, so als sei er beunruhigt. Aber einen Augenblick später lächelte er wieder und erzählte Geschichten von seinen Reisen.

Von der ersten Expedition kehrten sie nach fünfzehn Tagen zurück. Sie war am Uferhang, die Sonne rötete die Lagune, und plötzlich tauchten sie in der Tunnelöffnung auf: ein, zwei, drei Kanus. Lalita sprang auf, muß mich verstecken, aber da erkannte sie sie: im ersten Fushía, im zweiten Pantacha, im dritten Huambisas. Warum kamen sie so bald zurück, er hatte doch einen Monat gesagt? Sie rannte zum Anlegeplatz hinunter, und Fushía, ist Aquilino gekommen, Lalita? sie, nein, noch nicht, und er, so ein Riesenarschloch von einem Alten. Sie brachten nur einige wenige Echsenhäute mit, Fushía war fuchsteufelswild, wir werden verrecken vor Hunger, Lalita. Die Huambisas lachten beim Ausladen, ihre Frauen drängten sich geschwätzig, grunzend zwischen sie, und Fushía, schau nur, wie zufrieden die sind, die Saukerle, wir sind ins Dorf gekommen und die Shapras waren nicht da, die da haben alles verbrannt, einem Hund haben sie den Kopf abgesäbelt, nichts, alles umsonst, die ganze Reise ein Verlust, nicht ein Ballen Gummi, bloß diese Häute, die nichts wert sind und die da sind fröhlich. Pantacha stand in der Unterhose da, kratzte sich unter den Armen, wir müssen halt weiter ins Innere, Patrón, die Selva ist groß und voller Reichtümer, und Fushía, Rindvieh, um weiter reinzugehen, brauchen wir einen Lotsen. Sie gingen zur Cabaña, aßen Bananen und gerösteten Maniok, Fushía redete unaufhörlich von Don Aquilino, was ist dem Alten bloß passiert, bisher hat er mich noch nie im Stich gelassen, und Lalita, es hat viel geregnet während der letzten Tage, wird irgendwo untergeschlüpft sein, damit die Sachen, die er uns mitbringen soll, nicht naß werden. Pantacha hatte sich auf die Hängematte geworfen, kratzte sich den Kopf, die Beine, die Brust, und wenn ihm das Boot in den Schnellen weggesackt ist, Patrón? und Fushía, dann sitzen wir in der Scheiße, weiß nicht, was wir dann machen. Und Lalita, nun reg dich nicht gleich so auf, die Huambisafrauen haben auf der ganzen Insel gesät, sogar kleine Pferche haben sie gemacht, und Fushía, alles Scheiße, dauert nur zu lange, die Nacktärsche können von Maniok leben, aber ein Christ nicht, wir warten zwei Tage und wenn Aquilino dann nicht kommt, muß ich was unternehmen. Und bald danach schloß Pantacha die Augen, fing an zu schnarchen und Fushía schüttelte ihn, die Huambisas sollten zuerst die Häute aufhängen, bevor sie sich besaufen, und Pantacha zuerst eine kleine Siesta, Patrón, ich bin völlig fertig von soviel Rudern, und Fushía, Trottel kapierst du nicht? laß mich allein mit meiner Alten. Pantache, mit offenem Mund, wer's so schön hat wie Sie, mei einer richtigen Frau, Patrón, die Augen untröstlich, seit Jahren weiß ich nicht mehr, was eine Weiße ist, und Fushía, raus, hau ab. Pantacha ging weinerlich hinaus, und Fushía, da haben wir's, jetzt säuft er wieder das Zeug, zieh dich schon aus, Lalita, auf was wartest du denn, sie, ich blut aber, und er, und wennschon. Und am Spätnachmittag, als Fushía aufwachte, gingen sie ins Dorf, wo's nach Masato roch, die Huambisas torkelten völlig betrunken umher und Pantacha war nirgends zu sehen. Sie fanden ihn am andern Ende der Insel, er hatte seine Pritsche an das Lagunenufer mitgenommen, und Fushía, was hab ich gesagt, er phantasiert wieder nach Herzenslust. Er brummte vor sich hin, das Gesicht in den Händen verborgen, unter dem bis zum Rand mit Kräutern gefüllten Töpfchen brannte noch das Feuer. Käfer krabbelten auf seinen Beinen herum, und Lalita, er spürt's gar nicht. Fushía trat das Feuer aus, mit einem Fußtritt stieß er das Töpfchen ins Wasser, mal sehen, ob wir ihn wach kriegen, und zu zweit schüttelten sie ihn hin und her, zwickten ihn, ohrfeigten ihn, und er, vor sich hin, war nur aus Zufall Cuzqueño, seine Seele war am Ucayali geboren, Patrón, und Fushía, hörst du? sie, ich hör's, wie irr, und Pantacha, sein Herz war traurig. Fushía rüttelte ihn, trat ihn, Sau-*serrano,* jetzt ist's nicht Zeit zu träumen, jetzt heißt's wach sein, sonst gehen wir ein vor Hunger, und Lalita, der hört dich nicht, der schwebt in den Wolken, Fushía. Und er, vor sich hin, zwanzig Jahre am Ucayali, Patrón, hatte sich bei den Paiches angesteckt, seine Haut war so hart wie Chontarinde, die Mücken kamen nicht durch. Er hatte auf die Bläschen gewartet, die Paiches kommen schon hoch zum Luftholen, gib mir die Harpune, Andrés, feste, stärker, spieß ihn auf, ich bind ihn fest, Patrón, er hat die Paiches mit dem ersten Prügelschlag betäubt und das Kanu ist ihnen auf dem Tamaya umgekippt, er hat sich gerettet und Andrés nicht mehr, du bist ersoffen Bruderherz, die Sirenen haben dich hinuntergezerrt, jetzt wirst du ihr Ehemann, warum bist du gestorben, Charapita Andrés. Sie setzten sich und warteten darauf, daß er ganz aufwachte, und Fushía, das dauert noch, ich darf diesen Cholo nicht verlieren, er säuft zwar das Zeug, aber er ist mir nützlich, und Lalita, warum hat er es bloß immer mit dem Gesöff, und Fushía, um sich nicht so einsam zu fühlen. Kakerlaken und Käfer wanderten über die Pritsche und über den Leib, und er, warum war er wohl Matero geworden, Patrón, das Leben im Dschungel nichts Rechtes, lieber das Wasser und die Paiches, ich weiß, wie das mit dem Fieber ist, Pantacha, dieses Zittern, du kommst mit mir, ich zahl dir mehr, da: Zigaretten, lad dich zu einem Schluck ein, du bist mein Mann, führ mich dahin, wo's Zedernholz gibt, Rosenholz, besorg mir Leute,

Balsaholz, und er ging mit ihnen, Patrón, wieviel schießt du mir vor, und er wollte ein Haus, eine Frau, Kinder, in Iquitos leben wie die Weißen. Und Fushía plötzlich, Pantachita, was ist am Aguaytía passiert? erzähl, ich bin dein Freund. Und Pantacha öffnete die Augen und schloß sie, sie waren gerötet wie ein Affenhintern und, vor sich hin, ja der Fluß, in dem fließt Blut, Patrón, und Fushía, wessen Blut, Cholo? und er, heißes, zähes, wie Gummiharz, wenn's aus den Zapfstellen quillt, und auch die Tunnel, die Lagunen in der Gegend, eine einzige Wunde, Patrón, glauben Sie mir's nur, und Fushía, klar glaub ich dir, Cholo, aber woher denn soviel heißes Blut? und Lalita, laß ihn, Fushía, frag ihn nicht, es tut ihm weh, und Fushía, Klappe, du Nutte, komm, Pantachita, wer hat geblutet, und er, vor sich hin, der Schwindler Bákovic, der Jugoslawe, der sie betrogen hat, schlimmer als der Teufel, Patrón, und Fushía, warum hast du ihn umgebracht, Pantacha? und wie, Cholo, mit was? und er hat sie nicht auszahlen wollen, hier ist nicht genügend Zeder, wir wollen weiter ins Innere und hat die Winchester gepackt und einen Träger hat er auch geschlagen, der hat ihm eine Flasche geklaut. Und Fushía, hast ihn über den Haufen geknallt, Cholo? und er, mit meiner Machete, Patrón, den Arm hatte er nicht mehr gespürt vom Zuschlagen und er fing an zu strampeln und zu weinen, und Lalita, schau nur, wie er sich anstellt, Fushía, ist fuchsteufelswild geworden, und Fushía, ich hab ihm ein Geheimnis entlockt, jetzt weiß ich, warum er auf der Flucht war, als ihn Aquilino fand. Sie setzten sich wieder neben die Pritsche, warteten, er beruhigte sich und kam schließlich zu sich. Er erhob sich und taumelte, kratzte sich zornig. Patrón, sei nicht bös, und Fushía, die Säftchen bringen dich noch um den Verstand und eines Tages würde er ihn mit Fußtritten davonjagen, und Pantacha, er hatte doch niemand, sein Leben war traurig, Patrón, Sie haben Ihre Frau, und die Huambisas auch, ja sogar die Tiere, nur er war allein, er sollte nicht böse werden, Patrón, Sie auch nicht, Patrona.

Sie warteten noch zwei Tage, Aquilino kam nicht, die Huambisas fuhren bis an den Santiago, um sich nach ihm zu erkundigen und kamen ohne Nachricht zurück. Da suchten sie eine Stelle für das Bassin, und Pantacha auf der anderen Seite vom Anlegesteg, Patrón, da fällt der Hang steiler ab und dadurch rinnt das Wasser der Lupunas hinein, und die Köpfe der Huambisas ja, ja, und Fushía, gut, dann machen wir's dort. Die Männer fällten die Bäume, die Frauen entlaubten sie und als eine Fläche gerodet war, machten die Huambisas Pfähle, spitzten sie zu und trieben sie im Kreis in die Erde. An der Oberfläche war die Erde schwarz, darunter rot und die Frauen füllten sie in ihre Itípaks und leerten sie in die Lagune, während die Männer das Loch gruben. Dann regnete es und in wenigen Tagen war das Bassin voll, bereit für die Charapas. Sie brachen im Morgengrauen auf, der Tunnel hatte Hochwasser, die Wurzeln und Lianen kamen auf sie zu, um sie zu kratzen, und auf dem Santiago begann Lalita zu zittern, bekam Fieber. Sie waren zwei Tage unterwegs, Fushía, wie lange noch und die Huambisas deuteten mit den Fingern voraus. Endlich eine Sandbank, und Fushía, dort behaupten sie, hoffentlich, und sie legten an, versteckten sich zwischen den Bäumen, und Fushía, rühr dich nicht, keinen Mucksér, wenn sie dich hören, kommen sie nicht, und Lalita, mir ist übel, ich glaub, ich bin schwanger, Fushía, und er, Mistvieh, halt's Maul. Die Huambisas hatten sich in reglose Pflanzen verwandelt, zwischen den Zweigen leuchteten ihre Augen hervor und dann wurde es dunkel, die Grillen begannen zu singen, die Frösche zu quaken, und eine widerlich feiste Riesenkröte kroch auf Lalitas Fuß, eine Lust hab ich, die zu zerquetschen, ihre Schleimspur, ihr weißlicher Bauch, und er, rühr dich ja nicht, der Mond war bereits aufgegangen, und sie, ich kann nicht mehr wie tot dastehen, ich möcht heulen, laut heulen. Die Nacht war hell, lau, eine leichte Brise wehte, und Fushía, sie haben uns zum Narren gehalten, aber auch nicht eine sieht man, diese Saukerle, und Pantacha, ruhig, Patrón, sehen Sie sie denn nicht? da sind sie doch schon. Mit den kleinen Wellen des Flusses schaukelten sie heran wie Mützen, dunkel, groß, blieben angeschwemmt liegen und auf einmal bewegten sie sich, krochen behutsam vorwärts und ihre Panzer glühten golden auf, zwei, vier, sechs, kamen näher, krabbelten über den Sand, die runzligen Körper vorgereckt, wie wedelnd, ob sie uns sehen, riechen? und einige wühlten schon, um sich Nester zu graben, andere krochen aus dem Wasser. Und jetzt schossen zwischen den Bäumen blitzschnell geräuschlose kupferfarbene Schatten hervor, und Fushía, los, schnell, Lalita, und als sie an den Wasserrand gelangten, Pantacha, schau nur, Patrón, sie beißen, reißen mir fast eine Zehe aus, die Weibchen sind am wildesten. Die Huambisas hatten viele auf den Rücken gelegt und grunzten einander befriedigt zu. Zappelnd, die Köpfe eingezogen, strampelten die Charapas, und Fushía, zähl sie, sie, acht sind's und die Männer bohrten Löcher in die Panzer, zogen Lianen hindurch, und Pantacha, essen wir eine, das Warten hatte ihn hungrig gemacht. Sie schliefen an Ort und Stelle und am nächsten Tag fuhren sie weiter und nachts wieder ein Strand, fünf Charapas, wieder eine ganze Kette, und schliefen, fuhren weiter, und Fushía, Gott sei Dank ist Laichzeit, und Pantacha, was wir da machen, ist das verboten, Patrón? und Fushía, das Leben ist eine verbotene Sache nach der andern, Cholo. Die Rückkehr ging langsam vonstatten, die Kanus kämpften mit den Ketten im Schlepp gegen die Strömung, und die Charapas stemmten sich dagegen, bremsten, und Fushía, was macht ihr denn, ihr Rindviecher, prügelt sie doch nicht, ihr bringt sie ja um, und Lalita, hast du gehört? hör doch, ich muß kotzen, Fushía, ich krieg ein Kind, und er, dir fällt immer nur das Schlimmste ein. Im Tunnel verfingen sich die Charapas in den Wurzeln am Grund und sie mußten alle Augenblicke haltmachen, die Huambisas sprangen ins Wasser, die Charapas bissen sie und sie krochen jammernd zurück ins Kanu. Bei der Einfahrt in die Lagune sahen sie das Boot und Don Aquilino, der am Steg stand und ihnen mit seinem Taschentuch zuwinkte. Er brachte Konserven, Töpfe, Macheten, Anisschnaps, und Fushía, lieber Alter, ich hab schon geglaubt, du wärst ersoffen, und er war auf ein Boot voller Soldaten gestoßen und hatte sie zum Schein begleitet. Und Fushía, Soldaten? und Aquilino, in Urakusa hat's Stunk gegeben, die Aguarunas hatten scheinbar einen Cabo verdroschen und einen Lotsen umgebracht, der Gobernador von Santa María de Nieva war auch dabei, um mit ihnen abzurechnen, die würden ihnen den Arsch aufreißen, wenn sie nicht abhauten. Die Huambisas zerrten die Charapas hinauf zum Bassin, gaben ihnen Blätter, Schalen, Ameisen zum Fressen, und Fushía, ach was? der Hund von Reátegui trieb sich also hier herum? und Aquilino, die Soldaten wollten, daß ich ihnen die Konserven verkaufe, hab ihnen ein Märchen erzählen müssen, und Fushía, hieß es aber nicht, daß Reátegui, dieser Hund, nach Iquitos zurückging und die Gobernación abgab? und Aquilino ja, er sagt, wenn er mit dieser Angelegenheit fertig ist, geht er, und Lalita, Gott sei Dank, daß Sie gekommen sind, Don Aquilino, den ganzen Winter über Schildkröten essen, das hätt mir nicht gefallen.

Und so wurde Don Anselmo ein Mangache. Freilich nicht über Nacht wie ein Mann, der sich einen Flecken Erde aussucht, sein Haus darauf baut und sich einrichtet; er wurde langsam einer, unmerklich. Am Anfang tauchte er in den Chicherías auf, die Arpa unter dem Arm, und die Musiker (fast alle hatten irgendwann einmal für ihn gespielt) akzeptierten ihn als Begleiter. Den Leuten gefiel es, ihm zuzuhören, sie applaudierten. Und die Chicha-Wirtinnen schätzten ihn, boten ihm zu essen und zu trinken an und, wenn er betrunken war, eine Strohmatte, eine Decke und einen Winkel, wo er schlafen konnte. In Castilla sah man ihn nie, auch die Alte Brücke überquerte er nie, als sei er entschlossen, fern von den Erinnerungen und der Sandwüste zu leben. Nicht einmal die Barrios am Fluß betrat er, die Gallinacera, die Gegend ums Schlachthaus, einzig und allein die Mangachería: zwischen seine Vergangenheit und ihn schob sich die Stadt. Und die Mangaches adoptierten ihn, ihn und die verschlossene Chunga, die, in einer Ecke kauernd, das Kinn auf den Knien, scheu ins Leere starrte, während Don Anselmo spielte oder schlief. Die Mangaches sagten Don Anselmo, wenn sie von ihm sprachen, zu ihm aber sagten sie Arpista, Alter. Denn seit dem Feuer war er alt geworden: seine Schultern hingen, seine Brust sank ein, Risse durchfurchten seine Haut, sein Bauch schwoll, seine Beine bogen sich, und er verwahrloste, wurde schmutzig. Aus seiner guten Zeit hatte er die Stiefel herübergerettet, verkrustet, stark abgewetzt, seine Hose war zerschlissen, am Hemd war auch nicht ein einziger Knopf mehr, der Hut war voller Löcher, die Fingernägel lang, schwarz, die Augen rötlich geädert und triefend. Seine Stimme wurde heiser, seine Manieren nachlässiger. In der ersten Zeit engagierten ihn einige Principales, damit er auf ihren Geburtstagsfeiern, Taufen und Hochzeiten spiele; mit dem Geld, das er dabei verdiente, überredete er Patrocinio Naya, sie beide bei sich wohnen zu lassen und ihm und der Chunga, die schon zu sprechen anfing, einmal am Tag etwas zum Essen zu machen. Aber er lief immer so zerlumpt und so betrunken herum, daß die Weißen ihn nicht mehr holten, und von da an verdiente er sich seinen Lebensunterhalt als Gelegenheitsarbeiter, indem er bei einem Umzug half, Pakete austrug oder Türen putzte. In den Chicherías tauchte er auf, sobald es dunkel wurde, unvermutet, die Chunga mit einer Hand hinter sich her ziehend, in der andern die Arpa. Er war eine beliebte Persönlichkeit in der Mangachería, Freund aller und keines, ein Einzelgänger, der den Hut zog und die halbe

Stadt grüßte, aber kaum je mit den Leuten ein Wort wechselte, und seine Arpa, seine Tochter und der Alkohol schienen sein Leben auszufüllen. Von seinen alten Gewohnheiten bewahrte er sich einzig den Haß auf die Aasgeier: sobald er einen erblickte, suchte er Steine zusammen und schleuderte sie auf ihn und beschimpfte ihn. Er trank viel, aber er war wie ein diskreter Säufer, nie streitsüchtig, in keiner Weise lärmend. Man erkannte, daß er betrunken war, an der Art, wie er ging, nicht im Zickzack, nicht torkelnd, sondern zeremoniös: die Beine weit auseinander, die Arme steif, das Gesicht todernst, den Blick in die Ferne gerichtet.

Sein Tageslauf war einfach. Am Mittag verließ er die Hütte von Patrocinio Naya und stürzte in einer Art Ungeduld, manchmal mit der Chunga an der Hand, manchmal allein, hinaus auf die Straße. Energischen Schrittes durchmaß er das Labyrinth der Mangachería, kam und ging auf den gewundenen, schräg abfallenden Pfaden und so gelangte er hinauf bis zum Südrand, zur Sandfläche, die sich bis Sullana hinzog, oder hinab bis zu den Schwellen der Stadt, zu jener Reihe von Algarrobos, die sich an einem Bewässerungskanal dahinzieht. Er ging, kam zurück, ging wieder, machte ein übers andere Mal kurz Station in den Chicherías. Ohne die geringste Verlegenheit trat er ein und wartete still, stumm, ernst, bis jemand ihn zu einem Clarito, einem Glas Pisco einlud: dankte mit einem Kopfnicken und trat dann wieder hinaus und setzte seinen Marsch oder Spaziergang oder Bußgang fort, immer im gleichen fieberhaften Rhythmus, bis die Mangaches sahen, wie er irgendwo stehenblieb, sich in den Schatten eines Vordachs fallen ließ, es sich im Sand bequem machte, das Gesicht mit dem Hut bedeckte und so stundenlang liegen blieb, unbeirrt von den Hennen und Ziegen, die an seinem Leib schnupperten, ihn mit ihrem Gefieder und Bärten kitzelten, auf ihn schissen. Er hatte keinerlei Hemmungen, Passanten anzuhalten und um eine Zigarette zu bitten, und wenn sie sie ihm verweigerten, wurde er nicht wütend: ging weiter seines Wegs, stolz, würdevoll. Am Abend kehrte er zu Patrocinio Naya zurück, holte die Arpa und ging wieder in die Chicherías, aber diesmal zum Spielen. Stunden verbrachte er damit, die Saiten zu stimmen, behutsam darüberhinstreichend, und wenn er zu betrunken war, die Finger ihm nicht gehorchten, die Arpa unrein klang, fing er an zu murmeln, wurden seine Augen traurig.

Bisweilen ging er auf den Friedhof, und da sah man ihn zum letztenmal vor Zorn toben, an einem zweiten November, als die städtischen Polizisten ihm den Zutritt verwehrten. Er beschimpfte sie, raufte mit ihnen, bewarf sie mit Steinen, bis schließlich jemand die Wärter überredete, ihn eintreten zu lassen. Und auf dem Friedhof war es, wo, wieder an einem zweiten November, Juana Baura die Chunga, die so an die sechs Jahre alt sein mochte, verwahrlost, in Lumpen, zwischen den Gräbern umherhüpfen sah. Sie rief sie, streichelte sie. Von da an kam die Wäscherin dann und wann in die Mangachería, den mit Wäsche bepackten Esel hinter sich her zerrend, und fragte nach dem Arpista und nach der Chunga. Ihr brachte sie etwas zu essen mit, ein Kleidchen, Schuhe, ihm Zigaretten und ein paar Münzen, mit denen der Alte in die nächste Chichería rannte. Und eines Tages sah man die Chunga nicht mehr in den engen Gäßchen der Mangachería, und Patrocinio Naya berichtete, Juana Baura habe sie, für immer, in die Gallinacera mitgenommen. Der Arpista lebte, marschierte weiter umher wie vorher. Jeden Tag wirkte er älter, verdreckter, heruntergekommener, aber man hatte sich allenthalben an seinen Anblick gewöhnt, niemand wandte sich ab, wenn er einem ruhig und steif entgegenkam oder wenn man einen Bogen machen mußte, um nicht auf ihn zu treten, wie er so im Sand in der Sonne lag.

Erst nach Jahren wagte sich der Arpista hinaus aus der Mangachería. Die Straßen der Stadt wurden breiter, veränderten sich, verhärteten sich mit Pflastersteinen und hohen Trottoirs, schmückten sich mit nagelneuen Häusern und füllten sich mit Lärm, die Kinder jagten jetzt hinter Autos her. Es gab Bars, Hotels und fremde Gesichter, eine neue Autostraße nach Chiclayo, und eine Eisenbahn verband auf glitzernden Gleisen Piura und Paita über Sullana. Alles wurde anders, auch die Piuraner. Schon sah man sie nicht mehr mit Stiefeln und Reithosen auf den Straßen, sondern mit Anzügen und sogar Krawatten, und die Frauen, die den dunklen Röcken bis zu den Knöcheln entsagt hatten, kleideten sich in hellen Farben, sie gingen nicht mehr von Dienstboten eskortiert aus und versteckt hinter Schleiern und Umhängen, sondern allein, das Gesicht frei, das Haar lose. Immer mehr Straßen entstanden, höhere Häuser, die Stadt dehnte sich aus, und die Wüste zog sich zurück. Die Gallinacera verschwand, und an ihrer Stelle entstand ein vornehmes Viertel. Die hinter dem Schlachthof zusammengedrängten Elendshütten brannten eines Tages im Morgengrauen; Stadtpolizisten kamen, Gendarmen, voran der Alcalde und der Präfekt, und mit Lastwagen und Stöcken wurden alle evakuiert, und am Tag darauf begann man, gerade Straßen anzulegen, den Boden in Häuserblöcke einzuteilen, zweistöckige Häuser zu bauen, und bald hätte niemand mehr vermutet, daß in diesem reinlichen Villenviertel, wo jetzt Weiße wohnten, einst Peone gehaust hatten. Auch Castilla wuchs, wurde zu einer kleinen Stadt. Die Straßen wurden gepflastert, das Kino hielt seinen Einzug, Schulen wurden eröffnet, Avenidas angelegt, und die alten Leute wähnten sich in eine andere Welt versetzt, klagten über Unbequemlichkeiten, Schamlosigkeiten, Rücksichtslosigkeiten.

Eines Tages, die Arpa unterm Arm, wanderte der Alte in diese neue Stadt, gelangte zur Plaza de Armas, ließ sich unter einem Tamarindenbaum nieder und begann zu spielen. Am nächsten Abend kam er wieder, und an vielen weiteren, vor allem an Donnerstagen und Sonnabenden, den Tagen des Platzkonzerts. Die Piuraner stellten sich zu Dutzenden auf der Plaza de Armas ein, um der Kapelle der Grau-Kaserne zu lauschen, und er kam ihr zuvor, veranstaltete sein eigenes Platzkonzert eine Stunde vorher, reichte den Hut herum und kehrte, kaum hatte er ein paar Sol beisammen, in die Mangachería zurück. Die hatte sich nicht verändert, auch die Mangaches nicht. Die Hütten aus Lehm und wildem Rohr waren noch da, die Talgkerzen, die Ziegen, und trotz des Fortschritts wagte sich des Nachts keine Patrouille der Guardia Civil in die unwirtlichen Straßen. Und zweifellos hielt sich der Arpista im Grunde seines Herzens für einen Mangache, denn das Geld, das er mit seinen Konzerten auf der Plaza de Armas verdiente, gab er stets in der Mangachería aus. Des Nachts spielte er weiterhin bei der Tula, der Gertrudis oder bei Angélica Mercedes, seiner früheren Köchin, die jetzt ihre eigene Chichería besaß. Niemand mehr konnte sich die Mangachería ohne ihn denken, kein Mangache sich vorstellen, ihn am nächsten Morgen nicht ziellos durch die Gassen wandern, Steine nach Aasgeiern schleudern, aus den Hütten mit gehißtem rotem Wimpel kommen, in der Sonne schlafen zu sehen, in der Dunkelheit nicht in der Ferne seine Arpa zu vernehmen. Sogar an seiner Art zu reden, die wenigen Male, die er redete, erkannte jeder Piuraner den Mangache in ihm.

«Die Unbezwingbaren haben ihn an ihren Tisch gerufen», sagte die Chunga. «Aber der Sargento hat getan, als säh er sie nicht.»

«Immer so wohlerzogen», sagte der Arpista. «Hat mich begrüßt und umarmt.»

«Mit ihren Witzen bringen's die Hanswurste noch so weit, daß meine Untergebenen den Respekt vor mir verlieren, Alter», sagte Lituma.

Die beiden Guardias waren an der Bar geblieben, während der Sargento sich mit Don Anselmo unterhielt; die Chunga stellte ihnen je ein Glas Bier hin und die Leóns und Josefino ließen nicht locker.

«Hört lieber auf, die Selvática wird ganz traurig», sagte der Jüngling. «Außerdem ist's schon spät, Maestro.»

«Sei nicht traurig, Mädchen.» Die Hand Don Anselmos tastete über den Tisch hin, stieß eine Tasse um, tätschelte der Selvática die Schulter. «Das Leben ist so, und niemand hat schuld dran.»

Diese Verräter, zogen eine Uniform an und kamen sich schon nicht mehr wie Mangaches vor, grüßten nicht, wollten nicht einmal herschauen.

«Die Guardias haben nicht gewußt, daß das dem Sargento galt», sagte die Chunga. «Sie haben in aller Ruhe ihr Bier getrunken und sich mit mir unterhalten. Aber er hat's gewußt, hat sie wütend angeschaut, und mit der Hand: wartet doch, haltet's Maul.»

«Wer hat diese Uniformierten da eingeladen?» sagte Seminario. «Ich glaub, die wollen schon gehen. Chunga, tu mir den Gefallen, sie rauszuwerfen.»

«Das ist der Señor Saminario, der Hacendado», sagte die Chunga. «Achtet nicht auf ihn.»

«Hab ihn schon erkannt», sagte der Sargento. «Schaut nicht hin, Jungens, wird besoffen sein.»

«Jetzt sind die Polypen an der Reihe», sagte der Affe. «Er will's nicht anders, der Hurenbock.»

«Unser Vetter könnt ihm schon rausgeben, zu irgendwas wird die Uniform ja gut sein», sagte José.

Der Jüngling Alejandro trank einen kleinen Schluck Kaffee: «Wie er gekommen ist, war er noch ganz ruhig, aber nach zwei Schnäpsen ist er wild geworden. Er muß etwas Schreckliches auf dem Herzen gehabt haben, und so hat er sich Luft gemacht, mit Unverschämtheiten und Ausfälligkeiten.»

«Stellen Sie sich nicht so an, Señor», sagte der Sargento. «Wir tun bloß unsere Pflicht, dafür werden wir bezahlt.»

«Jetzt habt ihr schon genügend gespitzelt, ihr seht ja, daß alles friedlich ist», sagte Seminario. «Jetzt haut ab und laßt anständige Leute sich in Ruhe amüsieren.»

«Lassen Sie sich von uns nicht stören», sagte der Sargento. «Amüsieren Sie sich ruhig weiter, Señor.»

Das Gesicht der Selvática wurde immer vergrämter und Seminario, an seinem Tisch, wand sich vor Wut, der Polyp kroch ihm also auch hinein, in Piura gab's wohl überhaupt keine Mannsbilder mehr, was war nur geworden aus diesem Fleck Erde, verdammt noch mal, das gehörte sich einfach nicht. Und da sind die Hortensia und die Amapola zu ihm hingegangen und haben ihn mit Schmeicheleien und Scherzen ein wenig beruhigt.

«Hortensia, Amapola[13]», sagte Don Anselmo. «Also Namen gibst du ihnen, Chunguita.»

«Und was haben sie da getan?» sagte die Selvática. «Das muß sie doch geärgert haben, was er da von Piura gesagt hat.»

«Die Galle ist ihnen aus den Augen getropft», sagte der Bulle. «Aber was haben sie schon tun können, sie haben ja in die Hosen gemacht vor Angst.»

Das hatten sie nicht gedacht, daß Lituma so ein Scheißer war, war doch bewaffnet und sollte ihm das Maul stopfen, der Seminario wollte sich aufspielen, man kann doch nicht so tun, als wär man was, wenn man's nicht ist, und die Rita, Vorsicht, gleich würde er sie hören, und die Maribel, das gibt Stunk, und die Sandra mit ihrem Gelache. Und wenig später ist die Streife gegangen, der Sargento begleitete die beiden Guardias zur Tür und kam allein zurück. Er setzte sich zu den Unbezwingbaren an den Tisch.

«Besser wär's gewesen, wenn er auch gegangen wär», sagte der Bulle. «Armer Kerl.»

«Wieso arm?» protestierte vehement die Selvática. «Er ist ein Mann, hat's nicht nötig, daß man Mitleid mit ihm hat.»

«Aber du nennst ihn selbst immer den Ärmsten, Selvática», sagte der Bulle.

«Ich bin seine Frau», erklärte die Selvática, und der Jüngling lächelte vage.

Lituma hielt ihnen eine Predigt, warum machten sie ihn vor seinen Leuten lächerlich? und sie, du bist falsch, wenn die da sind, spielst du den Seriösen und danach schickst sie fort, um dich nach

Herzenslust zu amüsieren. Wenn er die Uniform anhatte, tat er ihnen leid, da war er anders, und ihm taten sie noch viel mehr leid und bald danach waren sie ein Herz und eine Seele und sangen: sie waren die Unbezwingbaren, von Arbeiten keine Ahnung, immer nur saufen, immer nur spielen, sie waren die Unbezwingbaren, und jetzt ging's ans Vögeln.

«Sich eine Hymne erfinden, nur auf sich», sagte der Arpista. «Ah, diese Mangaches, die sind einzigartig.»

«Aber du bist ja schon keiner mehr, Vetter», sagte der Affe. «Du hast dich bezwingen lassen.»

«Ich versteh nicht, wie du dich nicht in Grund und Boden schämst, Vetter», sagte José. «Wer hat schon einen Mangache als Polypen gesehen?»

«Sie werden sich ihre Witze erzählt haben oder ihre Saufereien», sagte die Chunga. «Von was sonst hätten die reden sollen?»

«Zehn Jahre, mein lieber Kollege», seufzte Lituma. «Schrecklich, wie das Leben vorbeigeht.»

«Prost, aufs Leben, das vorbeigeht», schlug José vor, das Glas in der Höhe.

«Die Mangaches werden ein bißchen philosophisch, wenn sie was getrunken haben. Der Jüngling hat sie angesteckt», sagte der Arpista. «Werden vom Tod geschwafelt haben.»

«Zehn Jahre, man hält's nicht für möglich», sagte der Affe. «Weißt du noch, die Totenwache der Domitila Yara, Vetter?»

«Am Tag nach meiner Rückkehr aus der Selva bin ich dem Padre García begegnet, und er hat meinen Gruß nicht erwidert», Lituma. «Er hat's uns nicht verziehen.»

«Von wegen Philosoph, Maestro», sagte der Jüngling und wurde rot. «Nur ein bescheidener Musikant.»

«Ich glaube eher, sie haben Erinnerungen ausgetauscht», sagte die Selvática. «Wenn sie so zusammen gekommen sind, hat's nicht lang gedauert und sie haben sich erzählt, was sie als Churres angestellt haben.»

«Du redest schon ganz piuranisch, Selvática», sagte die Chunga.

«Hast du's nie bereut, Vetter?» sagte José.

«Polyp oder irgendwas anderes, kommt aufs selbe raus», Lituma zuckte mit den Achseln. «Früher als Unbezwingbarer: viel Allotria und viel Kartenspielerei, aber auch viel Hunger, Kollegen. Jetzt eß ich wenigstens richtig, morgens und abends. Das ist auch was wert.»

«Wenn's möglich wär, würd ich gern noch ein bißchen Milch trinken», sagte der Arpista.

Die Selvática stand auf, Don Anselmo: sie machte sie ihm warm.

«Das einzige, worum ich dich beneide, ist, daß du etwas von der Welt gesehen hast, Lituma», sagte Josefino. «Wir werden sterben, ohne je aus Piura hinausgekommen zu sein.»

«Du vielleicht», sagte der Affe. «Mich begräbt niemand, bevor ich Lima gesehen hab.»

«Liebes Mädchen», sagte Anselmo. «Immer bereit, allen gefällig zu sein. So hilfsbereit, so sympathisch. Ist sie hübsch?»

«Nicht besonders, zu breit», sagte der Bulle. «Und wenn sie Stöckelschuhe anhat, ist ihr Gangwerk zum Lachen.»

«Aber hübsche Augen hat sie», stellte der Jüngling fest. «Grün, riesig, geheimnisvoll. Würden Ihnen gefallen, Maestro.»

«Grüne Augen?» sagte der Arpista. «Und ob mir die gefallen würden.»

«Wer hätte gedacht, daß du einmal Ehemann und obendrein Polizist würdest», sagte Josefino. «Und bald sogar Familienvater, Lituma.»

«Stimmt es, daß es in der Selva Frauen im Überfluß gibt?» sagte der Affe. «Sind sie so sinnlich, wie's immer heißt?»

«Noch viel sinnlicher», behauptete Lituma. «Man muß sich richtig dagegen wehren. Wenn du einmal nicht aufpaßt, machen sie dich fertig, ich versteh immer noch nicht, wie ich da wieder davongekommen bin, ohne ausgehöhlt zu sein.»

«Dann vernascht man also, was einem gerade Spaß macht», sagte José.

«Besonders wenn man *costeño* ist», sagte Lituma. «Bei den *criollos* verlieren sie den Kopf völlig.»

«Ein guter Kerl ist sie vielleicht, aber mit der Treue ist's nicht weit her», sagte der Bulle. «Für den Freund von ihrem Mann geht sie auf den Strich, und der arme Lituma im Gefängnis.»

«Man darf nicht so schnell urteilen, Bulle», sagte der Jüngling bekümmert. «Zuerst müßte man mal wissen, was überhaupt los war. Es ist nie leicht, rauszufinden, was hinter den Dingen steckt. Du darfst nie den ersten Stein werfen, Bruderherz.»

«Und da sagt er, er sei kein Philosoph», sagte der Arpista. «Hör dir das an, Chunguita.»

«Hat's in Santa María de Nieva viele Weiber gegeben, Vetter?» beharrte der Affe.

«Man hat jeden Tag eine andere haben können», sagte Lituma. «Viele, und geiler als sonst was. Alle möglichen und en gros, Weiße, Dunkle, man hat bloß die Hand auszustrecken brauchen.»

«Wenn sie aber alle so gut ausgesehen haben, warum hast du dann die da geheiratet?» lachte Josefino. «Denn, ich mein, die hat doch bloß Augen, Lituma, der Rest ist nichts wert.»

«Er hat mit der Faust auf den Tisch geschlagen, daß man's in der Kathedrale noch gehört hat», sagte der Bulle. «Haben sich wegen irgend etwas gestritten, ausgesehen hat's, als würden Josefino und Lituma gleich aufeinander losgehen.»

«Das sind nur Funken, Streichhölzer, die flammen auf und verlöschen, ihr Zorn dauert nie lange», sagte der Arpista. «Alle Piruaner haben ein gutes Herz.»

«Verträgst du keine Scherze mehr?» sagte der Affe. «Wie du dich verändert hast, Vetter.»

«Wo sie wie meine Schwester ist!» rief Josefino aus. «Glaubst du, ich hab das ernst gemeint? Setz dich, Kollege, stoß an mit mir.»

«Die Sache ist die: ich lieb sie», sagte Lituma. «Das ist keine Sünde.»

«Das ist recht, daß du sie liebst», sagte der Affe. «Bring mehr Bier, Chunga.»

«Die Arme gewöhnt sich nicht ein, hat Angst vor so vielen Leuten», sagte Lituma. «Hier ist's ganz anders als in ihrer Heimat, das müßt ihr verstehen.»

«Aber wir verstehen's ja», sagte der Affe. «Los, wir wollen auf unsere Base trinken.»

«Sie ist ganz fürchterlich gut, wie nett sie immer zu uns ist, und die Riesenmahlzeiten, die sie uns kocht», sagte José. «Wir haben sie alle drei sehr gern, Vetter.»

«Ist's recht so, Don Anselmo?» sagte die Selvática. «Nicht zu heiß?»

«Sehr gut, großartig», sagte der Arpista schmatzend. «Hast du wirklich grüne Augen, Mädchen?»

Seminario war mit Stuhl und allem herumgewirbelt, was für ein Krach war denn das, konnte man sich nicht einmal mehr in Ruhe unterhalten? und der Sargento, mit allem Respekt, aber das ging zu weit, niemand wollte etwas von ihm, er sollte sich nicht mit ihnen anlegen, Señor. Seminario erhob die Stimme, wer waren denn sie, daß sie ihm widersprachen, und ob er sich mit ihnen anlegen würde! mit allen vieren und auch noch mit der Drecksau, die sie geworfen hatte, hatten sie verstanden?

«Die Mutter hat er ihnen zur Sau gemacht?» sagte die Selvática und blinzelte.

«Mehrere Male noch in der Nacht, das war's erste Mal», sagte der Bulle. «Diese Reichen, weil sie Grundbesitz haben, meinen sie, sie können jedem die Mutter zur Sau machen.»

Die Hortensia und die Amapola machten sich blitzschnell aus dem Staub, und von der Theke her streckten Sandra, Rita und Maribel die Köpfe vor. Die Stimme des Sargento war heiser vor Wut, die Familie hatte damit nichts zu tun, Señor.

«Wenn's dir nicht paßt, dann komm und wir unterhalten uns, Cholito», sagte Seminario.

«Aber Lituma ist nicht hingegangen», sagte die Chunga. «Die Sandra und ich haben ihn festgehalten.»

«Warum aber auch die Mutter beschimpfen, wenn der Streit doch zwischen Männern ist?» sagte der Jüngling. «Die Mutter ist das Heiligste, was es gibt.»

Und die Hortensia und die Amapola waren an Seminarios Tisch zurückgekehrt.

«Ich hab sie nicht mehr lachen hören, auch ihre Hymne haben sie nicht mehr gesungen», sagte der Arpista. «Das mit der Mutter hat sie demoralisiert, die Jungens.»

«Sie haben sich mit Saufen getröstet», sagte die Chunga. «Es haben überhaupt keine Flaschen mehr auf ihren Tisch gepaßt.»

«Deswegen glaub ich, daß der Gram, den einer in sich trägt, alles erklärt», sagte der Jüngling. «Deswegen werden die einen Säufer, die andern Pfaffen, die dritten Mörder.»

«Ich geh und steck meinen Kopf ins Wasser», sagte Lituma. «Der Kerl da hat mir die Nacht verdorben.»

«Er hat recht gehabt, sich zu ärgern, Josefino», sagte der Affe. «Das gefällt keinem, daß man ihm sagt, deine Frau ist häßlich.»

«Er geht mir auf die Nerven mit seiner Angeberei», sagte Josefino. «Hundert Weiber hab ich vernascht, halb Peru kenn ich, das war noch ein Leben. Den ganzen Tag will er uns mit seinen Reisen ärgern.»

«Im Grunde hast du eine solche Wut auf ihn, weil seine Frau nichts von dir wissen will», sagte José.

«Wenn er wüßte, daß du hinter ihr her bist, der bringt dich um», sagte der Affe. «Der ist in sein Weibchen verliebt wie ein junger Stier.»

«Ist selber schuld», sagte Josefino. «Warum gibt er immer so an? Im Bett ist sie wie das Feuer selbst, bewegt sich so und so. Geschieht ihm ganz recht, ich will wissen, ob diese Wunderdinge wahr sind.»

«Wollen wir zwei Libras wetten, daß es nicht klappt, Bruderherz?» sagte der Affe.

«Wir werden ja sehen», sagte Josefino. «Das erste Mal hat sie mich ohrfeigen wollen, beim zweitenmal hat sie mich beschimpft, und beim drittenmal hat sie nicht einmal mehr die Beleidigte gespielt, hab sie sogar ein wenig abknutschen können. Die wird schon schwach, ich kenn meine Leute.»

«Wenn sie sich hinlegt, weißt du ja», sagte José. «Wo ein Unbezwingbarer durchgezogen ist, da ziehen alle drei durch, Josefino.»

«Ich weiß nicht, warum ich so scharf auf sie bin», sagte Josefino. «In Wirklichkeit ist sie gar nichts wert.»

«Weil sie von außerhalb ist», sagte der Affe. «Es macht immer Spaß, rauszufinden, was für Geheimnisse, was für Gewohnheiten sie aus ihrer Heimat mitbringen.»

«Sie ist wie ein kleines Tier», sagte José. «Versteht überhaupt nichts, fragt in einer Tour warum dies, warum das. Ich hätt mich nicht getraut, es als erster zu probieren. Und wenn sie's jetzt Lituma erzählt hätte, Josefino?»

«Ist eine von den Schreckhaften», sagte Josefino. «Das hab ich gleich durchschaut. Sie hat keinen Charakter, stirbt lieber vor Scham, bevor sie was zu ihm sagt. Schade ist nur, daß er sie schwanger gemacht hat. Jetzt heißt's warten, bis sie entbunden hat, bevor man ihr ein Rohr legen kann.»

«Danach haben sie zu tanzen angefangen, ganz friedlich», sagte die Chunga. «Ausgesehen hat's, als wär alles in Butter.»

«Unglücksfälle kommen urplötzlich, wenn man sie am wenigsten erwartet», sagte der Jüngling.

«Mit wem hat denn er getanzt?» sagte die Selvática.

«Mit der Sandra.» Die Chunga sah sie mit ihren erloschenen Augen an und sagte langsam: «Eng umschlungen. Und geküßt haben sie sich. Bist du eifersüchtig?»

«Ich hab nur gefragt, sonst nichts», sagte die Selvática. «Ich bin nicht eifersüchtig.»

Und Seminario, mit einemmal, massiv, sie sollten verschwinden, außer sich, oder er jagte sie mit Fußtritten hinaus, brüllend, alle vier zusammen.

III

«Kein einziges Geräusch die ganze Nacht über, kein einziges Licht», sagte der Sargento. «Kommt Ihnen das nicht eigenartig vor, *mi teniente*?»

«Sind bestimmt auf der andern Seite», sagte der Sargento Roberto Delgado. «Scheint groß zu sein, die Insel.»

«Es wird schon hell», sagte der Teniente. «Sie sollen die Motorboote bringen, aber keinen Krach dabei machen.»

Zwischen den Bäumen und dem Wasser sahen die Uniformen wie Pflanzen aus. Auf dem engen Fleck zusammengedrängt, durchnäßt bis auf die Haut, die Augen verquollen vor Müdigkeit, rückten Guardias und Soldaten ihre Hosen zurecht, schnallten die Ledergamaschen um. Eine grünliche Helligkeit umgab sie, die durch das Zweiggewirr sickerte, und zwischen den Blättern, den Zweigen und Lianen leuchteten auf vielen Gesichtern Insektenstiche, violette Kratzwunden. Die Teniente ging voraus bis zum Ufer der Lagune, schob mit einer Hand das Laubwerk auseinander, mit der andern hielt er den Feldstecher vor die Augen und spähte hinüber zur Insel: eine hohe Klippe, bleifarbene Abhänge, Bäume, robuste Stämme und dichtbelaubte Kämme. Das Wasser glitzerte, schon hörte man die Vögel singen. Der Sargento kam geduckt auf den Teniente zu, unter seinen Füßen quietschte und schnalzte der Urwaldboden. Hinter ihnen, im Dickicht, schienen die undeutlichen Gestalten der Guardias und Soldaten sich kaum zu bewegen, entstöpselten Feldflaschen und steckten sich Zigaretten an.

«Jetzt streiten sie nicht mehr», sagte der Teniente. «Niemand würde glauben, daß sie sich die ganze Reise über in den Haaren gelegen haben.»

«Die elende Nacht hat sie zu Freunden gemacht», sagte der

Sargento. «Die Müdigkeit, die Unbequemlichkeit. Es gibt nichts, was die Männer besser miteinander auskommen läßt, *mi teniente.*»

«Wir werden sie hübsch in die Zange nehmen, bevor's ganz Tag wird», sagte der Teniente. «Eine Gruppe muß am Ufer gegenüber aufgestellt werden.»

«Ja, aber dazu müssen sie über die Lagune setzen», sagte der Sargento und deutete auf die Insel. «Das sind ungefähr dreihundert Meter, *mi teniente*. Da knallen sie uns ab wie Spatzen.»

Der Sargento Roberto Delgado und die andern waren herangekommen. Der Schlamm und der Regen ließ die Uniformen gleich aussehen, und nur die Schiffchen und die Képis unterschieden die Guardias von den Soldaten.

«Schicken wir ihnen einen Unterhändler hinüber, *mi teniente*», sagte der Sargento Roberto Delgado. «Es bleibt ihnen nichts anderes übrig, als sich zu ergeben.»

«Wär seltsam, wenn sie uns nicht gesehen hätten», sagte der Sargento. «Die Huambisas haben ein feines Gehör, wie alle Nacktärsche. Durchaus möglich, daß sie gerade jetzt von den Lupunas aus auf uns zielen.»

«Möglich, aber ich glaub's nicht», sagte der Sargento Delgado. «Heiden, die unter Lupunas leben, wo sie solche Angst davor haben!»

Die Soldaten und die Guardias hörten zu: bleiche Gesichter, kleine Abszesse geronnenen Blutes, Ringe unter den Augen, nervöse Pupillen. Der Teniente kratzte sich an der Backe, man mußte eben sehen, neben der Schläfe bildeten drei Pusteln ein dunkelviolettes Dreieck, die zwei Sargentos schissen wohl in die Hosen vor Angst? und eine verklebte Haarsträhne fiel ihm in die vom Képischild halb verdeckte Stirn. Was? Seine Guardias hatten vielleicht Angst, *mi teniente*, der Sargento Roberto Delgado wußte nicht, was Angst war. Ein Gemurmel brodelte auf, und wie mit einer einzigen Bewegung, die das Laub zum Zittern brachte, rückten der Knirps, der Dunkle und der Blonde von den Soldaten ab: das war eine Beleidigung, *mi teniente*, das ließen sie nicht zu, mit welchem Recht? und der Teniente legte die Hand an die Revolvertasche: das könnte ihn teuer zu stehen kommen, wenn sie nicht auf Strafexpedition wären, würde er was erleben.

«War nur ein Scherz, *mi teniente*», stotterte der Sargento Roberto Delgado. «Beim Heer, da sagen wir so was zu den Offizieren, und die nehmen's nie übel. Ich hab geglaubt, bei der Polizei sei's genauso.»

Ein Geräusch vom Wasser her übertönte ihre Stimmen, und das vorsichtige Plätschern eingetauchter Ruder, ein Gleiten wurde hörbar. Unter der Kaskade aus Lianen und Binsen tauchten die Boote auf. Der Lotse Pintado und der Soldat, die sie lenkten, lächelten, und weder ihre Gesten noch ihre Bewegungen verrieten Müdigkeit.

«Na ja, wer weiß, vielleicht ist's wirklich besser, sie zur Übergabe aufzufordern.»

«Freilich, *mi teniente*», sagte der Sargento Roberto Delgado. «Das hab ich Ihnen nicht aus Angst geraten, sondern aus Strategie. Wenn die fliehen wollen, dann veranstalten wir von hier aus Scheibenschießen mit ihnen.»

«Dagegen, wenn wir selber hinübergehen, können die Brei aus uns machen, solange wir auf der Lagune sind», sagte der Sargento. «Wir sind nur zehn, und die wer weiß wie viele. Und was für Waffen sie haben, wissen wir auch nicht.»

Der Teniente drehte sich um, und Guardias und Soldaten standen angespannt da: Wer war am längsten dabei? Jetzt etwas Flehendes in allen Gesichtern, die Münder zu Grimassen verzerrt, unruhiges Blinzeln, und der Sargento Roberto Delgado deutete auf einen kleinen und kupferhäutigen Soldaten, der einen Schritt vortrat: Soldat Hinojosa, *mi teniente*. Sehr schön, dann sollte der Soldat Hinojosa mit denen von Borja auf die andere Seite der Lagune hinüber und sie dort aufstellen, Sargento. Der Teniente würde mit den Guardias hierbleiben und den Tunneleingang im Auge behalten. Und wozu war dann der Sargento Roberto Delgado mitgekommen, *mi teniente*? Der Offizier nahm das Képi ab, wozu? er strich sich mit der Hand das Haar glatt, das würde er ihm sagen, und als er die Kopfbedeckung wieder aufsetzte, war die Strähne aus der Stirn verschwunden: die beiden Sargentos würden gehen und die Übergabe fordern. Die sollten die Waffen wegwerfen und sich an der Klippe aufstellen, die Hände hinterm Kopf verschränkt, Sargento, Pintado würde sie hinüberbringen. Die Sargentos blickten einander an, sagten nichts, Soldaten und Guardias, wieder zusammen, flüsterten, und in ihren Augen stand keine Furcht mehr, sondern Erleichterung, blitzte es höhnisch. Hinojosa voran, kletterten die Soldaten in eines der Boote, das auf und nieder wippte und etwas tiefer einsank. Pintado hob die Stake hoch, und dann wieder das sachte

Quirlen, das Vibrieren der Zweige, die Mützen verschwanden unter den Binsen und Lianen und der Teniente betrachtete die Hemden der Guardias, Knirps, er sollte seins ausziehen: es war das weißeste. Der Sargento würde es an sein Gewehr binden, und er wußte ja, wenn die was versuchten, eine vor den Latz, ohne Rücksicht. Die Sargentos waren schon im Boot, und sobald der Knirps ihnen sein Hemd gereicht hatte, setzte der Lotse das Boot mit der Stange in Bewegung. Langsam trieb es im Lianenwerk dahin, aber kaum waren sie auf der Lagune, ließ er den Motor an, und aufgescheucht von dem monotonen Geräusch schwirrten Vögel durch die Luft, flohen lärmend aus den Bäumen. Ein orangefarbenes Leuchten breitete sich hinter den Lupunas aus, auch das Undurchdringliche der Umgebung reflektierte die ersten Sonnenstrahlen, und das Wasser der Lagune sah rein und still aus.

«Ah, Genosse, ich war kurz davor, zu heiraten», sagte der Sargento.

«Schon, aber halt das Gewehr höher», sagte der Sargento Delgado, «damit man das Hemd deutlich sieht.»

Sie überquerten die Lagune, ohne den Blick vom steilen Ufer und den Lupunas zu wenden. Pintado hielt mit der einen Hand den Kurs ein, mit der andern kratzte er sich am Kopf, im Gesicht, an den Armen, als litte er plötzlich an einem allgemeinen Jucken. Schon machten sie einen kleinen, schlammigen Landeplatz aus, mit entlaubten Büschen und einigen treibenden Baumstämmen, die vermutlich als Anlegestelle dienten. Am gegenüberliegenden Ufer lief das Boot der Soldaten auf, und sie sprangen in Eile hinaus und stellten sich ohne Deckung auf und brachten die Gewehre auf die Insel in Anschlag. Hinojosa hatte eine hübsche Stimme, hübsch, diese Huaynitos, die er gestern abend auf Quechua gesungen hatte, nicht? Ja, aber was war denn los, daß man sie nicht sah, warum ließen sie sich denn nicht blicken? Der Santiago war voller Huambisas, Genosse, die, die sie hatten kommen sehen, hatten sie bestimmt benachrichtigt, und sie würden mehr als genug Zeit gehabt haben, sich durch die Lagunenabflüsse davonzumachen. Das Boot schoß auf den Landeplatz zu. Mit dicken Lianen festgemacht, strotzten die Stämme von Moos, Pilzen und Flechten. Die drei Männer betrachteten die fast vertikale Klippe, die gekrümmten und buckligen Lupunas: niemand war da, *mi sargentos*, aber war das eine Aufregung gewesen. Die Sargentos sprangen an Land, stapften im Schlamm herum, begannen emporzuklettern, die Leiber dicht an den Abhang gepreßt. Der Sargento trug das Gewehr hochgereckt, ein heißer Wind ließ das Hemd des Knirpses flattern, und als sie den Klippenrand erreichten, zwang sie grelles Sonnenlicht, die Augen zu schließen und zu reiben. Lianenzöpfe versperrten die Zwischenräume von Lupuna zu Lupuna, ein stickiger, verwest riechender Dampf wallte ihren Gesichtern jedesmal entgegen, wenn sie in das Dickicht spähten. Endlich fanden sie eine Öffnung, quälten sich bis zur Taille in wilder und geräuschvoller Vegetation watend voran, dann folgten sie einem Pfad, der sich erst in einem Binsenfeld, dann in einem Lianengeschling verlor und wiederfand. Der Sargento Roberto Delgado wurde nervös, *carajo*, er sollte das Gewehr da richtig hochhalten, damit die sähen, daß sie eine weiße Fahne hatten. Die Baumwipfel bildeten ein kompaktes Gewölbe über ihnen, nur gelegentlich von Sonnenstrahlen durchbohrt, vergoldeten Streifen, die wie Zuckungen wirkten und überall waren die Stimmen unsichtbarer Vögel zu hören. Die Sargentos schützten die Gesichter mit den Händen, empfingen aber trotzdem Stiche, brennende Schrammen. Der Pfad hörte unversehens auf, mündete auf eine ebene, sandige Lichtung, frei von Gestrüpp und da sahen sie die Cabañas: ah, Genosse, schau dir das an! Hoch, solide, und dennoch bereits zur Hälfte vom Urwald verschlungen. Eine hatte kein Dach mehr und ein Riß wie eine Wunde gähnte in der Fassade; aus einer andern ragte ein Baum, reckte jäh seine haarigen Arme aus den Fenstern und die Wände beider verschwanden unter einem Schorf aus Efeu. Überall ringsum schoß das Gras hoch auf; die verrottenden Treppchen, von Schlingpflanzen gefesselt, dienten Stengeln und Wurzeln als Brutstätten, und auf den Stufen und Pfählen konnte man auch Nester, aufquellende Ameisenhaufen sehen. Die Sargentos strichen um die Cabañas, reckten die Hälse, um ins Innere zu sehen.

«Die sind nicht gestern abend erst weg, sondern vor langer Zeit schon», sagte der Sargento Delgado. «Der Dschungel hat schon fast alle Hütten verschluckt.»

«Das sind keine Huambisahütten, sondern von Christen», sagte der Sargento. «Die Heiden machen sie nicht so groß, außerdem nehmen sie ihre Hütten mit, wenn sie wegziehen.»

«Hier war eine Lichtung», sagte der Sargento Delgado. «Die Bäume sind ganz jung. Hier haben viele Leute gelebt, Freundchen.»

«Der Teniente wird toben», sagte der Sargento. «Er war so sicher, daß er ein paar erwischen würde.»

«Wir wollen sie rufen», sagte der Sargento Delgado; er richtete sein Gewehr auf eine Cabaña, feuerte zweimal, und die Schüsse echoten in der Ferne. «Jetzt glauben sie, daß die Banditen uns in die Pfanne hauen.»

«Ehrlich gesagt, mir ist's lieber, wenn niemand da ist», sagte der Sargento. «Ich werd heiraten, ich eigne mich nicht dafür, daß man mir den Kopf runterschießt, in meinem Alter.»

«Wir wollen die Hütten durchsuchen, bevor die andern kommen», sagte der Sargento Delgado. «Vielleicht ist noch was da, was der Mühe wert ist.»

Sie fanden nur Überreste verrosteter Gegenstände, die in Spinnenverstecke verwandelt waren, und die zerfressenen, von Termiten ausgehöhlten Hölzer zersplitterten unter ihren Füßen oder zerfielen weich. Sie verließen die Hütten, liefen die Insel ab und beugten sich da und dort über verkohlte Brennhölzer, verrostete Dosen, Gefäßscherben. An einer Böschung stießen sie auf einen Graben brackigen Wassers, über dem inmitten von scheußlichen Ausdünstungen Moskitoschwärme zuckten. Zwei Reihen Staketen säumten ihn wie ein gezacktes Nest, und was war denn das, der Sargento Roberto Delgado hatte so was noch nie gesehen. Was wird's schon sein, was von den Nacktärschen halt, aber sie sollten lieber abhauen, es stank und es gab zu viele Wespen. Sie kehrten zu den Cabañas zurück, und der Teniente, die Guardias und die Soldaten irrten wie Nachtwandler auf der Lichtung umher, die Gewehre auf die Bäume gerichtet, unruhig und ratlos.

«Zehn Tage Fahrt!» brüllte der Teniente. «Und wofür die ganze Scheiße! Wie lang meint ihr, daß die schon weg sind?»

«Ich würd sagen, schon vor Monaten, *mi teniente*», sagte der Sargento. «Vielleicht schon vor einem Jahr.»

«Das waren nicht zwei, sondern drei Cabañas, *mi teniente*», sagte der Dunkle. «Hier hat noch eine gestanden, die hat bestimmt ein Sturm umgelegt. Man kann die Stützpfähle noch sehen, schauen Sie.»

«Ich mein eher, schon vor mehreren Jahren, *mi teniente*», sagte der Sargento Delgado. «Wegen dem Baum, der da drinnen gewachsen ist.»

War ja letzten Endes auch egal, der Teniente lächelte enttäuscht, ein Monat oder zehn Jahre, müde: reingefallen waren sie auf alle Fälle. Und der Sargento Delgado, mal sehen, Hinojosa, eine anständige Durchsuchung und sie sollten ihm alles Eßbare, Trinkbare und Anziehbare zusammenpacken und die Soldaten zerstreuten sich über die Lichtung und verloren sich zwischen den Bäumen, und der Blonde sollte ein wenig Kaffee machen, damit sie den üblen Geschmack aus dem Mund brächten. Der Teniente ging in die Hocke und fing an, mit einem Ast in der Erde zu stochern. Die Sargentos steckten sich Zigaretten an; summende Schwärme schwirrten über ihre Köpfe weg, während sie sich unterhielten. Der Lotse Pintado schnitt trockene Äste klein, machte Feuer, und unterdessen schleuderten zwei Soldaten in hohem Bogen Flaschen, Tonkrüge, zerschlissene Tücher aus den Hütten. Der Blonde hielt einen Topf über das Feuer, servierte dampfenden Kaffee in kleinen Blechbechern, und der Teniente und die Sargentos tranken eben aus, als Schreie laut wurden, was? und zwei Soldaten kamen angerannt, da war jemand? der Offizier war aufgesprungen, was? und der Soldat Hinojosa: ein Toter, *mi teniente*, hatten ihn da hinten am Wasser gefunden. Huambisa? Christ? Gefolgt von Guardias und Soldaten rannte der Teniente schon davon, und während einiger Augenblicke hörte man nichts als das Knistern des niedergetretenen Laubs, das dumpfe Rascheln des gegen die Körper schlagenden Grases. Geschwind und dicht hintereinander liefen sie um den Staketenzaun, stürzten die Böschung hinab, sprangen über eine mit Kieselsteinen besetzte Grube und blieben, am Uferfleck angelangt, plötzlich stehen, rings um den Daliegenden. Er lag auf dem Rükken, seine zerfetzte Hose bedeckte knapp die schmutzstarrenden und abgezehrten Glieder, die dunkle Haut. Seine Achselhöhlen waren zwei klumpige schwarze Filze, und die Zehen- und Fingernägel waren sehr lang. Schorf und vertrocknete Wunden zernagten seinen Oberkörper, die Schultern, ein Stück weißlicher Zunge hing zwischen den gesprungenen Lippen hervor. Die Guardias und die Soldaten starrten ihn an, und mit einemmal lächelte der Sargento Roberto Delgado, bückte sich und roch, die Nase am Mund des Liegenden. Dann kicherte er, richtete sich auf und versetzte dem Mann einen Fußtritt in die Rippen: Hören Sie mal, Sie Arschloch, er sollte den Toten nicht so treten, und der Sargento Roberto Delgado trat ihn noch einmal, von wegen tot, nicht die Spur, roch er nichts, *mi teniente*? Alle bückten sich, schnupperten an dem starren und gleichgültigen Körper. Ein schöner Toter, *mi teniente*, das Freundchen hier träumte. Mit einer Art wachsender, immer hemmungsloserer Heiterkeit jagte er dem Mann mehr und mehr Fußtritte in die Seite, und der krümmte sich, heiser und tief drang es aus seinem Mund, Mensch, tatsächlich! Der Teniente packte die Haare des Mannes, schüttelte ihn, und erneut, schwach, das Röcheln aus der Tiefe. Der träumte, der Scheißkerl, und der Sargento, ja, schaut nur, da war das Süppchen. Neben den silbrigen Ascheflöckchen und den Holzsplittern einer Feuerstelle stand ein versengster Tontopf, bis oben hin voll mit Kräutern. Dutzende von Curhuinse-Ameisen mit langen Zangen und tiefschwarzen Unterleibern krabbelten darauf herum, während andere, einen Kreis um den Topf bildend, den Überfall deckten. Wenn er tot gewesen wäre, würden ihn die Biester längst aufgefressen haben, *mi teniente,* blieben ihm nichts mehr als Knochen, und der Blonde, aber angefangen hatten sie schon, an den Beinen. Einige Curhuinses krochen an den gegerbten Fußsohlen hoch und andere inspizierten die Fußrücken, die Zehen, die Knöchel, berührten mit ihren zarten Fühlern die Haut und ließen auf ihrem Weg eine Spur violetter Punkte zurück. Der Sargento Roberto Delgado trat ihn von neuem an dieselbe Stelle. Eine Schwellung war an den Rippen des Liegenden entstanden, ein länglicher Huckel mit dunklem Scheitel. Er lag immer noch reglos da, dann und wann stieß er ein hohles Röcheln aus, und seine Zunge spitzte sich, leckte mühsam die Lippen entlang. Der war im Paradies, der verfluchte Kerl, der spürte nichts, und der Teniente, Wasser, schnell, und sie sollten ihm die Füße saubermachen, *carajo*, die Ameisen fraßen ihn ja auf. Der Knirps und der Blonde zerquetschten die Curhuinses, zwei Soldaten brachten in ihren Kopfbedeckungen Wasser von der Lagune und besprengten das Gesicht des Mannes damit. Der versuchte jetzt seine Glieder zu bewegen, sein Gesicht verkrampfte sich, sein Kopf wandte sich nach links und nach rechts. Plötzlich rülpste er und einer seiner Arme winkelte sich langsam, ungelenk an, die Hand tastete den Körper ab, berührte die Schwellung, liebkoste sie. Jetzt atmete er ängstlich ein, die Brust dehnte sich, der Bauch senkte sich und seine Zunge streckte sich, weiß, mit Gerinnseln von grünem Speichel. Seine Augen waren noch geschlossen, und der Teniente zu den Soldaten, mehr Wasser: der da wollte und wollte nicht, Jungens, man mußte ihn wachkriegen. Soldaten und Guardias gingen zur Lagune, kamen zurück und schütteten Wasser über den Mann und er öffnete den Mund, um es aufzufangen, seine Zunge schlürfte eifrig, geräuschvoll die Tropfen. Sein

Ächzen war bereits natürlicher und setzte nicht mehr aus, genau wie die Bewegungen seines Körpers, der wie befreit schien von unsichtbaren Fesseln.

«Gebt ihm ein bißchen Kaffee, bringt ihn zu sich, ganz gleich wie», sagte der Teniente. «Und schüttet weiter Wasser auf ihn.»

«Ich glaub nicht, daß der's bis Santa María de Nieva macht, so wie er beisammen ist, *mi teniente*», sagte der Sargento. «Der stirbt uns unterwegs.»

«Den nehm ich mir mit nach Borja, das ist näher», sagte der Teniente. «Mach du dich jetzt mit den Jungens auf den Weg nach Nieva und sag Don Fabio, einen haben wir erwischt. Und daß wir die andern schon noch kriegen. Ich fahr mit den Soldaten zur Garnison, und da laß ich ihn vom Arzt anschauen. Der stirbt mir nicht, dafür sorg ich schon.»

Der Teniente und der Sargento standen einige Meter von der Gruppe entfernt und rauchten. Die Guardias und die Soldaten drängten sich um den Liegenden, besprengten ihn, rüttelten ihn und er schien mißtrauisch seine Zunge zu bewegen, seine Stimme auszuprobieren, versuchte hartnäckig neue Bewegungen und Laute.

«Und wenn er nicht zur Bande gehört, *mi teniente*?» sagte der Sargento.

«Darum nehm ich ihn mir mit nach Borja», sagte der Teniente. «Dort sind Aguarunas aus Dörfern, die die Banditen ausgeplündert haben, da sehen wir dann, ob sie ihn erkennen. Sag Don Fabio, er soll Reátegui benachrichtigen lassen.»

«Der Kerl redet schon, *mi teniente*», schrie der Knirps. «Kommen Sie, damit Sie's hören.»

«Habt ihr verstanden, was er gesagt hat?» fragte der Teniente.

«Was von einem Strom, der blutet, von einem Christen, der gestorben ist», sagte der Dunkle. «So Zeug, *mi teniente*.»

«Fehlt mir zu meinem Glück bloß noch, daß er übergeschnappt ist», sagte der Teniente.

«Wenn sie träumen, sind sie immer ein wenig verdreht», sagte der Sargento Roberto Delgado. «Das vergeht wieder, *mi teniente*.»

Die Nacht fiel, Fushía und Don Aquilino aßen gekochten Maniok, tranken Schnaps direkt aus der Flasche, und Fushía, es wird schon dunkel, Lalita, steck die Lampe an, sie bückte sich und ahahah, die erste Wehe, konnte sich nicht mehr aufrichten, fiel weinend auf den Boden. Sie halfen ihr auf, hoben sie auf die Hängematte, Fushía steckte die Lampe an, und sie, ich glaub, es ist schon soweit, ich hab Angst. Und Fushía, hab noch nie eine Frau gesehen, die beim Gebären gestorben wäre, und Aquilino, ich auch nicht, hab keine Angst, Lalita, er war der beste Geburtshelfer in der Selva, durfte er sie berühren, Fushía? war er nicht eifersüchtig? Und Fushía, du bist zu alt, als daß ich eifersüchtig auf dich wär, los, mach schon. Don Aquilino hatte den Rock hochgeschoben, kniete sich hin, um zu sehen und Pantacha kam hereingestürzt, Patrón, sie prügelten sich, und Fushía, wer, und Pantacha, die Huambisas mit dem Aguaruna, den Don Aquilino mitgebracht hatte. Don Aquilino, mit Jum? Pantacha riß die Augen weit auf und Fushía schlug ihm ins Gesicht, Hund, fremde Frauen anschauen. Er rieb sich die Nase, bitte halt um Verzeihung, Patrón, kam nur, um's mitzuteilen, die Huambisas wollen, daß Jum geht, Sie wissen, daß sie die Aguarunas hassen, waren wild geworden und er und Nieves konnten sie nicht mehr halten, war die Patrona krank? Und Don Aquilino, geh lieber nachschauen, Fushía, werden ihn doch nicht umbringen, wo's mich soviel Mühe gekostet hat, ihn zu überzeugen, daß er mit mir zur Insel kommen soll, und Fushía, verfluchte Scheiße, sie müssen besoffen gemacht werden, sollen sich zusammen besaufen, dann bringen sie sich um oder schließen Freundschaft. Sie gingen hinaus und Don Aquilino ging zu Lalita, massierte ihr die Beine, damit sich deine Muskeln entspannen, den Bauch, und das Kind leicht rauskommt, wirst schon sehen, und sie lachend weinend, sie würde Fushía erzählen, daß er die Gelegenheit ausnutzte, um zu knutschen, er lachte und ohohoh, schon wieder, in den Knochen am Rücken, ahahah, sie brechen bestimmt, und Don Aquilino, trink einen Schluck, damit du dich beruhigst, sie trank, erbrach und traf Don Aquilino, der die Hängematte wiegte, jajajaja, Lalita, Mädchen, Kindchen, und der Schmerz ließ allmählich nach. Ein paar Lichter tanzten um die Lampe, schau, Lalita, die Glühwürmchen, die Ayañahuis, man stirbt und dann wird die Seele ein Nachtfalterchen, wußte sie das? und wandert nachts und beleuchtet den Urwald, die Flüsse, die Lagunen, wenn er starb, Lalita, würde sie immer eine Ayañahui um sich haben, ich werd deine Lampe sein. Und sie, ich hab Angst, Don Aquilino, reden Sie nicht vom Tod, und er, hab keine Angst, wiegte die Hängematte, es war, um dich abzulenken, mit einem feuchten Tuch kühlte er ihr die Stirn, es passiert dir nichts, vorm Morgengrauen wird er dasein, wie ich dich massiert hab, hab ich gemerkt, daß es ein Junge ist. Die Cabaña hatte sich mit Vanillegeruch gefüllt und der feuchte Wind trug auch das Murmeln des Urwalds herein, des Lärmen der Zikaden, Gebell und die Stimmen eines heftigen Streits. Und sie, Sie haben sehr zarte Hände, Don Aquilino, das entspannt mich ein bißchen, und wie schön's riecht, aber hören Sie die Huambisas nicht? gehen Sie nachschauen, Don Aquilino, und wenn sie Fushía umbringen? und er, das war das einzige, was überhaupt nicht passieren konnte, Lalita, weißt du nicht, daß er wie der Teufel ist? Und Lalita, wie lange kennt ihr euch schon, Don Aquilino, und er, so an die zehn Jahre bald, hat sich noch nie die Finger verbrannt, obwohl er sich immer auf die übelsten Sachen eingelassen hat, Lalita, schrecklich häßliche Dinge, der schlüpft seinen Feinden durch die Finger wie ein Aal. Und sie, seid ihr in Moyobamba Freunde geworden? und Don Aquilino, ich war Wasserträger, er hat mich zum Händler gemacht, und sie, Wasserträger? und Don Aquilino, von Haus zu Haus mit dem Esel und den Wasserkrügen, Moyobamba ist arm, der geringe Verdienst ging für Methylen drauf, um das Wasser zu bessern und wenn nicht, Geldstrafen, und eines Morgens kam Fushía an, hat in einer Hütte in der Nähe der meinen gewohnt und so wurden sie Freunde. Und sie, wie war er denn damals, Don Aquilino? und er, woher war er wohl gekommen, man hat ihn gefragt und er immer geheimnisvoll und schwindelnd, hat kaum Spanisch gesprochen, Lalita, hat ein Kauderwelsch mit Brasilianisch vermischt geredet, sag ich dir. Und Fushía, los, Mensch, lebst ja wie ein Hund, hängt dir das nicht zum Hals raus? komm, wir treiben Handel, und er, stimmt, wie ein Hund. Und Lalita, was habt ihr gemacht, Don Aquilino? und er, ein großes Floß und Fushía kaufte Säcke Reis, Baumwollstoffe, Perkal und Schuhe, das Floß sank unter soviel Gewicht, und wenn wir überfallen werden, Fushía? und Fushía, halt's Maul, Schwachkopf, hab auch einen Revolver gekauft. Und Lalita, so habt ihr angefangen, Don Aquilino? und er, von einem Camp zum andern sind wir gezogen, und die Caucheros, die Materos und die Goldsucher, bringt uns das und dies mit auf der nächsten Reise und sie brachten es ihnen mit, und dann ging's mit den Stämmen los. Gutes Geschäft, das beste, Glasperlen für Kautschukballen, kleine Spiegel und Messer für Häute und so hatten sie die da kennengelernt, Lalita, haben dicke Freundschaft mit Fushía geschlossen, hast ja gesehen, wie sie ihm helfen, für die Huambisas ist er Gott. Und Lalita, ist euch also gutgegangen, damals? und es wär uns noch besser gegangen, wenn Fushía nicht der Teufel wär, hat immer alle beschwindelt und schließlich sind sie aus den Camps davongejagt worden und die Guardias waren hinter ihnen her, haben sich trennen müssen und er ist eine Zeitlang bei den Huambisas untergeschlüpft und dann nach Iquitos gegangen, und da hat er für Reátegui zu arbeiten begonnen, da hast du ihn dann kennengelernt, Lalita, nicht? Und sie, und was haben Sie gemacht, Don Aquilino? und er hatte Geschmack gewonnen an dem ungebundenen Leben, Lalita, weißt du, so alles bei sich haben, das Haus auf dem Rücken wie die Charapas, ohne festen Wohnsitz, und er machte den Handel alleine weiter, aber auf ehrliche Weise. Und Lalita, Sie sind schon überall gewesen, nicht wahr, Don Aquilino? und er, auf dem Ucayali, auf dem Marañón und dem Huallaga, und am Anfang hatte er sich vom Amazonas ferngehalten wegen des schlechten Rufs, in dem Fushía dort stand, aber nach einigen Monaten kehrte er zurück und eines Tages, in einem Lager am Itaya, er glaubte es nicht, dabei sah er's doch, bin ich Fushía begegnet, Lalita, jetzt war er Kaufmann, mit Peonen und da hat er mir von seinem Geschäft mit Reátegui erzählt. Und Lalita, da werdet ihr aber glücklich gewesen sein, wie ihr euch wiedergesehen habt, Don Aquilino, geflennt haben wir, uns besoffen und von damals gesprochen, Fushía, das Glück meint's gut mit dir, nimm Vernunft an, werd ehrlich, laß dich auf keine Schweinereien mehr ein, und Fushía, mach bei mir mit, Aquilino, ist wie eine Lotterie, hoffentlich dauert der Krieg noch lange, und er, Gummi ist also Konterbande? und Fushía, en gros, Mensch, sie holen es in Iquitos ab, nehmen es in Kisten mit, auf denen Tabak steht, Reátegui wird noch Millionär und ich auch, ich laß dich nicht gehen, Aquilino, ich stell dich an, und sie, warum sind Sie nicht geblieben? und er wurde schon alt, Fushía, wollte keine Aufregungen, auch nicht ins Gefängnis, und aaaah, ich sterb, der Rücken, jetzt ist's wirklich soweit, sie sollte keine Angst haben, wo war ein Messer und er erhitzte es gerade über der Lampe, als Fushía hereinkam. Don Aquilino, haben sie Jum was getan? und Fushía, jetzt saufen sie miteinander, auch Pantacha und Nieves. Er würde nicht zulassen, daß sie ihn umbrachten, er brauchte ihn, würde eine gute Verbindung zu den Aguarunas abgeben, aber wie sie den zugerichtet haben, wer hat ihm denn die Achselhöhlen verbrannt? der Eiter tropft nur so raus, Alter, und die Striemen auf dem Rücken, wär schade, wenn sie sich infizierten und er an Starrkrampf starb, und Don Aquilino, in Santa María de Nieva, die Soldaten und die Patrones von dort, und der, der ihm die Stirn entzweigeschlagen hat, das war dein Freund Reátegui, wußte er, daß der endlich nach Iquitos gegangen war? Und Fushía, kahlgeschoren haben sie ihn auch, er war häßlicher als ein Renaco [14], und ahahah, die Knochen, sehr, sehr, und Don Aquilino, war vorlaut geworden und dem Patrón, der ihnen den Kautschuk abkaufte, hatte er gesagt nein, wir gehen selbst nach Iquitos und verkaufen ihn, ein gewisser Escabino, scheint's, und obendrein haben sie noch einen Cabo versohlt, der nach Urakusa gekommen war und seinen Lotsen umgebracht, und Fushía, Quatsch, der ist quicklebendig, es ist Adrián Nieves, der, den ich vor einem Monat aufgelesen hab, und Don Aquilino, weiß schon, aber das sagen sie, und sie, es zerriß sie, gib mir was, Fushía, um alles was dir lieb ist. Und Fushía, haßt er die Christen? sehr gut, sehr gut, soll die Aguarunas überreden, das Gummi mir zu geben, große Pläne, Alter, noch ehe zwei Jahre um waren, würde er nach Iquitos zurückkehren, reich, wirst schon sehen, wie die mich empfangen werden, die mir den Rücken zugedreht haben, und Don Aquilino, sied Wasser, Fushía, hilf, man möcht meinen, du seist nicht der Vater. Fushía füllte das Gefäß, machte Feuer im Herd, und sie immer heftiger, ganz schnell hintereinander, atmete ein, schnaufte, hatte das Gesicht geschwollen und Augen wie ein toter Fisch. Don Aquilino kniete nieder, massierte sie, war schon ein bißchen offen, Lalita, kam schon, hab Geduld. Und Fushía, lern von den Huambisaweibern, die gehen allein in den Urwald und kommen erst zurück, wenn sie schon entbunden haben. Don Aquilino brachte das Messer zum Glühen und die Stimmen von draußen gingen in Zischen und Knistern unter, Fushía seht ihr? streiten schon nicht mehr, ein Herz und eine Seele, und der Alte, es wird ein Junge, Lalita, was hatte er ihr gesagt, sie sollte nur hören, die Capironas sangen, er irrte sich nie. Und Fushía, ein bißchen schweigsam ist er, und Don Aquilino, aber anstellig, die ganze Reise über hat er ihm geholfen, hat gesagt, daß zwei Christen Schande über Urakusa gebracht haben mit ihren Schwindeleien, und Fushía, Alter, auf deiner nächsten Reise verdienst du ein

Heidengeld, Don Aquilino, wann träumst du nicht? und er, hatte er etwa keine Fortschritte gemacht seit dem erstenmal? Und Aquilino wäre nicht zur Insel zurückgekehrt, wenn's nicht deinetwegen gewesen wäre, Lalita, sie war ihm sympathisch, und sie, wie Sie gekommen sind, waren wir halb tot vor Hunger, Don Aquilino, erinnern Sie sich noch, wie ich geheult hab, als ich die Konserven und alles gesehen hab? und Fushía, das war ein Bankett, Alter, sie waren krank geworden, weil sie's nicht mehr gewöhnt waren, und wie du mich hast betteln lassen, warum wollte er ihm nicht helfen? wo du noch dazu Geld verdienen wirst. Und der Alte, aber sie sind gestohlen, Fushía, ich komm ins Gefängnis, ich kann dieses Gummi und auch diese Häute nicht für dich verkaufen, und Fushía, alle Welt weiß, daß du ehrlich bist, bezahlen dich etwa die Caucheros, die Materos und die Nacktärsche nicht mit Häuten, mit Gummi und mit Goldnuggets? Wenn man ihn fragte, sollte er sagen, das sind meine Verdienste, und der Alte, soviel hab ich nie gekriegt, und Fushía, du wirst ja auch nicht alles auf einer Reise mitnehmen, immer ein bißchen und ahahah, schon wieder, Don Aquilino, die Beine, der Rücken, Fushía ohohoh. Und Don Aquilino, ich will nicht, die Nacktärsche würden sich früher oder später beschweren, die Polizei würde kommen und die Patrones würden sich kaum am Schwanz kratzen, solange er ihnen beim Geschäft zuvorkam, und Fushía, Shapras, Aguarunas und Huambisas brachten sich gegenseitig um, haßten sie einander etwa nicht? niemand würde darauf kommen, daß Weiße dahintersteckten, und der Alte, nein, auf keinen Fall, und Fushía, er würde die Ware weit weg bringen, gut versteckt, Aquilino, du verkaufst sie billiger gleich an die Caucheros und die werden sich noch drüber freuen. Und der Alte gab endlich nach, und Fushía, es war das erste Mal, daß ihm so etwas passierte, Lalita, von der Ehrlichkeit eines Christenmenschen abhängig sein, wenn der Alte will, läßt er mich hochgehen, verkauft alles und steckt das Geld ein, er weiß, daß ich hier nicht weg kann, und kann den Laden auffliegen lassen, wenn er zur Polizei sagt, der, den ihr sucht, ist auf einer kleinen Insel, santiagoaufwärts. Er blieb fast zwei Monate aus, und Fushía sandte Boten aus bis zum Marañón und die Huambisas kamen zurück, er ist nirgends, ist nicht da, kommt nicht, der Hund, der, und eines Nachmittags tauchte er auf in einem Platzregen, kam aus der Mündung des Tunnels und brachte Kleidung, Essen, Macheten und fünfhundert Sol. Und Lalita, durfte sie ihn umarmen, ihn küssen wie einen Vater? und

Fushía, das hatte er noch nicht erlebt, so was von ehrlich, das würde er nie vergessen, Aquilino, wie anständig du dich mir gegenüber benommen hast, er an seiner Stelle wäre mit dem Geld auf und davon, und der Alte, du hast keine Seele, aber Freundschaft war mehr wert als Geschäfte, Dankbarkeit, Fushía, deinetwegen bin ich kein Hund in Moyobamba mehr, das Herz vergißt nicht, ohohoh, ahahah, und Don Aquilino, jetzt hat's endlich angefangen, Lalita, drück, drück, damit er nicht erstickt beim Rauskommen, drück so fest du kannst, schrei. Er hatte das Messer in der Hand und sie betet, ohohoh, Fushía, und Don Aquilino würde sie massieren, aber drück, drück, Fushía brachte die Lampe heran und schaute, der Alte, tröst sie ein bißchen, halt ihre Hand fest, Mensch, und sie, Wasser bitte, sie ging drauf, die Jungfrau sollte ihr beistehen, der Christus von Bagazán sollte ihr beistehen, Jesus, Jesus, sie versprach's ihm, und Fushía, da hast du Wasser, schrei nicht so und als Lalita die Augen öffnete, blickte Fushía auf den Teppich, und Don Aquilino, ich trockne dir gerade die Beine ab, Lalita, ist schon alles vorbei, hast gesehen, wie schnell das gegangen ist? Und Fushía, ja, Alter, es ist ein Junge, aber lebt er? rührt sich nicht und atmet nicht. Don Aquilino bückte sich, hob ihn vom Teppich auf und er war dunkel und schmierig wie ein Äffchen und er schüttelte ihn und da schrie er, Lalita, schau ihn an, und die ganze Angst umsonst und sie sollte jetzt schlafen, und sie, ohne Sie wär ich gestorben, sie wollte, daß ihr Sohn Aquilino heiße, und Fushía, aus Freundschaft halt, denn so ein häßlicher Name und Don Aquilino und Fushía? Und er, eigenartig, Vater zu sein, Alter, das muß ein bißchen gefeiert werden, und Don Aquilino, ruh dich aus, Mädchen, wollte sie ihn haben? da, nimm ihn, er war unsauber, reinige ihn ein bißchen. Don Aquilino und Fushía setzten sich auf den Boden, tranken Schnaps gleich aus der Flasche und draußen waren immer noch die Geräusche, die Huambisas, der Aguaruna, Pantacha, der Lotse Nieves kotzten jetzt wahrscheinlich und im Raum flimmerte es von kleinen Faltern, Glühwürmchen prallten gegen die Wände, wer hätte gedacht, daß er so weit von Iquitos zur Welt kommen würde, im Urwald wie ein kleiner Nacktarsch.

Die Kapelle kam bei Patrocinio Naya zustande. Der Jüngling Alejandro und Bulle, der Lastwagenfahrer, aßen da immer zu Mittag, trafen Don Anselmo an, der gerade aufstand, und während Patrocinio kochte, unterhielten sich die drei. Es heißt, der Jüngling sei der erste gewesen, der mit ihm Freundschaft geschlossen hat: er, der ebenso ein Einzelgänger war wie Don Anselmo, auch Musiker und traurig, wird im Alten eine verwandte Seele gesehen haben. Er wird ihm sein Leben, seine Leiden erzählt haben. Nach dem Essen nahm Don Anselmo die Arpa, der Jüngling die Gitarre und sie spielten: der Bulle und Patrocinio hörten zu, waren begeistert, applaudierten. Mitunter begleitete sie der Fernfahrer auf der Kiste. Don Anselmo lernte die Lieder des Jünglings und fing an zu sagen, «der ist ein Künstler, der beste Komponist in der Mangachería», und Alejandro, «es gibt keinen Arpista wie den Alten, niemand kann's besser als er», und er nannte ihn Maestro. Die drei wurden unzertrennlich. Bald ging die Kunde in der Mangachería um, daß es ein neues Trio gab, und so um Mittag herum kamen die jungen Mädchen, um gegenüber der Hütte von Patrocinio Naya spazierenzugehen und der Musik zuzuhören. Alle blickten mit schmachtenden Augen nach dem Jüngling. Und eines schönen Tages sprach's sich herum, daß der Bulle die Firma ‹Feijó›, wo er zehn Jahre lang Lastwagenfahrer gewesen war, verlassen hatte, um Musiker zu werden wie seine beiden Kameraden.

Zu jener Zeit war Alejandro tatsächlich noch jung, hatte tiefschwarzes, sehr langes, gelocktes Haar, blasse Haut, tiefliegende und melancholische Augen. Er war schlank wie eine Gerte, und unter den Mangaches hieß es, «stoßt nicht mit ihm zusammen, bei der ersten Berührung stirbt er». Er sprach wenig und langsam, war kein geborener, sondern ein Wahlmangache, wie Don Anselmo, der Bulle und so viele andere. Er war der Sproß einer Familie von Principales, am Malecón geboren, im Salesianum erzogen, und war drauf und dran gewesen, nach Lima zu reisen und dort die Universität zu besuchen, als ein Mädchen aus guter Familie mit einem Fremden davonlief, der durch Piura gekommen war. Der Jüngling schnitt sich die Pulsadern auf und lag viele Tage lang zwischen Leben und Tod im Krankenhaus. Er verließ es enttäuscht von der Welt und wurde Bohemien: verbrachte die Nächte mit Trinken, beim Kartenspiel mit den übelsten Subjekten. Bis es seiner Familie zu dumm wurde, sie ihn hinauswarf, und wie so viele Verzweifelte war er in der Mangachería gestrandet, und dort blieb er auch. Er begann seinen Lebensunterhalt mit der Gitarre zu verdienen, in der Chichería von Angélica Mercedes, einer Verwandten des Bullen. Auf diese Weise lernte er den Lastwagenfahrer kennen, und so schlossen sie Brüderschaft. Der Jüngling Alejandro trank viel, aber der Alkohol verführte ihn nicht zu Raufereien oder dazu, den Mädchen zu nahe zu treten, nur zum Komponieren von Liedern und Versen, die immer von einer Enttäuschung handelten und die Frauen undankbare, betrügerische, unaufrichtige, ehrgeizige Geschöpfe und eine Heimsuchung der Männer nannten.

Seit er Freundschaft geschlossen hatte mit dem Bullen und dem Jüngling Alejandro, änderte der Arpista seine Gewohnheiten. Er wurde ein sanfter Mensch, und sein Leben schien in Ordnung zu kommen. Er wanderte nicht mehr den lieben langen Tag umher wie eine Seele im Fegfeuer. Abends ging er zu Angélica Mercedes, der Jüngling drängte ihn zum Spielen, und sie bestritten Duos. Der Bulle unterhielt die Stammgäste mit Anekdoten von seinen Reisen, und zwischen zwei Stücken setzten sich der Alte und der Gitarrist mit dem Lastwagenfahrer zusammen an einen Tisch, tranken einen Schnaps, unterhielten sich. Und wenn der Bulle beschwipst war, seine Augen sprühten, setzte er sich vor eine Kiste oder packte ein Brett und pochte den Takt, sang sogar mit ihnen, und seine Stimme klang nicht schlecht, wenn auch heiser. Er war ein Riesentrumm von einem Mann, der Bulle: Schultern wie ein Boxer, enorme Hände, winzige Stirn, ein Mund wie ein Trichter. In der Hütte von Patrocinio Naya brachten Don Anselmo und der Gitarrist ihm das Spielen bei, schärften sein Gehör, trainierten seine Hände. Die Mangaches lugten durch die Binsenwand und sahen den Arpista wütend werden, wenn der Bulle aus dem Takt kam, den Text vergaß oder falsch sang, und hörten den Jüngling Alejandro melancholisch den Lastwagenfahrer in die geheimnisvollen Wendungen seiner Lieder einweihen: Augen aus Morgenrot, blonde Schleier der Frühe, Gift, das du damals geträufelt, böses Weib, mit deiner Liebe, in mein schmerzendes Herz.

Es war, als hätte der Umgang mit den beiden jungen Männern Don Anselmo die Lust zu leben wiedergegeben. Niemand traf ihn mehr im Sand hingestreckt beim Schlafen an, er lief nicht mehr wie ein Schlafwandler herum, sogar sein Haß auf die Aasgeier hatte nachgelassen. Sie gingen überall zusammen hin, die drei, der Alte zwischen dem Jüngling und dem Bullen, und sie legten einander die Arme um die Schultern wie Schulkinder. Don Anselmo sah weniger schmutzig aus, weniger verwildert. Eines Tages sahen die Mangaches ihn sogar eine weiße Hose einweihen und glaubten, daß es sich um ein Geschenk von Juana Baura oder irgendeinem der greisen Principales handelte, die ihn umarmten, wenn sie ihn in einer Chichería trafen, und ihn zu einem Schnaps einluden, aber es war ein Geschenk des Bullen und des Jünglings gewesen, zu Weihnachten.

Zu jener Zeit war es, daß Angélica Mercedes die Kapelle fest engagierte. Der Bulle hatte sich eine Trommel und ein paar Tschinellen besorgt, wußte gut damit umzugehen und war unermüdlich: wenn der Jüngling und der Arpista die Ecke verließen, um sich die Kehle anzufeuchten und den Körper zu stärken, blieb der Bulle sitzen und spielte Solos. Vielleicht war er von den dreien der am wenigsten Begabte, aber er war der fröhlichste, der einzige, der sich dann und wann ein humorvolles Lied gestattete.

Nachts spielten sie also bei Angélica Mercedes, vormittags schliefen sie, aßen zusammen bei Patrocinio Naya zu Mittag, und nachmittags probten sie dort. Im glühenden Sommer wanderten sie flußaufwärts, zum Chipe, badeten und besprachen die neuen Kompositionen des Jünglings. Sie hatten sich das Herz aller gewonnen, die Mangaches duzten sie, und sie duzten groß und klein. Und als die Santos, Hebamme und Abtreiberin, sich mit einem von der Stadtpolizei verheiratete, kam die Kapelle zur Fiesta, spielte umsonst, und der Jüngling Alejandro brachte einen pessimistischen Walzer über die Ehe zur Erstaufführung: sie beleidigt die Liebe, dörrt sie aus und versengt sie. Und von da an spielte die Kapelle unfehlbar und umsonst bei jeder Taufe, Konfirmation, Totenwache oder Verlobung in der Mangachería. Aber die Mangaches vergalten es ihnen mit kleinen Geschenken, Einladungen, und einige Frauen nannten ihre Söhne Anselmo, Alejandro, ja sogar Bulle. Der Ruhm der Kapelle festigte sich, und die Kerle, die sich die Unbezwingbaren nannten, verbreiteten ihn in der Stadt. Principales kamen zu Angélica Mercedes, Fremde, und eines Abends brachten die Unbezwingbaren einen stutzerhaft gekleideten Weißen an, der eine Serenade darbringen wollte. Er kam später wieder und holte die Kapelle in einem Lieferauto ab, das eine Staubwolke aufwirbelte. Aber nach einer halben Stunde kamen die Unbezwingbaren allein wieder an: «Der Vater des Mädchens ist wütend geworden, hat die Polente gerufen, die haben sie in die Comisaría gebracht.» Sie wurden eine Nacht in Haft gehalten, und am folgenden Morgen kamen Don Anselmo, der Jüngling und der Bulle vergnügt wieder; sie hatten den Guardias vorgespielt, und die hatten sie zu Kaffee und Zigaretten eingeladen. Und kurze Zeit später entführte derselbe Weiße das Mädchen, und als er mit ihr zurückkehrte, um zu heiraten, engagierte er die Kapelle, damit sie auf der Hochzeit spielte. Aus allen Hütten kamen Mangaches zu Patrocinio Naya, denn Don Anselmo, der Jüngling und der Bulle sollten gut gekleidet hingehen. Die einen liehen ihnen Schuhe, andere Hemden, die Unbezwingbaren brachten Anzüge und Krawatten an. Seitdem war es zum Brauch geworden, daß die Weißen die Kapelle zu ihren Fiestas und Serenaden engagierten. Viele Mangache-Trios lösten sich auf und bildeten sich dann wieder neu, doch dieses blieb dasselbe, wurde nicht größer und nicht kleiner, und Don Anselmos Haar war schon weiß, sein Rücken gekrümmt, er schlurfte beim Gehen, und der Jüngling war schon längst keiner mehr, aber an ihrer Freundschaft und ihrem Zusammenhalt änderte sich nichts.

Jahre danach starb Domitila Yara, die Santera[15], die gegegenüber der Chichería von Angélica Mercedes wohnte, Domitila Yara, die Betschwester, immer in Schwarz, das Gesicht verschleiert, dunkle Strümpfe, die einzige Santera, die in der Mangachería geboren war. Wenn Domitila Yara des Weges kam, knieten die Mangaches nieder und erbaten ihren Segen: sie brummelte ein paar Gebete, machte ihnen das Kreuz auf die Stirn. Sie besaß ein Bild der Jungfrau mit rosa, blauen und gelben Bändern, die den Haarschmuck abgaben, und eingewickelt in Zellophanpapier. Von dem Bild hingen einige aus Drähten und Luftschlangen gemachte Blumen herab, und unter dem blutenden Herzen sah man ein mit der Hand geschriebenes Gebet eingespannt in einen Rahmen aus Blech. Das Bild wiegte sich auf der Spitze eines Besenstiels, und Domitila Yara führte es stets mit sich, hielt es hoch wie einen Wimpel. Wo immer Entbindungen, Todesfälle, Krankheiten, Unglücksfälle waren, da stellte sich die Santera mit ihrem Bild und ihren Gebeten ein. Von ihren pergamentartigen Fingern baumelte bis zum Boden ein Rosenkranz mit Ave-Maria-Perlen so groß wie Kakerlaken. Es hieß, Domitila Yara habe Wunder vollbracht, spreche mit den Heiligen und kasteie sich des Nachts. Sie war mit Padre García befreundet, und die beiden pflegten zusammen, langsam und finster, auf der Plazuela Merino und in der Avenida Sánchez Cerro spazierenzugehen. Padre García kam zur Totenwache der Santera. Er gelangte kaum hinein, mit Stößen bahnte er sich einen Weg durch die vor der Hütte zusammengedrängten Mangaches und schimpfte schon, als er die Türschwelle erreichte. Da sah er die Kapelle, die neben der Toten Tristes spielte. Er schnappte über: mit einem Fußtritt trat er dem Bullen das Fell der Trommel durch und wollte auch die Arpa zertrümmern und die Saiten von der Gitarre reißen, und dabei zu Don Anselmo: «Pest von Piura», «Sünder», «hinaus mit dir». «Aber Padre», stotterte der Arpista, «wir haben ihr zu Ehren gespielt», und Padre García, «ihr entweiht ein lauteres Haus», «laßt die Verstorbene in Frieden». Und die Mangaches verloren schließlich die Geduld, das war nicht gerecht, er beleidigte den Alten ohne Grund, das ließen sie nicht zu. Und zuletzt kamen die Unbezwingbaren herein, hoben den Padre García hoch, und die Frauen, Sünde, Sünde, alle Mangaches würden in die Hölle kommen. Sie trugen ihn bis zur Avenida, er strampelte in der Luft wie eine Tarantel, und die Kinder schrien ihm zu: Brandstifter, Brandstifter, Brandstifter. Der Padre García setzte nie wieder Fuß in die Mangachería und spricht seit damals auf der Kanzel von den Mangaches als vorbildlich schlechten Beispielen.

Die Kapelle war noch lange Zeit bei Angélica Mercedes. Niemand hätte geglaubt, daß sie eines Tages in der Stadt spielen würde. Aber so war's, und anfänglich tadelten die Mangaches diese Untreue. Danach sahen sie ein, daß das Leben nicht wie die Mangachería war, es änderte sich. Seit Freudenhäuser in der Stadt eröffnet wurden, regnete es Angebote auf die Kapelle, und es gibt Versuchungen, denen man nicht widerstehen kann. Und im übrigen, auch wenn sie zum Spielen nach Piura gingen, so wohnten Don Anselmo, der Jüngling und der Bulle doch weiterhin in der Mangachería und spielten weiterhin umsonst auf bei allen Mangache-Fiestas.

Jetzt wurde es wirklich ernst: die Kapelle hörte auf zu spielen, die Unbezwingbaren blieben auf dem Tanzboden stehen, ohne die Partnerin loszulassen, und blickten auf Seminario, und der Jüngling Alejandro sagte: «Da hat das Unheil wirklich angefangen, denn nun haben sie mit den Schießprügeln herumgefuchtelt.»

«Der besoffene Kerl!» rief die Selvática. «Die ganze Zeit hat er sie gereizt. Geschieht ihm recht, daß er umgekommen ist. Der Schuft!»

Der Sargento ließ Sandra los, machte einen Schritt auf ihn zu, er glaubte wohl, er redete mit seinen Dienstboten, Señor? und Seminario verschlug es fast die Sprache, so, frech werden willst du also auch noch, machte auch einen Schritt vor, du Dreckskerl von einem! und noch einen, seine gewaltige Gestalt wogte heran über die in blaues, grünes und violettes Licht gebadeten Bretter und erstarrte plötzlich, das Gesicht voller Verblüffung. Sandras Gelächter endete in einem kreischenden Aufschrei.

«Lituma zielte mit der Pistole auf ihn», sagte die Chunga. «Er hat sie so schnell gezogen, daß niemand es gemerkt hat, so wie einer von den jungen Kerlen in den Cowboy-Filmen.»

«Und mit Recht!» stammelte die Selvática. «Konnte nicht gut noch mehr hinunterschlucken.»

Die Unbezwingbaren und die Frauen waren an die Bar geflüchtet, der Sargento und Seminario maßen einander mit den Augen, Lituma gefielen die Schläger nicht, Señor, niemand wollte etwas von ihm und er behandelte sie wie Dienstboten. Es tat ihm leid, aber das ging nicht, Señor.

«Blas mir den Rauch nicht ins Gesicht, Bulle», sagte die Chunga.

«Und er, hat er auch seinen Revolver gezogen?» sagte die Selvática.

«Hat nur mit der Hand die Pistolentasche gestreichelt», sagte der Jüngling. «Liebkost hat er sie wie einen jungen Hund.»

«Angst hat er gehabt!» rief die Selvática. «Lituma hat ihn kleingekriegt.»

«Ich hab schon gedacht, in meiner Heimat gäb's keine Männer mehr», sagte Seminario. «Daß alle Piuraner Weiber und Feiglinge geworden sind. Aber es gibt wenigstens noch diesen Cholo da. Wart nur, jetzt wirst du auch gleich sehen, wer Seminario ist.»

«Warum müssen sie sich nur immer streiten, warum können sie bloß nicht in Frieden leben und es zusammen genießen», sagte Don Anselmo. «Wie nett dann das Leben wäre.»

«Wer weiß, Maestro», sagte der Jüngling. «Am Ende wär's schrecklich langweilig und noch trauriger als jetzt.»

«Dem hast du den Schneid schnell abgekauft, Vetter», sagte der Affe. «Bravo!»

«Aber trau ihm nicht, Genosse», sagte Josefino. «Bei der ersten Gelegenheit zieht er seinen Revolver, wenn du nicht aufpaßt.»

«Du kennst mich nicht», wiederholte Seminario. «Darum spielst du dich so auf, Cholito.»

«Und Sie kennen mich nicht», sagte der Sargento. «Señor Seminario.»

«Wenn du diese Pistole da nicht hättest, würdest du dich nicht so aufspielen, Cholito», sagte Seminario.

«Ich hab sie nun mal», sagte der Sargento. «Und mich behandelt niemand wie seinen Dienstboten, Señor Seminario.»

«Und da ist die Chunga angerannt gekommen und hat sich zwischen die beiden gestellt. Einen Mut hast du!» sagte der Bulle.

«Und ihr, warum habt ihr sie nicht festgehalten?» Die Hand des Arpista machte einen Versuch, die Chunga zu berühren, aber die lehnte sich im Stuhl zurück, und die Finger des Alten streiften sie nur. «Sie waren bewaffnet, Chunguita, das war gefährlich.»

«Ach wo, sie hatten ja schon zu quasseln angefangen», sagte die Chunga. «Hierher kommen die Leute, um sich zu amüsieren, nicht zum Streiten. Nun schließt schon Frieden, kommt an die Theke, trinkt ein Bier, auf meine Rechnung.»

Sie zwang Lituma, den Revolver wegzustecken, brachte sie dazu, daß sie einander die Hand gaben und führte sie, jeden am Arm gefaßt, zur Bar, sollten sich schämen, sich wie Kinder aufzuführen, wußten sie, was sie waren? zwei Arschlöcher, na, hm, wetten, daß sie jetzt ihre Schießdingerchen nicht rausholten und sie umlegten, und sie lachten, Chunga chunguita, *mamita*, liebe kleine Königin, trällerten die Unbezwingbaren.

«Was? Trotz der Beleidigungen haben sie miteinander getrunken?» sagte die Selvática erstaunt.

«Tut's dir etwa leid, daß sie sich nicht auf der Stelle über den Haufen geschossen haben?» sagte der Bulle. «Diese Weiber, immer wollen sie Blut sehen.»

«Die Chunga hatte sie eingeladen», sagte der Arpista. «Da konnten sie ihr doch keinen Korb geben, Mädchen.»

Die Ellbogen auf die Theke gestützt, ein Herz und eine Seele, tranken sie ihr Bier, und Seminario kniff Lituma in die Backen, er war der letzte richtige Mann in seiner Heimat, Cholito, alle übrigen waren Tunten, Feiglinge, die Kapelle stimmte einen Walzer an und die Menschentraube an der Bar strebte auseinander, die Unbezwingbaren und die Insassinnen machten sich auf dem Tanzboden breit, Seminario hatte dem Sargento das Képi vom Kopf genommen und setzte es sich auf, wie sah er denn damit aus, Chunga? nicht so abscheulich wie dieser Cholo da, was? aber reg dich nur nicht gleich wieder auf.

«Dick ist er vielleicht ein wenig, aber abscheulich ist er nicht», sagte die Selvática.

«Als Junge war er schlank wie der Jüngling», erinnerte sich der Arpista. «Und ein richtiger Satan, schlimmer noch als seine Vettern.»

«Sie haben drei Tische nebeneinandergeschoben und sich zusammengesetzt», sagte der Bulle. «Die Unbezwingbaren, Señor Seminario, sein Freund und die Frauen. Sah aus, als wär alles wieder in Ordnung.»

«Man hat gemerkt, daß es gezwungen war und nicht lange dauern würde», sagte der Jüngling.

«Von wegen gezwungen!» sagte der Bulle. «Quietschfidel waren sie, und Señor Seminario hat sogar die Hymne der Unbezwingbaren gesungen. Hinterher haben sie getanzt und miteinander gescherzt.»

«Hat Lituma immer noch mit der Sandra getanzt?» sagte die Selvática.

«Ich weiß gar nicht mehr, warum sie dann wieder zu streiten angefangen haben», sagte die Chunga.

«Wegen dem Quatsch mit der Mannhaftigkeit», sagte der Bulle. «Seminario hat überhaupt nicht mehr damit aufgehört. Es gäb keine richtigen Männer mehr in Piura, und alles nur, um seinen Onkel rauszustreichen.»

«Red nicht schlecht von Chápiro Seminario, das war ein toller Kerl, Bulle», sagte der Arpista.

«In Narihualá hat er drei Diebe mit der bloßen Faust außer Gefecht gesetzt und sie mit einem Strick um ihren Kragen nach Piura geschleift», sagte Seminario.

«Mit Freunden hat er gewettet, daß er noch konnte, und ist hierher gekommen und hat die Wette gewonnen», sagte die Chunga. «Jedenfalls die Amapola hat's behauptet.»

«Ich red nicht schlecht von ihm, Maestro», sagte der Bulle. «Aber allmählich ist's einem doch auf die Nerven gegangen.»

«Ein Piuraner so groß wie der Admiral Grau», sagte Seminario. «Ihr braucht nur nach Huancabamba, Ayabaca, Chulucanas gehen, da laufen überall Cholas herum, die stolz darauf sind, daß sie mit meinem Onkel Chápiro geschlafen haben. Hat mindestens tausend Bankerte gehabt.»

«Wird doch kein Mangache gewesen sein?» sagte der Affe. «In der Mangachería gibt's viele solche Kerle.»

Und Seminario wurde ernst, deine Mutter ist vielleicht eine Mangache, und der Affe: und ob und er war stolz darauf, und Seminario, außer sich, Chápiro war ein Herr, ging nur hin und wieder in die Mangachería, um Chicha zu trinken und um ein Negermädchen zu vernaschen, und der Affe knallte die Hand auf den Tisch: Jetzt fing er schon wieder mit Beleidigungen an, Señor. Zuerst war alles in bester Ordnung, wie unter Freunden, und dann fing er mit Verleumdungen an, Señor, den Mangaches tat es weh, wenn man schlecht von der Mangachería redete.

«Ist immer gleich zu Ihnen gekommen, das alte Männchen, Maestro», sagte der Jüngling. «Und wie liebevoll er Sie umarmt hat. Es war, als träfen sich zwei Brüder.»

«Wir hatten uns vor langer, langer Zeit kennengelernt», sagte der Arpista. «Ich hab Chápiro gern gehabt, hat mir entsetzlich leid getan, als er gestorben ist.»

Seminario stand euphorisch auf: die Chunga sollte den Laden dichtmachen, heute nacht übernähmen sie das Lokal, seine Felder barsten nur so, der Arpista sollte herkommen und von Chápiro erzählen, worauf warteten sie denn? barsten vor Baumwolle, sie sollten dichtmachen, er zahlte.

«Und die Kunden, die kamen und klopften, die hat der Sargento davongejagt», sagte der Bulle.

«Das war falsch, sie hätten nicht allein bleiben dürfen», sagte der Arpista.

«Ich bin keine Hellseherin», sagte die Chunga. «Wenn die Kunden zahlen, tut man, was sie wollen.»

«Aber natürlich, Chunguita», entschuldigte sich der Arpista. «Ich hab's auch nicht deinetwegen gesagt, sondern unseretwegen. Klar, daß es niemand hat vorhersehen können.»

«Neun Uhr, Maestro», sagte der Jüngling. «Das ist nicht gut für Sie, ich geh lieber und hol Ihnen gleich ein Taxi.»

«Ist's wahr, daß Sie und mein Onkel sich geduzt haben?» sagte Seminario. «Erzählen Sie denen da etwas von diesem großen Piuraner, Alter, von diesem Kerl, wie's nie wieder einen geben wird.»

«Die einzigen ganzen Kerle, die's noch gibt, sind heutzutage in der Guardia Civil», behauptete der Sargento.

«Im Suff hat er sich von Seminario anstecken lassen», sagte der Bulle. «Jetzt hat nämlich mit der Mannhaftigkeit auch er noch angefangen.»

Der Arpista räusperte sich, die Kehle war ihm eingetrocknet, man sollte ihm ein bißchen was zu trinken geben. Josefino schenkte ihm ein Glas ein und Don Anselmo blies den Schaum weg, ehe er trank. Er hielt den Mund offen, atmete geräuschvoll: Was den Leuten am meisten aufgefallen war, war Chápiros Widerstandskraft. Und daß er so ehrlich war. Seminario wurde vergnügt, umarmte den Arpista, da, sie sollten zuhören, damit sie's sähen, hatte er es ihnen nicht gesagt?

«Er war ein Raufbold und ein armer Teufel, aber Familienstolz hat er gehabt», gab der Jüngling zu.

Auf seinem Pferd kam er von den Feldern hereingeritten, die Mädchen kletterten auf den Turm, um ihn zu sehen, dabei war ihnen das verboten, aber dieser Chápiro brachte sie halb um den Verstand, und Don Anselmo trank noch einen Schluck, und in Santa María de Nieva brachte der Teniente Cipriano die Eingeborenenweiber auch um den Verstand, und auch der Sargento trank einen Schluck.

«Wenn ihm das Bier zu Kopf gestiegen ist, hat er immer von diesem Teniente zu quatschen angefangen», sagte die Selvática. «Den hat er bewundert.»

Der Riesenprotz preschte heran, daß der Staub aufwirbelte, riß dann das Pferd zurück und zwang es, vor den Mädchen in die Knie zu gehen. Mit Chápiro kam Leben in die Bude, die Weiber, die traurig waren, freuten sich, und die, die fröhlich waren, wurden noch fröhlicher, und was für eine Widerstandskraft, hinauf, herunter, noch ein Spielchen, noch einen Schnaps, und wieder hinauf, mit einer, mit zweien, und so die ganze Nacht durch und am Morgen ging's zurück auf die Felder, zur Arbeit, ohne daß er ein Auge zugemacht hatte, war ein Mann aus Eisen, und Don Anselmo verlangte mehr Bier, und einmal hat er russisches Roulett gespielt, vor seinen Augen, der Sargento schlug sich auf die Brust und blickte um sich, als erwartete er Applaus. Der einzige, im übrigen, der immer seine Schulden bezahlte, der einzige, der ihm bis auf den letzten Centavo alles bezahlte, das Geld ist zum Ausgeben da, sagte er immer, immerzu hat er eingeladen und auf den Straßen und Plätzen immer derselbe Sermon: Anselmo hatte die Zivilisation nach Piura gebracht. Aber es war nicht wegen einer Wette, sondern weil er sich langweilte, den Teniente Cipriano brachte der Urwald zur Verzweiflung.

«Aber anscheinend waren das bloß Lügen», sagte die Selvática, «scheint's waren keine Patronen im Revolver, und er hat's bloß getan, damit die Guardias mehr Respekt vor ihm haben sollten.»

Und der beste Freund, den man sich denken konnte, traf ihn in der Tür der ‹Reina›, fiel ihm um den Hals, hatte zu spät davon gehört, Bruderherz, wenn er in Piura gewesen wär, wär's nicht niedergebrannt worden, Anselmo, er hätte es dem Pfaffen schon gezeigt und denen aus der Gallinacera.

«Wovon hat Chápiro denn da geredet, Arpista?» sagte Seminario. «Was für ein Unglück hat er denn bedauert?»

In Strömen hat es geregnet, und er, hier kann man nicht einmal mehr Mensch sein, keine Weiber gab's, kein Kino, wenn man im Freien schlief, wuchs einem ein Baum durch den Bauch, er war von der Küste, sie sollten die Selva doch da hinstecken, wo die Sonne nicht hineinschien, er schenkte sie ihnen, er hielt's nicht mehr aus und riß den Revolver heraus, ließ zweimal die Trommel kreisen, hielt ihn sich an den Kopf und drückte ab, der Fette sagte, er ist nicht geladen, ein Trick, aber er war's doch, er mußte es wissen: der Sargento schlug sich wieder auf die Brust.

«Ein Unglück, Don Anselmo?» sagte die Selvática. «Etwas, das Ihnen zugestoßen ist?»

«Wir haben von einem tollen Kerl gesprochen, Mädchen», sagte Don Anselmo. «Chápiro Seminario, ein Alter, der vor drei Jahren gestorben ist.»

«Ah, Arpista, sehen Sie, was für ein Schwindler Sie sind?» sagte der Affe. «Vorhin haben Sie nicht vom Grünen Haus erzählen wollen, und jetzt tun Sie's doch. Kommen Sie, wie war das mit dem Feuer?»

«Diese Jungens», sagte Don Anselmo. «Was für Unsinn, was für Dummheiten!»

«Jetzt werden Sie schon wieder dickköpfig, Alter», sagte José. «Dabei haben Sie doch gerade eben noch vom Grünen Haus geredet. Wo wär dieser Chápiro denn sonst mit seinem Pferd angeritten gekommen? Und die Mädchen, die ihm da entgegengelaufen sind?»

«Auf seine Felder ist er geritten gekommen», sagte Don Anselmo. «Und die Mädchen, die ihm entgegengelaufen sind, waren die Baumwollpflückerinnen.»

Er schlug auf den Tisch, das Lachen verstummte, die Chunga brachte noch einen Krug Bier, und der Teniente Cipriano blies in aller Ruhe den Rauch aus dem Lauf der Waffe, sie sahen es und glaubten es nicht, und Seminario schmetterte ein Glas gegen die Wand: der Teniente Cipriano war ein Hurensohn, es war nicht auszuhalten, daß dieser Cholo ihn in einem fort unterbrach.

«Hat er ihm wieder die Mutter zur Sau gemacht?» sagte die Selvática und blinzelte hastig mit den Augen.

«Nicht ihm, sondern diesem Teniente», sagte der Jüngling.

«Sie im Namen dieses Chápiro-Kerls, ich in dem von Teniente Cipriano», schlug der Sargento seelenruhig vor. «Russisches Roulett, mal sehen, wer von uns beiden ein Mann ist, Señor Seminario.»

IV

«Glauben Sie, daß der Lotse ausgerissen ist, *mi teniente*?» sagte der Sargento Roberto Delgado.

«Klar, der ist doch nicht blöd», sagte der Teniente. «Jetzt versteh ich auch, warum er den Kranken gespielt hat und nicht mit uns gekommen ist. Er wird ausgerissen sein, sobald er uns aus Santa María de Nieva hat verschwinden sehen.»

«Aber früher oder später kriegen wir ihn», sagte der Sargento Delgado. «Das Riesenarschloch hat nicht mal den Namen gewechselt.»

«Mich interessiert mehr der andere», sagte der Teniente. «Der dicke Fisch. Wie heißt er denn nun eigentlich? Tushía? Fushía?»

«Vielleicht weiß er wirklich nicht, wo er ist», sagte der Sargento Delgado. «Vielleicht hat ihn wirklich eine Boa aufgefressen.»

«Also, machen wir weiter», sagte der Teniente. «Los, Hinojosa, bring den Burschen rein.»

Der Soldat, der, in der Hocke an die Hüttenwand gelehnt, vor sich hin duselte, richtete sich auf wie ein Automat, ohne mit der Wimper zu zucken und ohne zu antworten, und wandte sich zur Tür. Kaum trat er über die Schwelle, durchnäßte ihn der Regen, er hob die Hände hoch, stolperte durch den Schlamm davon. Der Wolkenbruch peitschte wild auf die Siedlung nieder und inmitten der Wassergüsse und pfeifenden Windstöße sahen die Aguarunahütten aus wie wilde Tiere, Sargento. Der Teniente war im Urwald Fatalist geworden, jeden Tag erwartete er, daß ihn eine Schlange bisse oder daß ihn die Malaria packte. Jetzt bildete er sich ein, daß der verfluchte Regen nie aufhören würde und daß sie einen Monat hier aushalten müßten, wie

Ratten in einem Loch. Ach ja, wegen dieser Warterei ging nun alles zum Teufel und als seine verbitterte Stimme verstummte, war erneut das Prasseln des Regens im Urwald zu hören, das schrecklich gleichmäßige Tropfen von den Bäumen und den Hütten. Die Lichtung war ein großer, aschfarbener Morast, aus Dutzenden von Quellen sprudelte es auf den Abhang zu, die Luft und der Wald dampften, stanken, und da kam ja Hinojosa und zerrte an einem Seil eine undeutliche, strauchelnde und knurrende Gestalt hinter sich her. Der Soldat kam das Treppchen zur Cabaña hochgesprungen, der Gefangene schlug vor dem Teniente der Länge nach hin. Die Hände waren ihm auf den Rücken gebunden und er rappelte sich auf, indem er die Ellbogen zu Hilfe nahm. Der Offizier und der Sargento Delgado saßen an einem langen Brett, das über zwei Böcke gelegt war, und unterhielten sich noch eine Weile, ohne ihn anzusehen, und dann gab der Teniente dem Soldaten ein Zeichen: Kaffee und Schnaps, war noch welcher da? ja und er sollte sich zu den andern trollen, sie würden ihn allein vernehmen. Hinojosa verschwand wieder nach draußen. Der Gefangene tropfte genauso wie die Bäume, um seine Füße hatte sich bereits eine kleine Pfütze gebildet. Die Haare hingen ihm über Stirn und Ohren herab, um die Augen, zwei mißtrauische, hüpfende Kohlestücke, hatte er Ringe wie ein Fuchs. Streifen fahler, zerschrammter Haut lugten zwischen den Fetzen seines Hemds hervor, und seine Hose, ebenfalls zerrissen, ließ einen Gesäßbacken frei. Er zitterte am ganzen Körper, Pantachita, und seine Zähne klapperten: er konnte sich nicht beklagen, sie hatten ihn umhegt wie ein Brustkindchen. Zuerst hatten sie ihn kuriert, nicht wahr? dann hatten sie ihm die Aguarunas vom Hals gehalten, die Brei aus ihm hatten machen wollen. Mal sehen, ob sie sich heute besser verstanden. Der Teniente hat viel Geduld mit dir gehabt, Pantachita, aber man durfte es auch nicht zu weit treiben. Das Seil umschlang den Hals des Gefangenen wie ein Kollier. Der Sargento Delgado bückte sich, ergriff das Seilende und zwang Pantacha, einen Schritt näher an das Brett heranzutreten.

«Im Sepa[16] kriegst du gut zu essen und ein Bett», sagte der Sargento Delgado. «Das ist kein Gefängnis wie die andern, da gibt's keine Mauern. Vielleicht kannst du sogar ausreißen.»

«Ist das nicht besser als eine Kugel?» sagte der Teniente. «Ist es nicht besser, daß ich dich in den Sepa schicke, als wenn ich den Aguarunas sag, da schenk ich euch Pantachita, rächt euch an ihm für all die Diebe? Du hast ja gesehen, wie sie auf dich aus sind. Spiel also heute nicht wieder den Verrückten.»

Pantacha, die Augen scheu und brennend, zitterte nur so, seine Zähne schlugen wie wild aufeinander, und er hatte sich zusammengekrümmt und zog den Bauch ein und streckte ihn wieder heraus. Der Sargento Delgado lächelte ihm zu, Pantachita, er würde doch nicht so dumm sein, allein die vielen Raubüberfälle und all die ermordeten Nacktärsche auf sich zu nehmen, nicht? Und der Teniente lächelte ihm ebenfalls zu: das beste war, wenn sie die Sache schnell erledigten, Pantachita. Danach kriegte er dann die Kräuter, die er so gern mochte, und er selbst würde sich sein Gebräu zubereiten, na? Hinojosa kam in die Cabaña, stellte eine Thermosflasche mit Kaffee und eine Flasche auf das Brett, rannte blitzschnell wieder hinaus. Der Teniente entkorkte die Flasche und hielt sie dem Gefangenen hin, der sich ihr murmelnd mit dem Gesicht näherte. Der Sargento riß heftig am Seil, Rindvieh, und Pantacha stürzte vornüber zwischen die Beine des Teniente: jetzt noch nicht, zuerst reden, dann dudeln. Der Offizier nahm das Seil, drehte damit den Kopf des Gefangenen zu sich. Das Wuschelhaar wirbelte auf, die Kohlestückchen verharrten starr auf der Flasche. Er stank, wie der Teniente es noch nie erlebt hatte, Pantachita, sein Geruch machte ihn schwindlig, und jetzt öffnete er den Mund, ein Schlückchen? und keuchte heiser, Señor, gegen die Kälte, er erfror im Innern, Señor? einen ganz winzig kleinen nur, und der Teniente, schön, aber eins nach dem andern, wo hatte sich dieser Tushía versteckt? alles zu seiner Zeit, oder Fushía? wo war der? Aber er hatte es ihm doch schon gesagt, Señor, bebend von Kopf bis Fuß, er war in der Dunkelheit verschwunden und sie hatten ihn nicht gesehen, und es sah aus, als würden seine Zähne gleich zersplittern, Señor: er sollte die Huambisas fragen, die Yacumama [17] wird halt des Nachts gekommen sein, wird eingedrungen sein und ihn auf den Grund der Lagune mitgenommen haben. Wegen seiner Schlechtigkeit vielleicht, Señor.

Mit gerunzelter Stirn, enttäuschten Augen sah der Teniente den Gefangenen an. Auf einmal rückte er ab, sein Stiefel knallte gegen den nackten Gesäßbacken und Pantacha ließ sich wimmernd fallen. Aber auch vom Boden aus blickte er immer noch schräg hoch zur Flasche. Der Teniente riß am Seil, der zerzauste Kopf knallte zweimal auf den Boden, Pantachita, jetzt war's aber genug mit dem Scheißquatsch, oder? Wohin hatte er sich verkrochen? und Pantacha in der Dunkelheit, Señor, und stöhnte und knallte aus eigenem Entschluß den Kopf noch einmal gegen den Boden: ganz, ganz langsam wird sie gekommen sein, über den Abhang herauf vielleicht, und in seine Hütte hinein, mit dem Schwanz wird sie ihm den Mund zugehalten haben, Señor, und so hat sie ihn halt davongeschleppt, den Ärmsten, und er sollte ihm doch wenigstens ein einziges Schlückchen geben, Señor. So war die Yacumama halt, ganz still, und die Lagune wird sich geöffnet haben, bestimmt, und die Huambisas sagten, sie wird wiederkommen und wird uns verschlucken, und deswegen waren sie dann auch weggegangen, Señor, und der Teniente versetzte ihm einen Fußtritt. Pantacha verstummte, richtete sich auf und kniete, er war ganz allein zurückgeblieben. Der Offizier trank einen Schluck aus der Thermosflasche und fuhr mit der Zunge über die Lippen.

Der Sargento Roberto Delgado spielte mit der Schnapsflasche und Pantachita wollte, daß man ihn an den Ucayali schickte, Señor, er stöhnte wieder und beim Schluchzen fielen ihm die Wangen ein, wo sein Freund, der Andrés, gestorben war. Da wollte er auch sterben.

«So, deinen Patrón hat also die Yacumama geholt», sagte der Teniente, seine Stimme war jetzt ruhiger. «Und der Teniente ist also ein Arschloch, und Pantachita kann ihm hineinkriechen, wie's ihm Spaß macht. Ah, mein lieber Pantachita.»

Unermüdlich, fiebernd betrachteten Pantachas Augen die Flasche, und draußen war der Regensturm wilder geworden, in der Ferne rollte der Donner, und die Blitze ließen von Zeit zu Zeit die vom Regen zerfetzten Dächer, die Bäume, den Sumpfboden der Siedlung grell aufleuchten.

«Er hat mich allein gelassen, Señor», schrie Pantacha auf, und seine Stimme wurde zornig, aber sein Blick war nach wie vor ruhig und wie gebannt. «Zu essen hab ich ihm gegeben, und er hat nicht aus der Hängematte gekonnt, der Ärmste, und er hat mich zurückgelassen, und die andern sind auch fort. Warum glaubst du's denn nicht, Señor?»

«Vielleicht ist das mit dem Namen Schwindel», sagte der Sargento Delgado. «Ich kenn niemand im Urwald, der Fushía heißt. Macht Sie der Kerl hier nicht nervös, mit seinem schwachsinnigen Gefasel. Ich würd ihm kurzerhand eine Kugel in den Leib jagen, *mi teniente*.»

«Und der Aguaruna?» sagte der Teniente. «Hat die Yacumama auch Jum mitgenommen?»

«Ist verschwunden, Señor», krächzte Pantacha. «Hab ich dir doch schon gesagt, oder? Oder sie hat ihn halt auch geholt, Señor, wer weiß?»

«Diesen Jum hab ich in Urakusa einmal einen ganzen Nachmittag lang vor mir stehen gehabt», sagte der Teniente, «und der andere Schlawiner hat den Dolmetscher gespielt, und ich hab ihnen zugehört und ihre Märchen gefressen. Ah, wenn ich das geahnt hätte! Das war der erste Nacktarsch, den ich kennengelernt hab, Sargento.»

«Schuld hat der, der Gobernador von Nieva war, *mi teniente*, dieser Reátegui», sagte der Sargento Delgado. «Wir haben damals den Aguaruna nicht freilassen wollen. Aber er hat's befohlen, und jetzt haben wir die Bescherung.»

«Der Patrón ist fort, Jum ist fort, die Huambisas sind fort», schluchzte Pantacha. «Allein und ganz traurig, Señor, und eine schreckliche Kälte, die fühl ich halt.»

«Aber den Adrián Nieves erwisch ich noch, das schwör ich», sagte der Teniente. «Der hat sich ins Fäustchen gelacht, gelebt hat er von dem, was wir ihm bezahlt haben.»

Und alle hatten ihre Frauen, dort. Die Tränen quollen unter seinen Haaren hervor und er seufzte tief auf, Señor, voller Sentimentalität, und er hatte sich halt nur eine Christin gewünscht, selbst wenn's nur wär, um mit ihr zu reden, eine einzige, und sogar die Shapra hatten sie mitgenommen, Señor, und der Stiefel schoß hoch, schlug zu und Pantacha krümmte sich, ächzte. Er schloß einige Sekunden lang die Augen, öffnete sie und blickte, ganz zahm jetzt, die Flasche an: ein ganz winzig kleines Schlückchen nur, Señor, gegen die Kälte halt, er erfror doch im Innern.

«Du kennst die Gegend hier gut, Pantachita», sagte der Teniente. «Wie lange wird dieser verdammte Regen noch anhalten, wann können wir aufbrechen?»

«Morgen klart's auf, Señor», stammelte Pantacha. «Bitt Gott drum und du wirst sehen. Aber hab Mitleid, gib mir einen ganz kleinen. Gegen die Kälte, Señor.»

Das hielt ja kein Mensch aus, verflucht noch mal, das hielt ja kein Mensch aus und der Teniente hob den Stiefel hoch, aber diesmal trat er ihn nicht, stellte den Fuß aufs Gesicht des Gefangenen, bis Pantachas Wange den Boden berührte. Der Sargento Delgado trank einen Schluck Schnaps, dann einen Schluck aus der Thermosflasche. Pantacha hatte die Lippen geöffnet, und seine spitze, rötliche Zunge leckte, Señor, vorsichtig, einen ganz kleinen nur, die Stiefelsohle, gegen die Kälte, die Spitze, Señor, und etwas Lebhaftes und Spitzbübisches und Serviles blitzte in den vorquellenden Kohlestücken auf, einen, ja? während seine Zunge das schmutzige Leder besabberte, Señor? nur gegen die Kälte und er küßte den Stiefel.

«Du bist ein ganz Ausgekochter», sagte der Sargento Delgado. «Wenn du nicht auf unser Mitleid spekulierst, spielst du den Perversen, Pantachita.»

«Sag mir, wo Fushía ist, und ich schenk dir die Flasche», sagte der Teniente. «Und außerdem laß ich dich laufen. Und obendrein geb ich dir noch ein paar Sol. Los, raus mit der Sprache, oder ich überleg's mir anders.»

Aber Pantacha hatte wieder zu wimmern angefangen, und mit dem ganzen Leib preßte er sich an den Boden aus Erde, suchte Wärme, und kurze Krämpfe durchzuckten seinen Körper.

«Bring ihn weg», sagte der Teniente. «Der steckt mich an mit seinem Wahnsinn. Mir ist schon richtig nach Kotzen zumute, gleich werd ich die Yacumama sehen, und regnen tut's, wie schön, Scheiße, Scheiße, Scheiße.»

Der Sargento packte das Seil und rannte hinaus, Pantacha hinter ihm her, auf allen vieren, wie ein tanzender Hund. Auf dem Treppchen schrie der Sargento etwas, und Hinojosa tauchte auf. Durch den strömenden Regen führte er den hopsenden Pantacha ab.

«Und wenn wir uns trotz des Regens aufmachen?» sagte der Teniente. «So weit ist die Garnison auch wieder nicht.»

«Nach zwei Minuten liegen wir im Wasser, *mi teniente*», sagte der Sargento Delgado. «Haben Sie nicht gesehen, wie's auf dem Fluß zugeht?»

«Ich meine latschen, durch den Dschungel», sagte der Teniente. «In drei oder vier Tagen sind wir da.»

«Verlieren Sie die Geduld nicht, *mi teniente*», sagte der Sargento Delgado. «Es wird schon zu regnen aufhören. Es wäre umsonst, glauben Sie mir, bei dem Wetter kommen wir nicht voran. So ist die Selva nun mal, man muß eben Geduld haben.»

«Jetzt sind's schon zwei Wochen, *carajo!*» sagte der Teniente.

«Ich versäum die Versetzung, die Beförderung, begreifst du denn nicht?»

«Kein Grund, mich anzuschreien», sagte der Sargento Delgado. «Es ist nicht meine Schuld, daß es regnet, *mi teniente.*»

Sie war allein, wartete immerzu, wozu die Tage zählen, wird es regnen, wird es nicht regnen, werden sie heute kommen? noch nicht, noch zu früh. Werden sie Waren bringen? Mach, daß sie welche bringen, Christus von Bagazán, bei allen Heiligen, viel Ware, Gummi, Häute, mach, daß Don Aquilino kommt, mit was zum Anziehen und zum Essen, wieviel hatte er verkauft? und er, ziemlich viel, Lalita, zu guten Preisen. Und Fushía, lieber Alter. Mach, daß sie reich würden, Jungfrau Maria, liebe heilige Jungfrau, denn dann würd's endlich weggehen von dieser Insel, würden sie wieder zu Christenmenschen zurückkehren und würden heiraten, nicht wahr, Fushía? freilich, Lalita. Und daß er anders würde und sie wieder liebte und des Nachts, in deiner Hängematte? ja, nackt? ja, mit dem Mund? ja, gefiel sie ihm? ja, besser als die Achuales? ja, als die Shapra? ja, ja, Lalita, und daß sie noch ein Kind kriegten. Schauen Sie nur, Don Aquilino, sieht er mir nicht ähnlich? schauen Sie ihn an, wie er gewachsen ist, spricht Huambisa besser als Spanisch. Und der Alte, leidest du, Lalita? und sie, ein wenig, weil er sie nicht mehr mochte, und er, ist er sehr schlecht zu dir? bist du eifersüchtig auf die Achuales, die Shapra? und sie, na ja, wütend, Don Aquilino, aber sie waren sein Umgang, Freundinnen fehlten ihm, wußte er das? und es tat ihr leid, daß er sie an Pantacha, Nieves oder die Huambisas weitergibt, ob sie heute wohl kommen? Aber an dem Tag kamen nicht sie, sondern Jum und es war Siestazeit, als die Shapra schreiend in die Hütte kam, die Hängematte schüttelte und ihre Armbänder, die Spiegelchen und die Schellen tanzten, und Lalita, sind sie gekommen? und sie, nein, der Aguaruna ist gekommen, der ausgerissen ist. Lalita ging hinaus, um ihn zu suchen und da war er, beim Becken der Charapas, streute Salz auf ein paar Fische, und sie, Jum, wo bist du denn gewesen, warum, was hatte er die ganze Zeit getan, und er stumm, hatten geglaubt, du kämst nicht mehr wieder, und er respektvoll, Jum, reichte ihr die Fische, das hab ich dir mitgebracht. So wie er gegangen war, kam er wieder, den Kopf kahlgeschoren, auf dem Rücken die blutroten Streifen wie von Peitschenhieben, und sie, die andern sind auf einer Expedition, hatten ihn so gebraucht, hinauf, warum hast du dich nicht verabschiedet? zum Rimachisee, kannte er die Muratos? sind die wild? würden sie mit dem Patrón kämpfen oder ihm das Gummi gutwillig geben, Jum? Die Huambisas waren losgezogen, ihn zu suchen, und Pantacha, wer weiß, ob sie ihn nicht umgebracht haben, Patrón, sie hassen ihn, und der Lotse Nieves, ich glaub nicht, sie haben schon Freundschaft geschlossen, und Fushía, imstand dazu wären sie, die Hunde, und Jum, hammich nicht umgebracht, bin bloß mal weg und jetzt wieda da, würde er bleiben? ja. Der Patrón würde mit ihm schimpfen, aber geh nicht weg, Jum, das dauert nicht lang bei ihm und, außerdem, in Wirklichkeit schätzte er ihn doch, oder? und Fushía, ein wenig verrückt, Lalita, aber nützlich, kriegte sie rum. Weiße wirklich Teufel, Aguaruna brrr? hielt ihnen Vorträge, Jum? Patrón bescheißen, lügen, brrr? Lalita, wenn du sähst, wie er sie sich vornimmt, schreit sie an, fleht sie an, tanzt vor ihnen herum, und sie, ja, ja, Aguaruna brrr, mit den Händen und Köpfen brrr, und immer gaben sie ihnen das Gummi gutwillig. Was sagst du denn zu ihnen, Jum, erzähl doch, wie du sie überzeugst, und Fushía, aber eines Tages würden sie ihn ihm doch abmurksen und wer sollte ihn ersetzen, Scheiße. Und sie, du willst bestimmt nicht wieder nach Urakusa zurück? so sehr haßt du die Christenmenschen, stimmt's? uns auch? und Pantacha, ja, Patrona, weil sie ihn verprügelt haben halt, und Nieves, warum bringt er uns dann nicht im Schlaf um, und Fushía, wir sind seine Rache, und sie, haben sie ihn tatsächlich an eine Capirona gehängt? und er, verrückt ist er, Lalita, nicht primitiv, hast du geschrien, wie sie dich gebrannt haben? und so was von raffiniert beim Fallenstellen, niemand übertraf ihn beim Jagen und Fischen, hatte er eine Frau? umgebracht worden? und wenn nichts zu essen da ist, verschwindet er in den Urwald und bringt Paujilhühner, Añujes, Rebhühner, malst du dich an, um an die Peitschenhiebe zu denken? und einmal haben sie ihn eine Chuchupeschlange mit dem Blasrohr töten sehen, Lalita, er weiß, daß die seine Feinde sind, stimmt's, Jum? denen Fushía die Waren wegschnappt, glaub nur nicht, er hilft mir, weil ich so schön bin. Und Pantacha, heute hab ich ihn am Abhang gesehen, hat die Wunde auf der Stirn befühlt, Reden gehalten in den Wind, und Fushía, um so besser für mich, daß er so arbeitet, die Rache kostet mich nichts, und er, auf

Aguaruna halt, hab ihn nicht verstanden. Denn als das Boot Aquilinos kam, purzelten die Huambisas von den Lupunas hinab zum Landesteg wie ein Rudel Äffchen, und kreischend und hüpfend nahmen sie ihre Rationen Salz und Anisschnaps entgegen, und die Beile und die Macheten, die Fushía verteilte, spiegelten vor Freude trunkene Augen wider und Jum ist weg, wohin? dahin, schon wieda da, wollte er nichts? nein, ein Hemd? nein, Schnaps? nein, Machete? nein, Salz? nein, und Lalita, der Lotse wird froh sein, daß du wieder da bist, Jum, der ist schon dein Freund, oder? und er, der schon, und sie, danke für die Fischlein, aber schade, daß du sie gesalzen hast. Und der Lotse Nieves kannte ihre Namen nicht, Patrona, hatte sie ihm nicht genannt, zwei Christen, sonst nichts, die haben ihn die Patrones hassen gelehrt und sie haben ihn in Schande gebracht, hat er gesagt, und sie, haben sie dich beschwindelt? dich beraubt? und er, hammir Rat gegeben, und sie möchte, daß wir miteinander reden, Jum, warum wandte er ihr immer den Rücken, wenn sie ihn rief? und er stumm, schämte er sich? und er, habich dir mitgebracht und die Huambisas ließen es gerade ausbluten, und sie, ein Stückchen Wild? und er, ein Stückchen Wild, respektvoll, ja, und Lalita, komm, das würden sie jetzt essen, er sollte Brennholz schneiden, und Jum, hastdu Hunga? und sie, sehr, sehr, seit sie abgefahren waren, hatte sie kein Fleisch mehr gegessen, Jum und dann gingen sie zurück und sie tritt in die Hütte, schau den Aquilino an, ist er nicht groß geworden, Jum? und er, doch, und Heidnisch konnte er besser als Spanisch, und er, ja, und hatte Jum Kinder? und er, früher ja, jetzt nicht mehr nein, und sie, viele? und er, wenige und da fing es zu regnen an. Dichte und düstere Wolken standen reglos über den Lupunas, verschütteten zwei Tage lang unaufhörlich schwarzen Regen und die ganze Insel wurde zu einem schlammigen Morast, die Lagune zu einem trüben Nebel, und viele Vögel plumpsten tot vor die Hüttentür, und Lalita, die Armen, sie werden gerade unterwegs sein, deckt die Häute, das Gummi zu, und Fushía, schnell, *carajo*, Hundskerle, er brachte sie alle um, da drüben am Ufer, sucht, wo wir unterschlüpfen können, eine Höhle zum Feuermachen und Pantacha brüht seine Kräuter ab und der Lotse Nieves kaut Tabak wie die Huambisas. Und Lalita, würde er ihr diesmal auch was mitbringen? Halsketten? Armreife? Federn? Blumen? liebte er sie? und sie, wenn der Patrón es erfährt, und er, was wär dann schon, ob er in der Nacht wohl an sie dachte? und er, das ist nichts Schlechtes, nur ein kleines Geschenk, denn Sie waren gut zu mir, wie ich krank war, und sie Sie sind ordentlich, höflich, nehmen den Hut ab, wenn Sie mich grüßen, und Fushía soll mich nicht immer beleidigen, hatte sie viele Pickel? Fushía konnte sich rächen, die Augen des Lotsen werden immer ganz heiß, wenn ich dicht vorbeigehe, träumte er von ihr? wollte er sie berühren? sie umarmen? zieh dich aus, leg dich in meine Hängematte, daß sie ihn küßte? auf den Mund? auf den Rücken? du lieber Heiliger, mach, daß sie heute zurückkommen.

In jenem Jahr des Überflusses tauchten sie auf: die Landwirte feierten von morgens bis abends ihre zwölf Fuhren Baumwolle, und im ‹Centro Piurano› und im ‹Club Grau› trank man sich mit französischem Champagner zu. Im Juni, zur Feier des Jahrestags von Piura, und während der Unabhängigkeitsfeiertage wurde ein Korso veranstaltet, öffentliche Tanzfeste, ein halbes Dutzend Zirkusse schlug in der Sandwüste die Zelte auf. Die Hautevolee ließ für ihre Bälle Kapellen aus Lima kommen. Es war auch ein ereignisreiches Jahr: die Chunga begann in der winzigen Bar Doroteos zu arbeiten, es starben Juana Baura und Patrocinio Naya, der Piura stellte sich wasserreich ein, und die Seuchen blieben aus. In gefräßigen Schwärmen fielen die Handlungsreisenden, die Baumwollmakler über die Stadt her, in den Bars wechselten ganze Ernten den Besitzer, Läden, Hotels, vornehme Viertel schossen aus der Erde. Und eines Tages ging es wie ein Lauffeuer um: *«Am Fluß, hinterm Schlachthaus, da ist ein Puff.»*

Ein Haus war es nicht, nur eine schmutzige Gasse, nach draußen abgeschirmt durch eine Garagentür, links und rechts kleine Verschläge aus Adobe; ein rotes Lämpchen beleuchtete die Fassade. Im Hintergrund war die Bar, über Fässer gelegte Bretter, und Dirnen gab es sechs: alte, schlaffe, fremde. *«Sie sind wieder da»*, sagten die Witzbolde, *«'s sind die, die's nicht erwischt hat.»* Vom ersten Tag an war das Haus hinterm Schlachthof sehr besucht. Ringsum herrschten allmählich Männer und Alkohol vor, und in ‹*Ecos y Noticias*›, ‹*El Tiempo*› und ‹*La Industria*› erschienen anzügliche Lokalnachrichten, Protestbriefe, an die Behörden gerichtete Mahnungen. Und dann machte, ganz unerwartet, ein zweites Haus auf, mitten in Castilla; keine Gasse war's diesmal, ein Chalet, mit Garten und Balkonen. Entmutigt gaben die Pfarrer auf und ebenso die Damen, die Unterschriften gesammelt und die Schließung des Hauses hinterm Schlachthof gefordert hatten. Einzig Padre García verlangte weiterhin, von der Kanzel der Kirche auf der Plaza Merino herab unmäßig und hartnäckig, Sanktionen und prophezeite Katastrophen: *«Gott hat ihnen ein gutes Jahr beschert, jetzt werden für die Piuraner die Jahre der mageren Kühe kommen.»* Es kam aber nicht so, und im folgenden Jahr war die Baumwollernte so reich wie im Jahr zuvor. Statt zwei gab es nun vier Häuser, und in einem davon, wenige Straßen von der Kathedrale entfernt, luxuriös, mehr oder weniger diskret, sogar Weiße, noch keineswegs reif und dem Anschein nach aus der Hauptstadt.

Und in eben diesem Jahr prügelten sich die Chunga und Doroteo mit Flaschen, und auf der Polizei, die Papiere in der Hand, bewies sie, daß sie allein Herrin der winzigen Bar war. Was für eine Geschichte steckte dahinter, was für geheimnisvolle Vorgänge? Wie dem auch sei, von da an war die Eigentümerin die Chunga. Sie betrieb das Lokal liebenswürdig und resolut, wußte sich bei den Betrunkenen Respekt zu verschaffen. Sie war ein unförmiges Mädchen, nicht sehr humorvoll, die Haut eher dunkel und das Herz wie Metall. Man sah sie hinter der Theke stehen: ihre schwarzen Strähnen, die sich unter dem Haarnetz hervor freizukämpfen versuchten, der Mund ohne Lippen, mit Augen, die alles so träge anschauten, daß es zu Fröhlichkeit nicht kam. Sie trug Schuhe ohne Absätze, kurze Strümpfe, eine Bluse, die wie ein Männerhemd aussah, sie schminkte sich nie die Lippen, noch lackierte sie die Nägel, legte auch kein Rouge auf, und doch, trotz ihrer Kleidung und ihres Gebarens, hatte sie in der Stimme etwas sehr Weibliches, auch dann noch, wenn sie fluchte. Ihre groben und eckigen Hände stemmten mit der gleichen Leichtigkeit Tische und Stühle, mit der sie Flaschen entkorkten oder Zudringliche ohrfeigten. Es hieß, sei sei schroff und ihre Seele sei hart, weil's Juana Baura ihr so geraten, die sie das Mißtrauen gegenüber den Männern, die Liebe zum Geld und die Gewohnheit des Alleinseins gelehrt haben soll. Als die Wäscherin verschied, veranstaltete die Chunga eine üppige Totenfeier: beste Schnäpse, Hühnerbrühe, Kaffee, die ganze Nacht hindurch und so viel man nur wollte. Und als die Kapelle eintrat, voran der Arpista, sahen die, die bei Juana Baura Totenwache hielten, gespannt zu, die Augen voller Bösartigkeit. Aber Don Anselmo und die Chunga umarmten sich nicht, sie gab ihm die Hand genau wie dem Bullen und dem Jüngling. Sie hieß sie eintreten und kümmerte sich um sie mit der gleichen förmlichen Höflichkeit wie um die übrigen, hörte aufmerksam zu, als sie traurige Weisen spielten. Man nahm wahr, daß sie Herrin ihrer selbst war, und ihr Ausdruck war mürrisch, aber überaus ruhig. Der Arpista dagegen wirkte melancholisch und verwirrt, sang, als bete er, und ein Bengel kam herein, um ihm auszurichten, daß man im Haus hinterm Schlachthaus ungeduldig werde, die Kapelle hätte um acht Uhr anfangen sollen, und jetzt sei es nach zehn. Nach Juana Bauras Tod, sagten die Mangaches, würde die Chunga beim Alten in der Mangachería wohnen. Sie aber zog um in die winzige Bar, es heißt, sie habe auf einem Strohsack unter der Theke geschlafen. Zu der Zeit, als die Chunga und Doroteo sich trennten und als sie zur Eigentümerin wurde, spielte die Kapelle Don Anselmos schon nicht mehr im Haus hinterm Schlachthof, sondern in dem in Castilla.

Die winzige Bar der Chunga machte schnelle Fortschritte. Sie selbst strich die Wände, schmückte sie mit Fotografien und Drucken, bedeckte die Tische mit vielfarbig geblümten Wachstüchern und stellte eine Köchin an. Die kleine Bar verwandelte sich in eine Wirtschaft für Arbeiter, Lastwagenfahrer, Eisverkäufer und Stadtpolizisten. Doroteo zog nach der Trennung nach Huancabamba, Jahre danach kehrte er nach Piura zurück und, die Leute sagten, *«so geht's nun mal im Leben»*, wurde Stammgast in der winzigen Bar. Er wird wohl gelitten haben, wenn er die Verbesserungen dieses Lokals betrachtete, das einst seins gewesen war.

Aber eines Tages schloß das Bar-Restaurant seine Türen, und die Chunga verschwand sang- und klanglos. Eine Woche später kehrte sie ins Viertel zurück und führte einen Zug Handwerker an, die die Adobewände einrissen und andere aus Ziegelsteinen aufrichteten, Wellblechdächer legten und Fensteröffnungen schufen. Lächelnd, emsig verbrachte die Chunga den ganzen Tag auf der Baustelle, half den Arbeitern, und die alten Leute tauschten höchst erregt vielsagende, erinnerungsschwere Blicke, *«sie baut's wieder auf, Bruderherz»*, *«der Apfel fällt nicht weit vom Stamm»*, *«was man erbt, das stiehlt man nicht»*. Zu dieser Zeit spielte die Kapelle schon nicht mehr im Haus in Castilla, sondern in dem im Stadtteil Buenos Aires, und auf dem Weg dorthin bat der Arpista den Bullen und den Jüngling Alejandro, im alten Viertel haltzumachen. Sie kletterten durch den Sand hinauf, und der schon fast blinde Alte, bei der Baustelle angelangt, geht's voran? hat's schon Türen? macht's einen guten Eindruck, wenn man davorsteht? wie sieht's denn aus? Sein Eifer und seine Fragen verrieten einen gewissen Stolz, den die Mangaches noch mit Scherzen förderten: *«So was, die Chunguita, Arpista, die wird uns noch reich, haben Sie das Haus gesehen, das sie da baut?»* Er lächelte dann vergnügt; wenn dagegen die geilen alten Knacker auf ihn zukamen, *«Anselmo, sie baut's uns wieder auf!»* spielte der Arpista den Verblüfften, den Geheimnisvollen, den Unwissenden, ich weiß von nichts, ich muß jetzt gehen, wovon redet ihr denn? welches Grüne Haus?

Eines Morgens stellte sich die Chunga, das Gebaren resolut und wohlhabend, die Schritte fest, in der Mangachería ein und schritt durch die staubigen Gäßchen und erkundigte sich nach dem Arpista. Sie traf ihn schlafend an, in der Hütte, die Patrocinio Naya gehört hatte. Auf seinem ärmlichen Lager ausgestreckt, einen Arm über das Gesicht gewinkelt, schnarchte der Alte, und die weißen Haare auf seiner Brust waren schweißnaß. Die Chunga trat ein, schloß die Tür, und draußen verbreitete sich unterdessen die Nachricht von diesem Besuch. Die Mangaches brachen zu Spaziergängen in der Nähe auf, spähten durch das Rohrgeflecht, preßten die Ohren an die Tür, teilten einander ihre Entdeckungen mit. Eine Weile später trat der Arpista auf die Straße, das Gesicht nachdenklich, wehmütig, und forderte ein paar Jungens auf, den Bullen und den Jüngling Alejandro zu rufen; die Chunga hatte sich auf das Bett gesetzt und sah vergnügt aus. Dann trafen die Freunde des Alten ein, die Tür wurde wieder geschlossen, *«das ist kein Besuch beim Vater, sondern beim Musikanten»*, murmelten die Mangaches, *«die Chunga hat etwas mit der Kapelle vor»*. Über eine Stunde waren sie in der Hütte, und als sie herauskamen, waren viele Mangaches gegangen, gelangweilt vom Warten. Aber man beobachtete sie von den Hütten aus. Der Arpista ging wieder wie einst, wie ein Schlafwandler, mit offenem Mund, stieß überall an, taumelte von einer Seite zur andern. Der Jüngling wirkte einsilbig, und die Chunga reichte dem Bullen ihren Arm und machte einen zufriedenen und gesprächigen Eindruck. Sie gingen zu Angélica Mercedes, aßen Piqueo, danach spielten der Jüngling und der Bulle und sangen einige Kompositionen. Der Arpista starrte an die Decke, kratzte sich an den Ohren, sein Gesicht veränderte sich jeden Augenblick, lächelte, wurde traurig. Und als die Chunga aufbrach, umringten die Mangaches die drei, gierig nach Erklärungen. Don Anselmo verharrte weiterhin geistesabwesend, in Trance, der Jüngling zuckte die Achseln, einzig der Bulle beantwortete die Fragen. *«Er kann sich nicht beklagen, weißt du»*, sagten die Mangaches, *«das ist ein guter Job, und außerdem, wenn er für die Chunguita arbeitet, fällt bestimmt noch viel mehr für ihn ab, ob sie's auch grün anmalt?»*

«Er war besoffen, und wir haben es nicht ernst genommen», sagte der Bulle. «Der Señor Seminario hat spöttisch gelacht.»

Aber der Sargento hatte erneut das Schießeisen gezogen, packte den Schaft und den Lauf und strengte sich an, das Magazin zu öffnen. Um ihn herum fingen alle an, sich anzusehen und lahm zu lächeln und plötzlich unruhig auf ihren Stühlen hin und her zu rutschen. Nur der Arpista trank, ein russisches Roulettchen? in kleinen Schlucken weiter, was war denn das, Jungens?

«Etwas, das zeigt, ob die Männer noch Männer sind», sagte der Sargento. «Sie werden ja sehen, Alter.»

«Ich hab gemerkt, daß es doch ernst gemeint war, weil Lituma so ruhig war», sagte der Jüngling.

Seminario, den Blick vor sich auf den Tisch gerichtet, saß stumm und steif da, und seine Augen, sonst immer streitsüchtig, drückten jetzt ebenfalls Bestürzung aus. Der Sargento hatte endlich die Waffe aufbekommen, und seine Hände nahmen die Patronen heraus, stellten sie aufrecht in Reih und Glied zwischen Gläser, Flaschen und mit Zigarettenstummeln überhäufte Aschenbecher. Die Selvática schluchzte.

«Also mich, mich hat seine Ruhe eher getäuscht», sagte die Chunga, «sonst hätt ich ihm die Pistole aus der Hand gerissen, sobald er sie entladen hatte.»

«Was hast du denn, Polyp», sagte Seminario. «Was sollen denn das für Witze sein?»

Seine Stimme klang gebrochen, und der Jüngling nickte, ja, jetzt war er überhaupt nicht mehr aufgeblasen. Der Arpista stellte sein Glas auf den Tisch, schnupperte in der Luft, wurde unruhig, wollten sie's wirklich drauf ankommen lassen, Jungens? Sie sollten doch nicht so sein, sollten sich in aller Freundschaft weiter über Chápiro Seminario unterhalten. Aber die Mädchen nahmen Reißaus vom Tisch, Rita, Sandra, Maribel, huschten plötzlich davon, Amapola, Hortensia, und kreischten wie Papageien, und bei der Treppe zusammengedrängt, zischelten sie, rissen die Augen vor lauter Angst weit auf. Der Bulle und der Jüngling packten den Arpista bei den Armen und zerrten ihn, trugen ihn fast, bis zum Winkel, wo die Kapelle immer spielte.

«Warum habt ihr ihm denn nicht zugeredet?» stammelte die Selvática. «Wenn man ihm gut zuredet, hört er auf einen. Warum habt ihr's nicht wenigstens versucht?»

Die Chunga versuchte es, er sollte die Pistole einstecken, wem wollte er denn damit Schreck einjagen.

«Du hast gehört, wie er mir vorhin die Mutter zur Sau gemacht hat, Chunguita», sagte Lituma, «und auch den Teniente Cipriano, den er nicht einmal kennt. Jetzt wollen wir doch mal sehen, ob diese Maulhelden so kaltblütig sind und Mark in den Knochen haben.»

«Was hast du denn, Polyp?» winselte Seminario. «Weswegen all das Theater?»

Und Josefino unterbrach ihn: es war nutzlos, daß er sich so stellte, Señor Seminario, weswegen wollte er jetzt den Besoffenen spielen? sollte doch zugeben, daß er Angst hatte, und das sagte er ihm mit allem Respekt.

«Und auch der Freund hat sie zurückhalten wollen», sagte der Bulle. «Komm, Bruderherz, wir wollen gehen, laß dich auf nichts ein. Aber Seminario hatte jetzt schon Mut gefaßt und hat ihm einen Schlag mit der Hand versetzt.»

«Und mir auch», protestierte die Chunga. «Lassen Sie mich los, so eine Unverschämtheit, Sie Riesenarschloch! Loslassen, sag ich!»

«Du dreckiges Mannweib!» sagte Seminario. «Hau ab oder ich mach ein Sieb aus dir.»

Lituma hielt den Revolver mit den Fingerspitzen, die bauchige Trommel mit fünf Öffnungen vor den Augen, seine Stimme klang knapp, dozierend: zuerst vergewisserte man sich, daß sie leer, das heißt: daß keine Patrone mehr drin war.

«Er hat nicht mit uns geredet, sondern mit dem Schießeisen», sagte der Jüngling. «So hat's jedenfalls ausgesehen, Selvática.»

Und da stand die Chunga auf, rannte quer über die Tanzfläche und zur Tür hinaus, die sie schrecklich laut zuknallte.

«Wenn man sie braucht, sind sie nie da», sagte sie. «Bis zum Grau-Denkmal hab ich laufen müssen, ehe ich ein Paar Polypen gefunden hab.»

Der Sargento nahm eine Patrone, hob sie behutsam hoch, hielt sie ins Licht der blauen Birne. Dann mußte man das Geschoß nehmen und in die Waffe einführen, und der Affe verlor die Beherrschung, Vetter, jetzt reichte es aber, sie sollten lieber auf der Stelle abhauen und in die Mangachería gehen, Vetter, und José desgleichen, fast heulend, er sollte nicht mit dieser Pistole da spielen, sie sollten tun, was der Affe vorgeschlagen hatte, Vetter, sie sollten gehen.

«Das verzeih ich euch nie, daß ihr mir nicht erzählt habt, was los war», sagte der Arpista. «Das Geschrei der Leóns und der Mädchen hat mich halb verrückt gemacht, aber ich hätte nie gedacht, ich hab immer geglaubt, sie wollten sich prügeln.»

«Wer hat's schon geglaubt, Maestro?» sagte der Bulle. «Seminario hatte jetzt auch sein Schießeisen gezogen, hat dem Lituma damit vor der Nase herumgefuchtelt, und wir haben alle gefürchtet, daß es jeden Augenblick losgehen könnte.»

Lituma ganz ruhig, immer noch, und der Affe, laßt sie nicht, haltet sie, es würd ein Unglück geben, Sie, Don Anselmo, auf ihn würden sie hören. Rita und Maribel heulten, genau wie die Selvática, die Sandra, er sollte doch an seine Frau denken, und José, an das Kind, das sie erwartete, Vetter, sei doch nicht stur, komm, gehen wir in die Mangachería. Ein trockenes Knacken, der Sargento hatte Lauf und Griff zurückschnappen lassen: man schloß die Waffe, ruhig, selbstsicher, und sie ist schußbereit, Señor Seminario, worauf wartete er noch, um sich fertigzumachen?

«Wie bei Verliebten, denen man zuredet und zuredet, und es ist ganz umsonst, weil sie überhaupt nicht zuhören», seufzte der Jüngling. «Lituma war wie verhext von dem Schießeisen.»

«Und wir waren wie verhext von Lituma», sagte der Bulle, «und Seminario hat ihm gehorcht, als wär er sein Dienstbote. Lituma hatte es ihm kaum befohlen, da hat er schon seinen Revolver geöffnet und alle Patronen bis auf eine rausgenommen. Die Finger haben ihm gezittert, dem Armen.»

«Sein Herz wird ihm gesagt haben, daß er sterben muß», sagte der Jüngling.

«So ist's recht. Pressen Sie jetzt die Handfläche gegen die Trommel, ohne hinzuschauen, und bringen Sie sie zum Kreisen, damit Sie nicht wissen, wo die Patrone ist, die Umdrehungen müssen ganz schnell sein, wie bei einem Roulett», sagte der Sargento. «Deswegen heißt's ja auch so, Arpista, verstehen Sie?»

«Schluß jetzt mit dem Gequassel», sagte Seminario. «Los, du Scheiß-Cholo.»

«Das vierte Mal, daß Sie mich beleidigen, Señor Seminario», sagte Lituma.

«Es ist einem kalt über den Rücken heruntergelaufen bei der Art, wie sie die Trommel zum Kreisen gebracht haben», sagte der Bulle. «Ausgesehen haben sie wie zwei Buben, die einen Kreisel spannen.»

«Siehst du, Mädchen, so sind die Piuraner», sagte der Arpista. «So stolz, daß sie gleich das Leben aufs Spiel setzen.»

«Was heißt da stolz», sagte die Chunga. «So besoffen und drauf aus, mir das Leben schwer zu machen.»

Lituma ließ die Trommel los, jetzt mußte ausgelost werden, wer zuerst drankam, aber das ist ja nicht wichtig, er hatte ihn eingeladen dazu, so daß er also die Pistole hochhob, zuerst drankam, die Laufmündung an die Schläfe legte, dann schließt man die Augen und schloß die Augen, und man drückt ab und drückte ab: klick und ein Zähneklappern. Er wurde leichenblaß, alle wurden leichenblaß und machte den Mund auf und alle machten den Mund auf.

«Halts Maul, Bulle», sagte der Jüngling. «Siehst du nicht, daß sie heult?»

Don Anselmo strich der Selvática liebevoll übers Haar, reichte ihr sein buntes Taschentuch, Mädchen, sie sollte doch nicht weinen, es war ja längst vorbei, bedeutete ja nichts mehr, und der Jüngling zündete eine Zigarette an und gab sie ihr. Der Sargento hatte seinen Revolver auf den Tisch gelegt und trank langsam aus einem leeren Glas, ohne daß jemand darüber lachte. Sein Gesicht sah aus, als hätte er es in Wasser getaucht.

«Nichts, regen Sie sich nicht auf», beschwor ihn der Jüngling. «Das schadet Ihnen, Maestro, ich schwör Ihnen, nichts ist passiert.»

«Du hast mich fühlen gemacht, was ich noch nie gefühlt habe», stotterte der Affe. «Und jetzt fleh ich dich an, Vetter, gehen wir!»

Und José, als erwachte er, das würde niemand vergessen, Vetter, wie großartig er abgeschnitten hatte, von der Treppe her klang das Getuschel der Frauen auf, johlte die Sandra, der Jüngling und der Bulle, beruhigen Sie sich, Maestro, bleiben Sie ruhig, und Seminario rüttelte am Tisch, Ruhe, wutentbrannt, *carajo*, jetzt komm ich dran, haltets Maul. Er hob den Revolver hoch, drückte ihn gegen die Schläfe, schloß die Augen nicht, seine Brust hob sich.

«Den Schuß haben wir gehört, gerade wie die Polypen und ich ins Viertel zurückgekommen sind», sagte die Chunga. «Und das Geschrei. Mit Fußtritten haben wir die Tür bearbeitet, die Guardias haben sie mit ihren Gewehren aufgesprengt, und von euch hat keiner aufgemacht.»

«Wo doch gerade ein Kerl gestorben war, Chunga», sagte der Jüngling. «Wer denkt da schon ans Türaufmachen.»

«Ist vornüber gegen Lituma gefallen», sagte der Bulle, «und unter dem Gewicht sind beide zu Boden geplumpst. Der Freund hat zu schreien angefangen, holt den Doktor Zevallos, aber niemand hat sich rühren können vor Schreck. Und außerdem war's längst umsonst.»

«Und er?» sagte die Selvática sehr leise.

Er schaute das Blut an, das auf ihn gespritzt war, und tastete sich am ganzen Körper ab, hat bestimmt geglaubt, daß es sein eigenes Blut war, und kam gar nicht auf den Gedanken aufzustehen, und er saß immer noch am Boden und fummelte an sich herum, als die Polypen hereinkamen, die Gewehre in den Händen, ruhig, und auf alle Anwesenden angelegt, niemand rührt sich, wenn dem Sargento etwas zugestoßen war, konnten sie was erleben. Aber niemand achtete auf sie und die Unbezwingbaren und die Frauen rannten herum, stießen sich an den Stühlen, der Arpista stolperte umher, packte jemanden, wer war's? schüttelte ihn, jemand andern, wer ist tot? und ein Polyp stellte sich vor der Treppe auf und zwang diejenigen, die ausreißen wollten, zurückzuweichen. Die Chunga, der Jüngling und der Bulle beugten sich über Seminario: das Gesicht nach unten, in der Hand hielt er noch den Revolver, und ein klebriger Fleck breitete sich unter seinen Haaren aus. Der Freund, auf Knien, hielt die Hände vors Gesicht. Lituma tastete sich noch immer ab.

«Die Guardias, was war denn los, Sargento? ist er frech geworden und Sie haben ihn umlegen müssen?» sagte der Bulle. «Und er, als wär ihm übel, hat zu allem ja gesagt.»

«Der Herr hat Selbstmord verübt», sagte der Affe, «wir haben nichts damit zu tun, lassen Sie uns gehen, unsere Familien erwarten uns.»

Aber die Guardias hatten die Tür verrammelt und bewachten sie, den Finger am Abzug des Gewehrs, und fluchten und schimpften mit Mund und Augen.

«Seid doch menschlich, seid Christen, laßt uns gehen», wiederholte José immer wieder. «Wir sind hierher gekommen, um uns zu amüsieren, wir haben nichts angestellt. Bei welchem Heiligen sollen wir's euch schwören?»

«Hol eine Decke von oben, Maribel», sagte die Chunga. «Um ihn zuzudecken.»

«Du hast den Kopf nicht verloren, Chunga», sagte der Jüngling.

«Danach hab ich sie wegwerfen müssen, die Flecken sind um nichts rausgegangen», sagte die Chunga.

«Die seltsamsten Dinge passieren ihnen», sagte der Arpista. «Sie leben auf besondere Weise, sterben auf besondere Weise.»

«Von wem reden Sie, Maestro?» sagte der Jüngling.

«Von den Seminarios», sagte der Arpista. Er hatte den Mund offen, als wollte er noch etwas hinzufügen, sagte aber nichts mehr.

«Ich glaub, jetzt wird Josefino mich nicht mehr abholen», sagte die Selvática. «Ist schon sehr spät.»

Die Tür stand offen, und die Sonne drang herein wie ein ungestümes Feuer, alle Winkel des Saales loderten. Über den Dächern des Viertels schien der Himmel überaus hoch zu hängen, wolkenlos, sehr blau, und auch die goldene Kuppe der Sandwüste war zu sehen und die dürren und rachitischen Algarrobos.

«Wir bringen dich heim, Mädchen», sagte der Arpista. «Dann brauchst du kein Geld fürs Taxi auszugeben.»

Vier

Geräuschlos, von den Staken vorwärtsgetrieben, nähern sich die Kanus dem Ufer und Fushía, Pantacha und Nieves springen an Land. Sie dringen einige Meter ins Gestrüpp vor, gehen in die Hocke, sprechen leise miteinander. Unterdessen ziehen die Huambisas die Kanus an Land, verbergen sie unter dem Laubwerk, löschen die Fußspuren im Uferschlamm und dringen nun ihrerseits ins Gestrüpp vor. Sie tragen Blasröhrchen, Beile, Bogen, Bündel von Bolzen hängen ihnen vom Hals, und im Gürtel haben sie Messer und die vom Gift verteerten Curaretöpfchen stecken. Ihre Gesichter, Arme und Beine verschwinden unter den Tätowierungen, und wie bei großen Festen haben sie sich auch die Zähne und die Nägel gefärbt. Pantacha und Nieves tragen Gewehre, Fushía nur einen Revolver. Ein Huambisa wechselt einige Worte mit ihnen, dann duckt er sich und verliert sich geschmeidig im Dickicht. Fühlte der Patrón sich besser? Der Patrón hatte sich nie schlecht gefühlt, wer hatte das denn erfunden? Aber der Patrón sollte nicht so laut sprechen: das machte die Leute nervös. Die Huambisas, stumme Schatten, unter den Bäumen verteilt, spähen nach links und nach rechts, ihre Bewegungen sind nüchtern, und nur das Aufblitzen ihrer Augen und das verstohlene Zucken ihrer Lippen verraten den Anisschnaps und die Rauschgifte, die sie die ganze Nacht über, im Kreis um ein Lagerfeuer sitzend, auf der Sandbank, wo sie kampiert hatten, getrunken haben. Einige tauchen die mit Baumwollbüscheln umhüllten Spitzen der Bolzen ins Curare, andere pusten durch die Blasrohre, um die Schlacken zu vertreiben. Reglos, ohne sich anzublicken, warten sie lange Zeit. Als der Huambisa, der vorausgeschickt worden war, wie eine sanfte Katze unter den Bäumen auftaucht, steht die Sonne schon hoch und ihre Strahlen bringen die schwarzen und knallroten Streifen auf den nackten Leibern zum Schmelzen. Eine komplizierte Geographie aus Licht und Schatten umgibt alles, die Farbe des Gestrüpps ist kräftiger geworden, die Baumrinden wirken härter, runzeliger, und von oben dringt ein betäubendes Vogelgekreisch herunter. Fushía richtet sich auf, spricht mit dem eben Zurückgekommenen, wendet sich an Pantacha und Nieves: die Muratos sind auf der Jagd im Dschungel, sind nur Frauen und Kinder da, kein Gummi und keine Häute zu sehen. War's da der Mühe wert, trotzdem hinzugehen? Der Patrón denkt schon, man kann nie wissen, vielleicht haben diese Hunde alles versteckt. Jetzt reden die Huambisas miteinander, sind um den Kundschafter versammelt. Sie fragen ihn aus, ohne sich zu drängen, einsilbig, und er antwortet mit halblauter Stimme, unterstreicht seine Worte mit Gesten und leichtem Nicken. Sie teilen sich in drei Gruppen auf, der Patrón und die Weißen jeweils an der Spitze, und so dringen sie vor, ohne Hast, parallel, vor ihnen zwei Huambisas, die mit den Macheten einen Weg durch das Gestrüpp hacken. Der Boden gurgelt schwach unter ihren Schritten, und die hohen Gräser und die Zweige weichen bei der Berührung mit den Körpern mit einem gleichmäßigen Rauschen zur Seite, richten sich hinter ihnen auf und schlagen wieder zusammen. Lange Zeit marschieren sie so, und plötzlich ist die Helligkeit gröber und näher, die Strahlen fallen schräg durch die Vegetation, die jetzt spärlicher, niedriger, weniger monoton, lichter ist. Sie bleiben stehen, und in der Ferne ist schon der Dschungelrand zu erkennen, eine ausgedehnte Lichtung, einige Cabañas und die stille Fläche des Sees. Der Patrón und die Weißen gehen noch ein Stück weiter vor und spähen hinaus. Die Hütten stehen auf einer kahlen und grauen Erderhöhung zusammengedrängt, nahe am See, und hinter der Siedlung, man könnte sie ausgestorben nennen, erstreckt sich eine ebene, ockerfarbene Strandfläche. An der rechten Flanke ragt ein Urwaldkeil herein und berührt fast die Cabañas; dort, Pantacha sollte sich dort sehen lassen, dann würden die Muratos sich hierher davonmachen. Pantacha macht eine halbe Kehrtwendung, erklärt, gestikuliert, die ihn umringenden Huambisas hören nickend zu. Im Gänsemarsch verschwinden sie, geduckt, die Lianen mit den Händen teilend, und der Patrón, Nieves und die übrigen lenken ihre Aufmerksamkeit wieder auf die Siedlung. Jetzt sind Lebenszeichen zu erkennen: zwischen den Hütten lassen sich Schatten, Bewegungen und einige Gestalten ausmachen, die gemächlich auf den See zugehen, in Gruppen, mit irgend etwas auf dem Kopf, Tragpolster vermutlich oder Krüge, begleitet von winzigen Schatten, vielleicht Hunde, vielleicht Kinder. Sieht Nieves etwas? Gummi sieht er keines, Patrón, aber das Zeug, das da an den Holzgabelungen hängt, das sind vielleicht Häute, die zum Trocknen in die Sonne gehängt worden sind. Der Patrón begreift es nicht, hier in der Gegend gibt's doch Kautschuk, es werden doch die Patrones nicht schon dagewesen sein und das Gummi abgeholt haben? Diese Muratos, immer so faul, an Überarbeitung sterben die bestimmt nicht. Die Gespräche der Huambisas werden immer heiserer, hektischer. Hockend oder stehend oder dicht gedrängt unter den Büschen starren sie hinüber zu den Cabañas, den undeutlichen Gestalten am Strand, den kriechenden Schatten und ihre Augen sind jetzt nicht mehr fügsam, sondern rebellisch und es blitzt in ihnen etwas von der habgierigen Verwegenheit, die die Pupillen des hungrigen Otorongo[18] weitet, sogar ihre straffe Haut hat etwas von der blanken Glätte des Jaguars angenommen. Ihre Hände lassen Ungeduld erkennen, sie fassen die Blasrohre fester, tätscheln die Bogen, die Messer, schlagen sich aufs Gesäß, und die mit Schwarz beschmierten Zähne, zugefeilt wie Nägel, klappern oder kauen Lianen, Tabakfasern. Fushía nähert sich ihnen, redet auf sie ein und sie grunzen, spucken aus und ihre Grimassen sind gleichzeitig heiter, streitsüchtig, exaltiert. Fushía, neben Nieves, ein Knie auf dem Boden, späht hinüber. Die Gestalten kehren vom See zurück, bewegen sich langsam, schwerfällig zwischen den Hütten hin und her und irgendwo ist ein Feuer entfacht worden: ein grauer Pilz steigt zum glänzenden Himmel auf. Ein Hund bellt. Fushía und Nieves sehen einander an, die Huambisas führen die Röhrchen an den Mund, beugen sich über die Schwelle des Urwalds und halten Ausschau, aber der Hund erscheint nicht. Er bellt von Zeit zu Zeit, unsichtbar, ungefährdet. Und wenn sie nun eines Tages irgendwo so hinkämen und in den Cabañas Soldaten auf sie warteten? Hatte der Patrón nie daran gedacht? Daran hatte er noch nie gedacht. Schon aber und bei jeder Reise daran, daß die Soldaten, wenn sie selber die Insel erreichten, oben am Abhang stünden und die Gewehre auf sie angelegt hielten. Daß sie alles abgebrannt anträfen, die Huambisaweiber tot und die Patrona hätten sie davongeschleppt. Am Anfang, da hatte es ihm ein wenig Angst eingejagt, jetzt nicht mehr, verlor er die Nerven nicht mehr. Hatte der Patrón denn nie Angst gehabt? Nie, denn die Armen, die Angst haben, bleiben das ganze Leben lang arm. Aber das ging ihm nicht ein, Patrón, Nieves war immer arm gewesen und die Armut hatte ihn nicht von der Angst geheilt. Das war, weil Nieves sich anpaßte und der Patrón eben nicht. Er hatte zwar Pech gehabt, aber das würde vorübergehen, früher oder später würde er zu den Geldsäcken gehören. Das bezweifelte wohl niemand, Patrón, er erreichte doch immer, was er wollte. Und eine Explosion von Stimmen erschüttert den Morgen: jaulend, urplötzlich, nackt, tauchen sie aus dem Urwaldkeil hervor und rasen auf die Siedlung zu, gestikulierend klettern sie den Abhang hinauf und inmitten der hastenden Körper kann man die weißen Unterhosen Pantachas erkennen, hört man ihre Schreie, die an das sarkastische Lachen der Chicua [19] erinnern und jetzt bellen viele Hunde und aus den Cabañas quellen dunkle Gestalten, Schreie und ein zähes Durcheinander, eine Art Gequirle ergießt sich über den Abhang hin, wo übereinander stolpernd, zusammenstoßend, abprallend Gestalten auf den Urwald zugerannt kommen und endlich kann man sie deutlich sehen: es sind Frauen. Die ersten grellbemalten Schemen haben die Hügelkuppe erreicht. Hinter Nieves und Fushía stoßen die Huambisas grelle Schreie aus, springen umher, das Buschwerk gerät in Bewegung und die Vögel sind nicht mehr zu hören. Der Patrón dreht sich um, deutet auf die Lichtung und auf die fliehenden Frauen: jetzt! Aber sie verharren noch einige Sekunden an Ort und Stelle, ermutigen einander mit Gebrüll, keuchen und strampeln und dann hebt einer das Blasrohr, rennt los, prescht durch den schmalen Streifen Vegetation, der sie von der Lichtung trennt, und sobald er den ebenen Grund erreicht, folgen auch die übrigen, die Hälse geschwollen vom Brüllen. Der Lotse und Fushía laufen hinter ihnen her und auf der Lichtung werfen die Frauen die Arme hoch, stieren zum Himmel, wirbeln durcheinander, splittern in Gruppen auf und die Gruppen in einzelne Gestalten, die hüpfen, hin und her rennen, zu Boden stürzen und dann verschwinden, eine hinter der andern, überwältigt von den rötlich und schwarz glänzenden Leibern. Fushía und Nieves rücken vor und die Schreie folgen ihnen und eilen ihnen voran, scheinen aus dem leuchtenden Staub zu kommen, der sie beim Erklimmen des Abhangs einhüllt. In der Muratosiedlung rennen die Huambisas zwischen den Cabañas hin und her, treten mit Fußtritten die dünnen Wände nieder, zerfetzen mit Machetehieben die Yaridächer, einer schleudert Steine auf nichts, ein anderer löscht das Feuer und alle taumeln, betrunken? betäubt? zum Umfallen erschöpft? Fushía bleibt ihnen auf den Fersen, schüttelt sie, verhört sie, erteilt ihnen Befehle und Pantacha, auf einem Krug hockend, schwitzend, mit zuckenden Augen, den Mund offen, deutet auf eine noch unbeschädigte Cabaña: da war ein Alter. Ja, obwohl er es ihnen gesagt hatte, Patrón, sie hatten ihn ihm abgeschlagen. Einige Huambisas haben sich beruhigt und stochern da und dort in der Erde, kommen mit Häuten, Gummi, Decken beladen vorbei und stapeln alles in der Lichtung auf. Das Geschrei hat sich jetzt konzentriert, quillt von den Frauen auf, die zwischen einem Zuckerrohrzaun und drei sie aus einigen Schritten Entfernung ausdruckslos anstarrenden Huambisas eingepfercht sind. Der Patrón und Nieves betreten die Cabaña und auf dem Boden, zwischen zwei knienden Männern, liegen kurze und runzelige Beine, ein in einem Holzfutteral verborgener Penis, ein Bauch, ein schwächlicher und haarloser Rumpf mit Rippen, die unter der erdfarbenen Haut hervorstechen. Einer der Huambisas dreht sich um, zeigt ihnen den Kopf, aus dem es, nur noch spärlich, granatrot tropft. Aus dem klaffenden Loch zwischen den knochigen Schultern dagegen sprudeln immer noch, diese Hunde, hintereinander Schwalle breiigen Blutes, er sollte nur ihre Gesichter ansehen. Aber Nieves hat die Cabaña schon verlassen, ist zurückgekippt wie eine Krabbe, und die beiden Huambisas zeigen nicht die geringste Begeisterung und glotzen mit verquollenen Augen vor sich hin. Stumm, gleichgültig hören sie Fushía an, der keift und gestikuliert und seinen Revolver umklammert hält und als er schweigt, verlassen sie die Cabaña und da steht Nieves, hält sich an der Wand fest und kotzt. Es war nicht wahr, er war die Angst immer noch nicht losgeworden, aber er brauchte sich doch nicht zu schämen, da drehte sich jedem der Magen um, diese Hunde. Wozu taugte der Pantacha eigentlich? Wozu gab der Patrón eigentlich Befehle? Und dieser Kerle würden's nie lernen, Scheiße, eines Tages würden die ihnen den Kopf absäbeln. Aber wenn's sein mußte, mit dem Schießeisen, Scheiße, mit Fußtritten, Scheiße, diese Scheißkerle würden ihm noch parieren. Sie gehen zur Lichtung zurück und die Huambisas treten zur Seite und alles ist auf dem Boden aufgestapelt worden: Häute von Echsen, Schlangen, Huanganaschweinen und Wildfelle, Kalebassen, Halsketten, Gummi, Barbascobündel. Die Frauen, immer noch zusammengepfercht und zeternd, verdrehen die Augen, die Hunde bellen und Fushía prüft die Häute, indem er sie gegen das

Licht hält, schätzt das Gewicht des Gummis ab und Nieves tritt zurück, setzt sich auf einen gestürzten Stamm und Pantacha setzt sich zu ihm. Ob das wohl der Medizinmann war? Wer weiß, aber eines war sicher, er hat nicht versucht auszureißen und als sie hineinkamen, hatte er ruhig dagesessen und Kräuter verbrannt. Hat er geschrien? Wer weiß, er hat nichts gehört und zuerst wollte er sie davon abhalten und dann wollte er davonlaufen und tat's dann auch und die Beine hatten ihm geschlottert und in die Hose hatte er geschissen und es nicht einmal gemerkt. Soviel war sicher, der Patrón war fuchsteufelswild, nicht so sehr, weil sie den umgebracht haben. Weil sie nicht gehorcht haben? ja. Und dabei rentierte sich's kaum, die Häute waren beschädigt und das Gummi war schlechteste Qualität, da würde er wohl toben. Aber warum stellte er sich so an? Er war doch nicht etwa auch krank? Sie waren Christenmenschen, auf der Insel vergaß man, daß die Nacktärsche Wilde waren, aber jetzt leuchtete es ein, so konnte man nicht leben, wenn Masato da wäre, würd er sich besaufen. Und, übrigens, er sollte nur schauen, jetzt stritten sie mit dem Patrón, der würde toben, toben würde der. Verdeckt von den Huambisas, die ihn umzingelten, donnert die Stimme Fushías wenig eindrucksvoll im sonnigen Morgen, und sie brüllen vehement zurück, schütteln die Fäuste, spucken aus und beben. Über ihren strähnigen Haaren taucht die Hand des Patróns mit dem Revolver auf, er zielt auf den Himmel und schießt und die Huambisas murmeln einen Augenblick, verstummen, noch ein Schuß und die Frauen verstummen ebenfalls. Nur die Hunde bellen weiter. Warum wollte der Patrón so plötzlich aufbrechen? Die Huambisas waren müde, Pantacha war halt auch müde, und sie wollten feiern, mit Recht, sie rackerten sich nicht ab wegen des Gummis, auch nicht wegen der Häute, nur zum Vergnügen, eines Tages würden die die Geduld verlieren, würden sie umbringen. Der Patrón war eben krank, Pantacha, wollte demonstrieren, daß er's nicht war, brachte es aber nicht fertig. War er früher nicht immer guter Laune gewesen? Feierte er nicht auch gern? Jetzt wollte er die Weiber nicht einmal mehr sehen und immer war er am Toben. Ob er wohl überschnappte, weil er nicht reich wurde, so wie er's wünschte? Fushía und die Huambisas unterhalten sich jetzt lebhaft, ohne Heftigkeit, kein Gebrüll mehr, sondern ein aufgeregtes, nervöses Getuschel im Kreis, und einige Gesichter sehen heiter aus. Die Frauen sind still, wie aneinander geschweißt, die Arme um ihre Kinder und um die Hunde gelegt. Krank? Freilich, am Abend bevor Jum von der Insel weg ist, war Nieves hineingegangen und hatte ihn gesehen, die Achuales massierten ihm gerade die Beine mit Harz, und er, verdammt noch mal, raus, wurde wild, wollte nicht, daß man merkte, daß er krank war. Fushía erteilt Anweisungen, die Huambisas rollten die Häute zusammen, heben die Gummiballen auf die Schultern, trampeln auf allem herum und zerstören, was der Patrón nicht hat gebrauchen können und Pantacha und Nieves nähern sich der Gruppe. Die wurden von Mal zu Mal schlimmer, diese Hunde, wollten nicht gehorchen, wurden unverschämt, *carajo*, aber er würde es ihnen schon noch beibringen. Es ist halt, weil sie feiern wollen, Patrón, und dann all die Weiber. Warum ließ der Patrón sie denn nicht? So was von Idiot, er auch? wimmelte nicht die Gegend von Truppen? blöder *serrano*, wenn sie sich jetzt besoffen, würde das zwei Tage dauern, Arsch, angefangen bei ihm, die Muratos konnten zurückkehren, die Soldaten sie überraschen. Der Patrón wollte wegen der paar Sachen keine Schwierigkeiten, sie sollten die Beute zum Fluß hinuntertragen, Arschloch, und zwar schnell. Mehrere Huambisas klettern schon den Abhang hinunter und Pantacha folgt ihnen, kratzt sich, treibt sie an, aber die Männer gehen ohne Eile und unwillig, in schweigenden und zögernden, gewundenen Reihen. Die noch in der Siedlung sind, wandern ziellos von einer Seite zur andern, gehen Fushía aus dem Weg, der sie von der Mitte der Lichtung aus, den Revolver in der Hand, beobachtet. Und schließlich fangen die Wände einer Hütte zu brennen an. Die Huambisas bleiben stehen, warten wie beruhigt, bis die Flammen in einem einzigen Wirbel die ganze Wohnhütte erfassen. Dann machen sie sich auf den Rückweg. Auf dem Marsch den kahlen Abhang hinunter schauen sie zurück auf die Frauen, die oben mit den Händen Erde auf die brennende Cabaña werfen. Sie kommen am Dschungelrand an und müssen sich erneut mit den Macheten einen Weg freischlagen und sich auf einem schmalen, unsicheren, schattigen Pfad zwischen Stämmen, Lianen, Schlingpflanzen und kleinen Pfützen vorwärtsbewegen. Als sie am Ufer ankommen, haben Pantacha und seine Männer die Kanus schon aus dem Unterholz geholt und die Lasten darauf verstaut. Sie steigen ein, stoßen ab, voran das Kanu des Lotsen, der mit der Stake die Tiefen des Flußbetts ausmißt. Den ganzen Nachmittag sind sie unterwegs, nur eine kurze Ruhepause, um etwas zu essen, und als es dunkel wird, machen sie an einer Uferstelle fest, die halb von

Zwillingschambiras mit starrenden Stacheln verdeckt liegt. Sie machen ein Lagerfeuer, holen den Proviant hervor, braten einige Yucas und Pantacha und Nieves rufen den Patrón: nein, er will nicht essen. Er hat sich im Sand auf den Rücken gelegt, die Arme unterm Kopf. Sie essen und werfen sich dann einer neben dem andern hin, decken sich mit einer Muratodecke zu. Komisch, den Patrón so verändert zu sehen, nicht nur aß er nichts, er redete auch nicht. Wird wohl wegen der Sache mit den Beinen sein, hatte er es gemerkt? konnte kaum laufen und war immer der letzte. Sie müssen ihm weh tun, bestimmt, und außerdem zog er um nichts die Hose und die Stiefel aus. Die Geräusche schwirren kreuz und quer durch die schwarze Nacht, durchlaufen sie in alle Richtungen: das Summen der Insekten, die Klagen des Flusses, der gegen die Felsbrocken klatscht, gegen Binsen und die Erde am Ufer. In der Finsternis funkeln die Glühwürmchen wie Irrlichter. Aber Pantacha hatte doch gesehen, wie er diesen Akítai der Muratos herauszog, der war hübscher, farbiger als die, die die Huambisas machten, hatte ihn gesehen, wie er ihn in der Hose versteckte. Tatsächlich, hm? Und was glaubte Pantacha, warum war Jum wohl von der Insel ausgerückt? Er sollte nicht das Thema wechseln, brachte er diesen Akítai der Shapra mit? hatte er sich in sie verliebt? Wie konnte er sich in sie verlieben, wenn sie sich nicht einmal miteinander verständigen konnten, sie ihm nicht einmal sonderlich gefiel? Würde er sie dann ihm überlassen? Sobald sie zurückkämen? Gleich in der Nacht noch? Ja, gleich in der Nacht noch, sobald sie zurückkehrten, wenn er wollte. Für wen dann den Akítai? Für eine der Achuales? Würde der Patrón ihm eine Achual abgeben? Für niemanden, für ihn selbst, er mochte nun mal Sachen aus Federn und außerdem war's ein Souvenir.

I

Bonifacia erwartete den Sargento unten vor der Cabaña. Der Wind blies ihre Haare hoch wie einen Hahnenkamm, und an die Haltung eines kleinen Gockels erinnerte auch ihr zufriedenes Aussehen, die Art, wie sie die Beine in den Sand stemmte, und ihr strammer und vorwitziger Popo. Der Sargento lächelte, liebkoste Bonifacias bloßen Arm, Ehrenwort, er war gerührt gewesen, wie er sie so aus der Ferne gesehen hatte, und die grünen Augen weiteten sich ein wenig, die Sonne spiegelte sich wie das Vibrieren winziger Speere in jeder Pupille.

«Du hast dir die Stiefel gewichst», sagte Bonifacia. «Deine Uniform sieht aus wie neu.»

Ein vergnügtes Lächeln rundete die Augen des Sargento und ließ sie fast verschwinden.

«Die hat die Señora Paredes gewaschen», sagte er. «Sie hat gefürchtet, es könnte regnen, aber, so ein Schwein, kein einziges Wölkchen. Ein Tag wie in Piura.»

«Nicht einmal gesehen hast du's», sagte Bonifacia. «Gefällt dir mein Kleid nicht? Ist neu.»

«Tatsächlich, ich hab's gar nicht bemerkt», sagte der Sargento. «Steht dir gut. Gelb ist wie geschaffen für kleine Dunkelhäuter.»

Es war ein ärmelloses Kleid, mit einem viereckigen Ausschnitt und weitem Rock. Der Sargento betrachtete Bonifacia strahlend, seine Hand streichelte immer noch ihren Arm und sie hielt ganz still, ihre Augen in denen des Sargento. Lalita hatte ihr ein Paar weiße Schuhe geliehen, gestern abend hatte sie sie anprobiert und sie taten ihr weh, aber in der Kirche würde sie sie anziehen, und der Sargento blickte auf ihre bloßen Füße, die tief in den Sand eingesunken waren: es gefiel ihm nicht, daß sie so ohne was an den Füßen rumlief. Hier machte es ja nichts aus, Herzblatt, aber sobald sie hier weggingen, müßte sie immer mit Schuhen gehen.

«Zuerst muß ich mich dran gewöhnen», sagte Bonifacia. «In der Mission hab ich doch nie was anderes als Sandalen angehabt. Das ist nicht dasselbe, die drücken nicht.»

Lalita tauchte am Geländer auf: was hörte er denn vom Teniente, Sargento? Ein Band hielt ihre langen Haare zusammen und an ihrem Hals leuchtete eine Kette aus Glasperlen. Ihre Lippen waren geschminkt, wie hübsch die Señora sich hergerichtet hatte, ihre Wangen mit Rouge gepudert, der Sargento würde sich gleich mit ihr verheiraten, und Lalita, war der Teniente noch nicht zurück? gab's nichts Neues?

«Nichts gehört», sagte der Sargento. «Nur daß er immer noch nicht in der Garnison von Borja eingetroffen ist. Scheinbar regnet's sehr stark, werden unterwegs davon überrascht worden sein. Warum überhaupt diese Sorge um den Teniente, grad als wär er euer Sohn.»

«Los, gehen Sie, Sargento», sagte Lalita unwillig. «Das bringt Unglück, wenn man die Braut vor der Messe sieht.»

«Braut!» platzte Madre Angélica heraus. «Konkubine willst du wohl sagen, Kebsweib!»

«Aber nein, *madrecita*», beschwichtigte Lalita sie mit demütiger Stimme. «Braut des Sargento.»

«Des Sargento?» sagte die Oberin. «Seit wann? Wieso denn das?»

Ungläubig, verdutzt, beugten sich die Nonnen zu Lalita vor, die eine bescheidene Haltung angenommen hatte, die Hände zusammengelegt, den Kopf gesenkt. Aber sie schielte aus den Augenwinkeln auf die Madres, und ihr halbes Lächeln war hinterlistig.

«Wenn sie sich als schlecht herausstellt, haben Sie und Don Adrián Schuld dran», sagte der Sargento. «Ihr habt mich in diese Falle gelockt, Señora.»

Er lachte laut und mit offenem Mund, und sein Körper, ebenfalls erheitert, schüttelte sich von Kopf bis Fuß. Lalita hielt die Daumen, um es nicht zu berufen, und Bonifacia hatte sich einige Schritte vom Sargento entfernt.

«Los jetzt, in die Kirche!» wiederholte Lalita. «Sie berufen das Unglück und machen sie unglücklich bloß zum Scherz. Wozu sind Sie überhaupt gekommen?»

Wozu wohl, Señora, und der Sargento streckte die Hand nach Bonifacia aus, um seine Geliebte zu besuchen, und sie lief weg, hatte eben Verlangen nach ihr gehabt, und legte die Finger überkreuz genau wie Lalita und hielt sie dem Sargento entgegen, der, immer besser gelaunt, Hexen, Hexen, in lautes Gelächter ausbrach: ah, wenn die Mangaches dieses Paar Hexen sehen könnten. Aber sie waren nicht damit einverstanden und die kleine, zittrige Faust Madre Angélicas schoß aus dem Ärmel hervor, fuchtelte in der Luft umher und verschwand wieder zwischen den Falten des Habits: keinen Fuß würde sie in dieses Haus setzen. Sie befanden sich im Patio, vor dem Wohnhaus, und im Hintergrund hopsten zwischen den Bäumen im Obstgarten die Mündel herum. Die Oberin schien leicht geistesabwesend.

«Und Sie fehlen ihr am meisten, Madre Angélica», sagte Lalita. «Mir geht's besser wie keiner, sagt sie, ich hab viele Mütter, und am liebsten ist ihr ihre Mammi Angélica. Sie hat eigentlich eher geglaubt, daß Sie mir helfen würden, die Frau Oberin zu bitten, *madrecita.*»

«Sie ist eine Teufelin mit nichts als Finten und schwarzen Künsten.» Die Faust war wieder da und wieder weg. «Aber so leicht kann sie sich bei mir nicht einschmeicheln. Sie soll doch mit ihrem Sargento gehen, wohin sie will, hier kommt sie mir nicht herein.»

«Warum ist sie nicht selber gekommen, anstatt dich zu schikken?» sagte die Oberin.

«Sie schämt sich, *madrecita*», sagte Lalita. «Sie hat nicht gewußt, ob Sie sie empfangen würden oder wieder hinauswerfen. Darf sie vielleicht, nur weil sie als Heidin geboren ist, keinen Stolz haben? Verzeihen Sie ihr, Madre, schauen Sie, wo sie doch heiraten werden.»

«Wollte gerade zu Ihnen, Sargento», sagte der Lotse Nieves. «Hab nicht gewußt, daß Sie hier sind.»

Er war auf die Terrasse herausgetreten und lehnte sich neben Lalita auf das Geländer. Er hatte eine weiße Leinenhose an und ein Hemd mit langen Ärmeln ohne Kragen. Er trug keinen Hut, die Füße steckten in Schuhen mit dicken Sohlen.

«Jetzt geht endlich», sagte Lalita. «Adrián, bring ihn sofort weg.»

Der Lotse kam das Treppchen herunter, die Beine stocksteif, der Sargento machte vor Lalita eine soldatische Ehrenbezeigung und Bonifacia zwinkerte er zu. Sie machten sich auf den Weg zur

Mission auf, nicht durch den Hohlweg parallel zum Fluß, sondern zwischen den Bäumen des Hügels entlang. Wie war dem Sargento denn zumute? Wie lange hatte der Abschied vom Junggesellenleben gestern abend bei Paredes denn gedauert? Bis zwei Uhr, und der Fette hatte sich besoffen und war mit den Kleidern ins Wasser gehopst, Don Adrián, er selber war auch ein bißchen blau gewesen. Hatte man schon was vom Teniente gehört? Aber, schon wieder, Don Adrián? Nichts hatte man gehört, dürfte vom Regen überrascht worden sein und schäumte bestimmt vor Wut. Glück also, daß sie nicht bei ihm geblieben waren? Ja, wer weiß, vielleicht dauerte das noch eine ganze Weile, es hieß, am Santiago herrschte eine regelrechte Sintflut. Jetzt aber mal ganz ehrlich, freute er sich, daß er heiratete, Sargento? und der Sargento lächelte, seine Augen blickten einige Sekunden abwesend, und auf einmal schlug er sich mit der Hand auf die Brust: dieses Weib war ihm ans Herz gewachsen, Don Adrián, und deswegen heiratete er sie jetzt.

«Sie haben sich wie ein guter Christenmensch benommen», sagte Adrián Nieves. «Hier heiraten bloß Paare, die schon lange zusammen sind, die Nonnen und der Padre Vilancio reden sich die Seele aus dem Leib, sie dazu zu bewegen, aber sie mögen nie. Dagegen Sie, Sie führen sie auf der Stelle vor den Altar, noch nicht einmal schwanger ist sie. Das Mädchen ist glücklich. Gestern abend hat sie gesagt, ich möcht eine gute Frau sein.»

«In meiner Heimat heißt's, daß das Herz nie trügt», sagte der Sargento. «Und mein Herz sagt mir, daß sie eine gute Frau sein wird, Don Adrián.»

Sie gingen langsam, wichen Pfützen aus, aber die Stiefelschäfte des Sargento und die Hose des Lotsen waren schon vollgespritzt. Die Bäume des Hügels filtrierten das Sonnenlicht, verliehen ihm eine gewisse Frische und brachten es zum Zittern. Unterhalb der Mission lag Santa María de Nieva golden und still zwischen den Flüssen und dem Dschungel. Sie sprangen über eine Erdschwelle, stiegen den steinigen Pfad hinauf und oben, vor der Tür der Kapelle, trat eine Gruppe von Aguarunas an den Rand des Abhangs, um sie heraufkommen zu sehen: Frauen mit Hängebrüsten, nackte Kinder, scheu blickende Männer mit langen, dichten Haaren. Sie traten auseinander, um die beiden vorbeizulassen und einige kleine Bengel streckten die Hände aus und grunzten. Bevor sie die Kirche betraten, klopfte der Sargento mit dem Taschentuch die Uniform sauber und rückte das

Képi zurecht; Nieves ließ den Aufschlag seiner Hose herunter. Die Kapelle war voller Menschen, es roch nach Blumen und nach Harzlampen, die Glatze Don Fabio Cuestas glänzte im Halbdunkel wie eine Frucht. Er hatte sich eine Krawatte umgebunden und winkte von seinem Stuhl aus dem Sargento zu, der die Hand ans Képi führte. Hinter dem Gobernador standen der Fette, der Knirps, der Dunkle und der Blonde und gähnten, die Münder säuerlich verzogen und die Augen blutunterlaufen, und die Paredes mit ihren Kindern nahmen zwei Bänke ein: zahllose Sprößlinge mit feuchten Haaren. Im gegenüberliegenden Flügel, hinter einem Gitter, wo das Halbdunkel zum Dunkel wurde, eine Formation von Kitteln und lauter gleichen Mähnen: die Mündel. Kniend, still, die Augen wie eine Wolke Glühwürmchen, sahen sie neugierig dem Sargento nach, der auf Zehenspitzen gehend den Anwesenden die Hände schüttelte, und der Gobernador strich sich über die Glatze, Sargento: er mußte in der Kirche die Mütze abnehmen und barhäuptig sein, so wie er. Die Guardias grinsten, und der Sargento glättete sich die Haare, die von der Hast, mit der er das Képi vom Kopf gerissen hatte, durcheinandergeraten waren. Er nahm in der ersten Reihe Platz, neben dem Lotsen Nieves. Hübsch hatten sie den Altar hergerichtet, nicht? Sehr hübsch, Don Adrián, sympathische Leute, diese Nönnchen. Die bauchigen Krüge aus rotem Ton flammten vor Blumen, auch zu Ketten geflochtene Orchideen gab es, die vom Holzkruzifix bis zum Boden hingen; auf beiden Seiten des Altars waren in doppelten Reihen bis zur Wand Blumentöpfe mit hohen Gräsern aufgestellt, und der Fußboden war geschrubbt worden und blitzte naß. Von den brennenden Leuchtern kräuselte durchsichtiger, duftender Rauch durch die dunkle Luft und nährte schließlich die dichte Schwadenschicht, die unter dem Dach schwebte: da waren sie ja, Sargento, die Braut und die Brautjungfer. Ein Tuscheln klang auf, Köpfe drehten sich zur Tür. Erhöht von den weißen Stöckelschuhen war Bonifacia jetzt genauso groß wie Lalita. Ein schwarzer Schleier verhüllte ihre Haare, ihre Augen irrten groß und erschreckt über die Sitzreihen hin, und Lalita flüsterte den Paredes zu, ihr blumiges Kleid verlieh diesem Teil der Kapelle eine luftige, jugendliche Lebendigkeit. Don Fabio beugte sich vor zu Bonifacia, sagte ihr etwas ins Ohr und sie lächelte, die Ärmste, Don Adrián, das Liebchen war gehemmt, wie verlegen sie war. Hinterher würde man ihr einen Schnaps zu trinken geben, dann würde sie schon aufblühen, Sargento, es war eben, daß sie fast starb vor Angst davor, die Nonnen wiederzusehen, glaubte, sie würden sie ausschelten, stimmte es nicht, daß ihre Augen hübsch waren, Don Adrián? Der Lotse legte einen Finger an den Mund und der Sargento blickte zum Altar und schlug ein Kreuz. Bonifacia und Lalita setzten sich neben sie, und einen Augenblick später kniete Bonifacia nieder und fing zu beten an, die Hände gefaltet, die Augen geschlossen, die Lippen bewegten sich kaum. So verharrte sie noch, als die Gittertür klirrte und die Nonnen die Kapelle betraten, voran die Oberin. Zu zweien traten sie vor den Altar, knieten nieder, bekreuzigten sich, wandten sich geräuschlos den Bänken zu. Als die Mündel zu singen begannen, standen alle auf, und Padre Vilancio kam herein, sein feuerroter Bart wie ein Lätzchen auf dem lila Habit. Die Oberin machte Lalita Zeichen, indem sie auf den Altar deutete, und Bonifacia, immer noch auf Knien, trocknete sich mit dem Schleier die Augen. Dann erhob sie sich und trat, geleitet vom Lotsen und dem Sargento, nach vorn: hoch aufgerichtet, ohne nach links oder rechts zu blikken. Und während der ganzen Messe stand sie steif da, die Augen auf einen Punkt zwischen dem Altar und den Orchideenketten gerichtet, während die Madres und die Mündel laut beteten und die übrigen sich hinknieten, sich setzten und sich erhoben. Dann trat Padre Vilancio zu dem Brautpaar, der Sargento nahm Habachtstellung ein, der rote Bart kam bis auf Millimeter an Bonifacias Gesicht heran, fragte den Sargento, der die Hacken zusammenschlug und energisch ja sagte, und Bonifacia, aber deren Antwort war nicht zu hören. Jetzt lächelte Padre Vilancio leutselig und reichte seine Hand dem Sargento und dann Bonifacia, die sie küßte. Die Stimmung in der Kapelle schien sich zu entspannen, die Mündel sangen nicht mehr und halblaute Gespräche tönten auf, Lächeln, Bewegung. Der Lotse Nieves und Lalita umarmten das Brautpaar, und in dem Kreis, der sich um die beiden gebildet hatte, scherzte Don Fabio, kicherten die Kinder, warteten der Fette, der Knirps, der Dunkle und der Blonde darauf, dem Sargento einer dem andern zu gratulieren. Aber die Oberin mischte sich ein, meine Herren, sie befanden sich in der Kapelle, Ruhe, sie sollten auf den Patio hinausgehen, und ihre Stimme übertönte die andern. Lalita und Bonifacia traten durch das Gitter, dann die Gäste, schließlich die Nonnen, und Lalita, Dummchen, sie sollte sie loslassen, Bonifacia, die Nönnchen hatten einen weißgedeckten Tisch mit Fruchtsäften und kleinen Törtchen hergerichtet, sie sollte sie doch loslassen, alle wollten ihr gratulieren. Die Pflastersteine im Patio sprühten Licht, und an den weißen Mauern des Wohnhauses, der Sonnenglast ausgesetzt, bewegten sich Schatten wie Spalierpflanzen. Wie sie sich vor ihnen schämte, *madrecitas,* wagte sie nicht einmal anzusehen, und Habite, Tuscheln, Lachen, Uniformen wirbelten im Kreis um Lalita. Bonifacia hielt sie immer noch umarmt, das Gesicht im blumigen Kleid versteckt, und unterdessen empfing und teilte der Sargento Umarmungen aus: sie weinte, *madrecitas,* so ein Dummchen. Aber warum denn, Bonifacia? Euretwegen, Madres, und die Oberin, Dummkopf, heul doch nicht, komm, laß dich umarmen. Urplötzlich ließ Bonifacia Lalita los, drehte sich um und sank in die Arme der Oberin. Jetzt ging's von einer Nonne zur andern, sie mußte immer schön beten, Bonifacia, ja, Mamita, sehr christlich leben, ja, sie nicht vergessen, sie würde sie nie vergessen, und Bonifacia umarmte sie sehr heftig, und sie nicht so heftig, und dicke, unfreiwillige, nicht mehr zurückzuhaltende Tränen kullerten über Lalitas Backen, löschten den Puder, ja, ja, sie würde sie immer lieben, und ließen die Narben auf der Haut erkennen, sie hatte so oft für sie gebetet, Pusteln, Flecke, Schorf. Diese Madres waren unbezahlbar, Padre Vilancio, was die ihnen da alles hergerichtet hatten. Aber, aufpassen, die Schokolade wurde kalt und der Gobernador hatte Hunger. Konnten sie anfangen, Madre Griselda? Die Oberin rettete Bonifacia aus den Armen der Madre Griselda, natürlich konnten sie anfangen, Don Fabio, und der Kreis öffnete sich: zwei Mündel hielten die Fliegen fern vom mit Schüsseln und Krügen überladenen Tisch, und zwischen ihnen stand eine dunkle Gestalt. Wer hatte das alles für sie zubereitet, Bonifacia? Sie sollte mal raten und Bonifacia schluchzte auf, Madre, sag, daß du mir verziehen hast, zerrte an der Tracht der Oberin, das sollte sie ihr zum Geschenk machen, Madre. Dünn, rosig, zielte der Zeigefinger der Oberin auf den Himmel: hatte sie Gott um Verzeihung gebeten? hatte sie bereut? Jeden Tag, Madre, und dann hatte er ihr vergeben, aber sie mußte mal raten, wer war's wohl gewesen? Bonifacia seufzte, wer schon, ihre Augen suchten sie unter den Nonnen, wo war sie denn? wohin war sie verschwunden? Die dunkle Gestalt schob die beiden Mündel beiseite und kam auf sie zu, gebeugt, mit schlurfenden Füßen, das Gesicht mürrischer denn je: so, endlich erinnerte sie sich ihrer, diese Undankbare, diese Schlimme. Aber Bonifacia war schon auf sie zugestürzt, und Madre Angélica verlor den Halt in ihren Armen, der Gobernador und die andern hatten angefangen, Törtchen zu essen, und sie war's gewesen, ihre Mamita, und Madre Angélica, nie war sie sie besuchen gekommen, Teufelin, aber geträumt hatte sie von ihr, jeden Tag und jede Nacht an ihre Mamita gedacht, und Madre Angélica, sie sollte doch hiervon, davon probieren, vom Saft trinken.

«Keinen Schritt hab ich in die Küche machen dürfen, Don Fabio», sagte Madre Griselda. «Diesmal müssen Sie die Madre Angélica loben. Sie hat ihrem verzogenen Liebling das alles hergerichtet.»

«Was hab ich für die da eigentlich noch nicht getan?» sagte Madre Angélica. «Ich war schon ihr Kindermädchen, ihr Dienstmädchen, jetzt ihre Köchin.»

Ihr Antlitz bemühte sich angestrengt, weiterhin mürrisch und böse dreinzublicken, aber die Stimme versagte ihr, sie röchelte wie eine Heidin, und auf einmal füllten sich ihre Augen mit Tränen, ihr Mund verzog sich, und sie brach in Schluchzen aus. Ihre alte, gekrümmte Hand tätschelte Bonifacia ungeschickt und die Madres und die Guardias reichten die Schüsseln herum, füllten die Gläser, Padre Vilancio und Don Fabio lachten lauthals, und einer der Paredes-Knirpse war auf den Tisch geklettert, seine Mutter versohlte ihn.

«Wie gern die sie haben, Don Adrián», sagte der Sargento. «Wie die sie mir verwöhnen.»

«Aber warum all das Geflenne?» sagte der Lotse. «Wenn sie im Grunde doch glücklich sind.»

«Darf ich ihnen was abgeben, Mamita?» sagte Bonifacia. Sie deutete auf die Mündel, die in Dreierreihen vor dem Wohnhaus standen. Einige lächelten ihr zu, andere winkten scheu.

«Die kriegen auch einen besonderen Imbiß», sagte die Oberin. «Aber geh ruhig, sie begrüßen.»

«Sie haben Geschenke für dich», knurrte Madre Angélica, das Gesicht von den Tränen und vom Schluchzen verzerrt. «Wir auch, ich hab dir ein Kleidchen gemacht.»

«Alle Tage werd ich dich besuchen kommen», sagte Bonifacia. «Ich werd dir helfen, Mamita, werd wieder die Abfalleimer hinaustragen.»

Sie machte sich los von Madre Angélica und ging zu den Mündeln hinüber, die ihre Reihen verließen und ihr mit großem Geschrei entgegenkamen. Madre Angélica kämpfte sich durch die

Gäste, und als sie zum Sargento trat, war ihr Antlitz nicht mehr so blaß, wieder mürrisch.

«Wirst du ein guter Ehemann sein?» knurrte sie und schüttelte ihn am Arm. «Wehe dir, wenn du sie schlägst, wehe dir, wenn du dich mit andern Weibern rumtreibst. Wirst du gut zu ihr sein?»

«Aber warum denn nicht, *madrecita*», entgegnete der Sargento verwirrt. «Wo ich sie doch so gern hab.»

«Ah, bist du aufgewacht?» sagte Aquilino. «Ist das erste Mal, daß du so geschlafen hast, seit wir abgefahren sind. Vorher warst's immer du, der mich angestarrt hat, wenn ich die Augen aufgemacht hab.»

«Ich hab von Jum geträumt», sagte Fushía. «Die ganze Nacht über hab ich sein Gesicht vor mir gesehen, Aquilino.»

«Ich hab dich ein paarmal jammern hören, und einmal, glaub ich, hast du sogar geweint», sagte Aquilino. «War's deswegen?»

«Komisch, Alter», sagte Fushía. «Ich bin überhaupt nicht vorgekommen in dem Traum, nur Jum.»

«Und was hast du von dem Aguaruna geträumt?» sagte Aquilino.

«Daß er am Sterben war, da am Ufer, weißt du, wo Pantacha sich immer seine Brühe zubereitet hat», sagte Fushía. «Und irgend jemand ist auf ihn zugegangen und hat zu ihm gesagt, komm mit mir, und er, ich kann nicht, ich muß sterben. So war's den ganzen Traum über, Alter.»

«Am Ende ist's da gerade passiert», sagte Aquilino. «Vielleicht ist er heute nacht gestorben und hat sich so von dir verabschiedet.»

«Die Huambisas werden ihn umgebracht haben, wo sie ihn doch so gehaßt haben», sagte Fushía. «Aber wart doch, sei nicht so, geh noch nicht.»

«Es ist umsonst», sagte Lalita schnaufend, «da rufst du mich, und jedesmal ist's umsonst. Warum läßt du mich da erst kommen, wenn du gar nicht kannst, Fushía?»

«Ich kann schon», kreischte Fushía, «nur du willst immer gleich Schluß machen, läßt mir nicht einmal Zeit und wirst wütend. Ich kann schon, du Schlampe.»

Lalita drehte sich zur Seite und legte sich auf den Rücken in der Hängematte, die ächzte, während sie schaukelte. Durch die Tür und die Ritzen drang eine blaue Helligkeit in die Cabaña zusammen mit den heißen Dämpfen und den nächtlichen Geräuschen, gelangte aber nicht wie diese bis zur Hängematte.

«Du glaubst, du kannst mir was vormachen», sagte Lalita. «Du meinst, ich sei blöd.»

«Ich hab Sorgen», sagte Fushía, «möcht sie gern vergessen, aber du läßt mir nicht genügend Zeit. Ich bin ein Mensch, kein Tier.»

«Du bist krank, das ist es», flüsterte Lalita.

«Deine Pickel ekeln mich an, das ist es», schimpfte Fushía. «Alt bist du geworden, das ist es. Nur mit dir kann ich nicht, mit jeder andern so oft ich will.»

«Drauflegen tust du dich und küssen tust du sie, aber können tust du auch nicht», sagte Lalita ganz langsam. «Die Achuales haben mir's erzählt.»

«Du redest mit denen über mich, du Schlampe?» Fushías Körper brachte die Hängematte hektisch und anhaltend zum Schwanken. «Mit den Heidenweibern redest du über mich? Du willst wohl, daß ich dich umbring?»

«Willst wissen, wo er da immer hingegangen ist, wenn er von der Insel verschwunden ist?» sagte Aquilino. «Nach Santa María de Nieva.»

«Nach Nieva? Aber was hat er denn da zu suchen gehabt?» sagte Fushía. «Woher weißt du denn, daß Jum immer nach Santa María de Nieva gegangen ist?»

«Hab's erst vor kurzem erfahren», sagte Aquilino. «Das letzte Mal, daß er ausgerissen ist, war vor ungefähr acht Monaten, nicht?»

«Ich merk schon gar nicht mehr, wie die Zeit vergeht, Alter», sagte Fushía. «Wird schon stimmen, ungefähr acht Monate dürfte's her sein. Bist du Jum begegnet, hat er's dir erzählt?»

«Jetzt, da wir weit weg sind, kannst du's ja wissen», sagte Aquilino. «Lalita und Nieves leben jetzt da. Und kurze Zeit nachdem sie nach Santa María de Nieva gekommen sind, ist Jum bei ihnen erschienen.»

«Du hast gewußt, wo sie waren?» keuchte Fushía. «Hast du ihnen geholfen, Aquilino? Bist du auch ein Schweinehund? Hast du mich auch verraten, Alter?»

«Deswegen genierst du dich und versteckst dich und ziehst dich nicht vor mir aus», sagte Lalita und die Hängematte hörte zu ächzen auf. «Aber glaubst du vielleicht, ich riech nicht, wie sie stinken? Dir verfaulen die Beine, Fushía, und das ist schlimmer als meine Pickel.»

Das Hin und Her der Hängematte wurde wieder sehr energisch und wieder knarrten die Pfosten, aber diesmal war es nicht er, der zitterte, sondern Lalita. Fushía hatte sich zusammengekrümmt, war jetzt eine starre Gestalt unter den Decken, ein Häufchen Unglück, eine verwundete Kehle, die sprechen wollte, und im Schatten seines Gesichts blinkten in der Höhe der Augen zwei ruhelose und entsetzte Lichter.

«Du beleidigst mich aber auch immer», stammelte Lalita. «Und wenn dir was passiert, dann hab ich schuld, diesmal hast du mich gerufen, und da wirst du auch noch böse. Mich macht das auch wütend, und dann sag ich solche Sachen.»

«Kommt von den Schnaken, Schlampe», stöhnte Fushía ganz leise, und sein nackter Arm schlug kraftlos zu. «Die haben mich gestochen, und jetzt sind sie infiziert.»

«Ja, die Schnaken, und ich hab gelogen, sie stinken gar nicht, bald wirst du wieder gesund sein», schluchzte Lalita. «Sei nicht so, Fushía, wenn man wütend ist, denkt man nicht, da rutscht's einem so raus. Soll ich dir Wasser holen?»

«Bauen sie ein Haus?» sagte Fushía. «Wollen sie für immer in Santa María de Nieva bleiben, die Schufte?»

«Nieves haben die Guardias dort als Lotsen angestellt», sagte Aquilino. «Ein neuer Teniente ist gekommen, jünger als der andere, der Cipriano. Und Lalita erwartet ein Kind.»

«Hoffentlich verreckt's ihr im Bauch, und verreckt sie auch», sagte Fushía. «Aber sag mal, Alter, war's nicht in Santa María, wo sie ihn aufgehängt haben? Wozu ist Jum dann da hingegangen? Hat er sich rächen wollen?»

«Wegen dieser uralten Geschichte ist er hin», sagte Aquilino. «Um das Gummi zurückzuverlangen, das ihm der Señor Reátegui abgenommen hatte, damals, wie er mit den Soldaten nach Urakusa gekommen ist. Sie sind nicht darauf eingegangen, und Nieves hat gemerkt, daß er nicht zum erstenmal reklamieren gekommen war, daß all seine Ausflüge von der Insel deswegen waren.»

«Von den Guardias wollte er was zurückhaben, und gleichzeitig hat er für mich gearbeitet?» sagte Fushía. «Hat er denn gewußt, was das bedeutet? Dieses Rindvieh hätt uns ja alle in Teufels Küche bringen können, Alter.»

«Ich würd eher sagen, daß er verrückt ist», sagte Aquilino. «Nach so vielen Jahren immer noch dieselbe Sache. Selbst wenn er stirbt, wird er sich noch nicht aus dem Kopf geschlagen haben, was ihm damals passiert ist. Ich hab noch nie einen Heiden gesehen, der so stur ist wie Jum, Fushía.»

«Haben mich gestochen, wie ich in die Lagune bin, um die Charapa rauszufischen, die gestorben ist», stöhnte Fushía. «Die Schnaken, die Wasserspinnen. Aber jetzt trocknen die Wunden schon, blödes Weib, verstehst du das nicht, wenn man sich kratzt, dann eitern sie. Und darum riechen sie.»

«Sie riechen nicht, sie riechen ja nicht», sagte Lalita. «Das hab ich so in der Wut gesagt, Fushía. Früher hast du immerzu Lust dazu gehabt, und ich hab Ausreden erfinden müssen, ich blut, ich kann nicht. Warum bist du so anders geworden, Fushía?»

«Du bist schlaff geworden, du bist alt, einen Mann geilen bloß die strammen Weiber auf», schimpfte Fushía und die Hängematte zuckte wieder, «das hat nichts mit den Insektenstichen zu tun, Mistvieh.»

«Aber ich red doch gar nicht mehr von den Insekten», flüsterte Lalita, «ich weiß ja, daß du bald wieder gesund wirst. Aber nachts tut mir alles weh. Warum rufst du mich denn dann, wenn ich so bin, wie du sagst. Tu mir das nicht an, Fushía, mach nicht, daß ich zu dir in die Hängematte komm, wenn du nicht kannst.»

«Ich kann», schrie er, «wenn ich will, kann ich, aber mit dir will ich nicht. Verschwind jetzt, red noch mal von den Schnaken und ich jag dir eine Kugel hinein, da wo's dir so weh tut. Los, hau ab!»

Er schimpfte immer weiter, bis sie das Moskitonetz lüftete, aufstand und sich in die andere Hängematte fallen ließ. Da verstummte Fushía, aber die Pfosten ächzten von Zeit zu Zeit erneut auf, erschüttert von heftigen Stößen, so als schüttelten sie Fieberanfälle, und erst sehr viel später wurde es still in der Cabaña, die eingehüllt stand in das nächtliche Brabbeln des Urwalds. Auf dem Rücken liegend, mit offenen Augen, spielte Lalita mit den Chambirariemen der Hängematte. Einer ihrer Füße sah unter dem Moskitonetz hervor, und winzige, beflügelte Feinde attackierten ihn zu Dutzenden, ließen sich blutgierig auf den Nägeln und den Zehen nieder. Sie wühlten mit ihren feinen, langen und summenden Waffen in der Haut. Lalita schlug den Fuß gegen den Pfosten, und sie flüchteten verwirrt. Aber einige Sekunden später waren sie schon wieder da.

«Der Saukerl von Jum hat also gewußt, wo sie waren», sagte Fushía. «Und hat auch kein Wort zu mir gesagt. Alle waren sie gegen mich, Aquilino, sogar Pantacha hat's bestimmt gewußt.»

«Das heißt, daß er immer noch nicht drüber weggekommen ist und daß alles, was er tut, nur ist, damit er wieder nach Urakusa zurückkehren kann», sagte Aquilino. «Muß sein Dorf sehr vermissen, muß es gern haben. Ist's wahr, daß er, wenn er mit dir gefahren ist, den Heiden Vorträge gehalten hat?»

«Er hat sie überredet, mir das Gummi zu überlassen, ohne Schwierigkeiten zu machen», sagte Fushía. «Hat Wutanfälle gekriegt, und immer hat er ihnen die Geschichte von den zwei Weißen erzählt. Hast du die gekannt, Alter? Was haben die für ein Geschäft gehabt? Ich hab's nie rausfinden können.»

«Die, die sich in Urakusa niedergelassen haben?» sagte Aquilino. «Den Señor Reátegui hab ich einmal davon reden hören. Es waren Ausländer, waren gekommen, um die Nacktärsche gegen die Christen aufzuhetzen, sie dazu zu bringen, daß sie alle Christen hier in der Gegend töten. Deswegen, weil er auf sie gehört hat, ist's Jum ja so schlecht gegangen.»

«Ich weiß nicht, ob er sie gehaßt hat oder ob er sie hat leiden können», sagte Fushía. «Manchmal hat er ‹Bonino und Teófilo› gesagt, als wollt er sie umbringen, und dann wieder, als wären sie seine Freunde gewesen.»

«Adrián Nieves hat das auch immer gesagt», sagte Aquilino. «Daß Jum über diese beiden ständig die Meinung geändert hat und daß er sich nicht hat entscheiden können, einmal waren sie gut, dann waren sie wieder schlecht, verfluchte Teufel.»

Lalita schlich auf Zehenspitzen durch die Cabaña und ging hinaus, und draußen war die Luft von einem Dampf geschwängert, der die Haut näßte und einen würgte, wenn er in Mund und Nase drang. Die Huambisas hatten die Feuer gelöscht, ihre Hütten waren schwarze Säcke, die schwer, still auf der Insel lagen. Ein Hund kam heran und rieb sich an ihren Füßen. Unter dem Vordach beim Stall schliefen die drei Achuales unter einer Decke, ihre Gesichter glänzten vom Harz. Als Lalita vor der Hütte Pantachas ankam und hineinspähte, klebte der von Schweiß durchnäßte Itípak an ihrem Körper: ein muskulöses Bein tauchte aus den Schatten auf, zwischen den glatten und haarlosen Oberschenkeln der Shapra hervor. Sie sah zu, ihr Atem verlangend, der Mund halb offen, eine Hand an der Brust. Dann huschte sie zur benachbarten Cabaña und stieß die aus Lianen geflochtene Tür auf. Im dunklen Winkel, wo sich die Pritsche Adrián Nieves' befand, raschelte es. Der Lotse mußte schon aufgewacht sein, mochte jetzt die Silhouette erkennen, die sich von der Dunkelheit im Türrahmen abzeichnete, die beiden Haarwogen, die ihren Leib bis zu den Hüften einrahmten. Dann knarrten die Bohlen, und ein weißes Dreieck kam auf sie zu, guten Abend, der Umriß eines Mannes, was war denn passiert? eine verschlafene und überraschte Stimme. Lalita sagte nichts, schnaufte nur und wartete, erschöpft wie am Ende eines sehr langen Rennens. Es fehlten noch viele Stunden, ehe Triller und fröhliches Rumoren das nächtliche Gekrächze ablösen und Vögel, farbenprächtige Schmetterlinge über die Insel hinflattern würden, ehe das weiße Licht des Morgengrauens die aussätzigen Stämme der Lupunas beleuchte. Noch war es die Stunde der Glühwürmchen.

«Aber ich will dir was sagen», sagte Fushía. «Was mir am allermeisten weh tut, Aquilino, was mir am meisten leid tut, ist, daß ich so viel Pech gehabt hab.»

«Deck dich zu, rühr dich nicht», sagte Aquilino. «Da kommt ein kleines Boot, versteck dich lieber.»

«Aber schnell, Alter», sagte Fushía. «Ich kann hier nicht atmen, ich krieg keine Luft. Fahr schnell vorbei.»

Es ist hell wie im Sommer, die Sonne schießt Strahlen ab, die Augen tränen beim Hinsehen. Und das Herz fühlt die vertraute Wärme, will über die Straße gehen, unter den Tamarinden hin, sich auf ihre Bank setzen gehen. Nun steh schon auf, wozu im Bett bleiben, wenn der Schlaf nicht kommt, auf die Alte Brücke rieselt bestimmt gerade ein Sandstaub so weich wie ihre Haare, geh und setz dich vor die ‹Estrella del Norte›, zieh den Hut ins Gesicht, wart auf sie, wird gleich kommen. Sei nicht so ungeduldig, und Jacinto, leer ist die Stadt traurig, schauen Sie Don Anselmo, die Straßenkehrer waren schon da und der Sand hat noch mal alles schmutzig gemacht. Behalt die Ecke vom Markt im Auge, da kommt der Esel beladen mit Körben, wacht die Stadt nicht erst jetzt auf? Da ist sie, schwerelos, stumm, kommt auf die Plaza, als gleite sie, schau, wie sie sie an den Pavillon heranführt, sie hinsetzt, ihre Hände, ihre Haare streichelt, und sie fügsam, die Knie aneinander, die Arme verschränkt: da ist die Belohnung für all deine Schlaflosigkeit. Und da verschwindet die Gallinaza, treibt den Esel an, setz dich auf im Stuhl, mach dir's bequem, betracht sie weiter. Kommt die Liebe direkt, mit offenem Gesicht, kommt sie hinterrücks? Und du, es ist Mitleid, Zärtlichkeit, tut einem leid, man möcht ihr was schenken. Laß ihm die Zügel, soll gehen wie er will, im Schritt, im Trott, im Galopp, er weiß schon wohin, ist noch früh. Und wette unterdessen: um so und so viel, daß sie in Weiß kommt, soviel, in Gelb, so viele mit dem Band, werd ihre Ohren sehen können, soviel, ohne das Band, die Haare lose, heut krieg ich sie nicht zu sehen, soviel, mit Sandalen, soviel, daß barfuß. Und wenn du gewinnst, hat Jacinto was davon, und er, warum heut soviel Trinkgeld und gestern die Hälfte, Sie haben doch das gleiche gehabt, woher soll er's auch wissen? Weiß nichts, Sie sehen schläfrig aus, schlafen Sie nie, Don Anselmo? du: ist eine alte Gewohnheit, nicht schlafen gehen ohne Frühstück, die Morgenluft klärt das Hirn, drüben riecht alles nach Radau, Rauch und Alkohol, jetzt geh ich heim und fängt für mich die Nacht an. Und er, bald komm ich Sie besuchen, du, klar Junge, komm nur, dann genehmigen wir uns einen, hast Kredit, das weißt du ja. Aber er soll gehen jetzt, soll dich allein lassen, niemand soll sich an deinen Tisch setzen, es soll Vormittag werden, die Leute sollen kommen, eine Weiße soll zu ihr hingehen, soll sie spazierenführen, sie zur ‹Estrella del Norte› herüberbringen und ihr ein Eis kaufen. Und dann, wiederum, die Traurigkeit, die Wut im Herzen, die Zeit hat sie nicht besänftigt. Und darum nimm den Kaffee weg, Jacinto, ein kleiner Schnaps, und danach noch einen, und endlich eine halbe Flasche von dem besonderen. Und am Mittag Chápiro, Don Eusebio, der Doktor Zevallos, man muß ihn aufs Pferd setzen, das bringt ihn bis zum Sand hinaus, die Mädchen bringen ihn dann schon zu Bett. Halt dich doch an der Montur fest, mit hängendem, nickendem Kopf durch die Dünen, plumps wie ein Sack auf die Erde, erreicht auf allen vieren den Salon, und die Mädchen, er soll gleich hier schlafen, ist zu schwer, um ihn in den Turm hinaufzuschleppen, bringt ein Becken, jetzt kotzt er, holt eine Matratze runter, zieht ihm die Stiefel aus. Und dann, herb, bitter, das Würgen, das Geschleime aus Galle und Alkohol, das Jukken der Augenlider, der Gestank, die besoffene Schlaffheit der Muskeln. Ja, sie kommt hinterrücks, am Anfang schien's Mitleid: ist wohl erst sechzehn, das Unglück, das ihr passiert ist, die Finsternis in ihrem Leben, die Stille in ihrem Leben, ihr Gesichtchen. Versuch dir's vorzustellen: wie's gewesen sein muß, wie sie geschrien haben muß, das Entsetzen, das sie empfunden haben muß und wieviel Schrecken in ihren Augen gestanden haben muß. Versuch, es zu sehen: die Leichen, das sprudelnde Blut, die Wunden, die Würmer und dann Doktor Zevallos, erzählen Sie's mir doch einmal, kann doch nicht sein, ist ja furchtbar, da war sie aber schon ohnmächtig? wieso war sie noch am Leben? Versuch, es dir vorzustellen: zuerst Kreise in der Luft, schwarz zwischen den Dünen und den Wolken, Schatten, die sich im Sand spiegeln, dann gefiederte Säcke im Sand, gekrümmte Schnäbel, beißendes Krächzen und dann zieh deinen Revolver, bring ihn um, und da ist noch einer und knall ihn nieder, und die Insassinnen, was haben Sie denn, Patrón, warum dieser Haß auf die Aasgeier, was haben Ihnen die denn getan, und du peng! Scheißvieh, mach's nieder, mach ein Sieb draus. Als Mitleid, Zuneigung verkleidet. Geh du auch hin, ist doch nichts dabei, kauf ihr Pralinen, Bonbons, Karamellen. Mach die Augen zu und dann, wiederum, der Wirbel der Träume, du und sie im Turm, muß sein wie das Arpaspielen, leg die Fingerkuppen aneinander und fühl sie, aber es ist bestimmt noch weicher als Seide und Baumwolle, ist bestimmt wie Musik, mach die Augen noch nicht auf, berühr weiter ihre Backen, wach nicht auf. Zuerst Neugierde, dann etwas wie Mitgefühl und, auf einmal, Angst vorm Fragen. Sie reden, die Banditen von Sechura, sie haben sie überfallen und umgebracht, die Frau war splitternackt, wie sie sie gefunden haben, unvermittelt ihr Name, die Ärmste sagen sie und jetzt plötzlich diese Wärme, die Zunge, die stammelt, was hab ich nur, die Weiber werden argwöhnen, was hab ich nur. Oder, wenn nicht, ein Principal in der ‹Estrella del Norte›, der bringt sie, bestellt ihr eine Erfrischung, Atemnot, Neid, muß gehen, Wiedersehen, der Sand, das grüne Portal, eine Flasche Schnaps, nimm die Arpa mit hinauf in den Turm, spiel. Zuneigung, Mitleid? Jetzt legte sie die Verkleidungen schon ab. Und an dem Morgen ist sie, wie jetzt, durchsichtig. Die Insassinnen alle, die ist alt, nehmen Sie sie nicht, vielleicht sogar krank, zuerst soll der Doktor Zevallos sie untersuchen, du, wie hast du gesagt, daß du heißt? mußt deinen Namen wechseln, Antonia geht nicht. Und sie, wie Sie wollen, Patrón, hat eine, die Sie lieb gehabt haben, so geheißen? und dann, wiederum, das Rotwerden, das lauwarme Pulsieren unter der Haut und, ungestüm, die Wahrheit. Die Nacht ist faul, schlaflos, im Fenster nur das eine Schauspiel: oben die Sterne, in der Luft die langsame Sintflut des Sandes und, zur Linken, Piura, Lichter im Dunkeln, die weißen Umrisse von

Castilla, der Fluß, die Alte Brücke wie eine große Eidechse zwischen den Ufern. Aber die lärmende Nacht soll schnell zu Ende gehen, der Tag soll grauen, nimm die Arpa, geh nicht runter, so sehr sie dich auch rufen, spiel im Dunkeln für sie, sing ganz leise für sie, sanft, ganz langsam, komm Toñita, ich spiel dir eine Serenade, hörst du's? Der Spanier ist nicht tot, dort steht er, an der Ecke bei der Kathedrale, sein blaues Taschentuch um den Hals, seine Stiefeletten blank wie Spiegel, die Weste unter dem weißen Rock, wieder diese kleine Hitze, die Wellen, die die Venen anschwellen lassen, der schnelle Puls, der wachsame Blick, geht er zum Pavillon? ja, geht er zu ihr? ja, lächelt er sie an? ja. Und wiederum sie, sonnt sich, reglos, unwissend, ganz ruhig, ringsherum Schuhputzer und Bettler, Don Eusebio vor ihrer Bank. Jetzt hat sie's schon gemerkt, spürt die Hand am Kinn, hat sie sich aufgesetzt? ja, redet er mit ihr? ja. Erfind, was er zu ihr sagt: Guten Tag, Toñita, hübscher Morgen, die Sonne macht warm, brennt aber nicht, schade, daß es Sand regnet, oder wenn du das Licht sehen könntest, wie blau der Himmel ist, genau wie das Meer in Paita und dann, das Pochen der Schläfen, die Wogen stürzen übereinander, das Herz geht einem durch, der Sonnenstich im Innern. Kommen sie miteinander? ja, zur Terrasse? ja, hält er ihren Arm? ja, und Jacinto, fühlen Sie sich nicht wohl, Don Anselmo? sind ganz blaß geworden, du, ein bißchen müde, bring mir noch einen Kaffee und ein Glas Pisco, direkt auf deinen Tisch zu? ja, steh auf, streckt die Hand aus, Don Eusebio, wie geht's, er, mein Lieber, das Fräulein und ich werden Ihnen Gesellschaft leisten, gestatten Sie? Da hast du sie endlich, neben dir, schau sie furchtlos an, das ist ihr Gesicht, diese kleinen Vögelchen ihre Augenbrauen und hinter den geschlossenen Lidern herrscht Finsternis, und hinter den geschlossenen Lippen gähnt auch eine winzige, rote und dunkle Wüste, das ihre Nase, das die Backenknochen. Schau ihre langen, braungebrannten Arme an, die Spitzen des hellen Haares, das über die Schultern herabfließt, und ihre Stirn, die glatt ist und sich mitunter runzelt. Und Don Eusebio, also dann, also dann, ein Kaffeechen mit Milch? aber gefrühstückt hast du sicher schon, lieber was Süßes, das mögen junge Leute gern, waren Sie kein Süßmaul? am besten vielleicht Quittenkompott, und ein Papayasäftchen, also dann, Jacinto. Nick, mach mit, war ein Süßmaul, diese schlanke Säule ist ihr Hals, versteck die Freude, gähn, rauch, diese Blumen mit den zarten Stengeln ihre Hände und die flüchtigen Schatten, wenn die Sonne draufscheint, sehen sie blond aus, ihre Wimpern. Und red mit ihm, lächle ihm zu, so, das Haus nebenan haben Sie also endlich gekauft, so, den Laden wollen Sie also vergrößern und mehr Leute anstellen, interessier dich dafür und neck ihn, werden Sie auch Filialen in Sullana aufmachen? und in Chiclayo? wie du dich drüber freust, deine Stimme muß wie der Blick sein, sehr richtig, sind schon lange nicht mehr zu mir gekommen, ihr Gesichtsausdruck ist abwesend und ernst, sie ist ganz mit ihrem Fruchtsaft beschäftigt, ein paar orangefarbene Lichttropfen glitzern auf ihrem Mund und inzwischen, so geht's mit der Arbeit, die Verpflichtungen, die Familie, aber spannen Sie doch mal aus, Don Eusebio, machen Sie sich einen vergnügten Tag, ihre Finger öffnen sich, nehmen eine Quitte, heben sie hoch, wie geht's denn den Insassinnen? vermissen Sie, fragen nach Ihnen, wann wollen Sie denn kommen und ich werd mich selber um Sie kümmern, schau sie jetzt an, jetzt beißt sie, schau nur, wie heißhungrig und blank ihre Zähne sind. Und dann der Esel und die Körbe, schieb den Hut ins Gesicht, lächle, mach Konversation, und jetzt die Gallinaza, dienernd. Die Herren sind so gut, Toñita, gib den Herren die Hand, ich dank Ihnen an ihrer Stelle und dann, wiederum, die flüchtige Kühle, fünf sanfte Berührungen in deiner Hand, etwas, das in den Körper eindringt und ihn beruhigt. Diese Ruhe jetzt, nicht wahr? dieser Friede und schauen Sie, Don Eusebio, das ist der Grund und Sie haben's nicht gewußt, haben's nicht einmal erfahren, als Sie starben. Und er, das fehlte noch, muß mich ja schämen, Anselmo, lassen Sie mich wenigstens eine Runde bezahlen, ich komm mir ja vor wie. Du, auf keinen Fall, keinen Pfennig, was Sie wollen, fühlen Sie sich wie zu Haus, Sie haben mir die Angst genommen, haben sie an meinen Tisch gebracht und die Leute haben weder eigenartig dreingeschaut noch ist's ihnen aufgefallen. Und dann, die übergroße Freude. Jetzt ja, trau dich, geh zu ihrer Bank, jeden Morgen, streichle ihre Haare, kauf ihr Obst, bring sie in die ‹Estrella del Norte›, geh mit ihr in der glühenden Sonne spazieren, lieb sie so wie in den Tagen damals.

«All die kleinen Esel», sagte Bonifacia. «Den ganzen Tag über kommen sie vorm Haus vorbei, und ich werd's nicht müd, sie anzuschauen.»

«Gibt's in der Montaña keine Esel, Base?» sagte José. «Ich hab immer geglaubt, dort gäb's fast nichts als Tiere.»

«Aber keine Esel», sagte Bonifacia. «Dann und wann sieht man mal einen, aber nie so viele wie hier.»

«Da kommen sie», sagte der Affe vom Fenster her. «Die Schuhe, Base.»

Bonifacia schlüpfte hinein, beim Linken gelang's nicht, *caramba,* stand auf, ging zur Tür, unsicher, ängstlich auf den hohen Absätzen, machte auf und Josefino streckte ihr die Hand entgegen, ein Schwall siedender Luft, Lituma, Ströme von Licht. Das Zimmer wurde wieder dunkel, Lituma legte den Uniformrock ab, er war halb tot, Vettern, das Képi, sie sollten eine Algarrobina trinken. Er plumpste auf einen Stuhl und schloß die Augen. Bonifacia ging ins Nebenzimmer, und Josefino, auf einer Matte neben José ausgestreckt, diese verfluchte Hitze, die einen ganz blöd machte. Durch die Fensterladen drangen Lichtstrahlen, in denen Staubkörnchen und Insekten tanzten, und draußen schien alles still und ausgestorben, als hätte die Sonne die Kinder und die streunenden Hunde mit ihrer weißen Säure aufgelöst. Der Affe ging vom Fenster weg, sie waren die Unbezwingbaren, vom Arbeiten keine Ahnung, immer nur spielen, immer nur vögeln, sie waren die Unbezwingbaren, und jetzt ging's ans Saufen, aber sie sangen nur nach dem ersten Glas Algarrobina.

«Wir haben mit der Base gerade von Piura geredet», sagte der Affe. «Am meisten fallen ihr die Esel auf.»

«Und der viele Sand und die wenigen Bäume», sagte Bonifacia. «Im Urwald ist alles grün und hier alles gelb. Und die Hitze, auch ganz anders.»

«Der Unterschied ist, daß Piura eine Stadt mit richtigen Gebäuden ist, mit Autos und Kinos», erklärte Lituma gähnend. «Und Santa María de Nieva ein Nest mit Nacktärschen, Moskitos und einem Regen, der alles zum Verfaulen bringt, angefangen bei den Leuten.»

Zwei wilde winzige Tierchen duckten sich hinter ein paar losen Haarsträhnen und lauerten grün, feindselig. Der linke Fuß Bonifacias, nur zur Hälfte im Schuh, strengte sich von neuem an, ganz hineinzuschlüpfen.

«Aber in Santa María de Nieva gibt's zwei Flüsse, die das ganze Jahr über Wasser haben, und reichlich», sagte Bonifacia nach einem Augenblick sanft. «Der Piura nur ganz wenig und bloß im Sommer.»

Die Unbezwingbaren brachen in Gelächter aus, zwei zu zwei drei, drei zu zwei vier und da wurde Bonifacia schon wütend. Schwitzend, ohne die Augen zu öffnen, dick, schaukelte Lituma bedächtig mit seinem Stuhl hin und her.

«Du kannst dich nur nicht an die Zivilisation gewöhnen», seufzte er schließlich. «Aber wart's nur ab, bald wirst du den Unterschied sehen. Wirst nichts mehr von der Montaña hören wollen, wirst dich schämen zu sagen, ich bin eine Selvática.»

Vier zu zwei macht fünf, fünf zu zwei macht sechs und jetzt hatte Vetter Lituma 's ihr aber gesagt. Der Fuß war endlich im Schuh, gewaltsam hineingezwängt, indem er brutal auf den Absatz stampfte.

«Ich werd mich nie schämen», sagte Bonifacia. «Keiner kann sich seiner Heimat schämen.»

«Wir sind alle Peruaner», sagte der Affe. «Warum schenkst du uns nicht noch ein Glas Algarrobina ein, Base?»

Bonifacia stand auf und ging, ganz langsam, von einem zum andern, füllte erneut ihre Gläser, hob kaum die Füße von diesem glatten Boden, den die gedemütigten wilden Tierchen von oben herab mißtrauisch betrachteten.

«Wenn du in Piura geboren wärst, würdest du nicht wie auf Eiern gehen», lachte Lituma und machte die Augen auf. «Dann wärst du an Schuhe gewöhnt.»

«Jetzt streit nicht mehr mit der Base», sagte der Affe. «Sonst kriegst du wieder einen Wutanfall, Lituma.»

Die goldenen Algarrobinatröpfchen fielen auf den feindlichen Boden, nicht in Josefinos Glas, und Bonifacias Mund und Nase hatten, genau wie ihre Hände, auch zu beben begonnen, aber das war keine Sünde, und sogar ihre Stimme: Gott hatte sie so geschaffen.

«Freilich ist das keine Sünde, Base, wieso auch?» sagte der Affe. «Die Mangacheweiber können sich auch nicht an hohe Absätze gewöhnen.»

Bonifacia stellte die Flasche auf ein Wandbrett, setzte sich, die wilden Tierchen beruhigten sich, und ganz plötzlich, heimlich, rebellisch, blitzschnell, befreiten sich ihre Füße, einer half dem andern, aus den Schuhen. Sie beugte sich vor, stellte sie ohne Eile unter den Stuhl und Lituma hatte jetzt zu schaukeln aufgehört, die Unbezwingbaren sangen nicht mehr und eine forsche, herausfordernde Erregtheit erfüllte die grünlich-dunklen Figürchen, die sich ohne Scham zur Schau stellten.

«Die kennt mich noch nicht, weiß nicht, mit wem sie sich anlegt», sagte Lituma zu den Leóns; er erhob die Stimme: «Du bist keine Wilde mehr, sondern die Frau des Sargento Lituma. Zieh deine Schuhe an!»

Bonifacia reagierte nicht, bewegte sich auch nicht, als Lituma sich erhob, das Gesicht verschwitzt und cholerisch, wich auch der Ohrfeige nicht aus, die kurz, zischend klatschte und die Leóns sprangen auf und warfen sich dazwischen: so schlimm war's auch wieder nicht, Vetter. Sie hielten Lituma fest, er sollte doch nicht so sein, und schalten ihn im Scherz, sollte sein Mangacheblut beherrschen. Der Schweiß hatte die Brust und den Rücken seines Khakihemds gefärbt, so daß es nur an den Armen und um die Schultern noch hell war.

«Sie muß es lernen», sagte er und schaukelte wieder, aber jetzt schneller, im Rhythmus seiner Worte. «In Piura kann sie sich nicht wie eine Wilde aufführen. Und außerdem, wer bestimmt im Haus?»

Die Tierchen spähten zwischen Bonifacias Fingern hervor, waren fast unsichtbar, weinerlich? und Josefino schenkte sich ein wenig Algarrobina ein. Die Leóns setzten sich, Liebe ohne Prügel gibt's nicht, hieß es, und die Cholas aus Chulucana: mein Mann je mehr er mich haut desto mehr liebt er mich, aber in der Montaña dachten die Frauen darüber vielleicht anders und eins zwei und drei, die Base sollte ihm verzeihen, sollte sie doch ansehen, sollte doch wieder gut sein, ein bißchen lächeln, hm? Aber Bonifacia hielt ihr Gesicht verborgen und Lituma stand auf, gähnte.

«Ich werd ein Schläfchen machen», sagte er. «Bleibt ruhig noch, trinkt die Flasche aus, nachher gehen wir noch aus.» Er blickte schräg auf Bonifacia, modulierte mannhaft die Stimme: «Wenn's zu Haus keine Liebe gibt, sucht man sie woanders.»

Er zwinkerte den Unbezwingbaren lustlos zu und ging ins Nebenzimmer. Man hörte ihn eine Tonada pfeifen, Sprungfedern quietschten. Sie tranken weiter, ein Glas, schweigend, zwei Glas, und beim dritten begann das Schnarchen: tief, methodisch. Da tauchten auch die wilden Tierchen wieder auf, trocken und verkniffen hinter den Haaren.

«Dieser Nachtdienst verdirbt ihm die gute Laune», sagte der Affe. «Achten Sie nicht drauf, verehrte Frau Base.»

«Was für eine Art, die Frau zu behandeln», sagte Josefino und suchte die Augen Bonifacias, aber die sah den Affen an. «Ein richtiger Polyp.»

«Und Sie, verehrter Herr, Sie wissen, wie man Frauen behandelt, nicht wahr?» sagte José und warf einen Blick auf die Tür: langgezogenes, gewichtiges Schnarchen.

«Freilich», Josefino lächelte und robbte auf der Matte an Bonifacia heran. «Wenn sie meine Frau wäre, würd ich nie Hand an sie legen. Ich meine, um sie zu verhauen.»

Furchtsam geworden, erschreckt, studierten die Tierchen eingehend die verwaschenen Wände, die Balken, die blauen Fliegen, die am Fenster summten, die Goldkörnchen, die in den Lichtprismen schwebten, die Maserungen in der Wandverkleidung. Josefino hielt inne, sein Kopf berührte die schuhlosen Füße, die zurückwichen, und die Leóns, du bist der Wurm-Mensch, und Josefino, die Schlange, die Eva versucht hat.

«In Santa María de Nieva gibt's keine solchen Straßen wie hier», sagte Bonifacia. «Sind ungepflastert, und es regnet so viel, da ist's ein Brei. Da würden die hohen Absätze einsinken und die Frauen könnten nicht gehen.»

«Wie auf Eiern gehen, so eine hundsgemeine Gemeinheit», sagte Josefino. «Außerdem ist's nicht wahr. Wo sie so ein hübsches Gangwerk hat. Viele Frauen wünschten, sie könnten so gehen wie sie.»

Die Köpfe der Leóns wandten sich abwechselnd zur Tür: einer hin, einer her. Und Bonifacia fing, noch einmal, zu zittern an, danke für das, was er da sagte, ihre Hände, ihr Mund, aber sie wußte, das sagte er nur so, und vor allem ihre Stimme zitterte, im Grunde meinte er es aber nicht. Und die Füße wichen aus. Josefino steckte den Kopf unter den Stuhl und seine Stimme klang zögernd und undeutlich, von ganzem, ganzem Herzen meinte er es, langsame, schwerelose Worte, voller Honig, und noch tausend andere Dinge, wären sie allein, würde er sie ihr sagen.

«Lassen Sie sich von mir nicht stören, Herr Unbezwingbarer», sagte der Affe. «Tu, als wenn du zu Haus wärst, und hier sitzen bloß zwei Taubstumme. Wenn du willst, können wir ja gehen und nachsehen, ob's regnet. Ganz wie ihr zwei wollt.»

«Ja, geht, geht», wie abgeleckt, melodisch, «laßt mich allein mit Bonifacia, damit ich sie ein bißchen trösten kann.»

José hustete, stand auf und schlich auf Zehenspitzen zur Tür. Grinsend kam er zurück, der war wirklich fertig, schlief wie ein Murmeltier, und die gespannten, hüpfenden Tierchen studierten unermüdlich das Holz der Stellage, die Stuhlbeine, den Rand der Matte, den langen, liegenden Körper.

«Der Base gefallen Komplimente nicht», sagte der Affe. «Sie ist rot geworden, Josefino.»

«Du kennst die Piuraner noch nicht, Base», sagte José. «Denk nicht schlecht von uns. So sind wir, die Frauen bringen uns zum Reden.»

«Los, Bonifacia», sagte Josefino. «Sag, sie sollen nachsehen, ob's regnet.»

«Die sagt's Lituma, wenn du so weitermachst», sagte der Affe. «Und der Vetter wird böse werden.»

«Soll's ihm doch sagen», klebrig, lauwarm, «macht mir nichts aus. Ihr kennt mich genau, wenn eine Frau mir gefällt, dann sag ich's ihr, ganz gleich, wer's ist.»

«Dir ist die Algarrobina zu Kopf gestiegen», sagte José. «Red nicht so laut.»

«Und Bonifacia gefällt mir», sagte Josefino. «Damit sie's gleich weiß!»

Bonifacias Hände umklammerten ihre Knie und sie hob den Kopf: ihre Lippen lächelten heldenhaft unterhalb der entsetzten Tierchen.

«Hast du's aber eilig, Gevatter!» sagte der Affe. «Meister im Hundertmeterrennen.»

«Laß jetzt gut sein», sagte José. «Du machst ihr ja Angst.»

«Wenn er das hörte, würd er grob werden», stammelte Bonifacia; sie blickte erst Josefino an, der warf ihr eine Kußhand zu, und dann zur Decke, auf den Sims, den Fußboden. «Wenn er's wüßte, würd er grob werden.»

«Soll er doch, wennschon», sagte Josefino. «Soll ich euch was sagen, Jungens? Bonifacia kommt nicht drum rum, eines Tages meine Frau zu werden.»

Jetzt den Fußboden, starr, und ihre Lippen flüsterten etwas. Die Leóns husteten in einem fort, ließen das Nebenzimmer nicht aus den Augen: eine Pause, ein Schnarchen, noch einmal, anhaltender, beruhigender.

«Schluß jetzt, Josefino», sagte der Affe. «Sie ist keine Piuranerin, kennt uns kaum.»

«Erschrick nicht, Base», sagte José. «Spiel mit oder kleb ihm eine.»

«Ich hab keine Angst», murmelte Bonifacia, «nur, wenn er das erfährt, und überhaupt: wenn er's hört ...»

«Entschuldige dich bei ihr, Josefino», sagte der Affe, «sag, daß es ein Scherz ist, schau nur, wie du sie erschreckt hast.»

«War ein Scherz, Bonifacia», lachte Josefino und kroch rückwärts weg. «Ich schwör's. Nimm's nicht so tragisch.»

«Ich nehm's nicht tragisch», stammelte Bonifacia. «Ich nehm's nicht tragisch.»

II

«Wozu das ganze Theater, seit wann solche Umstände?» sagte der Blonde. «Warum gehen wir nicht einfach rein und schnappen ihn uns, im guten oder im bösen?»

«Das ist, weil der Sargento Eindruck schinden will», sagte der Knirps. «Hast du nicht gemerkt, wie zuverlässig er geworden ist. Jetzt will er immer, daß alles genau so gemacht wird, wie's vorgeschrieben ist. Da wird die Ehe dran schuld sein, weißt du.»

«Und den Fetten bringt diese Ehe noch um vor Neid», sagte der Blonde. «Gestern abend, scheint's, hat er sich wieder volllaufen lassen, bei Paredes, und hat sich wieder selbst verflucht, weil er ihm nicht zuvorgekommen ist, schon wieder meine letzte Chance verloren, eine Frau zu finden. Das Weibchen hat vielleicht ihre Sachen, aber der Fette übertreibt doch.»

Sie lagen zwischen den Binsen auf Posten und hielten die Gewehre auf die Hütte des Lotsen im Anschlag, die wenige Meter von ihnen entfernt über dem Pflanzenwerk hing. Im Innern wuchs ein schwaches, öliges Glänzen an und beleuchtete gerade noch eine Ecke der Veranda. Niemand rausgekommen, Jungens? Ein Schatten beugte sich über den Blonden und den Knirps: nein, *mi sargento*. Und der Fette und der Dunkle waren schon auf der andern Seite, jetzt konnte er nur noch durch die Luft ausreißen. Aber nicht die Nerven verlieren, Jungens, der Sargento sprach langsam, wenn sie ihn brauchten, sollten sie ihn rufen, seine Bewegungen waren ebenfalls ruhig und oben ließen einige zarte Wolken das Mondlicht durch, ohne es zu schwächen. In der Ferne, umringt von der Finsternis des Dschungels und dem sachten Blinken der Flüsse, war Santa María de Nieva: eine Handvoll Lichter und scheuer Blitze. Ohne Hast öffnete der Sargento die Revolvertasche, zog die Waffe heraus, entsicherte sie, flüsterte den Guardias noch etwas zu. Immer noch gemächlich, in aller Ruhe, ging er auf die Hütte zu, wurde von den Lianen und der Nacht verschluckt, und tauchte wenig später bei der beleuchteten Ecke der Veranda wieder auf, sein Gesicht war einen Augenblick lang in dem bleichen Schimmer zu erkennen, der durch die Hüttenwand drang.

«Hast du gemerkt, wie er geht und wie er redet?» sagte der Dunkle. «Den hat's gepackt. Irgend etwas ist mit ihm los, früher war er nicht so.»

«Die Nacktärschin quetscht ihn aus wie eine Zitrone», sagte der Fette. «Bestimmt schläft er mit ihr dreimal am Tag und dreimal nachts. Was meinst sonst, warum er unter jedem Vorwand das Wachhaus verläßt? Um mit der Wilden ins Bett zu hopsen, deswegen.»

«Es sind ihre Flitterwochen, da steht's ihm zu», sagte der Dunkle. «Du verreckst noch vor Neid, gib's zu.»

Sie lagen auch da, auf einem schmalen Uferstrich, hinter einer Wand aus Binsen, sehr nahe am Wasser. Sie hatten die Gewehre in der Hand, richteten sie aber nicht auf die Cabaña, die von da, wo sie waren, aussah, als stünde sie schief und hoch im Dunkeln.

«Dem ist was zu Kopf gestiegen», sagte der Fette. «Warum sind wir nicht hingegangen, um Nieves rauszuholen, gleich wie der Befehl vom Teniente gekommen ist, hm? Wir wollen warten, bis es dunkel ist, müssen einen Plan machen, wir werden das Haus umzingeln, wo gibt's denn soviel Quatsch auf einmal? Um Don Fabio zu beeindrucken, Mensch, um sich wichtig zu machen, sonst nichts.»

«Der Teniente hat's kreuznotwendig, kriegt wahrscheinlich noch eine Litze», sagte der Dunkle. «Und wir nichts, wirst schon sehen. Hast du's nicht bemerkt, jetzt, wie der Melder von Borja gekommen ist? Der Gobernador hat's nur noch mit dem Teniente, der Teniente hier, der Teniente da, und waren's vielleicht nicht wir, die den Verrückten auf der Insel gefunden haben?»

«Die Nacktärschin gibt ihm bestimmt Pusanga, du», sagte der Fette. «Die macht ihn noch verrückt mit diesen Liebestränken. Drum latscht er auch so müd rum, schläft im Stehen ein.»

«Verflucht noch mal, verflucht noch mal», sagte der Sargento. «Was machen Sie denn hier? Was ist denn passiert?»

Reglos beobachteten ihn vom Bett aus Lalita und Adrián Nieves. Zu ihren Füßen stand ein mit Bananen überladener Teller, von dem Lampendocht her zog ein weißer und penetrant riechender Rauchkräusel, und auf der Schwelle stand immer noch blinzelnd, die Mütze auf dem Kopf, der Sargento, hatte denn Aquilino es ihnen nicht ausgerichtet? seine Stimme klang verwirrt, aber es war doch schon zwei Stunden her, Don Adrián, daß er zu dem Bengel gesagt hatte, lauf, es geht um Leben oder Tod, und seine Hand schüttelte ungläubig den Revolver: verflucht noch mal, verflucht noch mal. Doch, er hatte es ihnen ausgerichtet, Sargento, der Lotse sprach, als kaute er: die Kinder hatte er zu einem Bekannten geschickt, am andern Ufer. Von seinen Mundwinkeln zogen sich tief zwei Kanäle zu den Wangen. Und jetzt? Warum war nicht auch er ausgerissen? Wo's doch nicht die Jungens waren, die sich zu verstecken hatten, sondern er, Don Adrian: der Sargento schlug sich mit dem Revolver an den Oberschenkel. Nun hatte er die Sache mehrere Stunden hinausgezögert, Señora, war ein Risiko eingegangen, was sollte er denn noch tun? er hatte ihm mehr als genügend Zeit gelassen, Don Adrián.

«Redet ihm ein Loch in den Bauch», sagte der Knirps. «Und hinterher wird er zu Don Fabio sagen, bin ganz allein rein, hab ihn eigenhändig rausgeholt. Er will sich die Lorbeeren mit dem Teniente teilen. Alles nur, damit er versetzt wird, der Piuraner.»

Mit dem Schimmer drang jetzt aus der Cabaña ein Tuscheln, das die Nacht kaum bewegte, in ihr schwebte, ohne sie zu zerteilen, wie eine einsame Welle auf einem stillen See.

«Aber wenn der Teniente kommt, sagen wir's ihm», sagte der Blonde. «Uns sollen sie mit den Gefangenen nach Iquitos schikken. Dann fallen vielleicht ein paar Tage Urlaub ab.»

«Sie hat vielleicht was von einer Hexe an sich und einen breiten Hintern, was du willst», sagte der Dunkle. «Aber sag mir bloß nicht, Mensch, daß nicht jeder der Nacktärschin den Gefallen gern getan hätte, und du als erster. Klar, wo du doch jedesmal, wenn du dich besäufst, nur von ihr redest.»

«Selbstverständlich hätt ich sie durchgezogen», sagte der Fette. «Aber hättest du eine Heidin geheiratet? Nie im Leben, Bruderherz.»

«Der ist durchaus imstand, ihn umzulegen und zu sagen, er hat sich gewehrt und ich hab ihm den Garaus machen müssen», sagte der Knirps. «Der ist zu allem fähig, der Piuraner, wenn sie ihm nur seinen Orden verpassen.»

«Und wenn's bloß Märchen sind?» sagte der Blonde. «Wie der Melder von Borja gekommen ist und ich den Bericht vom Teniente gelesen hab, hab ich's einfach nicht glauben können, Knirps.

Nieves sieht nicht aus wie ein Bandit und ist mir immer wie ein anständiger Kerl vorgekommen.»

«Ach was, niemand sieht aus wie ein Bandit», sagte der Knirps. «Oder vielmehr, alle sehen aus wie Banditen. Aber ich hab's auch nicht fassen können, wie ich den Bericht gelesen hab. Wie viele Jahre wird er wohl kriegen?»

«Wer weiß», sagte der Blonde. «Eine ganze Anzahl bestimmt. Die haben allen was geraubt, und die Leute von hier können's kaum abwarten. Hast ja gesehen, wie sie immerzu hinter uns her waren, damit wir sie suchen, dabei haben die ihnen schon lang nichts mehr geraubt.»

«Was ich nicht glaub, ist, daß der da der Anführer war», sagte der Knirps. «Außerdem, wenn er soviel geklaut hat, wie behauptet wird, dann wär er kein solcher Hungerleider.»

«Natürlich war der nicht der Anführer», sagte der Blonde. «Aber darauf kommt's nicht an, wenn die andern nicht zum Vorschein kommen, werden Nieves und der Verrückte dafür büßen müssen.»

«Ich hab geweint, Sargento, hab ihn angefleht», sagte Lalita. «Seit Sie zur Insel aufgebrochen sind, hab ich ihm was vorgeweint, wir wollen abhauen, uns verstecken, Adrián. Und jetzt, wie Sie uns haben warnen lassen, haben die Jungens Obst geholt, wir haben seine Sachen zusammengepackt und Aquilino hat ihn auch gebeten. Aber er hört nicht, achtet auf niemanden.»

Der Schein der Dochtlampe fiel direkt auf Lalitas Gesicht, beleuchtete die stark vorstehenden Backenknochen, die Furunkel, die Pockennarben am Hals, die zerzausten, zitternden Haare, die ihr über die Lippen hingen.

«Sie haben trotz Ihrer Uniform ein gutes Herz», sagte Adrián Nieves. «Deswegen hab ich auch Ihren Trauzeugen gemacht.»

Aber der Sargento hörte nicht zu. Er hatte sich halb umgewandt und spähte geduckt auf die Terrasse hinaus, einen Finger vor den Lippen, Don Adrián, er sprang jetzt auf der Stelle hinunter, die Balustrade, ohne Lärm zu machen, den Fluß, er würde bis zehn zählen, den Himmel, und in die Luft schießen, hinausrennen, Jungens, er ist entkommen, auf *der* Seite und mit den Guardias zum Urwald laufen. Er sollte das Boot auf der dunklen Seite rausschieben, Don Adrián, und den Motor erst am Marañón anlassen, und sollte danach sich davonmachen, als wenn der Teufel hinter ihm her wär und sich ja nicht erwischen lassen, Don Adrián, ja nicht, er selbst konnte dabei nämlich auch einfallen, sollte sich bloß nicht erwischen lassen, und Lalita, ja, ja, sie würde das Boot losmachen, die Ruder einlegen, sie würde mit ihm gehen, und die Worte überstürzten sich in ihrem Mund, ihre Stirn wurde glatt und ihre Haut verjüngte sich, ungewohnt und schnell, Adrián, die Wäsche war bereit, und der Proviant, es fehlte nichts, und sie würden rudern und ehe sie an die Garnison kamen, würden sie im Urwald verschwinden. Und der Sargento, der von oben ins Freie hinunterspähte: sie mußten sich gegen den Bootskiel pressen, ja den Kopf nicht heben, wenn die Jungens sie sahen, würden sie auf sie schießen und der Knirps traf immer.

«Ich dank Ihnen, aber ich hab's mir genau überlegt, und auf dem Fluß geht's sowieso nicht», sagte Adrián Nieves. «Jetzt kommt niemand durch die Schnellen, Sargento, selbst wenn er zaubern könnte. Sie haben ja gesehen, wie der Teniente am Santiago festgesessen hat, und der ist ein Kinderspiel verglichen mit dem Marañón.»

«Aber Don Adrián», sagte der Sargento. «Aber was denn sonst, ich versteh Sie nicht.»

«Das Einzige ist, im Dschungel zu verschwinden, so wie das letzte Mal», sagte Nieves. «Aber ich will nicht, Sargento, ich hab drüber nachgedacht, bis es mir zum Hals raushing, schon seit ihr zur Insel seid. Ich mag nicht den Rest meines Lebens im Urwald rumrennen. Ich war nur sein Lotse, hab ihm bloß das Boot gelenkt, sonst nichts, genau wie euch, mir können sie nichts tun. Hier hab ich mich immer gut betragen, und das wissen alle, die Nonnen, der Teniente, und der Gobernador auch.»

«Die streiten nicht», sagte der Knirps. «Sonst würde man sie schreien hören, scheint's, unterhalten sie sich.»

«Er wird ihn halt schlafend angetroffen haben und wartet jetzt, bis er angezogen ist», sagte der Blonde.

«Oder er vernascht Lalita», sagte der Fette. «Den Nieves hat er bestimmt gefesselt, und jetzt macht er sich vor seinen Augen über sie her.»

«Sachen fallen dir ein, Mensch», sagte der Dunkle. «Gerad als hätt man dir Pusanga zu saufen gegeben, du rennst Tag und Nacht aufgegeilt rum. Außerdem, wer will der Lalita schon ein Rohr legen, wo sie so viele Pickel hat.»

«Aber sie ist eine Weiße», sagte der Fette. «Mir ist eine Weiße mit Pickeln lieber als eine Nacktärschin ohne. Nur ihr Gesicht ist so, ich hab sie gesehen, wie sie sich gebadet hat, hat gute Beine. Jetzt wird sie bald mutterseelenallein sein und jemand brauchen, der sie tröstet.»

«Daß du kein Weib hast, macht dich verrückt», sagte der Dunkle. «Ehrlich gesagt, mich auch, manchmal.»

«Wo haben Sie denn Ihren Kopf, Don Adrián», sagte der Sargento. «Wenn Sie jetzt nicht zum Wasser abhauen, sind Sie erledigt. Die werden doch alle Schuld Ihnen geben, verstehen Sie denn nicht? Im Bericht des Teniente heißt's, daß der Verrückte bald abkratzt, seien Sie doch nicht stur.»

«Sie werden mich ein paar Monate einsperren, aber danach werd ich in Ruhe leben und hierher zurückkommen können», sagte Adrián Nieves. «Wenn ich in den Urwald abhaue, seh ich meine Frau und meine Kinder nie mehr wieder, und ich will nicht bis zu meinem Tod wie ein Tier leben. Ich hab keinen umgebracht, der Pantacha weiß das, die Heiden auch. Und hier hab ich mir nichts zuschulden kommen lassen.»

«Der Sargento meint's gut mit dir», sagte Lalita, «hör auf ihn, Adrián. Um alles in der Welt, deinen Kindern zuliebe, Adrián.»

Sie stocherte am Boden herum, betastete die Bananen, ihre Stimme versagte, und Adrián Nieves hatte angefangen, sich anzukleiden. Er schlüpfte in ein zerknittertes Hemd ohne Knöpfe.

«Sie wissen nicht, wie ich mir vorkomm», sagte der Sargento. «Sie bleiben mein Freund, Don Adrián. Und wie wird erst Bonifacia sich anstellen. Sie hat gedacht, Sie wären längst auf und davon, genau wie ich.»

«Nimm sie mit, Adrián», schluchzte Lalita. «Zieh sie dir auch an.»

«Ich brauch sie nicht», sagte der Lotse. «Heb sie mir auf, bis ich wiederkomm.»

«Nein, nein, zieh sie an», beharrte Lalita und weinte laut auf. «Zieh dir die Schuhe an, Adrián.»

Eine Sekunde lang entstellte ein verlegener Ausdruck das Gesicht des Lotsen: verwirrt sah er den Sargento an, ging aber in die Hocke und zog die klobigen Schuhe mit den dicken Sohlen an, Don Adrián: man würde tun, was nur möglich war, um sich um seine Familie zu kümmern, wenigstens darum sollte er sich keine Sorgen machen. Er stand wieder aufrecht, und Lalita hatte sich an ihn gehängt und hielt seinen Arm gepackt. Sie würde nicht weinen, oder? Sie hatten so viel zusammen durchgemacht und sie hatte nie geweint, jetzt durfte sie also auch nicht weinen. Man würde ihn bald wieder freilassen, dann würde das Leben friedlicher sein, und sie sollte bis dahin gut auf die Jungens aufpassen. Sie nickte mechanisch, war wieder alt, das Gesicht entstellt und die Augen so groß wie Teller. Der Sargento und Adrián Nieves traten auf die Terrasse hinaus, kletterten das Treppchen hinunter und als sie auf die ersten Lianen traten, gellte der Schrei einer Frau durch die Nacht und, aus dem Dunkel zur Rechten, da kam der Vogel ja! die Stimme des Blonden. Und der Sargento, Scheißkerl, die Hände hintern Kopf: keinen Mucks oder er knallte ihm eine vor den Latz. Adrián Nieves gehorchte. Er ging voraus, die Arme in der Höhe, und der Sargento, der Blonde und der Knirps gingen langsam zwischen den Ackerfurchen hinter ihm her.

«Warum haben Sie so lang gebraucht, *mi sargento*?» sagte der Blonde.

«Hab ihn ein bißchen vernommen», sagte der Sargento. «Und hab ihn sich von seiner Alten verabschieden lassen.»

Als sie zum Binsengestrüpp gelangten, kamen ihnen der Fette und der Dunkle entgegen. Sie schlossen sich der Gruppe an, ohne ein Wort zu sagen, und so, schweigend, gingen sie den Hohlweg entlang bis Santa María de Nieva. In den verschwommenen Cabañas war Flüstern zu vernehmen, wenn sie vorbeikamen, auch zwischen den Capironas und unter den Pfählen standen Leute, die sie beobachteten. Aber niemand näherte sich und niemand stellte Fragen. Beim Landesteg angekommen, hörten sie aus nächster Nähe das Rennen bloßer Füße, *mi sargento*: das war Lalita, die würde bestimmt außer sich sein, ihnen Schwierigkeiten machen. Aber sie drängte sich keuchend zwischen den Guardias durch und blieb nur wenige Sekunden vor dem Lotsen stehen: den Proviant hatte er vergessen, Adrián. Sie reichte ihm ein Bündel und rannte weg, wie sie gekommen war, ihre Schritte verklangen im Dunkel, und als sie schon das Wachhaus erreicht hatten, hörte man aus der Ferne Klagen wie von einem Uhu.

«Hab ich's dir nicht gesagt, Dunkler», sagte der Fette. «Sie ist gut beieinander, immer noch. Besser als jede Nacktärschin.»

«Ah du!» sagte der Dunkle. «Du denkst immer nur an eins, du bist wohl völlig bedient.»

«Bei gutem Wetter, Fushía, morgen nachmittag», sagte Aquilino. «Zuerst geh ich, um mich zu erkundigen. Ich kenn in der Nähe eine Stelle, wo du im Boot versteckt warten kannst.»

«Und wenn sie nicht wollen, Alter?» sagte Fushía. «Was tu ich dann, was wird dann aus mir, Aquilino?»

«Wart ab, was passiert», sagte Aquilino. «Wenn ich den Kerl find, den ich kenn, der hilft uns. Außerdem, mit Geld erreicht man alles.»

«Willst du ihm das ganze Geld geben?» sagte Fushía. «Sei doch nicht blöd, Alter. Behalt etwas für dich selber, damit's dir wenigstens in deinem Geschäft nützt.»

«Ich will dein Geld nicht», sagte Aquilino. «Ich geh hinterher nach Iquitos zurück, um meine Waren abzuholen, und dann werd ich in der Gegend ein wenig Handel treiben. Sobald ich alles verkauft hab, komm ich nach San Pablo und besuch dich.»

«Warum redest du nicht mit mir?» sagte Lalita. «Hab vielleicht ich die Konserven gegessen? Alle hab ich dir gegeben. Ich kann nichts dafür, daß sie zu Ende sind.»

«Ich kab keine Lust mit dir zu reden», sagte Fushía. «Und zum Essen hab ich auch keine Lust. Wirf das weg und ruf die Achuales.»

«Sollen sie dir Wasser heiß machen?» sagte Lalita. «Das tun sie schon, ich hab's ihnen gesagt. Iß doch wenigstens ein bißchen Fisch, Fushía. Es ist Sábalo, Jum hat ihn vorhin mitgebracht.»

«Warum hast du mir den Gefallen nicht getan?» sagte Fushía. «Ich wollte aus der Ferne Iquitos sehen, und wenn's bloß die Lichter gewesen wären.»

«Bist du wahnsinnig geworden, Mann?» sagte Aquilino. «Und die Patrouillen von der Flußkontrolle? Außerdem kennen mich hier alle. Ich will dir helfen, damit du nicht ins Gefängnis kommst.»

«Wie ist's in San Pablo, Alter?» sagte Fushía. «Warst du schon oft da?»

«Manchmal, so im Vorbeifahren», sagte Aquilino. «Es regnet wenig dort, und Sümpfe gibt's keine. Aber eigentlich sind's zwei San Pablos, ich kenn nur die Kolonie, vom Handel. Du wirst auf der andern Seite leben. So an die zwei Kilometer entfernt.»

«Gibt's viele Weiße dort?» sagte Fushía. «Hundert vielleicht, Alter?»

«Bestimmt mehr», sagte Aquilino. «Wenn die Sonne scheint, rennen sie splitternackt am Ufer rum. Wahrscheinlich tut ihnen die Sonne gut, oder sie tun's, um die Leute zu beeindrucken, die in Booten vorbeikommen. Sie brüllen nach was zu Essen und nach Zigaretten. Wenn man ihnen nichts gibt, beschimpfen sie einen, werfen einem Steine nach.»

«Du redest von ihnen, als widerten sie dich an», sagte Fushía. «Ich weiß schon: du wirst mich in San Pablo lassen, und dann seh ich dich nie mehr wieder, Alter.»

«Ich hab's dir versprochen», sagte Aquilino. «Hab ich vielleicht nicht immer gehalten, was ich dir versprochen habe?»

«Es wird das erste Mal sein, daß du's nicht hältst», sagte Fushía. «Und auch das letzte Mal, Alter.»

«Soll ich dir helfen?» sagte Lalita. «Komm, laß mich, ich zieh dir die Schuhe aus.»

«Hau ab», sagte Fushía. «Und komm nicht zurück, bis ich dich ruf.»

Still kamen die Achuales herein mit zwei großen, dampfenden Schüsseln. Sie stellten sie neben der Hängematte ab, ohne Fushía anzusehen, und gingen wieder hinaus.

«Ich bin deine Frau», sagte Lalita. «Genier dich doch nicht. Weswegen soll ich denn rausgehen?»

Fushía wandte ihr den Kopf zu, blickte sie an, und seine Augen waren zwei glühende Schlitze: loretanisches Mistvieh. Lalita drehte sich halb um, verließ die Cabaña und es war dunkel geworden. Die stickige Luft schien nahe daran, in Donner, Regen und Blitze zu zerplatzen. Im Huambisadorf knisterten die Lagerfeuer, ihr Schein flackerte zwischen den Lupunas und ließ eine wachsende Unruhe, ein Hin und Her, Gekreische, heisere Stimmen erkennen. Pantacha saß auf der Veranda seiner Cabaña und ließ die Beine baumeln.

«Was ist denn los mit denen?» sagte Lalita. «Warum die vielen Feuer? Warum machen sie soviel Krach?»

«Die auf der Jagd waren, sind zurückgekommen, Patrona», sagte Pantacha. «Haben Sie die Frauen nicht gesehen? Den ganzen Tag über haben sie Masato gebraut, sie werden halt feiern. Wollen, daß der Patrón auch mitmacht. Warum ist er so zornig, Patrona?»

«Weil Don Aquilino nicht gekommen ist», sagte Lalita. «Die Konserven sind alle, und der Schnaps wird's auch bald sein.»

«Jetzt sind's ungefähr zwei Monate, daß der Alte nicht gekommen ist», sagte Pantacha. «Diesmal kommt er sicherlich nicht mehr zurück, Patrona.»

«Dir macht jetzt überhaupt nichts mehr was aus, was?» sagte Lalita. «Jetzt hast du eine Frau, und da ist dir alles andere egal.»

Pantacha lachte laut auf, und in der Hüttentür tauchte die Shapra auf, von oben bis unten herausgeputzt: Diadem, Armreife, Fußspangen, Tätowierungen auf den Backenknochen und den Brüsten. Sie lächelte Lalita zu und setzte sich auf die Veranda neben sie.

«Sie kann jetzt besser Christlich als ich», sagte Pantacha. «Sie hat Sie sehr gern, Patrona. Heute hat sie Angst, weil die Huambisas, die auf der Jagd waren, zurückgekommen sind. Ich kann tun, was ich will, sie fürchtet sich halt immer noch vor ihnen.»

Die Shapra deutete auf das Gestrüpp, das den Abhang verbarg: der Lotse Nieves. Mit dem Strohhut in der Hand kam er heran, ohne Hemd, die Hosenbeine bis zu den Knien hochgekrempelt.

«Wo hast du denn den ganzen Tag gesteckt?» sagte Pantacha. «Fischen gegangen?»

«Ja, bin bis zum Santiago hinunter», sagte Nieves. «Hab aber kein Glück gehabt. Es kommt bald ein Gewitter, und da verdrücken sich die Fische oder verstecken sich in der Tiefe.»

«Die Huambisas sind wieder da», sagte Pantacha. «Heute nacht feiern sie.»

«Deswegen wird Jum wohl verschwunden sein», sagte Nieves. «Ich hab ihn in seinem Kanu aus der Lagune wegpaddeln sehen.»

«Jetzt bleibt er sicher zwei oder drei Tage weg», sagte Pantacha. «Der Heide fürchtet sich auch noch immer vor den Huambisas.»

«Fürchten tut er sich nicht, er will nur nicht, daß sie ihm den Kopf abschneiden», sagte der Lotse. «Er weiß, wenn sie besoffen sind, wird ihr Haß auf ihn wieder wach.»

«Wirst du auch mit den Heiden feiern?» sagte Lalita.

«Ich bin müde von der Fahrt», sagte Nieves. «Ich geh schlafen.»

«Es ist verboten, aber manchmal kommen sie doch raus», sagte Aquilino. «Wenn sie sich über etwas beschweren wollen. Da machen sie sich Kanus, paddeln auf den Fluß hinaus und stellen sich vor der Kolonie auf. Wenn ihr nicht tut, was wir wollen, kommen wir an Land, sagen sie.»

«Wer lebt in der Kolonie?» sagte Fushía. «Gibt's Polizisten?»

«Nein, ich hab keine gesehen», sagte Aquilino. «Da leben ihre Familien. Die Frauen, die Kinder. Haben sich kleine Felder angelegt.»

«Und die Familien, ekeln die sich auch so?» sagte Fushía. «Obwohl sie die Angehörigen sind, Aquilino?»

«Es gibt Dinge, da zählt die Verwandtschaft nicht», sagte Aquilino. «Wahrscheinlich können sie sich nicht daran gewöhnen, werden Angst haben, angesteckt zu werden.»

«Aber dann kommt ja niemand sie besuchen», sagte Fushía. «Dann sind Besuche bestimmt verboten.»

«Nein, nein, im Gegenteil, es kommt viel Besuch», sagte Aquilino. «Bevor man hineindarf, muß man auf ein Boot, und ein Stück Seife kriegt man, damit man sich abwäscht, und die Kleider muß man ausziehen und einen Schurz umbinden.»

«Warum machst du mir weis, daß du mich besuchen wirst, Alter?» sagte Fushía.

«Vom Fluß aus kann man die Häuser sehen», sagte Aquilino. «Hübsche Häuser, einige wie die in Iquitos, aus Ziegelsteinen. Da wirst du besser dran sein als auf der Insel, Mensch. Wirst Freunde haben und deine Ruhe.»

«Laß mich irgendwo am Ufer, Alter», sagte Fushía. «Von Zeit zu Zeit kommst du und bringst mir was zu essen. Ich werd mich versteckt halten, niemand wird mich sehen. Bring mich nicht nach San Pablo, Aquilino.»

«Wo du kaum gehen kannst, Fushía», sagte Aquilino. «Siehst du das nicht ein, Mann?»

«Wieso hast du dir dann das Fieber vom Huambisazauberer kurieren lassen, wenn du immer noch so Angst vor ihnen hast?» sagte Lalita. Die Shapra lächelte, ohne zu antworten.

«Ich hab ihn gegen ihren Willen geholt, Patrona», sagte Pantacha. «Hat ihr was vorgesungen, ihr vorgetanzt, ihr Tabak in die Nase gespuckt, und sie hat die Augen nicht aufgemacht. Hat mehr vor Angst als vom Fieber gezittert. Ich glaub, sie ist vor Schreck wieder gesund geworden.»

Ein Donner hallte, es begann zu regnen und Lalita stellte sich unter das Dach. Pantacha blieb weiterhin auf der Veranda, ließ den Regen auf die Beine klatschen. Einige Minuten später hörte der Regen auf und die Lichtung füllte sich mit Dampf. In der Hütte des Lotsen war kein Licht mehr, Patrona, der schläft wohl schon, und das war nur das Vorspiel, der wirkliche

Wolkenbruch würde die Huambisas mitten beim Feiern erwischen. Aquilino war bestimmt aufgewacht vom Donnern, und Lalita sprang das Treppchen hinunter, sie würde nachsehen, überquerte die Lichtung und betrat die Cabaña. Fushía hatte die Beine in den Schüsseln stecken und die Haut seiner Oberschenkel war, wie der Ton der Schüsseln, rosenrot und schuppig. Er fummelte am Moskitonetz herum, ohne sie aus den Augen zu lassen, Fushía, warum genierte er sich nur? und riß es los und hüllte sich damit ein, und jetzt knurrte er, was war schon dabei, wenn sie ihn sah? und vornübergebeugt langte er nach dem Stiefel, Fushía, wo's ihr doch nichts ausmachte, und endlich hatte er ihn und schleuderte ihn nach ihr, ohne zu zielen: er sauste an Lalita vorbei, knallte gegen das Bett und der Kleine weinte nicht. Lalita ging wieder hinaus. Ein dünner Regen fiel jetzt.

«Und die, die sterben, Alter?» sagte Fushía. «Werden die dort begraben?»

«Bestimmt», sagte Aquilino. «Können sie nicht gut in den Amazonas werfen, das wär nicht christlich.»

«Wirst du weiter auf den Flüssen rumgondeln, Aquilino?» sagte Fushía. «Hast du nie daran gedacht, daß du eines Tages auf dem Boot sterben kannst?»

«Ich würd gern in meinem Dorf sterben», sagte Aquilino. «Aber ich hab niemand mehr in Moyobamba, weder Angehörige noch Freunde. Aber schön wär's, wenn man mich auf dem Friedhof dort begraben würde, weiß nicht warum.»

«Ich ging auch gern noch mal nach Campo Grande», sagte Fushía. «Um zu sehen, was aus meinen Verwandten geworden ist, aus meinen Jugendfreunden. Irgend jemand erinnert sich bestimmt noch an mich.»

«Manchmal bereu ich's, daß ich keinen Partner hab», sagte Aquilino. «Viele haben mir schon angeboten, mit mir zu arbeiten, ein kleines Kapital mitzubringen für ein neues Boot. Alle reizt das ständige Herumreisen.»

«Und warum hast du nicht akzeptiert?» sagte Fushía. «Jetzt, wo du alt bist, hättest du Gesellschaft.»

«Ich kenn die Christenmenschen», sagte Aquilino. «Solange ich einem Partner das Geschäft beigebracht und ihm die Kundschaft vorgestellt hätte, wär ich gut mit ihm ausgekommen. Danach hätt er dann gedacht, warum noch teilen, was so wenig Geld abwirft. Und weil ich alt bin, wär ich das Opfer gewesen.»

«Mir tut's leid, daß wir nicht zusammen geblieben sind, Aquilino», sagte Fushía. «Die ganze Reise über hab ich daran denken müssen.»

«Das war kein Geschäft für dich», sagte Aquilino. «Du warst zu ehrgeizig, hast dich mit den paar Kröten nicht zufrieden gegeben, die dabei zu verdienen waren.»

«Jetzt siehst du, wozu der Ehrgeiz gut war», sagte Fushía. «Bin tausendmal schlimmer dran als du, und du warst nie ehrgeizig.»

«Dir hat Gott nicht geholfen, Fushía», sagte Aquilino. «Alles, was passiert, hängt davon ab.»

«Und warum hat er ausgerechnet mir nicht geholfen, und andern doch?» sagte Fushía. «Warum hat er mich zur Sau gemacht und dem Reátegui zum Beispiel geholfen?»

«Frag ihn, wenn du stirbst», sagte Aquilino. «Wie soll ich das wissen, Fushía?»

«Gehen Sie doch einen Augenblick hin, Patrón, ehe es zu gießen anfängt», sagte Pantacha.

«Von mir aus, aber nur auf einen Sprung», sagte Fushía. «Damit die Hunde nicht eingeschnappt sind. Geht Nieves nicht?»

«Der war zum Fischen im Santiago», sagte Pantacha. «Hat sich schon schlafen gelegt, Patrón. Die Lampe ist schon vor einer ganzen Weile ausgegangen.»

Sie verließen die Cabañas und gingen auf die rötlich leuchtenden Feuer bei der Huambisasiedlung, und Lalita wartete, saß auf dem Boden neben den Pfählen der Cabaña, von der es herabtropfte. Der Lotse tauchte wenig später auf, mit Hemd und Hose: alles war bereit. Aber Lalita wollte jetzt nicht mehr, morgen, gleich würde das Gewitter losbrechen.

«Nicht morgen, jetzt sofort», sagte Adrián Nieves. «Der Patrón und Pantacha sind zur Fiesta gegangen, und die Huambisas sind schon blau, Jum ist im Tunnel, wartet auf uns, er bringt uns bis zum Santiago.»

«Ich kann Aquilino nicht hierlassen», sagte Lalita. «Ich will meinen Sohn nicht verlassen.»

«Niemand hat gesagt, daß er zurückbleiben soll», sagte Nieves. «Ich will auch, daß wir ihn mitnehmen.»

Er ging in die Hütte, kam mit einem Bündel in den Armen wieder heraus und ging, ohne etwas zu Lalita zu sagen, los in Richtung auf das Charapabecken. Sie folgte ihm, wimmernd, aber dann, am Uferabhang, beruhigte sie sich und hängte sich bei dem Lotsen ein. Nieves wartete, bis sie ins Kanu gestiegen war, reichte ihr dann das Kind, und wenig später zerschnitt das Kanu sanft die dunkle Oberfläche der Lagune. Hinter der düsteren Palisade der Lupunas lugte schwach der Schein der Feuer hervor und Singen klang herüber.

«Wohin geht's denn?» sagte Lalita. «Mir sagst du kein Wort, alles machst du allein. Ich will nicht mehr mit dir gehen, ich möchte zurück.»

«Sei still», sagte der Lotse. «Red nicht, bis wir aus der Lagune weg sind.»

«Es wird schon Tag», sagte Aquilino. «Wir haben kein Auge zugemacht, Fushía.»

«Die letzte Nacht, die wir zusammen sind», sagte Fushía. «Es brennt wie Feuer hier drin, Aquilino.»

«Mir tut's auch weh», sagte Aquilino. «Aber wir können nicht mehr länger hierbleiben, wir müssen weiter. Hast du keinen Hunger?»

«Irgendwo am Strand, Alter», sagte Fushía. «Um unserer Freundschaft willen, Aquilino. Nicht nach San Pablo, laß mich irgendwo zurück. Ich will nicht in San Pablo sterben, Alter.»

«Zeig mehr Charakter, Fushía», sagte Aquilino. «Stell dir vor, ich hab's nachgerechnet: vor genau dreißig Tagen sind wir von der Insel weg.»

Die Dinge sind, wie sie sind, die Wirklichkeit und die Wünsche gehen ineinander über und wenn nicht, weswegen wär sie an dem Morgen mitgekommen. Hat sie deine Stimme, deinen Geruch wiedererkannt? Red mit ihr und schau zu, wie in ihrem Gesicht etwas Fröhliches und Eifriges aufwacht, halt ihre Hand ein paar Sekunden fest und entdeck unter ihrer Haut die diskrete Scheu, die zarte Unruhe ihres Blutes, schau, wie ihre Lippen sich kräuseln, wie die Lider beben. Wollte sie es wissen? Warum drückst du meinen Arm so, warum spielst du mit meinen Haaren, warum deine Hand an meiner Taille und, wenn du sprichst, dein Gesicht so nah am meinen? Erklär ihr: damit du mich nicht mit den andern verwechselst, denn ich will, daß du mich erkennst, Toñita, und dieses winzige Wehen und die Geräusche aus meinem Mund sind Dinge, die ich dir sag. Aber sei vorsichtig, paß auf, auf die Leute und jetzt, es ist niemand da, nimm ihre Hand, laß sie los! du, bist du erschrocken, Toñita, warum zitterst du jetzt? bitt sie um Verzeihung. Und dann, wiederum, die Sonne, die ihre Wimpern vergoldet und sie, sicherlich am Überlegen, Zweifeln, stellt sich's vor, du, ist nichts Schlechtes, Toñita, hab keine Angst vor mir, und sie in dumpfer Bemühung, Erfindung, warum, wie, und dort die andern, Jacinto wischt die Tische ab, Chápiro redet von der Baumwolle, den Hähnen und den Cholas, die er vernascht, ein paar Frauen bieten Süßigkeiten feil und sie stochert angestrengt, angstvoll in der stummen Finsternis, warum, wie. Du, bin verrückt, ist unmöglich, ich verursach ihr Leiden, schäm dich, spring aufs Pferd, wieder die Sandwüste, das Gastzimmer, der Turm. Zieh die Vorhänge vor, der Schmetterling soll raufkommen, sich ausziehen, ohne den Mund aufzumachen, komm, beweg dich aber nicht, du bist ein kleines Mädchen, küß sie, du liebst sie, ihre Hände sind Blumen, sie, wie nett Sie das sagen, Patrón, gefall ich Ihnen wirklich so gut? Soll sich wieder anziehen, soll runtergehen, warum hast du geredet, Schmetterling, sie, verliebt sind Sie und wollen, daß ich sie ersetz, du, los, geh schon, von jetzt an kommt mir keine Insassin mehr in den Turm. Und wieder die Einsamkeit, die Arpa, der Schnaps, besauf dich, leg dich aufs Bett und bohr du auch, grab in der Finsternis, hat sie ein Recht darauf, daß man sie liebt? hab ich das Recht, sie zu lieben? würd's mir was ausmachen, wenn's Sünde wär? Die Nacht vergeht langsam, schlaflos, hohl ohne ihre Anwesenheit, die die Zweifel tötet. Unten wird gelacht, angestoßen und gescherzt, mitten in die lärmenden Gitarren schleicht sich das schlanke Pfeifen einer Flöte, man gerät in Hitze, tanzt. Es war Sünde, Anselmo, liegst im Sterben, bereue, du, es war keine, Padre, ich bereu nichts außer daß sie gestorben ist. Und er, es war gegen ihren Willen, gewaltsam, du, es war nicht gewaltsam, haben uns verstanden, auch ohne daß sie mich sah, haben uns geliebt, auch ohne daß sie mir's sagen konnte, die Dinge waren, wie sie waren. Gott ist groß, Toñita, stimmt's nicht, daß du mich erkennst? Probier's aus, drück ihre Hand, zähl bis sechs, drückt sie auch? bis zehn, siehst du, läßt deine Hand nicht los, bis fünfzehn und da liegt sie immer noch in der deinen, vertrauensvoll und zart. Und unterdessen fällt schon kein Sand mehr, ein kühler Wind bläst vom Fluß herauf, komm mit zur ‹Estrella del Norte›, Toñita, wollen was trinken und welchen Arm hat ihre Hand denn gesucht? an wem hat sie sich denn festgehalten, um die Plaza zu überqueren? du, den meinen, nicht den von Don Eusebio, an mir und nicht an Chápiro, dann liebt sie dich also? Fühl wieder, was du gefühlt hast: das jugendliche und braungebrannte Fleisch, den glatten Flaum ihres Armes und, unter dem Tisch, ihr Knie an deinem Knie, schmeckt der Lúcumasaft, Toñita? und immer noch das Knie, und jetzt heuchle und genieß, so, die Geschäfte gehen also gut, Don Eusebio, so, der Laden, den Sie in Sullana aufgemacht haben, geht am besten, so, Arrese stirbt uns also, Doktor Zevallos, ein Verlust für Piura, war der belesenste Mann, und dann, beglückend die winzige Wärme zwischen den Venen und den Muskeln, ein Flämmchen im Herzen, noch eines in den Schläfen, zwei winzige Krater zucken unter den Handgelenken. Jetzt nicht mehr nur das Knie, der Fuß auch, sieht bestimmt klein und schutzlos aus neben dem groben Stiefel, und der Knöchel, und der schlanke Oberschenkel parallel zu deinem, du, Gott ist groß aber vielleicht merkt sie's nicht, ist's Zufall? Mach noch mal die Probe, drück dagegen, rutscht sie weg? bleibt sie an dich gedrängt? drückt sie auch? du, spielst du auch nicht, Mädchen? was empfindest du für mich? Dann, wiederum, der ehrgeizige Wunsch: einmal allein sein zusammen, nicht hier, sondern im Turm, nicht untertags, sondern nachts, nicht angekleidet, sondern nackt, Toñita, rutsch nicht weg, berühr mich weiter. Und dann, der drückend heiße Sommermorgen, die Schuhputzer, die Bettler, die Hausiererinnen, die Leute, die aus der Messe kommen, ‹La Estrella del Norte› und die Männer und ihre Gespräche, die Baumwolle, der Wasserspiegel, die Pachamanca am Sonntag und, ganz plötzlich, fühl ihre Hand, die deine sucht, findet und festhält, Vorsicht, Achtung, schau nicht hin, keine Bewegung, lächle, die Baumwolle, die Wetten, die Jagden, das harte Fleisch des Wildes und die tückischen Plagen und, unterdessen, hör ihre Hand in der deinen, ihre geheimnisvolle Botschaft, entziffre diese Stimme heimlichen Drückens und sanften Zwickens, und die ganze Zeit, Toñita, Toñita, Toñita. Schluß jetzt mit Zweifeln, morgen noch früher, versteck dich in der Kathedrale und späh hinaus, lausch dem feinen Singen des Sandes in den Wipfeln der Tamarinden, warte gespannt, die Augen starr auf die Ecke, halb von der Laube und den Bäumen verborgen. Und dann, wiederum, die stehengebliebene Zeit unter dem Gewölbe und den Bogen, die strengen Fliesen, die leeren Sitzreihen, und der unversöhnliche Wille und ein kalter Schweiß am Rücken, die abrupte Leere im Magen: der Esel, die Gallinaza, die Körbe, eine Gestalt, die gleitend heranschwebt. Hoffentlich kommt niemand, hoffentlich geht sie bald, hoffentlich kommt der Priester nicht und jetzt, schnell, hinausstürzend, das Licht draußen, das Atrium, die breiten Stufen, die Straße, das schattige Viereck. Breit die Arme aus, umarm sie, schau wie ihr Kopf an deiner Schulter ruht, liebkos ihre Haare, entfern den blonden Sand und gleichzeitig, Vorsicht, die ‹Estrella del Norte› wird gleich aufmachen und Jacinto wird gähnend auftauchen, die Leute werden kommen und die Fremden, komm ihnen zuvor. Täusch nichts mehr vor, küß sie und, während ihr Gesicht zu glühen beginnt, erschrick nicht, du bist hübsch, ich hab dich gern, wirst doch nicht weinen, fühl deinen Mund an ihrer Wange und sieh nur, ihre Aufregung läßt auch schon nach, ihre Haltung ist wieder fügsam und so, wie die Haut, die nachgibt unter deinen Lippen, duftet im heißen Sommer der Regen, und so auch funkelt der Regenbogen am Himmel. Und dann raub sie dir: so kann's mit uns nicht weitergehen, komm mit mir, Toñita, du wirst sie behüten, sie verwöhnen, wird glücklich mit dir sein, ganz kurze Zeit nur und ihr werdet weit weg gehen von Piura, in aller Offenheit leben. Renn mit ihr, von den Vordächern rieselt noch Sand, die Leute schlafen oder recken sich in ihren Betten, aber schau, sieh um dich, gib ihr die Hand, heb sie aufs Pferd. Mach sie nicht nervös, red langsam mit ihr: halt dich an mir fest, ganz fest, dauert gar nicht lange. Und, wiederum, die Sonne, die sich über der Stadt einrichtet, die lauwarme Luft, die einsamen Straßen, die wütende Hast und plötzlich, sieh wie sie sich festhält, dein Hemd zerknittert, wie ihr Leib sich an den deinen drängt, sieh dieses Aufflammen in ihrem Gesicht: begreift sie? schneller? sonst sieht man uns? los doch? ich will mit dir mitgehen? du, Toñita, Toñita, verstehst du, wohin wir reiten, warum wir reiten? was wir sind? Reit über die Alte Brücke und ja nicht nach Castilla hinein, da stehen sie früh auf, schnell an den Algarrobos am Ufer entlang und jetzt los, die Sandwüste, sporn es an voll Wut, soll springen, soll galoppieren, seine Hufe sollen den glatten Buckel der Wüste mißhandeln und eine schützende Staubwolke aufwirbeln. Dann, das Wiehern, die Erschöpfung des Tieres, ihr Arm, um dich gelegt, und bisweilen der Geschmack ihres Haares, das der Wind in deinen Mund peitscht. Treib es nur an, seid gleich da, benutz die Peitsche und, wiederum, atme den Geruch ein von jenem Morgen, den Staub und die irre Verzückung von damals am Morgen. Geh hinein ohne Lärm, trag sie, klettre die enge Treppe zum

Turm hoch, fühl ihre Arme um deinen Hals wie ein lebendiges Kollier und dann das Schnarchen, der Schreck, der ihre Lippen löst, das Blitzen ihrer Zähne, du, niemand sieht uns, Leute, die schlafen, ruhig doch, Toñita. Nenn ihr die Namen: das Glühwürmchen, das Fröschlein, die Blume, der Schmetterling. Noch mehr: sie sind erschöpft, haben getrunken und die Liebe getrieben und sie hören uns nicht, werden auch nichts sagen, du wirst's ihnen erklären, sie wissen, wie's ist. Aber weiter, wie man sie nennt, Insassinnen. Erzähl ihr vom Turm und von der Aussicht, beschreib ihr den Fluß, die Baumwollfelder, das braune Profil der fernen Gebirge und wie die Dächer von Piura am Mittag leuchten, die weißen Häuser von Castilla, das Unermeßliche der Wüste und des Himmels. Du, ich werd für dich sehen, wirst ihr deine Augen leihen, alles was ich hab, gehört jetzt dir, Toñita. Soll sich vorstellen, wie der Fluß kommt: diese dünnen Schlangen, die eines Tages im Dezember im Flußbett angekrochen kommen, und wie sie sich finden und wachsen, und ihre Farbe, du, bräunliches Grün, und wird dicker und dicker und dehnt sich. Soll das Läuten der Glocken hören und die Leute ahnen, die heraustreten und ihn begrüßen, die Jungens, die Raketen abbrennen, die Frauen, die Konfetti hineinwerfen und Luftschlangen schleudern, die granatfarbenen Röcke des Bischofs, der das herbeiströmende Wasser jetzt segnet. Erzähl ihr, wie alle am Malecón niederknien und beschreib ihr den Jahrmarkt – die Stände, die Sonnendächer, die Eistüten, die Ausrufer –, nenn ihr die glücklichen Principales, die sich mit ihren Pferden in die Strömung werfen und in die Luft schießen und auch die aus der Gallinacera und die Mangaches, die in Unterhosen baden und die Mutigen, die von der Alten Brücke aus hineinhechten. Und erklär ihr, wie der Fluß jetzt Fluß ist, und wie er Tag und Nacht nach Catacaos fließt, schmutzig und zäh. Auch wer Angélica Mercedes ist, die ihre Freundin sein wird, und die Gerichte, die sie ihr kochen wird, du, was du am liebsten magst, Toñita, Picantes, Chupes, Secos und Piqueos, ja sogar Clarito, ich möchte aber nicht, daß du zuviel davon trinkst. Und vergiß nicht die Arpa, du, jeden Abend eine Serenada für dich ganz allein. Red ihr ins Ohr, setz sie auf deine Knie, zwing sie nicht, sei geduldig, liebkose sie ganz sachte oder besser atme sie nur ein, ohne sie zu berühren, ohne Eile, warte sanft, bis sie deine Lippen sucht. Und sprich zu ihr, immerzu, ins Ohr, mit Zärtlichkeit, ihr Körper wiegt so leicht und von ihrer Haut strömt ein lauwarmes Parfum aus, streichle den Flaum ihrer Arme wie die Saiten der Arpa. Red und red, murmle, zieh ihr behutsam die Schuh aus, küß ihr die Füße und dann, wiederum, hell und ruhig, ihre Fersen, die Biegung ihres Spannes, ihre kleinen zarten Zehen in deinem Mund, ihr frisches Lachen im Halbschatten. Lach auch, kitzle ich dich? küß sie die ganze Zeit, dann ihre Knöchel, so schmal und ihre strammen und runden Knie. Leg sie dann vorsichtig hin, mach's ihr bequem und ganz allmählich, ganz fürsorglich, knöpf ihre Bluse auf und berühr sie, spannt sich ihr Körper? laß sie los, rühr sie wieder an, und sprich zu ihr, du liebst sie, wirst sie verwöhnen wie ein kleines Mädchen, wirst für sie leben, faß sie nicht zu fest an, beiß sie nicht, drück sie ein ganz kleines bißchen, lenk ihre Hand bis zum Rock, sie selber soll die Knöpfe aufmachen. Du, ich helf dir, Toñita, ich zieh ihn dir aus, Mädchen, und leg dich an ihre Seite. Sag ihr, was du fühlst, wie ihre Brüste sind, du, zwei kleine Kaninchen, küß sie, du liebst sie beide, hast sie im Traum gesehen, nachts kamen sie weiß in den Turm und hüpfend, wolltest sie fangen und sie entwischten immer, du, aber so was von süß und und so was von schlau und dann, das diskrete Halbdunkel, das Flattern der Vorhänge, die undeutlichen Umrisse der Gegenstände, und die Glätte und der reglose Schimmer ihres Körpers. Streich darüber hin, einmal und noch einmal und sag ihr, deine Knie sind, und deine Hüften sind, und deine Schultern sind, und was du fühlst, und daß du sie liebst, immer daß du sie liebst. Du, Toñita, Mädchen, Kleines, und drück sie an dich, jetzt, ja, such ihre Schenkel, dräng sie scheu auseinander, sei vorsichtig, sei gehorsam, bedräng sie nicht, küß sie und zieh dich zurück, küß sie noch mal, beschwichtige sie und, unterdessen, fühl wie deine Hand feucht wird und ihr Körper nachgibt und sich öffnet, die wohlige Erschlaffung, die sie erfüllt und wie ihr Atem schneller wird und ihre Arme dich rufen, fühl wie der Turm zu gehen, zu glühen, zwischen heißen Dünen zu verschwinden beginnt. Sag ihr, du bist meine Frau, wein nicht, umklammre mich nicht, als wärst du am Sterben, sag ihr, du fängst an zu leben und jetzt lenk sie ab, spiel mit ihr, trockne ihre Wangen, sing ihr vor, lull sie ein, sag ihr, sie soll schlafen, du, ich werd dein Kissen sein, Toñita, ich werd deinen Schlaf behüten.

«Heute morgen haben sie ihn nach Lima gebracht», schluchzte Bonifacia. «Es heißt, für viele Jahre.»

Und? war das Gefängnis von Piura nicht schlimmer als ein Schweinestall? Josefino machte ein paar Schritte durch das Zimmer, die Sträflinge hausten in Drecklöchern, lehnte sich gegen das Fensterbrett, verreckten vor Hunger, im schwachen Schein einer Laterne des Colegio San Miguel sah man die Kirche und die Algarrobos der Plaza Merino wie im Traum, und die Krakeeler kriegten Kacke statt was zu essen, und Lituma war ein Krakeeler, und wehe ihnen, wenn sie sie nicht hinunterschluckten: besser, daß er nach Lima geschickt worden war.

«Nicht einmal verabschieden hab ich mich können», schluchzte Bonifacia. «Warum haben sie mir denn nicht gesagt, daß sie ihn wegschicken würden?»

Waren Abschiede nicht traurig? Josefino näherte sich dem Sofa, wo sie sich eben hingesetzt hatte, Bonifacias Füße stießen zornig die Schuhe von sich, von Zeit zu Zeit durchzuckte es ihren ganzen Körper. So war's besser, auch für Lituma, der nur traurig geworden wäre, und sie, woher sollte sie denn das Geld nehmen, die Fahrkarte war schrecklich teuer, in der ‹Empresa Roggero› hatte man's ihr gesagt. Josefino legte ihr den Arm um die Schultern. Was sollte die Ärmste denn in Lima? Sie würde hier bleiben, in Piura, und er würde sich um sie kümmern, und er würde dafür sorgen, daß sie an all das nicht mehr dachte.

«Er ist mein Mann, ich muß hin», schluchzte Bonifacia. «Ganz gleich wie, ich werd ihn jeden Tag besuchen gehen, ihm was zu essen bringen.»

Aber in Lima war das doch ganz anders, Dummchen, da gab's anständiges Essen, da wurden sie gut behandelt. Josefino schloß seine Arme um Bonifacia, sie wehrte sich einen Augenblick, gab nach und endlich wurde sie warm, war der Polyp etwa kein brutaler Kerl? und sie, Lüge, verleidete er ihr nicht das Leben? und sie, keineswegs, lehnte sich aber an ihn und fing wieder an zu weinen. Josefino streichelte ihr übers Haar. Und außerdem, was war denn schon, ein Glücksfall, ganz ehrlich gesagt, Selvática: jetzt waren sie ihn los.

«Ich bin schlecht, aber du noch mehr als ich», wimmerte Bonifacia. «Wir kommen beide in die Hölle, und warum sagst du Selvática zu mir, wo du doch weißt, daß ich's nicht mag, siehst du, siehst du, wie gemein du bist?»

Josefino schob sie sanft zur Seite, stand auf und das war doch die Höhe, wär sie ohne ihn nicht verhungert? würde sie nicht wie eine Bettlerin leben? Er suchte in seinen Taschen, lehnte am Fenster, wie im Traum, und nun kam sie obendrein noch an und weinte in seinem Beisein dem Polypen nach, holte eine Zigarette heraus und steckte sie sich an: man hatte schließlich seinen Stolz, zum Teufel auch.

«Du duzt mich», sagte er auf einmal und wandte sich Bonifacia zu. «Sonst nur im Bett und danach immer Sie. Wie eigenartig du bist, Selvática.»

Er kehrte an ihre Seite zurück, und sie machte eine Bewegung, als wollte sie wegrücken, aber dann ließ sie sich umarmen und Josefino lachte. Schämte sie sich? Flausen, die ihr die Nönnchen in ihrem Dorf in den Kopf gesetzt hatten? Warum duzte sie ihn nur im Bett?

«Ich weiß, daß es Sünde ist und trotzdem mach ich weiter mit dir», jammerte Bonifacia. «Du verstehst das nicht, aber Gott wird mich strafen, und dich auch, und an allem hast du schuld.»

Wie scheinheilig sie war, darin glich sie in der Tat den Piuranerinnen, allen, allen Frauen, so was von heuchlerisch, Cholita, hatte sie gewußt oder nicht, daß sie seine Geliebte werden würde, damals abends, als er sie mitgenommen hatte? und sie hatte es nicht gewußt, das Gesicht zuckte, sonst wär sie nicht mitgegangen, hatte aber nicht gewußt, wohin sonst. Josefino spuckte die Zigarette auf den Boden und Bonifacia schmiegte sich an ihn und Josefino konnte ihr ins Ohr flüstern. Aber gefallen hatte es ihr, sollte ehrlich sein, Selvática, es zugeben, nur einmal, langsam, nur ihm gegenüber, Schätzchen, hatte es ihr gefallen oder hatte es ihr nicht gefallen, Süßes?

«Es hat mir gefallen, weil ich schlecht bin», wisperte sie. «Frag mich nicht, es ist Sünde, red nicht davon.»

Besser als mit dem Polypen? sie sollte es schwören, niemand hörte sie, er liebte sie, stimmte es nicht, daß sie's mehr genoß? er küßte ihren Hals, kaute an ihrem Ohr, unter dem Rock war alles eng, angespannt und brutwarm, stimmte es, daß sie beim Polypen nie geschrien hatte? und sie, mit versagender Stimme, doch, das erste Mal, eher vor Schmerz, stimmte es nicht, daß er sie sehr wohl zum Aufschreien brachte, wenn er wollte? und nur vor Wonne, etwa nicht? und sie, er sollte ruhig sein, Josefino, Gott hörte zu, und er, ich faß dich bloß an und schon wirst du ganz anders, mir gefällst du, weil du so heiß bist. Er ließ sie los, sie hörte zu gurren auf, und dann weinte sie wieder.

«Er hat sich einen Dreck um dich gekümmert, Selvática», sagte Josefino. «Mit dem Polypen hast du nur deine Zeit vergeudet. Warum tut er dir so leid?»

«Weil er mein Mann ist», sagte Bonifacia. «Ich muß nach Lima.»

Josefino bückte sich, hob die Kippe vom Boden auf, steckte sie an und einige Lausebengel hetzten um die Plaza Merino, einer war auf das Standbild geklettert und die Fensterchen vom Haus des Padre García waren erleuchtet, es konnte doch noch nicht so spät sein, wußte sie, daß er gestern seine Uhr versetzt hatte? hatte vergessen, es ihr zu erzählen, Selvática, und ach ja, ach ja, so was von Gedächtnis: bei Doña Santos war alles vorbereitet, morgen früh.

«Ich hab mir's anders überlegt», sagte Bonifacia. «Ich will nicht mehr, ich geh nicht.»

Josefino schoß die Kippe hinaus auf die Plaza Merino, sie erreichte aber nicht einmal die Avenida Sánchez Cerro, und kam vom Fenster ins Zimmer zurück und sie saß abwehrbereit da, und er, was hast du jetzt auf einmal, wollte sie ihn mit Blicken töten? er wußte längst, daß sie hübsche Augen hatte, warum riß sie sie so auf und was war das nun wieder? Bonifacia weinte nicht mehr und hatte etwas Aggressives an sich, ihre Stimme war resolut: sie wollte nicht, es war das Kind ihres Mannes. Und womit wollte sie das Kind ihres Mannes ernähren? Und was würde sie selbst essen, bis das Kind ihres Mannes auf die Welt kam? Und was sollte Josefino mit einem Stiefsohn anfangen? Das Schlimmste vom Schlimmen war, daß die Menschen nie richtig überlegten, wozu hatten sie bloß den Kürbis, den Gott ihnen zwischen die Schultern gepflanzt hatte, wozu, Scheiße, hatten sie den denn?

«Ich kann als Dienstmädchen arbeiten», sagte Bonifacia. «Und hinterher geh ich nach Lima.»

Als Dienstmädchen, hm? mit dem Bauch? Sie träumte wohl, niemand würde sie anstellen wollen, und wenn zufällig doch jemand, dann müßte sie Fußböden scheuern und bei der Anstrengung würde das Kind ihres Mannes abwandern oder tot auf die Welt kommen, oder als Monstrum, sie sollte doch einen Arzt fragen, und sie, dann soll es von allein sterben, aber sie wollte es nicht umbringen: so zum Spaß.

Sie fing wieder an zu schluchzen und Josefino setzte sich neben sie und legte ihr den Arm um die Schultern. Sie war undankbar, vergalt's ihm schlecht. Behandelte er sie gut, ja oder nein? Warum hatte er sie zu sich genommen? weil er sie liebte, warum gab er ihr was zu essen? weil er sie liebte, und sie dagegen, und überhaupt, und trotzdem, einen Stiefsohn, damit die Leute über ihn lachen sollten? Scheiße, ein Mann war doch kein Hanswurst. Und zudem, wieviel verlangte die Santos? Einen Haufen, eine Unmenge Geld und anstatt ihm dankbar zu sein, flennte sie. Warum war sie so zu ihm, Selvática? Es schien, als liebte sie ihn nicht, und er sie so sehr, Cholita, und tätschelte ihren Hals und blies ihr hinter die Ohren und sie seufzte, ihr Dorf, die Madrecitas, sie wollte zurück, auch wenn's zu den Wilden war, auch wenn's keine Gebäude und Autos gab, Josefino, Josefino, zurück nach Santa María de Nieva.

«Du brauchst mehr Geld, um in dein Dorf zurückzukehren, als man für ein Haus braucht, Cholita», sagte Josefino. «Du redest und redest, ohne zu wissen, was du sagst. So darf man nicht sein, Liebling.»

Er nahm sein Taschentuch aus der Tasche und trocknete ihre Augen und küßte sie und sorgte dafür, daß ihr Oberkörper sich ihm zuwandte und umarmte sie leidenschaftlich, er kümmerte sich doch um sie, warum? alles tat er für sie, bei allem dachte er an ihr Wohl, warum, verflucht noch mal, warum? weil er sie liebte. Bonifacia seufzte, das Taschentuch vorm Mund: wieso war's zu ihrem Wohl, wenn sie das Kind ihres Mannes umbringen sollte?

«Das ist doch nicht Umbringen, Dummchen, ist's vielleicht schon geboren?» sagte Josefino. «Und warum plapperst du soviel von deinem Mann, wenn er gar nicht mehr dein Mann ist?»

Doch war er's, sie hatten in der Kirche geheiratet und vor Gott war er der einzige, der galt, und Josefino, so ein Getue, warum in alles Gott hineinziehen, Selvática? und sie, siehst du, siehst du? und er, Cholita, Dummchen, sie sollte ihm einen Kuß geben, und sie, nein, und er, was würde er mit ihr tun, wenn er sie nicht so sehr liebte, wiegte sie hin und her, suchte ihre Achselhöhlen, verhinderte, daß sie sich erhob, Dummchen, Dickköpfchen, seine kleine Selvática, siehst du, siehst du? und zwischen einem Schluckauf und einem Schluchzen und immer wieder einmal blieb ihr Mund ruhig und er konnte sie küssen. Liebte sie ihn? einmal, ein einziges Mal, Dummchen, und sie, ich lieb dich nicht, und er, aber ich dich sehr, Selvática, nur, was du dir darauf einbildest und wie du's ausnützt, und sie, das sagst du nur so, aber du liebst mich nicht, und er, Hand aufs Herz und wenn sie wüßte, wie's für sie schlug, und außerdem wenn sie ihn liebte, würde sie alles für ihn tun, und unter dem Rock war alles eng, brutwarm, glitschig, genau wie unter der Bluse, und auch auf dem Rücken, brutwarm, durstig und zäh, und Josefinos Stimme begann zu versagen und, genau wie ihre, ganz leise zu werden, zur Santos würde sie nicht gehen, auch wenn sie ihn liebte, und verhalten, selbst wenn er sie umbrächte, würde sie nicht gehen, und faul, aber ihn liebte sie schon, und ungleichmäßig und heiß.

III

«Ein Gesicht ziehst du», sagte der Sargento, «als würdest du mit Gewalt von hier weggebracht. Warum freust du dich denn nicht?»

«Ich freu mich ja», sagte Bonifacia. «Es tut mir eben nur ein bißchen leid um die Nönnchen.»

«Stell den Koffer nicht so schräg hin, Pintado», sagte der Sargento. «Und die Schachteln sind nicht richtig festgemacht, beim ersten Stoß fallen sie alle ins Wasser.»

«Vergessen Sie uns nicht, wenn Sie im Paradies sind, *mi sargento*», sagte der Knirps. «Schreiben Sie uns, erzählen Sie uns, wie das Leben in der Stadt ist. Ob's überhaupt noch Städte gibt.»

«Piura ist die fröhlichste Stadt Perus, Señora», sagte der Teniente. «Wird Ihnen sehr gut gefallen.»

«Wollen's hoffen», sagte Bonifacia. «Wenn's so fröhlich zugeht, muß es mir ja gefallen.»

Der Lotse Pintado hatte bereits das ganze Gepäck im Boot verstaut und sah jetzt, zwischen zwei Benzinkanistern kniend, nach dem Motor. Eine leichte Brise wehte, und das traubenfarbene Wasser des Nieva floß in Richtung Marañón dahin, ein Wirrwarr von kleinen Wellen, Spritzern und flüchtigen Wirbeln. Der Sargento ging im Motorboot auf und ab, eifrig, heiter, prüfte die Pakete, die Verschnürungen, und Bonifacia schien das geschäftige Hin und Her interessiert zu beobachten, aber hin und wieder schweiften ihre Augen weg vom Schiff und blickten zu den Hügeln hinauf: unter dem blanken Himmel leuchtete schon die Mission zwischen den Bäumen, die Wellblechdächer und die Mauern schimmerten zögernd im klaren Licht des Morgengrauens. Der steinige Pfad dagegen war wie getarnt von Nebelfetzen, die ungehindert über den Boden schwebten: der Urwald lenkte die Brise ab, die sie auseinandergetrieben hätte.

«Brennen wir nicht drauf, endlich nach Piura zu kommen, nicht wahr, mein Schatz?» sagte der Sargento.

«Ja, das bestimmt», sagte Bonifacia. «Wir wollen so bald wie möglich dort sein.»

«Ist sicher schrecklich weit weg», sagte Lalita. «Und das Leben sicher ganz anders als hier.»

«Es soll hundertmal größer sein als Santa María de Nieva», sagte Bonifacia, «mit Häusern wie die in den Zeitschriften der Madres. Wenig Bäume gibt's, heißt's, und Sand, viel Sand.»

«Mir tut's leid, daß du weggehst, aber für dich freut's mich», sagte Lalita. «Wissen's die Nonnen schon?»

«Haben mir viele Ratschläge gegeben», sagte Bonifacia. «Madre Angélica hat geweint. Wie alt sie geworden ist, hört schon gar nicht mehr, was man zu ihr sagt, hab schreien müssen. Sie kann kaum mehr gehen, Lalita, und die Augen, es ist, als tanzten sie die ganze Zeit. Hat mich in die Kapelle mitgenommen, und da haben wir zusammen gebetet. Ich werd sie nie mehr wiedersehen, bestimmt.»

«Eine bösartige gemeine Alte», sagte Lalita. «Das hast du nicht aufgekehrt, die Töpfe hast du nicht gewaschen, und macht mir immer mit der Hölle Angst, jeden Morgen, und hast du deine Sünden bereut? Und auch über Adrián sagt sie schreckliche Dinge, daß er ein Bandit ist, daß er alle betrogen hat.»

«Sie ist mürrisch, weil sie alt ist», sagte Bonifacia. «Sie weiß, daß sie bald sterben muß. Aber zu mir ist sie gut. Mich hat sie gern, und ich hab sie auch gern.»

«Algarrobos, Esel und Tonderos», sagte der Teniente. «Und das Meer werden Sie kennenlernen, Señora, ist nicht weit von Piura. Das ist besser, als sich im Fluß baden.»

«Und außerdem heißt's, daß es dort die schönsten Frauen von Peru gibt, Señora», sagte der Fette.

«Ah, Mensch», sagte der Blonde. «Als ob das die Señora interessiert, daß es in Piura schöne Frauen gibt!»

«Ich sag's nur, damit sie sich vor ihnen in acht nimmt», sagte der Fette. «Damit sie ihr den Mann nicht wegnehmen.»

«Sie weiß, daß ich zuverlässig bin», sagte der Sargento. «Ich träum bloß davon, meine Freunde, meine Vettern wieder zu sehen. Frauen, ich hab an meiner genug und mehr als genug.»

«Ah, so ein zynischer Kerl!» lachte der Teniente. «Passen Sie ja gut auf ihn auf, Señora, und wenn er fremdgeht, verhauen Sie ihn.»

«Wenn's geht, *mi sargento*, packen Sie mir eine Piuranerin ein und schicken sie mir», sagte der Fette.

Bonifacia lächelte den andern zu, aber gleichzeitig biß sie sich auf die Lippen und in regelmäßigen Abständen zeigte ihr Gesicht einen andern Ausdruck und ließ es niedergeschlagen wirken, trübte einige Sekunden lang ihren Blick und brachte ihren Mund leicht zum Zucken, und dann verschwand er und ihre Augen lächelten wieder. Das Dorf erwachte allmählich, im Laden von Paredes waren einige Christen versammelt, die alte Dienerin Don Fabios kehrte die Terrasse der Gobernación, und unter den Capironas gingen junge und alte Aguarunas entlang, auf dem Weg zum Fluß, mit Staken und Harpunen. Die Sonne ließ die Yarinadächer aufleuchten.

«Vielleicht sollten wir jetzt aufbrechen, Sargento», sagte Pintado. «Lieber jetzt durch den Pongo, später wird der Wind stärker.»

«Hör mich doch erst an, und dann sag nein», sagte Bonifacia. «Laß mich doch wenigstens erklären.»

«Mach lieber keine Pläne», sagte Lalita. «Wenn's hinterher anders kommt, ist's desto schlimmer. Denk immer bloß an das, was jetzt passiert, in diesem Augenblick, Bonifacia.»

«Ich hab's ihm schon gesagt, und er ist damit einverstanden», sagte Bonifacia. «Er wird mir jede Woche einen Sol geben, und ich selber werd für die Leute arbeiten, du weißt doch, die Nonnen haben mir das Nähen beigebracht. Aber vielleicht wird's gestohlen. Es muß durch so viele Hände gehen, vielleicht kriegst du's gar nicht.»

«Ich will nicht, daß du mir welches schickst», sagte Lalita. «Wozu brauch ich Geld?»

«Ah, ich weiß schon wie», sagte Bonifacia und faßte sich an den Kopf. «Ich werd's an die Madres schicken, wer wagt's schon, denen was zu stehlen. Und die Madres geben's dann dir.»

«Obwohl man drauf brennt, wegzukommen, es macht einen doch immer ein wenig traurig», sagte der Sargento. «Mir geht's jetzt so, Jungens, das erste Mal. Man hängt mit der Zeit eben doch an einem Ort, auch wenn er nicht viel wert ist.»

Die Brise war zu Wind geworden, und die Wipfel der höchsten Bäume neigten sich, schwenkten ihr Laubwerk über die kleinen. Dort oben ging die Tür des Wohnhauses auf, die dunkle Gestalt einer Nonne kam hastig heraus, und während sie den Patio in Richtung Kapelle überquerte, plusterte der Wind ihr Habit auf, wirbelte es durcheinander wie eine Welle. Die Paredes waren vor die Tür ihrer Cabaña getreten, und mit den Ellbogen auf das Geländer gestützt, blickten sie zum Landesteg hinunter, winkten.

«Das ist menschlich, *mi sargento*», sagte der Dunkle. «Nach so langer Zeit hier, und dann noch mit einer von hier verheiratet. Da versteht man, wenn einem ein bißchen komisch zumute wird. Ihnen wohl noch mehr, Señora.»

«Vielen Dank für alles, *mi teniente*», sagte der Sargento. «Wenn ich in Piura etwas für Sie erledigen kann, Sie wissen ja, sagen Sie mir's bitte, ganz gleich, was es ist. Wann geht's denn nach Lima?»

«In einem Monat ungefähr», sagte der Teniente. «Vorher muß ich noch nach Iquitos, um diese Sache abzuschließen. Laß dir's gutgehen in deiner Heimat, Cholo, wer weiß, ob ich dich nicht eines Tages dort überfalle.»

«Heb dir das Geld lieber auf für die Zeit, wenn du Kinder hast», sagte Lalita. «Adrián hat immer gesagt, nächsten Monat fangen wir an, und in sechs Monaten haben wir dann genug für einen neuen Motor. Und nie haben wir auch nur einen Centavo gespart. Dabei hat er fast gar nichts ausgegeben, alles war fürs Essen und für die Kinder.»

«Und dann kannst du nach Iquitos fahren», sagte Bonifacia. «Laß dir das Geld, das ich dir schicken werd, von den Madres aufheben, bis es für die Reise reicht. Dann fährst du ihn besuchen.»

«Paredes meint, ich werde ihn nie wiedersehen», sagte Lalita. «Sagt, daß ich hier sterben werd, als Dienstmädchen für die Nonnen. Schick mir nichts. Dir wird's dort fehlen, in der Stadt braucht man viel Geld.»

Gestattete er, Cholo? Der Sargento nickte, und der Teniente umarmte Bonifacia, die hastig mit den Wimpern zuckte und wie verblüfft den Kopf bewegte, aber ihre Lippen und ihre Augen, wenn auch feucht, lächelten noch, hartnäckig, Señora: jetzt war die Reihe an ihnen. Erst umarmte sie der Fette, und der Dunkle, *caramba*, der brauchte aber lang dazu, und er, *mi sargento*, denken Sie sich nichts dabei, war eine freundschaftliche Umarmung, dann der Blonde, der Knirps. Der Lotse Pintado hatte die Taue losgemacht und hielt, über die Stake gebeugt, das Motorboot dicht beim Steg. Der Sargento und Bonifacia stiegen ein, machten es sich zwischen den Gepäckstücken bequem, Pintado hob die Stake hoch, und die Strömung bemächtigte sich des Schiffes, begann es auf und nieder zu schaukeln, es gemächlich mit sich zu führen in Richtung Marañón.

«Du mußt ihn besuchen», sagte Bonifacia. «Ich schick dir was, auch wenn du's nicht willst. Und wenn er rauskommt, geht ihr nach Piura, ich helf euch dann, so wie ihr mir geholfen habt. Dort kennt niemand Don Adrián, und er wird arbeiten können, wo er will.»

«Du wirst ein anderes Gesicht machen, wenn du erst einmal Piura siehst, Schatz», sagte der Sargento.

Bonifacia ließ eine Hand aus dem Boot hängen, die Finger berührten das trübe Wasser und hinterließen gerade, kurzlebige Rinnen, die in dem schaumigen Gebrodel verschwanden, das die Schraube immerzu aussäte. Mitunter konnte man unter der dunklen Oberfläche des Flusses einen kleinen und flinken Fisch wahrnehmen. Über ihnen war der klare Himmel, aber in der Ferne, über der Kordillere, schwebten dicke Wolken, die von der Sonne wie mit einem Küchenmesser zerteilt wurden.

«Bist du nur wegen der Madres traurig?» sagte der Sargento.

«Auch wegen Lalita», sagte Bonifacia. «Ich muß die ganze Zeit an Madre Angélica denken. Gestern abend hat sie sich an mich gehängt, hat mich nicht loslassen wollen und kein Wort hat sie hervorgebracht, so traurig war sie.»

«Die Nönnchen sind hochanständig gewesen», sagte der Sargento. «Was sie dir alles geschenkt haben!»

«Kommen wir wieder mal zurück?» sagte Bonifacia. «Ein einziges Mal nur, als Ausflug?»

«Wer weiß?» sagte der Sargento. «Aber es ist ein bißchen zu weit, um einen Ausflug bis hierher zu machen.»

«Wein nicht», sagte Bonifacia. «Ich schreib dir und erzähl dir alles, was ich mach.»

«Seit ich aus Iquitos weg bin, hab ich keine Freundinnen gehabt», sagte Lalita. «Seit ich ein junges Mädchen war. Auf der Insel, die Achuales, die Huambisas, die haben fast kein Spanisch gesprochen, und wir haben uns nicht verstanden, außer in bestimmten Dingen. Du bist meine beste Freundin gewesen.»

«Und du die meine», sagte Bonifacia. «Mehr als eine Freundin, Lalita. Dich und Madre Angélica, euch hab ich hier am meisten lieb. Komm, wein doch nicht.»

«Wo warst du denn so lang, Aquilino?» sagte Fushía. «Wo warst du so lang, Alter?»

«Hab nicht schneller kommen können, Mensch, beruhig dich», sagte Aquilino. «Der Kerl hat mir ein Loch in den Bauch gefragt, meinte, daß die Nonnen und daß der Arzt und ich hab ihn nicht überzeugen können. Aber schließlich hab ich ihn doch überzeugt, Fushía, alles ist vorbereitet.»

«Die Nonnen?» sagte Fushía. «Leben da auch Nonnen?»

«Als Krankenschwestern, pflegen die Leute», sagte Aquilino.

«Bring mich woanders hin, Aquilino», sagte Fushía, «laß mich nicht in San Pablo, ich will nicht da sterben.»

«Der Kerl hat das ganze Geld behalten, hat mir aber eine Menge dafür versprochen», sagte Aquilino. «Wird die Papiere besorgen, wird alles in Ordnung bringen, damit niemand erfährt, wer du bist.»

«Hast du ihm alles gegeben, was ich die ganzen Jahre über zusammengebracht hab?» sagte Fushía. «Dafür all die Opfer, der ganze Kampf? Damit ein hergelaufener Kerl alles einsteckt?»

«Hab immer höher gehen müssen», sagte Aquilino. «Erst fünfhundert, aber nein, dann tausend, nichts zu machen, dachte gar nicht daran, hat gesagt, das Gefängnis sei teurer. Hat mir auch versprochen, daß er dir besseres Essen, bessere Medikamente besorgen wird. Was bleibt uns schon übrig, Fushía, wenn er nicht akzeptiert hätte, wär's schlimmer gewesen.»

Es regnete in Strömen und der Alte, durchnäßt bis auf die Knochen, über das Wetter fluchend, trieb das Boot mit Stakenstößen aus dem Pflanzentunnel hinaus. Als er sich schon dem Anlegesteg näherte, erblickte er nackte Gestalten oben an der Böschung. Laut brüllend befahl er auf huambisa, sie sollten herunterkommen und ihm helfen, und die Gestalten verschwanden hinter den vom Wind geschüttelten Lupunas und tauchten rötlich, hüpfend, im Lehm ausrutschend am Abhang wieder auf. Sie machten das Boot an ein paar Pflöcken fest, planschten unter den dicken Tropfen, die auf ihre Schultern spritzten, heran und trugen Don Aquilino an Land. Der Alte begann sich schon auszuziehen, während er noch den Abhang hinaufkletterte. Oben angekommen, hatte er bereits sein Hemd ausgezogen, und in der Siedlung, ohne die freundschaftlichen Gesten zu erwidern, die ihm Kinder und Frauen von den Cabañas aus bezeigten, zog er die Hose aus. In diesem Aufzug, nur den Strohhut auf und eine kurze Unterhose an, zwängte er sich durch das Gestrüpp hinüber zur Lichtung der Weißen, und dort plumpste etwas Affenartiges und Taumelndes von einem Geländer, Pantacha, umarmte ihn, hast wieder das Zeug gesoffen, und stotterte ihm ungeschickt ins Ohr, bis oben hin voll von Kräutern und kannst nicht einmal reden, laß mich los. Pantachas Augen blickten gequält und Speichelfäden troffen aus seinem Mund. In höchster Erregung deutete er immer wieder auf die Cabañas. Der Alte erkannte auf der Terrasse die Shapra, mürrisch, reglos. Hals und Arme unter Perlenschnüren und Armreifen verborgen, das Gesicht stark angemalt.

«Sie sind ausgerissen, Don Aquilino», grunzte Pantacha endlich mit rollenden Augen. «Und der Patrón tobt, seit Monaten eingeschlossen, will nicht rauskommen.»

«Ist er in seiner Hütte?» sagte der Alte. «Laß mich los, ich muß mit ihm reden.»

«Wie kommst du dazu, mir Vorschriften zu machen?» sagte Fushía. «Geh noch mal hin, der Kerl soll dir das Geld zurückgeben. Bring mich zum Santiago, ich will lieber unter Leuten sterben, die ich kenne.»

«Wir müssen warten, bis es Nacht ist», sagte Aquilino. «Wenn alle schlafen, trag ich dich zu dem Boot, wo die Besucher sich waschen müssen, und da holt dich der Kerl dann ab. Und hör jetzt auf damit, Fushía, versuch ein wenig zu schlafen. Oder willst du was essen?»

«So wie du mich jetzt behandelst, so werden sie mich dort auch behandeln», sagte Fushía. «Du hörst nicht einmal auf mich, triffst alle Entscheidungen, und ich muß gehorchen. Es ist mein Leben, Aquilino, nicht deines, ich will nicht, laß mich nicht hier zurück. Ein bißchen Mitleid, Alter, komm, gehen wir wieder zur Insel zurück.»

«Selbst wenn ich wollte, könnt ich nicht», sagte Aquilino. «Gegen den Strom bis zum Santiago und ohne uns blicken zu lassen, da müßten wir monatelang reisen, und es ist kein Benzin mehr da und kein Geld, welches zu kaufen. Ich hab dich aus Freundschaft bis hierher gebracht, damit du unter Christenmenschen sterben kannst und nicht wie ein Heide. Hör auf mich, schlaf ein wenig.»

Der Körper war kaum zu sehen unter den Decken, die ihn bis zum Kinn einhüllten. Das Moskitonetz schützte nur die Hälfte der Hängematte und ringsherum herrschte große Unordnung: verstreute Konservendosen, Obstschalen, Kalebassen mit Masato-

Überbleibseln, Essensreste. Ein seltsamer Gestank, viele Fliegen. Der Alte berührte Fushía an der Schulter, der röchelte und da rüttelte ihn der Alte mit beiden Händen. Die Lider Fushías hoben sich, zwei blutunterlaufene Glutbrocken starrten müde in Aquilinos Gesicht, erloschen und glühten wieder auf, mehrere Male. Fushía richtete sich ein wenig auf, stützte sich auf die Ellbogen.

«Mitten im Tunnel hat mich der Regen erwischt», sagte Aquilino. «Ich bin klatschnaß.»

Er sprach und drückte dabei das Hemd und die Hose aus, wrang sie zornig; dann hängte er sie über den Riemen des Moskitonetzes. Draußen regnete es noch immer sehr heftig, ein trübes Licht sickerte herab auf die Pfützen und den aschfarbenen Morast der Lichtung, der Wind fuhr brüllend in die Bäume. Mitunter beleuchtete ein vielfarbiges Zickzack den Himmel, und Sekunden danach folgte der Donner.

«Die Hure ist mit Nieves davon», sagte Fushía, seine Augen waren geschlossen. «Diese zwei Hunde sind zusammen ausgerissen, Aquilino.»

«Was macht's dir aus, daß sie weggegangen sind?» sagte Aquilino und trocknete seinen Körper mit der Hand. «Bah, allein ist man viel besser dran als in schlechter Gesellschaft.»

«Die Schlampe, die ist mir egal», sagte Fushía. «Aber nicht, daß sie mit dem Lotsen fort ist. Das wird sie mir büßen.»

Ohne die Augen zu öffnen, wandte Fushía das Gesicht, spuckte aus, Mensch, zog die Decken bis zum Mund hoch, sollte lieber aufpassen, wohin er spuckte, hatte ihn gestreift.

«Wie viele Monate bis du nicht gekommen?» sagte Fushía. «Seit Jahrhunderten wart ich schon auf dich.»

«Hast du viel Fracht?» sagte Aquilino. «Wie viele Gummiballen? Und wie viele Häute?»

«Wir haben Pech gehabt», sagte Fushía. «Haben nur leere Dörfer angetroffen. Diesmal hab ich keine Ware.»

«Wo du doch gar nicht mehr hast rumfahren können und deine Beine im Urwald nicht mehr mitgemacht haben», sagte Aquilino. «Unter Leuten sterben, die du kennst! Glaubst du, die Huambisas wären bei dir geblieben? Die hätten jeden Augenblick abhauen können.»

«Ich hätt ihnen von der Hängematte aus Befehle geben können», sagte Fushía. «Jum und Pantacha hätten sie da hingeführt, wohin ich sie geschickt hätte.»

«Mach dir nichts vor», sagte Aquilino. «Jum haben sie gehaßt, daß sie ihn bisher nicht umgebracht haben, ist nur wegen dir. Und Pantacha taugt nichts mehr, mit seinem Gebräu, hat kaum reden können, als wir weggingen. Mit alldem war Schluß, mach dir doch nichts vor, Mensch.»

«Hast du gut verkauft?» sagte Fushía. «Wieviel Geld bringst du mir denn?»

«Fünfhundert Sol», sagte Aquilino. «Sieh mich nicht so wütend an. Was ich mitgenommen hatte, war nicht mehr wert, und ich mußte noch reden, um das zu kriegen. Aber wie kommt das eigentlich: das ist das erste Mal, daß du keine Ware hast.»

«Hier ist nichts mehr zu holen», sagte Fushía. «Die Burschen sind gewarnt und verstecken sich. Ich werd mich woanders umsehen müssen. Wenn's sein muß, geh ich sogar in die Städte, aber Gummi muß ich auftreiben.»

«Hat Lalita dir denn dein ganzes Geld gestohlen?» sagte Aquilino. «Haben sie dir nichts gelassen?»

«Was für Geld?» Fushía hielt die Decke unterm Mund fest, er hatte sich noch mehr zusammengekrümmt. «Von welchem Geld redest du überhaupt?»

«Von dem, das ich dir mit der Zeit hierher gebracht hab, Fushía», sagte der Alte. «Von dem, was du mit deinen Raubzügen verdient hast. Ich weiß, daß du's immer versteckt hast. Wieviel hast du noch davon? Fünftausend? Zehntausend?»

«Keiner wird mir wegnehmen, was mir gehört», sagte Fushía. «Du nicht, und dein Arsch nicht.»

«Mach mir nicht mehr Mitleid, als ich schon hab», sagte Aquilino. «Und schau mich nicht so an, ich hab keine Angst vor deinen Augen. Antworte mir lieber auf meine Fragen.»

«Ob sie solche Angst vor mir gehabt hat? oder ob sie in der Eile vergessen haben, mir das Geld zu stehlen?» sagte Fushía. «Lalita hat gewußt, wo's versteckt war.»

«Kann auch aus Mitleid gewesen sein», sagte Aquilino. «Wird sich gesagt haben, der ist fertig, wird allein zurückbleiben, wir wollen ihm wenigstens das Geld lassen, damit er sich trösten kann.»

«Hätten sie's doch geklaut, die Hunde», sagte Fushía. «Ohne Geld hätte der Kerl sich nicht drauf eingelassen. Und du mit deinem guten Herzen hättest mich nicht im Urwald sitzenlassen. Hättest mich zur Insel zurückgebracht, Alter.»

«Na endlich bist du ruhiger», sagte Aquilino. «Weiß du, was

ich jetzt mach? Ich werd ein paar Bananen kleinquetschen und sie kochen. Und von morgen an kannst du dann schon wie ein Christenmensch essen; das jetzt wird dein Abschied von der Heidenkost.»

Der Alte lachte, warf sich in die leere Hängematte und fing an, darin hin und her zu schaukeln, indem er sich mit einem Fuß abstieß.

«Wenn ich dein Feind wär, wär ich nicht hier», sagte er. «Die fünfhundert Sol hab ich ja noch, hätt sie einfach behalten können. Ich war sicher, daß du diesmal keine Fracht haben würdest.»

Der Regen fegte über die Terrasse, klatschte dumpf aufs Dach, und die heiße Luft, die von draußen hereindrang, blies das Moskitonetz hoch, machte, daß es flatterte wie ein weißer Schwan.

«Brauchst dich nicht so bis obenhin zuzudecken», sagte Aquilino. «Ich weiß längst, daß dir an den Beinen die Haut abfällt, Fushía.»

«Hat dir die Schlampe von den Mücken erzählt?» murmelte Fushía. «Hab mich gekratzt, und sie haben mich infiziert, aber es ist schon besser. Die bilden sich ein, weil ich so schlecht dran bin, such ich nicht nach ihnen. Wir werden ja sehen, wer zuletzt lacht, Aquilino.»

«Bleib beim Thema», sagte Aquilino. «Geht's dir bestimmt besser?»

«Gib mir noch ein bißchen, Alter», sagte Fushía. «Ist noch was übrig?»

«Iß meines, ich mag nichts mehr», sagte Aquilino. «Mir schmeckt's auch. Darin bin ich wie ein Huambisa, jeden Morgen, wenn ich aufstehe, zerquetsch ich ein paar Bananen und koch sie.»

«Mir wird sie mehr fehlen als Campo Grande, mehr als Iquitos», sagte Fushía. «Ich glaube, die Insel war die einzige Heimat, die ich gehabt hab. Sogar die Huambisas werd ich vermissen.»

«Alle werden dir fehlen, bloß dein Sohn nicht», sagte Aquilino. «Der ist der einzige, von dem du nicht redest. Ist es dir gleichgültig, daß Lalita ihn mitgenommen hat?»

«Vielleicht war's gar nicht mein Sohn», sagte Fushía. «Vielleicht hat das Mistvieh ...»

«Halt den Mund, ich kenn dich seit Jahren, mir machst du so leicht nichts vor», sagte Aquilino. «Sag die Wahrheit: wird es besser oder ist es schlimmer geworden?»

«Red nicht in diesem Ton mit mir», sagte Fushía. «Das erlaub ich dir nicht, Scheiße.»

Aber seine Worte klangen wenig überzeugend und erstickten in einem Schluchzen. Aquilino erhob sich aus der Hängematte, ging zu Fushía, und er zog die Decken über das Gesicht: er war ein furchtsames und formloses Häufchen.

«Brauchst dich doch vor mir nicht zu schämen, Mensch», flüsterte der Alte. «Laß mich sehen.»

Fushía antwortete nicht, und Aquilino packte einen Zipfel der Decke und hob sie hoch. Fushía hatte keine Stiefel an und der Alte starrte, die Hand wie eine Klaue in die Decke verkrallt, die Stirn zerfurcht von Falten, mit offenem Mund.

«So leid's mir tut, aber es ist soweit, Fushía», sagte Aquilino. «Wir müssen uns aufmachen.»

«Ein bißchen noch, Alter», stöhnte Fushía. «Wart, steck mir eine Zigarette an, die rauch ich, und dann bringst du mich zu dem Kerl. Nur zehn Minuten, Aquilino.»

«Aber rauch sie schnell», sagte der Alte. «Der Kerl wartet sicherlich schon.»

«Schau dir nur gleich alles an», stöhnte Fushía unter der Dekke hervor. «Ich kann mich selber nicht dran gewöhnen, Alter. Schau weiter oben.»

Er winkelte die Beine ab, und als er sie streckte, fielen die Decken zu Boden. Jetzt konnte Aquilino auch die glasigen Oberschenkel sehen, die Leisten, die kahlen Geschlechtsorgane, den kleinen Haken aus Fleisch, der einst der Penis gewesen war, und den Bauch: da war die Haut noch intakt. Der Alte bückte sich hastig, hob die Decken auf und legte sie über die Hängematte.

«Siehst du? Siehst du?» schluchzte Fushía. «Siehst du, ich bin nicht einmal mehr ein Mann, Aquilino.»

«Er hat mir auch versprochen, daß er dir Zigaretten bringt, wenn du welche willst», sagte Aquilino. «Merk dir das: wenn du Lust hast zu rauchen, verlang welche von ihm.»

«Am liebsten würde ich auf der Stelle sterben», sagte Fushía, «ohne es zu merken, ganz plötzlich. Du könntest mich in eine Decke wickeln und an einen Baum hängen, wie einen Huambisa. Nur daß um mich keiner weinen würde. Warum lachst du?»

«Weil du nur so tust, als rauchst du, nur damit die Zigarette länger dauert und wir die Zeit verpassen», sagte Aquilino. «Mensch, wo wir doch auf alle Fälle hingehen, da machen zwei Minuten mehr oder weniger doch nichts aus.»

«Wie soll ich denn bis dahin kommen, Aquilino?» sagte Fushía. «Das ist zu weit.»

«Es ist besser, du stirbst dort als hier», sagte der Alte. «Dort pflegen sie dich, und die Krankheit wird nicht mehr höher steigen. Ich kenn da jemand, mit dem Geld, das du hast, wird er dich ohne Papiere oder sonst was annehmen.»

«Wir kommen nie hin, Alter, sie werden mich auf dem Fluß erwischen.»

«Ich versprech dir, daß wir hinkommen», sagte Aquilino. «Auch wenn wir nur nachts unterwegs sein können und immer am Ufer entlang. Aber wir müssen heute noch aufbrechen, ohne daß uns Pantacha sieht, auch die Heiden nicht. Niemand darf's wissen, das ist die einzige Möglichkeit, daß du dort sicher bist.»

«Aber die Polizei, die Soldaten, Alter», sagte Fushía. «Verstehst du denn nicht, die suchen mich doch alle. Ich kann hier nicht weg. Es gibt viele Leute, die wollen sich an mir rächen.»

«San Pablo ist ein Ort, wo sie dich nie suchen werden», sagte der Alte. «Selbst wenn sie wüßten, daß du dort bist, würden sie nicht hinkommen. Aber es wird niemand wissen.»

«Alter, Alter», schluchzte Fushía. «Du bist ein guter Mensch, ich bitt dich, glaubst du an Gott? Tu's Gott zuliebe, Aquilino, versuch doch, mich zu verstehen.»

«Aber ich versteh dich doch, Fushía», sagte der Alte und stand auf. «Aber es ist schon längst dunkel, ich muß dich jetzt hinbringen, sonst geht dem Kerl das Warten auf die Nerven.»

Wieder ist es Nacht, der Boden ist weich, die Füße sinken ein bis zu den Knöcheln und immer sind es dieselben Stellen: das Ufer, der Pfad, der schmaler wird zwischen den Feldern, ein kleines Algarrobowäldchen, die Sandfläche. Du, hier vorbei, Toñita, ja nie da drüben, werden sich doch nicht von Castilla aus sehen lassen. Der Sand regnet unbarmherzig, deck sie mit der Decke zu, setz ihr deinen Hut auf, soll ihr Köpfchen gesenkt halten, wenn sie nicht will, daß ihr das Gesicht brennt. Die gleichen Geräusche: das Gemurmel des Windes in den Baumwollfeldern, Gitarrenmusik, Singen, Händeklatschen im Takt und, im Morgengrauen, das tiefe Brüllen des Viehs. Du, komm, Toñita, hier wollen wir uns hinsetzen, jetzt werdet ihr ein Weilchen ausruhen und dann den Spaziergang fortsetzen. Dieselben Bilder: eine schwarze Kuppel, Sterne, die blinken, starr glänzen oder verlöschen, die Wüste aus blauen Falten und Dünen, und in der Ferne, ragend, einsam, das Haus, seine bleichen Lichter, Schatten, die herauskommen, Schatten, die hineingehen, und manchmal, frühmorgens, ein Reiter, ein paar Peone, eine Herde von Ziegen, das Floß von Carlos Roja und, am andern Ufer des Flusses, die grauen Türen des Schlachthauses. Erzähl ihr was vom Morgengrauen, du, hörst du mich, Toñita? hast du geschlafen? wie man die Kirchtürme sehen kann, die Dächer, die Balkone, ob's regnen wird und dunstig ist. Frag sie, ob ihr kalt ist, ob sie zurück will, hüll ihre Beine ein mit deiner Jacke, soll sich an deine Schulter lehnen. Und dann, wiederum, der unerwartete Aufruhr, der seltsame Galopp jener Nacht, das Aufbäumen ihres Körpers. Steh auf, schau, wer rast da? ein Wettrennen? Chápiro, Don Eusebio, die Temple-Zwillinge? Du, komm, verstecken wir uns, komm, ducken wir uns, rühr dich nicht, hab keine Angst, sind zwei Pferde und dann, in der Dunkelheit, wer, warum, wie? Du, sind nah an uns vorbei und auf wilden Pferden, so was von verrückt, reiten bis zum Fluß, jetzt kommen sie zurück, hab keine Angst, Kleine, und dann ihr Gesicht, dreht sich hin und her, fragend, ihre Besorgnis, das Beben ihres Mundes, ihre Fingernägel wie Krallen und ihre Hand warum, wie, und ihr Atem nahe an deinem. Jetzt beruhig sie, du, ich werd's dir erklären, Toñita, sind schon weg, sind so schnell vorbei, hab die Gesichter nicht gesehen, und sie, hartnäckig, gierig, forscht in der Finsternis wer, warum, wie. Du, reg dich nicht so auf, wer wird's schon sein, ist doch egal, Dummchen. Ein Trick, um sie abzulenken: schlüpf unter die Dekke, versteck dich, laß dich zudecken, da kommen sie, ein ganzer Haufen, wenn sie uns sehen, bringen sie uns um, fühl ihre Angst, ihren Zorn, ihren Horror, soll sich an dich drängen, dich umarmen, sich an dir bergen, komm, Toñita, drück dich noch dichter an mich und sag ihr jetzt, ist gar nicht wahr, da kommt niemand, gib mir einen Kuß, hab dich angeführt, Kleine. Und heute red nicht mit ihr, hör sie an deiner Seite, ihre Gestalt ist ein Schiff, die Sandwüste ein Meer, sie segelt, gleitet ruhig um Hügel und Büsche, unterbrich sie nicht, tritt nicht auf den Schatten, den sie wirft. Steck eine Zigarette an und rauch und denk, daß du glücklich bist und daß du alles dafür gäbst zu wissen, ob auch sie glücklich ist. Red mit ihr und scherz, du, ich rauch gerad, wirst's ihr beibringen, wenn sie groß ist, kleine Mädchen rauchen nicht, würde husten müssen, lach, sie soll lachen, bitt sie, du, sei doch nicht immer so ernst, Toñita, um alles in der Welt. Und dann, wiederum, die Ungewißheit, die Säure, die das Leben ätzt, du, ich weiß schon, langweilt sich so sehr, immer dieselben Stimmen, das Eingesperrtsein, aber warte, nicht mehr lange, dann werdet ihr nach Lima reisen, ein Haus für euch beide allein, werdet nicht mehr euch verstecken müssen, wirst ihr alles kaufen, wirst sehen, Toñita, wirst schon sehen. Fühl wieder die Bitterkeit, du, nie bist du wütend, Kleine, wär sie doch anders, wenn sie nur einmal wütend würde, etwas zertrümmerte, laut schreiend weinte und da, abwesend, immer gleich, der Ausdruck ihres Gesichts, das sanfte Pulsieren ihrer Schläfen, ihre halbgeschlossenen Lider, das Geheimnis ihrer Lippen. Jetzt nur noch Erinnerungen und ein wenig Melancholie, du, deswegen verwöhnen sie dich so sehr, wie sie sich benommen haben, nichts gesagt, bringen dir Süßigkeiten, ziehen dich an, kämmen dich, sind wie ausgewechselt, untereinander streiten sie so oft, und was sie einander alles antun, mit dir so gütig und so hilfsbereit. Sag zu ihnen, ich hab sie mir mitgebracht, hab sie entführt, du liebst sie, wird mit dir zusammenleben, sie müssen dir helfen und dann, wiederum, ihre Aufregung, ihre Beteuerungen, wir schwören Ihnen, wir versprechen, werden Ihr Vertrauen nicht enttäuschen, ihr Getuschel, ihr Herumflattern, schau sie an, gerührt, neugierig, heiter, ahn ihren unbändigen Wunsch, in den Turm hinaufzuklettern, sie zu sehen und zu reden mit ihr. Und wieder sie, und du, alle mögen dich, weil du jung bist? weil du nicht sprechen kannst? weil du ihnen leid tust? Und dann, jene Nacht: Der Fluß rollt dunkel dahin und in der Stadt ist nirgends mehr Licht, der Mond erhellt nur knapp noch die Wüste, die Saatfelder sind undeutliche Flecke und sie ist weit weg und schutzlos. Ruf sie, frag sie, Toñita, hörst du mich? was hast du? warum zerrt sie so an deiner Hand, ob sie erschrocken ist vom Sand, der so scharf herunterfällt? Du, komm, Toñita, hüll dich fest ein, gleich ist's vorbei, glaubst du, daß er uns eindeckt, daß er uns lebendig begräbt? weswegen zitterst du, fehlt dir denn was, kriegst du keine Luft? willst du zurück? schnauf doch nicht so. Und du, hast's nicht gemerkt, du, bin ja so blöd, wie schrecklich, nicht zu begreifen, Kleine, nie zu wissen, was los ist mit dir, wie es erraten. Und dann, wiederum, das Herz läuft dir fast über und die Fragen, wie sprühende Funken, wie stellst du dir vor, daß ich bin, wie sind die Frauen, und die Gesichter, und die Erde, auf der du gehst, woher kommt das, was du hörst, wie bist du, was bedeuten diese Stimmen, glaubst du, daß alle so sind wie du? daß wir hören und nicht darauf antworten? daß jemand uns das Essen bringt, uns zu Bett bringt und uns hilft, die Treppe hinaufzugehen? Toñita, Toñita, was empfindest du für mich? weißt du, was die Liebe ist? warum küßt du mich? Nimm dich jetzt zusammen, steck sie nicht mit deiner Verzweiflung an, senk die Stimme und sag ihr leise, macht nichts, meine Gefühle sind deine Gefühle, du willst leiden, wenn sie leidet. Soll diese Geräusche vergessen, du nie mehr wieder, Toñita, bin unruhig geworden, erzähl ihr von der Stadt, von der armen Alten aus der Gallinacera, die vor Schmerz weint, vom Esel und den Körben, und was die Leute sagen in der ‹Estrella del Norte›, du, alle fragen, Toñita, suchen dich, trauern, die Ärmste, ob sie ermordet worden ist? hat sie ein Fremder geraubt? was sie erfinden, ihre Lügen, ihr Flüstern. Frag sie, ob sie sich erinnert, würde sie gern mal zurückgehen zur Plaza? sich neben dem Pavillon sonnen? ob die Gallinaza ihr fehlt, du, möchtest du sie gern wiedersehen? nehmen wir sie mit nach Lima? Aber sie kann nicht oder will nicht hören, etwas isoliert sie, quält sie und dann, immer wieder, ihre Hand, das Zittern, ihr Entsetzen, du, was hast du denn? tut dir was weh? soll ich dich massieren? Tu ihr den Gefallen, berühr, worauf sie deutet, drück aber nicht zu fest, streich über ihren Bauch, liebkos dieselbe Stelle, zehnmal, hundertmal, und unterdessen, ich weiß schon, tut weh, den Magen verdorben, willst du Klein machen? hilf ihr, Groß? soll in die Hocke gehen, soll sich nicht kümmern, du wirst dich davorstellen, entfalte die Decke, fang den Regen über ihrem Kopf auf, damit der Sand sie nicht belästigt. Aber es ist umsonst und ihre Wangen sind jetzt feucht, die Erregung ihres Körpers ist gewachsen, ihr Gesicht verzerrt sich und wissen, daß sie weint und keine Ahnung haben ist fürchterlich, Toñita, was kannst du nur tun, was will sie denn von dir. Trag sie in deinen Armen, renne, küß sie doch, du, gleich sind wir da, ist schon ganz nahe, sie wird einen Mate trinken, wirst sie zu Bett bringen und morgen wacht sie gesund wieder auf, und soll nicht weinen, lieber Gott, sie soll nicht weinen. Ruf die Angélica Mercedes, soll sie heilen, sie, eine Kolik, Patrón, du, heißen Tee? Schröpfköpfe? sie, nein ist nichts Ernstes, Sie brauchen keine Angst zu haben, du, Yerbaluisa? Kamillentee? und ihre Hand, tastend, wärmend, dieselbe Stelle liebkosend, und wie blöd, wie blöd, du bist nicht darauf gekommen. Und dann, die Frauen, ihr Entzücken, ihre Körper, die sich drängen im Turm, ihre Gerüche, Schminke, Puder und Vaseline, ihr Gequietsche und Gehopse, der Patrón hat's nicht gemerkt, so einfältig, wie ein Bub. Schau sie an, einander über die Schulter guckend, sieh nur, sie umringen sie, feiern sie und machen ihr Komplimente. Laß sie, sollen sie unterhalten und geh hinunter ins Lokal, mach eine Flasche auf, wirf dich in einen Sessel, proste dir zu, hör das wirre aufgeregte Durcheinander, schließ die Augen und versuch zu lauschen: mindestens im zweiten, der Schmetterling drei, das Glühwürmchen vier und Mensch so unschuldig, warum haben Sie geglaubt, Patrón, daß sie nicht geblutet hat? wie lang schon nicht mehr, Patrón? dann wissen wir's ganz genau. Fühl den Alkohol, seinen Stimulus, der die Beine schwächt und die Gewissensbisse, wie die Unruhe nachläßt, und du, hab's nie gezählt. Was hat's dir bedeutet, was bedeutet's, ob es morgen oder in acht Monaten auf die Welt kommt, die Toñita wird dick werden und danach wird sie glücklich sein. Knie dich an ihr Bett, du, es war nichts, wir wollen's feiern, du wirst ihn verwöhnen, ihm die Windeln wechseln, und wenn's ein Mädchen ist, soll's ihr ähnlich sehen. Und sie sollen zu Don Eusebio gehen, gleich morgen, für sie kaufen, was sie braucht und die Verkäufer werden bestimmt lachen, wer wirft denn? und der Vater? und wenn's ein Bübchen ist, soll es Anselmo heißen. Geh in die Gallinacera, zu den Schreinern, sollen Bretter, Nägel und Hämmer bringen, sollen ein Kinderzimmerchen bauen, erzähl irgendeine Geschichte, Toñita, Toñita, hab Gelüste, übergib dich, sei schlechter Laune, sei wie die andern, kannst du's spüren? bewegt sich's schon? Und frag dich ein letztes Mal, ob's besser war oder schlimmer, ob das Leben so sein muß, und was geworden wär, wenn sie nicht, wenn du und sie, ob's ein Traum war oder ob die Dinge immer verschieden sind von den Träumen, und jetzt noch eine allerletzte Anstrengung und frag dich, ob du dich irgendwann mal damit abgefunden hast, und ob's ist, weil sie gestorben ist oder weil du alt bist, daß dir der Gedanke gar nichts ausmacht, selber zu sterben.

«Willst du auf ihn warten, Selvática?» sagte die Chunga. «Vielleicht treibt er sich mit einer andern Frau rum.»

«Wer ist's?» sagte der Arpista, seine weißen Augen auf die Treppe gerichtet. «Sandra?»

«Nein, Maestro», sagte der Bulle. «Die, die vorgestern angefangen hat.»

«Er wollte mich abholen kommen, Señora, aber vielleicht hat er's vergessen», sagte die Selvática. «Ich werd einfach gehen.»

«Jetzt frühstück erst mal, Mädchen», sagte der Arpista. «Komm, Chunguita, lad sie ein.»

«Freilich, komm, hol dir eine Tasse», sagte die Chunga. «In der Kanne ist warme Milch.»

Die Musikanten frühstückten an einem Tisch nahe bei der Theke, im Licht der violetten Birne, der einzigen, die noch brannte. Die Selvática setzte sich zwischen den Bullen und den Jüngling Alejandro: bisher hatte man fast noch nicht einmal ihre Stimme gehört, wie still sie war; waren in ihrem Dorf alle Frauen so? Durch die Fenster sah man die Barriada, im Dunkeln, und oben drei schwache Sterne, die drei Mannweiber? Nein, Señora, da schwätzten sie vielmehr ununterbrochen, waren wie Papageien. Der Arpista kaute an einer Schnitte Brot, Papageien? und sie, ja, ein Vogel, den's in ihrem Dorf gab, und er hörte zu kauen auf, wieso? Mädchen, war sie nicht in Piura geboren? Nein, Señor, sie war von weit weg, aus der Montaña. Sie wußte nicht, in welcher Gegend sie geboren war, hatte aber immer in einem Ort gelebt, der Santa María de Nieva hieß. Ganz klein, Señor, ohne Autos, ohne Gebäude, auch keine Kinos wie in Piura, verstand er? Der Arpista kaute weiter, aus der Montaña? Papageien? den Kopf erhoben, überrascht, und auf einmal setzte er hastig die Brille auf, Mädchen: hatte ganz vergessen, daß es so was gab. An welchem Fluß lag denn Santa María de Nieva? in der Nähe von Iquitos? weit weg? die Montaña, wie seltsam. Identisch und kontinuierlich, so wie sie aus dem Mund des Jünglings kamen, wuchsen die Rauchringe, verloren ihre Form, zerflatterten über der Tanzfläche. Er hätte auch gern mal die Amazonasgegend kennengelernt, die Musik der Eingeborenen gehört. Glich der *criolla*-Musik gar nicht, oder? Gar nicht, Señor, die von dort sangen wenig, und ihre Lieder waren nicht so fröhlich wie die Marinera oder der Walzer, eher traurig und so seltsam. Aber dem Jüngling gefiel gerade die traurige Musik. Und wie lauteten denn die Texte ihrer Lieder? Sehr poetisch? Denn sie verstand doch sicher deren Sprache, nicht? Nein, die sprach sie nicht, und sie senkte die Augen, die Eingeborenensprache, stotterte sie, das eine oder andere Wort vielleicht, vom vielen Hören, verstand er, was sie meinte? Aber damit er nicht glaubte: dort gab's auch Weiße, viele, und die Eingeborenen sieht man nur wenig, denn die leben im Dschungel.

«Und wie bist du dem in die Hände gefallen?» sagte die Chunga. «Was hast du nur an diesem armen Teufel, dem Josefino, gefunden?»

«Das ist doch egal, Chunga», sagte der Jüngling. «Das ist die Liebe, und die Liebe versteht keine Vernunft. Will keine Fragen hören, noch gibt sie Antwort, wie ein Dichter gesagt hat.»

«Keine Angst», lachte die Chunga. «Hab nur so gefragt, aus Spaß. Wie die andern Leute leben, ist mir völlig schnuppe, Selvática.»

«Was haben Sie denn, Maestro? Warum sind Sie so nachdenklich?» sagte der Bulle. «Ihre Milch wird kalt.»

«Ihre auch, Señorita», sagte der Jüngling. «Trinken Sie sie aus. Wollen Sie noch Brot?»

«Wie lang wirst du die Insassinnen eigentlich noch siezen?» sagte der Bulle. «Du bist komisch, Jüngling.»

«Ich behandle alle Frauen gleich», sagte der Jüngling. «Ob sie hier arbeiten oder Nonnen sind, für mich gibt's keinen Unterschied, ich respektier sie alle gleich.»

«Und warum beleidigst du sie dann alle so, in deinen Liedern?» sagte die Chunga. «Man könnte meinen, du seist ein schwuler Komponist.»

«Ich beleidige sie nicht, sing ihnen nur die Wahrheit vor», sagte der Jüngling. Und lächelte, zaghaft, und stieß einen letzten, weißen und perfekten Rauchring aus.

Die Selvática stand auf, Señora, sie war sehr schläfrig, sie ging jetzt, und vielen Dank fürs Frühstück, aber der Arpista sprang auf, packte sie am Arm, Mädchen, sollte doch warten. Ging sie zum Unbezwingbaren, da bei der Plaza Merino? Sie brachten sie hin, und der Bulle sollte ein Taxi suchen, er war auch müde. Der Bulle erhob sich, ging auf die Straße hinaus und ein Sog frischer Luft strömte auf den Tisch zu, als die Tür zufiel: die Barriada lag noch immer im Dunkeln. Hatten sie gemerkt, wie launisch der Himmel in Piura war? Gestern um diese Zeit hatte die Sonne hochgestanden und gebrannt, kein Sand war gefallen und die Hütten hatten ausgesehen wie frisch gewaschen. Und heute wollte die schlaffe Nacht nicht schwinden, was passierte wohl, wenn sie für immer dabliebe, und der Jüngling deutete mit der Hand auf das kleine Stückchen Himmel, das sich im Fenster abzeichnete: er, was ihn anging, er hätte nichts dagegen, aber vielen andern würde das nicht passen. Die Chunga legte den Zeigefinger an die Stirn: Sorgen hatte der! so was von närrisch. Sechs Uhr? die Selvática schlug die Beine übereinander und stützte die Ellbogen auf den Tisch, in der Selva war sie immer früh aufgestanden, um diese Zeit waren da längst alle auf den Beinen, und der Arpista, ja, ja, der Himmel wurde da rosig, grün, blau, alle Farben, und die Chunga, was? und der Jüngling, was, Maestro? er kannte die Selva? Nein, das fiel ihm nur so ein und wenn noch Milch in der Kanne war, die käme ihm gerade recht. Die Selvática schenkte ihm ein und löffelte Zucker in die Tasse, die Chunga blickte den Arpista mißtrauisch an und ihr Gesichtsausdruck war jetzt finster. Der Jüngling steckte sich noch eine Zigarette an, und wieder quollen aus seinem Mund graue, durchsichtige, ephemere, flüchtige Ringe, schwebten auf das schwarze, kleine Rechteck des Fensters zu, holten einander auf halbem Weg ein, und ihm ging's da ganz anders als den Leuten, was das Tageslicht anlangte, und durchdrangen einander und waren wie Wölkchen, andere Leute fühlten sich glücklich und optimistisch bei Sonnenschein und die Nacht machte sie traurig, und endlich wurden sie so dünn, daß sie unsichtbar waren, und er dagegen war tagsüber bitter und seine Stimmung besserte sich erst, wenn's dunkel wurde. Das ist, weil sie Nachtwesen waren, Jüngling, wie die Füchse und die Eulen: die Chunguita, der Bulle, er und jetzt auch sie, Mädchen, und eine Tür knallte. Auf der Schwelle stand der Bulle und hielt Josefino am Gürtel fest, sie sollten mal sehen, wen er da gefunden hatte, die Selvática stand auf, vor sich hinquasselnd, auf der Straße.

«Du führst ja ein lustiges Leben, Josefino», sagte die Chunga. «Du kannst ja nicht einmal mehr stehen.»

«Guten Tag, Junge», sagte der Arpista. «Wir dachten schon, du würdest sie gar nicht mehr abholen. Wollten sie schon mitnehmen.»

«Reden Sie nicht mit ihm, Maestro», sagte der Jüngling. «Der macht's nicht mehr lange.»

Die Selvática und der Bulle brachten ihn an den Tisch, und Josefino machte es durchaus noch lange, was für ein Quatsch, die letzte Runde ging auf seine Rechnung, alle hiergeblieben, und die Chunguita sollte noch ein Bierchen hergeben. Der Arpista stand auf, Junge, er dankte ihm für die gute Absicht, aber es war spät und das Taxi wartete. Josefino, in Hochstimmung, schnitt Grimassen, alle würden sie krank werden, kreischend, vom

Milchtrinken, das war für Kinder, und die Chunga, ja, schön, auf Wiedersehen, sie sollten ihn mitnehmen. Sie traten hinaus und auf die Grau-Kaserne zielte bereits ein blauer, horizontaler Streifen und in der Barriada bewegten sich hinter dem wilden Zuckerrohr schlaftrunkene Gestalten, hörte man das Prasseln einer Feuerstelle und der Wind schwemmte ranzige Gerüche heran. Sie überquerten die Sandfläche, der Arpista untergefaßt vom Bullen und dem Jüngling, Josefino auf die Selvática gestützt und auf der Autostraße stiegen alle ins Taxi, die Musikanten hinten. Josefino lachte, die Selvática war eifersüchtig, Alter, sagte zu ihm, warum trinkst du soviel und wo bist du gewesen, und mit wem, wollte ihm die Beichte abnehmen, Arpista.

«Recht hast du, Mädchen», sagte der Arpista. «Die Mangaches sind das Schlimmste, was es gibt, trau dem nur ja nie.»

«Was?» sagte Josefino. «Willst du den Schlauberger spielen? Was? Rühren Sie sie nicht an, mein Lieber, sonst fließt Blut, was?»

«Ich leg mich mit niemand an», sagte der Chauffeur. «Ist nicht meine Schuld, daß das Auto so eng ist. Hab ich Sie vielleicht berührt, Señorita? Ich tu meine Arbeit und such keinen Streit.»

Josefino lachte laut, er verstand wohl keine Scherze, Genosse, schallend, sollte sie ruhig berühren, wenn ihm danach zumute war, er war damit einverstanden und der Chauffeur lachte auch, Señor: er hatte das wirklich ernst genommen. Josefino drehte sich zu den Musikanten um, heute war der Geburtstag des Affen, sie sollten mitkommen, würden zusammen feiern, die Leóns konnten ihn so gut leiden, Alter. Aber der Maestro war müde und mußte sich ausruhen, Josefino, und der Bulle klopfte ihm auf die Schulter. Josefino nahm das übel, er nahm das übel und gähnte und schloß die Augen. Das Taxi kam an der Kathedrale vorbei, und die Straßenlaternen waren bereits erloschen. Die erdfarbenen Silhouetten der Tamarinden standen starr um den runden Pavillon mit dem gewölbten Dach, und die Selvática, er sollte doch nicht so sein, Ekel, hatte ihn doch so sehr drum gebeten. Grün, groß, erschreckt, suchten ihre Augen die Josefinos und er streckte höhnisch die Hand aus, er war ein Ekel, kratzte ihr gleich die Augen aus. Er hatte einen Lachanfall, der Chauffeur beobachtete ihn verstohlen: er fuhr die Calle Lima entlang zwischen *‹La Industria›* und dem Gitter der Alcaldía. Sie mochte vielleicht nicht wollen, aber der Affe war gestern hundert Jahre alt geworden und wartete auf sie, und die Leóns waren seine Bruderherzen und er tat ihnen jeden Gefallen.

«Belästige das Mädchen nicht, Josefino», sagte der Arpista. «Sie ist bestimmt müde, laß sie in Ruhe.»

«Sie will nicht zu mir kommen, Arpista», sagte Josefino. «Will die Unbezwingbaren nicht sehen. Sagt, sie schämt sich, stellen Sie sich das vor. Halten Sie, Genosse, wir steigen hier aus.»

Das Taxi bremste, die Calle Tacna und die Plaza Merino lagen im Dunkeln, aber die Avenida Sánchez Cerro war grell erleuchtet von den Scheinwerfern einer Lastwagenkarawane, die in Richtung der Neuen Brücke fuhr. Josefino sprang mit einem Satz hinaus, die Selvática rührte sich nicht, sie fingen an zu raufen, und der Arpista, prügelt euch doch nicht, Junge, sei friedlich, und Josefino, sie sollten doch mitkommen und der Chauffeur auch, der Affe war uralt geworden, tausend Jahre alt. Aber der Bulle gab dem Chauffeur ein Zeichen und der fuhr an. Jetzt lag auch die Avenida dunkel da und die Lastwagen waren rot zwinkernde Augen, die dröhnend dem Fluß zufuhren. Josefino pfiff zwischen den Zähnen, packte die Selvática bei der Schulter, und jetzt leistete sie keinen Widerstand mehr und ging ganz ruhig neben ihm her. Josefino öffnete die Tür, machte sie hinter beiden zu und in einem Sessel zusammengekauert, den Kopf unter einer Stehlampe, saß der Affe und schnarchte. Ein beißender dünner Rauch schlängelte sich durch das Zimmer über leere Flaschen, Gläser, Zigarettenstummel und Essensreste hin. Sie hatten aufgegeben, das wollten Mangaches sein? Josefino wetzte herum, die unbezwingbaren Mangaches? und ein Lallen drang vom Nebenzimmer herein: José hatte sich in sein Bett gelegt, er brachte ihn um. Der Affe richtete sich auf und schüttelte den Kopf, wer, Scheiße, hatte aufgegeben, und lächelte und seine Augen glitzerten, aber du lieber Gott, und die Stimme wurde süß, aber wer war denn da, und stand auf, aber so lang nicht mehr, und ging taumelnd auf sie zu, aber was für ein unerhörtes Vergnügen, sie zu sehen, Bäschen, indem er die Stühle mit den Händen, die Flaschen auf dem Boden mit den Füßen beiseite stieß, wo er doch ein solches Verlangen hatte, sie wiederzusehen, und Josefino, halt ich Wort oder nicht? galt sein Wort nun so viel wie das eines Mangache oder nicht? Ungekämmt, mit ausgebreiteten Armen, ein breites Lächeln um den Mund, kam der Affe geschmeidig auf sie zu, so lange nicht mehr und außerdem wie hübsch wir geworden sind, und warum wich sie ihm aus, Bäschen, mußte ihm doch gratulieren, wußte sie nicht, daß es sein Geburtstag war?

«Stimmt, ist eine Million Jahre alt geworden», sagte Josefino. «Schluß jetzt mit der Ziererei, Selvática, umarm ihn!»

Er ließ sich in einen Sessel fallen, ergriff eine Flasche und setzte sie an den Mund, und trank, und die Ohrfeige klatschte wie ein Steinbrocken auf Wasser, schlimmes kleines Bäschen, Josefino lachte, der Affe ließ sich noch einmal ohrfeigen, schlimmes kleines Bäschen, und jetzt lief die Selvática von einer Ecke zu andern, Gläser zerbarsten, der Affe hinter ihr her, ausgleitend und lachend, und im Nebenzimmer, sie waren die Unbezwingbaren, vom Arbeiten keine Ahnung, immer nur saufen, und die Stimme Josés verlor sich und Josefino trällerte auch, zusammengekauert unter der Stehlampe, die Flasche entglitt langsam seiner Hand. Jetzt standen die Selvática und der Affe still in einer Ecke, und sie ohrfeigte ihn immer noch, schlimmes Bäschen, jetzt tat's ihm wirklich schon weh, warum schlug sie ihn denn? und er lachte, sollte ihn lieber küssen, und sie lachte auch über die Albereien des Affen, und sogar der unsichtbare José lachte, hübsches kleines Bäschen.

Epilog

Der Gobernador klopft dreimal leise mit den Knöcheln, die Tür des Wohnhauses geht auf: das rosige Gesicht Madre Griseldas bemüht sich, Julio Reátegui zuzulächeln, aber ihre Augen irren voll Entsetzen zur Plaza von Santa María de Nieva ab und ihr Mund zuckt. Der Gobernador tritt ein, die Kleine folgt ihm fügsam. Durch einen düsteren Korridor gehen sie bis zum Büro der Oberin und das Geschrei im Dorf ist jetzt gedämpft und fern, wie der Lärm an Sonntagen, wenn die Mündel zum Fluß hinuntergehen. Im Büro läßt sich der Gobernador auf einen der Segeltuchstühle fallen. Er atmet erleichtert auf, schließt die Augen. Die Kleine bleibt bei der Tür stehen, den Kopf gesenkt, aber einen Augenblick später, als die Oberin eintritt, läuft sie zu Julio Reátegui hinüber, Madre, der aufgestanden ist: Guten Tag. Die Oberin antwortet mit einem eisigen Lächeln, bedeutet ihm mit der Hand, sich wieder zu setzen und sie bleibt stehen, neben dem Schreibtisch. Es hatte ihm leid getan, sie in Urakusa wie eine kleine Wilde aufwachsen zu sehen, Madre, bei den intelligenten Augen, die sie hatte, Julio Reátegui dachte, man könnte sie in der Mission vielleicht erziehen, hatte er richtig gehandelt? Durchaus, Don Julio, und die Oberin spricht, wie sie lächelt, kalt und ablehnend, ohne die Kleine anzublicken: dazu waren sie ja hier. Verstand natürlich kein Spanisch, Madre, würde es aber schnell lernen, war sehr schlau und hatte ihnen die ganze Reise über keinerlei Schwierigkeiten gemacht. Die Oberin hört ihn aufmerksam an, so unbeweglich wie das Holzkruzifix, das an die Wand genagelt ist, und als Julio Reátegui verstummt, nickt sie nicht, noch fragt sie, wartet mit gefalteten Händen und leicht zusammengekniffenem Mund, Madre, dann ließ er sie also da. Julio Reátegui steht auf, er mußte jetzt gehen, und lächelt der Oberin zu. All das war sehr strapaziös gewesen, sehr unerfreulich, waren in Regen und Unannehmlichkeiten aller Art geraten, und selbst jetzt konnte er sich noch nicht schlafen legen, wie er es gern hätte, die Freunde hatten ihm ein Essen vorbereitet und wenn er nicht hinging, würden sie das übelnehmen, die Leute waren ja so empfindlich. Die Oberin streckt die Hand aus und in diesem Augenblick schwillt der Lärm an, ein paar Sekunden klingt er ganz nahe, als dränge das Rufen und Schreien nicht von der Plaza herauf, sondern als schallte es vom Obstgarten herüber, aus der Kapelle. Dann läßt es nach und ist wieder wie vorher, gemäßigter, undeutlich, harmlos, und die Oberin zuckt einmal mit der Wimper, bleibt stehen, ehe sie die Tür erreicht hat, wendet sich dem Gobernador zu, Don Julio, ohne zu lächeln, blaß, mit feuchten Lippen: der Herr würde nicht vergessen, was er für dieses Mädchen tat, die Stimme ist schmerzlich, sie wollte ihn nur daran erinnern, ein Christ müßte verzeihen können. Julio Reátegui nickt, senkt den Kopf ein wenig, verschränkt die Arme, seine Haltung ist ernst, zugleich nachgiebig und feierlich, Don Julio: im Namen Gottes bat sie ihn darum. Die Oberin spricht jetzt eifrig, und um seiner Familie willen, und ihre Wangen haben sich gerötet, Don Julio, um seiner Gattin willen, die so gut und so fromm war. Der Gobernador nickt wieder, war das schließlich nicht ein bedauernswerter, ein unglücklicher Mensch? das Gesicht immer besorgter, wie war er denn aufgewachsen? mit der linken Hand streichelt sie nachdenklich ihre Wange, wußte er denn, was er tat? und ihre Stirn hat sich in Falten gezogen. Die Kleine sieht beide verstohlen an, durch die Haare hindurch glänzen ihre Augen erschreckt, grün und wild: ihm tat das mehr weh, als sie glaubte, Madre. Der Gobernador spricht, ohne die Stimme zu heben, es war etwas, das gegen seine Natur ging und gegen seine Überzeugung, ein gewisser Verdruß schwingt mit, aber es handelte sich ja nicht um ihn, der Santa María de Nieva schon bald verließ, sondern um die, die hierblieben, Madre, um Benzas, um Escabino, um Aguila, um sie selbst, um die Mündel und um die Mission: war sie denn dagegen, daß die Gegend hier zivilisiert wurde, Madre? Aber ein Christ hatte doch andere Mittel gegen die Ungerechtigkeiten, Don Julio, sie wußte, daß er ein rechtschaffener Mann war, er konnte doch mit solchen Methoden nicht einverstanden sein. Er sollte sie zur Vernunft bringen, ihm gehorchten sie doch alle hier, sie sollten doch das nicht mit dem Unglücklichen machen. Er mußte sie enttäuschen, Madre, er bedauerte es sehr, aber auch er hielt das für die einzige Möglichkeit. Andere Mittel? Die der Missionare, Madre? Wie viele Jahrhunderte waren sie schon hier? Und wie weit waren sie mit ihren Mitteln gekommen? Es ging einzig und allein darum, künftigen Klagen zuvorzukommen, Madre, dieser Gauner und seine Leute hatten auf barbarische Weise einen Cabo aus Borja verprügelt, einen Rekruten getötet, Don Pedro Escabino hintergangen, und auf einmal widerspricht die Oberin, nein, wütend, nein, nein! hebt die Stimme: Rache üben war unmenschlich, war Sache der Heiden, und eben das taten jetzt sie mit dem Unglücklichen. Warum ihn nicht vor Gericht stellen? Warum ihn nicht ins Gefängnis stecken? Merkte er denn nicht, daß es grauenhaft war, daß man ein Menschenkind nicht so behandeln konnte? Es war nicht Rache, Madre, nicht einmal eine Strafe, Madre, und Julio Reátegui spricht leiser und streichelt mit den Fingerspitzen die schmutzigen Haare der Kleinen: es handelte sich um eine vorbeugende Maßnahme. Es tat ihm leid, hier wegzugehen und in der Mission diese schlechte Erinnerung zurückzulassen, Madre, aber es war notwendig, zum Besten aller. Er hatte Santa María de Nieva gern, die Gobernación hatte ihn seine eigenen Angelegenheiten vernachlässigen, ihn Geld verlieren lassen, aber er bedauerte es nicht, Madre, hatte er das Dorf etwa nicht weitergebracht? Es gab jetzt behördliche Vertreter, bald würde ein Guardia Civil-Posten eingerichtet werden, die Leute würden in Frieden leben können, Madre: das durfte man nicht aufs Spiel setzen. Die Mission war die erste, die ihm dankte, was er für Santa María de Nieva getan hatte, Don Julio, aber welcher Christ vermochte zu verstehen, daß ein armer Unglücklicher ermordet werden mußte? War er denn schuld daran, daß niemand ihm beigebracht hatte, was gut und was böse war? Er würde ja gar nicht getötet, Madre, auch ins Gefängnis würde man ihn nicht stecken, er sei überzeugt, daß er selbst dies dem Gefängnis vorzog. Sie hatten keinen Haß auf ihn, Madre, wollten nur, daß die Aguarunas eben das endlich lernten: was gut war und was böse war, wenn sie es nur auf diese Weise begriffen, dann war das nicht seine Schuld, Madre. Sie verharren einige Sekunden lang in Schweigen, dann gibt der Gobernador der Oberin die Hand, geht hinaus und die Kleine folgt ihm, kommt aber nicht weit, die Oberin nimmt sie beim Arm und sie versucht nicht, sich loszureißen, senkt nur den Kopf, Don Julio, hatte sie einen Namen? denn man mußte sie taufen. Die Kleine, Madre? Er wußte es nicht, auf alle Fälle hätte sie keinen christlichen Namen, sie sollten einen für sie finden. Er macht eine Verbeugung, verläßt das Wohnhaus, überquert mit langen Schritten den Patio der Mission und hastet den Pfad hinunter. Auf der Plaza angekommen, blickt er auf zu Jum: die Hände über dem Kopf zusammengebunden, hängt er wie ein Senkblei von den Capironas und zwischen seinen baumelnden Füßen und den Köpfen der Gaffer ist ein Meter Licht. Benzas, Aguila, Escabino sind nicht mehr da, nur noch der Cabo Roberto Delgado und einige Soldaten und alte und junge Aguarunas, die dicht gedrängt in einer Gruppe stehen. Der Cabo tobt nicht mehr, Jum ist auch still. Julio Reátegui blickt zum Anlegesteg hinüber: die Boote schaukeln leer auf und ab, das Ausladen ist beendet. Die Sonne ist roh, senkrecht, von fast weißem Gelb. Reátegui macht einige Schritte auf die Gobernación zu, aber als er unter den Capironas vorbeikommt, bleibt er stehen und sieht noch einmal hoch. Mit beiden Händen verlängert er den Rand des Tropenhelms, aber auch so stechen die aggressiven Strahlen in seine Augen. Nur der Mund ist zu sehen, ist er ohnmächtig? der offen zu stehen scheint, sieht der ihn? wird er noch einmal Piruaner brüllen? wird er noch einmal den Cabo beleidigen? Nein, er schreit nicht, vielleicht ist sein Mund auch gar nicht offen. Vom Hängen ist sein Magen eingesunken und sein Körper langgezogen, man würde ihn für einen schlanken und großen Mann halten, nicht für den untersetzten und dickbäuchigen Heiden, der er ist. Etwas Seltsames geht von ihm aus, so wie er da hängt, still und schwebend, von der Sonne in eine geschmeidige, strahlende Form verwandelt. Reátegui geht weiter, betritt die Gobernación, der Rauch verdickt die Luft, er hustet, drückt Hände, umarmt und wird umarmt. Man hört Scherze und Gelächter, jemand gibt ihm ein Glas Bier in die Hand. Er trinkt es in einem Zug aus und setzt sich. Um ihn herum Gespräche, Christen, die schwitzen, Don Julio, er würde ihnen fehlen, sie würden ihn vermissen. Er sie auch, sehr, aber es war wirklich Zeit, daß er sich wieder mit seinen eigenen Dingen befaßte, hatte alles vernachlässigt, die Plantagen, das Sägewerk, das kleine Hotel in Iquitos. Er hatte hier Geld eingebüßt, Freunde, und war auch alt geworden. Die Politik behagte ihm nicht, sein Element war die Arbeit. Betuliche Hände füllen sein Glas, klopfen ihm auf die Schulter, nehmen seinen Helm entgegen, Don Julio, alle Leute waren gekommen, um ihn zu feiern, sogar die, die jenseits des Pongo lebten. Er war müde, Arévalo, seit zwei Nächten nicht geschlafen und die Knochen taten ihm weh. Er trocknet sich die Stirn, den Hals, die Backen. Mitunter treten Manuel Aguila und Pedro Escabino auseinander und zwischen ihnen wird das Metallgitterchen des Fensters sichtbar, in der Ferne die Capironas der Plaza. Sind die Neugierigen immer noch dort oder hat die Hitze sie schon vertrieben? Jum ist nicht auszumachen, sein erdfarbener Leib hat sich in strömende Glast aufgelöst oder verschmilzt mit der kupferfarbenen Rinde der Stämme, Freunde: daß der ihnen nicht abkratzte. Wenn er ein gutes Exempel abgeben sollte, mußte der Heide nach Urakusa zurückkehren und den andern berichten, was geschehen war. Der würde nicht verrecken, Don Julio, würde ihm sogar guttun, sich ein wenig zu sonnen: Manuel Aguila? Sollte ja nicht versäumen, ihm die Waren zu bezahlen, Don Pedro, damit es nicht hieße, es wäre Mißbrauch getrieben worden, sie hatten nur Ordnung in die Dinge bringen wollen. Aber natürlich, Don Julio, er würde den Schlawinern die Differenz bezahlen, Escabino wollte nichts weiter, als Handel mit ihnen treiben, wie früher. Sicher, daß man diesem Don Fabio Cuesta vertrauen konnte, Don Julio?: Arévalo Benzas? Wenn nicht, hätte er ihn nicht ernennen lassen. Arbeitete schon seit Jahren für ihn, Arévalo. Ein etwas apathischer Mensch, aber loyal und dienstbereit wie wenige, würden gut mit Don Fabio auskommen, er versicherte es ihnen. Hoffentlich gab's nicht neue Schwierigkeiten, war schrecklich, wieviel Zeit man darauf verschwenden mußte, und Julio Reátegui fühlte sich schon besser, Freunde: vorhin, als er hereingekommen war, war ihm irgendwie schwindlig gewesen. Vor Hunger vielleicht, Don Julio? Am besten ging man gleich essen, Capitán Quiroga erwartete sie schon. Und übrigens, was für ein Mensch war denn dieser Capitán, Don Julio? Hatte seine Schwächen, wie jeder Mensch, Don Pedro: aber im großen und ganzen ein anständiger Kerl.

I

«Über ein Jahr bist du nicht gekommen», kreischt Fushía.

«Ich versteh dich nicht», sagt Aquilino, eine Hand wie ein Hörrohr ums Ohr gelegt; seine Augen irren über die ineinander übergehenden Wipfel der Chontas und der Capanahuas hin oder schielen furchtsam und verstohlen zu den Cabañas hinüber, die hinter einer Barriere von Binsen am Ende des Pfades hervorlugen. «Was sagst du, Fushía?»

«Über ein Jahr», kreischt Fushía. «Über ein Jahr, daß du nicht gekommen bist, Aquilino.»

Diesmal nickt der Alte und seine Augen, verschleiert von Augenschleim, ruhen auf Fushía, eine Sekunde lang. Dann irren sie wieder über das schlammige Wasser am Ufer hin, über die Bäume, die Krümmungen des Pfades, das Dickicht: so lange wird's ja nicht gewesen sein, Mensch, nur einige Monate. Von den Cabañas dringt kein Laut herüber und alles ist wie ausgestorben, aber er traute der Sache nicht, Fushía, wenn sie nun plötzlich auftauchten, wie damals, heulend, splitternackt, und den Pfad überfluteten und auf ihn zustürmten und er ins Wasser springen mußte? Würden sie bestimmt nicht kommen, Fushía?

«Ein Jahr und eine Woche», sagt Fushía. «Ich zähl jeden Tag. Und wenn du wieder gehst, werd ich wieder zu zählen anfangen, das erste, was ich jeden Morgen mache, sind die Striche. Am Anfang hab ich's nicht gekonnt, aber jetzt kann ich mit dem Fuß umgehen wie mit einer Hand, ich pack den Stift mit den Zehen. Willst du's sehen, Aquilino?»

Der gesunde Fuß kommt langsam nach vorn, kratzt über den Sand, wühlt in einem Steinhäufchen, die beiden heilen Zehen spreizen sich wie die Zangen eines Skorpions, umklammern ein Steinbröckchen, heben sich, der Fuß bewegt sich flink, ritzt den Sand, zieht sich zurück und eine gerade kleine Furche wird sichtbar, die der Wind in wenigen Sekunden wieder zudeckt.

«Warum machst du das, Fushía?» sagt Aquilino.

«Hast du gesehen, Alter?» sagt Fushía. «Das mach ich jeden Tag, ganz kleine Striche, jedesmal kleiner, damit sie Platz haben auf dem Stück Wand, das für mich ist, die von diesem Jahr sind viele, so an die zwanzig Reihen Striche. Und wenn du kommst, geb dem Pfleger mein Essen, und der wäscht sie mit Kalk ab und löscht sie aus, und ich kann wieder die Tage markieren, die fehlen. Heut abend werd ich ihm mein Essen geben, und er wird's auslöschen.»

«Ja, ja», die Hand des Alten bedeutet Fushía, sich zu beruhigen, «wie du meinst, also ein Jahr, werd nicht so nervös, schrei nicht so. Hab nicht eher kommen können, für mich ist's nicht mehr so leicht das Reisen, ich schlaf immer ein, die Arme wollen nicht mehr. Die Jahre gehen halt vorbei, verstehst du? Ich will nicht auf dem Wasser sterben, der Fluß ist gut, um drauf zu leben, nicht zum Sterben, Fushía. Warum kreischst du denn immer so, tut dir da der Hals nicht weh?»

Fushía macht einen Satz, placiert sich direkt vor Aquilino, streckt sein Gesicht unter das Gesicht des Alten und der weicht zurück, schneidet Grimassen, aber Fushía knurrt und hüpft nach, bis Aquilino ihn ansieht: doch, doch, er hatte es gesehen, Mann. Der Alte hält sich die Nase zu und Fushía kehrt an seinen Platz zurück. Deswegen verstand er nicht, was er sagte, Fushía. Konnte er denn so essen, ohne Zähne? Fehlten sie ihm nicht, verschluckte er sich da nicht? Fushía schüttelt den Kopf, mehrere Male.

«Die Nonne weicht alles ein», kreischt er. «Das Brot, das Obst, alles in Wasser, bis es weich wird und zu Brei, dann kann ich's essen. Bloß beim Sprechen ist's Scheiße, die Stimme will nicht richtig.»

«Sei nicht bös, wenn ich mir die Nase zuhalt», Aquilino drückt mit zwei Fingern die Nasenflügel zusammen und seine Stimme klingt verschnupft. «Der Gestank macht mich schwindlig, mir dreht sich der Kopf. Das letzte Mal bin ich den Geruch nicht losgeworden, Fushía, nachts hab ich kotzen müssen. Wenn ich gewußt hätte, daß es so schwierig ist für dich zu essen, hätt ich dir keinen Zwieback mitgebracht. Die reißen dir ja das Zahnfleisch auf. Das nächste Mal bring ich dir ein paar Bierchen mit, Coca-Cola. Hoffentlich vergeß ich's nicht, denn, schau, mein Kopf will nicht mehr so recht, ich vergeß alles. Bin eben schon alt, Mensch.»

«Und dabei scheint heute die Sonne nicht», sagt Fushía. «Wenn sie scheint und wir gehen an den Strand, dann halten sich sogar die Nonnen und der Doktor die Nase zu, sagen, es stinkt so. Ich merke nichts, hab mich schon dran gewöhnt. Weißt du, was es ist?»

«Schrei nicht so», Aquilino betrachtet die Wolken: dicke, gräuliche Würste und da und dort weiße Spritzer bedecken den Himmel, bleiernes Licht senkt sich langsam auf die Bäume herab. «Ich glaub, es wird regnen, aber auch wenn's regnet, ich muß gehen. Ich schlaf nicht hier, Fushía.»

«Weißt du noch, die Blumen auf der Insel?» Fushía hüpft wie ein haarloses, rosiges Äffchen auf der Stelle. «Die gelben, die bei Sonnenschein aufgehen, und zugehen, wenn's dunkel wird? Die, von denen die Huambisas gesagt haben, das seien Geister. Weißt du noch?»

«Ich geh, auch wenn's in Strömen gießt», sagt Aquilino. «Ich schlaf nicht hier.»

«Genau so wie diese Blumen», kreischt Fushía. «Wenn die Sonne scheint, gehen sie auf, und dann kommt Schleim heraus, das ist's, was so stinkt, Aquilino. Aber es tut gut, da juckt's nicht mehr, man fühlt sich besser. Da werden wir ganz glücklich und streiten auch nicht.»

«Schrei nicht so, Fushía», sagt Aquilino. «Schau nur, wie der Himmel sich zugezogen hat, und ein Wind geht! Die Nonne hat gesagt, daß dir das schadet, du mußt in deine Hütte zurück. Und ich geh jetzt, das ist besser.»

«Aber wir riechen's nicht, ganz gleich ob die Sonne scheint oder ob's bewölkt ist», kreischt Fushía, «wir merken nie was. Wir riechen die ganze Zeit dasselbe, da ist's gar nicht mehr wie Gestank, sondern als ob's der Geruch des Lebens wär. Verstehst du mich, Alter?»

Aquilino läßt die Nase los und atmet tief ein. Dünne Falten durchfurchen sein Gesicht, die Stirn unter dem Strohhut. Der Wind bläht sein grobes Leinenhemd auf und enthüllt dann und wann seine magere Brust, die vorstehenden Rippen, die gebräunte Haut. Der Alte senkt die Augen, schielt hinüber: er ist immer noch da, ruhig, wie eine große Krabbe.

«Wie riecht's denn?» kreischt Fushía. «Nach faulem Fisch?»

«Um alles, was dir lieb ist, schrei nicht immer so!» sagt Aquilino. «Ich muß jetzt gehen. Wenn ich wiederkomme, bring ich dir was Weiches zum Essen, damit du's nicht zu kauen brauchst. Werd schon was finden, werd in den Läden fragen.»

«Setz dich, setz dich», kreischt Fushía. «Warum bist du aufgestanden, Aquilino? Setz dich, setz dich.»

In der Hocke hüpft er um Aquilino herum und sucht dessen Augen, aber der Alte schaut hartnäckig auf die Wolken, die Palmen, das schläfrige Wasser des Flusses, die kleinen, schmutzigen Wellen. Flußabwärts zerteilt eine ockerfarbene kleine Insel herrisch die Strömung. Fushía hockt jetzt unmittelbar vor den Beinen Aquilinos. Der Alte setzt sich.

«Ein klein bißchen noch, Aquilino», kreischt Fushía. «Geh noch nicht, Alter, bist ja gerade erst gekommen.»

«Da fällt mir ein, muß dir was erzählen», der Alte schlägt sich an die Stirn und schaut, eine Sekunde lang, hin: der gesunde Fuß scharrt im Sand. «Im April war ich in Santa María de Nieva. Siehst du, wie schlecht mein Gedächtnis ist? Beinahe wär ich wieder gegangen, ohne es dir zu erzählen. Die Flußpatrouille hatte mich verpflichtet, einer der Lotsen war krank, und sie haben mich mit einem von den Kanonenbooten hingebracht, die fast übers Wasser fliegen. Zwei Tage waren wir da.»

«Du hast Angst gehabt, ich könnte dich packen», kreischt Fushía. «Ich könnt deine Beine umarmen, und deswegen hast du dich wieder gesetzt, Aquilino. Sonst wärst du abgehauen.»

«Laß die Kreischerei, ich will dir was erzählen», sagt Aquilino. «Die Lalita ist schrecklich dick geworden, am Anfang haben wir uns gar nicht erkannt. Sie hat geglaubt, ich sei schon gestorben. Hat geweint vor lauter Rührung.»

«Früher bist du den ganzen Tag geblieben», kreischt Fushía. «Geschlafen hast du auf deinem Boot, und am nächsten Tag bist du wiedergekommen und hast dich mit mir unterhalten, Aquilino. Zwei oder drei Tage bist du geblieben. Jetzt, kaum bist du gekommen, willst du schon wieder gehen.»

«Ich hab bei ihnen übernachtet, Fushía», sagt Aquilino. «Einen Haufen Kinder hat sie, ich weiß nicht mehr wie viele, eine Menge. Und der Aquilino ist schon ein Mann. Zuerst war er Fährmann, und jetzt ist er nach Iquitos gegangen, arbeitet dort. Er ist gar nicht mehr, wie er als Kind war, seine Augen sind nicht mehr so geschlitzt. Fast alle sind Jungen, und wenn du Lalita sehen könntest, du würdest nicht glauben, daß sie's ist, so dick. Weißt du noch, wie ich sie entbunden hab, mit diesen Händen? Und jetzt ist er ein Riesenkerl, der Aquilino, und sympathisch. Und die Kinder vom Nieves auch, und auch die vom Guardia. Niemand kennt sie auseinander, alle gleichen sie Lalita.»

«Auf mich sind alle neidisch gewesen», kreischt Fushía. «Weil du mich immer besuchen gekommen bist, und die besucht niemand. Und hinterher haben sie sich lustig gemacht, weil du so lange nicht wiedergekommen bist. Er kommt schon, er ist eben auf Reisen, er treibt Handel auf den Flüssen, aber er kommt schon, morgen, ober übermorgen, er kommt auf alle Fälle. Jetzt ist's, als kämst du nie, Aquilino.»

«Lalita hat mir alles erzählt», sagt Aquilino. «Sie hat keine Kinder mehr gewollt, aber der Guardia wollte noch welche und hat ihr immer wieder noch eins gemacht, und in Santa María de Nieva nennen sie die Buben die Fetten. Aber nicht bloß die Kinder vom Guardia, auch die von Nieves und deines.»

«Lalita?» kreischt Fushía. «Lalita, Alter?»

Eine rötliche Erregung brodelt auf, Seufzer zusammen mit fauligen Ausdünstungen, und der Alte hält sich die Nase zu, wirft den Kopf zurück. Es hat angefangen zu regnen, und der Wind zischt zwischen den Bäumen, am andern Ufer wiegt sich das Binsengestrüpp, die Blätter klatschen flüsternd gegeneinander. Der Regen ist noch fein, unsichtbar. Aquilino steht auf: «Siehst du, jetzt regnet's schon, ich muß gehen», näselt er. «Werd auf dem Boot schlafen müssen, die ganze Nacht über im Nassen. Bei Regen kann ich nicht flußaufwärts fahren, wenn der Motor stehenbleibt, kann ich nicht mehr gegen die Strömung an, dann reißt sie mich mit, ist mir schon passiert. Bist du jetzt traurig, weil ich dir das von Lalita erzählt hab? Warum schreist du nicht mehr, Fushía?»

Er hockt da, noch mehr zusammengekauert als vorher, rund, eiförmig, und antwortet nicht. Sein gesunder Fuß spielt mit den Kieselsteinen, die verstreut im Sand liegen: breitet sie aus und häuft sie zusammen, breitet sie aus und häuft sie zusammen, glättet die Ränder, und aus all diesen sorgfältigen und langsamen Bewegungen spricht eine Art Melancholie. Aquilino macht zwei Schritte, läßt die Augen jetzt nicht von diesem entzündeten Rücken, diesen Knochen, über die der Regen rieselt. Er weicht noch ein bißchen zurück und jetzt sieht man die offenen Stellen nicht mehr und die Haut, alles ist eine opalisierende bis violette, dahlienfarbene Oberfläche. Er läßt die Nase los und atmet tief ein.

«Sei nicht traurig, Fushía», murmelt er. «Nächstes Jahr komm ich wieder, auch wenn ich noch so müde bin, Ehrenwort. Werd dir was Weiches mitbringen. Bist du böse wegen dem von Lalita?

Denkst du an früher? So ist das Leben, Mensch, wenigstens ist's dir besser ergangen als andern, denk an Nieves.»

Murmelnd weicht er Schritt für Schritt zurück, schon ist er auf dem Pfad. An den unebenen Stellen haben sich Pfützen gebildet und eine sehr starke pflanzliche Ausdünstung erfüllt die Luft, der Geruch von Pflanzensäften, Harz und Pflanzen, die keimen. Ein lauwarmer, noch spärlicher Dampf steigt in wogenden Schwaden auf. Der Alte weicht immer weiter zurück, das Häufchen lebendigen und blutenden Fleisches verharrt unbeweglich in der Ferne, verschwindet hinter dem Binsengestrüpp. Aquilino dreht sich halb um, rennt auf die Hütten zu, Fushía, nächstes Jahr würde er wiederkommen, wispernd, sollte nicht traurig sein. Und jetzt regnet es in Strömen.

II

«Schnell, Padre», sagte die Selvática. «Ich hab ein Taxi warten.»

«Einen Moment.» Padre García räusperte sich und rieb sich die Augen. «Muß mich erst anziehen.»

Er verschwand im Haus, und die Selvática bedeutete dem Taxichauffeur, er solle warten. Schwärme von Insekten schwirrten prasselnd um die Straßenlampen der menschenleeren Plaza Merino, der Himmel war hoch und gestirnt und auf der Avenida Sánchez Cerro tauchten knatternd schon die ersten Lastwagen und nächtlichen Omnibusse auf. Die Selvática wartete auf dem Bürgersteig, bis die Tür wieder aufging und Padre García herauskam, das Gesicht umhüllt von einem grauen Schal, einen Tuchhut bis zu den Brauen herabgezogen. Sie stiegen ein, und das Taxi fuhr los.

«Fahren Sie schnell, bitte», sagte die Selvática. «So schnell Sie können, bitte.»

«Ist's weit?» sagte Padre García und seine Frage verwandelte sich in ein langes Gähnen.

«Ein bißchen, Padre», sagte die Selvática. «Beim ‹Club Grau›.»

«Und warum bist du dann hierhergekommen?» knurrte Padre García. «Wozu ist denn die Pfarre von Buenos Aires da? Warum hast du mich aufwecken müssen und nicht Padre Rubio?»

Die ‹Tres Estrellas›-Bar war geschlossen, aber im Innern war Licht zu sehen, Padre: die Señora wünschte, daß er käme. Drei Männer standen Arm in Arm an der Ecke und trällerten, und ein weiterer, etwas weiter weg, pinkelte an die Wand. Ein mit Kisten überladener Lastwagen fuhr unbekümmert in der Mitte der Straße dahin, der Taxichauffeur hupte vergeblich, er solle ihn vorbeilassen, gab Lichtzeichen, und plötzlich schoß der Hut vor bis zum Mund der Selvática: welche Señora wünschte, daß er käme? Der Lastwagen gab endlich die Straße frei und das Taxi konnte passieren, Padre, die Señora Chunga, er fuhr heftig zurück, was? wer lag denn im Sterben? die Soutane geriet in Bewegung und eine Art Würgen erstickte Padre Garcías Stimme unter dem Wollschal: wer wollte denn beichten?

«Don Anselmo, Padre», flüsterte die Selvática.

«Der Arpista liegt im Sterben?» rief der Chauffeur. «Was Sie nicht sagen! Der?»

Das Fahrzeug, das gebremst hatte, quietschte über die Avenida Grau, schoß dann davon und fuhr mit aufgeblendetem Fernlicht weiter, immer schneller, ohne an den Straßenkreuzungen die Geschwindigkeit zu vermindern, nur mit heftigen Hupenstößen kündigte es sein Herannahen an. Unterdessen schwankte der Tuchhut wie betäubt vor dem Gesicht der Selvática hin und her und Padre Garcías Kehle schien in einem heiseren Kampf begriffen gegen irgend etwas, das sie behinderte und zuschnürte.

«Er hat noch ganz vergnügt gespielt, und auf einmal ist er zu Boden gefallen», seufzte die Selvática. «Ist ganz blau angelaufen, der Arme, Padre.»

Eine Hand schoß aus dem Dunkel hervor, schüttelte die Selvática an der Schulter und sie schrie auf, ging's etwa ins Bordell? zuckte erschreckt zurück gegen die Tür des Taxis: nein, Padre, nein, zum Grünen Haus. Da lag er im Sterben, warum packte er sie denn so, was hatte sie ihm denn getan, und Padre García ließ sie los und riß wütend den Schal vom Hals. Mühsam keuchend näherte er sein Gesicht dem Fenster und verharrte einen Augenblick so: die Augen geschlossen, tief und voller Qual die laue Nachtluft einatmend. Dann ließ er sich mit dem Rücken gegen die Lehne zurückfallen und band sich den Schal wieder um.

«Das Grüne Haus ist das Bordell, Unselige», röchelte er. «Ich weiß schon, wer du bist, weiß schon, warum du halbnackt und so angemalt bist.»

«Ist kein Arzt gerufen worden?» sagte der Chauffeur. «Was für eine traurige Nachricht, Fräulein. Verzeihen Sie, wenn ich mich einmisch, aber ich kenn den Arpista so gut. Wer kennt ihn nicht, und wir haben ihn alle so gern.»

«Doch, ist schon gerufen worden», sagte die Selvática. «Der Doktor Zevallos ist schon da. Aber er sagt, es wär ein Wunder, wenn er nicht stirbt. Alle weinen, Padre.»

Padre García hatte sich zurückgelehnt und sagte kein Wort, doch mitunter war hinter dem Schal noch immer das Keuchen zu vernehmen, schwach, aber hartnäckig. Das Taxi hielt vor dem Gitter des ‹Club Grau›; der Motor brummte und knatterte rauchend weiter.

«Ich würd ja bis in die Barriada hineinfahren», sagte der Chauffeur, «aber der Sand ist zu weich, da bleib ich bestimmt stecken. Es tut mir sehr leid, das, wirklich.»

Während die Selvática ein Taschentuch aufknöpfte, das Geld herausnahm und zahlte, stieg Padre García aus und knallte wütend die Tür zu. Mit langen Schritten machte er sich auf den Weg durch den Sand. Hin und wieder stolperte er, sank ein und rappelte sich wieder vom unebenen Boden auf, und man sah ihn in der hellen Nacht sich zwischen den gelben Dünen vorwärts bewegen, bucklig und dunkel wie ein übergroßer Aasgeier. Die Selvática holte ihn auf halbem Weg ein.

«Haben Sie ihn gekannt, Padre?» flüsterte sie. «Der Ärmste, nicht wahr? Wenn Sie gesehen hätten, wie er gespielt hat, so schön! Und dabei sieht er doch fast gar nicht mehr.»

Padre García gab keine Antwort. Mit eingezogenen Schultern stapfte der breitbeinig dahin, mit lebhaften Schritten und immer atemloser.

«Seltsam, Padre», sagte die Selvática. «Man hört überhaupt nichts und sonst hat man jede Nacht bis hierher die Musik der Kapelle gehört. Sogar noch drüben auf der Landstraße hat man es ganz deutlich hören können.»

«Schweig, Unselige», röchelte Padre García, ohne sie anzusehen. «Halt deinen Mund!»

«Seien Sie nicht böse, Padre», sagte die Selvática. «Ich weiß gar nicht, wovon ich red. Es tut mir halt so weh, Sie wissen nicht, wie Don Anselmo war.»

«Zur Genüge, Unselige», murmelte Padre García. «Ich hab ihn schon gekannt, da warst du noch gar nicht auf der Welt.»

Er sagte noch etwas, unverständlich, und von neuem der heisere und beklommene Laut. In den Türen der Hütten standen Leute, und wo er vorbeikam, hörte man Gemurmel, guten Abend, einige Frauen bekreuzigten sich. Die Selvática klopfte an die Tür, und augenblicklich die Stimme einer Frau: es war geschlossen, war nichts los, Señora, sie war's, der Padre war da. Kurze Stille, hastige Schritte, die Tür ging auf und ein trübes Licht fiel in das ausgemergelte und greise Gesicht Padre Garcías, auf den

Schal, der an seinem Hals baumelte. Er betrat das Lokal, hinter ihm die Selvática, erwiderte den Gruß nicht, den zwei Männerstimmen von der Theke aus an ihn richteten, hörte vielleicht nicht einmal das ehrerbietige Geflüster, das von zwei Tischen aufstieg, um die verschwommene Gestalten saßen. Vor der leeren Tanzfläche blieb er mürrisch und still stehen und als ein Schatten ohne Gesicht vor ihm auftauchte, knurrte er bissig, wo war er? und die Chunga, die ihm die Hand hatte entgegenstrecken wollen, deutete statt dessen zur Treppe: wo? man sollte ihn hinbringen. Die Selvática nahm ihn beim Arm, Padre, sie würde es ihm zeigen. Sie durchquerten den Salon, stiegen zum ersten Stockwerk hinauf und im Gang riß sich Padre García mit einem Ruck von der Hand der Selvática los. Sie klopfte ganz leise an eine der vier gleich aussehenden Türen und öffnete sie. Sie trat zur Seite, und als Padre García eingetreten war, zog sie sie zu und kehrte zurück in den Salon.

«War's kalt, draußen?» fragte der Bulle. «Du zitterst ja.»

«Da, trinken Sie das», sagte der Jüngling Alejandro. «Davon wird Ihnen warm.»

Die Selvática nahm das Glas, trank und wischte sich mit der Hand über die Lippen.

«Der Padre ist auf einmal wütend geworden», sagte sie. «Im Taxi hat er mich an der Schulter gepackt, hat mich geschüttelt. Ich hab schon geglaubt, er schlägt mich.»

«Er wird leicht böse», sagte der Bulle. «Ich hätt nicht gedacht, daß er kommt.»

«Ist Doktor Zevallos noch oben, Señora?» sagte die Selvática.

«Vorhin ist er mal runtergekommen, um eine Tasse Kaffee zu trinken», antwortete die Chunga. «Sagt, es hätt sich nichts geändert.»

«Ich trink noch einen Schnaps, Chunguita, brauch ihn für die Nerven», sagte der Bulle. «Ich hab kein Geld, zieh's mir ab.»

Die Chunga nickte und füllte beiden die Gläser. Dann, mit der Flasche in der Hand, ging sie zu den Tischen am Rand der Tanzfläche, wo die Insassinnen diskret miteinander tuschelten: wollten sie was trinken? Nein, danke, Señora, und sie brauchten auch nicht mehr zu bleiben, konnten Schluß machen. Ein erneutes Tuscheln antwortete ihr, länger diesmal, ein Stuhl knarrte, wenn's nichts ausmachte, würden sie lieber bleiben, ging das? und die Chunga, freilich, wie sie wollten und kehrte zur Theke zurück. Die Gestalten im Dunkel setzten ihr leises Gespräch fort und die

Musikanten tranken schweigend, blickten von Zeit zu Zeit zur Treppe.

«Warum spielt ihr nicht etwas?» sagte die Chunga, halblaut, mit einer vagen Handbewegung. «Wenn er euch hören kann, wer weiß, vielleicht gefällt's ihm; dann weiß er, daß ihr ihm Gesellschaft leistet.»

Der Bulle und der Jüngling waren im Zweifel, die Selvática, doch, doch, die Señora hatte recht, das würde ihm gefallen, und die im Schatten verstummten: schön, sie würden spielen. Sie gingen in ihre Ecke, langsam, der Bulle setzte sich auf dem Hocker zurecht, lehnte sich an die Wand, und der Jüngling hob die Gitarre vom Boden auf. Sie begannen mit einem Triste, und erst eine gute Weile später getrauten sie sich zu singen, vor sich hin, ohne rechten Mut, aber nach und nach sangen sie lauter und schließlich fanden sie ihre gewohnte Ungezwungenheit und Lebhaftigkeit wieder. Wenn sie eine Komposition des Jünglings vortrugen, merkte man, daß sie gerührt wurden, sie sprachen die Strophen mit sehr zögernder Stimme und sentimental, und dem Bullen lief mitunter die Musik davon und er verstummte. Die Chunga brachte ihnen ein paar Schnäpse. Auch sie wirkte verstört und zeigte nicht die Bissigkeit von sonst, sondern ging auf Zehenspitzen umher, ohne die Arme zu bewegen oder jemanden anzusehen, wie verängstigt oder verwirrt, Señora: da kam Doktor Zevallos herunter. Der Bulle und der Jüngling hörten auf zu spielen, die Insassinnen standen auf, die Chunga und die Selvática liefen ebenfalls auf die Treppe zu.

«Ich hab ihm eine Spritze gegeben.» Doktor Zevallos wischte sich mit einem Taschentuch die Stirn ab. «Aber es gibt nicht mehr viel Hoffnung. Padre García ist bei ihm. Was er jetzt braucht, ist, daß man für seine Seele betet.»

Er fuhr sich mit der Zunge über die Lippen, Chunga, er hatte einen schrecklichen Durst: da oben war's heiß. Die Chunga ging zur Theke und kam mit einem Glas Bier zurück. Doktor Zevallos saß an einem Tisch mit dem Jüngling, dem Bullen und der Selvática. Die Insassinnen waren an ihren Platz zurückgekehrt und setzten ihr monotones Getuschel fort.

«So ist das Leben.» Doktor Zevallos trank, seufzte, schloß und öffnete die Augen. «Eines Tages sind wir alle an der Reihe. Ich viel früher als ihr.»

«Leidet er sehr, Herr Doktor?» fragte der Bulle mit betrunkener Stimme; aber sein Blick und seine Gesten waren nüchtern.

«Nein, drum hab ich ihm ja die Spritze gegeben», sagte der Arzt. «Er ist bewußtlos. Mitunter kommt er zu sich, einige Sekunden lang. Aber Schmerzen spürt er keine.»

«Sie haben ihm etwas vorgespielt», flüsterte die Chunga, ihre Stimme ebenfalls verändert und die Augen unruhig. «Wir haben gedacht, das würd ihm vielleicht gefallen.»

«Im Zimmer oben war nichts zu hören», sagte der Arzt. «Aber ich hör schlecht, wer weiß, vielleicht hat's Anselmo gehört. Ich hätte gern rausgefunden, wie alt er eigentlich ist. Bestimmt über achtzig. Er ist älter als ich, und ich bin in den Siebzigern. Schenk mir noch ein Glas ein, Chunga.»

Dann schwiegen alle und verharrten so lange Zeit. Die Chunga erhob sich von Zeit zu Zeit, ging zur Theke und brachte Bier und Gläser mit Pisco. Das Tuscheln der Insassinnen war immer noch zu vernehmen, gelegentlich rauh und nervös, dann wieder gedämpft und fast unhörbar. Und auf einmal standen alle wieder auf und rannten zur Treppe, die Padre García herunterkam, ohne Hut und ohne Schal, mühsam, Doktor Zevallos winkend. Der stieg die Stufen hinauf, die Hand am Geländer, verschwand im Korridor, Padre, was war denn geschehen, viele Fragen klangen gleichzeitig auf, und als hätte das Geräusch sie erschreckt, verstummten alle im selben Augenblick: Padre García murmelte erstickt etwas. Seine Zähne klapperten sehr heftig und sein umherirrender Blick machte auf keinem Gesicht halt. Der Jüngling und der Bulle hatten sich umarmt, und einer der beiden schluchzte. Wenig später begannen die Insassinnen sich die Augen zu reiben, zu seufzen, laut zu klagen, einander um den Hals zu fallen und einzig die Chunga und die Selvática stützten Padre García, der zitterte und hartnäckig und gequält die Augen verdrehte. Zusammen zerrten sie ihn zu einem Stuhl, und er, schlaff, ließ sich hinsetzen, die Stirn massieren und trank ohne aufzubegehren das Glas Pisco, das die Chunga ihm in den Mund goß. Sein Körper zitterte noch immer, aber seine Augen waren ruhiger geworden und blickten starr ins Leere, waren umringt von tiefen, großen Schatten. Kurze Zeit danach erschien Doktor Zevallos auf der Treppe. Er kam ohne Hast herunter, den Kopf gesenkt, sich langsam den Hals reibend.

«Er ist in Frieden mit Gott gestorben», sagte er. «Das ist, was jetzt wichtig ist.»

Die dunklen Gestalten an den Tischen im Hintergrund hatten sich auch beruhigt und das Tuscheln klang wieder auf, noch scheu, schmerzlich. Die beiden Musikanten lagen sich noch immer in den Armen und weinten, der Bulle heftig, der Jüngling lautlos und mit zuckenden Schultern. Doktor Zevallos setzte sich, ein melancholischer Ausdruck senkte sich über sein feistes Gesicht, Padre: hatte er mit ihm reden können? Padre García schüttelte den Kopf: nein. Die Selvática liebkoste seine Stirn, und er, ganz zusammengekrümmt auf dem Stuhl, bemühte sich zu sprechen, hatte ihn nicht erkannt, und ein heiseres Pfeifen kam aus seinem Mund, und wieder nahm sein Blick die ziellose unaufhörliche Erforschung der Umgebung auf: die ganze Zeit ‹La Estrella del Norte›, das einzige, was zu verstehen gewesen war. Seine Stimme, übertönt vom Weinen des Bullen, war kaum zu vernehmen.

«Das war ein Hotel, das existiert hat, als ich jung war», sagte Doktor Zevallos mit einer gewissen Wehmut zur Chunga, aber die hörte ihm nicht zu. «Auf der Plaza de Armas, da wo jetzt das ‹Hotel de Turistas› ist.»

III

«Du schläfst die ganze Zeit, hast kaum was von der Reise», sagt Lalita, «und jetzt verpaßt du auch noch die Ankunft.»

Sie steht mit den Ellbogen auf die Reling gestützt, und Huambachano, auf dem Deck sitzend, mit dem Rücken gegen einige zusammengerollte Taue gelehnt, öffnet die Glotzaugen, er wäre froh, wenn er schliefe, seine Stimme klingt schwach und kränklich, er machte die Augen nur zu, um nicht mehr kotzen zu müssen, Lalita: er hatte schon alles ausgespuckt, was er im Magen hatte, und trotzdem war ihm immer noch nach Kotzen zumute. Es war ihre Schuld, er hatte in Santa María de Nieva bleiben wollen. Den Oberkörper weit über die Reling gebeugt, starrt Lalita auf das Panorama der rötlichen Dächer, auf die weißen Fassaden, die Palmen, die sich wie Stacheln über der Stadt ausbreiten, und auf die Gestalten, die sich, schon deutlich erkennbar, an der Mole bewegen. Die Passagiere an Deck kämpfen um Plätze an der Reling.

«Fetter, sei nicht so faul, du versäumst das Beste», sagt Lalita. «Schau, meine Heimat, Fetter, wie groß, wie hübsch! Hilf mir, den Aquilino suchen.»

Das eingefallene Gesicht Huambachanos täuscht ein Lächeln vor, sein kleiner und dicker Körper windet sich und richtet sich endlich mühsam auf. Eine rege Geschäftigkeit herrscht auf dem Deck: die Passagiere zählen ihre Gepäckstücke, heben sie sich auf die Schultern, und, angesteckt von der Aufregung, grunzen die Schweine, gackern die Hühner und schlagen wild mit den Flügeln, und die Hunde rennen hin und her, bellen, die Ohren steif, wedeln mit den Schwänzen. Eine Sirene zerreißt die Luft, der schwarze Rauch aus dem Schornstein wird zäher, und es regnet Ruß auf die Leute. Man ist in den Hafen eingefahren, durchquert ein Archipel von Motorbooten, mit Bananen beladenen Flößen, Kanus, Fetter, sah er ihn? er sollte genau hinsehen, dort drüben mußte er sein, aber der Fette mußte sich erneut übergeben: verdammtes Pech. Er hat einen Würgeanfall, erbricht aber nichts, gibt sich damit zufrieden, zornentbrannt auszuspucken. Sein fettiges Gesicht ist elend, bläulich, seine Augen sind stark blutunterlaufen. Von der Brücke aus erteilt ein Männchen schreiend Befehle, gestikuliert, und zwei barfüßige Matrosen mit nacktem Oberkörper hängen über dem Bug und schleudern die Taue an die Mole.

«Alles verdirbst du, Fetter», sagt Lalita, betrachtet aber weiter den Hafen. «Da komm ich nach so langer Zeit wieder nach Iquitos, und dir wird schlecht.»

Im Auf und Ab des öligen Wassers wiegen sich Dosen, Kisten, Zeitungen, Abfälle. Rings herum sind Motorboote, einige frisch angestrichen und mit Wimpeln an den Masten, Kähne, Flöße, Bojen und Barkassen. Auf der Mole, neben dem Laufsteg kreischt und schreit eine kleine, wirre Meute von Gepäckträgern, sie rufen den Passagieren ihre Namen zu, schlagen sich auf die Brust, alle versuchen, so dicht wie möglich an den Laufsteg heranzukommen. Hinter ihnen ein Drahtzaun und ein paar Holzschuppen, zwischen denen sich die Leute drängen, die die Reisenden erwarten: da war er, Fetter, der mit dem Hut. Wie groß, wie gut er aussah, er sollte ihm zuwinken, und Huambachano macht die glasigen Augen auf, sollte ihn begrüßen, Fetter, hebt die Hand hoch und winkt ein paarmal müde. Der Dampfer hat angelegt, und die beiden Matrosen springen auf die Mole, machen sich mit den Tauen zu schaffen und winden sie um die Poller. Jetzt brüllen die Gepäckträger, hüpfen, schneiden Grimassen und gestikulieren, bemühen sich, mit diesen Albereien die Aufmerksamkeit der Passagiere auf sich zu lenken.

Ein Mann in blauer Uniform und mit weißer Kopfbedeckung geht gleichgültig vor dem Steg auf und ab. Hinter dem Drahtzaun winken die Leute, lachen, und mitten in den Lärm hinein klingt in regelmäßigen Abständen die gellende Sirene: Aquilino! Aquilino! Aquilino! Die Farbe kehrt in Huambachanos Gesicht zurück, und sein Lächeln wirkt jetzt natürlicher, weniger erbärmlich. Er bahnt sich einen Weg zwischen den mit Bündeln beladenen Frauen hindurch und schleift einen Sack und einen vollgestopften Koffer hinter sich her.

«Er ist dicker geworden, siehst du?» sagt Lalita. «Und wie

er sich zu unserem Empfang herausgeputzt hat, Fetter. Sag was, sei nicht undankbar, du weißt doch, was er alles für uns tut.»

«Ja, dick ist er, und ein weißes Hemd hat er angezogen», sagt Huambachano mechanisch. «War aber auch Zeit, ich bin nicht fürs Wasser geschaffen. Mein Körper gewöhnt sich nicht dran, die ganze Reise über hab ich mich gequält.»

Der Mann in der blauen Uniform nimmt den Reisenden die Billets ab und liefert einen nach dem andern mit einem freundschaftlichen Stoß den affenartigen, verzweifelten Trägern aus, die über die Passagiere herfallen, ihnen die Tiere entreißen und die Pakete, sie anflehen, beschimpfen, wenn sie ihr Gepäck nicht loslassen wollen. Es sind höchstens zehn, aber sie machen einen Lärm wie hundert; schmutzig, zerzaust, dünn wie Skelette, tragen die meisten nur eine mit Flicken besetzte Hose und der eine oder andere ein zerschlissenes Hemd. Huambachano treibt sie mit den Ellbogen auseinander, Patrón, nicht mehr als er bezahlen wollte, haut ab! aber sie lassen nicht locker, Scheißkerle! fünf Real nur, Patrón, und er, haut ab, Platz da! Sie bleiben zurück, und taumelnd erreicht er die Barriere. Aquilino kommt ihm entgegen und sie umarmen sich.

«Hast dir ja einen Schnurrbart wachsen lassen», sagt Huambachano, «und Brillantine ins Haar geschmiert. Wie du dich verändert hast, Aquilino.»

«Hier ist's halt nicht so wie daheim, hier muß man gut angezogen sein», grinst Aquilino. «Wie war die Reise? Ich erwart euch schon seit heut morgen.»

«Deine Mutter hat eine gute Reise gehabt, sie hat ihren Spaß gehabt», sagt Huambachano. «Aber mir war sehr übel, ich hab die ganze Zeit über gekotzt. So viele Jahre auf keinem Schiff mehr gewesen.»

«Da braucht man einen Schnaps drauf», sagt Aquilino. «Was ist denn mit meiner Mutter, warum kommt sie denn nicht?»

Massig steht Lalita da, die langen, graudurchschossenen Haare hängen locker auf den Rücken, sie ist von Trägern umzingelt. Sie hat sich einem von ihnen zugewandt, steht dicht vor ihm, ihre Lippen bewegen sich, und sie betrachtet ihn mit einer fast kampflustigen Neugier: diese Scheißkerle, sahen sie denn nicht, daß sie keinen Koffer hatte? Was wollten sie denn, etwa sie selber tragen? Aquilino lacht, zieht eine Packung Inca heraus, bietet Huambachano eine Zigarette an und gibt ihm Feuer. Jetzt hat Lalita eine Hand auf die Schulter des Trägers gelegt und redet lebhaft auf ihn ein: er hört sie abweisend an, schüttelt den Kopf und entweicht nach einem Augenblick und mischt sich wieder unter die andern, beginnt auf und nieder zu hüpfen, zu kreischen, hinter den Passagieren herzurennen. Lalita kommt auf den Drahtzaun zu, ganz gelöst, die Arme ausgestreckt. Während sie und Aquilino sich umarmen, raucht Huambachano und sein Gesicht wirkt, zwischen den Rauchschwaden, ruhig und wie immer.

«Jetzt bist du schon ein Mann, wirst heiraten, bald werd ich Enkelkinder kriegen.» Lalita drückt Aquilinos Arm, zwingt ihn, zurückzutreten und sich im Kreis zu drehen. «Und so elegant bist du, so gut siehst du aus.»

«Wißt ihr, wo ihr unterkommen sollt?» sagt Aquilino. «Bei den Eltern von Amelia, ich hab zuerst ein kleines Hotel suchen wollen, aber sie, nein, hier, wir werden in der Diele ein Bett aufstellen. Sind nette Leute, ihr werdet gut mit ihnen auskommen.»

«Wann ist denn die Hochzeit?» sagt Lalita. «Ich hab ein neues Kleid mitgebracht, Aquilino, an dem Tag werd ich's zum erstenmal anziehen. Und der Fette muß sich eine Krawatte kaufen, die, die er gehabt hat, war schon sehr alt und ich hab nicht zugelassen, daß er sie trägt.»

«Am Sonntag», sagt Aquilino. «Ist schon alles vorbereitet, die Kirche bezahlt und eine kleine Feier im Haus der Eltern von Amelia. Morgen veranstalten meine Freunde den Polterabend. Aber du hast mir noch gar nicht von meinen Brüdern erzählt. Wie geht's ihnen denn?»

«Gut, aber sie träumen davon, nach Iquitos zu gehen», sagt Huambachano. «Sogar der Jüngste möchte schon auf und davon wie du.»

Sie sind auf die Uferstraße hinausgetreten und Aquilino trägt den Koffer auf der Schulter und den Sack unter dem Arm. Huambachano raucht, Lalita betrachtet gierig den Park, die Häuser, die Passanten, die Autos, Fetter, war das nicht eine hübsche Stadt? Wie groß Iquitos geworden war, das war alles noch nicht dagewesen, als sie noch ein junges Mädchen war, und Huambachano, ja, mit lustlosem Gesicht: auf den ersten Blick schien hübsch.

«Waren Sie nie hier, als Sie noch Guardia Civil waren?» sagt Aquilino.

«Nein, immer nur an Orten entlang der Küste», sagt Huambachano. «Und danach in Santa María de Nieva.»

«Zu Fuß können wir nicht gehen, die Eltern von Amelia wohnen weit weg», sagt Aquilino. «Wir nehmen ein Taxi.»

«Einmal möcht ich da hingehen, wo ich geboren bin», sagt Lalita. «Ist mein Haus noch da, Aquilino? Ich werd weinen müssen, wenn ich Belén wiederseh, vielleicht steht das Haus noch und ist noch genauso.»

«Und deine Arbeit?» sagt Huambachano. «Verdienst du gut?»

«Fürs erste noch wenig», sagt Aquilino. «Aber der Besitzer von der Gerberei wird uns nächstes Jahr aufbessern, das hat er versprochen. Er hat mir das Geld vorgeschossen für eure Reise.»

«Was ist das, Gerberei?» sagt Lalita. «Arbeitest du nicht in einer Fabrik?»

«Da werden die Häute gegerbt», sagt Aquilino. «Und Schuhe, Handtaschen draus gemacht. Am Anfang hab ich überhaupt nichts davon verstanden, und jetzt lerne ich die Neuen an.»

Er und Huambachano brüllen jedem Taxi nach, das vorbeikommt, aber keines hält.

«Jetzt fühl ich mich nicht mehr so miserabel wie auf dem Schiff», sagt Huambachano. «Dafür macht mich die Stadt schwindlig. Daran bin ich auch nicht mehr gewöhnt.»

«Das liegt daran, daß es für Sie nichts anderes als Santa María de Nieva gibt», sagt Aquilino. «Das ist das einzige, was Ihnen auf der ganzen Welt gefällt.»

«Stimmt, heute würd ich nicht mehr in der Stadt leben wollen», sagt Huambachano. «Mir ist das Land lieber, das ruhige Leben. Wie ich meine Entlassung aus der Guardia Civil beantragt hab, da hab ich zu deiner Mutter gesagt, ich werd in Santa María de Nieva sterben, und das werd ich auch.»

Ein uraltes Auto bremst quietschend vor ihnen, scheppernd, als fiele es gleich auseinander. Der Chauffeur bringt den Koffer auf dem Wagendach unter, bindet ihn mit einem Strick fest, und Lalita und Huambachano setzen sich auf die hinteren Sitze, Aquilino neben den Chauffeur.

«Ich hab rausgefunden, was du hast wissen wollen, Mutter», sagt Aquilino. «War sehr umständlich, niemand hat etwas gewußt, haben mich von einer Stelle zur andern geschickt. Aber schließlich hab ich's doch rausgefunden.»

«Was?» sagt Lalita. Trunken schaut sie hinaus auf die Straßen von Iquitos, ein Lächeln auf den Lippen, fast zu Tränen gerührt.

«Die Sache mit Señor Nieves», sagt Aquilino, und Huambachano, plötzlich interessiert, blickt zum Fenster hinaus. «Voriges Jahr haben sie ihn entlassen.»

«So lange war er im Gefängnis?» sagt Lalita.

«Er wird nach Brasilien gegangen sein», sagt Aquilino. «Die aus dem Gefängnis kommen, gehen nach Manaos. Hier kriegen sie keine Arbeit. Dort wird er welche bekommen haben, daß heißt: wenn er ein so guter Lotse war, wie's heißt. Nur eben, so lange weg vom Fluß, wer weiß, vielleicht hat er seinen Beruf verlernt.»

«Ich glaub nicht, daß er's verlernt hat», sagt Lalita, wieder ganz gefesselt von dem Anblick der engen und bevölkerten Straßen, der hohen Bürgersteige, der Fassaden und Eisengitter. «Aber es ist wenigstens gut, daß er endlich entlassen worden ist.»

«Wie heißt deine Braut mit Nachnamen?» sagt Huambachano.

«Marín», sagt Aquilino. «Eine kleine Mulattin. Arbeitet auch in der Gerberei. Habt ihr das Foto nicht bekommen, das ich euch geschickt hab?»

«Seit Jahren hab ich nicht mehr an die Dinge von damals gedacht», sagt Lalita plötzlich und wendet sich Aquilino zu. «Und heut seh ich Iquitos wieder und du redest von Adrián.»

«Das Auto macht mich auch krank», unterbricht sie Huambachano. «Dauert's noch lang, bis wir da sind, Aquilino?»

IV

Zwischen den Dünen, hinter der Grau-Kaserne dämmert schon der Morgen, aber die Stadt liegt noch im Dunkeln verborgen, als Doktor Pedro Zevallos und Padre García Arm in Arm über die Sandfläche gehen und ins Taxi steigen, das auf der Autostraße wartet. In seinen Schal gehüllt, den Hut schief auf dem Kopf, ist Padre García ein Paar fiebernder Augen, eine fleischige Nase, die unter zwei buschigen Augenbrauen hervorragt.

«Wie fühlen Sie sich?» sagt Doktor Zevallos und schüttelt den Sand aus dem Hosenaufschlag.

«Es dreht sich mir immer noch alles im Kopf», murmelt Padre García. «Aber ich werd mich ins Bett legen und dann vergeht's.»

«So können Sie nicht zu Bett gehen», sagt Doktor Zevallos. «Zuerst werden wir frühstücken, was Warmes wird uns guttun.»

Padre García macht eine ärgerliche Geste, um diese Zeit war doch nirgends offen, aber Doktor Zevallos unterbricht ihn und beugt sich zum Chauffeur vor: war bei Angélica Mercedes schon offen? Sollte man annehmen, Patrón, sie machte schon ganz früh auf, und Padre García knurrt, da nicht, und seine Hand zappelt vor dem Gesicht Doktor Zevallos', da nicht, zappelt noch einmal und zieht sich wieder zwischen die Falten zurück.

«Brummeln Sie doch nicht dauernd», sagt Doktor Zevallos. «Es kann Ihnen doch egal sein wo. Wichtig ist jetzt, was Heißes in den Magen zu bekommen, nach dieser schlimmen Nacht. Tun Sie nicht so, Sie wissen, daß Sie kein Auge zumachen werden, wenn Sie jetzt zu Bett gehen. Bei Angélica Mercedes werden wir was essen und uns unterhalten.»

Ein unwilliges Zischen dringt durch den Schal, Padre García rutscht auf seinem Sitz hin und her, ohne zu antworten. Das Taxi fährt jetzt durch das Buenos Aires-Viertel, vorbei an Chalets mit großen Gärten, die sich zu beiden Seiten der Straße hinziehen, macht einen Bogen um das dunkle Monument und nähert sich dem düsteren Massiv der Kathedrale. Einige Schaufenster der Avenida Grau blitzen im Morgenlicht. Vor dem ‹Hotel de Turistas› steht der Müllwagen, Männer in Overalls schleppen Abfalltonnen zu ihm hin. Der Chauffeur fährt mit einer Zigarette im Mundwinkel, ein graues Wölkchen wirbelt nach hinten zu den Rücksitzen und Padre García beginnt zu husten. Doktor Zevallos läßt das Fenster ein wenig herunter.

«Seit der Totenwache für Domitila Yara sind Sie nicht mehr in der Mangachería gewesen, oder?» sagt Doktor Zevallos; er bekommt keine Antwort: Padre García hat die Augen geschlossen und schnarcht unwirsch.

«Sie wissen ja, daß sie ihn damals beinahe umgebracht hätten, bei der Totenwache?» sagt der Chauffeur.

«Sei still, Mensch», flüstert Doktor Zevallos. «Wenn er dich hört, kriegt er einen Wutanfall.»

«Ist's wahr, daß der Arpista gestorben ist, Patrón?» sagt der Chauffeur. «Sind Sie beide deswegen ins Grüne Haus gerufen worden?»

Die Avenida Sánchez Cerro gleicht einem langen Tunnel, und in dem Halbdunkel der Trottoirs zeichnet sich in gewissen Abständen die Silhouette eines Bäumchens ab. Im Hintergrund, über einem verschwommenen Horizont von Dächern und Sandstrichen, beginnt jetzt schimmernd und schillernd ein kreisrundes Leuchten.

«Heute in der Frühe ist er gestorben», sagt Doktor Zevallos. «Oder meinst du vielleicht, Padre García und ich sind noch in dem Alter, wo man die Nacht bei der Chunga verbringt?»

«Dafür ist man nie zu alt, Patrón», lacht der Chauffeur. «Ein Kollege hat eine der Insassinnen zu Padre García gefahren, die, die Selvática genannt wird. Er hat mir erzählt, daß der Arpista im Sterben liegt, Patrón, wie traurig.»

Doktor Zevallos sieht zerstreut hinaus auf die gekalkten Mauern, die Haustore mit den Klopfern, das neue Haus der Solaris, die frisch gepflanzten Algarrobabäume auf den Bürgersteigen, zerbrechlich und zierlich in ihren kleinen Erdquadraten: wie in diesem Nest die Neuigkeiten umgingen. Aber er, Patrón, er mußte es doch wissen, und der Chauffeur senkt die Stimme, war's wahr, was die Leute erzählten? späht im Rückspiegel auf Padre García, hat der Padre ihm wirklich das Grüne Haus niedergebrannt? Hatte er diesen Puff gekannt, Patrón? War er so groß, wie's heißt, so fabelhaft?

«Warum sind die Piuraner bloß so?» sagt Doktor Zevallos. «Sind sie's in dreißig Jahren nicht müde geworden, immer wieder die alte Geschichte aufzuwärmen? Haben dem armen Pfaffen das ganze Leben versauert.»

«Reden Sie nicht schlecht von den Piuranern, Patrón», sagt der Chauffeur. «Piura ist meine Heimat.»

«Meine auch», sagt Doktor Zevallos. «Außerdem red ich gar nicht, ich denk nur laut.»

«Aber irgendwas Wahres muß doch dran sein, Patrón», beharrt der Chauffeur. «Warum reden die Leute sonst davon, warum immer dieses Brandstifter, Brandstifter.»

«Was weiß ich», sagt Doktor Zevallos. «Wetten, daß du dich nicht getraust, den Padre danach zu fragen?»

«Wo werd ich denn, wenn der immer gleich wild wird! Ich denk nicht dran!» lacht der Chauffeur. «Aber sagen Sie mir wenigstens, ob der Puff existiert hat oder ob's die Leute bloß erfunden haben.»

Sie fahren jetzt durch den neuen Teil der Avenida: die alte Autostraße wird bald mit dem asphaltierten Teil verbunden sein und die Lastwagen, die aus dem Süden kommen und nach Sullana, Talara und Tumbes fahren, werden nicht mehr das Stadtzentrum zu durchqueren brauchen. Die Bürgersteige sind breit und niedrig, die grauen Lichtmasten sind frisch gestrichen, dieses riesengroße Skelett aus Eisenbeton dort wird am Ende ein Wolkenkratzer werden, größer als das ‹Hotel Cristina›.

«Das modernste Viertel wird direkt neben dem ältesten und ärmsten liegen», sagt Doktor Zevallos. «Ich glaub, mit der Mangachería wird's auch nicht mehr lange dauern.»

«Wird ihr genauso gehen wie der Gallinacera, Patrón», sagt der Chauffeur. «Sie werden Traktoren anschleppen und Häuser machen wie die hier, für die Weißen.»

«Und wo zum Teufel werden die Mangaches hingehen mit ihren Ziegen und Eseln?» sagt Doktor Zevallos. «Und wo wird man dann noch eine anständige Chicha zu trinken kriegen, hm?»

«Da werden die Mangaches sosososo traurig sein, Patrón», sagt der Chauffeur. «Der Arpista war ein Gott für sie, beliebter als Sánchez Cerro. Jetzt werden sie auch Don Anselmo Kerzen aufstellen und ihn verehren wie die fromme Domitila.»

Das Taxi verläßt die Avenida und holpert und rüttelt und stolpert durch eine ungeflasterte Gasse, an Hütten aus wildem

Zuckerrohr vorbei. Eine riesige Staubwolke steigt auf und erzürnt die streunenden Hunde, die mit lautem Gebell dicht hinter den Kotflügeln herrasen, Patrón: die Mangaches hatten recht, hier wurd's früher hell als in Piura. In dem blauen Morgenlicht, hinter den Staubwolken, erkennt man Gestalten, die auf Matten an den Türen der Hütten liegen, Frauen, die mit Krügen auf dem Kopf um die Ecken kommen, Esel mit schläfrigem und stumpfem Blick. Vom Lärm des Motors angelockt kommen kleine Kinder aus den Hütten hervorgeschossen und rennen nackt oder nur mit Fetzen bekleidet hinter dem Taxi her, winken, was war denn, gähnend, was gab's denn: nichts, Padre, sie befanden sich bereits auf verbotenem Gelände.

«Laß uns hier raus», sagt Doktor Zevallos. «Das letzte Stück gehen wir zu Fuß.»

Sie steigen aus und wandern untergefaßt, langsam, einer den andern stützend, einen schrägen Pfad entlang, begleitet von Kindern, die hüpfen, Brandstifter! kreischen und lachen, Brandstifter! und Doktor Zevallos tut so, als höbe er einen Stein auf und wollte ihn nach ihnen werfen: Scheißkerle, Scheißbande, Gott sei Dank waren sie gleich da.

Die Hütte von Angélica Mercedes ist größer als die andern und die drei Wimpel, die vor der Adobefassade flattern, verleihen ihr ein kokettes und schmuckes Aussehen. Doktor Zevallos und Padre García treten niesend ein, wählen zwei Hocker und einen Tisch aus groben Brettern, setzen sich. Der Boden ist frisch gesprengt und riecht nach feuchter Erde, Koriander und Petersilie. An den andern Tischen und an der Theke ist niemand. An der Tür johlen noch immer die Kinder, strecken ihre schmutzigen und struppigen Köpfe herein, Doña Angélica! ihre dürren Arme, Doña Angélica, lachen und zeigen ihre Zähne. Doktor Zevallos reibt sich nachdenklich die Hände und Padre García gähnt und gähnt und schielt ab und zu aus dem Augenwinkel zur Tür. Endlich kommt Angélica Mercedes, heiter, rundlich, frühmorgendlich, der Saum ihres Rockes pirouettiert zwischen den Hockern. Doktor Zevallos steht auf, Doktor, sie öffnet die Arme, aber welche Freude, so ein Wunder, ihn zu dieser Stunde hier zu sehen, seit Monaten war er nicht mehr gekommen, und sie sah jeden Tag hübscher aus, Angélica, wie machte sie's nur, daß sie nicht älter wurde? was war denn ihr Geheimnis? Und endlich lassen sie davon ab, einander zu umarmen, Angélica, sah sie nicht, wen er da mitgebracht hatte? erkannte sie ihn nicht? Wie verängstigt preßt Padre García die Füße zusammen und versteckt die Hände, guten Tag, der Schal brummt finster und der Hut wackelt einen Augenblick lang, Heilige Jungfrau! Padre García war's. Die Hände vor der Brust gefaltet, die Augen verstört, beugt sich Angélica Mercedes vor, Padrecito, wie sie das freute, ihn zu sehen, er hatte ja keine Ahnung, wie schön, daß Sie ihn mitgebracht haben, Doktor, und eine knochige und mißtrauische Hand kommt unfreundlich auf Angélica Mercedes zu, zieht sich zurück, ehe sie sie küssen kann.

«Kannst du uns was Warmes servieren, Comadre?» sagt Doktor Zevallos. «Wir sind halb tot, haben die Nacht über nicht geschlafen.»

«Freilich, freilich, gleich, sofort», Angélica Mercedes wischt mit ihrem Rock über den Tisch, «eine kleine Brühe und was Herzhaftes? Und ein paar Claritos? Nein, dafür ist's noch zu früh, ich werd Ihnen einen schönen Saft machen und Kaffee und Milch. Aber warum sind Sie denn noch auf, Doktor? Sie bringen dem Padre García ja schöne Sachen bei!»

Ein sarkastisches Knurren dringt unter dem Schal hervor und der Hut richtet sich auf, die tiefen Augen Padre Garcías blicken Angélica Mercedes an und sie lächelt nicht mehr, wendet ihr neugieriges Gesicht Doktor Zevallos zu, der jetzt, das Kinn zwischen zwei Fingern, ein melancholisches Gesicht macht: Wo waren sie denn gewesen, Doktor? Ihre Stimme ist scheu, mit der Hand schiebt sie den Saum ihres Rockes ein paar Millimeter vom Tisch fort, sie steht unbeweglich: bei der Chunga, Comadre. Angélica Mercedes stößt einen kleinen Schrei aus, bei der Chunga? gerät außer Fassung, bei der Chunga? hält die Hand vor den Mund.

«Ja, Comadre, Anselmo ist gestorben», sagt Doktor Zevallos. «Eine traurige Nachricht für dich, ich weiß. Für uns alle. Was kann man machen, so ist das Leben.»

Don Anselmo? stammelt Angélica Mercedes, ihr Mund halb offen, der Kopf zur Seite gelegt, ist gestorben, Padrecito? und ihre Nasenflügel zittern aufgeregt, Grübchen entstehen auf ihren Wangen, die Kinder an der Tür sind weggerannt und sie schüttelt den Kopf, reibt sich die Arme, ist gestorben, Doktor? sie weint.

«Alle müssen sterben», schimpft Padre García, schlägt auf den Tisch; der Schal öffnet sich und sein bleiches, unrasiertes Gesicht ist verzerrt vom Zucken seiner Lippen. «Du, ich, der Doktor, uns alle erwischt's einmal, niemand kommt davon.»

«Beruhigen Sie sich doch.» Doktor Zevallos legt die Arme um Angélica Mercedes, die schluchzend den Rock an die Augen preßt. «Du auch, beruhig dich, Comadre. Padre García ist etwas nervös, sag lieber nichts, frag lieber nichts. Los, mach uns was Warmes zurecht, heul nicht.»

Angélica Mercedes nickt und geht immer noch weinend, die Hände vorm Gesicht, hinaus. Man hört sie im angrenzenden Raum vor sich hin reden, seufzen. Padre García hat sich den Schal wieder um den Hals gewickelt und den Hut abgenommen: ein Kranz borstiger grauer Haarbüschel verdeckt nur halb seinen glatten, mit Leberflecken besäten Schädel. Er stützt das Kinn auf die Faust, eine tiefe Falte durchfurcht seine Stirn, und die Bartstoppeln geben seinen Wangen etwas Verbrauchtes und Schmutziges. Doktor Zevallos zündet sich eine Zigarette an. Es ist schon Tag, und die Sonne, die das Lokal durchflutet und das Rohrgeflecht vergoldet, hat den Boden getrocknet, blaue und summende Fliegen schwirren umher. Draußen nimmt der Lärm – das Geschrei, das Gebell, das Blöken, das Iahen und die häuslichen Geräusche – immer mehr zu, und nebenan hat Angélica Mercedes zu beten begonnen, murmelt den Namen Domitila Yaras, ruft Gott und die Jungfrau an, Doktor: dieses Mannweib hatte das absichtlich getan.

«Aber warum um aller Heiligen willen?» murmelt Padre García. «Aus was für einem Grund, Doktor?»

«Ist doch egal», sagt Doktor Zevallos und schaut zu, wie der Rauch sich auflöst. «Außerdem, vielleicht war's gar nicht absichtlich. Kann auch Zufall gewesen sein.»

«Unsinn, die hat schon gewußt, warum sie Sie und mich gerufen hat», sagt Padre García. «Sie hat uns ärgern wollen.»

Doktor Zevallos zuckt mit den Schultern. Ein Sonnenstrahl fällt ihm mitten auf die Stirn und seine eine Gesichtshälfte ist vergoldet und glänzt, die andere wirkt wie ein bleifarbener Fleck. Seine Augen sind in eine sanfte Schläfrigkeit getaucht.

«Ich bin nicht sehr scharfsinnig», sagt er nach einer kurzen Pause. «Ist mir gar nicht eingefallen, daran zu denken. Aber Sie haben recht, wer weiß, vielleicht hat sie uns nur ärgern wollen. Eine eigenartige Frau, diese Chunga. Ich hab geglaubt, daß sie es gar nicht wüßte.»

Er wendet sich Padre García zu und der dunkle Fleck wird größer, nimmt das ganze Gesicht ein, nur ein Ohr und die eine Kinnhälfte sind jetzt noch dem gelben Bad ausgesetzt; daß sie was nicht wüßte? Padre García sieht Doktor Zevallos von der Seite an.

«Daß ich sie auf die Welt gebracht hab.» Doktor Zevallos hebt den Kopf, und seine Glatze leuchtet auf, spiegelnd und körnig. «Wer hat's ihr wohl gesagt? Anselmo nicht, da bin ich ganz sicher. Er hat immer geglaubt, die Chunga hätte keine Ahnung.»

«In diesem elenden, klatschgierigen Dorf kommt am Ende immer alles heraus», knurrt Padre García. «Auch dreißig Jahre danach noch, alles was passiert, ist bekannt.»

«Ist nie in die Sprechstunde gekommen», sagt Doktor Zevallos. «Hat mich nie holen lassen, und jetzt auf einmal. Wenn sie mich hat ärgern wollen, dann ist's ihr gelungen. Auf einen Schlag hab ich das Ganze noch mal durchgemacht.»

«Bei Ihnen versteht man's», knurrt Padre García, als redete er mit dem Tisch. «Der da hat meine Mutter sterben sehen, jetzt soll er auch meinen Vater sterben sehen. Aber warum hat sie mich rufen lassen, dieses Mannweib?»

«Was führt Sie denn her?» sagt Doktor Zevallos. «Was haben Sie?»

«Kommen Sie mit, Doktor», die Stimme kommt von rechts, hallt in dem hohen Flur. «Jetzt sofort, so wie Sie sind, Herr Doktor, es ist keine Zeit.»

«Meinen Sie, ich erkenn Sie nicht?» sagt Doktor Zevallos. «Kommen Sie da raus, Anselmo. Warum verstecken Sie sich? Sind Sie verrückt geworden, Mann?»

«Kommen Sie, Herr Doktor, schnell», eine gebrochene Stimme in der Dunkelheit des Flurs, dessen Decke das Echo zurückwirft. «Sie stirbt mir, Doktor Zevallos, kommen Sie.»

Doktor Zevallos hebt die Lampe hoch und entdeckt ihn endlich, nicht weit von der Tür; er ist nicht betrunken, auch nicht wütend, sondern außer sich vor Angst. Seine Augen zucken irr zwischen den geschwollenen Lidern und sein Rücken ist gegen die Wand gepreßt, als wollte er sie eindrücken.

«Ihre Frau?» sagt Doktor Zevallos verblüfft. «Ihre Frau, Anselmo?»

«Wenn sie auch beide tot sind, ich kann mich nicht damit abfinden», Padre García schlägt auf den Tisch, und sein Hocker knarrt, «ich kann mich mit dieser Abscheulichkeit nicht abfinden. Noch in hundert Jahren wird es mir abscheulich vorkommen.»

Die Tür des Vorraums hat sich geöffnet und der Mann weicht zurück, als sähe er ein Gespenst, flieht aus dem Lichtkegel der

Lampe. Die kleine, in einen weißen Bademantel gehüllte Gestalt macht ein paar Schritte auf den Patio zu, Bübchen, bleibt stehen, ehe sie in den Flur gelangt: wer war denn da? warum kamen sie nicht herein? Er war's, Mama, Doktor Zevallos senkt die Lampe, verdeckt Anselmo mit seinem Körper: er mußte schnell auf einen Sprung weg.

«Warten Sie am Malecón auf mich», flüsterte er. «Ich hol meine Tasche.»

«Fangt schon mal mit der Brühe an.» Angélica Mercedes stellt zwei dampfende Schalen auf den Tisch. «Hab schon Salz reingetan, und gleich bring ich euch den Piqueo.»

Sie weint nicht mehr, aber ihre Stimme ist kläglich und sie hat sich ein schwarzes Tuch um die Schultern geworfen. Sie geht zurück in die Küche, und jetzt wiegt sie sich kaum noch in den Hüften beim Gehen. Doktor Zevallos rührt nachdenklich die Bouillon um, Padre García hebt mit vier Fingern die Schale hoch, hält sie vor die Nase und atmet den heißen Duft ein.

«Ich hab's auch nie begriffen, und damals, glaub ich, ist's mir auch abscheulich vorgekommen», sagt Doktor Zevallos. «Jetzt bin ich alt, ich hab schon viel Wasser vorbeifließen sehen, mir kommt nichts mehr abscheulich vor. Wenn Sie damals nachts dabei gewesen wären, würden Sie den armen Anselmo nicht so gehaßt haben, Padre García, das schwör ich Ihnen.»

«Gott wird's Ihnen vergelten, Doktor», winselt der Mann, während er rennt, gegen die Bäume, die Bänke, das Geländer am Malecón stößt. «Ich tu alles, was Sie wollen, ich geb Ihnen mein ganzes Geld, Herr Doktor, mein ganzes Leben, Doktor.»

«Wollen Sie mich rühren?» knurrt Padre García hinter der Schale, an der er immer noch schnuppert, und sieht Doktor Zevallos an. «Muß ich jetzt auch zu weinen anfangen?»

«In Wirklichkeit ist das alles jetzt scheißegal», lächelt Doktor Zevallos. «Ist längst vorbei, mein Freund. Aber dank der Chunga ist mir heute nacht alles wieder eingefallen, und ich muß immer noch dran denken. Ich red nur davon, um's loszuwerden, hören Sie nicht drauf.»

Padre García prüft mit der Zungenspitze, ob die Brühe schon kühler ist, pustet, trinkt ein Schlückchen, stößt auf, knurrt eine Entschuldigung und nippt und pustet langsam weiter. Gleich darauf kommt Angélica Mercedes zurück mit einer Schüssel Piqueo und mit Lúcumasaft. Sie hat das Tuch über den Kopf gezogen. Herr Doktor, war's nicht gut? und ihre Stimme zwingt sich, natürlich zu klingen, Comadre, sehr gut. Ein wenig zu heiß noch, aber sobald sie nicht mehr so heiß war, trank er sie, und wie gut der Piqueo aussah, den sie ihnen da gemacht hatte. Jetzt kochte sie ihnen noch Kaffee, wenn sie was brauchten, sollten sie nur rufen, Padrecito. Doktor Zevallos bewegt mit einem Finger die Suppenschale hin und her und betrachtet aufmerksam die trübe, kreisrunde, schwappende Oberfläche und Padre García hat begonnen, die Fleischstückchen kleinzuschneiden und kaut eifrig. Aber mit einemmal hält er inne, hatten alle es erfahren? und sein Mund steht offen: die Sünder und Sünderinnen, die da waren?

«Die Frauen haben über die Liebschaft natürlich von Anfang an Bescheid gewußt, logisch», murmelt Doktor Zevallos und fährt mit dem Finger über den Rand der Schale, «aber sonst niemand, glaub ich. Da war nur eine kleine Treppe, die zu dem hinteren Patio führte, und über die sind wir zum Turm hinaufgeklettert, die vorne im Salon haben uns nicht gesehen. Von unten ist ein fürchterlicher Krach heraufgedrungen, Anselmo muß die Frauen angewiesen haben, sie sollten die Leute ablenken, damit sie nicht merkten, was los war.»

«Sie müssen sich da ja gut ausgekannt haben.» Padre García kaut wieder. «Waren wohl nicht zum erstenmal dort, oder?»

«Bin Dutzende von Malen dagewesen», sagt Doktor Zevallos, und in seinen Augen blitzt es flüchtig auf. «Ich war damals dreißig Jahre alt. Die allerbesten Jahre, mein Freund.»

«Schweinereien, Dummheiten», knurrt Padre García, aber seine Hand mit der Gabel sinkt vom Mund. «Dreißig Jahre? So alt werd ich damals auch gewesen sein, ungefähr.»

«Klar, wo wir doch derselben Generation angehören», sagt Doktor Zevallos. «Anselmo auch, war allerdings ein bißchen älter als wir.»

«Von damals sind nicht mehr viele übrig», sagt Padre García mit heiserem Lachen. «Wir haben sie alle begraben.»

Aber Doktor Zevallos hört ihm nicht zu. Er spitzt die Lippen, blinzelt, bewegt die Schale, bis ein paar Tropfen auf den Tisch spritzen, Gott, wie hätte er auch darauf kommen sollen, nicht einmal, wie er das Bündel im Bett liegen sah, hat er daran gedacht, wer hätte das aber auch ahnen können.

«Brummeln Sie nicht so vor sich hin», murmelt Padre García, «vergessen Sie nicht, ich bin auch noch da. Wer hätte was ahnen können?»

«Daß seine Frau dieses kleine Mädchen war», sagt Doktor Zevallos. «Beim Hereinkommen hab ich am Kopfende eine dicke Rothaarige gesehen, die, die sie Glühwürmchen genannt haben, und krank ist sie mir nicht vorgekommen, ich wollte schon einen Witz reißen, und da hab ich das Bündel gesehen und das Blut. Sie können sich's nicht vorstellen, mein Freund, auf den Bettüchern, auf dem Boden – das ganze Zimmer ein einziger Blutfleck.»

Der Padre zerkleinert die Fleischstückchen nicht mehr, er zerrt sie wild auseinander, jagt die Gabel hindurch, quetscht sie gegen den Boden der Schüssel. Der triefende Fleischbrocken kommt nicht bis zu seinem Mund, das kleine Ding war am Verbluten? zittert in der Luft, genau wie seine Hand und die Gabel, überall Blut? und eine plötzliche Heiserkeit würgt ihn, das Blut von dem Mädchen? Ein kleiner heller Speichelfaden rinnt zu seinem Kinn, Idiot, er sollte sie loslassen, das war nicht der Augenblick für Küsse, er erstickte sie ja, zum Schreien mußte sie gebracht werden, Idiot: sollte sie lieber ohrfeigen. Aber Josefino legt einen Finger auf den Mund: nichts da, kein Geschrei, wo so viele Nachbarn da waren, hörte sie sie nicht reden? Als hörte sie ihn nicht, kreischt die Selvática noch lauter und Josefino zieht sein Taschentuch heraus, beugt sich über das Bett und stopft es ihr in den Mund. Ohne sich stören zu lassen, macht sich Doña Santos weiterzuschaffen, massiert geschickt die zwei dunklen Oberschenkel. Und da hatte er ihr Gesicht gesehen, Padre García, und die Beine und die Hände hatten ihm gezittert, er vergaß, daß sie im Sterben lag und daß er da war, um zu versuchen, sie zu retten, brachte es nur fertig, ja, ja, sie anzuschauen, kein Zweifel: es war die Antonia, mein Gott. Don Anselmo küßte sie nicht mehr, neben dem Bett zusammengebrochen, bot er ihm wieder sein Geld an, Doktor Zevallos, sein Leben, retten Sie sie! und Josefino erschrak, Doña Santos, sie war doch nicht gestorben? Sollte sie doch nicht umbringen, sollte sie doch nicht umbringen, Doña Santos, und sie, pst: war ohnmächtig geworden, sonst nichts. Besser so, da würde sie keinen Lärm machen können und es wäre schneller erledigt, er sollte ihr Stirnchen mit dem Tuch anfeuchten. Doktor Zevallos drückte ihm gewaltsam die Waschschüssel in die Hände, sollten mehr Wasser heiß machen, Idiot, flennen anstatt zu helfen. Steht in Hemdsärmeln da, den Hemdkragen offen und, jetzt, sehr gefaßt. Anselmo vermag die Schüssel nicht zu halten, sie entgleitet seinen Händen, Herr Doktor, sie durfte nicht sterben, greift nach der Schüssel und erreicht auf allen vieren die Tür, Herr Doktor, sie war sein alles, und ist draußen.

«Du Scheißkerl», murmelt Doktor Zevallos. «So ein Wahnsinn, Anselmo, wie konntest du nur, Mann, viehisch so was, Anselmo.»

«Gib mir die Tasche», sagt Doña Santos. «Und jetzt werd ich ihr ein Täßchen Tee geben und dann kommt sie wieder zu sich. Bring das da weg, und vergrab's gut, und daß dich niemand sieht.»

«War noch irgendeine Hoffnung?» knurrt Padre García, der die Fleischstückchen traktiert, sie durchlöchert und von einer Seite zur andern zerrt. «War's unmöglich, die Kleine zu retten?»

«In einem Krankenhaus vielleicht», sagt Doktor Zevallos. «Aber wir haben sie ja nicht transportieren können. Hab sie fast im Finstern operieren müssen, dabei hab ich gewußt, daß sie sterben würde. Das Wunder war eigentlich eher, daß die Chunguita es überlebt hat, die Mutter war schon tot, wie die Kleine auf die Welt gekommen ist.»

«Was heißt da Wunder?» knurrt Padre García. «Hier ist alles immer gleich ein Wunder. Für ein Wunder haben sie's auch gehalten, wie die Quirogas ermordet worden sind und nur die Kleine davongekommen ist. Es wär besser für sie gewesen, wenn sie damals auch gestorben wär.»

«Müssen Sie auch immer an das Mädchen denken, wenn Sie am Pavillon vorbeikommen?» sagt Doktor Zevallos. «Ich schon, mir ist immer, als säh ich sie da sitzen und sich sonnen. Aber in der Nacht damals hab ich schließlich mehr Mitleid mit Anselmo gehabt als mit der Antonia.»

«Hat's nicht verdient», keucht Padre García. «Kein Mitgefühl, kein Mitleid, nichts. Die ganze Tragödie war seine Schuld.»

«Wenn Sie gesehen hätten, wie er getobt hat, die Füße hat er mir geküßt, damit ich das Mädchen rette, dann hätten Sie auch Mitleid gehabt», sagt Doktor Zevallos. «Wenn Angélica Mercedes nicht gewesen wäre, wär die Chunguita auch gestorben. Sie hat mir geholfen bei ihrer Pflege.»

Sie schweigen und Padre García führt ein Stückchen Fleisch an den Mund, verzieht aber das Gesicht vor Ekel und läßt die Gabel fallen. Angélica Mercedes kommt mit noch einem kleinen Krug Saft zurück, verjagt mit einer Hand die Fliegen.

«Hast du gehört, Comadre?» sagt Doktor Zevallos. «Wir haben gerade von der Nacht gesprochen, in der die Antonia gestorben ist. Kommt einem schon vor wie ein Traum, nicht wahr? Ich hab eben dem Padre erzählt, daß du mir damals geholfen hast, die Chunga zu retten.»

Angélica Mercedes sieht ihn sehr ernsthaft an, ohne Erstaunen oder Unruhe, so als hätte sie ihn nicht verstanden.

«Ich erinnere mich an nichts mehr, Doktor», sagt sie schließlich leise. «Ich war Köchin, aber daran erinnere ich mich auch nicht mehr. Davon darf man jetzt nicht reden. Ich geh in die Acht-Uhr-Messe, um für Don Anselmo zu beten, damit er in Frieden ruht. Und danach geh ich zur Totenwache.»

«Wie alt warst du denn?» knurrt Padre García. «Ich weiß nicht mehr, wie du damals warst. An Anselmo und die Sünderinnen erinnere ich mich noch, aber an dich nicht.»

«Ich war noch ein kleines Mädchen, Padrecito.» Die Hand Angélica Mercedes' ist ein flinker, wirksamer Fächer: keine Fliege nähert sich dem Piqueo oder dem Fruchtsaft.

«Höchstens fünfzehn», sagt Doktor Zevallos. «Und so hübsch, Comadre. Wir haben alle ein Auge auf dich geworfen, und Anselmo immer, halt, die nicht, anschauen könnt ihr sie, anrühren nicht, hat aufgepaßt, als wärst du seine Tochter.»

«Ich war damals noch unschuldig, und Padre García wollte mir nie glauben.» Ein lustiges Funkeln belebt die Augen Angélica Mercedes', aber ihr Gesicht ist nach wie vor eine strenge Maske. «Ich hab gezittert, wenn ich zum Beichten gekommen bin, und Sie immer, verlaß diese Stätte des Teufels, du bist schon verflucht. Wissen Sie das auch nicht mehr, Padre?»

«Was im Beichtstuhl gesprochen wird, ist ein Geheimnis», knurrt Padre García mit einer Art jovialer Heiserkeit. «Behalt diese Geschichten für dich.»

«Stätte des Teufels», sagt Doktor Zevallos. «Glauben Sie immer noch, daß Anselmo der Teufel war? Hat er wirklich nach Schwefel gerochen oder war das, um die frommen Leutchen zu erschrecken?»

Angélica Mercedes und der Arzt schmunzeln, und nach einem Augenblick dringt unter dem Schal unerwartet und dröhnend eine Mischung von würgendem Husten und erstickendem Gelächter hervor.

«Damals war er nur dort, im Grünen Haus», sagt Padre García hustend. «Jetzt ist der Satan überall. Im Haus dieses Mannweibs, und auf der Straße, und in den Kinos, ganz Piura ist eine Stätte des Teufels geworden.»

«Aber nicht die Mangachería, Padrecito», sagt Angélica Mercedes. «Hier ist er nie hereingekommen, wir lassen ihn nicht, die heilige Domitila hilft uns dabei.»

«Sie ist noch keine Heilige», sagt Padre García. «Und wie ist das eigentlich mit dem Kaffee?»

«Ja, der ist schon fertig», sagt Angélica Mercedes. «Ich hol ihn.»

«Mindestens zwanzig Jahre ist's her, daß ich mir keine Nacht mehr um die Ohren geschlagen hab», sagt Doktor Zevallos. «Und jetzt hab ich überhaupt keinen Schlaf mehr.»

Im gleichen Augenblick, als Angélica Mercedes hinausgeht, kehren die Fliegen zurück und fallen über den Piqueo her, besäen ihn mit dunklen Punkten. Wieder tollen draußen die zerlumpten Kinder vor der Tür herum, und durch das Rohrgeflecht sieht man laut miteinander redende Leute vorbeigehen und eine Gruppe von Greisen, die vor der Hütte gegenüber in der Sonne sitzen und sich unterhalten.

«Hat er wenigstens bereut?» knurrt Padre García. «Hat er eingesehen, daß die Kleine durch seine Schuld gestorben ist?»

«Er ist hinter mir hergerannt», sagt Doktor Zevallos. «Hat sich im Sand herumgewälzt, wollte, daß man ihn umbringt. Hab ihn mit zu mir nach Haus genommen, ihm eine Spritze gegeben und zurückgeschickt. Ich weiß nichts, hab nichts gesehen, gehen Sie. Aber er ist nicht gegangen, ist zum Fluß hinunter, und da hat er dann auf die Wäscherin gewartet, wie hat sie geheißen? die die Antonia aufgezogen hat.»

«Er war immer verrückt», knurrt Padre García. «Ich hoff um seinetwillen, daß er bereut und daß Gott ihm verziehen hat.»

«Auch wenn er nicht bereut hat, so wie der gelitten hat, ist er genug gestraft worden», sagt Doktor Zevallos. «Außerdem müßte man wissen, ob er wirklich Strafe verdient hat. Was, wenn er die Antonia gar nicht vergewaltigt hat? Wenn sie sich in ihn verliebt hat?»

«Reden Sie keinen Unsinn», knurrt Padre García. «Sonst denke ich noch, Sie sind nicht ganz bei Troste.»

«Das ist etwas, was ich mich oft gefragt hab», sagt Doktor Zevallos. «Die Insassinnen haben immer gesagt, er hätt sie verwöhnt und daß die Kleine glücklich gewirkt hat.»

«Sagen Sie nur, Sie finden das richtig», knurrt Padre García. «Sich eine Blinde rauben, sie in ein Freudenhaus stecken und sie auch noch schwängern. Sagen Sie nur, er hat richtig gehandelt, es sei das Normalste von der Welt? Soll man ihm vielleicht noch eine Belohnung für seine Heldentat geben?»

«Von normal ist nicht die Rede», sagt Doktor Zevallos. «Aber reden Sie nicht so laut, denken Sie an Ihr Asthma. Ich sag nur, wer weiß, was sie davon gehalten hat. Die Antonia hat nicht gewußt, was gut und was bös ist, und schließlich ist sie dank Anselmo eine richtige Frau geworden. Ich hab immer geglaubt ...»

«Schweigen Sie, Mann!» Padre García schlägt wild mit den Händen nach den Fliegen, die entsetzt fliehen. «Eine richtige Frau! Sind Nonnen etwa keine richtigen Frauen? Sind wir Priester vielleicht keine richtigen Männer, weil wir keine Schweinereien machen? Ich verbitte mir solche saudummen Ketzereien!»

«Das sind doch Spiegelfechtereien», lächelt Doktor Zevallos. «Ich wollt nur sagen, daß meiner Meinung nach Anselmo sie wirklich geliebt hat und sie ihn höchstwahrscheinlich auch.»

«Ich habe diese Unterhaltung satt», knurrt Padre García. «Wir einigen uns ja doch nicht, und ich will nicht mit Ihnen streiten.»

«Das hat noch gefehlt», murmelt Doktor Zevallos. «Sehen Sie, wer da kommt.»

Es waren die Unbezwingbaren, vom Arbeiten keine Ahnung, immer nur saufen, immer nur spielen, sie waren die Unbezwingbaren, und jetzt ging's ans Frühstücken, *caramba*: wer saß denn da!

«Gehen wir», knurrt Padre García, am Ende seiner Geduld. «Ich will mit diesen Kerlen nichts zu tun haben.»

Aber die Leóns geben ihm keine Möglichkeit aufzustehen und fallen in die Hände klatschend über ihn her, Padre García, mit wirren Haaren, Padrecito, mit übernächtigten Augen. Sie tanzen um Padre García herum, heute würde bestimmt Schnee auf Piura fallen und nicht Sand, sie versuchen, ihm die Hand zu schütteln, es war das Wunder aller Wunder, klopfen ihm auf die Schulter, ein Festtag für die Mangaches, wenn so jemand zu Besuch kam. Sie sind im Unterhemd, ohne Strümpfe, die Schuhe nicht zugebunden, riechen nach Schweiß und Padre García, geduckt hinter dem Schal und unter dem Hut, den er rasch aufgesetzt hat, rührt sich nicht, starrt nur auf den Piqueo, über den sich wieder die Fliegen hergemacht haben.

«Ich dulde nicht, daß ihr ihn so respektlos behandelt», sagt Doktor Zevallos. «Haltet eure Zungen im Zaum, Jungens. Ihr habt es mit einem Geistlichen zu tun, mit einem Mann mit weißen Haaren.»

«Aber wir behandeln ihn doch gar nicht respektlos, Doktor», sagt der Affe. «Wir sind sehr erfreut, ihn hier zu sehen, Ehrenwort, wollen nur, daß er uns die Hand gibt.»

«Ein Mangache hat es noch nie an Gastfreundschaft fehlen lassen, Doktor», sagt José. «Guten Morgen, Doña Angélica. Das müssen wir feiern, bringen Sie was zum Trinken, damit wir mit dem Padre anstoßen. Wir wollen Frieden mit ihm schließen.»

Angélica Mercedes bringt zwei kleine Tassen Kaffee, mit ernstem Gesicht.

«Warum so böse, Doña Angélica?» sagt der Affe. «Freuen Sie sich etwa nicht über den Besuch?»

«Ihr seid das Schlimmste an dieser Stadt», knurrt Padre García. «Die Erbsünde von Piura. Ihr könnt mich umbringen, aber ich trinke nicht mit euch.»

«Schimpfen Sie doch nicht, Padre García», sagt der Affe. «Wir meinen es ernst, wir freuen uns, daß Sie wieder in die Mangachería gekommen sind.»

«Verderbtes Gesindel, Vagabunden», Padre García schlägt wieder nach den Fliegen. «Wer gibt euch das Recht, mit mir zu reden, Verruchte!»

«Nun sagen Sie, Doktor Zevallos», sagt der Affe. «Wer benimmt sich hier wem gegenüber respektlos?»

«Laßt den Padre in Ruhe», sagt Angélica Mercedes. «Don Anselmo ist gestorben. Der Padre und der Doktor waren bei ihm, sie haben die ganze Nacht kein Auge zugetan.»

Sie stellt die Täßchen auf den Tisch, geht in die Küche zurück, und als ihre Gestalt im Raum im Hintergrund verschwindet, hört man im Lokal nur noch das Klappern der Löffel, das schlürfende Geräusch, mit dem Doktor Zevallos seinen Kaffee trinkt, das mühsame Atmen Padre Garcías. Die Leóns sehen sich betroffen an.

«Nun wißt ihr's, Jungens», sagt Doktor Zevallos. «Heut ist kein Tag für Scherze.»

«Don Anselmo ist gestorben», sagt José. «Unser Arpista ist gestorben, Affe.»

«Aber er war doch der beste Mensch, Doktor», stammelt der Affe. «Er war doch so ein großer Künstler, Doktor, ein Held Piuras. Und der Beste von allen. Mir tut's in der Seele weh, Doktor Zevallos.»

«Für uns alle war er wie ein Vater, Doktor», sagt José. «Der Bulle und der Jüngling werden vor Kummer sterben, Affe. Seine Schüler, Doktor, ein Herz und eine Seele mit dem Arpista. Sie wissen ja nicht, wie die sich um ihn gekümmert haben, Doktor.»

«Wir haben's nicht gewußt, Padre García», sagt der Affe. «Verzeihen Sie uns die Witze.»

«Ist er einfach so gestorben, plötzlich?» sagt José. «Wo's ihm doch gestern noch so gut ging. Gestern abend haben wir hier mit ihm gegessen, Doktor Zevallos, und er hat gelacht und gescherzt.»

«Wo ist er denn, Doktor?» sagt der Affe. «Wir müssen hingehen und ihn sehen, José, müssen uns schwarze Krawatten ausleihen.»

«Da, wo er gestorben ist, ist er», sagt Doktor Zevallos. «Bei der Chunga.»

«Im Grünen Haus ist er gestorben?» sagt der Affe. «Ja, hat man ihn denn nicht ins Krankenhaus gebracht, den Arpista?»

«Kein Erdbeben könnte die Mangachería schlimmer treffen, Doktor», sagt José. «Die Mangachería ohne den Arpista ...»

Bestürzt, ungläubig schütteln sie die Köpfe und fahren in ihren Monologen und Dialogen fort, während Padre García seinen Kaffee trinkt, ohne die Tasse von den Lippen zu lösen, die hinter dem Schal kaum zu sehen sind. Doktor Zevallos hat seinen schon getrunken, und jetzt spielt er mit dem Löffelchen, versucht, es auf einer Fingerspitze im Gleichgewicht zu halten. Die Leóns verstummen endlich und setzen sich an einen Nebentisch. Doktor Zevallos bietet ihnen Zigaretten an. Als Angélica Mercedes nach einer Weile wieder hereinkommt, rauchen sie schweigend, verstört und mit finsterem Blick.

«Deswegen ist Lituma nicht gekommen», sagt der Affe. «Wird der Chunguita Gesellschaft leisten.»

«Hat immer die Gleichgültige gespielt, die Eiskalte», sagt José. «Aber im Innern wird's ihr jetzt doch weh tun. Meinen Sie nicht, Doña Angélica? Die Stimme des Blutes.»

«Vielleicht tut's ihr weh, schon möglich», sagt Angélica Mercedes. «Aber bei der kann man nie wissen. War sie vielleicht eine gute Tochter?»

«Warum sagst du das, Comadre?» sagt Doktor Zevallos.

«Finden Sie's richtig, daß ihr Vater als Angestellter bei ihr gearbeitet hat?» sagt Angélica Mercedes.

«Doktor Zevallos hält alles für richtig», knurrt Padre García. «Jetzt wo er alt ist, hat er entdeckt, daß es nichts Böses auf der Welt gibt.»

«Sie sagen das so sarkastisch», lächelt Doktor Zevallos. «Aber sehen Sie, da ist was Wahres dran.»

«Don Anselmo wär gestorben, wenn er nicht hätte spielen

können, Doña Angélica», sagt der Affe. «Künstler können nicht ohne Kunst leben. Was ist schon unrecht dran, daß er bei ihr gespielt hat? Die Chunguita hat ihn gut bezahlt.»

«Trinken Sie Ihren Kaffee aus, mein Freund», sagt Doktor Zevallos. «Ich bin plötzlich furchtbar müde und kann kaum noch die Augen aufhalten.»

«Da kommt unser Vetter, Affe», sagt José. «Er sieht ganz mitgenommen aus.»

Padre García steckt die Nase in die kleine Kaffeetasse, stößt ein dumpfes Knurren aus, als die Selvática, die Schuhe in der Hand, die Augen stark geschminkt, aber kein Rot auf den Lippen, sich über seine Hand beugt und sie küßt. Lituma klopft den Staub von seinem grauen Anzug, der grüngesprenkelten Krawatte, wischt über die gelben Schuhe. Seine Haare sind ungekämmt und glänzen von Brillantine, seine Gesichtszüge sind eingefallen und er begrüßt Doktor Zevallos sehr ernst.

«Die Totenwache wird hier sein, Doña Angélica», sagt er. «Die Chunga hat mir aufgetragen, es Ihnen zu sagen.»

«Hier bei mir?» sagt Angélica Mercedes. «Warum laßt ihr ihn nicht da, wo er ist? Wozu ihn hierher transportieren, den Ärmsten?»

«Willst du vielleicht, daß die Totenwache in einem Bordell veranstaltet wird?» röchelt Padre García. «Wie stellst du dir denn das vor, du?»

«Ich stell mein Haus natürlich gern zur Verfügung, Padre», sagt Angélica Mercedes. «Ich hab bloß gemeint, es ist eine Sünde, mit dem Toten durch die Gegend zu laufen. Ist das kein Sakrileg?»

«Als ob du überhaupt wüßtest, was das ist, ein Sakrileg», knurrt Padre García. «Red nicht von Dingen, die du nicht verstehst.»

«Der Bulle und der Jüngling sind unterwegs, um den Sarg zu kaufen und um auf dem Friedhof alles zu regeln.» Lituma hat sich zu den Leóns gesetzt. «Nachher bringen sie ihn her. Die Chunga bezahlt alles, Doña Angelica, den Schnaps, die Blumen. Sie sollen nur Ihr Haus zur Verfügung stellen.»

«Ich finde es sehr richtig, daß die Totenwache in der Mangachería sein soll», sagt der Affe. «Schließlich war er ein Mangache, da sollen auch seine Brüder die Totenwache halten.»

«Und die Chunga bittet Sie sehr, die Messe zu halten, Padre García», sagt Lituma. Er gibt sich Mühe, natürlich zu sprechen, aber die Worte kommen nur zögernd über seine Lippen. «Wir sind schon bei Ihnen gewesen, um's Ihnen zu sagen, aber es hat niemand aufgemacht. Gut, daß ich Sie hier treffe.»

Die leere Suppenschale rollt auf den Fußboden und auf dem Tisch entsteht ein Wirbel von schwarzen Falten, mit welchem Recht, Padre García bearbeitet die Piqueoschüssel, wer hatte ihm gestattet, das Wort an ihn zu richten, und Lituma springt auf, Brandstifter, was war denn das für ein Ton: Brandstifter, Padre García will sich aufrichten und zappelt in den Armen Doktor Zevallos', Kanaille du, Schakal, und die Selvática zerrt Lituma an der Jacke, er sollte den Mund halten, stößt kleine Schreie aus, sollte es nicht an Respekt fehlen lassen, war ein Priester, sie sollten ihm das Maul stopfen. Aber er würde ja sehen, in der Hölle, Kanaille du, da würde er für alles büßen, wußte er, was das war, die Hölle. Das Gesicht zornrot, den Mund verzerrt, zittert Padre García wie ein Grashalm und Lituma will sich von der Selvática losreißen, kann sie aber nicht abschütteln, Brandstifter, er ließ sich nicht beleidigen, ließ sich nicht Kanaille schimpfen, Brandstifter, und Padre García versagt die Stimme, er gewinnt sie wieder, schlimmer war er als diese Sünderin da, die ihn aushielt, und fuchtelt mit aufgeregt zitternden Händen, ein Parasit, der vom Schmutz lebt, ein Schakal, und jetzt halten auch die Leóns Lituma fest: er würde ihm die Fresse einschlagen, diesem Alten, das ließ er sich nicht gefallen, auch wenn er Geistlicher war, verfluchter Brandstifter. Die Selvática hat zu weinen angefangen und Angélica Mercedes schwenkt kampfbereit einen Hocker in der Luft, bestimmt würde sie ihn ihm auf den Kopf knallen, wenn er auch nur einen Millimeter vortrat. In der Tür, hinter dem Rohrgeflecht, überall rings um das Lokal tauchen neugierige aufgeregte Gesichter auf, Augen, Haarschöpfe, stoßen Ellbogen, und bricht ein Geschrei aus, das sich über das ganze Viertel auszubreiten scheint und aus dem Kreischen der Kinder hört man hin und wieder die Namen des Arpista, der Unbezwingbaren und Padre Garcías heraus: Brandstifter, Brandstifter, Brandstifter. Padre García hustet, die Arme weit vorgestreckt, mit hervorquellenden Augen, glutrot, die Zunge hängt ihm heraus und versprüht Speichel. Doktor Zevallos hält ihm die Arme hoch, die Selvática fächelt ihm Luft zu. Angélica Mercedes klopft ihm sanft auf den Rücken und Lituma sieht ganz verwirrt aus.

«Da geht es doch mit jedem durch, wenn man ohne Grund so beleidigt wird», sagt er mit unsicherer Stimme. «Es ist nicht meine Schuld, ihr seid Zeugen, daß er angefangen hat.»

«Aber du warst respektlos, und er ist ein alter Mann, Vetter», sagt der Affe. «Hat die ganze Nacht kein Auge zugetan.»

«Das durftest du nicht, Lituma», sagt José. «Entschuldige dich, Mann, sieh doch, wohin du ihn gebracht hast.»

«Ich bitte Sie um Verzeihung», stottert Lituma. «Beruhigen Sie sich, Padre García. So war's ja gar nicht gemeint.»

Aber Padre García wird immer noch von Husten und Würgen geschüttelt, und sein Gesicht ist mit Schleim, Speichel und Tränen bedeckt. Die Selvática wischt ihm mit ihrem Rock über die Stirn. Angélica Mercedes versucht ihm ein Glas Wasser einzuflößen, und Lituma wird blaß, er hatte ihn um Verzeihung gebeten, Padre, und fängt an zu schreien, was sollte er denn noch tun, entsetzt, er wollte doch gar nicht, daß er starb, verdammt noch mal, und ringt die Hände.

«Reg dich nicht auf», sagt Doktor Zevallos. «Das ist das Asthma und der Sand, den er eingeatmet hat. Wird gleich vergehen.»

Aber Lituma kann sich nicht mehr beherrschen, er hatte ihn beleidigt und da konnte er selber nicht mehr, und er jammert fast weinend zwischen den Leóns, die ihn umarmen, da rannte man mit gebrochenem Herzen herum, bei all dem Unglück, er schneidet Grimassen und mitunter sieht es aus, als wollte er aufschluchzen, Vetter, ruhig, sie verstanden ja, und er schlägt sich auf die Brust: er hatte den Arpista ausziehen müssen, ihn waschen, ihn wieder anziehen, das hielt doch keiner aus, man war schließlich auch nur ein Mensch. Und sie, er sollte sich doch beruhigen, Vetter, nur Mut, aber er konnte nicht mehr, *carajo, carajo,* konnte nicht mehr, und läßt sich auf einen Hocker plumpsen, das Gesicht in den Händen. Padre García hustet nicht mehr und sieht wieder ruhiger aus, obwohl er immer noch mühsam schnauft. Die Selvática kniet neben ihm, Padrecito, ging's wieder besser? und er nickt, in seinen Augen war sie eine Sünderin, das war ihre Angelegenheit, knurrend, eine Unselige, aber man mußte schon sehr blöd sein, sich selbst zu verdammen, indem man einen solchen Taugenichts aushielt, einen Mörder, da mußte man ja blöd sein, und sie, ja, Padrecito, aber er sollte sich nicht aufregen, sollte sich beruhigen, war ja schon alles vorbei.

«Laß ihn doch, wenn er dich beleidigen will, wenn's ihn beruhigt, Vetter», sagt der Affe.

«Ich laß mich ja beleidigen, soll er doch, ich sag ja nichts», flüstert Lituma. «Soll mich doch beleidigen, Mörder, Taugenichts, nur weiter, solang er will.

«Schweig, Schakal», knurrt Padre García ohne Energie, eindeutig ohne Lust und in der Tür, hinter dem Rohrgeflecht, klingt Gelächter auf. «Still, Schakal.»

«Ich bin ja still», stöhnt Lituma. «Aber beleidigen Sie mich nicht immerzu, ich bin ein Mann, ich mag das nicht, halten Sie den Mund, Padre García. Sagen Sie's ihm, Doktor Zevallos.»

«Ist ja schon vorbei, Padrecito», sagt Angélica Mercedes. «Sagen Sie nicht solche Wörter, bei Ihnen klingt's wie eine Sünde, Padre, werden Sie nicht so wütend. Wollen Sie noch ein Kaffeechen?»

Padre García holt ein gelbliches Schnupftuch aus der Tasche, na schön, noch ein Kaffeechen, und schneuzt sich kräftig. Doktor Zevallos streicht sich die Augenbrauen glatt, wischt mit einer ärgerlichen Geste den Speichel von den Rockaufschlägen.

Mit der Hand fährt die Selvática über die Stirn Padre Garcías, glättet ihm die Haarsträhnen an den Schläfen, und er läßt sie machen, unwirsch und fügsam.

«Mein Vetter möcht Sie um Verzeihung bitten, Padre García», sagt der Affe. «Es tut ihm sehr leid, was passiert ist.»

«Er soll Gott um Verzeihung bitten und aufhören, die Frauen auszubeuten», knurrt Padre García friedlich, völlig besänftigt. «Und ihr auch, bittet Gott um Verzeihung, Vagabunden ihr. Und du, hältst du dieses Paar Faulenzer auch aus?»

«Ja, Padrecito», sagt die Selvática und wieder erklingt Gelächter auf der Straße.

Doktor Zevallos hört belustigt zu.

«Daß es dir an Offenheit fehlt, kann man nicht sagen», knurrt Padre García und bohrt mit dem Taschentuch in der Nase. «So was von kompletter Idiotin wie du bist, Unselige.»

«Das sag ich mir auch oft, Padre», gesteht die Selvática und massiert die runzlige Stirn des Padre. «Und glauben Sie nur nicht, daß ich's ihnen nicht auch ins Gesicht sag.»

Angélica Mercedes bringt noch ein Täßchen Kaffee, die Selvática kehrt an den Tisch der Leóns zurück und die in der Tür und hinter dem Rohrgeflecht dicht gedrängt stehenden Leute gehen schließlich davon. Die Kinder beginnen wieder herumzurennen und Staub aufzuwirbeln, von neuem hört man ihre dünnen und gellenden Stimmen. Die Passanten bleiben vor der Chichería stehen, stecken den Kopf herein, deuten auf Padre García, der geduckt dasitzt und mit kleinen Schlückchen seinen Kaffee trinkt, und gehen weiter. Angélica Mercedes, die Unbezwingbaren und die Selvática sprechen halblaut von Speisen und Getränken, rechnen aus, wie viele Leute zur Totenwache kommen werden, murmeln Namen, Zahlen und diskutieren Preise.

«Haben Sie Ihren Kaffee ausgetrunken?» sagt Doktor Zevallos. «Für heute haben wir genügend Aufregungen gehabt, jetzt geht's ins Bett.»

Er bekommt keine Antwort: Padre García schläft friedlich, sein Kopf ruht auf der Brust, ein Ende des Schals hängt in die Tasse.

«Er ist eingeschlafen», sagt Doktor Zevallos. «Ich weiß nicht, gern weck ich ihn nicht auf.»

«Sollen wir ihm nicht ein Bettchen zurechtmachen?» sagt Angélica Mercedes. «Im Zimmer nebenan, Doktor. Wir decken ihn gut zu und werden ganz leise sein.»

«Nein, nein, er soll aufwachen und ich bring ihn heim», sagt Doktor Zevallos. «Er würd's ja nie im Leben zugeben, aber ich kenn ihn. Der Tod von Anselmo macht ihm zu schaffen.»

«Eigentlich müßte er ja zufrieden sein», flüstert der Affe mitleidig. «Wenn er Don Anselmo auf der Straße gesehen hat, hat er ihn immer beleidigt. Gehaßt hat er ihn.»

«Und der Arpista hat nicht drauf reagiert, hat so getan, als hörte er ihn nicht und ist auf die andere Straßenseite gegangen», sagt José.

«So gehaßt hat er ihn auch wieder nicht», sagt Doktor Zevallos. «Wenigstens während der letzten Jahre nicht mehr. Es war bloß eine Gewohnheit von ihm, ein Laster.»

«Wo's eigentlich andersrum hätte sein sollen», sagt der Affe. «Don Anselmo, der hat Grund gehabt, ihn zu hassen.»

«Sag so was nicht, das ist Sünde», sagt die Selvática. «Die Padres sind die Stellvertreter Gottes, die kann man nicht hassen.»

«Wenn's wahr ist, daß er ihm das Grüne Haus niedergebrannt hat, dann kann man sehen, was für eine große Seele der Arpista gehabt hat», sagt der Affe. «Ich hab ihn nie auch nur ein Wörtchen gegen Padre García sagen hören.»

«Hat man Don Anselmo wirklich dieses Haus in Brand gesteckt, Doktor?» sagt die Selvática.

«Ich hab dir die Geschichte doch schon hundertmal erzählt!» sagt Lituma. «Wozu mußt du den Doktor fragen?»

«Weil du sie mir jedesmal anders erzählst», sagt die Selvática. «Ich frag ihn, weil ich wissen will, wie's wirklich war.»

«Halt du den Mund, laß uns Männer in Ruhe miteinander reden», sagt Lituma.

«Ich hab den Arpista auch gern gehabt», sagt die Selvática. «Ich hab mehr mit ihm gemeinsam gehabt als du, war er vielleicht nicht mein Landsmann?»

«Dein Landsmann?» sagt Doktor Zevallos gähnend.

«Freilich, Mädchen», sagt Don Anselmo. «Wie du, aber nicht aus Santa María de Nieva, ich weiß nicht einmal, wo das liegt.»

«Wirklich, Don Anselmo?» sagt die Selvática. «Sie sind auch da geboren? Die Selva ist doch herrlich, nicht wahr, mit den vielen Bäumen und den vielen Vögelchen? Stimmt's nicht, daß die Leute dort besser sind?»

«Die Leute sind überall gleich, Mädchen», sagt der Arpista. «Aber die Selva ist wirklich herrlich. Ich hab schon alles von dort vergessen, außer der Farbe, darum hab ich die Arpa grün angemalt.»

«Hier schauen alle auf mich herunter, Don Anselmo», sagt die Selvática. «Sagen Selvática zu mir, um mich zu beleidigen.»

«Faß es nicht so auf, Mädchen», sagt Don Anselmo. «Nimm es als Kosename. Mir würd's nichts ausmachen, wenn sie Selvático zu mir sagten.»

«Komisch», sagt Doktor Zevallos, kratzt sich am Hals und gähnt. «Aber möglich, doch, doch. Hat er die Arpa wirklich grün angemalt, Jungens?»

«Don Anselmo war ein Mangache», sagt der Affe. «Hier ist er geboren, in diesem Viertel, und ist nie woanders hingekommen. Wie oft hab ich ihn sagen hören, ich bin der älteste Mangache.»

«Freilich war sie grün», bestätigt die Selvática. «Und der Bulle hat sie ihm immer wieder neu anmalen müssen.»

«Anselmo ein Selvático?» sagt Doktor Zevallos. «Möglich, doch, doch, warum nicht, komisch.»

«Das sind alles Lügen, Doktor», sagt Lituma. «Uns hat die Selvática nie was davon gesagt, das hat sie jetzt eben erst erfunden. Warum erzählst du das jetzt erst, hm?»

«Mich hat niemand gefragt», sagt die Selvática. «Sagst du nicht selber, die Frauen hätten den Mund zu halten?»

«Und warum hat er dir das erzählt?» sagt Doktor Zevallos. «Früher, wenn man ihn gefragt hat, wo er geboren ist, hat er immer das Thema gewechselt.»

«Weil ich auch aus der Selva bin», sagt sie und sieht sich stolz um. «Weil wir Landsleute waren.»

«Du willst uns zum Narren halten, Nutte», sagt Lituma.

«Nutte vielleicht, aber mein Geld paßt dir trotzdem», sagt die Selvática. «Kommt dir mein Geld auch nuttig vor?»

Die Leóns und Angélica Mercedes lächeln, Lituma hat die Stirn gerunzelt, Doktor Zevallos kratzt sich immer noch am Hals und schaut nachdenklich drein.

«Bring mich nicht in Wut, Schatz», sagt Lituma mit einem künstlichen Lächeln. «Heut wird nicht gestritten.»

«Paß lieber auf, daß sie nicht wütend wird», sagt Angélica Mercedes. «Und dich sitzenläßt und du verhungerst. Leg dich nicht mit dem Mann in der Familie an, Unbezwingbarer.»

Die Leóns feiern sie, ihre Gesichter sind nicht mehr von Trauer verdüstert, sondern sehr fröhlich, und Lituma lacht schließlich auch, Doña Angélica, macht gute Miene, sie sollte doch gehen, wenn sie wollte. Wo sie's doch war, die sich wie eine Klette an sie hängte, wo sie doch vor Josefino mehr Angst hatte als vorm Teufel. Wenn sie ihn verließ, der würde sie bestimmt umbringen.

«Hat Anselmo nie mehr wieder über die Selva mit dir geredet, Mädchen?» sagt Doktor Zevallos.

«Er war ein Mangache, Doktor», versichert der Affe. «Die da hat das nur erfunden, daß er ihr Landsmann war, weil er tot ist und sich nicht verteidigen kann, bloß um sich wichtig zu machen.»

«Einmal hab ich ihn gefragt, ob er noch Verwandte in der Selva hat», sagt die Selvática. «Wer weiß, hat er gesagt, sind bestimmt alle gestorben. Aber bei andern Gelegenheiten hat er's wieder verneint und gesagt, ich bin als Mangache geboren und werd als Mangache sterben.»

«Na, sehen Sie, Doktor?» sagt José. «Wenn er ihr einmal erzählt hat, er sei ihr Landsmann, dann wird's ein Witz gewesen sein. Endlich sagst du die Wahrheit, Base.»

«Ich bin nicht deine Base», sagt die Selvática. «Ich bin eine Hure und eine Nutte.»

«Laß das bloß nicht Padre García hören, sonst kriegt er wieder einen Anfall», sagt Doktor Zevallos, einen Finger auf die Lippen gelegt. «Was ist übrigens mit dem andern Unbezwingbaren? Warum sieht man euch nicht mehr zusammen?»

«Krach gehabt, Doktor», sagt der Affe. «Wir haben ihm den Zutritt zur Mangachería verboten.»

«War ein schlimmer Bursche, Doktor», sagt José. «Ein schlechter Mensch. Haben Sie nicht gehört, wie tief der gesunken ist? War sogar eingesperrt wegen Diebstahl.»

«Aber früher wart ihr unzertrennlich und habt zusammen mit ihm ganz Piura unsicher gemacht», sagt Doktor Zevallos.

«Wissen Sie, er war eben kein Mangache», sagt der Affe. «Ein schlechter Freund, Doktor.»

«Wir müssen einen Padre finden», sagt Angélica Mercedes. «Für die Messe, und auch für die Totenwache, damit er für ihn betet.»

Als sie das hören, setzen die Leóns und Lituma gleichzeitig ein ernstes Gesicht auf, runzeln die Stirn, nicken.

«Irgendeinen Padre vom Salesianum, Doña Angélica», sagt der Affe. «Soll ich Sie begleiten? Da gibt's einen sympathischen, der spielt mit den Kindern Fußball. Padre Doménico.»

«Versteht was von Fußball, aber Spanisch kann er nicht», knurrt der Schal heiser. «Padre Doménico, so ein Quatsch.»

«Wie Sie meinen, Padre», sagt Angélica Mercedes. «Es war nur, um eine Totenwache zu haben, wie Gott es befiehlt, verstehen Sie? Wen könnten wir denn sonst bitten?»

Padre García ist aufgestanden und setzt seinen Hut auf. Auch Doktor Zevallos ist aufgestanden.

«Ich werd kommen.» Padre García macht eine ungeduldige Handbewegung. «Hat dieses Mannweib nicht gewollt, daß ich komme? Warum dann all das Geschwätz?»

«Ja, Padrecito», sagt die Selvática. «Die Señora Chunga wollte gern, daß Sie kommen.»

Padre García geht auf die Tür zu, gekrümmt und dunkel, ohne die Füße vom Boden zu heben. Doktor Zevallos zieht seine Brieftasche heraus.

«Das hätt noch gefehlt, Doktor», sagt Angélica Mercedes. «Sie sind mein Gast, wegen der Freude, die Sie mir gemacht haben, den Padre mitzubringen.»

«Danke schön, Comadre», sagt Doktor Zevallos. «Aber das da laß ich dir auf alle Fälle da, für deine Ausgaben für die Totenwache. Bis heut abend, ich werd auch kommen.»

Die Selvática und Angélica Mercedes begleiten Doktor Zevallos auf die Straße, küssen Padre García die Hand und gehen wieder in die Chichería zurück. Arm in Arm wandern Padre García und Doktor Zevallos in einer Staubwolke, unter einer munteren Sonne, an Eseln vorbei, die mit Brennholz und Krügen beladen sind, an wolligen Hunden und Kindern, Brandstifter, Brandstifter, Brandstifter, mit gellenden und unermüdlichen Stimmen. Padre García reagiert nicht: mühsam zieht er die Füße nach und geht mit hängendem Kopf, hustend und sich räuspernd. Als sie in ein gerades Gäßchen einbiegen, schlägt ihnen ein mächtiger Lärm entgegen, und sie müssen sich an eine Wand aus Rohrgeflecht pressen, um nicht überrannt zu werden von einer Menge Männer und Frauen, die ein altes Taxi begleiten. Eine rachitische und quäkende Hupe durchschneidet immer wieder die Luft. Aus den Hütten kommen Leute, die sich dem Zug anschließen, und einige Frauen stoßen schon klagende Rufe aus, während andere die Hände zum Himmel heben, die Finger zum Kreuz übereinandergelegt. Ein kleiner Junge pflanzt sich vor den beiden Männern auf, ohne sie anzublicken, die Augen blitzen lebhaft und verblüfft, der Arpista ist gestorben, er zerrt Doktor Zevallos am Ärmel, da in dem Taxi war er, mit seiner Arpa und allem brachten sie ihn, und schießt fuchtelnd davon. Endlich ist die Menschenmenge vorbeigezogen. Padre García und Doktor Zevallos erreichen die Avenida Sánchez Cerro, machen ganz kleine, erschöpfte Schritte.

«Ich komm vorbei und hol Sie ab», sagt Doktor Zevallos. «Dann gehen wir zusammen zur Totenwache. Versuchen Sie gute acht Stunden zu schlafen, mindestens.»

«Ich weiß, ich weiß», knurrt Padre García. «Geben Sie mir doch nicht dauernd Ratschläge.»

Anmerkungen

Vorbemerkung

Carajo, caramba: Im Spanischen gibt es eine Reihe von Interjektionen, die heute keinerlei definierten Bedeutungsgehalt mehr haben und lediglich verschiedene Grade von emotioneller Intensität – Überraschung, Staunen, Zorn, Ärger – ausdrücken. Die Intensitätshierarchie ist folgende: am schwächsten – *caramba*; stärker, aber durchaus noch salonfähig (wenn auch selten von Frauen benutzt) – *caray*; schon sehr kräftig – *caracho* (karạtscho); am gröbsten, beinahe unflätig klingt – *carajo* (karạcho).

Diminutive: Ihre Funktion im Spanischen, ganz besonders im Hispanoamerikanischen, ist vielfältig. Sie bedeuten weniger eine Verniedlichung als eine affektive Betrachtung der jeweiligen Umstände, Personen oder Gegenstände. So mag man etwa hören, jemand sei schon *en la mañanita* aufgestanden, also etwa «ganz, ganz früh am Morgen» statt «früh morgens» etc. In einigen Regionen Perus werden Diminutive ungewöhnlich häufig benutzt – etwa im Norden (Piura) oder in Lima, vor allem aber auch unter den Bewohnern der Sierra, also den Indios. Diminutive sind dabei keineswegs Substantiven vorbehalten: *hasta lueguito* (statt *hasta luego*) etwa, was approximativ so etwas Ähnliches wie «bis nachherchen» oder «bis späterchen» wäre, drückt Freundschaftlichkeit, Zuneigung des Sprechers dem gegenüber aus, zu dem er es sagt.

1 Kisten (*cajón, -es*) sind nichts weiter als primitive Musikinstrumente: Kisten, auf denen die *cajoneadores* sitzen und auf deren Boden sie mit den Händen klopfen. Es handelt sich also um ein Perkussionsinstrument, das gewöhnlich die Arpa und die Gitarre begleitet in Ermangelung eines regelrechten Schlagzeugs. – Die Arpa ist keineswegs eine Harfe, wenn sie auch deren technischen Prinzipien im Grunde entspricht, sondern ein sehr großer Tonkörper etwa in der Form eines halbierten Kegels, auf dessen Schnittfläche der im Gegensatz zur Harfe

recht kleine Saitenrahmen montiert ist. Gewöhnlich hat die Arpa drei «Beine»: zwei, die von der Kegelbasis ausgehen, und eines, das gleichsam die Verlängerung der Kegelspitze ist. Auf diese Weise kann das Instrument gespielt werden, wenn es auf beiden Beinen steht – die verlängerte Kegelspitze ruht auf der Schulter des Arpista – und wenn es auf einem Bein steht – die beiden Beine der Kegelbasis befinden sich dann ziemlich hoch über dem Kopf des Spielenden: der Arpista kann also sowohl im Stehen wie im Sitzen spielen. – Quijada (eigentlich: Kiefer, Kinnbacken) ist auch ein Musikinstrument: gewöhnlich handelt es sich um den Unterkiefer eines Esels. Die Zähne müssen noch im Kiefer stecken, wenn auch locker. Mit einem Stöckchen – häufig einem Hammelknochen – wird dann auf den Kinnbacken geklopft oder über die Zähne gestrichen, was einen rauhen, aber perkutiven Ton erzeugt. Letztlich handelt es sich um eine primitive Version des Xylophons.

2 Pachamanca: Ein Quechua-Ausdruck für in der Erde gekochtes Fleisch. Eine Pachamanca ist gewöhnlich eine langwierige, hochkomplizierte Angelegenheit, deren Zubereitung vom Pachamanca-Koch gelernt werden muß wie ein Handwerk. Solche Köche pflegen noch heute in Peru sehr gefragte und gut bezahlte Spezialisten zu sein, die überall dahin reisen, wo ihre Dienste verlangt werden. Meistens handelt es sich bei einer Pachamanca – das Wort bezieht sich sowohl auf die Zubereitung als auch auf die Verkonsumierung – um ein riesiges Freß- und Saufgelage.

3 *caucheros, materos*: Ursprünglich ganz einfach Männer, die Kautschuk beziehungsweise wertvolle Hölzer suchen. Heute gemeinhin Leute, die sich ihren Lebensunterhalt durch Ausbeutung der Urwaldschätze verdienen.

4 Zapateo: Von *zapato* (Schuh). Mit den Schuhsohlen und -absätzen ähnlich wie beim Steppen auf den Boden stampfen oder schlagen.

5 Sánchez Cerro: Präsident Perus (1931 bis 1933), der mit einem Staatsstreich dem Regime Leguías ein Ende setzte. Er wurde 1889 in Piura geboren – daher die Behauptung der Mangaches, Sánchez Cerro sei ein Mangache, also in der Mangachería geboren, was aber nicht wahr ist – und starb 1933 an den Folgen eines gegen ihn verübten Attentats. General Sánchez Cerro war eine recht bizarre Figur, erfreute sich jedoch besonders bei den unteren Klassen großer Beliebtheit. Seine bittersten Feinde waren die Apristas (von APRA: Alianza Popular Revolucionaria Americana, 1924 vom heute weltberühmten Chef dieser Partei, Víctor Raúl Haya de la Torre, gegründet). Ihr Programm war enthalten in den fünf Punkten: 1. Vorgehen gegen den Yankee-Imperialismus; 2. Politische Einheit Lateinamerikas; 3. Nationalisierung (d. h.

Verstaatlichung) des Landbesitzes und der Industrie; 4. Internationalisierung des Panama-Kanals; 5. Solidarität mit allen unterdrückten Völkern und Klassen der Welt. Die Apristas sind seit einigen Jahren in Peru zusammen mit anderen politischen Parteien an der Macht. Die Apra gilt als eine der bestorganisierten Parteien Hispanoamerikas. – Urristas (von UR: Unión Revolucionaria) sind Angehörige dieser Partei, die gegründet wurde vom General Sánchez Cerro.

6 Wimpel: Die Chicha-Schenken (Chicherías) zeigen *rote* oder *weiße* Wimpel, oder beide, um anzuzeigen, daß sie etwa *chicha espesa* (dickliche Chicha) oder «Clarito» (eine dünnere Art Chicha) oder beide Sorten verkaufen.

7 Zambo: Ein Neger oder ein Negermestize mit überwiegend negroiden Zügen. – Cholo (Chola): Die Etymologie dieses Terminus ist noch umstritten; er wird in Ecuador, Bolivien und Peru primär angewandt auf Abkömmlinge aus Ehen zwischen den Inkauntertanen und den spanischen Eroberern, aber auch auf die unterste soziale Klasse im allgemeinen und besonders auf Indios, die streng gesprochen keine Cholos sind. Häufig wird der Terminus als Kosename benutzt, dann allerdings im Diminutiv: Cholito, Cholita. – Peru ist ein Land, in dem die verschiedensten ethnischen Gruppen leben. Daher die zahlreichen, meist volkstümlichen Bezeichnungen, die aber nicht nur die ethnische Zugehörigkeit einer Person bezeichnen, sondern häufig auch deren geographische Herkunft. Die Selvática stammt aus der Selva, dem Urwald, auch Montaña genannt. Charapa (Diminutiv: Charapita) heißt ursprünglich Schildkröte, wird aber auch angewandt auf Leute, die in Loreto (einem der Departamentos Perus, dessen Hauptstadt Iquitos ist) oder in den anderen Dschungelgebieten geboren sind. – Criollo bedeutete ursprünglich Kreole beziehungsweise kreolisch, ist heute jedoch ein sehr vieldeutiger Ausdruck, der ganz allgemein sowohl auf den *costeño* (den Menschen der Küste – spanisch *costa*) als Menschenschlag als auch auf die ihn charakterisierenden Eigenchaften angewandt wird. – Serrano ist ein Mensch aus der Sierra (Andengebirge und Hochebenen). Puna nennt man die Hochebenen in der Sierra (zwischen 4100 und 4800 Meter Höhe).

8 Lechecaspi: Eine andere Bezeichnung für den Kautschuksaft.

9 *compañero* (*compañera*): Hier der Partner (oder die Partnerin) in einer wilden Ehe.

10 Taranganas: Eine Art von fleischfressenden Ameisen, die innerhalb kürzester Zeit ein Tier oder einen Menschen bis auf die Knochen zu verzehren imstande sind.

11 Puntero: Der Mann, der am Bug eines Bootes oder eines Floßes

steht und von dort aus den Kurs bestimmt, indem er auf seichte Stellen, Felsen, Baumstämme und dergleichen aufmerksam macht.

12 Paiche: Ein sehr großer Fisch, Säugetier, der Amazonasflüsse. Es heißt, der Amazonas heiße so, weil die Spanier, als sie die Paiches – mit Brüsten wie Frauen – zum erstenmal sahen, sie für Frauen hielten. Paiches werden mit Stöcken totgeschlagen und an Bäumen zum Trocknen und Pökeln aufgehängt.

13 Amapola: Feldmohn.

14 Renaco: Der häßlichste Baum der peruanischen Selva, wenn nicht der Welt. Ein *renacal,* also eine Anhäufung solcher Bäume, ist ein grauenerregender Anblick.

15 Santera (Santero): Eine Frau (oder ein Mann), die (der) sich durch ein besonders frommes Leben auszeichnet. Meistens handelt es sich um Frauen. Entspricht etwa unserem deutschen «Betschwester», nur wird sie vom Volk mehr abergläubisch als gläubig für eine Art Heilige gehalten. Gleichzeitig impliziert der Terminus aber auch eine gewisse Ironie, wenn nämlich die Santera selbst sich für von Gott auserwählt hält.

16 Sepa: El Sepa ist Perus gefürchtetes und berüchtigtes Gefängnis im Urwald, eine Art Strafkolonie, die durch keinerlei Mauern von der Außenwelt getrennt ist, da ringsum dichter Dschungel liegt, Fluchtversuche also wenig Aussicht auf Erfolg haben.

17 Yacumama: Eine Wasserschlange, die in den Flüssen und Lagunen des Amazonasgebiets lebt. Sie ist ungewöhnlich lang, angeblich bis zu fünfzehn Metern. Im peruanischen Urwald erzählt man sich die seltsamsten Dinge von ihr.

18 Otorongo: Leopardus onza.

19 Chicua: Ein Vogel, der lacht. Das Lachen klingt sehr sarkastisch und wird gemeinhin als übles Omen ausgelegt.

Wolfgang A. Luchting
Washington State University

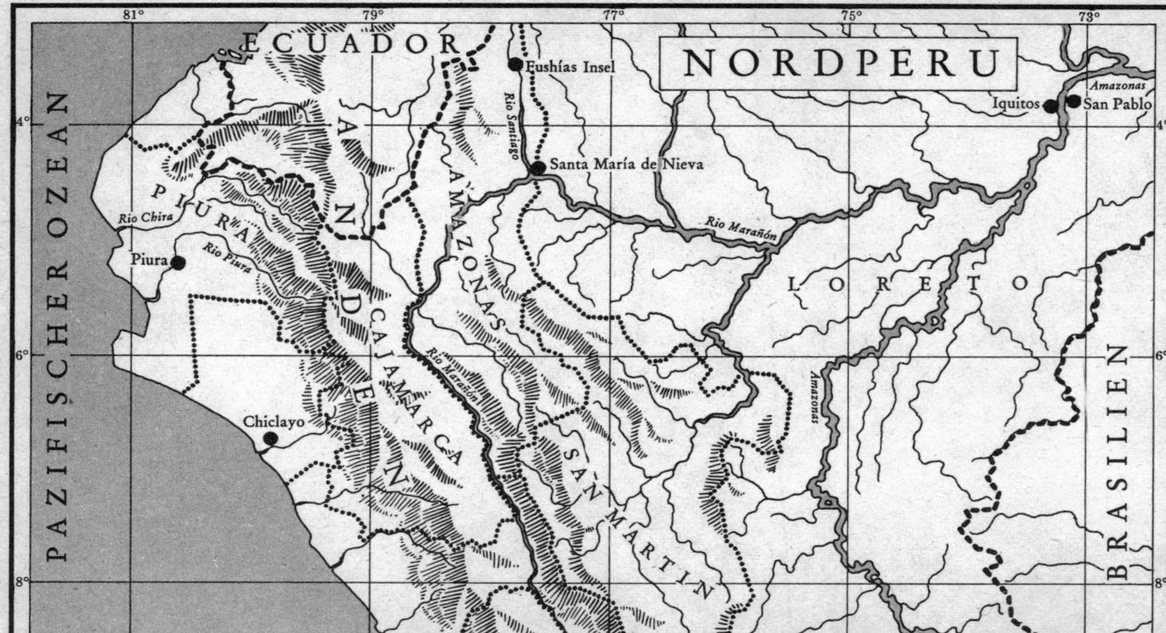
NORDPERU
PAZIFISCHER OZEAN
ECUADOR
BRASILIEN
ANDEN
PIURA
CAJAMARCA
AMAZONAS
SAN MARTIN
LORETO
Piura
Chiclayo
Rio Chira
Rio Piura
Fushías Insel
Rio Santiago
Santa María de Nieva
Rio Marañón
Amazonas
Iquitos
San Pablo
81°
79°
77°
75°
73°
4°
6°
8°

Inhalt

Lateinamerikanische Literatur im Suhrkamp Verlag

Adolf Bioy Casares, Schlaf in der Sonne. *Roman.* Aus dem Spanischen von Joachim A. Frank. 1976

Julio Cortázar, Album für Manuel. *Roman.* Aus dem Spanischen von Heidrun Adler. 1976

Carlos Drummond de Andrade, Poesie. Texte in zwei Sprachen. Aus dem Brasilianischen übersetzt und mit einem Nachwort versehen von Curt Meyer-Clason. 1965

Osman Lins, Avalovara. *Roman.* Aus dem Brasilianischen von Marianne Jolowicz. 1976

Manuel Puig, Der schönste Tango der Welt. *Roman.* Aus dem Spanischen von Adelheid Hanke-Schaefer. 1975

Manuel Scorza, Trommelwirbel für Rancas. Eine Ballade. Aus dem Spanischen von Wilhelm Plackmeyer. 1975

in der Bibliothek Suhrkamp

Miguel Angel Asturias, Legenden aus Guatemala. Aus dem Spanischen von Fritz Vogelgsang. Mit einem Nachwort von Paul Valéry und Illustrationen nach alten indianischen Motiven. 1973. Band 358

Adolfo Bioy Casares, Morels Erfindung. *Roman.* Mit einem Nachwort von Jorge Luis Borges. Aus dem Spanischen von Karl August Horst. 1975. Band 443

Alejo Carpentier, Das Reich von dieser Welt. *Roman.* Deutsch von Doris Deinhard. 1974. Band 422

–, Barockkonzert. *Novelle.* Aus dem Spanischen von Anneliese Botond. 1976. Band 508

Carlos Fuentes, Zwei Novellen. Aura. Geburtstag. Mit einem Nachwort von Juan Goytisolo. Aus dem Spanischen von Christa Wegen und Rudolf Wittkopf. 1976. Band 505

Juan Carlos Onetti, Die Werft. *Roman.* Aus dem Spanischen von Curt Meyer-Clason. 1976. Band 457

Augusto Roa Bastos, Menschensohn. *Roman.* Aus dem Spanischen von Curt Meyer-Clason. 1976. Band 506

Juan Rulfo, Pedro Páramo. *Roman.* Aus dem Spanischen von Mariana Frenk. 1976. Band 434

–, Der Llano in Flammen. *Erzählungen.* Aus dem Spanischen von Mariana Frenk. 1976. Band 504

César Vallejo, Gedichte. Zweisprachig. Aus dem Spanischen von Hans Magnus Enzensberger. 1963. Band 110. (Revidierte Neuauflage 1976)

Mario Vargas Llosa, Die kleinen Hunde. *Erzählung.* Deutsch von Wolfgang Alexander Luchting. Mit einem Nachwort von José Miguel Oviedo. 1975. Band 439

in den suhrkamp taschenbüchern

Der Cimarrón. Die Lebensgeschichte eines entflohenen Negersklaven aus Cuba, von ihm selbst erzählt. Nach Tonbandaufnahmen herausgegeben von Miguel Barnet. Aus dem Spanischen übersetzt von Hildegard Baumgart. Mit einem Nachwort von Heinz Rudolf Sonntag und Alfredo Chacón. 1976. Band 346 X

Julio Cortázar, Das Feuer aller Feuer. *Erzählungen.* Aus dem Spanischen von Fritz Rudolf Fries. 1976. Band 298

Carlos Fuentes, Nichts als das Leben. *Roman.* Aus dem Spanischen von Christa Wegen. 1976. Band 343

Manuel Puig, Verraten von Rita Hayworth. *Roman.* 1976. Band 344

Mario Vargas Llosa, Das grüne Haus. *Roman.* Übersetzt von Wolfgang Alexander Luchting. 1976. Band 342

Materialien zur lateinamerikanischen Literatur. Herausgegeben mit einem Nachwort von Mechtild Strausfeld. 1976. Band 341

st 298 Julio Cortázar, Das Feuer aller Feuer
Erzählungen
Aus dem Spanischen von Fritz Rudolf Fries
180 Seiten
Der große argentinische Schriftsteller Julio Cortázar ist, wie Jorge Luis Borges, Schöpfer einer »phantastischen Literatur«, und so sind auch die Erzählungen zu lesen. Er umkreist das Drama, das sich durch die Bedrohung verborgener Wirklichkeiten entzündet, um sich im Wirklichen abzuspielen, und mit geradezu tödlicher Sicherheit berührt Cortázar die Dimensionen des Wunderbaren und Unheimlichen.

st 299 Karl Heinrich Waggerl, Brot
Roman
294 Seiten
»Der Erstlingsroman Waggerls erschien 1930. Dem Buch wurde damals sofort die illegitime Vaterschaft des großen Hamsun nachgesagt. Mit Recht, denn auch Waggerl läßt einen Urbauern in der Einöde sich ansiedeln und ein neues Leben aufbauen. Das ›Blut und Boden‹-Motiv ist damit zwar angeschlagen, aber doch noch auf jene unbefangene Weise, die den Kern eines jeden Bauernromans von jeher ausmachte. Das Sprachliche und der ganze Duktus freilich hamsunisch bis in den Tonfall hinein.« *Bücherei und Bildung*

st 300 Ulrich Plenzdorf
Die neuen Leiden des jungen W.
150 Seiten
»Die ›neuen‹ Leiden des jungen W. sind die alten: Liebe, die als Eifersucht schmerzt, gestörtes Verhältnis zur Mitwelt, das als verletzter Ehrgeiz quält. Auch Werther 1972 liebt eine verlobte, später verheiratete Frau, die er nicht wie sein Vorgänger Lotte, sondern ›Charlie‹ nennt. Die

erstaunliche Meisterschaft des Autors, dessen Begabung für die Darstellung gebrochener, jugendlicher Helden sich ausspricht, zeigt sich in der Leichtigkeit, mit der er die beiden Komplexe Liebe–Politik, Einzelner–Gesellschaft miteinander vernäht.« *Rolf Michaelis*

Ulrich Plenzdorf ist seit 1963 Szenarist im DEFA-STUDIO.

st 301 Paul Celan, Von Schwelle zu Schwelle
Gedichte
70 Seiten
Dem 1952 erstmals erschienenen Gedichtband *Mohn und Gedächtnis* (st 231) folgten drei Jahre später die Gedichte *Von Schwelle zu Schwelle*; beide Bücher begründeten Celans Ruhm. 1958 wurde Celan der Bremer Literaturpreis verliehen. – »Gedichte«, sagt Paul Celan in seiner Bremer Ansprache, »halten auf etwas zu. Sie sind unterwegs, sind in Bewegung, suchen Richtung zu gewinnen.« Den eigenen Anlaß, Gedichte zu schreiben, begründete Celan damals folgendermaßen: »Um zu sprechen, um mich zu orientieren, um zu erkunden, wo ich mich befand und wohin es mit mir wollte, um mir Wirklichkeit zu entwerfen.«

st 302 Stanislaw Lem, Die Jagd. Neue Geschichten des Piloten Pirx
Aus dem Polnischen von Roswitha Buschmann,
Kurt Kelm, Barbara Sparing
262 Seiten
Pirx, der skeptische und unheroische, aber doch couragierte Held dieser sechs Erzählungen, ist von Mißtrauen gegen »unsere eisernen Brüder«, die Roboter, erfüllt. Für ihn repräsentieren sie eine unbestimmte Gefahr, einen Faktor des Unheimlichen. Nicht zuletzt deshalb, weil sie ihn an die Schuld des Menschen der Maschine gegenüber erinnern.

st 303 Hannah Arendt, Die verborgene Tradition. Acht Essays
170 Seiten
Kurz nach dem Zweiten Weltkrieg erschienen sechs Essays von Hannah Arendt über politisch-soziologische und philosophisch-literarische Themen, geschrieben im Be-

wußtsein der Zeit, das ein Bewußtsein des jüdischen Schicksals war: Über die organisierte Schuld, den Imperialismus, die Existenzphilosophie, über die verborgene Tradition eines Heine, Kafka, Chaplin oder Stefan Zweig. Die Aufsätze dieses bisher nicht mehr erschienenen »Buches seiner Zeit« sind für die vorliegende Ausgabe um zwei Aufsätze über die Aufklärung und die Judenfrage erweitert.

st 304 Anton Koch, Symbiose – Partnerschaft fürs Leben
272 Seiten
Das vorliegende Buch hat sich ein ebenso faszinierendes wie vielfältiges Phänomen zum Thema gesetzt, das von jeher auch den Laien angesprochen hat, wenngleich ihm oft kaum mehr über Symbiose bekannt ist als die Partnerschaft zwischen Einsiedlerkrebs und Seerose oder die zwischen Läusen und Ameisen.

st 305 Gion Condrau, Angst und Schuld als Grundprobleme der Psychotherapie. Philosophische und psychotherapeutische Betrachtungen zu Grundfragen menschlicher Existenz
Mit einem Geleitwort von Medard Boss
304 Seiten
Die Angst ist zur »Krankheit« unseres Jahrhunderts geworden. Die Begegnung des Menschen mit der Angst führt ihn an die Frage nach dem Sinn seines Lebens. Damit eröffnet sie ihm den Blick für die Übernahme seiner Verantwortlichkeit und seiner existentiellen Schuldhaftigkeit. In der Ablehnung und Verdrängung dieser »Schuld« sieht der Verfasser den Hauptgrund jeder neurotischen Erkrankung. Es muß das Anliegen der Psychotherapie sein, den Menschen zu befähigen, seine Schuldhaftigkeit anzuerkennen, sich selbst und damit der Welt gegenüber ehrlicher zu werden, zu Reife und Verantwortlichkeit zu gelangen.

st 306 Thomas Bernhard, Der Kulterer. Eine Filmgeschichte
122 Seiten
Der Gefangene Kulterer fürchtet sich vor der Freiheit, in die er wieder entlassen werden soll. Das Fundament

dieses in Worten ablaufenden Films ist eine Erzählung, die Bernhard 1962 geschrieben hat. Dieser Band stellt nun die beiden Versionen gegeneinander: diejenige von 1962 und die von 1973, die inzwischen mit Helmut Qualtinger verfilmt wurde.

st 307 Ilja Ehrenburg
Das bewegte Leben des Lasik Roitschwantz. Roman
Mit einem Nachwort von Peter Hamm
Aus dem Russischen von Waldemar Jollos
262 Seiten
Lasik Roitschwantz, Herrenschneider aus Homel, wird von einem Lehrmeister eigener Art ins Leben geführt – vom Hunger. Der hat ihn eine geradezu explosive Phantasie gelehrt. So zieht Lasik von Homel fort, auf eine herzzerreißende Odyssee, durch Länder und über Meere, und überall versucht er, sich den jeweils herrschenden Zuständen anzupassen, und jedesmal bringt er sich fast um Kopf und Kragen. Das bewegte Leben ist ein Leben von einer Hoffnung, von einem Hunger, von einem Traum zum nächsten, bis er endlich im Heiligen Land eintrifft und am Jom-Kippur, am heiligsten Feiertag des Jahres, stirbt.

st 308 Dolf Sternberger
Heinrich Heine und die Abschaffung der Sünde.
Mit einem Nachtrag 1975 und zahlreichen Abbildungen
442 Seiten
Heine zwischen Deutschland und Frankreich, zwischen Saint-Simon und Nietzsche, Heine, der Erotiker, der Ästhet, der liberale Fechter und der Verächter des doktrinären Demokraten, der Verteidiger der Autonomie der Kunst, der aufrichtige Bekenner seiner eigenen wie der menschlichen Hinfälligkeit: Sternberger entrollt ein figurenreiches geschichtliches Panorama. »Es ist das beste, aufregendste, glänzendste Buch, das je über Heine geschrieben worden ist – und eine Geschichte des 19. Jahrhunderts, wie sie bislang fehlte.« *Germanistik*

st 309 Wilhelm Kücker
Architektur zwischen Kunst und Konsum.
Auf der Suche nach einem neuen Selbstverständnis
Mit Abbildungen
148 Seiten

In der Vergangenheit diente alles Gebaute im wesentlichen konstanten Bedürfnissen. In Gegenwart und Zukunft hat Architektur immer rascher sich wandelnde Lebensbedingungen zu berücksichtigen. Als alternative Konzepte baulicher Anpassung an Nutzungsänderungen bieten sich wie bisher langlebige, jedoch zweckneutrale und flexible Strukturen oder aber »Wegwerf«-Bauten. Die eine Alternative beschwört die Gefahr formaler Gleichförmigkeit, die andere könnte in das totale visuelle Chaos führen.

st 310 Manfred von Ardenne
Ein glückliches Leben für Technik und Forschung. Autobiographie
414 Seiten
Es ist selten, daß ein Mann vom Rang Ardennes den Blick auf sein Leben, auf seine Arbeit freigibt: der Schüler, preußischer Offizierssohn, der mit zwölf Jahren einen der ersten Radioapparate baut; der junge Mann, der mit sechzehn Jahren sein erstes Patent anmeldet; der Vierundzwanzigjährige, der u. a. einen brauchbaren Apparat zur Lungendiagnostik entwickelt; der Physiker und Forscher, der seine Theorien sofort in die praktische Tat umsetzt. Heute wartet die wissenschaftliche Welt auf die fortschreitenden Ergebnisse seiner Krebsforschung. Denkwürdig sind die Begegnungen mit Max Planck, mit Otto Hahn, mit Otto Warburg, mit Staatsmännern und Wissenschaftlern. Ein Zeitdokument, das seinesgleichen sucht.

st 311 Peter Rosei, Wege
Erzählungen
158 Seiten
»Bedürfnislos, besitzlos, herrschaftslos ist der Mensch unterwegs, auf der Suche nach seiner Bestimmung ... Der elementaren Bewegung des Gehens wird Roseis Erzählstil in hohem Maße gerecht – mit einer kargen, auf Klischees abgeklopften Sprache, mit kurzen, parallel aneinandergereihten Sätzen, mit eiligen rhythmischen Kadenzen.« *Frankfurter Allgemeine Zeitung*

st 313 Helm Stierlin, Das Tun des Einen ist das Tun des Anderen.
Eine Dynamik menschlicher Beziehungen
150 Seiten
Stierlin sieht die menschlichen Beziehungen als Ausdruck einer komplexen Abgrenzungs- und Versöhnungsarbeit, die in allen mehr als flüchtigen zwischenmenschlichen Situationen von den betreffenden Partnern zu leisten ist. In ihnen waltet eine komplexe Beziehungsdialektik, deren Prinzipien Stierlin zunächst therapeutisch entwickelt und dann bei der Analyse zweier entscheidender menschlicher Beziehungen, der zwischen Mutter und Kind und innerhalb der Familie, anwendet.

st 314 Joachim Schickel, Große Mauer, Große Methode. Annäherungen an China
356 Seiten
Schickel führt den Leser vom Standpunkt des voreingenommenen Zeitungslesers oder Touristen immer weiter ins Innere Chinas. Es geht um das alte wie um das neue China, wenn er solche Klischeebegriffe wie die von der Gelben Gefahr, den Blauen Ameisen, dem Roten China untersucht oder die Topographie Pekings als ein mythisches Stadtideal beschreibt. Diese sprachlich eindringlichen und äußerst informativen Essays sind im besten Sinne aufklärend: sie beseitigen das Unwissen, befreien von Mißverständnissen und zeigen »China von innen«.

st 317 Materialien zu Hermann Broch ›Der Tod des Vergil‹
Herausgegeben von Paul Michael Lützeler
368 Seiten
Inhalt: Die Fassungen des Romans. Briefliche Kommentare zur Entstehung und Wirkung. Beiträge aus der Forschung von Götz Wienold, Walter Hinderer, Jean Paul Bier, Paul Michael Lützeler.

st 319 Paul Nizon, Canto
Mit einem Nachwort von Heinz F. Schafroth
154 Seiten
». . . eine Sprachliturgie, die im Sprechen das Leben feiert und in der Leben und Sprechen, Sprechen und Leben eins werden oder doch eins werden möchten in immer neuen, immer kühner gewagten Tanzfiguren.«
Südwestfunk

st 320 Robert Walser, Der »Räuber«-Roman
Aus dem Nachlaß herausgegeben von Jochen Greven unter Mitarbeit von Martin Jürgens
Walsers Räuber ist ein Außenseiter, dem es nicht glückt, »sich der bürgerlichen Ordnung brav anzuschmiegen«. Er ist ein Zeitgenosse, dem das Entscheidende fehlt, »was fürs Leben und seine Gemütlichkeit wichtig ist«. Er ist der »Nichtsnutz«, der sich in die Rolle eines »Räubers« gedrängt fühlt, da er kein Geld besitzt, noch sich zu arrangieren und auf allgemein respektierte Weise welches zu verdienen versteht. Diese Aufzeichnungen, 1929 geschrieben, zeigen am Beispiel eines exponierten Einzelnen spiegelbildlich die Situation einer ganzen Epoche, ähnlich Rilkes *Malte* oder Hesses *Steppenwolf*.

st 321 Robert Mächler, Das Leben Robert Walsers.
Eine dokumentarische Biographie
Mit zahlreichen Abbildungen
218 Seiten
Je mehr das Werk Robert Walsers zur literarischen Entdeckung gelangt, desto stärker wird auch das Interesse an seinem Leben. Aus zahlreichen Zeugnissen, aus Selbstaussagen und Briefzitaten Walsers hat Mächler umsichtig und einfühlend ein Porträt zusammengefügt. Anstoß zu dieser Biographie war das nachgelassene und hier verwertete Material von Carl Seelig, dem Freund und Vormund Walsers.

st 322 Martin Walser, Der Sturz. Roman
364 Seiten
Mit dieser Ausgabe liegt die Triologie *Halbzeit* (st 94), *Das Einhorn* (st 159), *Der Sturz* (st 321) in Taschenbuchform vor.
»Walser hat im ›Sturz‹ das Höllenhafte unserer Existenz zum Furchtbaren hin zugespitzt ... Seine Gegen-Utopie trägt die realen Züge des Spätkapitalismus«.

Peter Laemmle

»... das konsequenteste Denkspiel der deutschen Nachkriegsliteratur.«

ARD-Fernsehen

Alphabetisches Gesamtverzeichnis der suhrkamp taschenbücher